전쟁과 평화 2

전쟁과 평화 2

톨스토이 지음 | 김상영 옮김

㈜신원문화사

차 례

제1편 • 9

제2편 • 129

제3편 • 215

제4편 • 337

제5편 • 472

전쟁과 평화 2

제1편

1

1808년 알렉산드르 황제는 나폴레옹 황제와 다시 회견을 갖기 위해 에르푸르트로 떠났다. 페테르부르크의 상류사회에서는 이 화려하고 성대한 회견의 중요한 의의에 대한 여러 가지 소문이 떠돌고 있었다.

1809년은 세계적인 두 명의 군주, 나폴레옹과 알렉산드르의 친교가 절정에 이른 때였다. 나폴레옹이 오스트리아에서 전쟁을 선포하자 러시아는 적이었던 나폴레옹을 도와 동맹자였던 오스트리아 황제에 맞서기 위해 진군했다. 상류사회에서는 알렉산드르 황제의 여동생과 나폴레옹이 혼인할지도 모른다는 소문까지 떠돌고 있었다.

하지만 러시아가 전쟁에 본격적으로 참여하지는 않을 것이라는 분위기가 주요했고, 러시아 사회의 주된 관심은 국무 전반에 걸쳐 실시되는 내정 개혁에 집중되고 있었다.

그러나 개혁이나 나폴레옹의 정치적인 접근 등과는 상관없이 인간의 삶은 늘 그랬던 것처럼 건강이나 질병, 사상, 과학, 시, 음악, 사랑, 우정, 증오, 욕망 등으로 이어지고 있었다.

안드레이 공작은 페테르부르크에서의 짧은 여행을 제외하고는 이 년 동안 시골에서만 지내고 있었다. 피에르는 소유지 개혁 사업을 끊임없이 계획하고 실행했으나 아무 성과도 내지 못한 채 내팽개쳤다. 그러나 안드레이 공작은 보이지 않게 모든 계획을 실행했다. 안드레이 공작은 피에르에겐 없는 인내심을 갖추었기 때문에 힘들어하지 않고 그의 일을 추진시켜 나갔다.

그의 어느 소유지에서는 300명의 농노가 해방되었고(이것은 러시아에서 최초였다), 그 밖의 소유지에서는 부역이 소작료로 바뀌었다. 보구차로프 마을에는 박식한 의사와 조산원이 많아졌고 사제는 봉급을 받았다. 농부와 하인의 아이들에게는 글을 가르쳐 주었다.

안드레이 공작은 리스이예 고르이에서 아버지와 유모의 손에서 자라는 아들과 함께 절반 이상의 시간을 보냈고, 나머지 시간은 아버지가 수도원이라고 부르는 보구차로프 마을에서 지냈다.

그는 피에르에게 세상사에는 전혀 관심이 없다고 말했었다. 그러나 실은 세상의 일에 주목했고 많은 책들을 읽었다. 그는 소유지에 관련된 잡다한 일에 대해 숙고하고 매우 다양한 책을 읽었다. 그 외에도 러시아에게는 불행했던 최근의 두 전투를 비판하여 분석하였으며, 육군의 군율 및 규정의 개정안을 열심히 작성하고 있었다.

  1809년 봄, 안드레이 공작은 랴자니에 있는 아들의 소유지로 떠났다. 그는 이 소유지의 후견인이었다. 그는 마차에 앉아 봄볕을 쐬며 파릇파릇한 풀과 자작나무의 어린잎, 산뜻한 창공에 떠 흘러가는 흰 구름을 바라보고 있었다. 그는 아무 생각도 하지 않았고 그저 즐거운 기분으로 주위를 둘러보고 있었다. 일 년 전에 피에르와 이야기를 나누었던 나루터도 지나갔다. 지저분한 마을, 보리의 파릇파릇한 새싹, 비에 씻긴 진흙의 언덕길, 그루터기만 남은 밭, 군데군데 파란 싹이 돋은 덤불을 지나 길 양쪽으로 자작나무가 우거진 숲으로 들어갔다.

  숲 속은 바람 한 점 없어 더울 정도였다. 초록빛 잎으로 뒤덮인 자작나무는 꿈쩍도 하지 않고 서 있었고, 지난해 떨어진 나뭇잎 밑에서 파릇한 풀과 엷은 보랏빛 꽃이 얼굴을 내밀고 있었다. 자작나무 사이로 작은 전나무들이 보였다. 숲으로 들어서자 말들이 갑자기 콧바람을 내며 땀을 흘렸다. 하인 표트르가 마부에게 무엇이라고 지껄였다. 마부가 고개를 끄덕이며 대답했으나 표트르는 마부의 대답만으로는 안 되겠는지 주인을 바라보았다.

  "나리, 정말 마음이 홀가분해집니다!" 표트르가 공손한 미소를 지으며 말했다.

  "뭐라고?"

"홀가분합니다, 나리."

'도대체 무슨 말을 하는 것일까?' 안드레이 공작은 생각했다. 아마 봄을 말하는 거겠지.' 그는 주위를 둘러보며 생각했다. '이젠 완전히 푸르러졌군. 정말 빠르기도 하다! 자작나무도 벚나무도 오리나무도 이제 벌써……. 그런데 떡갈나무가 보이지 않는군. 아아, 저기 떡갈나무가 있다.' 길섶에 떡갈나무 한 그루가 서 있었다. 숲 전체에 있는 자작나무보다 열 배는 더 해묵은 떡갈나무는 자작나무보다 열 배는 더 굵고 두 배나 키가 컸다. 거대하지만 볼품없이 가지를 제멋대로 늘어뜨린 이 거목은 화를 잘 내고 남을 깔보는 늙은 불구자처럼 자작나무 사이에 서 있었다. 숲 속에 널려 있는 조그마한 전나무들은 황홀한 봄에 복종하려 하지 않고, 봄도 태양도 보려 하지 않는 것 같았다.

'봄, 그리고 사랑과 행복!' 그 떡갈나무는 이렇게 말하는 것처럼 보였다. '어쩌면 너희들은 늘 똑같고 쓸데없는 무의미한 속임수에 싫증도 내지 않느냐. 모든 것이 거짓이다! 봄도, 태양도, 행복도 아무것도 없다. 저기 저것을 보라. 저기 떡갈나무가 짓눌려서 죽은 듯이 서 있지 않느냐. 언제나 같은 모습이다. 그래서 나도 돋아날 수 있는 곳이라면 어디든지 뚫고 나가서 돋아난 채 이렇게 서 있는 것이다. 너희들의 희망이나 속임수 같은 것은 믿지 않는다.'

안드레이 공작은 숲을 지나가면서 무엇인가를 기대하는 것처럼 몇 번이나 이 떡갈나무를 돌아보았다. 꽃과 풀이 떡갈나무 밑에서 자라고 있었으나 떡갈나무는 찡그리고 추한 모습으로 우뚝 서 있었다.

'그렇지 그래, 어디까지나 떡갈나무의 말이 맞다. 다른 젊은 녀석들이야 제멋대로 이 속임수에 걸려들라지. 그러나 우리는 인생을 알고 있거든. 우리야 다 끝난 인생이니까 말이야!' 안드레이 공작은 생각했다.

그는 이제 아무것도 새로 시작할 필요가 없으며 그저 나쁜 일을 저지르지 않고 아무것도 바라지 않으면서 마지막까지 살면 된다는 생각으로 이전과 다름없이 결론내린 것 같았다.

2

안드레이 공작은 랴자니의 소유지에 관한 일 때문에 지역의 귀족 회장과 만나야 했다. 귀족 회장은 일리아 안드레이치 로스토프 백작이었다. 안드레이 공작은 5월 중순에 그를 방문했다. 봄이긴 하지만 벌써 무더웠다. 숲은 완전히 푸른 옷으로 갈아입었고 먼지가 자욱이 일었다. 물가를 지날 때면 풍덩 뛰어들고 싶을 정도로 더운 날씨였다.

안드레이 공작은 귀족 회장을 만나면 무슨 얘기를 해야 할지 생각하면서 아트라드노예 마을에 있는 로스토프가를 향해 가로수 길을 따라 마차를 몰았다. 오른쪽 나무 그늘에서 여자들이 즐겁게 떠드는 소리가 들리더니 소녀들이 그의 마차 앞에 나타났다. 공작의 마차를 향해 맨 앞에서 달려온 소녀는 머리와 눈동자가 까맣고 매우 마른 소녀였다. 소녀는 뭐라고 큰소리로 외쳤다가 낯선 사람임을 알자 웃으면서 왔던 쪽으로 다시 뛰어갔다.

안드레이 공작은 문득 마음이 아파왔다. 하늘은 맑고 햇살도 밝으며 주위의 모든 것은 이렇게 활기에 넘쳐 있다. 또 저 가냘프고 아름다운 소녀는 그의 존재 같은 건 아랑곳하지 않고 알려고도 하지 않는다. 그러면서 자기만의 즐겁고 행복한 생활에 만족해하고 있다. '저 소녀는 무엇이 그리 기쁠까? 무엇을 생각하고 있을까? 무슨 생각을 하고 있기에 저리도 행복할까?' 안드레이 공작은 스스로에게 물어보았다.

일리아 안드레이치 백작은 아트라드노예 마을에 와서도 사냥이나 연극, 만찬회, 음악회를 열어 거의 온 마을 사람들을 초대하곤 했다. 그는 모든 손님에게 하듯이 안드레이 공작의 방문을 기뻐하고 억지로 묵게 했다. 그 지루한 하루 동안 연장자인 백작 부부와 손님들 중 주요 인사들이 안드레이 공작을 접대했다.

마침 본명 축일이 가까웠던 때라 노백작의 객실은 손님들로 가득 차 있었다. 그동안 안드레이는 젊은 사람들 그룹에 끼어 무엇이 우스운지 호들갑스럽게 웃고 있는 나타샤를 몇 번이나 바라보았다. '도대체 저 소녀는 무슨 생각을 하는 것일까? 뭐가 저리도 기쁠까?' 그는 줄곧 자문했다.

그날 밤 낯선 마을에서 묵게 된 그는 좀처럼 잠을 이루지 못했다. 책을 읽고 나서 촛불을 껐다가는 다시 켰다. 뒷문이 안쪽에서 닫혀져 있어 방 안은 무더웠다. 그는 필요한 서류를 읍내에 두고 가져오지 않았다면서 자신을 붙든 멍청한 인간

(그는 니콜라이를 이렇게 생각했다)이 밉기도 했고 마지못해 주저앉은 자신이 짜증스럽기도 했다.

안드레이 공작은 일어나서 창가로 다가가 창문을 활짝 열어젖혔다. 밤은 조용했고 달빛으로 밝았다. 창문 바로 앞에는 잘 가지치기한 나무가 은빛을 내며 줄지어 서 있었다. 나무 밑에는 이슬에 젖은 이름 모를 풀이 나 있었고, 그 잎과 줄기도 은빛으로 반짝이고 있었다. 안드레이 공작은 창문에 팔꿈치를 괴었다. 그는 하늘을 계속 바라보았다. 보름달에 가까운 달이 봄의 밝은 하늘에 걸려 있었다.

안드레이 공작의 방은 이 층에 있었다. 그 위쪽 방에도 사람이 있었는데, 역시 자지 않는 모양이었다. 위쪽에서 여자의 목소리가 들려왔다.

"이제 정말 딱 한 번만 더." 삼 층에서 여자 목소리가 말했다. 안드레이 공작은 그녀가 누군지 금방 알 수 있었다.

"잠은 언제 잘래?" 다른 목소리가 대답했다.

"난 자지 않겠어. 잠이 오지 않는데 어쩔 수 없잖아. 자, 이제 그럼 마지막으로 한 번만 더."

두 여자는 어떤 가곡의 마지막 구절을 부르기 시작했다.

"아아, 정말 훌륭해! 자, 이제 자요."

"넌 자렴. 난 안 되겠어." 첫 번째 목소리가 창가로 다가와 말했다. 그녀가 창문 밖으로 몸을 내밀었는지 옷자락 스치는 소리와 숨소리가 들리는 듯했다. 우연이었지만 자기가 창가에 있다는 것을 상대방이 알아챌까 봐 안드레이 공작은 꼼짝도 할 수 없었다.

"소냐! 소냐!" 첫 번째 목소리가 다시 들렸다. "어쩌면 잠을 잘 수 있담! 좀 봐요, 정말 훌륭해! 얼마나 훌륭한지 말이야! 글쎄, 일어나 보라니까, 소냐. 이처럼 아름다운 밤은 흔치 않아." 그녀는 거의 울 것 같은 소리로 말했다.

소냐는 억지로 무엇이라고 대답했다.

"저기 좀 봐, 훌륭한 달이야! 어쩌면 저렇게 아름다울까! 이리 와 보라니까. 자, 보이지? 이렇게 앉아서 무릎을 끌어안아 봐. 더 꼭. 될 수 있는 대로 끌어안아야 해. 그리고 훌쩍 날면 재미있을 거야."

"이젠 그만, 떨어진다니까."

실랑이하는 소리와 짜증이 난 소냐의 목소리가 들렸다.

"벌써 두 시가 다 됐잖아."

"언니는 언제나 내 꿈을 망가뜨려. 좋아, 저리 가!"

사방이 조용해졌다. 안드레이 공작은 그녀가 여전히 거기에 앉아 있음을 알았다. 이따금 바스락거리는 소리와 한숨 소리가 들렸기 때문이었다.

"정말 아까워! 왜 이렇게 좋을까! 하지만 자야 한다니 잘 수밖에!" 그녀는 창문을 쾅 닫았다.

'내 존재 같은 건 아무 상관없군!'

안드레이 공작은 이 소녀가 자신에 대해서 무슨 말을 하지 않을까 하는 기대와 두려움으로 귀를 기울이고 있었다. '그 여자가! 마치 알면서 그러는 것 같잖아.' 그는 문득 이런 생각이 들었다. 그러자 그의 마음속에 갑자기 자신의 생활과 정반대인, 젊은 상념과 희망이 뒤섞인 소용돌이가 솟구쳐 올라왔다. 그는 이 상태를 절대 해명할 수 없다고 느끼고 잠에 빠져 버렸다.

3

 이튿날 안드레이 공작은 부인들을 기다리지 않고 백작에게만 작별 인사를 한 뒤 출발했다. 안드레이 공작은 돌아가는 길에 울퉁불퉁하고 오래된 떡갈나무 때문에 묘한 인상을 받았던 자작나무 숲으로 다시 들어갔다.
 6월 초순의 날씨는 온종일 몹시 무더웠다. 하늘빛은 소나기라도 쏟아질 것 같았으나 약간의 비구름이 나뭇잎 위에 살짝 빗방울을 뿌렸을 뿐이었다. 숲의 왼쪽은 컴컴하게 그늘이 졌고 오른쪽은 흥건히 젖은 채 스쳐가는 바람에 흔들리며 햇빛에 빛나고 있었다. 모든 생명이 성장의 절정기를 맞았다. 어딘가에서 꾀꼬리 우는 소리도 들려왔다.
 '아, 여기다. 이 숲 속이었어. 나와 감정을 나누었던 그 떡갈나무는 어디에 있지?' 안드레이 공작은 떡갈나무를 찾았다. 완전히 모습이 달라진 해묵은 떡갈나무는 물기를 머금은 짙푸른 잎을 천막처럼 펴고 가볍게 한들거리면서 저녁 햇살 속에 무성한 모습으로 서 있었다. 구부러진 가지도, 딱지도, 노인다운 회의도, 슬픔도, 아무것도 보이지 않았다. 몇 백 년을 살아 온 단단한 껍질을 뚫고 어린잎이 돋아나 있었다. 이 어린잎을 노목이 만들어 낸 것이라고는 도저히 믿어지지 않았다. '맞아, 그 떡갈나무다!' 안드레이 공작은 문득 기쁨과 알 수 없는 봄기운이 마음속에 감도는 듯한 느낌이 들었다.

갑자기 지금까지의 생활에서 가장 훌륭했던 순간들이 그의 머리에 떠올랐다. 아우스터리츠의 높은 하늘, 원망하는 듯한 죽은 아내의 얼굴, 나루터의 피에르, 밤의 아름다움에 흥분한 소녀, 그 밤, 그 달……. 이런 것들이 모두 그의 머리에 떠올랐던 것이다.

'인생은 서른한 살에 끝나는 것이 아니다.' 안드레이 공작은 순간 이렇게 단정했다. '내 안의 모든 것을 나 혼자 알고 있는 것으로는 부족하다. 모든 사람에게 알려 주어야 한다. 내가 나만을 위해 생활하거나 사람들이 나와 아무 상관없이 살고 있어서는 안 된다. 내 생활이 모든 사람에게 비춰지고 모든 사람과 더불어 살아가야 한다!'

안드레이 공작은 여행에서 돌아온 후 가을이 오면 페테르부르크로 가야겠다고 결심했다. 한 달 전만 해도 마을을 떠나는 것은 상상할 수 없는 일이었다. 그런데 지금은 적극적으로 살아가야 한다는 확신을 의심하는 것이 상상할 수 없는 일이 되었다. 여행 후 안드레이 공작은 시골 생활이 지루하게 느껴졌다. 이전 일도 흥미가 사라졌다. 그는 서재에 혼자 앉아 있다가 거울로 다가가 한참 동안 얼굴을 본 뒤 시선을 돌려 죽은 리자의 초상을 바라보았다.

그리스풍으로 올린 머리를 한 리자는 금테 액자 속에서 온화한 표정으로 바라보고 있었다. 그녀는 이제 남편에게 무서운 말을 하지 않았고 단순하고 즐겁게 호기심에 찬 표정으로 바라보았다. 안드레이 공작은 뒷짐을 지고 인상을 찌푸리기도 하고 미소를 짓기도 하면서 오랫동안 방 안을 거닐었다. 그는 자신의 모든 생활을 완전히 바꾼, 형언할 수 없는 생각을 마음속으로 계속 떠올렸다. 이 생각은 피에르, 명예, 창문의 소녀, 떡갈나무, 여자의 아름다움, 사랑과 관련된 것이었다. 이런 때 누가 들어오면 그는 불쾌할 정도로 논리적이고 무뚝뚝하게 굴었다.

이런 때 마리아가 종종 들어왔다. "오빠, 니콜루쉬카 말이에요. 오늘은 너무 추워서 산책을 시킬 수가 없어요."

"따뜻하면 셔츠 하나만 입고 나가겠지. 추우면 따뜻한 옷을 입히면 돼. 옷은 그러라고 만든 것이니까. 날씨가 춥다고 신선한 공기가 필요한 아이를 집안에만 두는 것은 옳지 않아."

그는 마치 마음속에서 일어나는 비밀스럽고 비논리적인 변화 때문에 누군가를 벌하려는 것처럼 말했다. 그럴 때면 마리아는 이처럼 까다롭게 지적하는 것은 남자 자신을 무미건조하게 만든다고 생각했다.

4

1809년 8월에 안드레이 공작은 페테르부르크에 도착하였다. 이때는 젊은 스페란스키(자유주의적인 국가 개혁안을 작성함-옮긴이)와 그를 중심으로 한 개혁 세력의 전성기였다. 황제는 마차를 타고 가다가 마차가 뒤집히는 바람에 한쪽 발을 다쳐 삼주일 동안 별궁에 머무르고 있었는데, 그동안 스페란스키만 매일 만나고 있었다. 이 무렵 두 가지 유명한 칙령이 러시아 사회를 떠들썩하게 만들었는데 바로 궁중의 관등 폐지와 오등관과 팔등관에 대한 시험 제도였다. 또 국회에서 면사무소에 이르기까지의 사법, 행정, 재정 등 러시아의 모든 제도를 개혁할 일련의 국가 헌장을 준비하던 중이었다. 알렉산드르가 제위에 오를 때부터 꿈꿔 왔던 막연한 자유주의적인 생각이 이제야 구체화되고 있었다.

황제는 처음에는 '사회 구제 위원'이라고 농담 삼아 부르던 보좌역들, 차르토리쉬스키, 노보실리세프, 코추베이, 스트로가노프 등의 힘을 빌려 자신의 생각을 실현하려고 했다. 그런데 지금은 문서에서는 스페란스키가, 군사에서는 아라크체예프(군대, 관료, 경찰을 지배하고 가혹한 정치를 함-옮긴이)가 그들의 자리를 차지하고 있었다.

안드레이 공작은 도착한 후 궁중에 들어가 황제를 배알하였다. 황제는 두 차례나 그를 만났지만 한마디도 건네지 않았다. 안드레이 공작은 전부터 자신이 황제에게 불쾌한 존재일 것이라고 생각했다. 그리고 그 생각은 지금 자신을 바라보는 황제의 차가운 시선으로 더욱 확고해졌다. 신하들은 1805년 이후 안드레이 공작이 근무를 하지 않아 황제가 못마땅하게 여기기 때문이라고 했다.

'인간이 좋고 싫은 것은 어쩔 수 없음을 나도 알고 있다.' 안드레이 공작은 생각했다. '육군의 군율에 대한 내 의견서를 황제께 제출하려던 계획은 아무 소용도 없게 되었다. 하지만 앞으로 내가 하는 일이 틀림없이 대변해 줄 것이다.' 그는 아버지의 친구인 노장군에게 자기의 의견서에 대해 이야기했다. 장군은 면회 시간을 정하여 상냥하게 그를 맞아주었고 황제에게 전할 것을 약속했다. 며칠이 지나 안드레이 공작은 육군 대신 아라크체예프 백작에게 출두하라는 통지를 받았다. 지정된 날 오전 9시, 안드레이 공작은 아라크체예프 백작 댁으로 찾아갔다. 안드레이 공작은 아라크체예프에 대해서는 아무것도 몰랐고 본 적도 없었다. 그러나 그가 들은 소문으로는 그다지 존경심이 생기지 않았다.

'그는 육군 대신이고 황제 폐하의 신임을 받는 사람이므로 그의 개인적인 특성 따위는 관계없다. 그는 내 의견서의 심사를 위임받았으므로 그가 채택할 수 있는 열쇠를 쥔 사람이다.' 안드레이 공작은 아라크체예프 백작의 응접실에서 많은 고관들과 함께 차례를 기다리며 이렇게 생각했다.

안드레이 공작은 오랫동안 부관으로 근무하면서 유명인의 응접실을 수없이 보아 왔기 때문에 응접실의 다양한 분위기를 잘 알고 있었다. 그러나 아라크체예프 백작의 응접실은 완전히 색다른 분위기였다. 접견 차례를 기다리고 있는, 지위가 낮은 사람들의 표정은 굴욕과 순종의 표정이었다. 비교적 지위가 높은 사람들의 표정에는 모두 어색함이 드러나 있었는데, 자신과 자신의 입장, 접견할 상대방에 대한 냉소, 오만함이 표정에 숨겨져 있던 것이다. 어떤 사람은 생각에 깊이 잠긴 듯한 얼굴로 거닐고 있었고 몇몇 사람은 수군거리며 웃고 있었다. 어떤 고관은 너무 오래 기다리는 것에 화가 난 듯 다리를 번갈아 포개기도 하고 자조의 미소를 띠기도 하면서 앉아 있었다. 그러나 문이 열리자 모두의 얼굴에는 두려운 기색이 드리워졌다. 안드레이 공작은 당직자에게 다시 한 번 찾아왔다고 전해 달라고 말했다. 당직자는 그를 힐끔 쳐다보고 때가 되면 차례가 돌아올 것이라고 말했다.

몇 사람이 서재로 들어가고 나온 뒤 겁에 질린 한 장교가 불려 들어갔다. 이 장교의 접견은 오래 계속되었다. 갑자기 문 안쪽에서 폭발하는 듯 화난 목소리가 들렸다. 이어서 파랗게 질린 장교가 입술을 떨면서 나와 자신의 머리를 감싸 쥐고 응접실을 빠져나갔다.

이어 안드레이 공작이 안내되었다. "오른쪽 창문 쪽으로 가십시오." 당직이 낮은 목소리로 말했다.

안드레이 공작은 소박하고 산뜻한 서재로 들어갔다. 허리가 길고 갸름한 머리를 짧게 깎은, 굵은 주름살에 갈색을 띤 파란색의 명청한 눈에 인상을 찌푸린, 축 늘어진 빨간 코를 가진 40살 가량의 사내가 탁자 옆에 앉아 있었다. 아라크체예프는 얼굴을 돌렸으나 그의 얼굴은 보지도 않았다.

"당신의 청원은 무엇이오?" 아라크체예프가 물었다.

"청원은 없습니다, 각하." 안드레이 공작이 나직하게 말했다. 아라크체예프의 시선이 그를 향했다.

"앉으시오. 안드레이 공작이오?" 아라크체예프가 말했다.

"예, 청원은 없습니다. 제가 제출한 의견서가 각하에게로 가서……."

"나도 당신의 의견서를 읽어 보았소." 처음 몇 마디는 부드러웠지만 아라크체예프는 다시 그의 얼굴을 쳐다보지도 않고 말을 가로막고는 차츰 멸시하는 듯한 어조로 말했다. "새로운 군규를 제출하려는 것이 아니오? 군규는 많지만 그 낡은 군규조차 제대로 실천하는 사람은 하나도 없소. 요즘은 너나 할 것 없이 법안들을 쓰고 있소. 쓰는 것이 실행하는 것보다 쉽기 때문이지."

"저는 황제 폐하의 뜻에 따라 그 의견서를 각하께서 어떻게 처리할 것인지 알려고 찾아온 것입니다." 안드레이 공작이 정중하게 말했다.

"당신의 의견서는 결재해서 위원회로 돌렸소. 나는 반대하오." 아라크체예프는 일어나 책상에서 종이 한 장을 집어 들며 말했다. "이것이오." 그가 그 종이를 안드레이 공작에게 내주었다.

'작성에 근거 없음. 프랑스 육군 법규의 모방일 뿐이며 오히려 육군의 복무규정에 위배됨.' 종이에는 표제와 철자법을 무시한 채 연필로 휘갈겨 쓰여 있었다.

"어느 위원회에 의견서가 회부되었습니까?" 안드레이 공작이 물었다.

"군규 제정위원회요. 그리고 내가 당신을 위원회의 한 사람으로 제안하였소. 단, 수당은 없소."

안드레이 공작은 냉소를 지었다.

"그런 것은 바라지도 않습니다."

"무급 위원이오." 아라크체예프는 되풀이했다. "실례하겠소. 이봐! 다음 차례! 아직 누가 있나?" 그가 고개를 숙이며 외쳤다.

5

　위원 임명 통지를 기다리는 동안 안드레이 공작은 옛 우정을 찾는 데 힘썼다. 그는 지금 자신에게 필요하다고 생각되는 유명인들을 선택했다. 페테르부르크로 온 후 그의 감정은 전에 경험했던 전투 전야의 감정과 거의 비슷했다. 그는 불안하면서도 호기심에 끌려서 수백만의 운명이 좌우되고 앞날이 이루어지는 상류사회로 끌려가는 듯한 기분이었다. 그는 1809년 이 페테르부르크에서 거대한 내부 개혁이 준비 중이며, 그 총사령관은 전혀 들어본 일이 없고 천재로 여겨지는 스페란스키라는 사람이라는 것을 수많은 사람들이 떠드는 소문으로 알고 있었다. 막연하게만 알고 있는 개혁과 그 주역인 스페란스키는 그에게 큰 관심을 불러 일으켰기 때문에 군규 개정에 대한 일은 우선순위에서 물러났다.

　안드레이 공작은 페테르부르크 사회의 다양한 사교 모임에서 환영받을 수 있는 좋은 기회를 갖고 있었다. 개혁파는 그가 지혜롭고 박식하기로 평판이 높다는 것, 농노해방을 시도하여 자유주의자들의 호평을 받고 있다는 것 때문에 그를 환영하고 손을 뻗쳤다. 불평 많은 노인들이 모인 보수파는 개혁을 비판하면서도 아버지가 아들을 대하듯 그에게 솔직하게 동정을 구했다. 귀부인들의 모임에서는 그가 부유한 명문 집

안의 독신자이고 그가 전사했다는 오보와 아내의 비극적인 죽음으로 얽힌 낭만적인 이야기의 주인공이라는 것 때문에 환영했다. 또한 이전부터 그를 알던 모든 사람들은 그가 이전의 허식과 오만과 냉소의 태도가 없어지고 최근 오 년 동안 아주 훌륭해지고 부드러워졌으며 그의 나이답게 차분함과 원숙함이 생겼다는 것을 느꼈다. 사교계 사람들은 모두 그에 대해 이야기하고 그에게 흥미를 가져 만나고 싶어했다.

아라크체예프 백작을 방문한 다음날 밤, 안드레이 공작은 코추베이 백작을 찾아갔다. 그는 '실라 안드레이치'와의 회견 내용을 백작에게 말했다(코추베이도 안드레이 공작이 육군 대신의 응접실에서 보았던 것 같은 냉소로 아라크체예프를 그렇게 부르고 있었다).

"자네는 이 문제에 대해 미하일 스페란스키를 무시할 수 없네. 그는 대단한 수완가니까 말일세. 오늘 밤 그가 오기로 약속이 되어 있으니 내가 말해 주지."

"하지만 스페란스키와 군규가 무슨 관계가 있습니까?" 안드레이 공작이 물었다.

코추베이는 안드레이 공작의 단순함에 놀란 듯 고개를 저으며 웃었다.

"나는 최근에 그와 자네 얘기를 했다네." 코추베이가 말을 이었다. "자네의 자유 경작에 대한 이야기를 말이야."

"아아, 농민들을 해방시켰다는 사람이 바로 공작이었소?" 예카테리나 여황제 시대의 노인이 안드레이 공작을 경멸하듯 바라보며 말했다.

"손바닥만한 소유지에서는 전혀 수입이 없거든요." 안드레이 공작은 노인을 화나게 할 필요는 없을 것 같아 부드러운 태도로 대답했다.

"당신도 행여 뒤져서는 안 되겠다고 걱정하는군요." 노인이 코추베이를 바라보며 말했다. "다만 내가 이해할 수 없는 것은 말입니다. 그들에게 자유를 주면 누가 밭을 갈까요? 법률을 쓰는 것은 쉽지만 그것을 운용하는 것은 어렵습니다. 결국 지금과 마찬가지 아니겠소. 백작, 당신에게 이것도 물어보고 싶은데, 누구나 다 시험을 볼 수 있게 된다면, 도대체 누가 장관이 될까요?"

"그야 시험에 합격한 사람들이겠지요." 코추베이가 다리를 포개고 앉아 주위를 보며 대답했다.

"나와 함께 일하고 있는 사람 중에 프랴니치코프라는 참으로 보기 드문 훌륭한 인물이 있습니다만, 나이가 60이나 되지요. 이런 사람도 시험을 봐야 한다는 말입니까?"

"글쎄요, 그것은 좀 곤란하겠죠. 교육이 보급되어 있지 않으니까요. 그러나……."

코추베이 백작은 끝까지 말하지 않고 일어나서 안드레이 공작의 손을 잡더니 때마침 들어온 사람을 맞으러 갔다. 40세 가량으로 키가 크고 금발 머리는 거의 벗겨져서 이마가 훤히 보이며, 갸름한 얼굴은 이상할 정도로 하얀 사람이었다. 그는 파란 연미복을 입고 목에는 십자장을, 가슴 왼쪽에는 성장을 늘어뜨렸다. 스페란스키였다.

안드레이 공작은 그를 바로 알아보았다. 안드레이 공작은 중대한 순간이면 그렇듯 무엇인가 움찔하는 기분을 느꼈다. 그 기분이 존경인지, 부러움인지, 기대인지 그 자신도 몰랐다. 스페란스키는 한눈에 알아볼 수 있을 듯한 독특한 스타일이었다. 그의 예의바르고 둔한 태도 속에 숨어 있는 침착함과 자신감과 반쯤 잠기고 젖은 듯한 눈의 부드러운 시선은 안드레이 공작이 어느 누구에게서도 볼 수 없었던 것이었다. 또 의례적인 미소, 섬세하고 부드럽고 조용한 목소리, 하얀 얼굴, 보들보들한 하얀 손도 본 적이 없었다. 안드레이 공작은 새하얗고 부드러운 이런 얼굴은 그저 병원에 오래 있는 병자의 얼굴에서만 보았을 뿐이었다. 이런 그가 바로 국무 대신이며 황제의 대변자이자 측근으로서 에르푸르트에서 여러 차례 나폴레옹과 만나 회담을 한 스페란스키였다.

스페란스키는 많은 사람이 모인 자리에서 여기저기 시선을 옮기며 보려 하지도 않았고 말을 하려고 서두르지도 않았다. 상대방이 자신의 말을 듣고 있다는 자신감으로 나직한 목소리로 이야기하면서 말하는 상대방의 얼굴만 바라보았다. 안드레이 공작은 초면의 인물, 특히 스페란스키처럼 평판이 높은 사람을 만나면 인간으로서의 성품을 발견하기를 기대하며 언행을 주의 깊게 살폈다.

스페란스키는 궁정에서 코추베이에게 붙들리는 통에 더 빨리 올 수 없었음을 유감스럽게 생각한다고 말했다. 그는 황제가 붙들었다고 말하지 않았다. 안드레이 공작은 그 어색한 겸손도 알아챘다. 코추베이가 안드레이 공작을 소개하자 스페란스키는 평소처럼 미소를 지으면서 안드레이 쪽으로 눈길을 돌리고 묵묵히 그를 바라보았다.

"만나게 되어 대단히 기쁩니다. 당신에 대한 말씀을 들었습니다." 그가 말했다.

코추베이는 아라크체예프가 안드레이 공작을 어떻게 대했는지에 대해 몇 마디 이야기했다. 스페란스키는 더 온화한 미소를 지으며 이렇게 말했다. "내 친구인 마그니츠키가 군규제정위원회의 위원장입니다. 당신이 원하신다면 그를 만나게 해드리겠습니다. 마그니츠키는 이치에 맞는 일이라면 원조를 아끼지 않을 것입니다."

스페란스키의 주위로 금방 하나의 그룹이 만들어졌다. 프랴니치코프와 노인은 무엇인가를 물어보려고 그 옆에 있었다. 안드레이 공작은 이야기에 끼어들지 않고 얼마 전까지만 해도 신학생이었으나 지금은 그 희고 통통한 손 안에 러시아의 운명을 쥐고 있는 스페란스키의 모든 행동을 지켜보았다. 안드레이 공작은 노인의 물음에 스페란스키가 멸시하며 대답하는 것을 보고 놀랐다. 그 태도는 그에게서 쉽게 볼 수 없는 것으로, 마치 한없이 높은 위치에서 관대한 말을 베풀어 주는 듯한 태도였다. 스페란스키는 사람들과 어울려 잠시 대화한 뒤 일어섰다. 그리고 안드레이 공작에게 다가오더니 방 맞은편 끝으로 데리고 갔다. 그는 안드레이 공작에게 잠깐 할 얘기가 있는 듯했다.

"저 노인의 재미난 이야기를 듣느라 당신과 얘기할 겨를이 없었습니다, 공작." 그가 공손하면서도 경멸하는 듯한 미소를 지으며 말했다. 자신이 지금 상대한 사람들이 하찮다는 것을 잘 알고 있다는 듯한 미소였다. 안드레이 공작은 이러한 태도가 그리 기분 나쁘지는 않았다.

"난 오래전부터 당신을 알고 있었습니다. 당신이 이룬 농노 해방은 우리나라 최초의 모범 사례입니다. 한 사람이라도 그 일을 추종하기를 바랍니다. 또한 당신은 이번 궁중의 관위에 관한 칙령에 반대하지 않을 것이라고 생각합니다. 그 칙령은 악평을 불러일으키고 있어서 말이지요."

"예. 아버님은 내가 그런 특권을 이용하는 것을 좋아하지 않으시기 때문에 하급 지위부터 출발한 것입니다." 안드레이 공작이 말했다.

"당신 아버님은 구세대 어른이시지만 분명히 젊은이들보다 뛰어나십니다. 아무튼 사람들은 그저 정의를 바로잡을 뿐인 이번 개혁을 귀가 따갑게 비난하고 있습니다."

"하지만 나는 이 비난에도 상당한 근거가 있다고 생각합니다……." 스페란스키에게 동요되던 안드레이 공작은 그의 이야기에 덮어놓고 맞장구쳤던 것이 불쾌해져서 무엇인가 반대를 하고 싶었다. 평소에는 홀가분한 마음으로 유창하게 이야기하던 안드레이 공작도 스페란스키와 이야기를 나누자 표현이 잘 되지 않아 안타까웠다. 너무나 유명한 이 인물을 살피느라 지나치게 마음을 빼앗겼기 때문이었다.

"개인적 명예를 위한 근거, 그 정도는 있을지도 모르죠." 스페란스키가 조용히 말했다.

"어느 정도 나라를 위한 점도 있습니다."

"그것은 어떤 의미입니까?" 스페란스키가 조용히 눈을 내리깔고 물었다.

"나는 몽테스키외의 숭배자입니다. 그래서 '군주 정치의 기본은 명예다' 라는 그의 사상에 전적으로 동의합니다. 귀족 계급의 권리와 특권도 명예 유지에 필요한 수단이라고 생각합니다." 안드레이 공작이 말했다.

안드레이 공작의 사상에 흥미를 느낀 스페란스키의 표정에서 미소가 사라지더니 갑자기 근엄한 표정이 되었다.

"당신이 이 문제를 그런 관점에서 보신다면……." 스페란스키가 말문을 열었다. 그는 프랑스어 발음에 익숙하지 않은 듯 러시아어보다도 훨씬 느린 어조로 말했으나 그 태도는 부드럽고 침착했다. 그는 '명예'란 근무의 진행상 유해한 특권으로 유지될 수 있는 것이 아니며, 비난받을 만한 행위를 하지 않는다는 부정적인 관념이거나 또는 칭찬이나 보수를 그 표현으로서 받기 위한 경쟁의 한 근원에 지나지 않는다고 말했다.

그의 논증은 간단하고 명백하였다. "이 명예, 즉 경쟁의 근원을 유지하는 제도는 나폴레옹 대제의 레지옹 훈장처럼 근무에서 유해하기는커녕 오히려 도움이 되는 제도이며, 결코 계급이나 궁정만의 특권이 아닙니다."

"이론을 내세워 논쟁하자는 것은 아닙니다만 궁정의 특권도 같은 목적을 달성한 것을 부정할 수는 없습니다." 안드레이 공작이 말했다. "어떠한 대신도 자신의 지위를 분수에 알맞게 유지하는 것을 의무처럼 알고 있으니까요."

"그러나 당신은 그것을 이용하려고 하시지 않았습니다, 공작." 스페란스키가 말했다. 그는 상대방에게 이 논쟁을 어서 끝내고 싶다는 것을 미소로 알리면서 말을 덧붙였다. "만약 수요일에 우리 집에 와 주신다면 마그니츠키와 상의해서 반드시 당신에게 흥미로운 일을 전할 수 있을 겁니다. 그리고 당신과 상세한 이야기도 나누고 싶습니다."

그는 눈을 감고 고개를 숙였다. 그리고 프랑스식으로 인사도 하지 않고 눈에 띄지 않게 살며시 밖으로 나갔다.

6

페테르부르크에서 처음 며칠 은둔 생활을 하는 동안 안드레이 공작은 이곳에 도착한 이후 자질구레한 일들을 걱정하느라 그가 세운 사상 체계가 희미해졌음을 느꼈다. 그는 저녁에 집으로 돌아오면 방문해야 할 곳과 약속 시간을 수첩에 적어 두었다. 언제 어디서나 일할 수 있도록 기계적으로 하루의 시간을 분배하였다. 그는 심지어 아무것도 생각하지 않았다. 시골에서 지낼 때 가졌던 생각을 이야기할 뿐이었다. 그는 하루 동안 여기저기 모임에 가서 똑같은 이야기를 되풀이하고 있음을 깨닫고 기분이 매우 나빠졌다. 그런데도 바쁜 일과에 쫓기다 보니 자신이 아무것도 생각하지 않고 산다는 것에 대해 돌이켜볼 겨를도 없었다.

스페란스키는 코추베이의 집에서 안드레이를 처음 만난 후 수요일에 자택으로 안드레이를 불렀고 둘은 오랫동안 이야기를 나누었다. 그는 안드레이 공작으로 하여금 많은 생각을 하게 하였다.

안드레이 공작은 대다수의 사람들을 보잘것없는 존재라고 멸시하였고 자신의 이상을 실천하려는 완벽한 사람을 찾고 있었다. 그는 스페란스키야말로 자신을 이해해 주고 이지적이고 덕이 높으며 존경할 수 있는 인간이라고 믿었다. 만약 스페란스키가 안드레이 공작과 같은 계급으로 태어나 똑같은 교육을 받고 똑같은 도덕성을 가졌다면, 안드레이 공작은 그의 약점을 쉽게 찾아냈을 것이다. 하지만 스페란스키의 사상 체계가 확실히 이해되지 않았기 때문에 한층 더 존경심을 느꼈다. 뿐만 아니라 스페란스키는 안드레이 공작의 재능을 존중해서인지, 아니면 그를 자기편으로 만들어야겠다고 생각했는지, 안드레이 공작의 기분을 띄워 주고 타고난 침착함으로 아부하여 기쁘게 만들었다. 다른 사람들은 모두 어리석고 그들만이 자신들의 사상의 깊이를 헤아릴 수 있다고 자부하는 듯이 말했던 것이다.

수요일 밤의 오랜 대화 중 스페란스키는 '우리는, 당신과 저는 이해하고 있습니다'라고 여러 번 말했으며, '그들은 이것을 이해할 수 없습니다'라는 말도 자주 했다. 안드레이 공작은 이 날의 대화에서 스페란스키를 처음 보았을 때 느꼈던 존경심과 감동을 더욱 굳혔다. 그는 지혜롭고 엄정하게 사색하는 위대한 지식인이며, 힘과 의지로 권력을 잡았고, 러시아의 복지에만 그 권력을 행사하는 사람이라고 생각했다. 스페란스키는 삶의 모든 현상을 합리적으로 설명하고 인정하며 모든 사물이 얼마나 합리적인지 알아낼 수 있는 인물, 말하자면 안드레이 공작이 되고 싶어하는 그런 인물이었다.

스페란스키의 설명은 간단명료했고 안드레이 공작은 자신도 모르게 그의 의견에 동의하였다. 스페란스키의 모든 이야기는 이치에 맞는 훌륭한 것이었으나 오직 한 가지가 맘에 걸렸다. 바로 스페란스키의 가냘프고 부드러운 흰 손이었다. 안드레이 공작은 그의 손을 권력을 지닌 사람의 손을 보듯이 바라보았는데, 그 때마다 안드레이 공작의 신경이 예민해졌다.

그리고 안드레이 공작을 불쾌하게 만든 것은 스페란스키가 다른 사람을 지나치게 멸시하고 자신의 의견을 펼치는 데 다양한 논증법을 이용한 것이었다. 그는 비유 이외의 모든 형태를 사용했다. 그리고 이 방법에서 저 방법으로 옮겨 갔다. 실제 활동가의 입장에서 공상가를 공격하였다가 때로는 풍자가가 되어서 반대파를 비꼬았다. 또 논리가처럼 말했다가 갑자기 형이상학자로 변하기도 했다(그는 이 마지막 무기를 자주 사용했다). 그는 형이상학의 높이로 문제를 끌고 가서 공간과 지식과 사상을 통해 정의하고, 거기서 상대방의 반박을 끌어내어 다시 원점으로 돌아왔다.

안드레이 공작이 놀란 스페란스키의 지혜의 특징은 지혜의 힘과 합법성을 변함없이 믿는다는 점이었다. 스페란스키는 아주 평범한 생각들은 한 번도 한 적이 없는 것 같았다. 인간이 자신의 생각을 다 표현할 수는 없다는 것과 자신의 생각과 신념이 모두 무의미하지 않을까 하는 의문에 대해서는 생각해 보지 않은 것이다. 안드레이 공작은 그와 대화를 하면서 이런 것들을 막연하게 느꼈다.

오랜 대화를 끝낸 후 안드레이 공작은 이전에 나폴레옹에게 품었던 열정과 똑같은 감정을 느꼈다. 세상의 많은 어리석은 사람들은 사제의 자식으로 태어난 스페란스키를 비난할지 모르지만, 안드레이 공작은 오히려 스페란스키에 대한 감정이 더욱 소중하게 여겨졌고, 무의식적으로 그 감정을 키워 갔다.

스페란스키는 입법 위원회에 대해 이야기하면서, 세워진 지 150년이나 된 입법 위원회는 그동안 경비만 수백만 루블을 썼고 한 일은 아무것도 없으며 다만 로젠캄프(법학자, 위원회의 서기장-옮긴이)가 비교입법의 조항에 빠짐없이 표지를 붙였을 뿐이라고 비난했다.

"그뿐입니다. 단지 그것을 위해 국가가 수백만의 돈을 지불한 것입니다. 우리는 오래전부터 원로원에 새 재판권을 부여하고 싶었지만 법률이 없습니다. 따라서 지금 당신 같은 분이 일을 하지 않는 것은 죄악입니다."

안드레이 공작은 일을 하려면 법률적인 교양을 갖춰야 하는데 자신에게는 없다고 말했다.

"아무도 그런 것을 가지고 있지 않습니다. 당신이 바라는 것은 무엇입니까? 그러한 굴레를 벗어나도록 애써야 하는 거 아닙니까?"

일주일 후 안드레이 공작은 군규 제정위원회의 위원이 되었다. 그는 스페란스키의 요청에 따라 당시 편집 중이던 민법의 제1부를 맡아서 나폴레옹 법전과 유스티니아누스 법전을 참고하여 인권편의 편찬에 착수했다.

7

1808년 소유지 순회를 마치고 페테르부르크로 돌아온 피에르는 페테르부르크 비밀 공제조합의 수뇌가 되었다. 그는 빈민 식당과 영전 회관을 건립하고 새 회원을 모집하면서 각종 단체를 통합하고 교리의 원본을 찾는 데 힘썼다. 그는 조합 건물을 짓는 데 사비를 내놓았고 대부분의 회원이 내지 않는 기부금도 많이 내서 예정액을 채우려고 노력했다. 그는 페테르부르크의 조합이 세운 빈민원을 거의 혼자서 유지했다. 그러나 그는 전처럼 방탕하게 살았다. 그는 미식가이자 애주가였고, 그런 생활이 퇴폐적이고 수치스러운 줄 알면서도 독신자의 방탕한 생활을 자제하지 못했다.

일과 탐닉의 혼돈 속에서 일 년쯤 지나자 피에르는 자신이 서 있는 비밀 공제조합의 지반이 굳게 디디려 할수록 더 깊이 꺼져 들어가는 느낌을 받았다. 그리고 깊이 꺼져 들어갈수록 자신이 더욱 결속되는 것을 느꼈다. 마치 늪에 아무 의심도 없이 한 발 들여놓은 듯한 기분이었다. 한쪽 발을 내디딤과 동시에 그는 쑥쑥 빠져 들어갔다. 그래서 자신의 지반을 더욱 튼튼히 하기 위해서 다른 한쪽 발을 마저 내디뎠다. 결국 더 깊이 빠져 어쩔 수 없이 늪 속을 돌아다니는 것이었다.

이오시프 알렉세예비치는 최근 조합의 일에서 손떼고 모스크바에 머물고 있었기 때문에 만날 수가 없었다. 조합원들은 실생활에서도 지인들이었기 때문에 단순히 조합 동지라고만은 할 수 없었다. 피에르는 비밀 공제조합의 앞치마 밑으로 그들이 실생활에서 애써 얻은 제복과 훈장을 보았다. 자신처럼 부유한 조합원들이 기부금을 모을 때 겨우 이삼십 루블의 돈을 기입하는 것을 보며, 피에르는 '본 조합원은 이웃을 위해서 전 재산을 내줄 것을 약속한다'는 선서를 생각하며 마음속에 여러 가지 의문을 품었으나 생각하지 않으려고 애썼다.

피에르는 자신이 알고 있는 조합원을 네 부류로 나누었다. 첫째 부류는 조합의 사업에 관여하지 않고 신비로운 교의에만 몰두하는 사람들이었다. 이들은 주로 노인들이었는데, 피에르는 이오시프 알렉세예비치를 이 부류에 두고 존경하였지만 그들과 함께할 수는 없었다. 비밀 공제조합의 신비로운 면은 피에르의 적성에 맞지 않았다.

둘째 부류는 피에르와 같은 사람들로, 그들은 언제나 무엇인가를 찾으며 조합 정신에 이르는 가장 쉬운 길을 탐구하면서 언젠가는 그때가 오리라고 믿고 있는 사람들이었다.

대다수의 사람들은 셋째 부류에 속하는데 비밀 공제조합의 외면적인 형식과 의식 외에는 아무것도 보지 못하고 이 외형만 엄격히 지키며 그 내용이나 뜻에는 전혀 신경 쓰지 않는 사람들이었다. 빌라르스키를 비롯하여 본부의 회장까지도 이 부류에 속하였다.

넷째 부류 역시 다수의 조합원이 속했는데, 특히 최근에 입회한 조합원들이었다. 그들은 아무것도 믿지 않고 바라지 않왔다. 다만 젊고 부유하여 발이 넓고 유명한 조합원들에게 접근하기 위해 프리메이슨에 입회한 사람들이었다.

피에르는 자신의 활동에 불만을 느끼기 시작했다. 그가 알고 있는 메이슨이 형식적으로 있는 것처럼 허무했고 그 근본에서 이탈한 것이 아닌가 하는 의심이 들었던 것이다. 그래서 피에르는 연말이 되자 조합의 신비를 탐구하기 위해 외국 여행길에 올랐다.

피에르는 1809년 여름에 페테르부르크로 돌아왔다. 국내의 메이슨 회원들은 피에르가 외국의 많은 간부들에게 신임을 받았고 많은 신비를 탐구하여 최고 지위를 부여받았으며 러시아 조합 사업의 복리를 위해 매우 뜻깊은 수확을 많이 가지고 돌아왔다는 사실을 외국 조합원들의 서신으로 알게 되었다. 페테르부르크의 조합원들은 그의 환심을 사려고 찾아왔다. 그리고 그들은 피에르가 남몰래 무엇인가를 꾸미고 있다고 생각했다.

지부 대회에서 피에르는 조합의 최고 지도자들이 페테르부르크 조합원들에게 보내는 전달 사항을 보고하기로 했다. 집회는 대성황을 이루었다. 일반 의식이 끝나자 피에르는 일어나서 연설을 시작했다.

"친애하는 형제, 자매 여러분." 그는 한 손에 원고를 들고 얼굴을 붉히며 입을 열었다.

"조합은 엄숙함 속에서 신비를 지키는 것만으로는 부족합니다. 활동해야 합니다. 우리는 잠든 상태입니다. 우리에게 필요한 것은 활동입니다." 피에르는 원고를 읽기 시작했다.

"순수한 진리의 보급과 덕행의 승리를 얻기 위하여……. 우리는 사람들을 편견에서 구해내고 시대가 요구하는 정신에 알맞은 규범을 퍼뜨리며 젊은이를 교육하고 최고의 지식인들과 굳게 손잡고 불신과 우매함에서 과감히 벗어나 같은 목적으로 결합하며 권력과 세력 있는 사람들을 모아야 합니다.

이 목적을 달성하기 위해 선으로 악을 정복하고, 청렴한 사람의 덕행을 보상하도록 노력해야 합니다. 하지만 오늘날의 정치 제도는 우리의 이 위대한 계획을 방해하고 있습니다. 그러면 이러한 제도 속에서 우리는 무엇을 해야 할까요? 혁명을 조장하여 모든 것을 뒤엎고, 힘으로 몰아내야 할까요? 아닙니다. 모든 폭력적인 개혁은 옳지 않습니다. 인간이 현재의 모습으로 있는 한 절대로 악을 바로잡을 수 없습니다. 혁명에는 폭력이 필요 없습니다.

모든 조합의 계획은 같은 신념으로 손잡은 덕망이 있는 사람들을 만들어내는 것을 근본으로 삼아야 합니다. 신념이 있는 사람들이 어디서든지 계속 악행과 우매함을 몰아내고 재능과 덕행을 지키면서 먼지 속에서 훌륭한 사람을 가려내어 우리 조합에 가입시켜야 합니다. 그래야 비로소 우리 조합이 유력해지고 무질서한 권력자를 슬그머니 끌어내어 그들이 모르는 사이에 그들을 조종하는 권리를 얻게 되는 것입니다. 다시 말하면 온 세계를 지배하는 정치 형태를 수립해야 하며, 이 정치 형태는 사회의 제약을 파괴하지 않으면서 세계에 보급되어야 하는 것입니다. 이때도 악행에 대해 선행이 승리하는 것을 방해하는 것 이외에는 정치 제도도 모두 이전처럼 지속되어야 하며 무슨 일이든지 할 수 있어야 합니다. 이 목적이야말로 기독교의 가르침입니다. 그리스도는 '사람들에게 현명하고 선량할지어다'라고 가르치고 자신에게 도움이 되기 위해서 훌륭한 현자의 교훈과 귀감을 추종하라고 가르치고 있습니다.

모든 것이 암흑 속에 있었을 때는 설교만으로 충분했습니다. 진리의 새로움이 진리 자체에 특수한 힘을 부여했기 때문입니다. 그러나 오늘날 우리에게는 더 강렬한 방법이 필요합니다. 자신의 감정에 좌우되는 인간은 선에서 매력을 발견해야 합니다. 욕망은 근절할 수 없으므로 고귀한 목적으로 이끌도록 힘써야 합니다. 자신의 덕행 범위 안에서 자신의 욕망을 만족시켜야 하며 우리 조합은 그 방법을 제공해야 합니다.

머지않아 우리는 모든 나라에서 훌륭한 회원을 받아들일 것이며 그 한 사람 한 사람이 다시 다른 두세 명의 가입자를 만들어 모든 회원이 서로 긴밀히 협력하는 날이 오면, 지금까지 음지에서 인류의 행복을 위해 많은 공헌을 한 우리 조합은 어떠한 일도 할 수 있게 될 것입니다."

이 연설은 강렬한 인상을 주었으며 큰 동요를 가져왔다. 연설의 내용 중 위험한 이신론적인 사상을 눈치 챈 대다수의 조합원들은 매우 냉담한 태도를 보였다. 피에르는 더 열정적으로 자신의 소신을 펼쳤다. 이처럼 떠들썩한 집회는 오랫동안 없었다. 피에르가 이신론에 빠져 있다고 공격하는 자들이 있는가 하면 그를 지지하는 자도 있어서 피에르는 이 집회에서 사람의 생각이 끝없이 복잡하다는 데 놀랐다. 어떠한 진리도 모든 사람이 동일하게 이해할 수 없다는 것을 깨달은 것이다. 자기편이라고 생각했던 조합원 중에도 자기 나름대로 해석하고 여러 가지로 왜곡한 자가 있었는데 피에르는 정말 이해할 수 없었다. 피에르는 단지 자신이 이해하고 있는 사상을 다른 사람에게 정확히 전달하고 싶었을 뿐이었다.

집회가 끝나자 회장은 적의와 비난에 찬 어조로 피에르의 급한 성격을 충고하고, 그의 연설은 선에 대한 사랑뿐만 아니라 도전적인 의식이 크게 작용하였다고 빈정댔다. 피에르는 이에 대답하지 않고 다만 자신의 제의를 받아들일 것인가를 물었다. 회장이 거부하자 피에르는 관례적인 행사를 마치지 않은 채 집회소에서 나와 집으로 돌아왔다.

8

피에르는 예전처럼 두려워하던 우울과 고독에 다시 사로잡혔다. 그는 연설 뒤 사흘 동안 아무도 만나지 않고 외출도 하지 않고 집에만 있었다.

그때 그는 아내의 편지를 받았다. 아내는 편지에서 꼭 한 번 만나 달라고 애원하면서 그에 대한 생각에 슬픔에 잠겨 있다는 것과 평생을 그에게 바치고 싶다고 적었다. 마지막으로 그녀는 며칠 안에 외국에서 페테르부르크로 돌아갈 것이라고 알렸다. 이 편지에 뒤이어 피에르를 자극한 것은 그다지 친하지 않은 조합원이었다. 그는 피에르의 부부관계에 화제를 돌리며 동료로서 충고하는데, 피에르의 아내에 대한 가혹한 태도는 부당하고 뉘우치는 자를 용서하지 않는 것은 조합의 가장 중요한 계율에 어긋난다고 말했다. 그리고 이 무렵 장모인 바실리 공작 부인이 매우 중요한 일에 관해 의논하고 싶으니 잠깐이라도 와 달라고 사람을 보내 왔다.

피에르는 자신에 대한 음모, 즉 자신과 아내를 결합시키려는 의도를 깨달았으나 지금의 심정으로는 별로 불쾌하지도 않았다. 그는 어떻게 되건 상관없다고 생각했다. 지금 피에르에게는 일생에서 가장 중요한 것이 아무것도 없었다. 그는 여전히 우울했고 자신의 자유나 아내의 처벌에 관한 확고한 의지도 전혀 없었다.

피에르는 아내와의 재결합을 승낙하지 않았는데, 그것은 단지 지금과 같은 상태에서는 어떠한 일도 할 힘이 없었기 때문이었다. 이때 아내가 찾아왔더라도 그는 몰아내지 않았을 것이다. 당시 피에르의 마음을 차지하고 있던 문제에 비한다면 아내와의 동거 여부는 아무 상관이 없었다. 아내에게도 장모에게도 답장을 보내지 않은 채, 피에르는 어느 날 밤늦게 여행 준비를 하고 이오시프 알렉세예비치를 만나러 모스크바로 떠났다. 피에르는 다음과 같이 일기에 썼다.

모스크바, 11월 17일

지금 막 은인에게 다녀왔다. 내가 경험한 일을 빠짐없이 기록하려고 한다. 이오시프 알렉세예비치는 가난하게 살면서 벌써 삼 년이나 무서운 수종으로 괴로워하고 있다. 하지만 어느 누구도 그의 신음과 우는 소리를 듣지 못했다. 그는 가장 간단히 식사하는 시간을 제외하고는 아침 일찍부터 밤늦게까지 학문에 몰두하고 있다.

그는 나를 친절하게 맞아 주었고 자신의 침대에 앉으라고 하였다. 그는 내가 프러시아와 스코틀랜드의 조합에서 어떤 것을 보고 느끼고 왔는지 겸손한 미소를 띠면서 물었다.

나는 될 수 있는 대로 자세하게 모든 것을 이야기했다. 그리고 페테르부르크의 집회에서 발표했던 내용과 사람들의 냉담한 태도, 나와 조합원들 사이에 생긴 불화에 대해서 이야기했다. 이오시프 알렉세예비치는 한참을 가만히 있다가 이윽고 그의 견해를 이야기했다. 그의 견해는 나에게 미래의 진로를 모두 비추어 주었다.

그는 조합의 세 가지 목적의 진의를 기억하냐고 물었다. 그것은 첫째, 신의 보존과 그 인식, 둘째, 이것에 도달하기 위한 자기정화와 교정, 셋째, 이러한 자기정화 이후의 인류 교정이었다. 이 세 가지 가운데 가장 중요한 목적은 무엇일까? 물론 자기정화와 교정이다. 우리가 주변에 상관하지 않고 언제나 노력할 수 있는 것은 이것뿐이다. 하지만 이 목적을 성취하려면 가장 많이 노력해야 한다. 그래서 우리는 오만한 마음에 눈이 멀어 목적을 잃고 신비의 연구를 시작하거나(이것은 깨끗해지지 않고서는 할 수 없는 것이다), 자신이 악과 방탕의 표본이면서 인류를 교정하겠다고 나서는 것이다. 이 신론이 순수한 가르침이 아닌 이유는 사회적인 운동에 열중하고 있고 오만함으로 가득 차 있기 때문이다.

이오시프 알렉세예비치는 이를 근거로 나의 연설과 행동을 비판했다. 나는 그의 말을 마음속 깊이 동의했다. 이야기가 내 가정 문제에 미치자 그는 이렇게 말했다.

"언젠가 얘기했던 것처럼 메이슨의 주요한 의무는 자기완성입니다. 그러나 우리는 가끔 인생의 온갖 난관을 물리치면 보다 빨리 이 목적을 달성할 수 있다고 생각합니다. 하지만 정반대입니다. 다만 실생활의 난관 속에서야말로 세 가지의 주요 목적을 이룰 수 있습니다. 세 목적 가운데서 첫째, 자기인식, 인간은 비교를 통해서 스스로를 인식할 수 있기 때문입니다. 둘째, 자기완성, 이것은 투쟁을 통해서 얻어집니다. 셋째, 죽음에 대한 사랑에 도달하는 것입니다. 삶의 변화가 우리에게 삶의 허무를 가르쳐 주고, 우리가 죽음을 사랑하듯 새로운 생활로 다시 태어나는 것을 사랑하도록 이끌어 줍니다."

이러한 말들은 이오시프 알렉세예비치가 자신의 육체적인 고통에도 불구하고 결코 인생을 무거운 짐으로 생각하지 않으며, 죽음을 사랑하지만 아직 죽음을 충분히 준비하지 못했다고 생각하기 때문에 더욱 의미 있게 들렸다. 그리고 그는 나에게 페테르부르크 조합원들과 교제를 피하지 말고, 조합의 두 번째 목적인 자기완성을 하도록 노력하여 조합원들을 오만에서 구제하고 자기인식과 완성의 정도로 이끌어 주라고 충고하였다. 그리고 나 자신을 위해서는 스스로를 살피라고 충고하였고 이 목적을 위해서 한 권의 노트를 내게 주었다. 바로 지금 쓰고 있는 이 노트에 나의 모든 행동을 적어 나갈 것이다.

페테르부르크, 11월 23일

나는 다시 아내와 살고 있다. 장모가 찾아와서 엘렌이 페테르부르크에 있다는 것, 그녀가 자신의 변명을 들어 달라고 애원하고 있다는 것, 그녀가 결백하다는 것, 그녀가 나에게 버림받아 몹시 불행하다는 것 등을 눈물을 흘리며 늘어놓았다. 내가 그녀를 만나면 그녀가 원하는 것을 거절하지 못할 것임을 잘 알고 있었다. 나는 누구에게 도와달라고 해야 할지 몰랐다. 나는 서재에 틀어박혀 이오시프 알렉세예비치의 편지를 다시 읽고 그와의 대화를 떠올렸다. 나는 애원하는 자를 거절하는 것은 도리가 아니며, 나의 십자가를 짊어져야 한다는 결론을 내렸다. 하지만 그녀를 용서한다면 나와 그녀와의 결합에도 하나의 정신적인 목적을 가져야겠다. 나는 아내에게 지난 일은 전부 잊고 내가 잘못을 저질렀다면 용서해 달라고 했으며 내가 그녀를 용서해야 할 것은 없다고 말했다. 그녀에게 이런 말을 하자 기뻐졌다. 그녀를 다시 만난다는 것이 얼마나 괴로운 일인가는 그녀에게 알리지 말자. 2층에 자리를 잡은 나는 지금은 다시 태어난 행복감에 젖어 있다.

9

상류사회는 궁중이나 대무도회에서는 함께 어울렸지만 독자적인 몇 개의 그룹으로 나뉘어 있었다. 그 중 가장 큰 것은 로만체프 백작과 콜렌쿠르가 속한 나폴레옹 동맹 그룹이었다.

 엘렌은 피에르와 함께 페테르부르크에 정착하면서부터 이 그룹에서 가장 눈부신 위치를 차지했다. 그래서 프랑스 대사관 사람들과 이 그룹에서 가장 총명하다고 이름난 사람들이 줄곧 그녀를 방문했다.

 엘렌은 두 황제가 회견할 때 에르푸르트에 있었다. 유럽에서 명성을 떨치고 있는 나폴레옹과 명사들과의 관계는 그곳에서 시작되었다. 에르푸르트에서 그녀는 화려한 성공을 거두었다. 나폴레옹도 극장에서 그녀를 보고 그녀에 대해 물었으며 그녀의 아름다움을 높이 평가하기도 했다.

 피에르는 엘렌이 더욱 아름답고 우아한 부인으로 성공한 데 놀랄 따름이었다. 이 년 동안 그녀가 아름답고 똑똑한 여자라는 평판을 얻었다는 사실이 놀라웠던 것이다.

 유명한 리뉴 공작은 그녀에게 여덟 장의 편지를 써 보냈으며 빌리빈은 그녀 앞에서 자신의 날카로운 언변을 펼쳤다. 베주호프 백작 부인의 객실에 초대되는 것은 지식 증명서를 받는 것이나 다름없었고, 엘렌의 야회에 가는 젊은 사람들은 화제를 준비하느라 미리 책을 읽었다. 대사관의 서기관들과 공사들은 그녀에게 외교상의 비밀을 털어놓을 정도였다.

 그녀가 매우 어리석은 여자임을 알고 있는 피에르는 가끔 아내의 야회나 만찬회에 참석했는데 정치와 문학, 철학 얘기가 오가면 의혹과 두려움을 느꼈다. 그는 야회에서 금방이라도 자신의 속임수가 드러날까 봐 걱정하는 마술사 같은 기분이었다. 그러나 이런 야회를 베푸는 데 어리석음이 필요한 것인지, 아니면 사람들이 기만당하는 데서 즐거움을 느끼기 때문인지, 어쨌든 이 속임수는 들통나지 않았다. 엘렌이 아름답고 영리한 부인이라는 명성은 끄떡없었다. 사람들은 그녀가 아무리 속되고 어리석은 말을 해도 감탄하면서 그녀가 생각하지도 않았던 깊은 뜻을 찾아냈다.

피에르는 이렇게 눈부신 사교계 부인에게 꼭 필요한 남편이었다. 그는 누구도 방해하지 않고 고상한 분위기를 깨뜨리지 않았으며 아내의 우아하고 세련된 태도와 정반대로 그녀를 돋보이게 하는 유리한 배경이 되어 있었다. 넋이 나간 것 같은 괴짜 영주였던 것이다.

피에르는 이 년 동안 메이슨의 고귀한 관심사에만 몰두했기 때문에 자신에게는 아무 관심도 없는 아내의 모임에 참석해서도 억지로는 도저히 꾸며낼 수 없는, 만사에 무관심하고 대범한 기품이 몸에 배어 있었고 그래서 자신도 모르게 남에게 존경심을 불러일으켰다. 그는 아내의 객실로 가는 일을 극장에라도 가듯이 모든 사람들에게 친절하게 대하고 한결같이 상냥했으며, 또한 한결같이 냉담했다.

그는 이야기에 흥미를 느끼면 가끔씩 끼어들기도 했다. 그는 '대사관 사람들'을 아랑곳하지 않았고 분위기에 전혀 맞지 않는 의견을 늘어놓았다. 하지만 페테르부르크에서 가장 뛰어난 여성의 남편이 괴짜라는 평판은 이미 굳어져서 아무도 그의 엉뚱한 행동을 진지하게 받아들이지 않았다.

많은 젊은이들은 매일같이 엘렌을 찾아왔는데 그 중에는 보리스도 있었다. 그는 이미 크게 성공하였고 엘렌이 에르푸르트에서 돌아온 뒤로 베주호프가와 가장 친한 사람이 되었다. 엘렌은 보리스를 '나의 어린 시종'이라고 부르며 어린애 다루듯 했다. 엘렌은 다른 사람과 똑같이 보리스에게 미소를 보였지만 때때로 피에르는 이 미소가 불쾌하게 느껴졌다. 보리스는 피에르에게 존경을 표하면서 쓸쓸한 게 당연하다는 듯 대했다. 그래서 이 존경심도 피에르를 불안하게 했다. 피에르는 이 년 전 아내에게서 모욕을 받았을 때 너무도 괴로웠기 때문에 이번에는 모욕당하는 것을 막으려고 다음의 방법을 썼다. 첫째 방법은 자신은 엘렌의 남편이 아니라고 생각하는 것이었고, 둘째 방법은 그런 생각을 가능한 한 피하도록 한 것이었다. 아내는 청탑파가 되었기 때문에 다른 남자를 마음에 두지 않을 것이라고 생각했다. 그러나 이상하게도 아내의 객실에 보리스가 있으면(그는 언제나 있었다) 피에르는 신경이 쓰였다. 그는 몸이 마비되었고 행동도 자유롭지 못했다.

'정말 호감이 가지 않아. 전에는 굉장히 마음에 들었는데.'

사교계에서 볼 때 피에르는 대부호이고, 유명한 부인의 괴짜 남편이며, 현명하지만 이상한 사람이고, 아무것도 하지 않고 누구도 방해하지 않는 사랑스러운 호인이었다. 그러나 피에르의 마음은 복잡했고 내적 진보가 힘들게 이루어지고 있었다. 이는 그에게 많은 것을 계시하였고 무수한 종교적 의문과 기쁨으로 이끌고 있었다.

10

그는 일기를 계속 쓰고 있었다.

11월 24일

8시 기상. 성서를 읽고 출근하다(피에르는 이오시프 알렉세예비치의 권고에 따라 어떤 위원회에서 일하고 있었다). 식사 전 귀가. 혼자서 식사(아내에게는 손님들이 많았으므로). 적당히 먹고 마신 후 조합원들을 위해 글을 썼다. 밤에 아내의 객실로 가서 B에 관해 우스운 이야기를 했다. 모든 사람이 웃었는데 그제야 비로소 쓸데없는 짓을 했다는 생각이 들었다.

행복하고 평안한 마음으로 취침. 하나님이시여, 저를 도와 당신의 뒤를 따르게 하옵소서. 첫째, 평온과 여유로 분노를 극복하게 해 주십시오. 둘째, 절제와 혐오로 욕정을 이기도록 해 주십시오. 하지만 일과 업무, 가속을 위한 배려, 친구들과의 관계, 경제적인 일을 소홀히 하지 않게 해 주십시오.

11월 27일

늦잠을 자고 났지만 게으름을 부려 오랫동안 침대에 누워 있었다. 하나님이시여! 당신의 뒤를 따를 수 있도록 나를 구원하고 격려하여 주시옵소서. 성서를 읽었으나 아무런 감회도 일지 않았다. 조합원 우루소프가 왔다. 이 세상의 허무함과 황제의 새로운 계획에 대해 이야기했다. 나는 그것을 비판하려다가 나의 계율과 은인의 말을 떠올렸다. 진실한 메이슨은 국가가 참여를 요구할 때 열성적인 실행자가 되고, 자신의 사명이 아닌 일에 관해서는 냉정한 방관자가 되어야 한다는 것이었다. 내 혀는 나의 적이다.

조합원 세 사람이 찾아왔다. 새 회원의 가입에 대하여 상의했다. 그들은 나에게 리토르의 의무를 맡겼다. 나는 내가 약하고 자격이 없다고 느낀다. 대화는 신전의 일곱 기둥, 사원의 일곱 계단, 일곱 개의 학문, 일곱 개의 덕행, 일곱 개의 악행, 일곱 개의 성령으로 이어졌다.

밤에 입회식이 있었다. 식장의 새로운 시설은 장엄한 광경을 연출했다. 새 가입자는 보리스 드루베스코이였다. 내가 그를 추천하였으며 리토르도 내가 맡았다. 어두운 방 안에서 그의 얼굴을 대할 때 이상한 감정이 줄곧 나를 흥분시켰다. 나는 그를 증오하는 감정을 느끼고 억누르려 애썼으나 허사였다. 나는 그를 악에서 구출하여 진리의 길로 이끌려 했었지만 그에 대한 나쁜 감정들이 마음에서 떠나지 않았다. 그가 메이슨에 입회한 속셈은 유력한 사람들과 접촉하여 총애를 받고 싶은 거라고 생각되었다. 그는 입회소에 누구 누구는 없냐고 여러 번 물었다(이 물음에 대해 나는 대답할 수 없었다). 그리고 나는 그가 신성한 우리 조합에 존경심을 느끼지 않음을 관찰하였다. 그리고 영적 개선을 희망하기보다는 외적 존재로서의 자신의 모습에 만족하는 것 같았다. 또 의심할 만한 근거가 없었지만 내 눈에는 그가 성실하지 않게 보였다. 우리 두 사람이 어두운 방 안에서 얼굴을 맞대고 있는 동안 그는 내 말을 들으며 줄곧 경멸의 미소를 짓는 듯했다. 사실 나는 그에게 들이대고 있던 칼로 그의 가슴을 찔러 버리고 싶었다. 나는 말을 잘하지 못해서 내 의혹을 조합원들과 회장에게 바로 전할 수 없었다.
 위대한 조물주시여, 이 허위의 미궁에서 벗어나 참다운 길을 찾을 수 있도록 도와주시옵소서.

 이 이후는 서너 장의 공백이 있었고, 다음과 같은 내용이 적혀 있었다.

 조합원 A와 교훈적인 긴 대화를 나누었다. 그는 내게 조합원 B를 의지하라고 충고했다. 아직 부족한 나에게 많은 것을 깨우쳐 주는 것 같았다. 아도나이는 세계를 창조한 자의 이름이다. 엘로인은 모든 것을 지배하는 자의 이름이다. 셋째 이름은 일체의 뜻을 지닌 것으로 부를 수 없는 이름이다. A와의 대화는 덕행의 길에 서 있는 내게 힘과 생명력을 주고 나를 인정해 준다. 그와 이야기하고 있으면 의심이 사라진다. 사회과학의 빈약한 학설과, 일체를 받아들이는 우리의 신성한 교의와의 차이가 더욱 뚜렷해졌다.
 인간의 과학은 이해를 위하여 모든 것을 분석하고 관찰을 위하여 모든 것을 파괴한다. 메이슨의 신성한 가르침에서는 모든 것이 유일하고 통일된 그대로 인식된다. 삼위일체, 즉 물질의 세 원소는 유황, 수은, 소금이다. 유황은 기름과 불의 성질을 가지고 있다. 이것이 소금과 결합하면 그 열성으로 소금을 바싹 마르게 한다. 그 결과 수은을 끌어당겨 붙잡고 억

눌러서 함께 하나의 물체를 만든다. 수은은 움직이기 쉬운 액체의 영적 본질이다. 즉, 그리스도이고 성령이자 하나님이다.

12월 3일

늦게 잠이 깨어 성서를 읽었지만 감동이 없었다. 홀을 서성거리며 사색하고 싶었으나 문득 예전에 있었던 한 사건이 떠올랐다. 결투 후 모스크바에서 돌로호프를 만났을 때, 그는 내게 엘렌이 없어도 정신적으로 평안할 것이라고 생각한다고 했다. 그때 나는 아무 대답도 하지 않았다. 나는 지금에서야 그때 일을 생각했고 그에게 마음속으로 온갖 독설과 신랄한 대답을 퍼부었다. 내 자신이 분노에 불타고 있음을 깨닫고 비로소 정신을 차려 이 생각을 내버렸다. 하지만 별로 후회하지 않는다.

보리스가 찾아와서 여러 이야기를 했다. 나는 그가 찾아온 것이 견딜 수 없이 싫어서 그에게 듣기 싫은 말을 해댔다. 그는 반박했다. 나는 화가 나서 더 난폭한 말을 퍼부었다. 그는 입을 다물었다. 내가 겨우 정신을 차렸을 때는 이미 늦었다. 아아, 이 무슨 일인가. 나는 자존심 때문에 이 사나이를 다루지 못하고 있다. 내가 내 자신을 상대방보다 높은 곳에 올려놓은 꼴이라 오히려 더 저열한 인간이 되고 있다. 그는 내가 하는 말을 관대하게 듣고 있지만 나는 그를 경멸하고 있다.

주여, 그 앞에서는 나의 비천함이 더 보이게 하시고, 그를 위해서 유익한 행동을 할 수 있도록 도와주시옵소서.

식후에 한잠 잤다. 막 잠이 들려는데 왼쪽 귓전에서 '그때의 날이 왔노라' 하는 목소리가 들려왔다.

나는 꿈을 꾸었다. 어둠 속을 걷고 있는데 갑자기 여러 마리의 개가 나를 둘러쌌다. 별로 무섭다고 생각하지 않고 걸어갔다. 느닷없이 작은 개가 내 넓적다리를 물고 늘어졌다. 나는 두 손으로 그 개를 꽉 눌렀다. 가까스로 그 개를 떼자마자 또 다른 큰 놈이 나를 물었다. 나는 그놈을 들어올리려고 했으나 들어올릴수록 더 커지고 무거워졌다. 그러자 뜻밖에 한 조합원이 와서 내 손을 잡더니 어떤 건물로 데리고 갔다. 그 건물 안으로 들어가려면 좁은 널빤지를 건너야 했다. 내가 한 발짝 내딛자 널빤지가 휘어졌고 난 떨어지고 말았다. 그래서 겨우 손이 닿은 담으로 기어오르기 시작했다. 간신히 몸을 끌어올렸는데 다리는 이쪽에, 상체는 반대쪽으로 걸려 있었다. 주위를 둘러보니 그 조합원이 담 위에 서서 가로수 길과 뜰을 가리키고 있었다. 뜰 안에는 크고 아름다운 건물이 있었다. 나는 꿈에서 깨어났다.

주여, 위대한 조물주이시여! 이 개들을, 과거의 모든 욕정을 벗어 버리고 꿈에서 보았던 그 덕행의 궁전으로 들어가도록 도와주시옵소서.

12월 7일

꿈에 이오시프 알렉세예비치가 내 집에 앉아 있었다. 나는 너무 기뻐 그를 대접하려고 했다. 그런데 나는 옆 사람과 계속 떠들고만 있었다. 문득 내 행동이 그의 마음에 들지 않을 것이라고 생각하고 그에게 다가가 그를 안으려고 했다. 내가 다가가자 그의 얼굴이 젊게 변했다. 그는 나지막한 목소리로 메이슨의 가르침에 대해 이야기하기 시작했다. 목소리가 너무 작아서 알아들을 수가 없었다. 이윽고 우리는 방에서 나왔고 그때 이상한 일이 일어났다. 우리는 바닥에 앉기도 하고 누워 있기도 했다. 그는 무엇인가 나에게 말하고 있었다. 나는 그에게 나의 예민한 감정을 보이고 싶었는지 그의 말은 듣지 않고 나의 내면과 나를 감싸 주시는 하나님의 은총을 생각하며 눈물을 흘렸다. 나는 그가 이를 알아챈 것이 만족스러웠지만 그는 못마땅한 듯 나를 바라보고 말을 멈추더니 일어섰다. 나는 당황해서 지금 한 이야기가 나와 관련된 것이 아니었냐고 물었다. 그는 아무 대답도 하지 않고 부드러운 미소를 지었다. 갑자기 우리는 내 침실에 와 있었다. 그는 침대 끝에 누워 있었다. 나는 그에게 응석을 부리고 싶어서 같이 누우려고 했다. 그러자 그가 이렇게 물어보았다.

"사실대로 말해 보시오. 당신의 가장 큰 욕망은 무엇입니까? 당신은 그것을 알고 있습니까? 나는 당신이 알고 있다고 생각합니다만."

나는 당황하여 게으름이 주된 욕망이라고 대답했다. 그는 미심쩍은지 고개를 저었다. 나는 더 당황해서 그의 충고를 받아들여 아내와 같이 살고는 있지만 남편으로 살고 있는 것은 아니라고 했다. 그러자 그는 아내가 애무하지 못하게 하는 것은 좋지 않다고 말하고 오히려 그것이 내 의무라고 말했다. 나는 부끄럽다고 했다. 그러자 갑자기 모든 것이 자취를 감춰 버렸다. 나는 잠에서 깨어 머릿속에서 성서의 한 구절을 짚어

보았다. '생명은 사람의 빛이니라. 빛은 어둠 속에서 빛나고 어둠은 이것을 덮지 못하도다.' 이오시프 알렉세예비치의 얼굴은 밝았고 젊어 보였다. 이날 나는 은인으로부터 부부 생활의 의무에 대해 쓴 편지를 받았다.

12월 9일

나는 또 꿈을 꾸었다. 꿈에서 깨어나자 몹시 흥분되었다. 꿈에서 나는 모스크바 집의 큼직한 소파가 있는 방에 있었는데 객실에서 이오시프 알렉세예비치가 나왔다. 나는 그에게 갱생의 기적이 일어났음을 느끼고 그를 맞으려고 달려갔다. 나는 그의 볼과 손에 키스한 것 같았다.

그러자 그가 말했다. "내 얼굴이 변한 것을 알겠습니까?"

나는 그를 껴안은 채 그 얼굴을 보았다. 그의 얼굴은 젊어 보였으나 머리털이 없었고 완전히 변해 있었다.

나는 "우연히 당신을 만났더라도 알아보았을 겁니다"라고 말한 것 같았다. 그러면서 바로 내가 말한 것이 정말일까 하는 생각이 들었다. 그런데 갑자기 그가 주검처럼 누워 있었다. 정신을 차린 그와 함께 큰 서재로 들어갔다. 손에는 큼직한 책을 들고 있었다.

나는 "내가 쓴 것입니다"라고 말한 것 같았다. 그는 고개를 끄덕였고 나는 책을 펼쳤다.

모든 페이지마다 아름다운 그림이 그려져 있었다. 그 그림들은 어떤 영혼과 그의 애인이 정사를 나누는 장면을 나타내는 그림이라는 것을 나도 알고 있었던 것 같다. 어느 페이지에는 환히 비치는 옷을 입은 살결이 투명한 소녀가 구름을 향해 날고 있는 아름다운 그림이 있었다. 나는 이 소녀가 구약성서의 아가라고 알고 있었던 것 같았다. 그리고 나쁜 짓임을 알면서도 이 그림에서 눈을 뗄 수 없었다.

주여, 도와주소서! 나를 버리는 것이 하나님의 뜻이라면 그 뜻에 따를 수밖에 없지만, 나를 버리시는 이유가 나 자신에게 있다면 어떻게 해야 합니까? 신이여, 가르쳐 주소서. 당신이 나를 버리신다면 나는 정욕으로 몸을 망칠 것입니다.

11

로스토프가는 지출을 줄일 생각으로 이 년 동안이나 시골에서 지냈지만 형편은 조금도 나아지지 않았다. 니콜라이 로스토프가 굳게 결심하고 돈을 잘 쓰지 않으면서 멀리 떨어진 연대에서 외로이 근무하고 있었지만 아트라드노예 마을에서의 생활 형편은 여전했다. 특히 노백작이 믿고 있던 미첸카의 일 처리가 서툴렀기 때문에 빚은 해마다 큰 폭으로 늘어만 갔다. 노백작은 일자리를 찾기 위해 페테르부르크로 나왔다. 일자리를 찾는 동시에 마지막으로 딸들을 즐겁게 해 주기 위해서였다. 로스토프가가 페테르부르크로 온 후 얼마 뒤 베르그가 베라에게 청혼했고 베라는 받아들였다.

로스토프가는 모스크바에서는 어떤 계급인지 생각할 필요도 없이 상류사회에 속해 있었지만 페테르부르크에서는 분명하지 않았다. 페테르부르크에서는 시골뜨기 취급을 당했고, 모스크바에 있었을 때는 신분을 가리지 않고 대접해 주던 사람들도 이곳에서는 상대해 주지 않았다.

로스토프가는 페테르부르크에 와서도 모스크바에서와 마찬가지로 만찬을 베풀어 많은 사람들을 초청했다. 아트라드노예 마을의 이웃으로 별로 부유하지 않은 늙은 지주와 딸들, 여관인 페론스카야, 피에르 베주호프, 페테르부르크에서 근무하고 있는 시골 우체국장의 아들 등이었다. 로스토프가와 가족처럼 지내게 된 사람은 피에르(노백작이 거리에서 만나 집으로 끌고 왔다)와 보리스와 베르그였다. 베르그는 매일같이 로스토프가에 와서 백작의 맏딸인 베라에게 정성을 쏟았다.

베르그는 아우스터리츠 전투에서 다친 오른손을 사람들에게 보이면서 오른손으로 군도를 꽉 쥐고 큰 의미가 있는 것처럼 이야기했기 때문에 누구나 그의 당당함과 가치를 믿을 수밖에 없었다. 베르그는 이 전투에서 두 개의 포상을 받았다.

베르그는 핀란드 전쟁에서도 교묘하게 남의 눈에 띄는 일을 했다. 총사령관 옆에 서 있던 부관이 전사하자 그는 유탄 파편을 주워 장군에게 가지고 갔다. 그리고 아우스터리츠 전투와 마찬가지로 사람들이 믿을 때까지 이 사건을 집요하게 이야기했다. 그래서 베르그는 핀란드 전투에서도 두 개의 상을 받았다. 1809년 그는 훈장을 많이 탄 근위 대위가 되어 페테르부르크에서 좋은 위치에 올라 있었다.

베르그의 용기와 재능에 관해 이야기할 때마다 의구심을 품고 빈정대는 미소를 짓는 몇몇 사람이 있기는 하였지만, 대부분은 베르그가 성실하고 용감한 장교이고 상관의 신임을 받아 출세의 길이 열려 있으며 사회에서 확고한 지위를 차지한 훌륭한 청년임을 인정하였다.

이번에 로스토프가가 페테르부르크로 오자 베르그는 로스토프가와 자신의 위치를 비교해 보고 드디어 때가 되었다고 결론짓고 청혼을 했다. 로스토프가는 처음에는 베르그의 청혼을 받아들이기를 주저했다. 정체 모를 리보니아 귀족의 아들이 로스토프 백작의 딸에게 청혼한다는 것을 처음에는 이상하게 생각한 것이다. 그러나 베르그는 너무도 순박하고 선한 이기주의자였으므로 잘 해결될 것이라고 확신했다. 더욱이 나빠진 로스토프가의 형편을 베르그도 잘 알고 있었다. 베라가 벌써 25살인데 외모와 머리가 뛰어나고 사교계에 얼굴을 내밀어도 청혼하는 사람이 없었던 것이다. 그래서 베르그의 청혼을 마침내 받아들인 것이었다.

현재의 사회적 지위를 이용하여 베르그는 양친에게 땅을 사 드리고 페테르부르크에서 생활할 수 있었다. 그는 근검하게 지내고 아내가 약간의 재산을 가지고 온다면 훌륭히 살 것이라고 생각했다. 또한 베라는 그를 사랑하였고, 베르그도 분별력 있는 베라를 사랑하고 있었다.

로스토프가는 처음에는 망설였지만 나중에는 늘 그랬던 것처럼 집안에 들뜨고 유쾌한 분위기가 가득했다. 하지만 진심이 아닌 표면적인 것에 지나지 않았다. 이 혼담으로 로스토프가 사람들은 당황했고 수치스럽게 생각했다. 그들은 자신들이 그다지 베라를 사랑하지 않고 마치 성가신 혹을 떼어 버리는 것처럼 되었기에 곤란해했다. 특히 노백작이 가장 당황하였다. 그는 자신에게 재산이 얼마나 있고 빚은 얼마나 되는지, 또 베라의 지참금으로 얼마나 줄 수 있는지 전혀 몰랐다. 딸들이 태어났을 때 이미 한 사람 앞에 300명씩의 농노가 지참금으로 할당되어 있었다. 하지만 그 마을들 중 하나는 팔았고 하나는 저당 잡혀 있었는데 그것도 기한이 넘어 내놓아야 했다. 따라서 소유지를 나누어 줄 수도 없었고 돈도 없었다.

베르그와 약혼한 지 한 달이 지났고 결혼까지는 일주일밖에 남지 않았다. 그러나 노백작은 지참금 문제를 해결하지 않았고 부인과 의논도 하지 않았다. 노백작은 베라에게 랴자니의 소유지를 나누어 줄 것인지, 숲을 팔 것인지, 어음으로 돈을 빌릴 것인지 여러 방법을 생각해 보았다.

결혼을 며칠 앞둔 어느 날 갑자기 베르그가 노백작의 서재로 찾아왔다. 그는 즐겁게 웃으며 미래의 장인에게 베라의 몫으로 어떤 것을 주실 것인지 알려 달라고 했다. 노백삭은 오래전부터 예상해 왔던 이 질문을 받자 당황하여 머리에 떠오른 생각을 그냥 말해 버렸다.

"여러 가지로 걱정해 주어서 고맙네. 자네가 만족할 수 있도록 해 주겠네." 그는 베르그의 어깨를 가볍게 두드리며 이야기를 마치려고 일어섰다. 그러나 베르그는 미소를 띠면서 베라의 지참금으로 무엇을 받을지 알지 못하거나 그 일부분만이라도 미리 받지 못한다면 부득이 이 혼담을 포기할 수밖에 없다고 말했다.

"왜냐하면 아내를 부양하는 데 필요한 재산도 없이 결혼한다는 것은 저로서는 정말 나쁜 짓을 저지르는 것이거든요."

그래서 결국 노백작은 너그럽게, 새로운 요구가 생기지 않도록 어음으로 8만 루블을 주겠다고 약속했다. 베르그는 온화한 미소를 지으며 대단히 고맙기는 하지만 지금 현금으로 3만 루블을 받아야만 새살림을 차릴 수 있다고 말했다.

"2만 루블도 괜찮습니다, 백작님." 그가 덧붙였다. "그러면 어음은 6만 루블이 됩니다."

"알았네. 그럼 여보게, 2만 루블은 현금으로 주지. 그리고 어음은 별도로 8만 루블을 주겠네. 그렇게 하지. 자, 그럼 키스나 해 주게." 노백작이 다급하게 말했다.

12

1809년 나타샤는 16살이 되었다. 이 해는 사 년 전 보리스와 키스를 했을 때부터 손꼽아 기다리던 해이기도 했다.

그때부터 그녀는 한 번도 보리스를 만나지 않았다. 소냐와 어머니가 보리스에 대해 이야기할 때마다 그녀는 어린 마음에 한 짓이고 이제는 끝난 일이므로 이야기할 필요도 없다고 했다. 하지만 마음속으로는 보리스에 대한 약속이 단순한 농담이었는지 아니면 중대한 약속이었는지에 대해 고민하였다.

보리스는 1805년 모스크바를 떠나 군대로 들어간 뒤 로스토프가 사람들과 한 번도 만나지 않았다. 그는 여러 번 모스크바에 왔었고 아트라드노예 마을 근처를 지나간 적도 있었지만 한 번도 로스토프가를 찾아가지 않았다. 나타샤는 보리스가 자신을 만나고 싶어하지 않는다고 생각하였다. 그리고 이런 그녀의 생각은 어른들이 보리스에 대해 이야기할 때 슬픈 어조로 말했기 때문에 더 인정되고 있었다.

"요즘 세상에는 옛 친구를 기억하는 사람이 없어." 보리스의 이야기가 나오면 백작 부인은 이렇게 말하곤 했다.

최근 들어 안나 미하일로브나도 로스토프가를 자주 찾아오지 않았다. 그녀의 태도는 어딘가 오만하였고 언제나 아들의 장점과 그의 화려한 출세만을 기뻐하며 얘기했다. 로스토프가가 페테르부르크로 오자 보리스는 의례적으로 로스토프가를 방문했다.

그는 두근거리는 가슴을 안고 로스토프가로 마차를 몰았다. 나타샤에 대한 추억은 너무도 애틋했다. 그러나 어릴 때 일이었으므로 서로에게 아무 의무가 없고, 그녀와 노백작 부부도 이 사실을 명백하게 알아야 한다는 생각이었다. 그는 베주호프 백작 부인과 친하게 지내 사교계에서 높은 자리를 차지했고, 자신을 신뢰하는 어느 고관이 후원하여 군에서도 탄탄한 입지에 올라 있었다. 그는 페테르부르크의 부유한 아가씨들 중 한 명을 골라 결혼할 계획이었고 그만한 일쯤은 손쉽게 할 수 있다고 여겼다.

보리스가 로스토프가의 객실로 들어갔을 때 나타샤는 자기 방에 있었다. 보리스가 찾아온 것을 알자 그녀는 빨개진 얼굴로 활짝 웃으며 뛰어들다시피 객실로 들어갔다.

"어때, 저 말괄량이 친구를 알아보겠어?" 백작 부인이 말했다. 보리스는 나타샤의 손에 키스하고 너무 변해서 깜짝 놀랐다고 말했다.

보리스가 기억하는 나타샤는 짧은 옷을 입고 앞머리 밑으로 새까만 눈을 반짝이며 천진하게 웃던 사 년 전 모습이었다. 그는 기억과 전혀 다른 나타샤가 들어오자 어리둥절했다. 그는 기뻐하며 놀라는 표정을 지었다. 나타샤는 이 표정을 보고 기뻐했다.

"정말 아름다워졌군요!"

'물론이에요!' 나타샤의 웃음 띤 눈이 이렇게 대답하는 듯했다.

"하지만 아버님은 늙으셨죠?" 나타샤가 물었다. 나타샤는 자리에 앉아 어머니와 보리스가 나누는 이야기에는 끼어들지 않고 어릴 적 연인이었던 그를 자세히 살펴보았다. 보리스는 이 집요한 시선이 부담스러워 이따금 그녀 쪽을 돌아보았다.

나타샤는 보리스의 군복과 박차, 넥타이, 머리 모양 등 모든 것이 최신 유행의 것임을 알아챘다. 그는 백작 부인 옆의 안락의자에 앉아서 왼손에 낀 새 장갑을 오른손으로 만지면서 세련된 자태로 페테르부르크 상류사회의 즐거움에 대해 이야기했다. 그리고 이전의 모스크바 시절과 모스크바의 지인들에 대해 겸손히 비웃으며 이야기했다. 보리스는 직접 참석했던 대사의 무도회나 N·N이나 S·S 등에게 초대받았던 이야기를 의도적으로 했는데, 나타샤도 그의 의도를 눈치 챘다.

나타샤는 보리스를 곁눈으로 계속 바라보며 말없이 앉아 있었다. 보리스는 그녀의 시선에 마침내 불안해졌다. 그는 자주 나타샤를 돌아다보았고 이야기를 중단했다. 그는 겨우 10분 앉아 있다가 작별 인사를 했다. 여전히 호기심에 차 있고 약간 비웃기도 하는 시선이 그에게 쏠려 있었다. 보리스는 처음 다녀온 뒤 나타샤가 매력 있는 여성이지만 자신이 이 감정에 져서는 안 된다고 생각했다. 보리스는 재산도 없는 그녀와 결혼하는 것은 출세를 망치는 것이며, 결혼할 것도 아니면서 이전의 관계로 돌아가는 것은 잘못된 행동이라고 스스로에게 다짐했다.

보리스는 나타샤와 만나지 말아야겠다고 결심하고도 며칠 뒤 다시 로스토프가를 방문했고, 결국 자주 찾아가 하루 종일 보내곤 했다. 그는 나타샤에게 과거를 모두 잊어야 하고, 여러 가지 이유에서 그녀와 결혼할 수 없으며, 자신에게 재산이 없어서 노백작 부부가 그녀를 자신과 결혼시키지 않을 것이라는 사실을 솔직하게 털어놓아야겠다고 마음먹었다. 그러나 좀처럼 이야기할 기회가 없었고 쑥스럽기도 했다. 날이 갈수록 그는 혼란스러워졌다.

노백작 부인과 소냐는 나타샤가 여전히 보리스를 사랑하고 있다고 생각했다. 나타샤는 그가 좋아하는 노래를 불러 주고 자신의 앨범을 보여 주는가 하면 앨범에 뭐라고 쓰게도 했다. 그리고 옛날 일은 절대 떠올리려 하지 않았다. 그녀는 옛날보다 지금 자신이 얼마나 아름다운지 깨닫게 해주고 싶어했다. 보리스는 자신의 결심을 말하지 못하고 무엇을 하고 있는지, 무엇 때문에 찾아오는지, 어떻게 될 것인지 전혀 모르는 채 매일 멍한 기분으로 돌아가곤 했다.

보리스는 엘렌에게 가는 것도 그만두었다. 그는 매일같이 엘렌에게서 원망의 편지를 받았지만 로스토프가에서 나날을 보내고 있었다.

13

어느 날 밤 노백작 부인이 가발을 벗고 얼마 남지 않은 머리털을 흰 린넨 모자 밑으로 드러내고 한숨과 기침을 섞어 가며 융단에 이마가 닿을 정도로 기도하고 있을 때, 나타샤가 맨발에 슬리퍼를 신고 짧은 윗옷을 걸친 채 뛰어 들어왔다. 백작 부인은 그녀를 보고 눈살을 찌푸렸다. 그녀는 '실로 이 잠자리가 나의 관이 될 것인가?'에 대해 기도하려는 참이었는데 그 기분이 엉망이 된 것이다.

나타샤는 생기 넘치는 얼굴로 어머니가 기도하는 것을 보더니 발을 멈추고 자신을 나무라듯 얼떨결에 혀를 내밀었다. 어머니가 기도를 계속하자 그녀는 까치발을 하고 침대 옆으로 뛰어가 슬리퍼를 벗어 던지고는 백작 부인이 관이 될지도 몰라 두려워하던 침대 위로 올라갔다. 나타샤는 깃털 이불에 몸을 파묻고 벽 쪽으로 돌아누웠다. 그리고는 이불 속에서 몸을 구부리기도 하고, 무릎을 얼굴까지 끌어당기기도 하고, 두 다리를 올리기도 하였다. 또 머리 위까지 이불을 뒤집어쓰기도 하고 어머니를 흘끔 쳐다보기도 하면서 조용한 소리로 킥킥 웃어댔다.

백작 부인은 기도를 끝내고 엄한 표정으로 침대 쪽으로 다가왔지만 나타샤가 머리까지 이불을 뒤집어쓰고 있는 것을 보자 선하고 여린 미소를 지었다.

"어머니, 잠깐 얘기 좀 해도 괜찮아요? 어머니의 목에 한 번만 입을 맞추게 해 줘요. 아니 한 번 더, 이제 됐어요." 그녀는 어머니의 목을 껴안고 턱 밑에 키스했다. 나타샤는 어떻게 껴안더라도 어머니가 아파하거나 거북해하지 않는 방법을 알고 있었다.

"오늘 밤은 무슨 이야기지?" 어머니는 나타샤와 함께 누워 이불을 덮으며 물었다. 나타샤는 밤에 노백작이 클럽에서 돌아오기 전에 어머니를 찾곤 했는데 모녀에게는 무엇보다도 즐거운 기쁨 중 하나였다.

"오늘은 무슨 이야기지? 나도 너한테 할 이야기가 있어."

나타샤가 한 손으로 어머니의 입을 막았다.

"보리스에 대해서죠. 난 알고 있어요." 그녀가 징색하며 말했다. "내가 온 것도 그 때문이에요. 말씀하시지 마세요. 알고 있어요. 아녜요, 말씀하세요!" 그녀는 손을 놓았다. "어머니, 말씀하세요. 그 사람 귀엽죠?"

"나타샤, 나는 네 나이 때 시집왔었다. 너는 보리스가 귀엽다고 했지. 나도 친자식처럼 귀엽다. 그래, 넌 어쩔 작정이냐? 어떻게 생각하고 있지? 너는 그 애가 너한테 홀딱 반하게 만들었잖니. 나는 다 알고 있단다."

노백작 부인은 딸을 돌아보았다. 나타샤는 한 곳을 응시하면서 진지하게 생각하는 듯했다. 나타샤는 어머니의 말을 들으면서 생각에 잠겨 있었다.

"그래, 어떡할 작정이냐? 너는 그 애 마음을 사로잡아 버렸는데 무엇 때문이지? 너는 그 애에게 무엇을 바라는 거니? 네가 그 애에게 시집갈 수 없다는 것은 너도 알고 있잖니."

"왜요?" 나타샤가 말했다.

"그 애가 아직 젊고 재산이 없기 때문이다. 게다가 친척 아니냐. 더구나 네가 그 애를 사랑하지 않기 때문이야."

"어머니가 어떻게 아세요?"

"알다마다. 그건 정말 좋지 않은 일이다."

"그렇지만 내가 바란다면……."

"바보 같은 소리 마라."

"그렇지만 내가 원한다면……."

"나타샤, 난 진심으로……."

나타샤는 어머니가 말을 못하게 막고 어머니의 큼직한 손을 끌어당겨 손등과 손바닥에 키스했다. 그리고 손을 뒤집어서 앙상한 손가락의 마디마다 키스를 하면서 나지막한 목소리로 "1월, 2월, 3월, 4월, 5월" 하고 세었다.

"얘기해 주세요. 어머니, 왜 잠자코 계세요?" 그녀가 어머니를 돌아보며 말했다.

어머니는 다정한 눈으로 딸을 바라보면서 말했다.

"그건 안 돼, 나타샤. 너희 둘이 소꿉친구라는 걸 누구나 다 아는 건 아니니까, 집에 오는 젊은 사람들이 네가 그 애와 친하게 지내는 것을 보면 널 이상하게 생각할지도 모른단다. 그리고 무엇보다도 그 애를 공연히 괴롭히는 것이 되니까 말이야. 그 애도 자기에게 어울릴 돈 많은 배필을 찾아낼 거야. 그런데 지금은 마치 미치광이 같더구나."

"미치광이라니요?" 나타샤가 반문했다.

"내 이야기를 들려줄까? 나도 사촌오빠가 있었는데……."

"알고 있어요. 키릴라 마트베이치 아저씨 말씀이죠. 하지만 그분은 할아버지잖아요?"

"옛날부터 할아버지였던 것은 아니지. 그런데 나타샤, 내가 보리스에게 얘기해야 할까 보다. 자주 찾아오면 안 된다고."

"왜 안 되는 건가요? 그이가 오고 싶다면요?"

"그래 봤자 별다른 결과가 생기는 것도 아니기 때문이야."

"어떻게 아세요? 안 돼요, 어머니. 그이에게 말하지 마세요. 그런 바보 같은 소리가 어디 있어요!" 나타샤는 물건을 빼앗긴 사람처럼 말했다.

"그럼 난 시집가지 않겠어요. 그러니까 그이를 집에 오게 해 주세요. 그이도 즐겁고 나도 즐거우니까." 나타샤는 빙긋 웃으며 어머니를 바라보았다. "시집가지 않을 테니까 이대로만 있게 해 줘요." 그녀는 되풀이했다.

"그건 또 무슨 소리냐, 나타샤?"

"그저 이대로 있는 거예요. 정말 시집 같은 건 안 가고 이대로 있겠어요."

"그래, 그래." 노백작 부인이 되뇌었다. 그리고 온몸을 흔들면서 웃었다.

"웃지 마세요!" 나타샤가 외쳤다. "침대가 흔들려요. 어머니도 나를 닮아서 너무 웃음이 많으셔서……."

그녀는 어머니의 두 손을 잡고 손가락 마디에 "6월, 7월, 8월" 하고 계속 키스했다.

"어머니, 그이가 정말 저한테 반했을까요? 어머니 눈에는 어떻게 보이세요? 어머니도 그렇게 사랑받으셨어요? 정말로 귀여워요? 하지만 어딘가는 나와 딱 들어맞지 않아요. 그 사람, 어쩐지 자질구레해서 마치 식당의 시계 같아요. 모르시겠어요? 따분하고 흐릿하고."

"무슨 소리를 하는 거냐?" 백작 부인이 말했다.

"어머니는 모르실 거예요. 니콜라이 오빠라면 알 텐데……. 베주호프, 그분은 푸른빛이에요. 빨간색이 섞인 검푸른 빛, 그리고 그분은 너무 고지식하고 딱딱해요."

"너 그분에게도 다른 눈치를 보인 게냐?" 부인이 웃으며 말했다.

"아니요, 그분은 메이슨이에요. 난 알아요. 그분은 빨간색이 섞인 검푸른 빛의 훌륭한 분, 뭐라고 말해야 어머니가 이해하실까?"

"여보!" 문 저쪽에서 백작의 목소리가 들렸다. "아직 자지 않고 있소?" 나타샤는 일어나서 슬리퍼를 움켜쥐고는 맨발로 자기 방으로 뛰어갔다.

나타샤는 오랫동안 잠들지 못했다. 그녀는 자신의 생각을 속속들이 알아주는 사람은 아무도 없다고 생각했다.

'소냐는?' 나타샤는 동그랗게 몸을 웅크리고 자고 있는 고양이를 보면서 생각했다. '아니. 언니는 어림도 없어. 언니는 니콜라이를 사랑하고 나서부터는 아무것도 거들떠보지 않거든. 어머니도 모르시잖아. 정말 이상한 일이야. 어째서 나는 이렇게 영리하고 이렇게 귀여울까?' 그녀는 자신을 삼인칭으로 부르면서 가장 총명하고 훌륭한 남자가 자신에 대해 이렇게 말하고 있는 것처럼 상상했다. '그녀는 모든 것을 갖추었다.' 그 낯선 남자가 말을 이었다. '영리하고 귀엽고 너무도 아름답고 재주가 있다. 수영도 잘하고, 승마술도 뛰어나고, 그리고 저 목소리는! 놀라운 목소리라고 해도 좋을 정도다!'

그녀는 너무도 좋아하는 헤루비니예프의 가극 한 구절을 부르고 침대 속으로 뛰어들었다. 그녀는 두냐샤를 불러 불을 끄게 했다. 그리고 두냐샤가 방에서 나가기도 전에 벌써 더 행복한 꿈나라로 갔다. 다음날 백작 부인은 보리스를 거실로 불러서 이야기를 나누었고, 그날부터 그는 로스토프가로 찾아오지 않았다.

14

1810년의 전야인 1809년 12월 31일, 예카테리나 여황제 시대의 어느 귀족 저택에서 제야의 무도회가 열렸다. 그 무도회에는 외교단과 황제가 참석하기로 되어 있었다.

영국의 강변에 있는 유명한 그 귀족 저택은 수많은 장식등 불빛에 휩싸여 있었다. 붉은 카펫이 쫙 깔린 현관 앞 마차 대는 곳에는 헌병과 경찰서장 외에 수십 명의 경위가 서 있었다. 마차가 끊임없이 도착했고 빨간 정복을 입거나 모자에 깃

털을 단 하인들이 함께 현관으로 들어섰다. 마차에서 내리는 사람들은 관복에 훈장과 수장을 달고 있었다. 공단이며 담비 외투를 입은 귀부인들은 조심스레 내려서 현관으로 이어진 붉은 융단을 사뿐사뿐 걸어 들어갔다. 마차가 현관 앞에 도착할 때마다 군중 속에서 속삭임이 이어졌다.

"폐하야?…… 아니야, 대신이야. 황태자다. 공사다. 저 깃털이 안 보여?"

벌써 손님의 3분의 1 가량이 무도회에 모여들었는데, 이 야회에 참석하기로 되어 있는 로스토프가 사람들은 아직도 옷차림에 정신이 팔려 있었다. 로스토프가에서는 이 야회의 초대장이 오지 않는다면, 의상이 준비되지 않는다면, 필요한 준비가 다 갖추어지지 않는다면 하고 안절부절못했다.

로스토프가 사람들은 마리아 이그나치예나 페론스카야와 함께 이 야회에 가기로 했다. 그녀는 백작 부인의 친구이자 친척으로 황태후를 모시는 여관(女官)이었는데, 시골에서 온 로스토프가 사람들을 페테르부르크의 상류 사교계에 안내하고 있었다.

로스토프가 사람들은 밤 10시까지 타브리체스키 공원으로 이 여관을 맞으러 가야 했다. 그런데 벌써 10시 5분 전인데도 아가씨들은 아직 몸치장을 끝내지 못했다. 나타샤에게는 이 무도회가 난생 처음의 대무도회였다. 그녀는 아침 8시에 일어나서 하루 종일 불안한 기분으로 지냈다. 그녀의 모든 관심은 어머니와 소냐, 온 집안사람들을 가장 훌륭하게 꾸며야겠다는 데 쏠려 있었다. 소냐도 노백작 부인도 그녀에게 모든 것을 맡겼다. 백작 부인은 검붉은 빛이 감도는 벨벳 드레스, 아가씨들은 모두 핑크색 비단 속옷 위에 올이 성기고 얇은 하얀 드레스를 입고 허리에는 장미꽃을 달며 머리는 그리스식으로 하기로 했다.

이미 준비는 다 되어 있었다. 정성들여 몸을 씻고 향수를 뿌리고 분도 발랐다. 이제 얇은 비단 양말과 리본을 단 하얀 구두도 신었고, 머리 손질도 다 마쳤다. 소냐와 백작 부인은 준비가 끝났지만 나타샤는 다른 사람을 돌봐주느라 늦었다. 그녀는 가냘픈 어깨에 화장 가운을 걸친 채 거울 앞에 앉아 있었다. 이미 몸치장이 끝난 소냐는 방 한가운데 서서 바스락거리는 마지막 리본을 꽂고 있었다.

"소냐, 그렇게 하면 안 돼." 나타샤는 하녀가 붙잡고 있는 머리채를 놓을 겨를도 없이 머리를 돌리면서 말했다. "안 돼. 이리 와 봐요." 소냐가 옆으로 와서 앉자 나타샤가 리본을 고쳐 꽂았다.

"어머나, 아가씨. 그렇게 움직이면 안 돼요." 나타샤의 머리를 쥐고 있던 하녀가 말했다.

"다 됐니? 벌써 10시다." 백작 부인의 목소리가 들렸다.

"곧 돼요, 곧. 어머니는 다 되셨어요?"

"이제 모자에 핀을 꽂기만 하면 된다."

"제가 해 드릴 게요. 어머니는 하실 줄 몰라요." 나타샤가 외쳤다.

"그렇지만 벌써 10시야."

머리를 빗은 나타샤는 짧은 스커트를 입은 채 소냐에게 뛰어가서 살펴 주고 이번에는 어머니에게 달려갔다. 어머니의 머리를 옆으로 살짝 돌려 모자를 핀으로 꽂은 다음, 희끗희끗한 머리털에다 입을 맞추고 곧 자신의 스커트 단을 꿰매고 있는 하녀에게 달려갔다.

나타샤의 긴 드레스는 시간이 너무 걸렸다. 두 하녀가 부랴부랴 실을 입으로 끊으면서 꿰매고 있었다.

"마브루샤, 빨리 해 줘요. 제발!"

"아가씨, 골무 좀 주세요."

"그쯤 해라. 자, 향수를 가져왔다. 페론스카야가 눈이 빠지게 기다리겠군." 백작이 문 뒤에서 말했다.

"자, 됐어요, 아가씨." 하녀가 다 꿰맨 비단 옷을 두 손가락으로 집어 올리고 훅훅 털면서 말했다.

나타샤는 옷을 입기 시작했다.

"다 됐어요. 들어오시면 안 돼요." 비단 의상을 뒤집어쓰고 옷을 입고 있던 그녀는 문을 여는 아버지에게 소리쳤다. 그녀는 문을 닫아 버렸다. 일 분 뒤에 백작이 들어왔다. 그는 푸른 연미복에 긴 양말과 단화를 신었고 몸에는 향수를 뿌렸으며 머리는 포마드로 단정하게 빗었다.

"어머나, 아버지. 정말 훌륭해요, 매력적이에요!" 나타샤가 방 한가운데 서서 드레스의 주름을 펴며 말했다.

"잠깐만. 아아, 잠깐만." 하녀가 바닥에 무릎을 꿇고 옷을 잡아당기면서 입에 핀을 문 채 말했다.

"어머나, 어떡하지!" 소냐가 나타샤의 드레스를 둘러보면서 외쳤다. "이것 보란 말이야. 아직도 길어요"

나타샤는 거울에 비춰 보려고 조금 뒤로 물러났다. 드레스가 길었다.

"걱정 마세요, 아가씨. 조금도 길지 않습니다." 마브루샤가 나타샤의 뒤를 따라 마루 위를 기어다니며 말했다.

"길면 줄이지요. 금방 꿰매겠습니다." 두냐샤가 가슴에 꽂은 손수건에서 바늘을 뽑으며 다시 마루 위에서 꿰매기 시작했다. 이때 수줍은 듯 조용한 걸음걸이로 백작 부인이 모자를 쓰고 벨벳 의상을 입은 채 들어왔다.

"오! 아주 미인이 되었군!" 백작이 소리쳤다. "누구보다도 예뻐요." 그는 부인을 껴안으려고 했지만 옷이 구겨질까 봐 얼굴을 붉히면서 물러났다.

"어머니, 모자를 조금만 더 옆으로 비스듬히 쓰세요." 나타샤가 말했다. "제가 다시 고쳐 꽂아 드리겠어요" 하며 나타샤가 뛰어갔는데 하녀들은 그녀를 따라 움직일 겨를이 없었으므로 비단 옷자락이 조금 찢어졌다.

"어머나! 이걸 어떡한담? 내 잘못 아니에요."

"괜찮아요, 내가 감춰 넣어 버릴게요. 보이지 않아요." 두냐샤가 말했다.

"어머나, 아름다우셔라. 여왕님 같군요!" 문 뒤에서 나온 유모가 말했다. "소냐 아씨도 눈부시게 아름다우십니다!"

그들은 10시 15분에 간신히 마차를 타고 출발했다. 그러나 타브리체스키 공원에 들러야만 했다.

페론스카야는 이미 다 준비하고 있었다. 그녀는 늙고 아름답지도 않았지만 여기에서도 로스토프가에서와 똑같은 일이 벌어지고 있었다. 다만 그렇게 정신없지 않았을 뿐이었다. 그녀가 여관의 배지를 단 노란 옷을 입고 객실에 나타났을 때 늙은 하녀가 환성을 지르며 넋을 잃고 바라보았다. 페론스카야는 로스토프가 사람들의 화장을 칭찬했다. 로스토프가 사람들도 그녀의 모습을 칭찬했다. 그리고 머리와 옷을 조심하면서, 11시에 제각기 마차를 타고 출발했다.

15

나타샤는 이날 아침부터 잠깐의 틈도 없었기 때문에 자기를 기다리고 있을 것들을 생각할 여유가 없었다. 흔들리는 비좁은 마차 안에서 축축하게 젖은 싸늘한 바깥 공기를 쐬며 그녀는 무엇이 자신을 기다리고 있을지 생각해 보았다. 무도회의 밝은 홀에는 음악, 꽃, 춤, 황제, 페테르부르크의 화려한 젊은이들이 있을 것이다.

하지만 그녀는 이러한 것들이 사실처럼 여겨지지 않았다. 나타샤는 붉은 융단 위를 지나 현관으로 들어가서 외투를 벗고 소냐와 나란히 어머니 앞에 서서 꽃이 놓인 환한 계단을 올라갔을 때 비로소 자신을 기다리고 있는 것을 깨달았다. 그녀는 그때야 비로소 무도회에서 어떻게 행동해야 할 것인가를 생각하고 무도회에서 처녀가 반드시 갖추어야 할 정숙한 태도를 취하려고 애썼다. 그녀는 눈망울을 굴리며 주위를 돌아보았으나 무엇 하나 제대로 보지 못했다. 맥박은 일 분 동안에 100번이나 뛰었고 심장이 두근거렸다. 그래서 나타샤는 우스꽝스럽게 보일지도 모르는 정숙한 태도로 있을 수 없었다. 그녀는 흥분 때문에 심장이 멎는 듯한 기분으로 다니면서 흥분감을 감추려고 애썼다. 이것이야말로 그녀에게 가장 어울리는 태도였다.

그들이 도착한 뒤에도 무도회 드레스 차림의 손님들이 나직한 목소리로 이야기를 주고받으며 들어왔다. 계단 여기저기에 걸려 있는 거울에는 흰색, 하늘색, 핑크색 등의 드레스를 입고 드러난 목과 손가락에 다이아몬드며 진주를 장식한 귀부인들의 모습이 비춰져 있었다. 나타샤는 거울을 보았으나 자신과 다른 사람을 구별할 수 없었다. 모든 것이 오직 하나의 눈부신 행렬 속에 녹아들고 있었다. 첫 번째 홀로 들어서려고 했을 때 오가는 발소리와 인사 소리가 나타샤의 귀를 멍하게 했고 빛과 반짝임은 그녀의 눈을 멀게 했다.

벌써 한 시간 동안이나 입구에 서서 들어오는 사람들에게 "어서 오십시오"라고 똑같이 인사하던 주인 내외는 로스토프가 사람들과 페론스카야의 일행도 똑같은 말로 맞았다.

같은 흰 드레스에 장미꽃을 머리에 꽂은 두 소녀가 나란히 앉아 있었지만 여주인의 눈은 가냘픈 나타샤 위에 오래 머물렀다. 찬찬히 바라보면서 웃고 있는 얼굴에는 주인으로서의 미소 외에 무엇인가 특별한 것이 있었다. 그녀는 나타샤를 바라보면서 황금처럼 귀중했던, 다시는 돌아오지 않는 처녀 시절과 처음으로 나갔던 무도회를 떠올렸을지 모른다. 주인도 나타샤를 바라보며 백작에게 딸이냐고 물었다.

"정말 매혹적입니다!" 그가 말했다.

홀에서는 사람들이 황제를 기다리면서 출입구에 줄지어 서 있었다. 노백작 부인은 이 무리의 맨 앞줄에 서 있었다. 나타샤는 자신에 대해 묻고 있는 여러 사람의 목소리를 듣고 그들의 시선을 느꼈다. 그녀는 사람들이 자기를 마음에 들어한다고 생각했다. 그리고 이 시선은 그녀의 마음을 가라앉혔다. '우리와 같은 사람도 있고, 우리보다 못한 사람도 있구나.' 그녀는 생각했다.

페론스카야는 백작 부인에게 무도회에 온 사람들 중 가장 유명한 사람들을 가르쳐 주고 있었다. 그녀는 페테르부르크 사교계의 여왕인 베주호프 백작 부인과 그녀의 오빠인 아나톨리 쿠라긴 백작과 각국의 공사, 대신, 장군들의 이름을 가르쳐 주었다.

"저기 안경을 낀 뚱뚱한 사람은 세계주의의 메이슨이에요." 페론스카야가 피에르를 가리켰다. "저분을 부인과 나란히 세워 놓고 보세요. 그야말로 허수아비예요!"

피에르는 붐비는 사람들 속을 뚫기라도 하듯이 비대한 몸을 흔들면서 군중을 밀어젖히며 무관심하고 선량한 태도로 좌우의 사람들에게 고개를 끄덕이면서 누군가를 찾고 있었다. 나타샤는 페론스카야가 허수아비라고 한 피에르의 얼굴을 가슴을 두근거리면서 바라보고 있었다. 그리고 피에르가 자신을 찾고 있음을 알았다. 그는 무도회에서 춤을 출 상대자를 소개해 주겠다고 나타샤에게 약속했었다. 하지만 피에르는 그들에게 오지 않고 창가에 서 있는 하얀 군복 차림의 젊은이 옆으로 갔다. 그 젊은이는 잘생겼고 키가 그다지 크지 않았으며 피부가 가무잡잡했다. 나타샤는 그 하얀 군복 차림의 젊은이가 누구인지 곧 알아챘다. 그것은 안드레이 공작이었다. 나타샤는 그가 이전보다 훨씬 젊어지고 쾌활하며 더 미남이 된 것처럼 보였다.

"저기 아는 분이 계시군요. 볼콘스키예요. 어머니, 아시겠어요? 저분이 아트라드노예 마을의 집에서 묵으신 적이 있잖아요." 나타샤가 안드레이 공작을 가리키며 말했다.

"어머나, 저분을 알고 계세요?" 페론스카야가 말했다. "나는 저 사람이 정말 싫어요. '비가 오게 하든지 날이 개게 하든지 모두 저 사람에게 달려 있다'(그는 성공했다는 뜻의 속담-옮긴이)는 거예요. 어쩌면 저렇게 빼기고 있담. 분수도 모르고! 아버지를 닮아가는군요. 스페란스키와 손을 잡고 무슨 법안을 쓰고 있는 모양이더군요. 보세요, 부인들을 대하는 저 모습! 여성이 무엇이라고 얘기를 하고 있는데도 저분은 외면하고 있잖아요." 그녀는 안드레이 공작을 가리키면서 이렇게 말했다. "만약 저 사람이 내게 저런 짓을 한다면, 톡톡히 망신을 줄 거예요."

16

갑자기 모든 사람들이 동요하기 시작했다. 사람들이 소란스럽게 몰려다니더니 곧 사방으로 흩어졌다. 음악이 연주되면서 두 줄로 갈라진 사람들 사이로 황제가 들어왔다. 그 뒤에 무도회의 주인 내외가 따라 들어왔다. 황제는 이 순간을 빨리 벗어나고 싶은 듯 고개를 끄덕이며 성큼성큼 걸었다. 황제를 찬양하는 가사의 폴란드 가곡이 연주되었다. 황제가 객실로 들어가자 사람들이 객실 문 쪽으로 몰려갔다. 얼굴빛이 창백해져서 허둥거리는 사람도 있었다.

　황제가 여주인과 이야기하면서 객실에서 나오자 사람들이 모두 문에서 물러섰다. 한 젊은이가 당황한 얼굴로 귀부인들 쪽으로 와서 뒤로 조금 물러서 달라고 부탁했다. 몇몇 부인들은 예절을 완전히 무시하는 듯한 표정으로 화장이 망가지는 것도 개의치 않고 앞으로 달려 나갔다. 남자들은 부인들 곁으로 다가가서 폴로네즈의 짝을 짓기 시작했다. 모두들 뒤로 물러섰다. 황제는 미소 띤 얼굴로 음악에 발을 맞추지 않고 여주인의 손을 잡은 채 홀의 다른 문에서 나왔다. 뒤를 이어 주인과 마리아 안토노브나 나리쉬키나 부인, 페론스카야가 가르쳐 준 각국의 공사, 대신, 장군 등이 나왔다. 부인들은 각자 상대와 함께 폴로네즈를 출 준비를 하고 있었다. 나타샤는 어머니와 소냐와 함께 벽으로 밀어붙여져서 폴로네즈에 나가지 못하는 부인들 틈에 끼어 있었다. 그녀는 가냘픈 손을 힘없이 내리고, 이제 막 생긴 가슴으로 심호흡을 하며, 얼굴에는 최고의 순간을 맞을 준비가 되었다는 듯한 표정으로 서 있었다. 그녀는 황제도, 페론스카야가 가르쳐 준 주요 인물들도 안중에 없었다. 그녀는 오로지 한 가지 생각에 몰두하고 있었다.

　'설마 아무도 내게 다가오지 않으려나. 정말 나는 첫째 줄에서 춤을 추지 못하게 될까? 저 남자들의 눈에는 내가 안 보이는 걸까? 아니, 나를 보고 저 여자는 틀렸어라고 말하는 것 같아. 아니다, 그럴 리가 없어!' 그녀는 생각했다. '저 사람들은 내가 얼마나 춤을 추고 싶어하는지, 내가 얼마나 잘 추는지, 나와 추는 것이 얼마나 즐거운지 알아야 할 텐데.'

나타샤에게는 오랫동안 계속되는 폴로네즈의 음악 소리가 슬프고 아련한 추억처럼 들리기 시작했다. 그녀는 울고 싶어졌다. 페론스카야도 그들 옆에 없었고 노백작 부인과 소냐와 그녀만이 군중 사이에 쓸쓸히 서 있었다.

안드레이 공작은 어느 귀부인과 짝을 지어 그들 옆을 지나갔다. 미남인 아나톨리는 상대 부인과 웃으면서 이야기하고 있었다. 보리스는 두 차례나 그들 옆을 지나갔지만 외면했다. 춤을 추지 않던 베르그 내외가 그들에게 다가왔다. 나타샤는 이런 성대한 무도회에서 이렇게 가족과 가까이 있는 것이 모욕처럼 느껴졌다. 베라가 무엇인가 이야기했지만 그녀는 들으려고 하지 않았고 돌아보지도 않았다.

마침내 황제가 마지막 파트너와 함께 멈춰 섰고(그는 세 명의 부인과 춤을 추었다), 음악도 멎었다. 한 부관이 걱정스러운 얼굴로 로스토프가 사람들에게 와서 조금 더 물러서라고 부탁했다. 악대석에서 매력적인 왈츠의 선율이 울려 퍼졌다. 황제는 미소 지으며 홀을 둘러보았다. 일 분이 지났다. 아무도 춤을 시작하지 않았다. 부관이 베주호프 백작 부인에게 다가가서 파트너를 청했다. 그녀는 생긋 웃으며 한쪽 손을 들어 부관의 어깨에 얹었다. 부관은 엘렌을 능숙하게 품에 안고 힘차게 스텝을 밟았다. 점점 빨라지는 리듬에 맞춰 엘렌을 돌리는 부관의 박차 소리가 고르게 들렸다. 나타샤는 두 사람을 바라보며 자신이 왈츠의 제1절을 춤추지 못했음에 금방이라도 울음을 터뜨릴 것만 같았다.

안드레이 공작은 내일 피르고프 남작이 열기로 되어 있는 제1회 참의원 회의에 대해 그와 이야기하고 있었다. 안드레이 공작은 스페란스키와 친숙한 사이이고, 입법 위원회의 사업에도 참여하고 있었으므로 내일 회의에 대해 정확한 정보를 줄 수 있었다. 하지만 그는 피르고프의 이야기는 듣지도 않고 황제 쪽을 바라보기도 하고, 춤을 출 준비를 하면서도 원 속에 끼어들기를 망설이고 있는 남자들을 바라보고 있었다. 그는 황제 앞에서 망설이고 있는 이 남자들과 춤 신청을 받고 싶어 잔뜩 마음을 졸이고 있는 부인들을 찬찬히 살펴보고 있었다.

피에르가 안드레이 공작에게 다가와 그의 손을 잡았다.

"당신은 언제나 춤을 추실 수 있지요? 저기 로스토프의 누이가 있는데 그녀에게 파트너를 청해 주세요." 그가 말했다.

"어디에?" 안드레이가 물었다. 그는 남작에게 실례한다고 하면서 이렇게 말했다. "그 이야기는 다른 장소에서 마저 합시다. 무도회는 춤을 추는 곳이니까요."

그는 피에르가 가리킨 곳으로 갔다. 나타샤가 절망적인 표정으로 서 있었다. 그는 그녀가 누구인지를 알아채고 그녀가 사교계에 처음 나와 심정이 어떠할지도 눈치 챘다. 그는 언젠가 창가에서 들었던 이야기도 기억했다. 그는 즐거운 표정으로 로스토프 백작 부인에게 다가갔다.

"실례입니다만, 애가 제 딸이랍니다." 백작 부인이 얼굴을 붉히며 말했다.

"아가씨께서 기억하시는지 모르겠습니다만 나는 이미 알고 있습니다." 그는 이렇게 말하면서 나타샤에게 다가가 페론스카야가 난폭하다고 말한 것과는 정반대로 정중하게 인사했다. 그리고 나타샤에게 춤을 청하기도 전에 그녀의 가느다란 허리를 껴안으려고 한쪽 손을 앞으로 내밀었다. 그는 왈츠를 청했다. 나타샤의 얼굴은 순간 마비된 듯했고 행복과 감사로 가득한 천진한 미소가 어렸다.

'난 아까부터 기다리고 있었어요.' 행복에 가득 찬 이 소녀는 당장이라도 울 듯한 미소를 보이며 이렇게 말하는 것 같았다. 그녀는 안드레이 공작의 어깨 위에 손을 얹었다. 그들은 두 번째로 원 안으로 들어갔다. 안드레이 공작은 춤 솜씨가 훌륭했고 나타샤도 아름답게 추었다. 나타샤는 바로 사람들의 눈에 띄었다. 무도화를 신은 그녀의 귀여운 발은 자유롭고 경쾌하게 움직였고 얼굴은 행복의 기쁨으로 빛났다. 그녀의 드러난 목덜미며 손은 엘렌에 비하면 빈약하고 보잘것없었다. 나타샤의 어깨는 가냘팠고 가슴은 아직 균형이 잡히지 않았으며 손은 연약했다. 수없이 많은 시선으로 다져진 엘렌의 어깨와 가슴은 빛이 났지만 나타샤의 몸은 처음으로 살결을 드러내 부끄러워하는 소녀의 느낌이었다.

안드레이 공작은 정치적인 이야기를 피하고 싶었고, 황제의 등장으로 미묘해진 분위기가 못마땅해서 춤을 추었던 것이다. 피에르가 부탁하기도 했지만 나타샤와 춤을 춘 것은 자신이 원해서였다. 그녀의 화사하고 가냘픈 몸을 껴안고, 가까이에서 그녀의 미소를 보게 되자 그는 그녀의 매혹적인 아름다움에 빠져 버렸다. 그는 나타샤와 떨어져 숨을 고르면서 춤을 추고 있는 사람들을 바라보았는데 갑자기 자신이 활기에 찬 젊은이가 된 것처럼 느껴졌다.

17

 안드레이 공작에 이어 보리스가 나타샤에게 춤을 청했고, 맨 처음 왈츠를 추었던 부관도 왔으며 그 밖의 많은 남자들이 몰려 왔다. 나타샤는 남아도는 파트너를 소냐에게 넘겨주고 상기된 얼굴로 밤새 춤을 추었다.
 그녀는 무도회에서 사람들이 주목하는 것을 전혀 알지 못했고 알려고 들지도 않았다. 황제가 프랑스 공사와 오랫동안 이야기했던 것도, 어느 귀부인에게 매우 부드러운 어조로 말을 걸었던 것도, 엘렌이 굉장한 평판을 받은 것도 나타샤는 전혀 몰랐고, 황제가 떠난 것도 한참 뒤에야 비로소 알았을 정도였다.
 안드레이 공작은 야식 전에 흥겨운 코칠리온(고대 무용의 일종-옮긴이)을 나타샤와 다시 추었다. 그는 그녀에게 아트라드노예 가로수 길에서 만났던 일과 달밤에 잠을 이루지 못한 그녀가 이야기하는 것을 뜻하지 않게 엿들었던 일들을 이야기했다. 나타샤는 그 말을 듣자 얼굴을 붉혔다. 그리고 안드레이 공작이 엿들었던 그때 자기의 감정 속에 부끄러운 점이 있었다고 변명하려고 했다. 안드레이 공작은 사교계에서 자란 다른 사람들과 마찬가지로 사교계에서 사교적이지 않은 사람을 발견하는 것을 좋아했다. 놀라움과 기쁨과 수줍음, 서투른 프랑스어에 이르기까지 나타샤가 바로 그런 여성이었다. 그는 나타샤 옆에 앉아 쓸데없는 이야기를 하면서 그녀의 기쁜 표정과 반짝이는 눈과 미소에 매혹되고 있었다. 그 미소는 마음이 행복하여 짓는 미소였다. 다른 사람이 나타샤에게 춤을 청하는 바람에 그녀가 일어나 홀 안을 춤추고 있을 때 안드레이 공작은 특히 그녀의 수줍어하는 듯한 우아한 아름다움을 넋을 잃고 바라보았다.

무도회 도중에 나타샤는 피겨를 추기 위해 두 부인을 부르러 홀을 질러 달려갔다. '그녀가 먼저 사촌언니에게 가고 그다음에 어머니에게 가면 내 아내가 될 증거다.' 안드레이 공작은 나타샤를 바라보면서 이런 생각을 하고 있었다. 그녀는 먼저 소냐에게 다가갔다. '내가 무슨 생각을 하는 거지. 귀엽고 아름다운 저 아가씨는 사교계에서 한 달도 되기 전에 시집가 버릴 것이다. 참으로 보기 드문 여자야.' 안드레이 공작은 생각했다. 안드레이 공작은 나타샤와 마지막 곡을 추었다. 무도회가 끝날 무렵, 푸른 연미복을 입은 노백작이 안드레이 공작에게 다가와 집으로 초대하면서 딸에게 재미있었냐고 물었다. 나타샤는 대답하지 않고 방긋 웃었다. 그 미소는 '그런 걸 왜 물어보세요'라고 나무라는 것 같았다.

"이렇게 재미있는 건 처음이에요!" 그녀가 말했다. 그리고 가냘픈 두 팔로 아버지를 껴안았다. 안드레이 공작은 지금 그녀처럼 행복의 절정에 있다면 누구나 착하고 훌륭한 사람이 될 것이고 악이나 불행, 슬픔이 있다는 것은 도저히 믿을 수 없을 것이라고 생각했다.

피에르는 사교계에서의 아내의 지위 때문에 처음으로 모욕을 당한 느낌이 들었다. 그는 우울하고 멍한 얼굴을 하고 있었다. 그는 창가에 서서 안경 너머로 홀 안을 바라보았다. 나타샤가 야식 자리로 가면서 그의 옆을 지나갔다. 그녀는 피에르의 어둡고 슬픈 표정을 보고 놀랐다. 그녀는 그 앞에 멈춰 섰다. 그녀는 자신의 행복을 나누어 주고 싶었다.

"정말 재미있어요, 백작님. 그렇지 않으세요?" 그녀가 말했다.

피에르는 그 말이 이해되지 않는 듯 멍하니 미소 지었다.

"글쎄요, 나도 무척 즐겁습니다." 그는 말했다.

'대체 저 사람은 무엇이 불만인 것일까. 베주호프 같은 사람이?' 나타샤의 눈에는 이 무도회에 있는 사람들이 한결같이 착하고 사랑스럽고 훌륭하며, 서로 사랑하는 것처럼 보였다. 아무도 남을 모욕할 수 없으며, 모두가 행복해져야 한다고 생각했다.

18

 다음날 안드레이 공작은 간밤의 무도회를 생각했다. '그렇지, 정말 화려한 무도회였어. 그리고 나타샤가 아주 귀여웠지. 그녀에게는 뭔가 신선하고 페테르부르크 사람답지 않은 구석이 있었어. 그래서 더 돋보이는 것 같다.' 그가 어젯밤 무도회에 대해 생각한 것은 이것뿐이었다. 그는 차를 마시고 바로 일을 시작했다. 그러나 피로 때문인지, 수면 부족 때문인지 아무것도 할 수가 없었다. 그래서 늘 하던 버릇대로 자기비판을 하고 있었다. 그때 누군가 찾아온 듯한 기척이 들리자 그는 오히려 반가웠다.

 여러 위원회에서 일하고 페테르부르크의 온갖 단체에 드나드는 비츠키가 찾아온 것이었다. 그는 스페란스키와 새로운 사상을 열렬히 숭배하고 있었고 페테르부르크의 정보통 역할을 하고 있었다. 그리고 유행에 따라 경향을 선택하기 때문에 굉장히 열렬한 주창자처럼 보였다. 그는 모자를 벗기가 무섭게 안드레이 공작의 방으로 들어와서 이야기를 시작했다. 그는 오늘 아침 황제가 연 참의회의 자세한 소식을 전했다. 황제의 연설은 참으로 특별한 것이었다. 그것은 입헌군주가 아니면 할 수 없는 말이었다.

 "황제는 참의원과 원로원은 국가적인 계급이고 정치는 자유의지에 의한 것이 아니라 확고한 주의를 기초로 해야 한다고 말했습니다. 그리고 재정을 개혁하고 결산을 공개해야 한다고 말씀하셨단 말입니다." 비츠키는 단어를 강조해 가며 눈을 부릅뜨고 말했다.

"아무튼 이번 사건은 획기적입니다. 우리 역사상 최대로 획기적인 사건입니다." 그가 말을 맺었다.

안드레이 공작은 참의원 개회에 큰 기대를 걸고 있었지만 그 기대가 실현된 지금은 오히려 조금도 감동하지 않았고 부질없다고 생각했다. 그는 조용히 냉소 지으며 비츠키의 이야기를 듣고 있었다. 그때 아주 단순한 생각이 안드레이 공작의 머리에 떠올랐다. '황제가 참의원에서 말씀하신 것이 나와 비츠키에게 무슨 관계가 있는가? 그것이 나를 행복하게 해 준단 말인가?' 이러한 단순한 생각은 안드레이 공작이 현재 실현되고 있는 개혁에 대해 갖고 있었던 관심을 한순간에 지워 버렸다.

이날 안드레이 공작은 스페란스키 집에서 열리는 이른바 소위원회라고 불리는 만찬회에 나가기로 되어 있었다. 자신이 존경하는 스페란스키의 자택에서 가정적으로 화기애애하게 펼쳐지는 만찬회는 가 본 적이 없어 더 기대하고 있었으나 지금은 가고 싶은 마음이 사라졌다. 하지만 정오가 지나자 안드레이 공작은 타브리체스키 공원 옆에 있는 스페란스키의 아담한 집으로 향했다. 깨끗한 수도원을 연상시키는 청결한 집으로 들어가 작은 나무를 조각하여 바닥에 깐 식당으로 샀다. 아직 이른 시간이었지만 스페란스키와 절친한 사람들이 모두 모여 있었다. 스페란스키를 닮아 얼굴이 갸름한 어린 딸과 가정교사 외에 여자는 한 사람도 없었다. 손님은 제르베(스페란스키의 친척으로 정치가)와 마그니츠키와 소톨르이핀

(원로원 의원이자 작가)이었다. 안드레이 공작은 현관을 벗어 나기도 전에 크게 떠드는 이야기 소리와 맑게 울리는 웃음소리를 들었다. 스페란스키의 목소리로 짐작되는 음성이 "하. 하. 하" 하고 웃고 있었다. 안드레이 공작은 이제까지 스페란스키의 웃음소리를 들은 적이 없었기 때문에 낭랑한 웃음소리에 놀랐다.

안드레이 공작은 식당으로 들어갔다. 스페란스키는 훈장이 달린 잿빛 연미복을 입고 즐거운 표정으로 탁자 옆에 서 있었다. 손님들은 그를 둘러싸고 있었다. 마그니츠키가 재미난 이야기를 하고 있었다. 스페란스키는 마그니츠키의 이야기를 미리 상상하고 다 듣기도 전에 웃고 있었다. 소톨르이핀은 치즈 바른 빵을 먹으며 나직한 목소리로 이야기하고 있었고 제르베는 목쉰 소리로 웃고 있었다. 스페란스키는 계속 웃으면서 안드레이 공작에게 부드러운 하얀 손을 내밀었다.

"공작, 잘 오셨습니다. 잠깐 실례합니다." 그는 마그니츠키의 이야기를 가로막았다. "오늘 우리는 식사만 즐기고 사무에 관한 이야기는 한마디도 하지 않기로 약속했습니다."

그는 이렇게 말하고 다시 이야기 상대를 보며 또 웃기 시작했다. 안드레이 공작은 스페란스키가 완전히 다른 사람처럼 보여 환멸과 놀라움을 느꼈다. 신비롭고 매력적이었던 스페란스키가 갑자기 안드레이 공작에게 평범하게만 보였다.

스페란스키는 일이 대충 끝났는지 허물없는 친구들과 기분 전환을 하고 싶은 모양이었다. 손님들도 모두 그 기분을 알아채고 그를 즐겁게 해 주면서 자기들도 즐기고 있었다. 하지만 안드레이 공작은 이 즐거움이 답답하고 힘들었다. 스페란스키의 날카로운 목소리는 어쩐지 불쾌했고 그 끊임없이 가식적으로 웃는 소리는 그를 모욕하는 것 같았다. 안드레이 공작은 웃지 않았다. 그리고 자기가 이 자리를 따분하게 만드는 건 아닌가 하고 줄곧 신경이 쓰였다. 그러나 아무도 그의 마음을 알아채지 못했다. 모두들 무척 즐거운 모양이었다. 그는 몇 번이나 이야기에 끼어 보려고 했지만 그때마다 그의 말은 물 위의 코르크처럼 튀어 올랐다. 그는 그들과 농담도 할 수 없었다.

식사가 끝나자 스페란스키의 딸과 가정교사가 자리에서 일어났다. 스페란스키는 그 하얀 손으로 딸을 어루만지고 키스했다. 안드레이 공작은 이것까지 부자연스럽게 느껴졌다. 남자들은 남아서 포도주를 마시며 나폴레옹의 스페인 원정 이야기를 시작했다. 모두 한결같이 이 전쟁에 찬성했을 때 안드레이 공작은 반대했다. 스페란스키는 빙긋 웃었다. 그리고 이런 이야기는 피하고 싶은지 지금까지의 이야기와는 아무 관계도 없는 일화를 꺼냈다. 모두 한동안 입을 다물었다.

안드레이 공작은 스페란스키에게 다가가 작별인사를 했다.
"이렇게 빨리, 어디 가십니까?" 스페란스키가 물었다.
"야회에 참석해야 합니다."
두 사람은 잠시 침묵했다. 안드레이 공작은 그의 눈을 가까이에서 바라보았다. 그러자 갑자기 스페란스키와 관련된 활동에서 무언가를 기대하고 스페란스키의 사업을 중요하게 생각했던 자신이 너무도 우스워졌다. 그 빈틈없고 꾸민 듯한 웃음소리는 스페란스키 집에서 나온 뒤에도 오랫동안 공작의 귓가에 끊임없이 울렸다.

안드레이 공작은 집으로 돌아오자 페테르부르크에서 지낸 4개월 동안의 생활을 회상하기 시작했다. 그는 자신의 노력과 탄원, 군규 법안 일을 상기했다. 이 법안은 참고로 채택되었으나 아무도 이에 대해 언급하지 않았다. 이미 다른 법안을 만들어 황제에게 제출하였기 때문이었다. 그는 베르그도 위원이 된 위원회를 상기했다. 위원회의 모임은 늘 형식이나 절차에 관한 것만 논의하고 정작 중요한 사건은 되도록 빨리 마치려 했다.

그는 자신이 한 입법 작업이 로마와 프랑스의 법전을 고생하며 러시아어로 옮긴 것임을 생각하고 부끄러워졌다. 그리고 그는 보구차로프 마을과 시골 생활과 랴자니 여행 등을 떠올렸다. 그 많은 농부들과 촌장인 드론, 하인들을 자신이 항목별로 분류하고 있는 인권에 적용해 보았다. 그러자 그는 이런 쓸데없는 일에 어떻게 오랫동안 골몰할 수 있었는지 스스로 허탈해지고 말았다.

19

이튿날 안드레이 공작은 아직 가 보지 않은 몇몇 집을 방문했다. 그 중에는 지난 무도회에서 새롭게 친해진 로스토프가도 있었다. 예의상으로 로스토프가를 방문할 필요도 있었지만 안드레이 공작은 즐거운 기억으로 남은 활기찬 아가씨가 집에서 어떻게 지내고 있는지 보고 싶었던 것이다. 그녀는 하늘색의 평상복을 입고 있었고 야회 때보다 더욱 아름다워 보였다.

나타샤를 비롯한 온 가족이 소박하고 친절하게 맞아주었다. 한때 그는 이 가족을 매몰차게 비판했지만 지금은 아름답고 소박하며 착한 사람들이라고 생각하였다. 페테르부르크에서 더 친절해진 노백작의 손님 접대와 성품에 안드레이 공작은 기분이 좋아져서 점심식사를 거절할 수 없었다. 이 집안 사람들은 나타샤의 매력을 잘 모르지만 이 생기 넘치고 매력적인 아가씨를 돋보이게 하는 배경은 바로 이 선한 사람들이었기 때문이었다. 안드레이 공작은 자신은 이해할 수 없는 독특하고 신비로운 세계가 나타샤에게 있음을 느꼈다. 그 때문에 아트라드노예의 오솔길에서 놀랐었고 달밤에 창가에서 초조했던 것이다.

점심식사가 끝나자 나타샤는 안드레이 공작의 청에 따라 노래를 불렀다. 안드레이 공작은 창가에 서서 부인들과 이야기하며 듣다가 나중에는 아무 말도 하지 않았다. 그는 뜻하지 않았던 눈물이 솟구쳐 오르는 것을 느꼈다. 그는 노래를 부르고 있는 나타샤를 가만히 바라보았다. 새로운 행복 같은 느낌이 샘솟는 것 같았다. 행복했으나 동시에 슬프기도 했다. 울 일이 조금도 없었지만 울고 싶어졌다.

무엇 때문인가? 옛사랑일까? 죽은 아내 때문인가? 자기 환멸의 비애일까? 미래에 대한 기대일까? 아니, 그게 다가 아니다. 그는 마음속에 있는 미지의 위대한 것과, 자기와 나타샤 사이의 친밀하고 육체적인 어떤 것과의 사이에 있는 무서운 모순이 생생하게 느껴졌다. 이 모순은 나타샤가 노래를 부르는 동안 그를 괴롭히기도 하고 기쁘게 하기도 했다.

나타샤는 노래를 끝내고 그의 옆으로 다가와서 노래가 마음에 들었느냐고 물었다. 그는 그녀의 얼굴을 보면서 빙긋 웃었고 그녀의 노래는 그녀의 모든 행동과 마찬가지로 마음에 들었다고 대답했다. 그녀는 미소를 지었다.

안드레이 공작은 그날 밤 늦게 로스토프가를 나섰다. 그는 습관적으로 잠자리에 들었으나 잠을 이룰 수 없었다. 그는 촛불을 켜고 침대 위에 일어나 앉기도 하고, 일어서기도 하고, 다시 눕기도 했다. 하지만 잠이 오지 않는 것이 전혀 괴롭지 않았다. 마치 숨 막히는 방에서 자유로운 세계로 뛰쳐나온 것처럼 그의 마음은 기쁨과 새로움으로 가득 차 있었다. 그는 나타샤의 모습을 잠깐 생각한 것뿐인데도 자신의 모든 생활이 새로운 빛을 받는 것처럼 생각되었다.

'온 생활이 기쁨으로 가득해서 내 앞에 펼쳐져 있는데 이렇게 답답한 틀 속에서 왜 머뭇거리고 있단 말인가?' 그는 혼잣말을 했다.

그리고 그는 행복한 계획을 세워 보았다. 그는 적당한 양육자를 찾아 아들의 교육을 위임해야겠다고 생각했다. 그리고 일을 그만두고 외국을 돌아봐야겠다고 결심했다.

'내게 젊음과 정력이 있는 동안에 충분히 자유를 즐겨야 한다. 행복해지려면 행복해질 수 있다고 믿어야 한다는 피에르의 말은 진리다. 나도 지금 그것을 믿는다. 죽은 자는 죽은 자가 매장하게 하라! 하지만 살아 있는 한은 살아서 행복해져야 한다.' 그는 생각했다.

20

어느 날 아침 알리폰스 베르그 대령이 피에르를 찾아왔다. 피에르는 많은 사람들을 알고 있었기에 베르그 대령도 잘 알고 있었다. 그는 산뜻한 새 군복을 입고 알렉산드르 황제처럼 머리를 앞쪽으로 올려붙였다.

"지금 부인을 찾아뵙고 부탁드렸습니다만 거절당하고 말았습니다. 백작님께선 틀림없이 들어주실 거라고 믿습니다."

"내가 할 수 있는 일이라면 기꺼이……."

"실은 백작님, 이제는 새집에 완전히 자리를 잡아서……." 베르그는 이 말은 누가 들어도 불쾌해지지 않을 거라고 확신하는 듯 자신만만하게 말했다. "그래서 우리는 지인들을 초대해 조그만 야회를 베풀까 생각하고 있습니다. 아무것도 없지만 그저 차와 야식이라도 함께 나누도록 백작님께서 부인과 같이 와 주셨으면 합니다."

백작 부인 엘렌은 베르그 같은 자와 어울리는 것은 자기 체면이 깎이는 일이라고 생각하고 매정하게 거절한 것이다. 베르그는 훌륭한 사람들을 왜 초대하고 싶은지, 그것이 왜 즐거운 일인지, 쓸데없는 일에는 돈을 아끼면서도 이 모임에 드는 비용은 왜 아끼지 않는지 세세하게 설명했다. 피에르는 거절하지 못하고 가겠다고 약속하고 말았다.

"죄송합니다만 너무 늦지 않으시도록 부탁드립니다. 백작님, 8시 10분 전입니다. 보스턴 게임도 준비했고 우리 장군께서도 오십니다. 그분은 우리에게 무척 친절하게 해 주십니다. 백작님, 그럼 잘 부탁합니다."

늘 지각을 하던 피에르는 8시 15분 전에 베르그의 집에 도착했다. 베르그 내외는 야회 준비를 다 마치고 손님들을 기다리고 있었다. 베르그는 흉상이며 그림, 새 가구로 꾸민 깨끗하고 밝은 서재에 부인과 함께 앉아 있었다. 베르그는 새 군복을 입고 아내 옆에 앉아서, 언제나 자기보다 지위가 높은 사람을 사귀어야 하고 그래야 교제가 재미있다고 아내에게 설명하고 있었다.

"보고 배울 점도 있고 청탁도 할 수가 있으니까. 내 생활 좀 봐요, 내가 임관 이후 어떻게 살아왔는지(베르그는 자신의 생애를 햇수가 아니라 진급으로 따지고 있었다). 동료들은 아직 이름도 내지 못하고 있는데 나는 벌써 연대장 자리가 비기만을 기다리고 있을 만큼 승진했고, 당신의 남편이 되어 행복하지 않소(그는 일어나서 베라의 손에 키스하고는 접혀 있는 융단의 모서리를 폈다). 그런데 내가 이러한 것들을 어떻게 얻었다고 생각하지? 바로 교우를 잘 선택했기 때문이오. 물론 덕망도 있어야 하고 성실하기도 해야 하지만 말이야."

베르그는 연약한 여성에 대해 우월감을 느끼며 미소 지었다. 그는 귀여운 아내도 '남자의 진가를 이루는 요소'를 이해할 수 없는 한낱 여린 여성에 불과하다고 생각하고 입을 다물었다. 베라 역시 남편에 대해 우월감을 느끼며 미소 지었다. 하지만 베라는 남편이 덕망 높은 훌륭한 사람이기는 해도 세상의 모든 남자들과 마찬가지로 인생을 바르게 이해하지는 못한다고 생각했다. 베르그는 자기 아내를 기준으로 모든 여자는 약하고 어리석다고 생각했고, 베라는 남편을 보면서 모든 남자는 여자를 자신만의 것이라고 여기면서 아무것도 모르는 이기주의자라고 생각하고 있었다.

베르그는 일어서서 값비싼 레이스의 숄이 구겨지지 않도록 조심스럽게 아내를 껴안고 입술 한가운데에 키스했다.

"아이는 너무 일찍 생기지 않았으면 좋겠군." 베르그가 무의식적으로 말했다.

"그래요. 나도 바라지 않아요. 우린 사회를 위해서 살아야 하니까요." 베라가 대답했다.

"우스푸바 공작 부인도 똑같은 게 있었지." 베르그는 숄을 가리키면서 행복하게 미소 지으며 말했다.

이때 베주호프 백작이 도착했다고 알려 왔다. 부부는 각자이 방문의 영광이 자신을 위한 것이라 생각하고 만족스러운 표정으로 마주보았다.

'말하자면 이것이 지기를 만드는 요령이란 거지. 이런 걸 능란한 처세술이라고 하는 거야!' 베르그는 생각했다.

"내가 손님들과 이야기하고 있을 때는 불쑥 이야기를 가로막지 말아 주세요. 어떤 손님에게 어떤 접대를 해야 하는지, 무슨 이야기를 해야 하는지는 나도 다 알고 있으니까요." 베라가 말했다.

"아니, 그건 안 돼. 남자 손님은 남자가 대접해야만 하는 경우가 있으니까." 베르그가 빙긋 웃으며 말했다.

피에르는 조그마한 새 객실로 안내되었다. 새 객실은 모든 것이 너무도 깔끔하고 균형 있게 정돈되어 있었다. 피에르는 자기 쪽으로 의자를 끌어당겨 방의 질서를 깨뜨려 버렸다. 그와 동시에 베르그와 베라는 서로 나서서 손님을 맞으려 했고 그것으로 야회가 시작되었다.

베라는 피에르의 흥미를 끌려면 프랑스 공사관에 대해 이야기하는 게 좋겠다고 생각했다. 베르그는 남자끼리의 이야기가 필요하다고 생각하고 아내의 말을 가로막고 오스트리아와의 전쟁에 대한 이야기를 꺼냈다. 그리고 자기도 모르게 이 싸움에 출정하라는 권유를 받았던 일과 그 권유를 승낙할 수 없었던 까닭 등 개인적인 이야기로 몰아갔다. 이야기는 몹시 산만해졌고, 베라는 남편이 끼어든 것에 화가 났다. 그래도 부부는 만족해하며 한 사람밖에 없는 야회를 순조롭게 시작하였고, 이야기와 분위기, 차, 촛불 등의 모든 것이 다른 집의 야회와 똑같다고 생각하며 마음속으로 감격하고 있었다.

곧 베르그의 옛 친구 보리스가 왔다. 그는 자만심에 들떠 베르그와 베라를 대하고 있었다. 보리스에 이어 어떤 귀부인이 대령과 함께 왔다. 이윽고 주빈인 장군을 비롯한 로스토프가 사람들이 도착하자 야회는 의심할 여지가 없을 만큼 다른 모든 야회와 비슷해졌다. 객실 안의 모습, 끊임없는 이야기 소리, 옷자락 스치는 소리, 인사를 나누는 말들을 들으면서 베르그와 베라는 너무 기뻐했다. 모든 것이 보통 야회와 똑같았고 장군은 부부의 집을 칭찬하면서 베르그의 어깨를 툭툭 치기도 하며 아버지처럼 허물없이 보스턴 게임용 탁자의 배치를 가르쳐 주었다. 장군은 자기 다음가는 주빈인 일리아 안드레이치 노백작 옆에 자리를 잡았다. 노인들은 노인들끼리, 젊은이들은 젊은이들끼리 어울렸다. 여주인은 차 탁자 옆에 앉았다. 그 탁자 위에는 파닌가의 야회 때 나왔던 것과 똑같은 케이크가 은 바구니에 담겨져 있었고, 하나에서 열까지 다른 야회와 똑같았다.

21

피에르는 베르그가 초대한 귀한 손님 중 한 사람이었으므로 일리아 안드레이치 백작, 장군, 대령 등과 함께 보스턴 게임을 해야 했다. 피에르는 보스턴 게임용 탁자에서 나타샤의 맞은편에 앉게 되었는데, 그 무도회 이후 달라진 그녀의 모습에 그는 놀랐다. 나타샤는 별로 말을 하지 않았고 무도회 때처럼 아름답지도 않았으며, 모든 것에 대해 차갑고 무관심한 표정을 짓고 있었다.

'어떻게 된 거지?' 피에르는 그녀를 보며 생각했다. 언니와 나란히 앉은 그녀는 피에르 쪽은 보지도 않았고 자기 옆에 앉은 보리스에게 대답만 겨우 하고 있었다. 피에르는 누군가 들어오는 발소리와 인사를 주고받는 소리가 들리자 다시 나타샤 쪽을 보았다.

'무슨 일이 있나?' 그는 놀란 듯 마음속으로 중얼거렸다.

안드레이 공작이 온유한 표정으로 그녀 앞에 서서 이야기를 하고 있었다. 나타샤는 얼굴이 붉어진 채 거칠어진 숨결을 가라앉히려고 애쓰며 그를 보고 있었다. 지금까지 꺼져 있던 마음의 불꽃이 확 피어올라 그녀의 내부를 환히 비추었다. 그녀는 완전히 다른 사람처럼 바뀌어 버렸고 무도회 때처럼 다시 아름다워졌다.

나타샤와 이야기를 마친 안드레이 공작은 피에르에게 다가왔다. 피에르는 친구의 얼굴에서 신선한 젊음의 표정을 보았다. 피에르는 게임을 하는 동안에도 몇 번인가 자리를 바꾸기도 하고 나타샤에게 등을 돌렸다가 정면을 보고 앉기도 하면서 그녀와 친구를 계속 살펴보았다.

'두 사람 사이에 무슨 중대한 일이 일어난 모양이군.' 피에르는 생각했다. 그러자 그의 마음은 기쁨과 괴로움으로 설레었고 게임의 승부 따위는 잊어 버렸다. 여섯 번째 게임이 끝나자 장군이 "이래서는 도저히 승부가 나지 않겠어" 하고 말하면서 일어섰기 때문에 피에르도 겨우 게임에서 풀려날 수 있었다. 나타샤는 소냐와 보리스와 이야기하고 있었고, 베라는 가볍게 웃으며 안드레이 공작과 조용히 이야기하고 있었다.

피에르는 친구에게 비밀 이야기라도 나누느냐고 묻고 두 사람 옆에 앉았다. 베라는 안드레이 공작이 나타샤에게 특별한 감정이 있음을 눈치 챘다. 그녀는 이러한 야회에서는 사랑의 감정을 넌지시 일러 주어야 한다고 생각하고 안드레이 공작이 혼자 있을 때 얼른 다가가 사람의 감정과 나타샤에 대해 이야기하기 시작했다. 베라는 자신의 사교 수단을 그를 상대로 시험해 보고 싶었다.

피에르가 두 사람에게 다가왔을 때, 흥분한 베라는 이야기에 열중하고 있었고 안드레이 공작은 그답지 않게 당황하는 모습이었다.

"공작님께서는 사람들을 꿰뚫어 보실 수 있는 통찰력을 갖고 계시니 사람들의 성격을 알 수 있으시겠지요. 나타샤에 대해서 어떻게 생각하세요? 저 애는 자신의 사랑을 영원히 지킬 수 있을까요?" 베라가 엷은 미소를 띠며 말했다.

"글쎄요. 그런 문제는……." 안드레이 공작은 당황하는 모습을 감추기 위해 비웃는 듯한 미소를 띠었다.

"내 생각엔 상대방의 호감을 얻지 못하는 여자일수록 사랑이 변하지 않는 것 같더군요." 안드레이 공작은 이렇게 말하고 그에게 다가온 피에르를 보았다.

"그래요. 요즘은……." 베라가 말을 이었다. "아가씨들이 너무 자유로워서 사람들의 귀여움을 받는 기쁨 때문에 진실한 감정은 억눌러 버리기도 해요. 나타샤도 이 점에 대해서는 정말 예민하지요."

이야기가 다시 나타샤로 돌아가자, 안드레이 공작은 불쾌한 듯 얼굴을 찌푸렸다. 그가 일어서려고 하자 베라는 더한층 묘한 미소를 띠며 이야기를 계속했다.

"나는 저 애처럼 귀염받는 사람은 없다고 생각해요. 하지만 아주 최근까지도 저 애가 진실한 사랑을 준 사람은 없었어요. 당신도 알고 계실 거예요, 백작." 베라는 피에르에게 얼굴을 돌리고 말을 이었다. "우리끼리 하는 이야기이지만, 우리 사촌 오빠인 보리스도 사랑에 빠져서……."

안드레이 공작은 미간을 찌푸린 채 입을 다물고 있었다.

"당신은 보리스하고 친하시죠?" 베라가 말했다.

"알고 지내긴 합니다만……."

"그가 어렸을 때 나타샤를 사랑했다고 당신에게 얘기했나요?"

"어린 시절에 사랑했었습니까?" 안드레이가 자신도 모르게 물었다.

"네, 사촌끼리 친하다가 사랑에 빠지는 경우가 있잖아요. 사촌 오빠와 누이는 위험한 이웃이에요. 그렇지 않나요?"

"아아, 그건 정말입니다." 안드레이 공작이 말했다. 그리고 갑자기 어색한 활기를 띠면서 피에르에게 자기도 쉰이 넘는 모스크바의 사촌 누이들과 신중하게 교제해야겠다는 농담을 했다. 그리고 훌쩍 일어나 피에르의 손을 잡고 한쪽으로 데리고 갔다.

"도대체 어떻게 된 겁니까?" 안드레이의 표정과 행동을 놀란 눈으로 바라보던 피에르는 안드레이가 일어나면서 나타샤를 보던 눈빛을 눈치 채고 이렇게 물었다.

"자네한테 할 이야기가 있어." 안드레이 공작이 말했다. "자네도 알고 있는 그 부인용 장갑 말일세(사랑하는 여자에게 주라고 신입 회원에게 제공하는 메이슨의 장갑을 말한 것이다).

나는……. 아니야. 나중에 다시 이야기하지." 안드레이 공작은 안절부절 못하는 태도로 나타샤에게 다가가 옆에 앉았다. 피에르는 안드레이 공작이 그녀에게 말을 건네자 나타샤가 얼굴을 붉히고 대답하는 것을 보았다.

이때 베르그가 피에르에게 다가와서 스페인 원정에 관해 장군과 대령 사이에 논쟁이 벌어졌는데 참석해 달라고 부탁했다.

베르그는 지금 아주 만족했고 더할 나위 없이 행복했다. 그의 얼굴에서는 기쁨에 찬 웃음이 가시지 않았다. 오늘의 야회는 매우 훌륭하고, 그가 보아 온 다른 야회와 완전히 똑같았다. 부인들의 세련된 회화, 카드놀이, 게임 승부에 목소리를 높이는 장군, 과자, 하나에서 열까지 모두 닮아 있었다. 하지만 오직 한 가지 모자라는 것이 있었다. 남들의 야회에서 본 대로 꼭 흉내를 내고 싶은 것이 있었다. 그것은 남자들이 떠들썩하게 지껄이는 것과 중대하고 지혜로운 논쟁을 벌이는 것이었다. 지금 장군이 그러한 이야기를 시작했고 베르그는 피에르를 끼워 넣고 싶은 것이었다.

22

다음날 안드레이 공작은 일리아 안드레이치 백작의 초대를 받아 로스토프가로 식사하러 가서 온종일 머물렀다. 온 집안 사람들은 안드레이 공작이 누구 때문에 이처럼 드나드는 것인지 직감하고 있었다. 그는 별로 감추려 하지도 않고 계속 나타샤의 곁에 있으려고 애썼다. 겁을 먹으면서도 행복하고 환희에 차 있는 나타샤는 기쁘고 행복하기도 했지만 겁이 났고 집안에는 앞으로 일어날 일에 대한 두려움이 가득했다.

백작 부인은 안드레이 공작과 나타샤를 안타까워하면서도 엄한 눈초리로 지켜보고 있었지만, 안드레이가 자신을 돌아보면 주춤거리며 태연한 척 쓸데없는 이야기를 시작했다. 소냐는 나타샤를 혼자 둔 것이 걱정스러웠으나 한편으로는 옆에 있으면 방해가 될까 봐 걱정했다. 나타샤는 그와 단둘이 있을 때면 두려운 기대로 파랗게 질렸다. 안드레이 공작도 나타샤가 이상하게 생각할 만큼 수줍어했다. 그가 무언가 할 이야기가 있는 것 같은데도 털어놓지 못하고 있음을 나타샤도 느끼고 있었다.

그날 밤 안드레이 공작이 돌아가자 백작 부인이 나타샤에게 나직한 목소리로 물어보았다.

"그래, 어떻게 됐니?"

"제발 아무것도 묻지 말아 주세요. 아무 말도 못하겠어요."

하지만 그날 밤 나타샤는 흥분과 두려움에 떨면서 오랫동안 어머니 침대에 누워 있었다. 그녀는 안드레이 공작이 자신을 칭찬해 주었던 일, 해외 여행을 할 계획이 있다는 일, 로스토프가는 올 여름에 어디에서 지내느냐고 물었던 일, 보리스에 대해서 물었던 일 등을 차근차근 이야기했다.

"이런 일은 한 번도 없었어요! 난 그 사람 옆에 있으면 늘 두려워요. 왜 그런 걸까요? 이것이 제 진심일까요? 네? 어머니, 주무세요?" 그녀가 말했다.

"아니, 애야. 나도 두렵다." 어머니가 대답했다. "자, 가서 자거라."

"어차피 자지 못할 거예요. 잔다는 건 쓸데없는 일이에요! 어머니, 이런 일은 처음이에요!"

그녀는 자신의 감정에 대해 놀라움과 두려움을 느끼면서 말했다. "이렇게 되리라고는 정말 생각지도 못했어요."

나타샤는 처음 아트라드노예 마을의 가로수 길에서 그를 보았을 때부터 그에게 반했던 것같이 느껴졌다. 그때 그녀는 그를 마음속으로 선택한 (그녀는 이 사실을 굳게 믿고 있었다) 것이고, 뜻밖에 지금 다시 만난 것이며, 그 사람도 자신에게 관심을 갖고 있다고 생각하자 묘한 행복감이 밀려왔다. '그 사람도 우리가 페테르부르크에 있을 때 이곳으로 일부러 찾아오게 된 것이다. 그리고 그 무도회에서 만날 수밖에 없었다. 이것은 모두 운명이다. 모든 것이 운명으로 되어 버린 것이다. 처음으로 그를 보았던 그때부터 특별한 감정을 느끼고 있었으니까……' 그녀는 생각했다.

"그리고 또 무슨 이야기를 했니? 그것은 어떤 시지? 읽어 보렴." 어머니는 안드레이 공작이 나타샤의 앨범에 쓴 시에 관해서 물었다.

"어머니, 그분이 홀아비라서 부끄러울 건 없죠?"

"이제 그만. 자, 기도라도 해라. 결혼은 하늘이 정하는 것이니까."

"기뻐요, 어머니. 난 어머니가 정말 좋아. 정말 행복해요!"

나타샤는 행복과 흥분의 눈물을 흘리며 어머니를 부둥켜안고 소리쳤다.

바로 이때 안드레이 공작은 피에르의 방에 있었다. 그는 나타샤에게 자신의 감정을 고백하고 꼭 그녀와 결혼해야겠다고 굳게 결심하였다.

이날 백작 부인 엘레나 바실리예브나 저택에서는 대규모의 야회가 베풀어져서 프랑스 공사와 요즈음 자주 그녀를 찾아오는 대공과 그 밖의 많은 화려한 신사 숙녀들이 모여 있었다. 피에르도 홀 안을 거닐고 있었지만 생각에 잠긴 듯 멍하고 음울한 표정을 짓고 있어서 손님들을 놀라게 했다. 피에르는 무도회 이후 우울증에 빠진 것을 느끼고 필사적으로 벗어나려고 애쓰고 있었다. 대공이 아내와 친해진 후 피에르는 느닷없이 시종으로 임명되었다. 이때부터 그는 사교계에 나가면 괴롭고 부끄러웠으며, 전보다 자주 온 세상이 하찮게 여겨졌다. 바로 이 무렵에 그는 자신의 피보호자인 나타샤와 친구인 안드레이 공작이 키워가는 감정이 자기의 입장과 정반대인 것이어서 더욱 우울해졌다. 그는 아내와 나타샤, 안드레이 공작에 대해 아무 생각도 하지 않으려고 애썼다. 또 모든 것이 영원에 비하면 보잘것없다고 생각하고, '왜?'라는 의문을 갖기 시작했다. 그는 밀려오는 상념을 털어 버리려고 아침부터 밤까지 메이슨 일에 골몰하였다. 피에르는 12시가 지나서 부인의 방에서 나와 자신의 방으로 올라갔다.

피에르는 담배 연기가 자욱한 천장이 낮은 방에서 풀어헤친 셔츠 차림으로 탁자 앞에 앉아 스코틀랜드 법규를 베끼고 있었다. 그때 안드레이 공작이 들어왔다.

"당신이군요. 지금 일을 하고 있습니다." 피에르가 시무룩한 얼굴로 자신의 노트를 가리키며 말했다.

안드레이 공작은 기쁨이 가득한 인생을 다시 시작하는 듯한 표정으로 피에르 앞에 섰다. 그는 자신의 행복에 휩싸여 슬픔에 잠긴 피에르의 얼굴을 보지 못하고 미소 지었다.

"실은 어젯밤 자네에게 얘기하고 싶었네. 그래서 일부러 찾아온 걸세. 여보게, 나는 사랑에 빠졌어. 지금까지 이런 경험은 해 본 적이 없네."

피에르가 한숨을 길게 내쉬며 안드레이 공작이 앉아 있는 소파에 몸을 내던지듯 앉았다.

"나타샤 로스토프죠?"

"그래. 정말 믿어지지 않지만 이 감정은 내 이성으로도 어쩔 수가 없네. 어제도 고민했다네. 그러나 이 괴로움은 이 세상의 어떤 것과도 바꿀 수 없는 것이야. 나는 지금까지 살아 있는 게 아니었어. 이제야 비로소 사는 보람을 느끼기 시작한 거야. 그녀 없이는 살 수 없어. 그녀가 과연 나를 사랑할까? 그녀의 남편으로는 너무 나이가 많아서 말이야. 자넨 왜 말이 없나?"

"제가 무슨 할 말이 있겠습니까?" 피에르가 벌떡 일어나 방 안을 거닐며 말했다. "나는 항상 그런 생각을 했습니다. 그 아가씨는 굉장한 보물입니다. 좀처럼 보기 드문 아가씨입니다. 그러니 쓸데없는 생각이나 의심은 하지 마시고 결혼하십시오. 그러면 당신은 행복해질 것입니다."

"그러나 그녀는……."

"그녀는 당신을 사랑하고 있습니다."

"농담하지 말게." 안드레이 공작이 웃으며 피에르의 눈을 들여다보았다.

"그녀는 당신을 사랑하고 있습니다. 나는 알아요." 피에르가 화를 내며 소리쳤다.

"내가 지금 어떠한 상태인지 자네는 알겠나? 나는 누군가에게 모든 것을 얘기하지 않고는 견딜 수가 없네."

"자, 그럼 이야기를 하십시오. 나는 정말 기쁘게 생각합니다." 피에르가 말했다.

피에르는 갑자기 표정을 바꾸어 정말 기쁘다는 듯이 안드레이 공작의 이야기에 귀를 기울였다. 공작은 전혀 다른 사람 같이 보였다. 그의 고독, 삶에 대한 멸시, 환멸감 등은 지금 어디에 있는 것일까? 안드레이 공작은 피에르 외의 어느 누구에게도 속마음을 얘기하지 말아야겠다고 생각했다. 대신 피에르에게는 마치 철부지 소년처럼 미래에 대해 세운 대담한 계획과 마음속의 모든 것을 다 이야기했다.

"예전에 이런 사랑에 빠질 것이라고 나에게 예언한 자가 있었다면 나는 절대로 믿지 않았을 거야. 지금까지 내가 경험했던 것과는 전혀 다른 감정이야. 지금은 세상이 둘로 나뉜 것 같아. 하나는 그녀가 있어서 온갖 행복과 희망과 빛이 가득하고, 다른 하나는 그녀가 없어서 슬픔과 암흑만……." 안드레이 공작이 말했다.

"슬픔과 암흑?" 피에르가 되뇌었다. "그렇군요. 나도 알겠습니다."

"나는 빛을 사랑할 수밖에 없어. 그래서 나는 정말 행복해. 내 기분을 알겠나? 나는 자네가 기뻐해 줄 거라고 생각했어."

"그래요. 결혼하세요." 피에르는 감격과 슬픔에 잠긴 눈으로 친구를 쳐다보며 말했다. 그러나 안드레이 공작의 운명이 밝게 보일수록 자신의 운명은 더 침울해지는 것을 느꼈다.

23

결혼을 하려면 아버지의 승낙이 필요했다. 안드레이 공작은 이튿날 아버지가 계신 곳으로 떠났다.

아버지는 겉으로는 침착해 보였지만 마음속으로는 분노를 느끼며 아들의 말을 듣고 있었다. 자신의 생애는 다 끝나가고 있는데 왜 자꾸 변화의 손길이 뻗쳐 오고 새로운 상황이 생기는지 이해할 수 없었다. '그저 죽을 때까지는 내가 하고 싶은 대로 했으면 좋으련만. 내가 죽은 다음에 마음대로 하란 말이다.' 노인은 생각했다. 하지만 상대가 아들이므로 그는 언제나 중요할 때 사용하는 외교 수단을 생각해 냈다. 그는 냉정한 태도로 이 일을 곰곰이 생각해 보았다.

첫째, 이 결혼은 가문, 재산, 지위에서 맞지 않는다. 둘째, 안드레이 공작은 이제 한창 때를 지나 몸도 약한데(노인은 이 점을 유달리 강조했다), 여자는 너무 어리다. 셋째, 그에게는 아이가 있고, 이 애를 나이 어린 여자에게 맡기는 것은 불쌍하다.

아버지는 비웃는 듯한 눈초리로 아들을 쳐다보면서 이렇게 말했다. "넷째, 이 문제를 일 년 미루기로 하고 외국 여행을 다녀오면 어떠냐? 그리고 네가 바라던 대로 니콜라이 공작(손자-옮긴이)을 위해 독일인 가정교사를 구해 오지 않겠니? 그 다음에 사랑이든 정열이든 집착이든 여전히 남아 있다면 그때 결혼하는 거야. 이것이 마지막 말이다. 알겠니?" 노공작은 이제 결심을 번복할 수 없다는 듯한 어조로 말을 맺었다.

노인은 일 년 동안 아들이나 상대방 처녀가 시련을 극복하지 못할 것이고, 자신은 세상을 떠날 것이라고 생각하면서 오히려 그걸 기대하는 듯했다. 안드레이 공작도 그것을 분명히 깨닫고 아버지의 뜻을 따르기로 결심했다. 청혼만 해 두고 결혼을 늦추기로 결정한 것이다. 로스토프가를 찾아간 지 삼 주일 후에 안드레이 공작은 페테르부르크로 돌아왔다.

나타샤는 어머니에게 고백했던 날, 온종일 안드레이 공작을 기다렸으나 그는 오지 않았다. 이튿날도 마찬가지였다. 피에르도 안 왔으므로 나타샤는 안드레이 공작이 아버지에게 찾아간 것을 몰랐던 것이다.

그렇게 삼 주일이 지났다. 나타샤는 아무 데도 나가지 않고 하는 일 없이 풀죽은 모습으로 집 안을 돌아다녔다. 그러다 밤이 되면 남몰래 눈물을 흘렸고 밤마다 어머니에게 찾아가는 것도 그만두었다. 그녀는 계속 흥분했고 짜증을 부렸다. 모든 사람이 자신을 가엾게 여기는 것만 같았다. 가슴이 찢어지는 듯한 슬픈 마음을 숨기고 체면을 지켜야 한다는 것이 그녀를 더욱 불행하게 만들었다. 어느 날 그녀는 어머니에게 무엇인가를 말하려 하다가 갑자기 울기 시작했다. 노백작 부인은 나타샤를 진정시키려 했다. 나타샤는 어머니의 말을 듣고 있다가 돌연 그 말을 가로챘다.

"그만두세요, 어머니. 나는 아무렇지도 않아요. 생각하고 싶지도 않아요! 단지 지금까지 자주 오던 것을 그만두었다는 것뿐이잖아요." 그녀는 금방이라도 울음을 터뜨릴 것 같았지만 간신히 마음을 가다듬고 조용히 말을 계속했다. "나는 시집가고 싶은 마음이 조금도 없어요. 나는 그 사람이 무서워요. 이제 마음이 완전히 가라앉았어요."

그 다음날 나타샤는 늘 즐겨 입어 편안한 하늘색 헌 드레스를 꺼내 입었고 무도회 이전의 생활로 다시 돌아갔다. 차를 마시고 홀로 들어가 성악을 연습했다. 첫째 곡을 마치자 그녀는 홀 한가운데 발을 멈추고 자신이 특히 좋아하는 가곡의 한 절을 되풀이했다. 그녀는 자신의 목소리가 홀의 온 공간을 메우며 녹아들었다가 서서히 사라지는 것을 기분 좋게 들어보았다. 그러자 순간 그녀는 즐거워졌다.

'뭐, 그런 건 너무 생각할 필요가 없어. 이대로 있는 게 좋아.' 그녀는 자신에게 이렇게 말하고 기분 좋게 울리는 모자이크 마루 위를 이리저리 거닐기 시작했다. 그리고 발꿈치와 발끝을 번갈아 내디디면서(그녀는 좋아하는 새 구두를 신고 있었다) 신발굽이 마루를 딛는 소리와 신발 코가 고르게 미끄러지는 소리에 귀를 기울였다. 그녀는 거울 옆을 지나가다가 힐끔 들여다보았다. '저게 나로군!' 자신의 모습을 보자 그녀의

표정은 이렇게 말하고 있는 것 같았다. '훌륭하지 않아요? 정말 예뻐. 나는 이제 아무도 필요 없어.'

하인이 홀을 청소하러 들어오려고 했으나 나타샤는 문을 닫은 채 다시 거닐기 시작했다. 이날 아침 그녀는 자신을 사랑하는 마음과 그 기쁨의 상태로 되돌아갔다. "나타샤는 참으로 아름다운 아가씨야!" 그녀는 남자들이 이렇게 말하는 것처럼 중얼거렸다. "아름답고, 목소리도 매력적이고, 그리고 남을 방해하지 않아요. 제발 이 아가씨를 그냥 내버려두십시오." 그녀는 또 노래를 부르고 신발 소리를 내며 걸었다. 그리고 자신의 행복을 느끼고는 웃음을 터뜨렸다.

바로 그때 현관에서 문이 열리는 소리가 들리더니 누군가의 발소리가 들려왔다. 나타샤는 거울을 보고 있었으나 자신의 모습은 보지 않고 현관에서 나는 소리에 귀를 기울였다. 그녀가 자신의 모습을 보았을 때 그녀의 얼굴은 파랗게 질려 있었다. 그 사람이 온 것이었다. 꼭 닫힌 문 저쪽에서 희미한 목소리가 들렸지만 그녀는 확실히 알 수 있었다. 나타샤는 파랗게 질려 당황한 얼굴로 객실로 뛰어들었다.

"어머나, 안드레이 공작이 오셨어요. 어머니, 무서워요, 견딜 수가 없어요! 난 이런 괴로움이 싫어요! 어떻게 하면 좋아……." 그녀가 소리쳤다.

노백작 부인이 미처 대답할 겨를도 없이 안드레이 공작이 침착한 얼굴로 들어왔다. 나타샤를 보자마자 그의 얼굴은 빛나기 시작했다. 그는 노백작 부인과 나타샤의 손에 키스하고 소파에 앉았다.

"정말 오랜만이군요." 백작 부인이 말문을 열었으나 안드레이 공작이 곧 그것을 가로막았다. 그는 상대방의 질문에 대답하면서 자신이 하려는 이야기도 빨리 하고 싶었다.

"정말 오래간만입니다. 실은 아버지에게 다녀왔습니다. 아버지와 상의해야 할 아주 중대한 일이 있었거든요. 어젯밤에야 돌아왔습니다." 그는 나타샤의 얼굴을 힐끔 쳐다보며 말했다. "부인께 상의할 것이 있습니다." 잠시 침묵한 뒤 그가 덧붙였다.

노백작 부인은 한숨을 몰아쉬고 눈길을 떨어뜨렸다.

"네……. 말씀하세요." 그녀가 말했다.

나타샤는 방을 나가야 한다고 생각하면서도 그렇게 할 수가 없었다. 무엇인가 목을 죄는 듯한 느낌이 들었다. 그녀는 눈을 부릅뜬 채 똑바로 안드레이 공작을 바라보고 있었다.

'지금 이 자리에서? 아니야, 아냐. 그럴 리 없어!' 그녀는 생각했다.

미소를 지으며 그녀를 바라보는 안드레이 공작의 시선은 자신의 생각이 잘못된 것이 아님을 그녀에게 확신시켰다. 지금 이 자리에서 자신의 운명이 결정되려 하고 있었다.

"나타샤, 나가 있어라. 나중에 부를 테니까." 부인이 속삭이듯 말했다.

나타샤는 겁에 질린 눈으로 안드레이 공작과 어머니를 쳐다보았다. 그리고 방에서 나갔다.

"저는 따님에게 청혼하러 왔습니다." 안드레이 공작이 말을 꺼냈다.

노백작 부인의 얼굴이 갑자기 빨개졌다. 그녀는 아무 말도 하지 않았다.

"당신의 청혼은……." 마침내 백작 부인이 차분한 어조로 입을 열었다. 그는 잠자코 그 얼굴을 똑바로 쳐다보고 있었다. "저희로서는 대단히 만족스럽습니다. 나는 당신의 청혼을 받아들이겠어요. 진심으로 기쁘게 생각합니다. 남편도 아마……. 하지만 본인의 뜻이 중요하니까요."

"저는 부인의 승낙을 받고 따님에게 직접 말할 생각입니다만……. 허락해 주시겠습니까?" 안드레이 공작이 말했다.

"네." 노백작 부인이 대답하고 손을 내밀었다.

안드레이 공작이 허리를 구부려 그 손 위에 키스하자 그녀는 서먹함과 친절함이 뒤섞인 기분으로 그의 이마에 입술을 대었다. 그녀는 그를 자기 아들처럼 감싸 주고 싶었으나 어쩐지 이 사람은 자신과는 인연이 없는 무서운 사람이라는 느낌이 떠나지 않았다.

"나는 남편도 반드시 동의하시리라 믿습니다만. 그러나 댁의 아버님께서……." 백작 부인은 말했다.

"아버지께 제 계획을 말씀드렸습니다. 아버지께서는 동의하시는 대신 결혼을 일 년만 미루라는 조건을 내놓으셨습니다. 그래서 이 일을 부인께 알려 드리고 싶었습니다."

"나타샤가 아직 나이가 어리기는 합니다만, 그것은 너무 길군요!"

"그러나 이것만은 어쩔 수가 없었습니다." 안드레이 공작은 한숨을 지으며 말했다.

"아무튼 그 애를 이리로 보내겠어요." 이렇게 말하고 백작 부인은 방에서 나갔다.

"하나님, 우리를 보살펴 주시옵소서." 백작 부인은 딸을 찾으면서 계속 이렇게 되뇌었다.

나타샤는 침실에 있었다. 나타샤는 자기 침대에 앉아서 창백한 얼굴로 성상을 바라보면서 재빨리 성호를 긋고 무슨 말을 중얼거렸다. 어머니를 보더니 그녀는 일어나 달려왔다.

"어머니, 무슨 일이에요?"

"그 사람한테 가 봐라. 너에게 청혼을 하셨단다." 이렇게 말하는 어머니의 어조가 차가웠다고 나타샤는 생각하였다. 달려가는 딸의 뒤에서 어머니는 긴 한숨을 쉬었다.

나타샤는 자신이 어떻게 객실로 왔는지 모를 정도로 달려왔다. 그런데 문을 들어서면서 그의 모습이 보이자 그녀는 그대로 멈춰 섰다. '아무 인연도 없던 이 남자가 이제부터 나의 전부가 되는 것일까? 그렇다. 이제부터는 이 사람이 내게 가장 귀중한 존재야.' 그녀는 자신에게 묻고 즉시 대답했다.

안드레이 공작은 눈길을 떨어뜨린 채 그녀에게 다가왔다.

"나는 당신을 처음 보았을 때부터 사랑했습니다. 내가 당신의 사랑을 바랄 수 있을까요?"

그는 그녀를 시그시 바라보았다. 그녀의 눈에는 진지한 열정이 담겨 있었다. 마치 '왜 그런 것을 물으시죠? 당연한 일을 왜 의심하세요? 마음으로 느끼는 것을 말로 할 수가 없는데 무엇 때문에 말을 하세요?'라고 이야기하는 듯했다.

그녀는 안드레이 공작에게 다가와서 그의 손을 잡고 키스했다.

"나를 사랑해 주시겠습니까?"

"네." 나타샤가 안타까운 듯 바로 대답했다. 그리고 한숨을 길게 쉬더니 울먹거리기 시작했다.

"왜 그러십니까? 무슨 일이 있었나요?"

"아아, 저는 정말 행복해요." 그녀는 눈물을 글썽이며 간신히 대답했다. 그리고 그에게 더 가까이 다가가서 느닷없이 그에게 키스했다.

안드레이 공작은 그녀의 두 손을 잡고 천천히 그 눈을 들여다보았다. 그러나 그녀에 대한 지금까지의 애정은 그의 마음속에서 사라져 버렸다. 그의 마음은 갑자기 뒤집힌 것 같았고 이전에 느꼈던 신비한 매력은 없어졌다. 어린아이처럼 나약한 그녀를 가여워하는 마음과, 자신을 믿고 몸과 마음을 내맡긴 듯한 그녀를 두려워하는 마음과, 그녀에게 자신을 영원히 결합시킨다는 괴로움이 동시에 도사렸다. 그리고 지금의 이 감정은 이전의 감정처럼 밝고 감상적이지는 않았지만 진실하고 강렬했다.

"하지만 일 년이라는 시간이 지나야 한다는 이야기를 어머님으로부터 들으셨습니까?" 안드레이 공작은 계속 그녀의 눈을 들여다보면서 물었다.

'정말로 내가 할 수 있을까? 철부지였던 내가 지금까지 아무 인연도 없었던, 하지만 아버지께서도 존경하는 친절하고 슬기로운 분과 동등한 권리를 갖는 아내가 되는 것일까? 이제부터는 장난처럼 살 수 없다. 나는 이제 어른이다. 어제부터는 내 모든 언행에 대해서 책임을 져야 한다. 이것이 다 정말일까? 그렇지. 아, 나에게 무엇을 물으셨더라?'

"아니요." 그녀는 무슨 질문이었는지 모른 채 대답했다.

"당신은 아직 젊지만 나는 이미 많은 것을 경험했습니다. 나는 당신이 걱정됩니다. 당신은 자기 자신을 모르고 있으니까요."

나타샤는 그가 하는 말의 의미를 이해하려고 노력했지만 역시 이해가 되지 않았다.

"나의 행복을 늦추는 시간이 무척 괴롭지만, 그동안 당신은 당신의 마음을 시험할 수 있습니다. 아무쪼록 일 년 뒤 나에게 행복을 누리게 해 주십시오. 그러나 당신은 자유입니다. 우리의 약혼은 비밀로 합시다. 만약 당신이 나를 사랑하지 않는다든가 혹은 나 이외의 다른 사람을……." 안드레이 공작은 어색한 미소를 띠고 말했다.

"왜 그런 말씀을 하세요?" 나타샤가 그의 말을 가로막았다. "당신이 처음 아트라드노예 마을에 오셨던 그날부터 나는 당신을 사랑했어요." 그녀는 자신이 하는 말이 진심임을 굳게 믿으며 말했다.

"일 년 동안 당신도 자신에 대해 알게 될 것입니다."

"일 년이나!" 그녀는 결혼이 일 년 늦추어진다는 사실을 깨닫고 외쳤다. "어머나, 일 년? 어째서 일 년이나?" 안드레이 공작은 이유를 설명하기 시작했다. 하지만 나타샤는 그의 말을 듣지 않았다.

"너무해요! 아아, 그건 너무해요!" 나타샤는 이렇게 말하고 다시 흐느끼기 시작했다. "1년이나 기다려야 한다면 저는 죽어 버릴 거예요. 그럴 수 없어요. 생각만 해도 무서워요." 그녀는 미래의 남편인 그의 얼굴을 바라보았다. 그리고 그의 얼굴에 드러난 연민과 주저의 빛을 보았다.

"아녜요. 저는 무슨 일이든지 하겠어요." 그녀가 갑자기 눈물을 거두고 말했다. "전 정말 행복해요!"

이때 아버지와 어머니가 들어와서 두 사람을 축복했다.

이날부터 안드레이 공작은 약혼자로서 로스토프가를 드나들었다.

24

안드레이 공작과 나타샤는 약혼식을 치르지 않았고, 누구에게 알리지도 않았다. 안드레이 공작은 결혼을 미룬 원인이 자신에게 있기 때문에 자기 혼자서 괴로워하겠노라고 말했다. 그는 자신의 몸은 영원히 속박했지만 나타샤를 속박할 생각은 없으며 그녀에게 완전한 자유를 준다고 말했다. 만약 그동안 그녀가 자기를 사랑하지 않는다고 느껴져서 이 혼담을 깨도 당연하다고 했다. 노백작 부부와 나타샤는 그런 말은 들으려고도 하지 않았지만 안드레이 공작은 끝까지 자기 생각을 고집했다. 그리고 매일 로스토프가를 방문했는데 약혼자로서 나타샤를 대하는 것이 아니라 '당신'이라는 호칭을 쓰면서 키스도 손에만 할 뿐이었다.

그러나 청혼을 한 이후 안드레이 공작과 나타샤는 지금까지와는 전혀 다른 친밀하고 허물없는 사이가 되었다. 로스토프가의 사람들은 처음에 안드레이 공작을 어색하게 대했다. 그가 전혀 다른 세계에서 온 사람 같았기 때문이었다. 하지만 며칠 지나자 익숙해져서 그가 있는 자리에서도 전처럼 생활하며 사소한 집안 이야기를 했다. 그는 집안 살림에 대해 백작과 이야기하고, 노백작 부인과 나타샤와는 옷에 대한 이야기를 하고, 소냐와는 앨범 따위의 이야기를 했다. 가족들은 그를 신뢰했다. 노백작은 페트루샤의 교육에 관해 조언을 구했고 심지어는 니콜라이에 대한 이야기도 들려주었다. 카드를 하여 많은 돈을 잃은 일과 니콜라이가 돈을 적게 가져가겠다고 결심한 일도 모두 이야기해 주었다.

로스토프가의 사람들은 이 모든 일이 어떻게 일어날 수 있었는지 떠올리며 모든 것을 보석처럼 소중하게 여겼다. 안드레이 공작이 아트라드노예를 찾아온 것, 자신들이 페테르부르크로 옮겨온 것, 안드레이 공작이 처음 왔을 때 유모가 발견한 안드레이 공작과 나타샤의 공통점, 1805년에 안드레이 공작과 니콜라이가 만났던 일 등 가족들은 여러 가지 인연의 출발점을 생각해 내었다.

그럼에도 불구하고 약혼한 남녀가 있는 자리라면 늘 그렇듯 지루함과 침묵이 집안을 지배하고 있었다. 모두 할 말을 잃고 멀거니 앉아 있거나 이따금 사람들이 모두 나가 단둘이 남기도 했으나 여전히 침묵이 흘렀다. 그들은 미래의 생활에 대해 별로 이야기하지 않았다. 안드레이 공작은 말을 꺼내기가 두려웠고 부끄럽기도 했다.

나타샤는 그의 감정을 헤아리고 있었고 그녀 역시 이 기분을 느끼고 있었다. 나타샤는 언젠가 그에게 아들에 대해 물었다. 안드레이 공작은 얼굴을 붉혔고(이즈음 그는 걸핏하면 얼굴을 붉히곤 했는데, 나타샤는 그 점이 좋았다), 아들과 같이 살지 않을 것이라고 대답했다.

"왜요?" 나타샤가 놀란 듯 물었다.

"할아버지에게서 아이를 빼앗을 수도 없고. 또……."

"정말 사랑해 줄 텐데!" 나타샤가 그의 마음을 알아채고 이렇게 말했다. "하지만 저는 알고 있어요. 당신이나 제가 남들에게서 험담을 들을 구실을 만들고 싶지 않은 거죠?"

노백작은 이따금 안드레이 공작에게 다가가 그를 껴안고 키스하고는 집안일에 대해 조언을 구했다. 노백작 부인은 그들을 보면 한숨을 몰아쉬었다. 소냐는 방해가 되지 않도록 조심하면서 기쁜 마음으로 그들을 바라보았다. 나타샤는 그가 이야기를 할 때면 자랑스럽게 귀를 기울였다. 또 그녀 쪽에서 무엇인가 말할 때는 그가 진지한 눈빛으로 자기 얼굴을 응시하고 있는 것을 보면서 두려움과 기쁨을 느꼈다. 그리고 그녀는 '저분은 내게서 무엇을 찾는 걸까? 저 눈빛으로 찾고 있는 것이 내게 없으면 어떠하나?' 하고 자문했다.

나타샤는 가끔씩 기분이 들떠 흥분되었을 때 안드레이 공작이 웃는 것을 보거나 듣기를 좋아했다. 안드레이 공작은 잘 웃지는 않았지만 대신 한 번 웃기 시작하면 온몸과 마음을 다해 통쾌하게 웃었다. 그가 그렇게 웃을 때마다 나타샤는 그와 좀 더 가까워졌다고 느꼈다. 앞으로 닥쳐올 이별을 생각하는 마음이 그녀를 위협하지만 않았다면 나타샤는 완전한 행복을 누렸을 것이다.

페테르부르크를 떠나기 전날, 안드레이 공작은 무도회 이후 한 번도 로스토프가에 온 적이 없던 피에르를 데리고 왔다. 피에르는 산만하였고 당황한 얼굴이었다. 그가 어머니와 이야기하는 동안 소냐와 함께 체스 탁자 옆에 앉아 있던 나타샤가 안드레이 공작을 불렀다. 안드레이 공작이 다가왔다.

"베주호프 백작을 알고 계시지요? 당신은 저 사람을 좋아하십니까?" 그가 물었다.

"네, 물론이죠. 너무 재미있는 분이에요."

그녀는 피에르의 이야기를 할 때면 늘 꺼내는 그의 산만함에 관한 일화를 이야기했고 심지어는 꾸며내기까지 했다.

"실은 그에게 우리 비밀을 모두 털어놓았습니다." 안드레이 공작이 말했다. "우리는 어렸을 때부터 잘 아는 사이입니다. 그는 참으로 고운 마음씨를 가졌습니다. 당신에게 한 가지 부탁이 있습니다." 안드레이 공작이 갑자기 진지하게 말했다.

"나는 이제 떠납니다. 제게 무슨 일이 일어날지는 아무도 모릅니다. 당신이 저를 사랑하지 않게 될 수도……. 아니, 이런 이야기를 해서는 안 된다는 것을 알고 있습니다만, 한 가지 말씀드리고 싶은 것은 내가 없는 동안에 어떤 일이 일어나더라도……."

"무슨 일이 일어난다는 거예요?"

"어떤 슬픔이 있더라도……. 당신에게 부탁합니다, 나타샤.

무슨 일이 일어나면 피에르에게만 조력과 조언을 구하도록 해요. 그는 정말 황금 같은 마음씨를 지닌 사람이니까요."

약혼자와의 이별이 나타샤에게 어떤 영향을 미칠 것인지는 노백작 부부나 소냐는 물론 안드레이 공작도 예측할 수 없었다. 이날 그녀는 몹시 흥분하여 발갛게 상기된 얼굴로 온 집안을 거닐었다. 안드레이 공작이 작별 인사를 하며 그녀의 손에 마지막으로 키스했을 때도 그녀는 울지 않았다. "떠나지 말아 주세요!" 그녀는 이렇게 말했을 뿐이었지만, 그 음성은 안드레이 공작이 정말 남아 있어야 하는 걸까 하고 생각할 만큼 애절했다.

안드레이 공작은 이 목소리를 오랫동안 잊지 않았다. 그가 떠난 뒤에도 나타샤는 울지 않았다. 뿐만 아니라 그녀는 며칠 동안 방에 틀어박혀 울지도 않고 무덤덤한 얼굴로 "아아, 그이는 왜 간 것일까?" 하고 중얼거렸다. 그가 떠난 뒤 이 주가 지나자 그녀는 마음의 병에서 완전히 회복하여 전과 똑같은 모습이 되어서 주위 사람들을 놀라게 했다. 단지 아이들이 오래 앓고 나면 얼굴빛이 변하는 것처럼 그녀의 마음도 변했을 뿐이었다.

25

늙은 니콜라이 볼콘스키 공작의 건강과 성격은 아들이 떠나고 난 뒤 매우 나빠졌다. 그는 전보다 더 화를 잘 내었고,

그 까닭 없는 분노는 딸인 마리아에게 퍼부어졌다. 그는 마치 딸을 정신적으로 잔인하게 괴롭히기 위해서 약점을 찾아내려고 애쓰는 것 같았다. 마리아에게는 두 가지 즐거움이 있었다. 그것은 조카인 니콜루쉬카와 종교였다. 그래서 이 두 가지는 공작이 비웃고 공격하기 좋은 실마리가 되었다. 그는 무슨 이야기를 하든지 미신이라고 하고, 아이는 응석받이로 만든다고 몰아갔다.

"너는 니콜루쉬카를 너와 똑같은 노처녀로 만들고 싶겠지만 그건 안 된다. 안드레이에게 필요한 것은 아들이거든." 그는 이렇게 말하곤 했다. 또는 마리아가 있는 앞에서 브리앤에게 러시아의 신부와 성상이 마음에 드느냐고 물으며 빈정댔다. 그는 계속해서 마리아를 지독하게 모욕했지만 딸은 아버지를 용서하려고 애쓰지 않았다. 노쇠한 아버지가 딸에게 나쁜 짓을 할 수 있는가. 아버지가 뭐라고 하더라도 딸을 사랑하고 있으며, 그런 아버지가 어떻게 부당하게 대우하실 수 있겠는가? 공평이란 무엇일까? 그녀는 '공평'이라는 말에 대해 한 번도 생각해 보지 않았다. 세상의 온갖 법칙이 그녀에게는 오직 하나의 간단한 법칙으로 집중되어 있었다. 그것은 사랑과 희생이었다. 그것은 자기 자신이었으며 인류를 위해 사랑으로 고통을 감수하신 분이 우리에게 주신 것이었다. 다른 사람의 공평이나 불공평 같은 것은 그녀에게 아무 소용이 없었다. 그녀는 살면서 괴로움을 몸소 느끼고 사랑해야 한다고 생각했으며 그것을 실천했다.

그 해 겨울 안드레이 공작이 리스이예 고르이로 왔다. 그의 모습은 마리아가 오랫동안 본 적이 없는 온화하고 부드러운 모습이었다. 그녀는 그에게 무슨 일이 있음을 예감했다. 하지만 그는 자신의 사랑에 대해 마리아에게 아무 말도 하지 않았다. 떠나기 전 안드레이 공작은 아버지와 오랫동안 이야기를 나누었으며, 마리아는 그가 떠날 때 두 사람 모두 서로에게 마음이 상했다는 것을 눈치 챘다.

안드레이 공작이 떠난 후, 마리아는 페테르부르크에 있는 친구인 줄리 카라기나에게 편지를 보냈다. 마리아는 줄리가 오빠의 아내가 되었으면 하고 생각했지만 그 무렵 줄리는 터키에서 전사한 오빠의 상중에 있었다.

그리운 사랑하는 벗 줄리

우리의 공통된 운명은 슬픔인 것 같군요. 당신이 받았을 충격이 너무 무섭습니다. 나는 이 일이 하나님께서 당신과 당신의 훌륭하신 어머니를 너무 사랑하셔서 시련을 주시는 특별한 자비라고 생각할 수밖에 없군요.

줄리, 무서운 절망의 늪에서 우리를 구출해 주는 것은 종교밖에 없습니다(나는 이제 위안이라고 말하지 않겠습니다). 인간이 이해할 수 없는 것을 설명해 주는 것도 종교뿐입니다. 남에게 피해도 주지 않고 자신의 생활에서 행복을 발견하며 살아가던 선량하고 고귀한 사람들이 하나님의 부름을 받고, 유해무익하고 무거운 짐 같은 사람은 살아남는 이유를 설명해 줄 수 있는 것도 종교뿐입니다.

내가 처음으로 겪은, 잊을 수 없는 그리운 올케 언니의 죽음은 당신이 오빠의 죽음으로 받았을 슬픔을 안겨 주었습니다. 당신이 그처럼 훌륭한 오빠가 왜 죽어야 했냐고 운명을 탓한 것처럼, 나도 남에게 나쁜 짓을 하지 않고 선량하게 살았던 리자가 왜 죽어야만 했는지 하나님께 물었습니다.

그런데, 그로부터 5년이 지난 지금, 나같이 보잘것없는 지혜를 가진 사람도 왜 리자가 죽은 것인지, 어떻게 그 죽음이 창조주가 무궁한 사랑을 나타내신 것인지에 대해 알게 되었습니다. 하나님이 하시는 모든 일들은 하나님이 창조물을 무한히 사랑하시기 때문에 일어납니다.

나는 리자가 젊은 아내로서는 나무랄 데가 없었지만 어머니로서의 의무를 다하기에는 지나치게 순결했다고 생각합니다. 리자는 우리들, 특히 안드레이 오빠에게 더없이 순결한 추억을 남겨 놓았고, 천국에서는 나 같은 사람은 도저히 바랄 수 없는 훌륭한 자리에 있을 거라고 생각합니다.

이렇게 젊은 나이의 죽음은 많은 슬픔을 가져왔지만 우리와 오빠에게 매우 유익한 영향을 미쳤습니다. 그 충격을 받았을 때는 나도 이런 생각을 할 수 없었습니다. 하지만 지금은 의심할 여지가 없을 만큼 명백합니다.

줄리, 이런 이야기를 쓰는 까닭은 나에게는 생활이 된 복음서의 진리를 당신에게 알리고 싶기 때문입니다. 하나님의 뜻 없이는 한 올의 머리카락도 머리에서 빠지지 않습니다. 하나님의 뜻은 우리에 대한 무한한 사랑으로 이루어지기 때문에 어떠한 일이 일어나도 행복이 되는 것입니다.

당신은 다음 겨울에 우리가 모스크바에서 지내느냐고 물

으셨죠? 당신을 뵙고 싶은 마음은 큽니다만 그런 일은 생각하지도 않고 바라지도 않습니다. 그 원인이 나폴레옹이라는 것을 알면 당신은 깜짝 놀랄 거예요. 그 까닭을 알려 드리지요. 아버님이 눈에 띄게 쇠약해지셨습니다. 아버님께서는 남의 말대꾸를 참지 못하시고 화도 잘 내십니다. 그 이유는 주로 정치적인 것입니다. 나폴레옹이 유럽 여러 나라의 원수, 특히 예카테리나 여황제의 손자이신 우리 알렉산드르 황제 폐하와 동등하게 행동하고 있는 것에 대해 아버님께서는 분노하고 계십니다.

아시다시피 나는 정치에 대해 전혀 관심이 없습니다만, 아버님이 하시는 말씀이나 아버님이 미하일 이바노비치와 나누는 대화에서 나폴레옹이 세계의 존경을 받고 있다는 것을 알았습니다. 하지만 그 나폴레옹도 이 리스이예 고르이에서는 인정받지 못하며 프랑스 황제로서는 더욱이 인정받지 못하고 있습니다. 나폴레옹을 인정할 수 없는 아버님께서는 지금의 정치적인 문제에 대한 의견도 있으시고, 누구 앞에서나 거리낌 없이 생각한 대로 말씀하시곤 해서 모스크바로 가는 것이 선뜻 내키지 않으신 것 같습니다. 모스크바로 가면 아버님께서 모처럼 기회를 얻어 요양하신 효과는 나폴레옹에 대한 논쟁으로 몽땅 잃고 말 것입니다.

이것은 가까운 시일에 결정된 것입니다. 저희는 안드레이 오빠가 돌아왔던 것을 제외하고는 거의 전과 다름없이 지내고 있습니다.

언젠가 말씀드렸던 것처럼 요즘 오빠는 많이 달라졌습니

다. 그 불행을 겪고 난 이후 지금에서야 오빠는 비로소 정신적으로 완전히 소생했습니다. 지금의 오빠는 내가 어렸을 적에 알던 오빠입니다. 친절하고 상냥하며, 황금 같은 마음씨를 지닌 사람이 되었으니까요. 오빠는 자신의 삶이 아직 끝나지 않았다는 것을 깨달은 모양이에요.

하지만 이 정신적인 변화와 함께 육체적으로는 몹시 쇠약해졌습니다. 오빠는 전보다 수척해졌고 신경과민이 되었습니다. 그래서 걱정하고 있었는데 오빠가 전부터 의사가 외국 여행을 다녀오라고 했던 권유를 받아들여 나는 몹시 기뻐하고 있습니다. 나는 반드시 오빠의 건강이 회복되리라고 기대합니다.

당신은 편지에 페테르부르크에서는 오빠를 가장 활동적이고 교양 있고 총명한 젊은이라고 여기고 있다고 썼더군요. 가족 자랑을 하는 것 같아 쑥스럽습니다만 나는 지금까지 한 번도 그 점을 의심해 본 적이 없습니다. 이곳에서 오빠가 농부들을 비롯하여 귀족에 이르기까지 모든 사람에게 베푼 선행은 헤아릴 수 없을 정도입니다. 그러니 페테르부르크에서 얻은 평판은 당연한 것이라고 생각합니다.

그런데 도대체 어떻게 페테르부르크에서 모스크바로 온갖 소문이 떠돌고 있는 걸까요. 당신이 편지에 쓴 것처럼 오빠가 로스토프의 여동생과 결혼한다는 근거 없는 소문에는 정말 놀랄 수밖에 없었습니다. 설사 상대방이 누구이든(특히 그 로스토프 아가씨와) 안드레이 오빠가 결혼한다는 것은 상상조차 할 수 없습니다.

그 까닭은 첫째, 오빠가 죽은 리자에 대해 별로 이야기하지 않는다고 해도 그 슬픔은 오빠의 마음속에 깊이 자리 잡고 있으므로 절대로 우리 작은 천사가 계모를 맞게 하는 일은 없을 것입니다. 둘째, 내가 아는 한 그 아가씨는 오빠가 마음에 들어하는 부류의 사람이 아니므로 오빠가 그 사람을 아내로 선택했다고 생각되지 않습니다. 솔직히 말씀드리자면 나도 바라지 않습니다.

너무 수다스럽게 늘어놓았군요. 그리운 친구, 그럼 이만. 부디 하나님께서 당신을 그 성스러운 힘찬 보호 아래 지켜 주시기를. 나의 친구, 브리앤도 당신에게 안부를 전해 달라는 부탁입니다.

마리

26

한여름에 마리아는 스위스에서 보낸 안드레이 공작의 편지를 받았다. 편지에는 믿을 수 없는 뜻밖의 일이 적혀 있었다. 안드레이 공작이 로스토프가와 약혼했다고 알린 것이다.

그의 편지는 온통 미래의 아내에 대한 사랑의 기쁨과 마리아에 대한 친절한 우의와 신뢰로 가득 차 있었다. 자기는 지금껏 이와 같은 사랑을 해 본 적이 없었기에 이제야 비로소 인생이란 것을 깨달았다고 쓰여 있었다. 그가 리스이예 고르이로 돌아갔을 때 이 결심을 아버지에게는 이야기하고 마리아에게 털어놓지 않았던 것을 사과했다. 그가 이 사실을 그녀에게 말하지 않았던 것은 마리아가 아버지에게 승낙해 달라고 간청이라도 하는 날에는 오히려 쓸데없이 아버지의 노여움만 사서 그 불만이 고스란히 자기에게 날아올 것이라고 생각했기 때문이라고 했다.

'그러나 그 당시는 일이 지금처럼 결정되지 않았었다. 그때 아버님께서는 나에게 일 년이라는 기한을 정해 주셨다. 그런데 정해진 기한의 반이 지난 지금, 내 결심은 전보다 더 굳어졌다. 만약 의사가 이 온천에 나를 붙잡아 두지 않았다면 나는 지금쯤 러시아로 돌아가 있을 것이다. 그러나 지금 상태로는 귀국을 3개월 더 늦추어야겠구나. 마리아, 너는 나에 대해서, 또 아버님과 나와의 관계에 대해서도 잘 알고 있겠지만 나는 아버지에게 아무것도 요구하지 않겠다. 과거에도 그랬고 앞으로도 독립할 작정이다. 다만 아버님과 같이 보낼 날이 그리 길지 않은데 아버님의 뜻을 거역하여 노여움을 산다는 것이 내 행복의 반을 망치는 일이다. 나는 지금 아버님에게도 같은 내용의 편지를 쓰고 있다. 아무쪼록 아버님의 기분이 좋을 때 보여드리기 바라며 아버님께서 이 일을 어떻게 생각하고 계신지, 또 기한을 줄이는 것에 동의해 주실 수 있는지 알려 주기 바란다.'

마리아는 오랜 동요와 의혹과 기도 뒤에 편지를 아버지에게 보였다. 다음날 노공작은 차분한 어조로 그녀에게 이렇게 말했다.

"네 오빠에게 써 보내라, 내가 죽을 때까지 기다리라고. 이제 얼마 남지 않았다. 곧 끝날 테니."

마리아는 무엇이라고 대답하려 했으나 아버지는 그녀가 말하지 못하게 더 크게 말했다.

"결혼해라, 결혼. 훌륭한 친척이 생기겠군! 현명한 사람들일게다, 그렇지? 돈이 있는 사람들일 거야. 아니, 니콜루쉬카에게 좋은 어머니가 생기겠는걸! 내일이라도 결혼하라고 해라. 그 처녀가 니콜루쉬카의 어머니가 된다면 나는 브리앤과 결혼할까! 하하! 안드레이도 어머니가 없으면 곤란할 테니까. 말해 두지만 내 집에 더 이상 여자는 필요 없다. 결혼하고 싶거든 따로 살아야 한다. 그러면 너도 가겠지?"

그는 마리아에게 이렇게 말했다. "조심해라, 이 세상은 냉정하다. 냉정해."

공작은 이렇게 분노를 터뜨리고 난 뒤로 한 번도 이 일을 말하지 않았지만 아들에 대한 울분을 억누르는 대신 딸을 비웃을 구실을 늘려 갔다. 그것은 계모에 관한 이야기와 브리앤에 대한 총애였다.

"나라고 브리앤과 결혼하지 못할 것은 없지." 그는 딸에게 말했다. 이즈음 아버지가 브리앤에게 열정을 보였는데, 마리아는 놀라움과 의혹으로 지켜보았다. 마리아는 안드레이 공작에게 아버지가 그 편지를 받았을 때의 광경을 편지로 알려 주었지만 아버지를 설득시킬 수 있다는 희망을 전하며 위로해 주었다.

니콜루쉬카의 양육과 종교만이 마리아에게 위안이자 기쁨이었다. 하지만 마리아의 깊은 마음속에는 그녀의 생활에 커다란 위안을 주는 비밀스러운 생각이 있었다. 그것은 하나님께 봉사하는 사람들, 즉 공작 몰래 그녀를 찾는 순례자들이었다.

마리아는 인생의 경험을 쌓아 가고 관찰할수록 세상 사람들의 좁은 시야에 많이 놀라게 되었다. 그들은 쾌락이나 행복을 이 지상에서 찾고, 실현될 수 없는 환상 같은 행복을 얻기 위해 몸부림치고, 고민하고, 서로 해치고 있었다. 안드레이 공작은 사랑하는 아내가 죽자 불행을 느꼈고 이내 자신의 행복을 다른 여자에게서 찾으려 하고 있다. 아버지는 안드레이를 위해서, 더 훌륭하고 부유한 집안 출신의 배필을 바라고 있으므로 이 결혼에 동의하지 않는다.

이렇게 그들은 다투고 괴로워하고 고민하면서 그저 한순간의 행복을 얻기 위해 영원한 자신의 영혼을 해치고 있는 것이다.

하나님의 아들 그리스도께서 지상으로 내려와 이 세상은 순간적인 삶이며 시련이라고 말씀하셨고, 우리 자신도 그것을 잘 알고 있음에도 불구하고 여전히 이 삶에 집착하고 그 속에서 행복을 찾아내려 하고 있다.

'사람들은 왜 이것을 깨닫지 못하는 걸까?'

마리아는 생각했다.

'이것을 깨닫고 있는 것은 다만 아버지의 눈에 띌까 봐 두려워하며, 등짐을 메고 뒷문으로 살그머니 찾아오는 하나님의 비천한 사도들뿐이다. 그들은 낡은 옷을 걸치고 가명으로 숨어 살면서 누구에게도 나쁜 짓을 하지 않고 자신을 반박하는 사람들과 보호해 주는 사람들을 위해서 기도하며 이 마을 저 마을로 돌아다닌다. 그들은 이런 생활을 위해서 가족과 고향, 속세의 행복을 생각하는 모든 번민을 버리고 돌아보지 않는다. 이 진리와 이 생활보다 훌륭한 것은 있을 수 없다!'

마리아는 자신을 찾아오는 순례자들 가운데 30년 동안이나 맨발로 순례를 해 온 페도시유슈카라는 노파를 좋아했다. 언젠가 성체등의 불빛이 희미한 어두운 방에서 페도시유슈카가 자신의 신상 이야기를 했을 때 마리아는 인생의 올바른 길을 알고 있는 것은 이 여자뿐이라고 생각하고 마침내 자신도 순례의 길을 떠나리라 마음먹었다. 페도시유슈카가 돌아간 뒤 마리아는 오랫동안 이 일을 생각하고는 자신도 순례의 길에 오르지 않으면 안 된다고 결정지어 버렸다. 그녀는 이 생각을 고해 신부 아칸피에게 고백했고, 신부는 그녀의 의도에 찬성하고 축복해 주었다.

마리아는 순례자들에게 선사한다는 구실로 순례에 필요한 물건들을 완벽하게 챙겼다. 그녀는 루바슈카, 짚신, 카프탄 등이 들어 있는 옷장 앞에 서서 자신의 계획을 실행에 옮길 때가 온 것은 아닐까 하고 망설이며 걸음을 멈추곤 했다. 그녀는 순례자들의 이야기를 들으며 그들에게는 일상적인 것이지만 그녀에게는 의미심장한 말에 자극되어 모든 것을 팽개치고 집을 나가려고 각오한 적이 한두 번이 아니었다.

그녀는 페도시유슈카와 함께 허름한 옷에 지팡이를 짚고 등짐을 어깨에 둘러멘 채 먼지투성이의 길을 걸으며 속세의 사랑과 희망, 환상도 없이 성지 순례를 계속하다가 슬픔도 한

탄도 없는 영원한 기쁨과 행복의 나라로 가는 자신의 모습을 공상하였다.

　하지만 아버지와 특히 어린 조카를 보면 그녀는 다시 마음이 약해져 남몰래 흐느껴 울면서 자신은 죄를 짓고 있는 것이라고 생각했다. 역시 그녀는 신보다 아버지나 조카를 더 사랑했던 것이다.

제2편

1

성서에 따르면 나태는 인간이 타락하기 전에는 행복하게 만들어 준 조건이었다. 천국에서 쫓겨난 인간은 여전히 나태한 삶을 원하지만 신은 계속 인간을 저주했다. 인간들은 땀을 흘리며 일해서 자신의 빵을 구해야 하며 그저 나태하게만 지낼 수는 없게 되었다. 만약 아무 일도 하지 않으면서 자신의 의무를 다하고 있다고 생각한다면 그것은 원시적 행복일 뿐이다. 그런데 이와 같은 나태함을 온 계급이 의무적으로 한결같이 누리고 있는 곳은 바로 군사 집단이다. 이 의무적인 공공연한 나태야말로 군 복무의 주된 매력이었다.

니콜라이 로스토프는 1807년 이후 이 행복을 충분히 맛보고 있었다. 그는 파블로그라드 연대에서 데니소프로부터 인계받은 중대를 지휘하고 있었다. 니콜라이는 모스크바의 친구들에게 '악취미'라는 말을 들을 만큼 성격이 거칠어졌지만 부대의 동료와 부하, 상사들에게 사랑과 존경을 받았고, 그 자신도 생활에 만족해했다. 1809년 그는 집에서 보낸 편지를 받았다. 그 편지에는 집안 사정이 안 좋으니 집으로 돌아와 늙은 부모를 안심시키고 기쁘게 해 달라는 어머니의 푸념이 담겨 있었다.

니콜라이는 이런 편지를 읽을 때마다 복잡한 세상에서 벗어나 이렇게 조용하고 편안하게 살고 있는 자신을 어머니가 끌어내려 한다고 생각하며 불안해했다. 그는 얼마 안 있으면 집의 재정 상태, 관리인들의 계산서, 음모, 귀찮은 사회관계, 소냐와의 사랑과 약속 등이 얽힌 삶의 소용돌이 속으로 들어가야 함을 알고 있었으나 이러한 일들은 모두 까다롭고 끔찍했다. 그래서 그는 어머니의 편지에 대해 늘 냉정하고 딱딱한 내용으로 답장을 보냈고 언제쯤 돌아갈 것인지도 쓰지 않았다. 1810년 어머니의 편지에는, 나타샤와 안드레이 공작의 결혼이 노공작의 반대로 일 년 뒤로 미뤄졌다고 쓰여 있었다. 니콜라이는 이 편지를 읽고 매우 슬펐고 한편 화가 났다.

그는 가족 중에서 나타샤를 가장 사랑했기 때문에 그녀를 잃는 것이 섭섭하였다. 또 경기병인 자신이 그 자리에 없있딘 게 안타깝게 생각되었다. 왜냐하면 안드레이 공작과의 혼인은 경기병들에게 그리 대단한 영광이 아니며, 그가 정말로 나타샤를 사랑하고 있다면 그런 반미치광이인 아버지의 허락은 필요 없다는 것을 그에게 지적해 주고 싶었기 때문이었다.

니콜라이는 약혼녀가 된 나타샤를 만나려고 휴가를 낼 생각도 해 보았지만 마침 훈련도 다가왔고 소냐와 그 밖의 귀찮은 일들이 떠올라 귀향을 늦추었다. 그런데 그 해 말 어머니가 노백작 몰래 그에게 편지를 보냈다. 그는 이 편지를 보고 마침내 돌아가야겠다고 결심했다. 편지에는 니콜라이가 돌아와 재산을 정리하지 않으면 소유지는 전부 경매에 붙여지고 가족들은 집도 없이 떠돌아야 하며, 미첸카가 너무 사람이 좋아 모든 사람들에게 속는데 노백작은 그를 지나치게 믿고 있고, 모든 것이 점점 나빠져만 간다는 것 등이 자세하게 적혀 있었다.

'부디 즉시 돌아와 주기 바란다. 만약 네가 우리 가족 모두를 불행에 빠뜨리고 싶지 않다면 꼭 돌아오너라.'

노백작 부인은 이렇게 써 놓았다. 이 편지는 니콜라이의 결심을 바꾸게 했다. 그는 어떠한 경우에 무엇을 하여야 할 것인가를 조언해 주는 생각과 본능을 지니고 있었다.

이번에는 꼭 돌아가야만 한다. 제대하지는 않더라도 휴가는 얻어야 한다. 왜인지는 몰랐다. 그는 점심을 먹은 후 한잠 푹 자고 일어나 오랫동안 타지 않았던 성질 사나운 잿빛 수말 마르스에 안장을 얹으라고 지시했다. 말이 땀을 흠뻑 흘릴 정도로 승마를 즐기고 숙사로 돌아온 니콜라이는 라브루슈카(데니소프의 하인으로 니콜라이에게 남아 있었다)와 동료들에게 휴가를 받아 집으로 갈 것이라고 말했다. 그의 최대 관심사였던 대위 승진과 이번 훈련에서의 안나 훈장 수령 여부를 확인하지 못하고 떠난다고 생각하니 몹시 괴로웠다. 또한 세 필의 얼룩말을 2,000루블에 팔겠노라고 내기를 걸었던 골루호프 백작에게 팔지 못하고 가는 것도 아쉬웠다. 그리고 폴란드인 부인 보르조프스카야를 위해 무도회를 베풀었던 창기병들에게 앙갚음을 하려고 경기병들도 푸쉬제츠카야 폴란드 부인을 위해 베풀기로 한 무도회에 참석할 수 없게 된 것도 기분이 좋지 않았다. 하지만 그는 이 즐겁고 멋진 세계에서 어리석고 무의미한 세계로 가야만 한다는 것을 알고 있었다.

일주일 뒤에 휴가 명령이 떨어졌다. 연대뿐만 아니라 여단 전체에서 니콜라이를 위해 한 사람이 15루블씩 추렴해 송별연을 베풀어 주었다. 두 악단이 연주했고 두 합창대가 노래를 불렀다. 니콜라이는 바소프 소령과 함께 트레파카(빠른 템포의 러시아 전통 무용-옮긴이)를 추었다. 취한 장교들은 니콜라이를 헹가래 쳤다. 그는 3중대 병사들과 포옹을 하고 키스했다. 그리고 썰매로 첫 역까지 배웅을 받았다.

니콜라이는 크레멘추크에서 키예프까지에 이를 때까지, 즉 여정의 중반까지 중대 생각만 하였다. 하지만 절반이 지나자 그는 세 필의 얼룩말이나 기병 상사, 폴란드 부인에 대한 일을 잊었고, 어떻게 아트라드노예에 도착할 것인지 불안해했다. 낙하하는 물체의 가속도 법칙에 따르는 것처럼 집에 가까워질수록 그는 점점 더 강렬하게 집에 대해 생각하였다. 아트라드노예 마을을 앞둔 마지막 역에서는 마부에게 술값으로 3루블을 주었다. 그는 어린애처럼 숨을 헐떡이면서 현관으로 뛰어 들어갔다.

만난 기쁨은 잠시일 뿐 '역시 모두 여전하군. 나는 무엇 때문에 그처럼 바삐 서둘러 왔을까!' 하는, 생각지 못했던 낯설음과 불편함이 느껴졌다. 그런 뒤 니콜라이는 집의 익숙한 분위기에 젖어들었다. 아버지와 어머니는 다만 조금 늙었을 뿐 다른 점이 없었다. 하지만 그는 전에는 없었던 부모님의 불안감과 불화를 느낄 수 있었고 이것은 재정 상태가 나빠서라는 것을 알아챘다.

소냐는 벌써 20살이었다. 그녀의 얼굴은 이제 필 대로 피어 더 이상의 아름다움을 기대할 수 없을 정도였다. 그녀는 니콜라이가 온 이후로 행복과 사랑으로 충만해 있었다. 소냐의 흔들리지 않는 성실한 사랑은 그를 기쁘게 했다. 누구보다도 니콜라이를 놀라게 한 것은 페트루샤와 나타샤였다. 페트루샤는 14살이 되어 쾌활하고 영리한 장난꾸러기에서 벗어나 다 자란 미소년이 되어 있었다. 그리고 니콜라이는 나타샤의 얼굴을 찬찬히 들여다보면서 웃고만 있었다.

"정말 딴 사람이 됐구나." 그가 말했다.

"얼굴이 미워졌나요?"

"아니, 그 반대야. 하지만 너무 얌전한 체하는 걸. 하기야 공작 부인이니까!"

나타샤는 기뻐하며 니콜라이에게 안드레이 공작과의 사랑과 그가 아트라드노예 마을을 방문했던 이야기를 하고 최근에 온 편지를 보여 주었다.

"오빠도 기뻐요?" 나타샤가 물었다. "나는 정말 기쁘고 행복해요."

"응, 정말 기쁘구나." 니콜라이가 대답했다. "그는 훌륭한 사람이야. 그래서 너는 폭 빠진 거니?"

"뭐라고 말해야 할까. 어떻게 얘기해야 할지 모르겠어요. 맘이 편안해요. 그이보다 더 훌륭한 사람은 없다는 것을 확신하니까요. 이전과는 전혀 달라요." 나타샤가 대답했다.

니콜라이는 나타샤에게 결혼이 늦추어진 것이 불만이라고 했다. 그러자 나타샤는 토라진 얼굴로 오빠에게 어쩔 수 없는 일이었고 노공작의 뜻을 어기면서 그 가정에 들어가는 것은 좋지 못하며 그런 것은 자신도 싫다고 강력하게 말했다.

"오빠는 전혀 모르세요." 그녀가 말했다. 니콜라이는 아무 말도 하지 않는 것으로 수긍했다.

니콜라이는 여동생을 바라보면서 이상한 생각이 들었다. 그녀에게는 사랑하는 미래의 남편과 헤어진 신부다운 구석이 없었기 때문이다. 그녀는 전과 조금도 다름없이 평온하고 차분하고 쾌활하였다. 그래서 니콜라이는 놀랐으며 안드레이 공작의 구혼마저 의심스러워졌다. 그는 그녀와 안드레이 공작이 함께 있는 것을 보지 못했으므로 더한층 누이동생의 운명을 믿을 수 없었다. 그는 줄곧 이 약혼에서 석연치 않은 점을 느꼈다. '왜 결혼을 연기해야 하지? 약혼식은 왜 올리지 않았느냐 말이야.' 그는 생각했다. 그는 어머니와 둘이서 나타샤에 대해 이야기를 나눴을 때, 어머니도 자신과 마찬가지로 이 결혼을 미심쩍게 생각하는 것을 알고는 놀라는 한편 약간은 흐뭇하기도 했다.

"여기 편지가 왔다." 어머니는 딸의 장래의 결혼 생활이 불안하게 생각되었지만 어머니답게 불안감을 깊이 감추고 안드레이 공작의 편지를 아들에게 보여 주었다. "아무래도 12월 전에는 오지 못하겠다고 썼구나. 무슨 일인지 모르겠어. 아마 몸이 안 좋은가 보다. 나타샤에게는 말하지 마라. 그리고 그 애가 들떠 있는 것을 나무라지 마라. 그 애는 지금 처녀 시절의 마지막을 아쉬워하고 있는 거야. 나는 이 사람의 편지를 받을 때마다 그 애가 어떻게 반응하는지 알고 있단다. 아무쪼록 하나님의 자비로 모든 일이 순조롭게 이루어지기를. 그 사람은 훌륭한 분이니까." 어머니가 말했다.

2

집에 도착한 후 니콜라이는 자못 진지해졌다. 어머니가 자신을 돌아오게 만든, 복잡한 집안일에 관여해야 한다는 생각이 그를 괴롭혔다. 그는 조금이라도 빨리 이 무거운 짐을 벗어 던지고 싶었다. 그래서 도착한 지 사흘째 되던 날 어디로 가느냐는 물음에 대답도 하지 않고 눈살을 찌푸리면서 미첸카가 있는 별채로 가서 모든 계산을 다 내놓으라고 명령했다. 갑작스런 명령으로 두려워진 미첸카는 이 모든 계산이 무엇을 말하는 건지 몰랐고 니콜라이 역시 몰랐다. 미첸카의 설명과 계산은 금방 끝났다. 별채 현관에서 기다리고 있던 마을 의회와 자치회의 두 장로는 젊은 백작이 질러대는 목소리를 들으며 두려움과 동시에 만족감을 느끼고 있었다.

"강도! 배은망덕한 놈! 한 칼에 베어 버릴 테다. 난 아버지와는 달라. 닥치는 대로 모조리 훔치다니."

뒤이어 장로들은 붉어진 얼굴에 핏발 선 눈으로 미첸카의 멱살을 움켜쥐고 질질 끌고 나오는 젊은 백작의 모습을 두려워하면서도 흐뭇하게 바라보았다. 니콜라이는 고함을 치면서 미첸카의 엉덩이를 날렵하게 걷어찼다. "당장 나가! 빌어먹을 자식. 여기서 네 놈의 냄새가 나지 않게 꺼져 버려!"

미첸카는 여섯 계단이나 한꺼번에 뛰어내려 꽃밭으로 도망갔다(이 꽃밭은 아트라드노예 마을에서 이름난 범죄자들의 은신처였다. 미첸카는 시내에서 취해 돌아오면 이 꽃밭에 숨었고, 또 미첸카를 피하려는 사람들도 이곳에 숨었기 때문에 그는 이 꽃밭이 숨기에 좋은 곳임을 잘 알고 있었다). 미첸카의 아내와 누이동생들은 놀란 얼굴로 거실 문을 열고 마루로 나왔다. 거실에는 깨끗이 닦인 사모바르가 팔팔 끓고 있었고 헝겊을 모아 꿰맨 솜이불이 깔린 관리인의 높은 침대가 놓여 있었다. 젊은 백작은 거친 숨을 몰아쉬며 단호한 걸음걸이로 그들에게 눈길도 주지 않고 지나쳐 집으로 걸어갔다.

노백작 부인은 하녀에게 별채에서 일어난 일을 들었다. 그녀는 집안 상황이 점점 좋아질 것으로 기대하고 마음을 놓았으나, 아들이 그때까지 견뎌낼 수 있을지 불안했다. 그녀는 몇 번이고 발꿈치를 들고 살금살금 아들의 방문 앞에 가서 그가 줄담배를 피워대는 소리를 들었다.

이튿날 노백작은 아들을 불러 미소 지으며 말했다.

"애야, 공연한 화를 냈구나! 미첸카에게 다 들었다."

'역시 그렇군. 나는 이 어리석은 세계를 영원히 이해할 수 없겠어.' 이런 생각에 니콜라이는 얼굴이 붉어졌다.

"너는 700루블을 적어 놓지 않았다고 화를 냈지만 그 금액은 이월되어 있더구나. 네가 다음 장을 보지 않은 거야."

"아버지, 전 그 놈이 뻔뻔하고 나쁜 도둑놈이라는 것을 알고 있습니다. 하지만 아버지께서 바라시지 않는다면 그 녀석에게 아무 말도 하지 않겠습니다."

"그게 아니다, 아들아." 노백작은 당황했다. 그는 미첸카가 아내의 영지를 잘못 관리했으며 책임이 있다는 것을 느꼈지만 어떻게 수습해야 할지 몰랐다. "아니다. 네가 그 일을 맡아 줘야겠구나. 나는 이제 늙었다. 게다가 이제 나는……"

"아니에요. 아버지. 제가 아버지의 기분을 상하게 했다면 용서해 주세요. 저는 아버지보다 더 서투르고 능력이 없어요. 이제 더 이상 그런 짓은 하지 않을 게요."

'그 놈들이야 어떡하든 알 게 뭐람. 농부니 돈이니 이월이니 알 게 뭐야.' 그는 생각했다. 그는 그 뒤부터 일에 참견하지 않았다. 다만 한 번, 노백작 부인이 아들을 거실로 불러 안나 미하일로브나가 준 2,000루블짜리 어음이 있는데 그것을 어떻게 처리해야 할지 물은 것이다.

"이렇게 하세요." 니콜라이가 대답했다. "어머님은 제 생각에 달렸다고 말씀하셨죠. 저는 안나 미하일로브나와 보리스를 좋아하지 않지만 전에는 우정을 나누었고 게다가 가난한 사람들이니 이렇게 하세요!" 그는 어음을 찢어 버렸다.

이 행동으로 노백작 부인은 기쁨의 눈물을 흘렸다. 그 후 니콜라이는 집안일은 상관하지 않고 새로운 다른 일에 진지하게 몰두했다. 그것은 노백작이 대규모로 기르던 사냥개를 돌보는 일이었다.

3

 벌써 초겨울이었다. 가을비에 젖은 땅은 아침에 내린 서리로 꽁꽁 얼어붙었고, 가을 보리는 어느새 자라서 산뜻한 녹색을 띠었는데, 가축들에게 짓밟힌 갈색 가을밭과 빨간 줄무늬처럼 메밀을 심어 놓은 밝은 황색 봄밭과 대조되어 빛났다. 8월 말 즈음의 가을 파종과 추수가 끝난 검은 들판 사이에서 푸른 섬처럼 보이던 언덕과 숲은 이제 선명하게 파란 보리밭 속에서 타오르는 듯 붉고 황금빛이 도는 섬이 되어 있었다. 산토끼의 털갈이는 절반이나 끝났고 새끼여우들은 뿔뿔이 흩어지기 시작했다. 새끼늑대들은 개보다 더 컸다. 사냥하기에 더없이 좋은 계절이었다. 니콜라이의 사냥개들은 사냥에 알맞을 정도로 자랐다. 사냥꾼 총회에서 들은 주의 사항대로 사흘 동안 개를 쉬게 한 뒤 9월 16일에 아직 사냥해 본 적이 없는, 늑대 굴이 있는 떡갈나무 숲을 시발로 사냥을 시작하기로 했다. 그래서 9월 14일 사냥개들은 하루 종일 집에 있었다. 살을 에는 듯 춥더니 저녁때부터 하늘이 흐리기 시작하면서 조금 따뜻해져 안개비가 내리고 얼음도 녹기 시작했다. 다음 날 아침 젊은 니콜라이는 가운 차림으로 창밖을 내다보고 사냥하기에 좋은 날씨라는 것을 알았다. 마치 하늘이 녹아서 바람도 없이 땅으로 내려온 것 같았다. 정원의 앙상한 나뭇가지에는 물방울이 맺혀 있었다. 밭은 양귀비 씨처럼 검은빛이 반짝거렸고 좀 떨어진 곳은 물을 머금은 안개에 싸여 있었다.

니콜라이는 진흙으로 덮여 축축한 현관 계단으로 나왔다. 젖은 나뭇잎과 개 냄새가 풍겼다. 커다랗고 검은 눈은 튀어나오고 굵은 꼬리에 검은 얼룩이 있는 암캐 닐카가 주인을 보더니 일어나 앞발을 쭉 뻗으며 기지개를 켰다. 그리고 토끼처럼 앉았다가 훌쩍 뛰어올라 그의 코와 콧수염을 핥았다. 닐카와 같은 종인 수캐 루가이가 주인의 모습을 보자 꽃길을 따라 맹렬히 달려오더니 니콜라이의 다리에 몸을 비벼댔다.

"오오호이!"

이때 가장 굵은 베이스와 가장 가는 테너의 목소리를 섞은 듯한, 도저히 흉내낼 수 없는 사냥꾼의 외침소리가 들렸다. 저쪽에서 사냥개를 맡아 기르고 감독하는 다닐라가 다가왔다. 그는 희끗한 머리를 우크라이나식으로 자르고 주름이 많이 진 사냥꾼으로, 손에는 긴 채찍을 들었고 사냥꾼에게서 흔히 볼 수 있는 세상 모든 것을 경멸하는 듯한 웃음을 띠고 있었다. 그는 체르케스식 모자를 벗고 멸시하는 듯 주인을 바라보았다. 니콜라이는 이 표정으로 기분이 더욱 좋아졌다. 아무리 다닐라가 모든 것을 멸시하고 초월하고 있다고 하더라도 어쨌든 자신이 고용한 사람이기 때문이었다.

"다닐라!" 니콜라이는 사랑하는 애인 앞이라서 모든 것을 다 잊은 사람처럼, 사냥하기에 좋은 날씨와 사냥개들, 사냥꾼을 보며 사냥하고 싶은 열정만을 온몸으로 느끼며 말했다.

"무슨 분부라도 있으십니까, 도련님?" 다닐라는 개를 부르느라 목이 쉬어 낮은 목소리로 물었다. 그는 빛나는 까만 두 눈으로 말없는 주인의 얼굴을 찬찬히 바라보았다. 그의 눈은 '어때, 못 참겠지?'라고 말하는 것 같았다.

"좋은 날씨 아닌가, 그렇지? 쫓거나 달리기에, 응?" 니콜라이가 닐카의 귀 뒤를 긁어 주며 물었다.

다닐라는 잠시 입을 다물고 있더니 말했다.

"동틀녘에 우바르카를 정찰하러 보냈습니다. 아트라드노예의 사냥 금지구역으로 넘어가 버렸답니다(이것은 어미늑대가 새끼들을 데리고 집에서 2베르스타 떨어진 아트라드노예의 숲으로 갔다는 이야기였다)."

"그럼 가 봐야지? 우바르카를 데리고 내 방으로 와 주게."

"네, 알겠습니다."

"개 먹이는 아직 주지 말게."

"알겠습니다."

5분 뒤 다닐라와 우바르카는 니콜라이의 커다란 거실에 서 있었다. 다닐라는 그다지 키가 크지는 않았는데 실내에서 보면 마치 인간의 세상에 말이나 곰을 세운 듯한 느낌이 들었다. 다닐라도 그렇게 느껴지는지 늘 문 옆에 바싹 붙어 서서 나직한 목소리로 이야기했고, 주인의 방을 망칠까 걱정하며 꼼짝도 하지 않았다. 그는 될 수 있는 대로 빨리 이야기하고 좁은 천장 밑에서 벗어나 넓은 하늘 아래로 나가려고 애썼다. 여러 상황을 점검하고 개들이 아무 이상이 없다는 다닐라의 이야기를 듣고 난 뒤(다닐라는 너무 나가고 싶었다), 니콜라이는 말에 안장을 얹으라고 일렀다. 다닐라가 나가려는 순간 나타샤가 머리도 빗지 않고 옷도 갈아입지 않은 채, 몸에 유모의 커다란 수건을 두르고 들어왔다.

"오빠! 소냐는 안 가겠다고 했지만 난 갈 거예요. 오늘은 정말 좋은 날씨잖아요. 내가 얼마나 즐거워할지 알면서 나한테는 말도 안 하고……." 나타샤가 말했다.

"안 돼. 어머님이 말씀하셨잖니, 넌 안 된다고."

"아녜요, 난 가겠어요. 꼭 가겠어요." 나타샤가 단호하게 말했다. "다닐라, 내 안장도 얹어 줘요. 그리고 내 사냥개도 데리고 갈 수 있게 해 줘요." 그녀가 다닐라를 향해 말했다.

다닐라는 방 안에 있는 것이 예의에 어긋난다고 생각되어 견디기 힘들었는데, 거기다 아가씨와 이야기하는 것은 있을 수 없는 일처럼 여겨져 고개를 숙이고 서둘러 방을 나갔다. 그는 자칫 아가씨를 다치게 할까 봐 두려워하는 것 같았다.

4

노백작은 전부터 굉장히 많은 사냥개를 길렀다. 그는 아들에게 감독을 맡겼으나 이날은 기분이 좋아서 자신도 사냥 나갈 준비를 했다.

한 시간 뒤 사냥개와 사냥꾼들이 모두 현관 주위에 모였다. 니콜라이는 쓸데없는 일은 신경 쓰고 싶지 않다는 듯 진지한 얼굴로 나타샤 옆을 지나쳤다. 그는 개와 사냥꾼을 돌아가는 길로 먼저 떠나게 하고 자신은 붉은 말 도네스에 올라타 자신의 개들을 휘파람으로 부르면서 아트라드노예의 사냥 금지구역을 향해 달리기 시작했다. 노백작은 자신의 전용 말인 거세한 밤색 말 비플랸카를 마부에게 끌고 가게 하고 자신은 마차를 타고 곧장 가기로 했다.

이번 사냥에는 54마리의 몰이개가 끌려 나왔고, 뒤로 감독과 사냥개 부리는 사람 여섯 명이 따랐다. 보르자트니크(보르조이종 사냥개를 데리고 다니며 사냥감을 쏘는 사수-옮긴이)는 주인들을 빼놓고 여덟 명이었고 그 뒤에는 40마리가 넘는 사냥개들이 따라 달렸다. 주인의 사냥개와 합치면 140마리 정도의 개와 스무 명의 말 탄 사냥꾼들이 들판으로 쏟아져 나온 것이었다. 개들은 자기 주인과 목소리를 알았고 사냥꾼들은 각자 자신의 일과 위치와 임무를 알고 있었다.

울타리 밖으로 벗어나자 사람들은 이야기 소리를 내지 않고 아트라드노예 마을의 숲으로 통하는 들을 조용히 같은 속도로 줄지어 나아갔다. 말들은 융단 위를 걸어가듯이 들을 나아갔고 가끔 길을 가로질러 갈 때 물웅덩이를 철벅거릴 뿐이었다. 안개가 잔뜩 끼어 하늘은 잘 보이지 않았지만 조용히 땅 위에 펼쳐진 듯했다. 대지는 고요하고 따뜻했다. 가끔 사냥꾼의 휘파람 소리와 채찍 소리, 말의 콧바람소리와 개 짖는 소리가 들릴 뿐이었다.

2베르스타쯤 왔을 때 개를 데리고 있는 여섯 명의 사냥꾼이 안개 속에서 니콜라이에게로 다가왔다. 회색 콧수염을 기른 풍채 좋은 노인이 앞장서고 있었다.

"안녕하십니까, 아저씨!" 다가온 노인에게 니콜라이가 말했다.

"오, 이럴 줄 알았지." 아저씨가 말했다(그는 로스토프가의 먼 친척으로 그다지 부유하지 않은 이웃 마을의 지주였다).

"도저히 가만있지 못할 것이라고 생각했지. 좋아. 잘들 왔어. 대단하군. 우리 기르칙이 보고한 바로는, 일라긴 패들이 개를 데리고 벌써 카르니크에 와 있는 모양이야. 그 패들이 네 눈앞에서 사냥감을 모두 잡아 버릴라."

"저도 그리로 가는 길입니다. 어떻게 할까요? 개들을 합칠까요?" 니콜라이가 물었다.

몰이개들을 한 무리로 합치고 니콜라이와 아저씨는 나란히 말을 몰아 나아갔다. 나타샤는 목도리를 두르고 눈망울을 반짝이며 활기찬 얼굴로 두 사람에게 달려왔다. 그 뒤로 페트루샤와 미하일로가 달려왔다. 사냥꾼 겸 조마사인 미하일로는 유모가 딸려 보낸 것이다. 페트루샤는 무엇이 우스운지 계속 웃어대며 말을 내리치기도 하고 고삐를 잡아당기기도 했다. 나타샤는 당당한 자세로 검은 아라브칙에 올라앉아 민첩하게 말을 몰았다. 아저씨는 못마땅한 눈으로 페트루샤와 나타샤를 돌아보았다. 그는 진지한 사냥을 아이들의 장난처럼 생각하고 싶지 않았던 것이었다.

"안녕하세요, 아저씨. 저희도 가요." 페트루샤가 소리쳤다.

"개를 밟지 않도록 조심해라!" 아저씨가 엄히 말했다.

"니콜라이, 트루닐라는 정말 좋은 개예요! 나를 알아봐요." 나타샤는 마음에 드는 몰이개를 보며 말했다.

'트루닐라는 보통 개가 아니라 사냥개란 말이야.' 니콜라이는 이렇게 생각하고 두 사람은 사냥꾼들과 구별되어야 한다는 걸 느끼게 하려고 엄한 눈으로 그녀를 쳐다보았다. 나타샤가 눈치를 챘다.

"아저씨, 우리가 방해하러 왔다고는 생각하지 마세요. 우리는 꼼짝도 하지 않고 있을 거니까요." 나타샤가 말했다.

"좋아. 말에서 떨어지지만 않도록 해라." 아저씨가 말했다.

아트라드노예 마을의 사냥 금지구역이 200미터 앞에 보였고 몰이개 감독들은 이미 도착해 있었다. 니콜라이는 아저씨와 어디에서 몰이개들을 풀어야 할 것인가를 정하고, 나타샤에게 있어야 할 장소와 절대로 뛰어서는 안 되는 장소를 알려 준 뒤 골짜기 위의 돌아가는 길로 갔다.

"자아, 니콜라이, 어미늑대를 노리는 거야." 아저씨가 말했다. "알지? 놓쳐선 안 돼!"

"그래야죠." 니콜라이가 대답했다. "카라이, 이리 와!" 그는 아저씨의 말에 대답하는 동시에 외쳤다. 카라이는 볼이 축 처진 못생긴 수캐였는데 혼자서 어미늑대를 잡기로 유명했다. 모두 각자의 위치로 흩어졌다.

노백작은 사냥에 대한 아들의 열정을 잘 알고 있었기에 뒤처지지 않으려고 서둘렀고, 몰이개 감독들이 사냥터에 도착하기 전에 즐거운 표정으로 검정말이 끄는 마차를 타고 녹색 가을 보리 밭을 따라 늑대가 다니는 통로에 도착했다. 그는 모피코트의 깃을 여미고 사냥 도구를 챙겨서 자신처럼 털이 희끗한 온순한 비플란카의 등에 올라탔다. 그리고 마차를 돌려보냈다. 일리아 안드레예비치 백작은 진짜 사냥꾼은 못 되었지만, 사냥의 법칙은 잘 알고 있었다. 그는 자신이 서 있던 곳의 바로 앞 덤불로 들어가 고삐를 늦추고 안장 위에서 자세를 바로잡으며 완전히 준비되었다는 듯 웃으면서 주위를 둘러보았다. 그의 옆에는 전에는 관록 있는 기수였지만 지금은 몸이 무거워 보이는 하인 시몬 체크마리가 주인이나 말처럼 살이 찐 세 마리의 사나운 몰이개를 가죽 끈으로 붙잡고 서 있었다. 두 마리의 영리한 늙은 개는 끈에 묶이지 않은 채 누워 있었다. 백 걸음 가량 앞의 덤불 속에는 마부 미치카가 서 있었다. 그는 대담한 기수로 사냥을 몹시 좋아하는 사나이였다. 백작은 사냥 전에 즐기는 오래된 습관대로 사냥꾼의 향료가 든 브랜디를 은잔으로 한 잔 마신 뒤 안주를 조금 집어 먹고 애용하는 보르도산 포도주를 반 병쯤 마시고 왔다. 늙은 백작은 술을 마신 데다 말을 타고 달려 얼굴이 붉어졌고 눈빛은 유난히 빛났으며 모피코트를 입고 안장 위에 앉아 있어 마치 산책을 준비하는 아이처럼 보였다. 볼이 홀쭉한 체크마리는 자기 일을 정리하고 나간 뒤 지금까지 30년이나 마음을 터놓고 지내는 주인을 보고는 주인의 기분이 꽤 좋은 것을 알아채고 즐거운 이야기가 나오기를 기다리고 있었다. 다른 사나이가 조심스럽게 숲 속에서 말을 타고 다가와 백작 뒤에 멈추었다. 그는 나스타샤 이바느이치라는 광대로 턱수염이 희끗희끗한 노인인데 부인용 웃옷을 입고 실내모를 눌러쓰고 있었다.

"이봐, 나스타샤 이바느이치. 넌 짐승을 뒤쫓으면 안 돼. 다닐라에게 혼날 테니까." 백작이 그에게 눈을 찡긋하며 말했다.

"그럼요, 그야 물론이죠." 나스타샤 이바느이치가 대꾸했다.

"쉿! 나타샤를 보았나?" 백작이 조용히 하라는 신호를 하며 시몬에게 물었다.

"아가씨께서는 페트루샤 도련님과 같이 좌로프 들판에 계십니다." 시몬이 씩 웃으며 대답했다.

"아가씨이시지만 사냥을 무척 좋아하시는 것 같더군요."

"그건 그렇고. 어이, 시몬. 그 애가 말 타는 솜씨를 보았나? 어떻던가?" 백작이 말했다. "사내 못지않은 정도야."

"어찌 안 놀랐겠습니까? 용감하고 날쌔고!"

"니콜라이는 어디 있지? 랴도프스키 골짜기 위에 있나?" 역시 나직한 목소리로 백작이 물었다.

"네. 도련님께서는 어디에 계셔야 하는지 잘 알고 계십니다. 게다가 말 다루는 법을 정말 자세히 알고 계셔서 저나 다닐라는 그저 감탄하고 있을 따름입니다." 주인의 비위를 맞추는 비결을 아는 시몬이 말했다.

"잘 타지, 그렇지? 말 탄 모습은 어때?"

"그림으로 그리고 싶을 정도입니다! 지난번 자바르진스키 들판에서 여우 사냥을 했을 때도 도련님께서는 넓은 들판을 마구 달리셨는데 정말 훌륭하셨습니다. 말도 훌륭하지만 기수는 값을 매길 수 없을 정도입니다. 그렇게 훌륭하고 용감한 분은 없을 것입니다."

"그런 사람은 없다……." 시몬의 이야기가 빨리 끝난 것이 서운한 백작은 이렇게 되풀이했다. "없다, 그 말이지." 그는 외투자락에서 담뱃갑을 꺼내며 말했다.

"지난번에는 훈장을 잔뜩 달고 미사에 나오셨는데 그때도 미하일 따위는……." 시몬은 말을 끝맺지 못했다. 두서너 마리의 몰이개가 짖어대는 소리가 들린 것이다. 그는 고개를 갸웃하고 귀를 기울였다.

"늑대 굴을 찾아낸 모양입니다. 곧장 랴도프스키를 향해서 가고 있습니다." 그가 말했다.

백작은 미소를 채 거두기도 전에 눈앞에 펼쳐진 숲 속의 오솔길을 바라보면서 담뱃갑을 손에 들고만 있었다. 개 짖는 소리에 이어 늑대를 유인하는 다닐라의 뿔피리 소리가 들려왔다. 개 무리는 처음 세 마리의 개와 합류했고 몰이개들의 높고 낮은 독특한 소리가 들렸다. 이것은 늑대를 쫓고 있다는 표시였다. 몰이개 감독들은 채찍을 휘둘러 개를 몰아대는 것을 그치고 휘익휘익 소리를 내며 개들에게 덤벼들라고 부추겼다. 날카로운 다닐라의 목소리가 가장 두드러지게 들렸다. 다닐라의 목소리는 숲 전체를 지나 들판까지 울리는 듯했다. 백작은 몇 초 동안 잠자코 귀를 기울이고 있다가 몰이개들이 두 무리로 갈라진 것을 눈치 챘다. 큰 무리가 크게 짖어대면서 차차 멀어져 갔고 다른 한 무리는 숲을 따라 백작의 옆쪽 숲을 따라오는 소리가 들렸는데 그 무리에 다닐라의 목소리가 섞여 있었다. 이 두 소리는 하나로 뭉쳐 출렁이다가 차차 멀어졌다. 시몬은 한숨을 몰아쉬고 젊은 수캐를 묶은 가죽 끈을 풀기 위해 허리를 구부렸다. 백작도 한숨을 쉬고는 문득 손에 들린 담뱃갑을 발견하고 뚜껑을 열어 담배를 집어냈다.

"돌아와!" 시몬은 덤불로 뛰어간 수캐를 향해 소리쳤다. 백작은 깜짝 놀라서 담뱃갑을 떨어뜨렸다. 나스타샤 이바느이치가 말에서 내려 주우려고 했다. 백작과 시몬은 나스타샤 이바느이치를 바라보고 있었다. 그때 멀리서 들려오던 소리가 순간 가까워졌다. 마치 그들 바로 앞에 으르렁거리는 개들과 다닐라의 얼굴이 쑥 나타난 것 같았다. 백작은 오른쪽을 돌아보다가 미치카의 모습을 보았다. 그는 공포에 사로잡힌 눈으로 주인을 바라보며 모자를 들어 앞쪽 반대 방향을 가리켰다.

"조심하십시오!" 그는 아까부터 이 한마디를 내뱉으려고 준비하던 것처럼 소리쳤다. 그는 개를 풀어 주고 백작에게 달려왔다. 백작과 시몬은 영문도 모른 채 덤불 속에서 달려 나왔는데 왼쪽에 늑대가 보였다. 늑대는 배가 부른 몸을 부드럽게 흔들며 그들이 서 있는 덤불을 향해 달려오고 있었다. 잔뜩 사나워진 개들이 으르렁거리며 묶여 있던 가죽 끈을 끊고 쏜살같이 늑대를 향해 돌진했다. 늑대가 달리기를 멈추더니 병든 두꺼비처럼 천천히 고개를 돌려 개들을 보고는 다시 고개를 돌리고 여전히 부드럽게 몸을 흔들면서 덤불 속으로 훌쩍 뛰어 사라졌다. 그와 동시에 덤불 반대쪽에서 으르렁거리는 소리와 함께 한 마리, 두 마리, 세 마리가 잇따라 내달렸고 늑대가 지나간 들판을 향해 미친 듯이 달려갔다. 사냥개의 뒤를 따라 땀으로 흠뻑 젖은 다닐라의 밤색 말이 나타났다. 모자를 쓰지 않은 다닐라의 머리칼은 땀으로 헝클어져 있었다.

"덤벼들어!" 그는 눈을 번뜩이며 소리쳤다.

"에잇!" 그는 백작을 향해 채찍을 휘둘러 그를 위협하며 말투를 바꾸지 않고 소리쳤다. "늑대를 놓쳐 버리다니! 세상에! 이러고도 사냥꾼인가!" 그는 얼떨떨해하는 백작의 말은 들을 필요도 없다는 듯 화를 내며 땀에 젖은 말의 옆구리를 걷어차고 휙휙 소리를 내며 사냥개들을 몰아갔다. 백작은 죄인처럼 주위를 두리번거리고 웃으려고 애쓰면서 시몬에게 동정을 구하듯이 바라보았다. 하지만 시몬은 없었다. 그는 배가 부른 늑대를 잡을 수 있을 것 같아 잡목 숲을 따라 늑대를 쫓아갔다. 양쪽에서 보르자트니크들이 늑대의 길을 차단하려고 했으나 늑대는 수풀을 뚫고 도망쳤고 그래서 아무도 늑대를 잡지 못했다.

5

한편 니콜라이는 늑대를 기다리며 자기 위치에 서 있었다. 그는 뒤쫓는 개들의 소리와 사냥개 감독들의 외침 소리를 가까이 혹은 멀리서 들으며 이 숲에 어미늑대와 새끼늑대들이 있다는 것을 느꼈다. 그는 사냥개들이 두 패로 갈라졌다는 것과 어디선가 실수가 있었다는 것을 느낄 수 있었다. 그는 늑대가 어디서 어떻게 튀어나올 것인지, 어떻게 몰아서 잡을 것인지 끝없이 상상하며 늑대가 오기를 기대했다. 그는 사람들이 하찮은 일로 몹시 흥분하여 매달리는 심정으로 마음속으로 몇 번이고 기도했다. '저를 위해 그 정도 일을 해 주시는 것이 힘드십니까? 제발 어미늑대가 이쪽으로 달려나와 저기서 지켜보고 있는 아저씨 앞에서 카라이가 늑대의 숨통을 물고 늘어질 수 있도록 해주십시오.' 하지만 늑대는 나타나지 않았다. 그는 30분 동안 수백 번도 넘게 긴장하며 불안한 눈초리로 떡갈나무 두 그루가 솟아 있는 어린 포플러나무 숲과 가장자리가 깎인 골짜기와 오른쪽 덤불 속에 살짝 드러난 아저씨의 모자를 바라보고 있었다.

'아니, 틀렸다. 그런 행복은 찾아오지 않을 거야. 하나님에게는 힘든 일도 아닐 텐데. 하지만 그런 행복은 없을 거야. 내게는 언제나 불행만 찾아와. 전쟁에서도, 카드에서도······.' 그는 아우스터리츠와 돌로호프를 떠올렸다. '평생에 단 한 번이라도 좋으니 어미늑대를 잡고 싶다. 그 이상은 아무것도 바라지 않겠어!' 그는 이런 생각을 하면서 귀를 곤두세우고 이쪽저쪽을 번갈아 보았다. 그때 갑자기 자신을 향해 무엇인가 달려오는 것이 보였다. '아아! 그럴 리가 없다!' 니콜라이는 오랫동안 기다리던 것을 이룬 사람이 한숨을 내쉬는 것처럼 숨을 쉬며 생각했다. 그의 큰 소망은 너무나 간단하게 실현되었다. 그는 자신의 눈을 믿을 수 없었다. 늑대가 앞쪽으로 달려오면서 도랑을 뛰어넘었다. 살찐 회색 늑대가 아무도 없다고 여기는 듯 유유히 달려오고 있었다. 사냥개들은 늑대를 보지 못했고 늙은 카라이는 고개를 숙이고 누런 이빨로 엉덩이 주변의 털 속에서 벼룩을 찾고 있었다.

"쉭쉭!" 그는 입술을 내밀고 낮은 목소리로 개들에게 신호

했다. 개들은 쇠사슬을 한바탕 흔들면서 귀를 쫑긋 세우고 일어났다. 하지만 늙은 카라이는 넓적다리를 다 긁고 나서야 꼬리를 가볍게 한 번 흔들고 일어났다.

'개들을 풀까, 풀지 말까?' 니콜라이는 늑대가 숲에서 나와 다가오기 시작하자 스스로에게 계속 물었다. 갑자기 늑대의 표정이 변했다. 늑대는 자신을 보고 있는 인간의 눈을 발견하고는 부르르 몸을 떨었다. 늑대는 니콜라이 쪽으로 고개를 돌리고 돌아설까 그냥 나갈까 망설이는 듯 발을 멈추었다. '에잇! 마찬가지다. 앞으로 나아가자! 어디 나를 잡나 두고 보지 뭐.' 늑대는 이렇게 생각했는지 주위를 둘러보지 않고 자유롭게 달리기 시작했다.

"덤벼!" 니콜라이는 그답지 않은 목소리로 개들에게 외쳤다. 그의 선량한 말은 주인의 명령을 기다리지 않고 산 밑으로 달려 내려가 늑대의 진로를 차단하려고 도랑을 뛰어넘었다. 개들은 말을 앞질러 달려갔다. 니콜라이는 자신의 외침도 듣지 못했고 자신이 달리고 있는 것도 느끼지 못했으며 달리고 있는 장소와 개도 보지 못했다. 다만 뛰던 방향 그대로 큰 골짜기로 빠르게 달려가는 늑대만 보았을 뿐이었다. 닐카가 제일 먼저 늑대에게 접근해 가더니 곧 늑대를 따라잡았다. 늑대가 힐끔 돌아보았다. 그러자 닐카는 평소처럼 덤벼들지 않고 갑자기 꼬리를 곤두세우더니 앞발로 버티고 섰다.

"덤벼!" 니콜라이가 소리쳤다.

붉은 털의 류밈이 닐카의 뒤에서 갑자기 뛰어나와 늑대의 뒤쪽 넓적다리를 한 번 물고 뒤로 펄쩍 뛰었다. 늑대는 털썩 주저앉아 이를 떨더니 다시 일어났고 많은 개들의 무리에 둘러싸인 채 앞쪽으로 달리기 시작했다. 개들은 선뜻 늑대 옆으로 다가가지 못했다.

'달아나겠어! 그럴 수는 없다.' 니콜라이는 생각했다.

"카라이! 덤벼!" 니콜라이는 유일한 희망인 늙은 수캐를 찾으며 외쳤다. 카라이는 늑대에게서 눈을 떼지 않고 늑대의 진로를 차단하려고 있는 힘을 다해 옆으로 무섭게 달려갔다. 하지만 카라이의 속도로는 늑대를 따라잡을 수 없었다. 카라이의 작전은 잘못된 것이었다. 니콜라이는 그리 멀지 않은 앞쪽의 숲을 보았다. 늑대가 숲까지 달려가면 틀림없이 놓칠 것이다. 그때 건너편에서 사냥꾼과 몇 마리의 개들이 이쪽을 향해 달려왔다. 아직 희망은 있었다. 누구의 개인지 모르는 갈색의 낯선 젊은 수캐가 정면에서 늑대에게 달려들어 넘어뜨렸다. 그러자 늑대는 상상할 수 없을 만큼 날쌔게 일어나서 이를 갈며 갈색 수캐에게 덤벼들었다. 옆구리를 찢긴 수캐는 피투성이가 되어 귀청이 터질 듯한 비명을 지르며 고개를 땅바닥에 쿡 처박고 말았다.

"카라이! 제발 부탁한다!" 니콜라이는 거의 우는 듯한 목소리로 외쳤다.

낯선 수캐의 등장으로 늑대가 걸음을 멈춘 사이 늙은 카라이가 늑대의 앞길을 막으려고 다가왔다. 늑대는 위험을 예상했는지 샅타구니 사이로 꼬리를 감추면서 다시 달리기 시작했다. 니콜라이의 눈앞에 무엇인가 스쳐간 것 같았다. 눈 깜짝할 사이에 카라이가 늑대에게 달려들더니 한 덩이가 되어 앞쪽의 물웅덩이로 굴러 떨어졌다. 니콜라이는 늑대의 벌어진 입과 위로 들린 머리를 보았고 배를 드러내고 누운 모습을 보았다. 카라이가 늑대의 목덜미를 꽉 물고 있었던 것이다. 그 순간이야말로 니콜라이에게 가장 행복한 순간이었다. 그가 늑대를 찌를 생각으로 말에서 내리려고 할 때, 갑자기 늑대가 안간힘을 써서 몸을 빼내더니 뒷발로 물웅덩이를 차고 뛰어올라 다시 쏜살같이 달려갔다. 늙은 카라이의 이빨은 쇠약해져서 늑대를 놓칠 수밖에 없었던 것이다.

"맙소사! 어떻게 된 거야!" 니콜라이는 절망하여 외쳤다.

노련한 사냥꾼인 아저씨가 반대쪽에서 늑대의 길을 가로막으려고 달려왔다. 아저씨의 개들이 다시 늑대를 막아섰다. 카라이는 뒤쪽으로 멀리 뒤처져 버렸다. 니콜라이와 그의 몰이꾼들, 아저씨와 사냥꾼들은 늑대 주위를 빙빙 돌면서 쉭쉭 소리를 내어 개들을 부추겼고 고함을 지르기도 했다. 그들은 늑대가 엉덩방아를 찧을 때마다 금방이라도 말에서 뛰어내리려고 했지만 그럴 때마다 늑대는 기운을 차려 자신을 구해 줄 숲을 향해 다시 달리기 시작했다.

이 늑대몰이가 시작되었을 때, 다닐라는 개에게 명령하는 소리를 듣고 숲 가장자리로 뛰어나와 지켜보고 있었다. 카라이가 늑대를 문 것을 보고 그는 바로 늑대를 잡은 것이라고 생각하고 말을 세웠다. 하지만 사냥꾼들이 말에서 내리지 않고 어물어물하는 사이에 늑대가 힘을 되찾고 도망치는 것을 보자 비로소 자신의 밤색 말에 채찍질을 했다. 하지만 늑대 쪽이 아니라 카라이와 마찬가지로 늑대의 길을 가로막으려고 숲을 향해 곧장 말을 몰았다. 그래서 아저씨의 개들이 두 번째로 늑대를 막아섰을 때 그 옆으로 달려갈 수 있었다. 다닐라는 단검을 빼어 왼손에 들고 채찍을 휘둘러 밤색 말의 옆구리를 후려갈기면서 소리 없이 말을 달렸다. 니콜라이는 밤색 말이 가쁜 숨을 헐떡이며 지나칠 때까지 다닐라의 모습을 보지 못했고 그 소리도 듣지 못했다. 갑자기 무엇인가가 나동그라지는 소리가 들려서 돌아보니 다닐라가 늑대에 올라타 귀를 잡으려고 애쓰고 있었다. 늑대는 놀란 듯 두 귀를 눕히고 일어나려 애썼지만 개들이 달려들어 물고 늘어졌다. 다닐라는 숨을 돌리려고 눕기라도 하는 것처럼 온몸으로 늑대 위를 덮쳐 두 귀를 붙잡았다. 니콜라이는 칼로 늑대를 푹 찌르고 싶었다. 하지만 다닐라는 그렇게 못하게 하고 늑대의 입에 막대기를 끼운 다음 가죽 끈으로 묶었다. 사람들은 즐거워하면서도 지친 듯한 얼굴빛으로 생포한 늙은 늑대를 말에 실었다. 말은 콧바람을 불면서 뛰었다. 일행은 사냥감을 보고 날카롭게 짖어대는 개들을 거느리고 약속된 장소로 갔다. 몰이개들은 젊은 늑대 두 마리를 잡았고 보르조이종은 세 마리를 잡았다. 사냥꾼들은 제각기 사냥감과 자랑거리를 가지고 모여들었다. 그리고 모두 늙은 늑대를 보려고 다가왔다.

늙은 늑대는 입에 막대기를 물린 채 고개를 숙 늘이고 자신을 둘러싼 사람들과 개들을 큼직한 유리알 같은 눈으로 바라보았다. 그리고 사람이 만질 때마다 묶인 발을 꿈틀거리면서 거친 눈초리로 사람들을 바라보았다. 일리아 안드레예비치 백작도 다가가서 늑대를 만져 보았다.

"오, 정말 엄청나군. 이건 꽤 해묵은 늑대로군 그래." 그는 곁에 서 있는 다닐라에게 물었다.

"네. 그렇습니다, 나리." 다닐라가 허둥지둥 모자를 벗으며 대답했다.

백작은 자신이 늑대를 놓치고 다닐라와 충돌했던 일을 생각해 냈다.

"그런데 자넨 무척 성미가 급하더군." 백작이 말했다. 다닐라는 말없이 다만 어린애처럼 선량한 기분 좋은 미소를 지었을 뿐이었다.

6

노백작은 집으로 돌아갔다. 나타샤와 페트루샤는 사람들이 돌아가라고 설득했지만 곧 돌아간다고 약속하고는 그대로 남았다. 남은 사람들은 사냥을 계속하기로 했다. 그들은 어린 나무숲이 울창한 골짜기에 몰이개들을 풀어 놓았다. 니콜라이는 그루터기만 남은 밭에 서서 자신의 사냥꾼들을 지켜보고 있었다. 잠시 뒤 숲에서 여우를 유인하는 소리가 들려왔다. 사냥개 전부가 니콜라이의 곁을 떠나 개울을 따라 푸릇푸릇한 가을 보리밭 쪽으로 떼를 지어 달려갔다. 니콜라이는 붉은 모자를 쓴 사냥개지기 몇 명이 나무가 우거진 골짜기의 가장자리를 뛰어가는 것을 보았다. 개들도 손에 잡힐 듯 가깝게 보였다. 그는 건너편 밭 가운데로 여우가 나타나기를 초조하게 기다리고 있었다. 구덩이에 서 있던 사냥꾼이 개들을 풀어 주었다. 이윽고 니콜라이는 키가 작은 붉은 여우 한 마리를 보았다. 그 여우는 꼬리를 꼿꼿이 세운 채 푸릇푸릇한 가을 보리밭을 허둥지둥 달려가고 있었다. 사냥개들이 성급히 여우 쪽으로 돌진했다. 마침내 개들이 여우에게 바싹 접근했다. 여우는 원을 그리며 빙빙 돌기 시작하더니 원을 점점 빨리 그리며 부드러운 털의 꼬리를 휘둘렀다. 그 중 흰 개 한 마리가 여우에게 와락 달려들었고 이어 검정개가 덮치면서 모든 개가 달려들어 제각기 멋대로 엉덩이를 휘두르더니 부르르 떨면서 나란히 섰다. 사냥개들 쪽으로 두 사냥꾼이 달려왔다. 하나는 빨간 모자를 쓰고 있었고 다른 낯선 쪽은 녹색의 윗옷을 입고 있었다.

'저 사냥꾼은 어디서 나타난 거지? 아저씨네 사냥꾼이 아닌데.' 니콜라이는 생각했다.

사냥꾼들은 여우를 안장 뒤에 매지 않고 한참 동안 그대로 서 있었다. 사냥꾼들은 손을 내저으면서 여우를 집어 들고 실랑이를 벌였다. 이윽고 뿔피리 소리가 울려 퍼졌다. 그것은 사냥꾼들 사이에서 다툼이 일어났다는 신호였다.

"일라긴의 사냥꾼이 이반과 실랑이를 벌이고 있습니다." 니콜라이의 몰이꾼이 말했다. 니콜라이는 몰이꾼에게 여동생과 페트루샤를 불러오라고 이르고 사냥개 감독들이 사냥개를 모으고 있는 곳으로 천천히 말을 몰았다. 몇 명의 사냥꾼이 싸움 현장으로 달려갔다. 니콜라이는 달려온 나타샤와 페트루샤와 함께 말에서 내려 사냥개들 옆에 서서 싸움이 어떻게 끝낯는지 소식을 기다리고 있었다. 이윽고 숲 부근에서 싸우고 있었던 사냥꾼이 포획한 여우를 안장에 매달고 젊은 주인 쪽으로 다가왔다. 그는 멀리서 모자를 벗어 들고 공손한 태도로 말하려고 애쓰는 것 같았으나, 얼굴은 파랗게 질려 증오로 일그러져 있었고 숨결은 거칠었다. 한쪽 눈은 얻어맞아서 상처가 나 있었는데 본인은 모르는 모양이었다.

"글쎄 말입니다. 그 빌어먹을 녀석이 우리 개를 가지고 사냥감을 잡으려고 했답니다! 우리 잿빛 털의 암캐가 잡았는데 말씀이에요. 흥, 어디든지 가서 물어보란 말이야! 남의 여우에 함부로 손을 대려고 하다니! 그래서 저도 여우처럼 그 녀석을 한 방 먹였습니다. 도련님, 이거 보세요. 여우는 안장에 매달아 놓았습니다. 아니, 이걸 탐낸단 말이야?" 사냥꾼이 칼을 보이며 말했다. 아직도 상대방과 말다툼을 하는 것으로 착각하는 듯했다.

니콜라이는 이 사냥꾼에게는 아무 말도 하지 않고 여동생과 페트루샤에게 잠깐 기다리라고 말하고는 그 밉살스러운 일라긴의 사냥꾼들에게로 말을 몰았다. 여우를 차지해 의기양양해진 사냥꾼은 동정과 호기심에 찬 동료들에게 달려가 자랑을 늘어놓기 시작했다.

사건의 경위는 이러했다. 전부터 로스토프가와 사이가 좋지 않아 소송 문제까지 일으켰던 일라긴은 이전의 습관대로 로스토프가에 속해 있는 사냥터에서 사냥을 했는데 이날도 일부러 그런 것처럼 로스토프가 사람들이 사냥하고 있는 숲으로 사냥꾼들을 내몰아 남의 몰이개를 미끼로 슬그머니 여우를 포획하려 했던 것이다.

　니콜라이는 한 번도 일라긴을 만난 적은 없었지만 중용을 모르는 그는 일라긴의 난폭함과 방자함에 대해 들은 이야기만으로도 보지도 못한 그를 미워했고 저주할 적이라고 생각했다. 그는 증오로 가득 차 흥분하여 채찍을 움켜쥐고 말을 몰았다. 그는 숲이 후미진 곳에서 막 말을 타고 나서자마자 수달피 모자를 쓴 뚱뚱한 신사가 아름다운 검정말을 타고 두 몰이꾼을 거느린 채 맞은편에서 다가오는 것을 보았다. 니콜라이는 그에게서 원수가 아닌 선량하고 위엄 있는 공손한 지주의 모습을 발견했다. 그는 이 젊은 백작에게 친교를 청했고 수달피 모자를 높이 쳐들며 좀 전의 일은 유감스럽게 생각한다며 사과했다. 그는 자신의 사냥꾼에게 엄벌을 내렸다고 하면서 이 일을 인연 삼아 친구가 되는 영광을 얻고 싶다고 덧붙였다. 그리고 자신의 사냥터를 니콜라이에게 제공했다.

　나타샤는 오빠가 큰일을 낼 것 같아 걱정이 되어 따라왔다가 두 사람이 정답게 인사를 나누는 것을 보고 옆으로 다가갔다. 일라긴은 아까보다 더 높이 수달피 모자를 치켜들고 미소를 지었다.

　"아가씨는 사냥하는 모습으로 보나 소문이 자자한 그 미소로 보나 어김없는 다이아나(달의 여신. 정조와 사냥을 관장함-옮긴이)시군요." 그가 나타샤에게 말했다.

　일라긴은 니콜라이에게 자기 사냥꾼의 잘못을 만회하기 위해 1베르스타 가량 떨어진 산기슭으로 함께 가자고 청했다. 그곳은 자신이 아끼는 곳인데 여우와 토끼가 많다는 것이었다. 니콜라이는 승낙했다. 그래서 배로 늘어난 수렵대 일행은 앞으로 나아갔다.

일라긴의 사냥터까지 가려면 들판을 지나야 했다. 사냥꾼들은 나란히 서서 갔다. 주인들도 함께 말을 몰며 아저씨와 니콜라이, 일라긴은 서로의 개들을 훔쳐보며 자신의 개와 비교해 보았다.

일라긴의 사냥개 가운데 유달리 니콜라이의 눈길을 끈 개는 콧잔등이 날카롭고 강철 같은 근육을 가진 러시아 순종의 눈이 툭 튀어나온 붉은 얼룩의 암캐였다.

일라긴이 금년의 수확에 대하여 진지하게 이야기하고 있는데, 니콜라이가 붉은 얼룩의 암캐를 가리키며 말했다.

"댁의 이 암캐는 훌륭하군요!"

"예, 이건 아주 좋은 개입니다. 잘 잡습니다." 일라긴은 자신의 붉은 얼룩 개 에르자에 대해 담담하게 말했다. 그는 일년 전에 이 개가 탐이 나서 세 가구의 농노를 이웃 지주에게 넘겼다고 했다. 일라긴은 예의상 칭찬을 하려고 니콜라이의 개들을 둘러보고는 떡 벌어진 닐카를 칭찬했다.

"당신의 저 검정 얼룩 개도 훌륭하군요. 균형이 잘 잡혔는데요?"

"네. 쓸 만한 놈이죠. 잘 달립니다." 니콜라이가 대답했다.

니콜라이는 들판에서 토끼를 발견하는 사람에게 1루블을 주겠다고 말했고, 일라긴도 똑같이 지시했다.

"아무래도 이해할 수가 없습니다. 백작." 일라긴이 말을 이었다. "어째서 사냥꾼들은 포획물이나 훌륭한 사냥개 따위를 부러워하는지 나로서는 이해가 되지 않습니다. 나는 그저 말을 타고 돌아다니는 것만으로도 즐겁습니다. 더욱이 당신 같은 분과 이렇게 어울리는 것이 가장 즐거운 일이지요(그는 또다시 나타샤를 향해 수달피 모자를 벗어 들었다). 사냥을 얼마나 많이 했는가 하는 것은 아무 상관이 없습니다!"

"그건 그렇습니다."

"제 개가 아니라 남의 개가 짐승을 잡았다고 하더라도 좋습니다. 나는 사냥하는 것을 보는 것만으로도 재미있습니다. 그렇지 않습니까, 백작? 그래서 내 생각에는……."

"앗, 있다. 저기 있다."

이때 일라긴의 한 보르자트니크가 길게 외쳤다. 그는 바로 앞에 누워 있는 토끼를 발견하고 채찍으로 가리켰다.

"아, 발견한 모양이군요. 어떻습니까, 한번 몰아 볼까요?" 일라긴이 무관심한 듯 말했다.

"글쎄요, 하여튼 가까이 가 봅시다." 니콜라이는 에르자와 아저씨의 붉은 개 루가이를 바라보며 대답했다. 그는 이 두 마리의 개와 자신의 개를 비교할 수 있다고 생각하니 흥분이 되었다. '그럼 어디 한 번 내 닐카를 이기는지 두고 보시지!' 그는 토끼에게 다가가며 이렇게 생각했다.

"큰 토낀가?" 일라긴이 맨 먼저 발견한 사냥꾼에게 다가가 물었다. 그리고 다소 흥분된 표정으로 돌아보며 에르자를 휘파람으로 불렀다.

"그런데 미하일 니카노로비치, 당신은 어떻게 하시겠습니까?" 일라긴이 아저씨에게 물었다.

"나 같은 것이 뭐 하러 나서겠소. 당신네 개들은 어디에 내놓아도 훌륭하잖소! 개 한 마리가 마을 하나와 맞먹을 만큼 비싸니 말이오. 어디 한 번 당신들끼리 개를 시험해 보시오. 난 구경이나 하겠소이다!" 아저씨가 눈살을 찌푸리며 말했다.

"루가이! 루가유쉬카!" 그는 붉은 털의 수캐를 애칭으로 부르며 기대와 애정을 표현했다. 나타샤도 다른 사람들처럼 흥분하고 있었다.

언덕 위에 선 사냥꾼은 채찍을 높이 치켜들고 있었다. 주인들은 보통 걸음으로 그 옆으로 다가갔다. 지평선을 달리고 있던 몰이개들은 토끼 옆으로 벗어났다. 사냥꾼들도 멀어지기 시작했다. 모든 일이 조용조용히, 그리고 천천히 진행되었다.

"머리를 어느 쪽으로 두고 있나?" 니콜라이가 언덕 위에 서 있는 사냥꾼에게 다가가며 물었다. 사냥꾼이 미처 대답하기 전에 토끼가 몸에 닥쳐오는 위험을 감지하고는 훌쩍 뛰어 일어났다. 가죽 끈에 묶인 몰이개들이 짖어대며 토끼를 쫓아 뛰어갔다. 끈에 묶이지 않은 보르조이 개들은 사면에서 토끼를 향해 돌진했다. 서서히 움직이던 사냥꾼들도 들판을 달리기 시작했다. 침착해 보이던 일라긴도, 니콜라이도, 나타샤도, 아저씨도, 자신이 어디로 어떻게 뛰고 있는지 모르는 채 개들과 토끼만 바라보며 정신없이 달려갔다.

토끼는 꽤 큼직하고 날쌘 놈이었다. 토끼가 귀를 쫑긋거리며 갑작스런 외침과 말발굽 소리에 귀를 기울였다. 처음에는 서두르지 않고 몇 발짝 뛰었다가 마침내 위험을 깨닫고 방향을 정하자 귀를 바싹 눕히고 전속력으로 달리기 시작했다. 토끼가 있던 곳은 그루터기만 남은 밭이었으나 양쪽으로 걷기에는 힘든 녹지였다. 토끼를 발견한 사냥꾼이 데리고 있던 두 마리의 개가 가장 가까이에 있었으므로 맨 먼저 알아채고 쫓기 시작했다. 그 개들이 토끼를 따라붙기도 전에 일라긴의 붉은 얼룩 개인 에르자가 뒤에서 뛰어나왔다. 그리고 한 발자국 정도 떨어진 곳에서 토끼의 꼬리를 겨누며 무서운 속력으로 덮쳤다. 그러더니 잡았다고 생각했는지 팽이처럼 뒹굴었다. 하지만 토끼는 동그랗게 등을 구부리고 더욱 맹렬하게 질주했다. 에르자의 뒤에서 검정 얼룩개 닐카가 달려와 토끼를 따라붙기 시작했다.

"닐카, 잘한다!" 니콜라이가 기뻐서 외쳤다. 닐카는 금방이라도 토끼를 덮칠 것 같았다. 하지만 닐카는 토끼를 앞지르고 말았다. 토끼가 살짝 몸을 피한 것이다. 다시 일라긴의 개 에르자가 다가와 토끼의 뒷다리를 물려고 토끼의 꼬리 바로 위로 목을 내밀었다.

"에르자! 부탁한다!" 일라긴이 거의 울 듯한 목소리로 외쳤다. 하지만 에르자는 주인의 부탁을 받아들이지 않았다. 에르자가 분명히 물었다고 여긴 순간 토끼는 살짝 몸을 비켜 가을 보리밭과 그루터기만 남은 밭 사이의 경계로 달리기 시작했다. 에르자와 닐카가 한 대의 마차를 끄는 두 필의 말처럼 나란히 토끼를 쫓기 시작했다. 밭둑길은 토끼에게 더 수월했으므로 개들은 빨리 따라붙을 수 없었다.

"루가이! 루가유쉬카! 됐다, 됐다!" 이때 다른 목소리가 소리쳤다. 그러자 아저씨의 붉은 수캐 루가이가 등을 폈다 구부렸다 하며 달려 선두의 두 마리와 나란해지더니 어느 틈에 앞서서 무서운 기세로 속력을 더해 토끼를 덮쳤다. 그리고 팽이처럼 토끼와 함께 뒹굴었다. 잠시 후 모두들 우왕좌왕하는 개들 옆에 서 있었다. 아저씨는 혼자 행복해져서 말에서 내려 토끼의 발목을 잘랐다. 피를 빼기 위해 토끼를 휘두르면서 손을 어디에 둘지 모르겠다는 듯 주위를 돌아보며 중얼거렸다.

"정말 잘했다, 정말 훌륭한 개야. 천금의 개들을 모두 다 물리치다니, 잘했어!"

그는 증오에 찬 눈으로 사방을 둘러보며 모두가 그의 적이어서 그를 모욕했지만 지금은 드디어 설욕할 수 있었다고 모든 사람들을 비웃는 듯한 어조로 헐떡이며 지껄였다.

"당신네들의 천금짜리 명견이 뭐 그렇지……. 참 잘했어! 루가이. 자아, 발목을 받아라! 정말 잘했다. 아, 굉장하다!" 그가 진흙이 묻은 발목을 던져 주며 말했다.

"닐카는 힘이 다 빠져 버렸어. 혼자 세 번이나 뒤따라 잡았으니 말이야." 니콜라이는 남이 듣든 말든 아랑곳하지 않고 말했다.

"이게 무슨 꼴이람. 정반대군!" 일라긴의 하인이 말했다.

"아깝게 놓치긴 했지만 그렇게 몰았으니 어떤 똥개라도 잡게 마련이야." 일라긴도 새빨개진 얼굴로 간신히 숨을 내쉬며 말했다.

이때 나타샤가 귀가 쨍할 만큼 카랑카랑한 목소리로 소리쳤다. 그녀는 이 외침으로 다른 사람들이 모두 한 말과 똑같은 뜻을 나타낸 것이다. 만약 다른 경우였다면 나타샤 자신도 부끄러울 만큼 괴상한 소리였다. 아저씨는 모두를 나무라듯 안장 위에 토끼를 휙 던져 올리더니 누구와도 이야기하고 싶지 않은지 말을 몰고 가 버렸다. 아저씨 이외의 사람들은 모욕당한 듯한 얼굴로 저마다 움직이기 시작했다. 얼마쯤 지나서야 어느 정도 냉정해질 수 있었다. 사람들은 한참 동안 붉은 털의 루가이를 바라보았다. 등이 진흙투성이가 된 루가이는 승리자다운 유연한 태도로 아저씨의 말을 따라가고 있었다. '뭐, 아무것도 아닙니다. 다른 때는 나도 다른 개나 마찬가지예요. 하지만 일단 일이 벌어지면 끝까지 해 보는 거지요.' 니콜라이는 루가이가 이렇게 말하는 것처럼 느껴졌다.

오랜 시간이 지나자 아저씨가 니콜라이에게 다가와 말을 걸었다. 니콜라이는 그런 일이 있었던 뒤임에도 불구하고 자진하여 말을 걸어 주었다는 것으로 만족한 기분이 되었다.

7

저녁에 되어 니콜라이는 일라긴과 작별하였고 그제야 집에서 굉장히 멀리 왔다는 것을 깨달았다. 그는 아저씨가 권유하는 대로 사냥개들을 아저씨의 소유지 마을인 미하일로프카에서 하룻밤 재우기로 했다.

"너희가 내 집에 들러 준다면 정말 근사하겠는데! 날씨도 이렇게 흐리지 않니. 그러니까 집에서 잠깐 쉬었다가 아가씨를 마차로 태워 가는 게 좋을 거야." 아저씨가 말했다.

니콜라이는 아저씨의 청을 받아들여 사냥꾼 한 명을 아트라드노예로 보내어 마차를 가져오게 하고 나타샤와 페트루샤와 함께 아저씨의 집으로 갔다.

크고 작은 다섯 명의 하인이 주인을 맞으러 정면 현관으로 뛰어 나왔다. 그 뒤로 늙은이, 어린아이 등 10명 정도의 여자들이 말을 타고 온 손님들을 구경하기 위해 나왔다. 더욱이 숙녀가 일행에 섞여 있어서 하인들의 호기심은 절정에 이르렀다. 사람들은 나타샤 앞인데도 어려워하지 않고 옆으로 다가와 얼굴을 들여다보았다. 그리고 그녀를 앞에 두고 제멋대로 비평을 늘어놓았다.

"아린카, 이것 좀 봐. 옆으로 타고 있네! 옷자락을 팔락이며 앉아 있잖아. 어머나, 뿔피리까지 가지고 있어!"

"세상에, 단도까지⋯⋯."

"영락없이 타타르 여자군!"

"이상하게 굴러 떨어지지도 않네?" 그들 가운데 가장 용감한 여자가 나타샤에게 이렇게 말했다.

아저씨의 집은 정원수가 무성한 목조 가옥이었다. 아저씨는 현관 앞에서 말에서 내려 하인들을 둘러보고 볼일이 없는 자는 물러가서 손님들과 개를 맞을 준비를 하라고 소리쳤다. 순간 모두 흩어져 달아났다. 아저씨는 나타샤를 말에서 내려 주고 손을 잡아 널빤지가 휘청거리는 입구의 계단으로 부축해 주었다. 회칠도 하지 않은 통나무 벽의 집 안은 깨끗하다고는 할 수 없었지만 그렇다고 그냥 내버려둔 것 같지도 않았다. 복도에는 싱싱한 사과 향내가 감돌았고 벽에는 늑대와 여우 가죽이 걸려 있었다.

아저씨는 현관방을 지나, 손님 접대용 탁자와 마호가니 의자가 놓인 조그만 응접실을 지나, 자작나무 원탁과 소파가 있는 객실을 거쳐, 다 해진 소파와 닳아빠진 낡은 양탄자가 있고 수보로프 장군의 초상, 주인의 양친, 그리고 그 자신의 군복 차림의 초상 등이 걸려 있는 서재로 안내했다. 서재에서는 담배와 개 냄새가 코를 찔렀다.

아저씨는 손님들에게 자기 집처럼 마음 푹 놓고 쉬라고 하고는 물러갔다. 등이 더러운 루가이가 서재로 들어와 소파에 눕더니 혀와 이빨로 몸을 핥기 시작했다. 방의 출구는 복도로 통해 있었고 커튼이 찢어진 칸막이가 놓여 있었다. 그 칸막이 뒤에서 여자의 웃음소리와 속삭임이 들렸다.

나타샤와 니콜라이와 페트루샤는 외투를 벗고 소파에 앉았다. 페트루샤는 턱을 괴더니 곧 잠들었다. 나타샤와 니콜라이는 말없이 앉아 있었다. 두 사람의 얼굴은 상기되어 있었다. 몹시 배가 고팠지만 기분이 좋았다. 그들은 얼굴을 마주 보았다(이젠 사냥도 끝나고 집 안에 들어왔기 때문에 니콜라이는 여동생에게 사나이의 위엄을 나타낼 필요를 느끼지 않았다). 나타샤는 오빠에게 눈짓을 했다. 그리고 두 사람은 왜 웃는 것인지 이유를 미처 생각할 틈도 없이 참지 못하고 커다란 소리로 웃음을 터뜨리고 말았다. 잠시 뒤에 아저씨가 카자크풍 옷에 푸른 바지, 그리고 장화를 신고 들어왔다. 언젠가 아저씨가 그런 옷차림으로 아트라드노예 마을에 왔을 때 그녀는 비웃었다. 지금은 결코 프록코트나 연미복에 뒤지지 않는 진짜 정장이라고 느꼈다. 아저씨 역시 기분이 좋아 보였다. 그는 오누이의 웃음에 모욕을 느끼지 않았을 뿐만 아니라(남이 자신의 생활에 대해 웃으리라고는 생각도 못했다) 오히려 그들의 까닭 모를 웃음에 자신도 끼어들었다.

"백작 댁의 젊은 아가씨, 정말 굉장하구나. 이런 여자는 본 적이 없어!" 그는 긴 파이프를 니콜라이에게 건네고 다른 짤막한 파이프를 세 손가락 사이에 능숙하게 끼우며 말했다.

"하루 종일 말을 타고 돌아다니면서 남자 못지않은 일을 하고 끄떡없으니 말이야!"

아저씨가 들어오고 난 후 얼마 안 되어 문이 열렸다. 발소리는 맨발의 소녀인 것 같았으나 여러 가지를 잔뜩 얹은 쟁반을 손에 들고 들어온 사람은 40살 가량의 뚱뚱하고 볼이 빨간 아름다운 여자였다. 그녀는 턱과 입술이 두툼하고 혈색이 좋았다. 그녀는 눈빛과 모든 동작에 친절함과 공손함의 매력을 담고 손님에게 상냥한 웃음을 띠며 절을 했다. 보통 이상으로 살이 쪄서 가슴과 배는 앞으로 나왔고 고개가 뒤로 젖혀질 정도였으나 발걸음이 가볍고 동작은 민첩했다. 그녀는(아저씨의 가정부 아니샤 표도로브나였다) 탁자로 다가와 쟁반을 내리고 포동포동한 하얀 손으로 술병과 안주 등을 탁자에 늘어놓더니 뒤로 물러나서 얼굴에 웃음을 띤 채 문 옆에 섰다.

'내가 바로 가정부랍니다. 이것으로 아저씨가 어떤 분인지 아시겠죠?' 그녀는 이렇게 말하는 듯했다. 어떻게 모를 수 있겠는가. 니콜라이뿐만 아니라 나타샤도 아저씨가 어떤 사람인지 알았고 아니샤 표도로브나가 들어왔을 때 아저씨가 살짝 찡긋하며 행복하고 만족스러운 미소를 지은 의미도 알았다. 접시에는 약초주, 과일주, 버섯, 버터와 밀크를 넣어 만든 호밀 과자, 벌집에 들어 있는 꿀, 거품이 일고 있는 끓인 꿀, 사과와 구운 과일과 꿀에 잰 호두 등이 있었다. 잠시 후 아니샤 표도로브나는 꿀과 설탕을 넣어 졸인 두 가지의 잼, 햄, 막 구운 닭고기를 가지고 왔다. 이런 것은 모두 그녀가 장만하고 요리한 것이었다. 그녀 특유의 기호가 느껴졌다. 모든 것이 부드럽고 깨끗하고 완벽해서 기분 좋은 미소 같은 느낌을 주었다.

"자아, 드세요, 아가씨." 그녀는 나타샤에게 이것저것 권했다. 나타샤는 권하는 대로 먹으며 이런 잼과 과자와 닭고기는 아직까지 본 적도 없고 먹어본 적도 없다고 말했다.

아니샤 표도로브나가 나갔다. 니콜라이는 아저씨와 함께 여러 술을 맛보며 이전과 앞으로의 사냥, 루가이와 일라긴의 개들에 대해 이야기를 나누었다. 나타샤는 소파에 얌전히 앉아서 눈을 반짝거리며 두 사람의 이야기를 듣고 있었다. 그녀는 페트루샤에게 뭐라도 먹이려고 깨우려고 했으나 그는 잠꼬대를 하며 일어나지 않았다. 나타샤는 잔뜩 마음이 들떠 있었다. 이러한 새로운 환경에 들어온 것이 너무 재미있었기 때문에 그녀는 자신을 데리러 오는 마차가 늦게 도착하기를 바랐다. 처음 집에 친지들을 초대했을 때면 흔히 침묵하는 경우가 있는데, 갑자기 침묵이 흐르자 아저씨는 손님들의 머릿속에 떠올랐을 법한 생각에 대해 대답하듯이 말했다.

"나는 이렇게 지내. 죽어 버리면 아무것도 남지 않아. 그것으로 그만이지. 그러니까 죄를 짓는 일은 할 수도 없어!"

이렇게 말하는 아저씨 얼굴은 몹시 의미심장했고 아름다워 보였다. 니콜라이는 평소에 아버지를 비롯한 이웃 사람들이 아저씨를 좋게 평가하던 것을 생각해 냈다. 아저씨는 이 근방에서 선량하고 욕심이 없는 괴짜라는 평판을 얻고 있었다. 사람들은 그에게 집안의 분쟁을 해결해 달라고 하거나, 재판의 조정을 맡기기도 했고, 비밀을 털어놓기도 했으며, 유언의 집행자가 되어 달라고 하거나 판사나 그 밖의 관직에 선출하기도 했다. 하지만 그는 공직은 완강히 물리쳤다. 아저씨는 봄과 가을에는 자신의 밤색 말을 타고 들판에서 지내다가 겨울이면 집 안에 틀어박혔고 여름에는 수목이 무성한 정원에서 뒹굴며 지내고 있었다.

"아저씨는 어째서 직업을 가지지 않는 겁니까?"

"가졌었지만 그만둬 버렸어. 나는 어울리지 않아. 아니 나는 아무것도 모르거든. 지혜가 부족하지. 그런 것은 너희들의 일이야. 하지만 사냥에 대한 것이라면 문제가 다르지. 이건 참으로 대단한 일이야! 이봐, 문 열어. 왜 닫아놓는 거야!" 그가 외쳤다.

복도 끝에 있는 문은 사냥꾼들의 방이었다(아저씨는 그것을 복도라고 불렀다). 맨발로 쿵쿵거리는 소리가 나더니 문이 열렸다. 복도에서는 어떤 명수가 발랄라이카를 연주하는 소리가 분명하게 들렸다. 나타샤는 벌써부터 이 소리에 귀를 기울이고 있었으나, 더 잘 듣고 싶어서 복도로 나갔다.

"마부 미치카가 연주하는 거야. 내가 좋은 발랄라이카를 사주었지. 나도 좋아하거든." 아저씨가 말했다. 그의 집에서는 사냥하고 돌아오면 발랄라이카를 연주하는 규칙이 정해져 있었다.

"훌륭해요." 니콜라이가 자신도 모르게 멸시하는 듯한 어조로 말했다. 그는 마음에 든다고 말한 것이 부끄럽기라도 한 것 같았다.

"훌륭하다고요?" 나타샤는 오빠의 억양을 나무라듯이 말했다. "저건 훌륭한 정도가 아니고 정말 뭐라 말할 수 없이 황홀한 음악이에요!" 아저씨가 대접한 버섯과 꿀, 과일주 등이 이 세상에서 최상의 맛으로 느껴졌던 것처럼 이 노래도 가장 훌륭한 것이라고 나타샤는 생각했다.

"좀 더 들려주세요." 발랄라이카 소리가 그치자 나타샤는 문에다 대고 말했다. 미치카는 음조를 고르고, '귀부인'이라는 곡을 떨리는 듯한 소리로 변주를 넣어 가며 구성지게 연주하기 시작했다. 아저씨는 엷은 미소를 띠고 고개를 옆으로 기울인 채 듣고 있었다. '귀부인'의 연주는 100번 가량이나 되풀이되었다. 미치카는 몇 번이나 음조를 조절하고 같은 곡을 타기 시작했지만 듣는 사람들은 싫증이 나지 않았을 뿐만 아니라 더 그 소리가 듣고 싶어졌다. 아니샤 표도로브나가 들어와서 뚱뚱한 몸을 문설주에 기댔다.

"듣고 계세요? 그는 정말 잘 연주한답니다." 그녀는 아저씨와 똑같은 미소를 지으며 나타샤에게 말했다.

"거기, 그곳이 틀리는군." 아저씨가 갑자기 손을 내저으며 말했다. "거기는 트레몰로라야 해."

"아저씨도 연주할 줄 아세요?" 나타샤가 물었다. 아저씨는 대답하지 않고 빙그레 웃었다.

"이봐, 아니샤. 기타 줄이 괜찮은지 가서 보고 와. 벌써 오랫동안 손에 잡지 않고 내버려 두었거든."

아니샤 표도로브나는 기쁜 듯 가벼운 발걸음으로 나갔다가 기타를 가지고 왔다. 아저씨는 먼지를 훅 불어 털어 내고 굵은 손가락으로 기타의 줄을 탕 치며 음조를 고르더니 안락의자에서 자세를 고쳐 앉았다. 그는 약간 흉내내듯이 자세를 잡으며 왼쪽 팔꿈치를 뒤로 젖히고 기타 몸통의 위쪽을 쥐더니 아니샤 표도로브나에게 눈을 찡긋하고는 연주하기 시작했다. 그는 높고 맑은 화음을 한 번 울리고 나서 정확하고 침착하고 힘차게 느린 박자로 '거리를 지나가면'이라는 가곡을 연주하기 시작했다. 그러자 이 곡조의 유쾌한 기분은 니콜라이와 나타샤의 가슴속을 깊이 울리기 시작했다. 아니샤 표도로브나는 빨갛게 달아오른 얼굴을 손수건으로 가리고 웃으며 방에서 나갔다. 아저씨는 아니샤가 떠난 자리를 감동스러운 눈빛으로 바라보면서 정열적으로 그 곡을 멋들어지게 연주했다. 흰 수염으로 덮인 얼굴에 나타난 엷은 미소는 차차 곡조가 흥겨워지고 박자가 빨라지자 훨씬 밝아졌다.

"훌륭해요. 아저씨! 더, 더!" 연주가 끝나자 나타샤는 벌떡 일어나 아저씨에게 입을 맞추며 소리쳤다.

니콜라이도 아저씨의 연주에 감탄했다. 아저씨는 다시 한 번 같은 곡을 연주하기 시작했다. 아니샤 표도로브나가 웃으며 다시 들어섰고 그 뒤로 다른 얼굴들이 보였다.

"시원한 우물 뒤에서 처녀가 소리친다. 기다려 주세요!" 아저씨는 어깨를 움직이며 연주를 계속하다가 갑자기 툭 끊는 것처럼 손을 멈추었다.

"어머나, 아저씨." 나타샤는 연주에 자기의 생사라도 달려 있는 것처럼 애원하듯 말했다. 아저씨는 일어났다. 그의 몸속에는 두 명의 인간이 숨어 있는 것 같았다. 하나는 진지한 미소를 띠며 다른 한쪽의 익살꾼을 바라보았고 그 익살꾼은 순박한 자세로 춤을 출 준비를 하는 것이었다.

"자아, 그럼 아가씨!" 아저씨는 손을 나타샤에게 내밀었다.

나타샤는 머리에 두른 스카프를 벗어던지고 아저씨에게 달려가 두 손을 허리에 대고 어깨를 살짝 움직여 춤출 준비를 했다. 프랑스 가정교사에게 교육을 받은 이 백작의 딸이 언제 어떻게 러시아의 분위기를 느끼고 이런 동작을 배웠는지 알 수 없었지만 그녀는 유쾌하고 자랑스러운 미소를 짓고 어깨춤을 추기 시작했다. 니콜라이와 그 밖의 사람들은 그녀가 엉뚱한 짓을 하지 않을까 걱정했으나 그녀의 쾌활한 미소와 춤을 보고는 이내 걱정을 버리고 넋을 잃고 바라보았다.

나타샤는 너무나 훌륭한 솜씨로 춤을 추었다. 아니샤 표도로브나는 나타샤가 춤을 추는 데 필요한 스카프를 얼른 내밀었고, 나타샤의 춤 솜씨에 감탄해 웃음을 짓다가 눈물이 글썽글썽해졌다. 그녀는 자신이 자란 것과는 너무도 차원이 다른, 비단과 벨벳에 파묻혀 자란 백작의 딸이 러시아 사람의 마음속을 완전히 이해하고 있음을 느끼며 기뻐했다.

"오, 정말 훌륭한 조카딸이야! 이제 훌륭한 신랑을 고르는 일만 남았군. 정말 대단해." 아저씨가 춤이 끝나자 기쁘게 웃으며 말했다.

"벌써 골랐어요." 니콜라이가 빙긋 웃으며 말했다.

"허어?" 아저씨가 묻는 듯 그녀를 바라보았다. 나타샤는 행복한 미소를 띠고 고개를 끄덕였다.

"무척 훌륭한 분이에요!" 그녀가 말했다. 하지만 이 말을 함과 동시에 다른 생각과 감정이 마음속에서 일어났다.

'오빠가 벌써 골랐다고 말하면서 웃은 것은 무슨 뜻일까? 기뻐하는 것일까? 아니면 기뻐하지 않는 것일까? 오빠는 틀림없이 나의 안드레이 공작이 이런 즐거움을 이해하지도 못하고 찬성하지도 않을 것이라고 생각했을 것이다. 아니, 그분은 알 거야. 그런데 지금 어디에 계실까?' 나타샤는 생각했다. 그녀의 얼굴이 순간 굳어졌다. 하지만 순간일 뿐이었다. '아, 이런 생각을 해서는 안 돼.' 그녀는 혼잣말을 하고 다시 미소 지으며 아저씨 옆에 앉아 또 연주해 달라고 졸랐다.

아저씨는 다시 가곡과 왈츠를 몇 곡 연주하더니 헛기침을 하고는 자신이 좋아하는 사냥꾼의 노래를 부르기 시작했다.

어젯밤부터 아름다운
첫눈이 하얗게 내리네.

아저씨는 노래의 모든 의미는 가사에 있다고 여기는 농부들처럼 소박하면서도 확신에 찬 목소리로 노래를 불렀고, 곡조는 틀렸지만 더없이 훌륭하고 아름답게 느껴졌다. 나타샤는 아저씨의 노래를 들으며 너무도 기뻐했다. 그녀는 하프를 배우는 것은 그만두고 기타만 치겠다고 마음먹었다. 그리고 아저씨에게 기타를 빌려 화음을 맞추는 법을 배웠다.

9시가 지나자 나타샤와 페트루샤를 데리러 두 대의 마차가 도착했고, 그녀를 찾으러 보낸 세 사람도 도착했다. 노백작 부부는 그녀의 행방을 몰라 걱정했다는 것이다. 잠이 든 페트루샤는 시체처럼 들려 마차에 태워졌다. 다른 한 대의 마차에는 나타샤와 니콜라이가 탔다. 아저씨는 나타샤에게 외투를 입혀 주며 마차에 태워 주었고 지금까지와는 전혀 다른 부드러운 태도로 작별 인사를 했다. 그는 걸어서 다리 근처까지 배웅했고 사냥꾼들에게 등불을 들고 앞장서라고 일렀다.

"안녕, 소중한 조카님!" 그의 부드러운 목소리가 어둠 속에서 울렸다.

마차가 지나가는 마을에는 빨간 불빛이 어른거렸고 집집마다 연기가 피어오르고 있었다.

"아저씨는 너무 멋진 분이야!" 나타샤가 말했다.

"음. 너 춥지 않니?" 니콜라이가 물었다.

"아뇨. 기분 좋아요. 난 정말 기분이 좋아요." 나타샤가 자신이 생각해도 이상하다는 듯 말했다. 두 사람은 한참을 잠자코 있었다.

밤은 어둡고 습했다. 말도 잘 보이지 않고 진창을 철벅거리는 소리만 들릴 뿐이었다. 나타샤는 천진하고 감수성이 예민하여 삶의 온갖 모습을 그대로 받아들이는 자신의 마음속에 어떤 일이 일어나고 있는지, 이 모든 것이 어떻게 마음속에 간직되고 있는지 알 수 없을 만큼 행복했다.

집 가까이에 왔을 때 그녀가 갑자기 '어젯밤부터 아름다운'의 한 구절을 부르기 시작했다. 그녀는 집으로 오는 도중 내내 이 곡조를 생각했는데 이제야 겨우 생각이 난 것이다.

"오오, 잘하네. 외었구나?" 니콜라이가 말했다.

"오빠, 지금 무슨 생각해요?" 나타샤가 불쑥 물었다. 두 사람은 곧잘 서로에게 이런 질문을 던지곤 했다.

"나 말이야?" 니콜라이는 잠시 생각하더니 말을 꺼냈다.

"글쎄, 처음엔 그 붉은 수캐 루가이가 아저씨를 꼭 닮았다고 생각했고, 그 개가 사람이라면 끝까지 아저씨를 모실 것이라고 생각했지. 아저씨는 정말 호인이니까 말이야, 그렇지 않아? 너는?" 니콜라이가 물었다.

"나요? 난 처음엔 우리가 이렇게 마차를 타고 집으로 돌아가고 있다고 생각했는데 너무 캄캄해서 어디로 가는지 안 보이잖아요. 막상 도착하면 아트라드노예 마을이 아니고 요술 나라에 가 있는 건 아닐까 하고 생각했어요. 그리고 또……. 아녜요, 그것뿐이에요." 나타샤가 대답했다.

"다 알아. 틀림없이 그 사람에 대해 생각했겠지?" 나타샤는 오빠의 목소리를 듣고 오빠가 웃고 있음을 알았다.

"그렇지 않아요. 오면서 내내 마음속으로 아니샤의 접대가 참 훌륭했다고 되풀이하고 있었어요. 정말 좋았었다고 말이에요." 나타샤가 말했다. 니콜라이는 밝으면서도 이유를 알 수 없는 그녀의 행복한 웃음소리를 들었다.

"오빠!" 갑자기 그녀가 외쳤다. "난 앞으로는 지금처럼 행복하고 편안하지 못할 것 같아요."

"무슨 쓸데없는 소리. 바보처럼 어리석은 소리 하지 마." 니콜라이는 이렇게 말하고 마음속으로 생각했다. '나타샤는 정말 귀여워! 이런 친구는 앞으로 없을 거야. 여자는 왜 시집을 가야만 하는 걸까? 언제까지나 마차에 함께 있고 싶군!'

'오빠는 어쩌면 이렇게도 사람이 좋을까?' 나타샤도 생각했다.

"아직도 객실에 불이 켜져 있네." 그녀는 깜깜한 어둠 속에서 아름답게 빛나고 있는 집 창문을 가리키며 말했다.

8

일리아 안드레예비치 백작이 막대한 비용이 들던 귀족단장을 사임했지만 그들의 재정은 조금도 나아지지 않았다. 나타샤와 니콜라이는 부모님이 걱정스러운 얼굴로 몰래 이야기하는 모습을 보았고, 조상 대대로 내려온 로스토프가의 화려한 저택과 모스크바 교외의 별장을 매각한다는 소문을 들었다. 귀족단장을 사임하여 거창하게 손님 접대를 할 필요가 없었으므로 지난 몇 년에 비해 아트라드노예 마을의 생활은 훨씬 조용하게 흘러갔다. 하지만 광대한 본채와 몇 개의 별채는 여전히 사람들로 붐볐고, 언제나 20명 이상의 사람이 식탁에 둘러앉았다. 그들은 이 집에 여러 해 살아서 거의 가족처럼 지내는 피고용인들이거나 백작의 집에서 살아야만 하는 것처럼 생각되는 사람들이었다. 바로 약사 딤플레르 부부, 무용교사 포겔리 가족, 노처녀 벨로바, 페트루샤의 가정교사와 아가씨들의 옛날 가정교사, 심지어 다만 여기서 사는 것이 자기의 집에 있는 것보다 좋다고 생각하는 자들이었다.

노백작 내외는 지금의 수준에서 벗어난 생활은 상상할 수 없었다. 니콜라이 때문에 더 늘어난 사냥개와 늘 소유했던 50필의 말이 있었고, 마부는 15명이었다. 전처럼 생일 선물은 비싼 것으로 했고, 근처의 모든 유명인들을 초대하는 화려한 만찬을 여전히 베풀었으며, 백작이 좋아하는 휘스트와 보스턴 게임을 했다. 이 카드놀이에서 백작은 언제나 패를 펼쳐 놓아 이웃 사람들이 수백 루블씩 딸 수 있게 했다. 그래서 사람들은 일리아 안드레예비치 백작과 카드를 하는 것을 유리한 벌이라고 생각했다.

노백작은 커다란 그물에 걸린 것처럼 자신이 얽혀 있다는 것을 외면하려고 애썼지만 한 걸음을 뗄 때마다 더욱 얽혀 들었다. 그는 자신을 얽매고 있는 그물을 끊거나 끈기 있게 그 매듭을 차례로 풀어 갈 힘도 없음을 느끼며 집안일에서 맴돌고 있었다. 노백작 부인은 사랑하는 자식들이 차차 가난으로 내몰리고 있음을 느꼈다. 그렇다고 노백작이 잘못한 것도 아니었다. 그는 지금과 다른 사람이 될 수 없었고, 아내에게 숨기고는 있지만 자신과 자식들이 파산한다는 생각으로 혼자 괴로워하며 가세를 일으킬 방법을 모색하고 있었던 것이다.

노백작 부인이 생각해 낸 유일한 방법은 니콜라이가 부유한 집안의 아가씨와 결혼하는 것이었다. 이것이 마지막 희망이었고 니콜라이가 그 결혼을 거절한다면 기울어 가는 가세를 일으킬 희망은 사라지는 것이라고 생각했다. 그녀가 생각한 배필은 줄리 카라기나였다. 줄리는 어릴 때부터 친분이 있었고 양친이 모두 훌륭하고 덕망이 높았으며 오빠가 죽었기 때문에 막대한 재산을 물려받았다. 노백작 부인은 모스크바에 있는 카라기나 부인에게 편지를 보냈고 긍정적인 답장을 받았다. 자신은 찬성하지만 모든 것은 딸에게 달렸으며 니콜라이를 모스크바로 보내 달라고 초대장을 보낸 것이다.

백작 부인은 아들에게 나타샤의 혼처가 정해진 지금 자신의 유일한 소망은 니콜라이의 결혼을 보는 것뿐이라고 말하면서 몇 번이나 눈물을 글썽거렸다. 그리고 훌륭한 처녀가 있다는 것을 넌지시 비치며 결혼에 관한 그의 의향을 떠보려고 했다. 또 다른 이야기를 하다가 줄리를 칭찬하면서 이번 축일 동안 모스크바에 가서 즐겁게 지내다 오라고 권했다. 니콜라이는 어머니의 속뜻을 눈치 채고 어머니가 다 털어 놓게 했다. 노백작 부인은 집안을 일으킬 유일한 방법은 니콜라이와 줄리가 결혼하는 것이라고 고백했다.

"만약 제가 재산이 없는 아가씨를 사랑하고 있다면 어떡하시겠습니까? 어머니는 제가 재산 때문에 감정이나 명예를 희생하기를 원하십니까?" 니콜라이는 자신의 질문이 어머니에게 얼마나 잔인한 것인지 깨닫지 못하고 고집스럽게 물었다.

"아니다, 넌 내 마음을 모르고 있어." 노백작 부인은 뭐라고 변명해야 좋을지 몰라 이렇게 대답했다. "니콜라이, 난 네 행복을 바랄 뿐이야." 그녀가 덧붙였으나 자신이 거짓말을 하고 있음을 느끼고 울음을 터뜨렸다.

"어머니, 울지 마세요. 어머니의 소망을 말씀해 주세요. 전 어머니를 위해서라면 제 목숨이라도 희생할 각오가 되어 있어요. 그것은 어머니도 잘 아시잖아요?" 니콜라이가 말했다.

노백작 부인은 그를 믿었지만 아들의 희생은 바라지 않았을 뿐만 아니라 오히려 자신이 아들을 위해 희생하고 싶었다.

"아니다, 넌 내 마음을 몰라. 이제 이 이야기는 그만두자." 노백작 부인이 눈물을 닦으며 말했다.

'그래. 난 정말 가난한 아가씨를 사랑하고 있는지도 모른다. 그렇다면 대체 어떻게 하라는 거지? 재산을 위해 감정이나 명예를 희생시켜야 한다는 것인가? 어떻게 어머니가 내게 그런 말을 할 수 있지? 소냐가 가난해서 내가 그녀를 사랑할 수 없단 말인가? 그녀의 헌신적이고 변함없는 사랑에 보답할 수 없단 말인가? 그녀와 결혼하는 것이 인형 같은 줄리와 결혼하는 것보다 훨씬 행복할 것이다. 내가 소냐를 사랑한다면 그 감정은 무엇보다도 강하고 값진 것이다.' 그는 생각했다.

니콜라이는 모스크바에 가지 않았고 노백작 부인도 그 후로는 결혼 이야기를 꺼내지 않았다. 그리고 지참금도 없는 소냐와 아들이 눈에 띄게 가까워지는 것을 슬프게 보기도 했고 때로는 화난 눈으로 바라보았다. 노백작 부인은 스스로를 나무라면서도 잔소리를 하지 않을 수 없었다. 그녀는 아무 이유도 없이 소냐를 붙들고 이따금 트집을 잡았다. 선량한 노백작 부인이 소냐에게 무엇보다도 화가 나는 것은 이 검은 눈동자의 가난한 조카딸이 너무나 얌전하고 착하며, 은인에게 진심으로 감사하고, 또 니콜라이를 진실하고 변함없이 헌신적으로 사랑해 주어 한 군데도 나무랄 것이 없었기 때문이었다. 니콜라이는 휴가 내내 부모님 곁에서 지냈다.

안드레이 공작의 네 번째 편지가 로마에서 날아왔다. 그 편지에는 벌써 오래전에 귀국해야 했지만 예상치 못한 따뜻한 기후 때문에 상처가 악화되어 내년 초로 출발을 늦출 수밖에 없다고 쓰여 있었다. 나타샤는 여전히 약혼자를 사랑하고 있었고 여전히 예민한 감수성으로 인생의 온갖 기쁨을 누리고 있었다. 하지만 그와 헤어졌을 때의 슬픔이 이따금 그녀를 찾아들었다. 그녀는 사랑을 나눌 수 있는 지금의 시간을 그냥 흘려보내는 것이 안타까웠고 자신이 불쌍하게 느껴졌다.

로스토프가 집안은 어쩐지 활기차지 못했다.

9

성탄주일이 되었다. 연중행사인 장중한 대기도식과 이웃사람들과 하인들의 지루한 축하와 모두가 입은 새 옷만이 특별히 이 주일을 기념할 뿐이었다. 다만 바람이 불지 않는 영하 20도의 추위와 밝고 눈부신 대낮의 햇빛, 별이 총총한 겨울의 밤하늘에서 축일다운 기분을 느낄 수 있었다. 축일 사흘째 되는 날, 집안사람들은 식사를 끝내고 각자의 방으로 흩어졌다. 그 시간은 하루 중 가장 지루한 때였다. 오전에 이웃들을 방문하고 돌아온 니콜라이는 소파가 있는 방에서 낮잠을 자고 있었고 노백작은 서재에서 쉬고 있었다. 객실에서는 소냐가 탁자 앞에 앉아 수의 본을 뜨고 있었고 백작 부인은 카드를 늘어놓고 있었다. 광대인 나스타샤 이바느이치는 슬픈 표정으로 두 노파와 함께 창가에 앉아 있었다. 나타샤가 들어와 소냐 옆으로 다가가 무엇을 하고 있는지 들여다보더니 이윽고 어머니 곁으로 다가가 아무 말 없이 멈추어 섰다.

"왜 서성거리고 있니? 뭐 필요하니?" 어머니가 물었다.

"난 그이가 필요해요. 지금 당장 그이가 필요해요." 나타샤가 웃지도 않고 말했다. 노백작 부인은 딸을 찬찬히 보았다.

"절 보지 마세요. 금방이라도 울음이 나올 것 같아요."

"내 옆에 앉아라." 백작 부인이 말했다.

"어머니, 난 그이가 필요해요. 내가 왜 귀중한 세월을 헛되이 보내고 있는 것일까요, 네?" 그녀는 말을 잇지 못하고 울기 시작했다. 그녀는 눈물을 보이지 않으려고 휙 돌아서서 방을 나가 버렸다. 그녀는 소파가 있는 방으로 들어가 발을 멈추고 잠시 생각하다가 이번에는 하녀 방으로 갔다. 늙은 하녀가 젊은 하녀에게 무어라고 투덜거리고 있었다. 젊은 하녀는 뒤뜰에서 뛰어왔기 때문에 추위로 숨을 헐떡이고 있었다.

"좀 어지간히 놀고 다녀. 무슨 일이든 시간이라는 게 있는 법이야." 노파가 말했다.

"용서해 줘요, 콘드라치예브나." 나타샤가 말했다. "저리 가, 마브루샤, 저리." 나타샤는 마브루샤를 보내고 홀을 지나 문간방으로 갔다. 한 늙은 하인과 두 젊은 하인이 카드놀이를 하고 있다가 나타샤를 보자 놀이를 멈추고 일어섰다.

"니키타, 미안하지만 잠깐 갔다 와 줘요. 저……."

'자, 어디로 심부름을 보내지?'

"그래, 저 뒤뜰에 가서 수탉을 한 마리 가져와요. 그리고 넌 말이지, 미샤, 귀리를 가져와."

"귀리는 조금만 가지고 올까요?" 미샤가 물었다.

"가라고 하시니까 얼른 갔다 와." 노인이 재촉했다.

"그리고 표도로, 넌 분필을 갖다 줘."

그녀는 주방 옆을 지나면서 차 마실 시간이 아닌데도 사모바르를 내오라고 명령했다. 주방 하인 포카는 집안에서 화를 가장 잘 내는 사나이였다. 나타샤는 그에게 주인 행세를 하는 것을 좋아했다. 사모바르를 가지고 온 포카는 화를 낼 힘도 없었고 화를 내려 하지도 않았다. 집안에서 나타샤만큼 많은 하인을 여기저기로 심부름 보내고 온갖 일을 시키는 사람은 없었다. 그녀는 하인들을 어딘가로 심부름 보내지 않고는 견딜 수가 없었다. 그녀는 자신에게 화를 내고 뽀로통해하는 하인은 없나 하고 시험하는 것 같았다. 하지만 하인들은 나타샤의 분부를 기꺼이 받아들였다.

'무엇을 해야 하나? 어디로 가야 하나?' 나타샤는 복도를 천천히 걸어가며 생각했다.

"나스타샤 이바느이치, 나에게서 뭐가 태어날까요?" 그녀는 여자 복장을 하고 걸어오던 광대를 붙잡고 물었다.

"아가씨한테서는 벼룩, 메뚜기, 귀뚜라미가 태어나죠." 광대가 대답했다.

'아아! 언제나 똑같다. 나는 어디에 몸을 두어야 하나? 내 몸을 어떻게 하면 좋단 말인가?' 그녀는 포겔리 내외가 있는 2층으로 우당탕 뛰어올라갔다. 포겔리의 방에서는 가정교사 두 명이 모스크바와 오데사 중 어디가 더 살기 좋은지 이야기하고 있었다. 나타샤는 깊은 생각에 잠긴 듯 진지한 얼굴로 두 사람의 이야기를 듣고 있다가 훌쩍 일어섰다.

"마다가스카르 섬이죠." 그녀가 말했다.

"마, 다, 가, 스, 카, 르." 그녀는 한 음절 한 음절 또박또박 발음하고는 쇼스 부인이 무슨 말이냐고 묻는 질문에 대답도 하지 않고 휙 방을 나와 버렸다.

남동생 페트루샤도 2층에 있었다. 그는 가정교사와 함께 오늘밤에 올릴 꽃불을 만들고 있었다.

"페트루샤! 날 아래층까지 업어다 줘." 그녀는 남동생을 보고 소리쳤다.

페트루샤가 그녀에게 달려와서 등을 내밀었다. 그녀는 그 위로 뛰어올라 그의 목을 두 손으로 껴안았다. 페트루샤는 껑충껑충 달렸다.

"이제 됐어. 마다가스카르 섬." 그녀는 동생의 등에서 내려 아래로 뛰어 내려갔다. 자신의 왕국을 한차례 돌아보며 자신의 힘을 시험해 보고 자신에게 공손한 사람들을 보았지만 그래도 마음 한구석이 허전했다. 나타샤는 기타를 들고 어두컴컴한 주방 구석에 앉아 언젠가 페트르부르크에서 안드레이 공작과 함께 보았던 가극의 한 구절을 조용히 연주하기 시작했다. 다른 사람에게는 그녀의 기타 소리가 아무 의미도 없는 것처럼 들렸지만 그녀의 상상 속에서는 이 곡조를 따라 추억이 되살아났다. 그녀는 창문에서 비치는 한 줄기 빛을 향해 얼굴을 돌린 채 자신의 연주를 들으며 추억을 떠올리고 있었다.

소냐가 컵을 들고 홀을 지나 주방으로 들어왔다. 나타샤는 주방 문틈으로 그녀를 보았다. 소냐가 지나가는 모습과 모든 것이 추억처럼 느껴졌다. '그렇지, 이것과 똑같았지.' 나타샤는 생각했다.

"소냐 언니, 이게 뭐지?" 나타샤는 굵은 줄을 손가락으로 퉁기면서 큰소리로 말했다.

"거기 있었구나!" 소냐가 깜짝 놀라며 옆으로 다가왔다. "모르겠는데, '폭풍'인가?" 그녀는 고개를 갸웃하며 말했다.

"아니야, 이건 '물지게꾼'의 합창이야, 알겠어?" 나타샤는 소냐가 알 수 있도록 한 구절을 끝까지 불렀다.

"왜 왔어?" 나타샤가 물었다.

"컵의 물을 바꾸러. 이제 수본을 거의 다 떴어."

"언니는 늘 현모양처군. 난 그렇게 안 돼. 오빠는 어디에 있어?" 나타샤가 말했다.

"자고 있나 봐."

"언니, 가서 오빠를 깨워 줘." 나타샤가 말했다. "내가 같이 노래 부르자고 했다고 전해 줘." 나타샤는 이런 일이 언젠가 있었던 것같이 느껴지는 것은 무엇 때문일까 하고 생각했다. 하지만 이 의문을 풀기도 전에 다시금 사랑하는 사람이 사랑에 불타는 시선으로 자신을 바라보았던 때로 돌아갔다.

'아아, 빨리 돌아온다면 얼마나 좋을까. 영영 돌아오지 못하는 것은 아닌지 걱정돼 못 견디겠어! 나이는 늘어 가고 지금 이 순간은 두 번 다시 돌아오지 않아. 어쩌면 오늘 돌아올지도 몰라. 지금 당장; 아니 벌써 돌아와 저 객실에 앉아 있을지도 몰라. 어쩌면 어제 돌아온 것을 내가 잊고 있는 것인지도 몰라.' 그녀는 기타를 놓고 객실로 나갔다. 집안사람들은 가정교사와 손님들과 함께 탁자 앞에 둘러앉아 있었고 하인들이 주변에 서 있었다. 안드레이 공작은 보이지 않았다. 모두 전과 다름없는 모습이었다.

"나타샤, 내 옆에 앉아라." 노백작이 딸에게 말했다.

그러나 나타샤는 무엇인가를 찾는 듯 주위를 둘러보더니 어머니 옆으로 다가갔다.

"어머니!" 그녀가 말했다. "내게 그이를 데려다 주세요. 네? 어머니. 빨리요. 빨리." 그녀는 또 북받치려는 울음을 간신히 억눌렀다. 그녀는 탁자에 다가앉아 니콜라이와 어른들이 하는 이야기에 귀를 기울였다. '아아, 언제나 같은 얼굴과 같은 이야기뿐이야. 아버지는 여전히 찻잔을 들고 차를 후후 불고 있어!' 나타샤는 생각했다. 그리고 언제나 똑같다는 이유만으로 모든 집안사람을 혐오하는 마음이 치밀어 올랐고 등골이 오싹해졌다.

티타임이 끝나자 니콜라이와 소냐, 나타샤는 소파가 있는 방으로 갔다. 그곳은 그들이 허물없이 이야기하는, 가장 마음에 드는 곳이었다.

10

"오빠에게도 이런 일이 있어요?" 세 명이 모두 소파가 있는 방에 들어와 앉자 나타샤가 말했다. "오빠는 이런 기분이 든 적 없어요? 미래에는 아무것도 없고 좋은 일은 다 끝나 버린 듯한 기분, 지루하거나 허전하기보다는 어쩐지 서글프고 마음 둘 곳이 없는 기분 말이에요."

"물론 있지!" 니콜라이가 대답했다. "내게도 그런 일은 흔해. 모두가 다 즐겁고 훌륭하게 사는 것 같은데, 문득 그런 것들이 싫증난다, 사람은 모두 죽을 것이다 하는 생각들이 머리에 떠오르지. 예전에 부대에 있을 때 아무데도 놀러 나가지 않은 적이 있어. 그곳에도 음악 같은 것이 있었지만 말이야. 갑자기 세상만사가 귀찮다는 생각이 들었지……."

"아, 그 기분 알아요." 나타샤가 얼른 말을 받았다. "어렸을 때였지만 그런 일이 있었어요. 언젠가 살구 때문에 벌을 받았는데 모두들 춤을 추고 있었어요. 그래서 나만 공부방에서 엉엉 울었던 일은 절대로 잊을 수 없어요. 난 그때 슬펐고 모든 사람과 내 자신이 불쌍했어요. 모두가 불쌍해서 견딜 수 없었어요. 게다가 무엇보다도 내가 나쁜 것은 아니었으니까요. 오빠도 그 일 기억하죠?" 나타샤가 말했다.

"기억하다마다." 니콜라이가 말했다. "내가 나중에 너에게 갔던 것도 기억해. 너를 위로하고 싶었지만 어쩐지 쑥스러웠어. 그때 정말 우리는 우스운 아이들이었어. 그때 나는 광대 인형을 가지고 있어서 네게 주려고 했었지. 기억나니?"

"그리고, 이건요?" 나타샤는 깊은 생각에 잠긴 듯 미소를 띠며 말했다. "아주 오래전 우리가 정말 어렸을 때, 옛날 집에서 살던 때, 아버지가 우리를 서재로 부르셔서 가 보니 어두컴컴한 방 안에……."

"아랍인이 서 있었지. 당연히 기억하지! 진짜 아랍인이었는지, 아니면 꿈에서 본 것인지, 이야기로 들은 것인지 나는 아직도 모르겠어." 니콜라이가 웃으며 말했다.

"그 사람은 확실히 회색이었어요. 하얀 이를 드러내고 우뚝 서서 우리를 바라보고 있었잖아요."

"소냐도 기억하고 있어?" 니콜라이가 물었다.

"네. 어렴풋이 기억이 나요." 소냐가 수줍게 대답했다.

"난 그 아랍인에 대해 어머니와 아버지께 물어봤는데, 그런 사람은 없었대요. 그런데 오빠도 기억하는군요!" 나타샤가 말했다.

"물론. 아주 최근의 일처럼 그 하얀 이를 기억하고 있어."

"정말 이상한 일이에요. 꿈만 같아요. 난 이런 게 좋아요."

"그리고 말이야. 우리가 홀에서 달걀을 굴리고 있는데 갑자기 할머니 두 명이 나타나서는 양탄자 위를 데굴데굴 굴렀잖아. 이건 정말 있었던 일인가? 아무튼 정말 즐거웠는데, 너 기억하고 있니? 그때는 참 좋았어."

"네, 기억나요. 아버지가 푸른 외투를 입고 현관 계단에서 총을 쏘았잖아요?" 두 사람은 미소를 지으며 즐겁게 기억을 더듬고 있었다. 그것은 우울한 회상이 아니라 매우 아름다운 어린 시절의 회상이었다. 두 사람은 조용히 웃었다. 소냐는 두 사람과 같은 추억을 가지고 있었지만, 언제나처럼 끼어들지 않고 한 걸음 떨어져 있었다. 소냐는 두 사람의 회상 중에 기억하지 못하는 것이 많았고, 또 기억하긴 해도 두 사람이 느끼는 것처럼 시적인 감정은 일어나지 않았다. 그녀는 두 사람이 마음껏 회상을 즐기도록 장단을 맞출 뿐이었다. 그들이 처음 소냐가 왔던 때를 회상할 무렵에야 비로소 그녀는 이야기에 끼어들었다. 소냐는 니콜라이의 웃옷에 달려 있는 장식 끈 때문에 그가 매우 무서웠다고 말했다. 유모가 그 끈에 소냐를 꿰매 버리겠다고 이야기했기 때문이었다.

"난 언니가 양배추 밑에서 태어났다고 들었어. 나는 그때 그 얘기를 믿을 수밖에 없었지만 그래도 거짓말이라는 것은 알고 있었어." 나타샤가 말했다.

이때 뒷문에서 하녀가 나타났다.

"아가씨, 수탉을 가지고 왔습니다." 하녀가 나직이 말했다.

소파가 있는 방에서 이야기가 한창일 무렵, 딤믈레르가 방으로 들어와 한쪽 구석에 놓여 있는 하프의 덮개를 벗겼다. 하프는 가락이 맞지 않는 소리를 냈다.

"에두아르드 카를리치. 내가 좋아하는 필리드(영국 태생의 피아니스트-옮긴이)의 '야상곡'을 연주해 주세요." 노백작 부인의 목소리가 객실에서 들려왔다.

딤믈레르는 화음을 잡더니 나타샤와 니콜라이와 소냐를 향해 말했다.

"젊은 분들이 사이좋게 앉아 계시군요!"

"네, 우린 철학을 이야기하고 있어요." 나타샤가 살짝 돌아보며 말했고 그들의 이야기는 계속되었다. 이제 꿈 이야기로 이어졌다.

딤믈레르가 하프를 연주하기 시작했다. 나타샤는 탁자로 조용히 다가가서 촛불을 들고 원래 자리로 돌아와 앉았다. 세 사람이 앉아 있는 소파 주변은 어두웠으나 큼직한 창문으로 흘러들어온 보름달의 은백색 빛이 바닥에 드리워져 있었다.

"나는 이런 것을 생각하기도 해요." 나타샤가 니콜라이와 소냐에게 다가가며 속삭이듯 말했다. 딤믈레르는 한 곡을 끝내고 더 연주할 것인지 망설이며 줄을 퉁기고 있었다.

"이렇게 열심히 온갖 일을 회상하다 보면 나중에는 내가 태어나기 전의 일까지 기억할 수 있을 거라는 생각이 들어요."

"그것은 윤회라는 거야. 이집트 사람들은 인간의 영혼이 원래 동물 속에 있었기 때문에 죽으면 다시 동물 속으로 돌아간다고 믿었대." 공부를 잘하고 역사를 잘 기억하는 소냐가 말했다.

"아니, 난 사람이 동물 속에 있었다는 것은 믿지 않아요. 나는 사람은 어딘가 다른 세계의 천사였다고 믿어요. 아마 이 세상에도 있었을 거예요. 그러니까 뭐든지 잘 기억하는 거예요." 음악이 끝났지만 나타샤는 여전히 속삭이듯 말했다.

"나도 끼어도 괜찮겠습니까?" 딤믈레르가 다가와 세 사람 옆에 앉았다.

"만약 우리가 천사였다면 무엇 때문에 현세로 떨어졌지? 아니야. 절대 그럴 수 없어!" 니콜라이가 말했다.

"현세가 아니에요. 누가 현세라고 했어요? 내가 이전에 무엇이었는지 어떻게 알겠어요?" 나타샤가 확신하는 어조로 반박했다.

"하지만 영혼은 죽지 않잖아요. 그렇다면 우리도 이제부터 영원히 살 수 있잖아요. 그러니까 전생에서도 영겁의 생활을 해 왔었다는 얘기예요."

"그렇습니다. 하지만 우리가 영혼을 상상하는 것은 어렵습니다." 젊은이들을 비웃는 듯한 미소를 띠며 다가왔던 딤믈레르가 지금은 자신도 모르게 분위기에 젖어 조용하고 진지한 어조로 말했다.

"왜 어렵지요? 오늘과 내일이 있고, 그것은 언제까지나 계속될 것이고, 또 어제, 그저께라는 말도 있었고요." 나타샤가 말했다.

"나타샤! 이번엔 네 차례다. 뭐든지 한 곡 불러다오. 아니, 어떻게 된 거냐? 음모라도 꾸미는 것처럼 구석에 모여 있구나." 백작 부인의 목소리가 들렸다.

"어머니, 난 정말 노래를 부르고 싶지 않아요." 나타샤는 이렇게 말하면서 일어났다.

그다지 나이가 젊지 않은 딤믈레르도 이 이야기를 중단하고 이 구석 자리를 떠나고 싶지 않았다. 하지만 나타샤는 일어났고 니콜라이도 피아노 앞에 앉았다. 나타샤는 늘 하던 대로 울림이 좋은 홀 가운데 서서 어머니가 좋아하는 노래를 부르기 시작했다. 나타샤는 내키지 않는다고 했지만 오늘 밤처럼 훌륭히 노래를 부른 일은 오래전에도, 그리고 그 이후에도 없었다. 일리아 안드레예비치 공작은 서재에서 미첸카와 이야기를 나누며 딸의 노래를 듣고 있었다. 그는 학생이 공부를 끝내고 놀러 가려고 서두르듯 지배인에게 무언가 명령을 하면서 헷갈려 하다가 결국 입을 다물고 귀를 기울였다. 미첸카도 귀를 기울이면서 미소를 머금고 백작 앞에 서 있었다. 니콜라이는 여동생에게서 눈을 떼지 않고 숨쉬는 것까지 그녀와 함께했다. 소냐는 노래를 들으면서 자신과 이 사촌동생 사이에는 엄청난 차이가 있고, 자신은 그녀처럼 매력적이지 못하며 그처럼 사랑받을 수 없을 것이라고 생각했다. 노백작 부인은 행복했지만 서글픈 미소를 지었고 눈물이 어린 채 이따금 고개를 저으면서 앉아 있었다. 그녀는 자신이 젊었을 때를 회상하고 나타샤에 대해 생각했다. 그녀는 나타샤와 안드레이 공작의 결혼에는 무엇인가 부자연스러운 점이 있다고 생각했다. 딤믈레르는 백작 부인 옆에 앉아 눈을 지그시 감고 듣고 있었다.

"아! 부인." 마침내 그가 입을 열었다. "이것은 유명 유럽 악단의 솜씨입니다. 아가씨는 이제 제게 배울 것이 없습니다. 저 부드러움, 저 유연함, 그리고 저 힘······."

"난 저애가 정말 걱정이에요." 노백작 부인은 이야기 상대가 누구인지도 잊은 채 이렇게 말했다. 그녀의 모성 본능은 나타샤는 너무 훌륭해서 행복하지 못할 것이라고 스스로에게 속삭이고 있었다. 나타샤가 노래를 다 마치기 전에 페트루샤가 기쁜 표정으로 가장행렬이 왔다고 알리러 뛰어 들어왔다. 갑자기 나타샤가 노래를 그쳤다.

"바보!" 그녀는 동생을 향해 소리치고 의자 위에 쓰러져 울음을 터뜨렸다. 그녀는 오랫동안 울음을 멈출 수가 없었다.

"아무것도 아녜요, 어머니. 그저 페트루샤 때문에 놀랐을 뿐이에요." 그녀는 억지로라도 웃으려고 했으나 눈물이 계속 흘렀다.

곰, 터키인, 술집 마담 등 무섭고 우습게 꾸민 하인들의 가장행렬이 들어왔다. 처음에는 머뭇거리며 현관방에 모여 있었으나 이윽고 홀로 들어왔다. 하인들은 처음에는 수줍어하다가 차차 유쾌하게 노래를 부르고 춤을 추었다. 노백작 부인은 가장한 하인을 알아보고 웃으며 객실로 들어갔다. 노백작은 만면에 미소를 머금고 이 놀이를 칭찬하면서 홀에 앉아 있었다. 젊은이들은 자취를 감췄다.

30분쯤 지나자 다른 가장행렬이 나타났다. 그 중 스커트를 크게 부풀린 늙은 귀족 부인이 있었다. 니콜라이였다. 터키 소녀는 페트루샤, 어릿광대는 딤믈레르, 경기병은 나타샤였다. 체르케스인으로 분장한 소냐는 코르크를 태워 콧수염과 눈썹을 그려 넣었다. 사람들은 누가 누군지 알아보지 못하고 놀라워하며 칭찬하였고, 젊은이들은 자신들의 훌륭한 분장을 더 많은 사람들에게 보여 주고 싶어했다. 니콜라이는 자기의 트로이카에 모두를 태우고 매끄럽게 언 길을 달려보고 싶어서 가장한 하인 몇 명을 데리고 아저씨한테 가자고 말했다.

"안 돼. 무엇 때문에 그 노인을 시끄럽게 하겠다는 거냐! 아저씨네 가더라도 좁아서 움직일 수도 없을 거야. 꼭 가겠다면 차라리 멜류코바 부인에게 가렴." 백작 부인이 말했다.

멜류코바 부인은 나이 차가 많이 나는 아이들을 거느린 과

부로 남녀 가정교사 몇 명과 함께 로스토프가 집에서 4베르스타 떨어진 곳에 살고 있었다.

"그래, 그거 좋은 생각이다." 기분이 좋은 노백작이 부인의 말을 받아 말했다. "그럼 나도 함께 가야겠다. 이렇게 되었으니 나도 한 번 파세탸의 입이 딱 벌어지게 해 줄까."

하지만 노백작 부인은 찬성하지 않았다. 요즈음 백작이 발을 다쳤기 때문이었다. 그래서 노백작 일리아 안드레예비치는 갈 수 없었으나, 쇼스 부인(루이자 이바노브나)이 같이 간다면 아가씨들이 멜류코바 부인에게 가도 괜찮은 것으로 결정되었다. 언제나 수줍고 부끄럼을 잘 타는 소냐가 쇼스 부인에게 누구보다도 열심히 자신들의 부탁을 들어 달라고 졸랐다. 쇼스 부인은 승낙했다. 30분 후 조그만 종과 방울을 단 네 대의 트로이카가 날카로운 쇠붙이 소리를 내며 얼어붙은 눈 위를 달려 현관 계단에 도착했다.

나타샤가 먼저 크리스마스에 걸맞은 들뜨고 즐거운 기분이 되었다. 이 들뜬 기분은 다른 사람들에게 옮아서 모두 살을 에는 듯한 추위에 나와 이야기를 주고받고 이름을 불러대며 웃고 외치면서 썰매에 탔을 때는 절정에 이르렀다.

두 대의 트로이카는 연락용이었고 한 대는 아를로프산의 준마를 가운데에 맨 노백작 전용이었다. 다른 한 대는 키가 작고 털이 더부룩한 검정말을 가운데에 맨 니콜라이 전용이었다. 니콜라이는 늙은 귀족 부인 의상을 입고 그 위에 띠가 달린 경기병의 외투를 걸친 채 자기 썰매의 한가운데 서서 고삐를 잡았다. 밝은 달빛으로 인해 매우 밝아서 마구의 쇠붙이며 말의 눈이 잘 보였다. 말들은 현관 앞 마차 대는 곳의 차양 밑에서 왁자지껄하게 떠들어대는 기수들을 깜짝 놀란 듯 바라보고 있었다.

니콜라이의 트로이카에는 나타샤와 소냐, 쇼스 부인, 두 명의 하녀가 탔다. 노백작의 썰매에는 딤믈레르 부부와 페트루샤, 그 나머지의 두 대에는 가장한 하인들이 나누어 탔다.

"자하르, 먼저 가!" 니콜라이가 아버지의 마부에게 외쳤다. 그는 도중에 기회를 보아 앞지를 생각이었다. 노백작의 트로이카는 활목을 삐걱거리며 나직한 방울 소리를 울리고 앞으로 달려 나갔다. 양옆에 매인 두 마리의 말들은 멍에에 몸을 딱 붙이고 각설탕처럼 단단해져 반짝이는 눈을 파헤치면서 달렸다. 니콜라이는 그 뒤를 따라 썰매를 움직여 나갔다. 네 대의 썰매는 잠시 동안 좁은 길을 종종걸음으로 나아갔다. 뜰 옆을 지나가는 동안 앙상한 나무 그림자가 길에 드리워져 밝은 달빛을 가렸으나 이윽고 울타리 밖으로 벗어나자 검푸른 빛의 다이아몬드처럼 반짝이는 눈벌판이 달빛에 젖은 채 고요하게 펼쳐졌다. 푹 파인 구덩이를 앞 썰매가 덜컹하며 지나가면 다음 썰매들도 이어서 덜컹거렸다. 살을 에는 듯한 추위와 밤의 정적을 깨면서 네 대의 썰매가 줄지어 달려갔다.

"어머나, 토끼 발자국이 많아요!" 나타샤의 소리가 차가운 공기로 울려 퍼졌다.

"뚜렷이 보여요. 니콜라이!" 소냐가 말했다. 니콜라이는 소냐의 새로운 얼굴을 가까이에서 보려고 허리를 구부렸다. 눈썹과 수염이 까맣게 그려진 전혀 다른 귀여운 얼굴이 달빛을 받으며 흑담비목도리 속에서 내다보고 있었다.

'이것이 소냐인가?' 니콜라이는 생각했다. 그는 좀 더 가까이 들여다보고 빙긋 웃었다.

"왜 그러세요, 니콜라이?"

"아무것도 아니오." 그는 말 쪽으로 돌아섰다.

눈길은 미끄러지지 않도록 달아맨 쇠발굽 때문에 파헤쳐졌고 썰매의 활목 때문에 반들반들해졌다. 말들은 속도를 더 내기 시작했다. 왼쪽 말은 고개를 푹 처박고 뛰어오르며 스스로 고삐를 잡아당겼다. 가운데 말은 '슬슬 시작해 볼까, 아니, 아직 이른가?' 하고 묻는 듯이 고개를 돌리고 있었다. 이미 꽤 멀어진 자하르의 썰매가 방울 소리를 울리며 달려가는 모습이 흰 눈 속에서 검게 보였다. 마차에서는 사람들의 외침과 웃음, 이야기 소리가 들렸다.

"자, 슬슬 가 볼까!" 니콜라이는 한 손에는 고삐를 쥐고, 다른 손에는 채찍을 든 채 손을 뒤로 끌어당기면서 외쳤다. 그늘은 갑작스럽게 세차게 부는 맞바람과 점점 더 빨리 달리는 양쪽 말이 당기는 고삐의 느낌만으로도 빠른 속도로 질주하고 있음을 알았다. 니콜라이는 뒤를 돌아보았다. 다른 썰매들도 비명 소리와 외침 소리, 그리고 말을 치는 채찍 소리와 함께 마구 말을 몰아대면서 뒤에서 따라왔다. 중앙에 있는 말은 힘을 아낄 생각도 하지 않고 아직도 속력을 더 낼 수 있다는 듯 활 모양의 멍에 밑에서 믿음직하게 달리고 있었다. 니콜라이는 자하르의 썰매를 따라붙었다. 그들은 산을 내려가 냇가 옆의 풀밭 가운데로 난 눈길로 들어갔다.

'도대체 어디를 달리는 것이지?' 니콜라이는 생각했다. '틀림없이 코소이 풀밭이겠지. 아니야, 그렇지 않아. 이곳은 지금까지 본 적이 없는 어딘지 새로운 곳 같다. 코소이 풀밭도 아니고, 좀키나 언덕도 아니다. 전혀 알 수 없는 곳이다! 난생 처음 보는 요술나라 같다. 하지만 어디든 상관없어!' 그는 말을 때려 선두의 트로이카를 우회하기 시작했다.

자하르는 눈썹까지 허옇게 서리가 엉긴 얼굴을 니콜라이에게 돌렸다. 니콜라이는 말을 제멋대로 몰았다. 자하르는 두 손을 앞으로 내밀고 혀를 차며 말을 달리게 했다.

"도련님, 조심하십시오!" 그가 말했다. 두 대의 썰매는 나란히 더한층 속력을 내어 앞으로 나갔다. 질주하는 말들의 발이 어지럽게 교차했다. 니콜라이 쪽이 조금씩 앞서기 시작했다. 자하르는 내민 손의 위치를 바꾸지 않은 채 고삐를 쥔 쪽의 손을 쳐들었다.

"거짓말하셨군요, 도련님." 그가 니콜라이를 향해 외쳤다. 니콜라이는 세 필의 말이 전속력을 내게 하여 자하르를 앞질렀다. 말들은 두 기수의 얼굴에 설탕가루 같은 눈을 흩뿌렸다. 바로 옆에서는 자하르가 모는 썰매의 방울이 요란하게 울렸고 말의 발이며 그림자가 어지러웠다. 삐걱거리는 나무 소리와 여자들의 날카로운 외마디 소리가 여기저기에서 들려왔다. 니콜라이는 말을 멈춰 세우고 주위를 둘러보았다. 달빛이 스며든 들판은 온통 별을 뿌려 놓은 요술의 세계였다.

'자하르는 무엇 때문에 왼쪽으로 가자고 하는 것일까?' 니콜라이는 생각했다. '우리는 정말 멜류코바 부인에게 가고 있는 것일까? 여기가 그녀의 소유지일까? 뭐, 우리가 어디를 달리고 있는지, 우리가 어떻게 되어 있는지 그런 것은 알 바 없다. 아무튼 지금 일어나고 있는 것은 참으로 기묘하고 재미있다.' 그는 썰매 안을 돌아다보았다.

"어머, 저기 좀 봐. 콧수염과 눈썹이 온통 하얘요." 가느다란 눈썹과 콧수염을 달고 있는 묘하고 아름다운 낯선 사람이 썰매 안에서 외쳤다. '저건 나타샤인 모양이군.' 니콜라이는 생각했다. '그리고 저것은 쇼스 부인. 어쩌면 아닐지도 모른다. 그런데 저 콧수염을 가진 체르케스인은 사랑스럽군.'

"모두 춥진 않아요?" 니콜라이가 물었다. 여자들은 대답은 하지 않고 웃음을 터뜨렸다. 딤믈레르가 뒤쪽 썰매에서 무엇이라고 소리쳤다. 아마 우스운 말이었을 테지만 알아들을 수가 없었다.

그러는 동안 검은 그림자와 반짝이는 다이아몬드가 뒤섞인 요술나라 같은 숲과 대리석의 계단, 은빛의 지붕들이 보였고, 짐승들이 날카롭게 외치는 소리가 들렸다. '아아, 저것이 정말로 멜류코바 부인의 집이라면, 그런 낯선 곳을 지나 갑자기 도착했다는 것이 이상하지 않은가?' 니콜라이는 생각했다.

정말 멜류코바의 집이었다. 하녀와 하인들이 반가워하며 등불을 들고 현관 앞 마차 대는 곳으로 달려 나왔다.

"누구지?" 묻는 소리가 들려왔다.

"백작 댁의 가장한 분들이겠지. 말을 보면 알 수 있잖아." 몇 사람의 목소리가 대답했다.

11

 펠라게야 다닐라브나 멜류코바 부인은 체격이 건장하였고 안경을 썼다. 그녀는 가슴이 보일 정도로 가운 앞자락을 열어젖힌 채 객실에 앉아서 그녀를 둘러싼 딸들을 재미있게 해 주려고 애쓰고 있었다. 딸들이 촛농이 흐른 모양을 보고 점을 치고 있을 때 현관에서 왁자지껄한 발소리와 이야기 소리가 들려왔다. 경기병, 귀부인, 마녀, 어릿광대, 곰들이 기침을 콜록콜록하면서 추위 때문에 하얗게 언 얼굴을 현관에서 닦은 뒤 서둘러 촛불이 켜진 객실로 들어왔다. 어릿광대 차림의 딤플레르와 귀부인 차림의 니콜라이가 춤을 추기 시작했다. 가장행렬은 얼굴을 감추기도 하고 목소리를 바꾸기도 하면서 환호하는 아이들에게 둘러싸여 부인에게 인사를 하였다.

 "어머나, 누가 누군지 알아볼 수가 없네! 아, 나타샤군요! 좀 보아요. 누구를 닮았을까? 어머, 카를이치는 참 훌륭한 차림이네요! 난 누군가 했지. 게다가 춤까지 잘 추고! 아니, 또 뭐지, 체르케스인 같은 게 있군요. 정말 소냐를 꼭 닮았어요. 그리고 저건 누굴까? 아아, 정말 재미있어요! 자, 니키타, 바냐, 탁자를 치워 줘요. 우린 정말 심심했던 참이에요!"

 "하하하! 저 경기병을 봐! 마치 소년 같군요. 그리고 저 발! 보고 있을 수가 없군요."

 멜류코바가의 딸들에게 가장 인기가 높은 나타샤는 그들과 같이 안쪽 방으로 갔다. 그리고 그곳으로 코르크와 여러 가지의 가운과 남자의 옷들이 들어갔다. 문틈으로 처녀의 손이 쏙

나와서는 하인이 들고 온 물건들을 받았다. 10분 후 멜류코바가의 모든 젊은 사람들도 가장행렬에 참가했다.

멜류코바 부인은 손님들을 위해 방을 치우라고도 하고 접대하기 위한 여러 가지를 지시한 뒤 안경도 벗지 않고 친절하게 웃으며 가장한 사람들을 둘러보았다. 한 사람씩 가까이 다가가 얼굴을 들여다보았지만 누가 누군지 전혀 알 수 없었다. 그녀는 로스토프가의 남매와 조카딸, 딤믈레르를 알아보지 못했을 뿐만 아니라 자신의 딸들과 딸들이 걸친 죽은 남편의 가운과 군복도 알아보지 못했다.

"이 사람은 대체 누구냐?" 그녀가 자기 집 가정교사를 붙들고 이렇게 말했다. 타타르 사람으로 분장한 딸의 얼굴을 들여다보면서는 "아아, 로스토프가의 누구겠지"라고 하더니, 나타샤에게 "당신은, 이봐요, 경기병, 어느 연대에 근무하시죠?" 하고 물었다.

사람들은 가장을 하고 있어서 아무도 자신을 알아볼 수 없을 거라고 생각해서 우스꽝스럽게 춤을 추었고, 멜류코바 부인은 그들을 바라보면서 이따금 손수건으로 얼굴을 가리고 뚱뚱한 몸을 흔들면서 착한 노인이 웃는 것 같은 웃음소리를 참지 못하고 터트렸다.

"어머나, 우리 사슈네트를 좀 봐!" 그녀가 말했다.

러시아 농민들의 특유한 온갖 춤이 끝나자 멜류코바 부인은 하인들을 포함한 모든 사람들을 불러 커다란 원을 만들게 하고 반지와 밧줄과 1루블 은화를 가져오게 하여 놀이를 시작했다.

한 시간쯤 지나자 모든 사람들의 의상은 구겨져 엉망이 되어 버렸다. 코르크 숯으로 붙인 수염이며 눈썹은 땀투성이의 얼굴에 가득 번졌다. 멜류코바 부인은 그제야 가장한 사람들의 정체를 알아볼 수 있었다. 그녀는 그들의 가장이 훌륭했고 그 중에서도 아가씨들이 잘 어울렸다고 칭찬하며 덕분에 즐거웠다고 모두에게 감사했다. 이윽고 손님들은 객실 쪽에 차려진 야식을 대접받았고 하인들은 홀에서 먹게 되었다.

"목욕탕에서 점을 쳐 보세요. 정말 소름이 돋는다니까요!" 멜류코바가에 사는 한 노처녀가 말했다.

"어째서요?" 멜류코바의 맏딸이 물었다.

"용기가 없다면 가지 못할 거예요."

"나는 가 보겠어요." 소냐가 말했다.

"그래 그 아가씨가 어떻게 되었다는 거예요? 이야기해 보세요." 둘째딸이 말했다.

"네, 한 아가씨가 갔답니다." 노처녀가 말을 이었다. "그리고 규칙대로 수탉 한 마리와 두 벌의 식기를 준비하고 거기에 앉아 있었지요. 잠시 가만히 앉아 귀를 기울이자 갑자기 무슨 소리가 들려왔답니다. 그것은 썰매 한 대가 방울을 울리면서 점점 다가오는 소리였어요. 사람의 발소리도 들렸습니다. 이윽고 들어온 것은 마치 사람 같은 모습을 하고 있었어요. 장교처럼 말이에요. 그리고 옆으로 걸어와서 아가씨와 나란히 두 벌의 식기 앞에 앉았답니다."

"어머! 어떻게……. 그리고 말도 했나요?" 나타샤는 무서운 듯 눈을 크게 뜨고 소리쳤다.

"네, 사람과 똑같아요. 그리고 짓궂게 온갖 말을 지껄였어요. 그 아가씨는 닭이 울 때까지 그의 이야기 상대를 해야 했답니다. 그런데 아가씨는 갑자기 무서워지기 시작했대요. 그저 무서운 마음이 들어서 두 손으로 얼굴을 가렸대요. 그러자 그 사나이가 느닷없이 손을 쑥 내밀어 잡았어요. 다행히 그때 하인들이 달려와서……."

"어린 사람들이 놀라겠어!" 멜류코바 부인이 말했다.

"어머니도 점을 치신 적이 있잖아요." 딸이 말했다.

"그건 그렇고, 광에서 치는 점은 어떻게 하는 거예요?" 소냐가 물었다.

"아, 그것은 지금 당장이라도 할 수 있어요. 광 옆으로 가서 가만히 귀를 기울이는 거예요. 만약 똑똑 두드리는 소리와 문에 못질을 하는 소리가 들리면 나쁜 징조이고, 보리를 뿌리는 소리가 나면 좋은 징조예요. 흔히 하는 거예요."

"말해 주세요, 어머니가 광에 가셨을 때는 어땠어요?"

멜류코바 부인이 빙긋 웃었다.

"글쎄 어땠더라, 이제 잊어 버려서 말이야. 그럼 너희들 중에는 아무도 간 사람이 없니?" 그녀가 말했다.

"제가 가겠어요." 소냐가 말했다.

"무섭지 않다면 마음대로 하렴."

홀에서 놀이를 할 때도, 지금처럼 이야기를 하고 있을 때도, 니콜라이는 소냐 옆에 있으면서 전혀 새로운 눈으로 그녀를 바라보았다. 그는 이 코르크 숯의 수염 때문에 비로소 처음 그녀를 완전히 안 것처럼 생각되었다. 이날 밤의 소냐는 나타샤도 지금까지 본 적이 없었을 만큼 밝고 활기찼으며 아름다웠다.

'그래, 소냐는 저런 여자였어. 어쩌면 난 이렇게도 바보였을까!' 그녀가 행복하고 기뻐서 웃을 때마다 눈이 반짝이고 수염 밑에서 귀여운 보조개가 생기는 걸 바라보며 그는 이렇게 생각했다. 이런 미소는 지금까지 본 적이 없었다.

"전 아무것도 무섭지 않아요." 소냐가 말했다. "그럼 지금 가도 괜찮아요?" 그녀는 일어섰다. 사람들은 소냐에게 광이 어디에 있는지 가르쳐 주고 가만히 서서 귀를 기울이기만 하면 된다고 주의시킨 뒤 외투를 내주었다. 그녀는 머리부터 외투를 푹 둘러쓰고 니콜라이 쪽을 힐끔 쳐다보았다.

'어쩌면 저렇게도 매혹적일까! 지금까지 나는 무엇을 생각하고 있었을까!' 니콜라이는 생각했다.

소냐가 광으로 가려고 복도로 나가자, 니콜라이는 덥다고 하면서 서둘러 현관 쪽으로 나갔다. 사실 집 안은 가득 찬 사람들 때문에 숨이 막히기도 했다. 밖은 여전히 얼어붙은 것처럼 춥고 적막했다. 달빛은 한층 밝았다. 눈에 반사된 달빛이 너무 강렬해서 하늘에 별이 많이 떠 있었지만 별로 보고 싶지 않았다. 하늘은 칠흑같이 검고 쓸쓸했지만 지상은 모든 것이 즐겁게 보였다.

'난 바보야! 지금까지 무엇을 기다리고 있었을까?' 니콜라이는 생각했다. 그는 계단을 뛰어 내려와 뒤쪽으로 통하는 작은 길을 따라 집 모퉁이를 돌았다. 그는 소냐가 이쪽으로 올 것을 알고 있었다. 벌거벗은 보리수 고목들의 그림자가 눈과

길 위에 얽혀 있었다. 작은 길은 광으로 통하였다. 눈 덮인 광의 지붕과 통나무 벽이 달빛 속에 반짝이고 있었다. 정원 쪽에서 나뭇가지가 툭하고 흔들리는 소리가 들렸다가 고요해졌다. 그의 가슴은 공기를 숨쉬는 것이 아니라 영원한 젊은 힘과 기쁨을 숨쉬는 것 같았다.

하녀 방으로 이어진 나무 계단이 삐걱하는 소리가 나더니 노처녀의 목소리가 들렸다.

"이쪽으로 곧장 가세요, 아가씨, 한눈팔면 안 됩니다!"

"난 무섭지 않아요." 소냐가 대답했다. 단화를 신은 소냐의 조그맣고 귀여운 발이 작은 길을 따라 뽀드득거리며 걷기 시작했다. 소냐는 털외투를 뒤집어쓴 채 걸어갔다. 그녀는 겨우 두어 걸음을 사이에 둔 거리까지 와서야 니콜라이를 봤다. 소냐가 니콜라이를 본 느낌도 달랐다. 지금까지 좀 무서운 느낌을 주던 니콜라이가 아니었다. 그는 여자 옷을 입고 머리를 길게 드리운 채로 새로운 행복에 젖은 듯 웃고 있었다. 소냐는 그의 옆으로 달려갔다.

'전혀 다른 얼굴이지만 역시 똑같은 소냐다.' 니콜라이는 달빛에 비친 그녀의 얼굴을 바라보며 생각했다. 그는 소냐가 머리부터 뒤집어쓴 외투 안으로 두 손을 넣어 그녀를 꼭 껴안고는 자기 쪽으로 끌어당겨 입술에 키스했다. 그녀의 귀여운 콧수염에서 불에 태운 코르크 냄새가 풍겼다. 소냐도 그의 입술에 입을 맞추고 작은 두 손으로 그의 양쪽 뺨을 잡았다.

"소냐!"

"니콜라이!"

두 사람은 다만 이렇게 말하고 광으로 뛰어갔다가 이내 되돌아와 각자 자신이 나왔던 문으로 들어갔다.

12

로스토프가 사람들이 집으로 되돌아올 때는 눈치 빠른 나타샤가 썰매 자리를 정했다. 자신은 딤믈레르와 같이 썰매를 탈 테니 소냐는 니콜라이와 함께 타라고 했다. 돌아가는 길에서 니콜라이는 경주 따위는 하지 않고 알맞은 속력으로 달렸다. 그는 묘한 달빛 속에서 줄곧 소냐를 돌아보며 그 코르크의 눈썹과 수염 밑으로 이전의 소냐와 지금의 소냐를 찾아내려 했고 이제는 절대로 그녀와 헤어지지 않겠다고 결심했다. 니콜라이는 그녀의 얼굴을 찬찬히 바라보면서 이전의 소냐와 전혀 다른 지금의 소냐를 발견하고 키스의 감촉과 뒤섞인 코르크의 냄새를 떠올렸다. 그는 가슴 가득히 얼어붙은 공기를 들이마셨다. 뒤로 멀어져 가는 풍경과 하늘을 바라보면서 그는 또다시 요술 나라에 들어온 듯 느껴졌다.

"소냐, 기분이 어때?" 그가 물었다.

"좋아요." 소냐가 대답했다. "당신은?"

절반쯤 왔을 때 니콜라이는 마부에게 고삐를 넘기고 나타샤의 썰매로 달려가 횡목 위에 올라섰다.

"나타샤. 소냐에 대해서 결심했어." 그가 프랑스어로 나직하게 말했다.

"언니한테 말했어요?" 나타샤가 기뻐하며 물었다.

"그런데 네 얼굴에 그렇게 수염과 눈썹이 그려져 있으니 정말 이상해 보이는구나. 나타샤! 넌 기뻐해 주겠지?"

"그럼요, 난 정말 기뻐요! 사실 난 오빠에게 무척 화가 났었어요. 말은 하지 않았지만, 언니를 대하는 오빠의 태도는 좋지 않았어요. 그녀의 마음은 정말 아름다워요. 나 혼자 행복한 것이 어쩐지 마음에 걸렸어요." 나타샤가 말을 이었다. "이제 마음이 놓여요. 자, 언니에게 달려가세요."

"아니, 잠깐만. 그런데 네 모습은 정말 우습구나!" 니콜라이는 여동생을 찬찬히 들여다보면서 그녀에게서도 전에는 보지 못했던 낯설고 묘한 매력과 부드러움을 발견하고 이렇게 말했다. "나타샤, 어쩐지 요술에 걸린 느낌이 들지 않니?"

"네. 어쨌든 정말 잘하셨어요." 그녀가 대답했다.

'예전의 나타샤가 지금 같은 모습이었다면, 오래전에 어떻게 할지 나타샤와 상의하고 그대로 했다면 모든 것이 잘될 수 있었을 텐데.' 니콜라이는 생각했다.

"그럼 넌 기뻐해 줄 거란 말이지?"

"그럼요, 정말 좋은 일이에요! 나는 얼마 전에 그 일로 어머니와 말다툼을 했어요. 어머니는 언니가 오빠를 유혹하고 있다고 말씀하시는 거예요. 어떻게 그런 말씀을 하실 수가 있어요? 난 하마터면 어머니에게 소리칠 뻔했어요. 누구든 그녀에 대해 조금이라도 나쁘게 말하고 생각한다면 난 용서하지 않겠어요. 그녀는 정말 마음씨가 좋으니까요."

"정말 좋단 말이지?"

니콜라이는 확인하듯이 다시 한 번 그녀의 표정을 살피며 물었다. 그는 장화 소리를 내며 썰매의 횡목에서 뛰어내려 자신의 썰매로 달려갔다. 거기에는 여전히 귀여운 콧수염을 달고 행복한 미소를 짓고 있는 체르케스인이 담비 외투 밑에서 눈을 반짝거리며 앉아 있었다. 그녀는 반드시 자신의 아내가 될 것이다. 사랑이 넘치는 행복한 아내가 될 것이다.

집으로 돌아와 어머니에게 멜류코바가에서 어떻게 시간을 보냈는지 이야기하고 아가씨들은 자신의 방으로 물러났다. 옷은 갈아입었으나 코르크 수염은 지우지 않은 채 그녀들은 자신의 행복을 이야기하면서 오랫동안 앉아 있었다. 결혼 뒤 어떻게 살 것이라든가, 각자의 남편들도 좋은 친분을 쌓을 것이라든가, 자신들이 더할 나위 없이 행복하게 살게 될 것이라는 이야기를 했다.

나타샤의 탁자에는 두냐샤가 준비한 거울이 두 개 놓여 있었다(크리스마스에 미혼 여성은 미래의 남편을 거울 속에서 볼 수 있다고 한다).

"언제 그때가 올까? 난 영영 오지 않을까 봐 걱정이야. 너무나 근사한 일이니까!" 나타샤가 거울로 다가가며 말했다.

"앉아 봐, 나타샤. 어쩌면 그이가 보일지도 몰라." 소냐가 말했다. 나타샤는 촛불을 켜고 앉았다. "누군지 수염 난 사람이 보이네." 나타샤가 자신의 얼굴을 보고 말했다.

"웃으시면 안 돼요, 아가씨." 두냐샤가 말했다.

나타샤는 소냐와 두냐샤가 일러 주는 대로 적당한 위치에 거울을 놓았다. 그녀는 진지한 표정으로 가만히 거울을 바라보았다. 그녀는 남들이 얘기하는 것처럼 관의 모습이나 안드레이 공작의 얼굴이 희미하게라도 나타날 것이라고 상상하며 잔뜩 기대하고 바라보았다. 그녀는 아주 작은 얼룩도 사람이나 관으로 보려고 애썼지만 아무것도 나타나지 않았다. 나타샤는 눈을 깜박이다가 곧 거울에서 물러났다.

"다른 사람들에겐 보인다는데 왜 내겐 아무것도 안 보이지? 자, 소냐. 이번에는 언니가 앉아. 오늘은 꼭 언니가 대신 봐 줘야 해. 난 무서워서 못 견디겠어!" 그녀가 말했다.

소냐는 위치를 잡고 거울을 바라보기 시작했다.

"틀림없이 보일 거예요. 아가씨는 언제나 웃고 계시니까요." 두냐샤가 속삭이듯 말했다.

"나도 그렇게 생각해. 소냐라면 틀림없이 보일 거야. 작년에도 보았는걸." 나타샤가 조용히 속삭였다.

3분쯤 그들은 잠자코 있었다. "틀림없이!" 나타샤가 말을 마치기도 전에 소냐는 갑자기 들고 있던 거울을 밀어젖히고 한쪽 손으로 눈을 가렸다.

"아아, 나타샤!" 그녀가 말했다.

"무엇을 보았어?" 나타샤가 거울을 잡으며 외쳤다.

소냐는 아무것도 보지 못했다. 그녀가 눈을 깜박이고 일어서려는 순간 나타샤의 목소리를 들었을 뿐이었다. 그녀는 나타샤와 두냐샤를 속이고 싶지 않아서 가만히 앉아 있는 것이 괴로웠다. 그녀가 손으로 눈을 가렸을 때 왜 외마디 소리가 나왔는지 그녀 자신도 알 수 없었다.

"그이를 봤어?" 나타샤가 소냐의 팔을 붙잡으며 물었다.

"응. 난……, 그이를 봤어." 소냐는 자신도 모르게 이렇게 말했다. 나타샤는 그이가 니콜라이인지 안드레이를 말하는 건지 알 수 없었다.

'보았다고 말하면 왜 안 되는 거지? 다른 사람들도 보인다고 하잖아! 내가 정말 보았는지 못 보았는지 꼬치꼬치 캐묻는 사람은 없어.' 소냐는 이렇게 생각했다.

"서 있었어? 아니면 누워 있었어?"

"처음엔 아무것도 보이지 않았는데, 갑자기 그이가 누워 계시는 것이……."

"안드레이가 누워 계셨어? 편찮으신 걸까?" 나타샤는 걱정스러운 눈빛으로 소냐를 보며 물었다.

"아냐, 그 반대야. 행복한 얼굴이셨어." 이렇게 말한 순간 그녀는 정말로 본 것처럼 느껴졌다.

"그리고?"

"그리고는 분간할 수 없었어. 파란 것이랑 빨간 것이……."

"아아! 그이는 언제 돌아오실까? 난 정말 그이와 내 앞날이 걱정되어 견딜 수가 없어. 난 모든 것이 두려워." 나타샤가 말했다. 나타샤는 소냐의 위로에 한마디도 대답하지 않고 잠자리에 들었다. 그녀는 촛불을 끄고 나서도 오랫동안 눈을 말똥말똥 뜨고 가만히 침대에 누운 채 얼어붙은 창문 너머로 싸늘한 달빛을 바라보았다.

13

 성탄주일이 끝난 지 얼마 안 되어 니콜라이는 소냐에 대한 사랑과 그녀와 결혼하겠다는 굳은 결심을 어머니에게 털어놓았다. 노백작 부인은 소냐와 니콜라이 사이가 변한 것을 오래전부터 눈치 채고 있었던 터라 묵묵히 아들의 말을 들었다. 그리고 그녀는 누구나 자기가 사랑하는 사람과 결혼하는 것이 좋지만, 이 결혼은 아버지도 어머니도 축복할 수 없다고 단언했다. 니콜라이는 어머니가 자신을 사랑하지만 이 결혼은 결코 동의하지 않으리라는 것을 확실히 느꼈다. 노백작 부인은 아들의 얼굴을 보지도 않고 차가운 태도로 하인에게 남편을 불러오도록 지시했다. 그녀는 백작이 오자 니콜라이 앞에서 자세한 내용을 냉담하게 이야기하려고 했으나 결국 분을 참지 못하고 눈물을 흘리며 방에서 나가 버렸다.

 노백작은 망설이는 말투로 아들을 훈계한 뒤 그 결심을 바꾸라고 부탁했다. 하지만 니콜라이는 한 번 맹세한 말을 저버릴 수는 없다고 대답했다. 아버지는 당황해하며 한숨을 쉬고는 이야기를 중단하고 백작 부인에게 갔다. 아들과 충돌할 때마다 자신이 집안 살림을 엉망으로 만든 책임자라는 생각이 언제나 백작의 마음에 자리 잡고 있었다. 그래서 아들이 부유한 아가씨와 결혼하기를 마다하고 지참금도 없는 소냐를 선택했어도 나무랄 수 없었다. 그는 집안 형편이 이토록 엉망이 아니었다면 소냐를 좋은 배필로 받아들였을 것이라는 것과 형편이 어려워진 이유는 미첸카에게 모든 것을 맡긴 채 사치스런 생활을 계속한 자신에게 있다는 것을 되새길 뿐이었다.

　노백작 부부는 더 이상 아들과 이 문제에 대해 이야기하지 않았다. 며칠이 지난 뒤 백작 부인은 소냐를 불러 스스로도 놀랄 만큼 잔인한 말투로 배은망덕하게 아들을 유혹했다고 질책했다. 소냐는 눈을 내리깔고 백작 부인의 잔인한 말을 묵묵히 들었으나 자신이 어떻게 해야 할지 알 수 없었다. 그녀는 은인을 위해서라면 기꺼이 모든 것을 희생할 각오가 돼 있었다. 자기희생의 사랑은 그녀가 생활에서 가장 우선이라고 생각하는 것이었다. 하지만 이런 경우는 누구에게 무엇을 산 제물로 바쳐야 하는지 알 수 없었다. 그녀는 백작 부인을 비롯한 로스토프가 모두를 사랑하였고, 동시에 니콜라이를 사랑하였으며, 그의 행복이 이 사랑에 달려 있다는 것도 생각하지 않을 수 없었다. 그녀는 슬픈 표정으로 아무 말도 하지 못하고 있었다. 니콜라이는 더 이상 이러한 상황을 참을 수 없다고 생각하고는 결말을 지으러 어머니에게 갔다. 그는 자신과 소냐를 용서하고 결혼을 승낙해 달라고 부탁하기도 하고, 끝까지 소냐를 탓한다면 지금이라도 그녀와 몰래 결혼하겠다고 위협하기도 했다.

　"안드레이 공작도 아버지의 승낙 없이 결혼을 생각했고, 너도 이제 성인이니 같은 짓을 해도 상관없다. 하지만 나는 절대로 그렇게 속이 검은 여자를 며느리로 인정하지 않겠다." 노백작 부인은 니콜라이가 지금까지 한 번도 본 적이 없는 차가운 태도로 말했다.

　니콜라이는 속이 검은 여자란 말에 분노가 폭발하여 어머니가 강제로 자신의 감정을 팔아 원하지도 않는 사람과 결혼시키리라고는 꿈에도 생각지 않았다고 언성을 높여 소리쳤다.

"마지막으로 말해 두지만……." 그는 이렇게 말하며 반항적인 태도를 보였다. 하지만 백작 부인이 아들의 표정을 보고 두려워하던 말, 모자간의 끔찍한 기억으로 남았을 이 결정적인 말을 니콜라이가 입 밖에 내기 전에 문 뒤에서 엿듣던 나타샤가 파랗게 질린 얼굴로 방 안으로 뛰어 들어왔다.

"니콜라이, 무슨 쓸데없는 소릴 하고 있어요. 그만둬요!" 그녀는 오빠의 말이 안 들리게 하려고 외치듯이 말했다.

"어머니! 전혀 그런 게 아녜요. 정말이에요. 가엾은 우리 어머니." 그녀는 어머니에게 얼굴을 돌리며 이렇게 말했다. 백작 부인은 아들과의 결별을 바로 앞두고 있음을 느끼며 두려운 얼굴로 아들을 쳐다보았지만 고집스레 싸우다가 이제 와서 굽힌다는 생각도 없었고 또 물러설 수도 없었다.

"오빠, 나중에 자세히 얘기해 드릴 테니 지금은 저리 가 있어 주세요. 어머니, 제 말 좀 들어 보세요." 나타샤가 어머니에게 말했다.

그녀의 말은 아무 의미도 없었지만 그녀가 바라던 대로 될 수 있었다. 백작 부인은 딸의 가슴에 얼굴을 파묻고 애처롭게 흐느꼈고 니콜라이는 일어나서 머리를 움켜쥐며 나갔다.

나타샤는 두 사람을 화해시키려 노력했다. 어머니는 니콜라이에게 소냐를 구박하지 않겠다고 약속하게 만들었고, 니콜라이는 부모님 몰래 아무것도 하지 않겠다고 약속하게 했다.

 1월 초가 되어 니콜라이는 연대의 일을 처리하고 군복무를 마치고 돌아오면 소냐와 결혼해야겠다는 굳은 결심을 하고 연대로 돌아갔다. 그는 부모와의 불화 때문에 어쩐지 숙연해지고 비통해져서 자신은 열렬한 사랑에 몸과 마음을 불사르고 있는 인간이라고 굳게 믿고 있었다.

 니콜라이가 떠나자 로스토프가에서는 전보다 더 우울한 분위기가 흘렀다. 백작 부인은 정신적 충격으로 병이 났다. 소냐는 니콜라이와 헤어지기도 했지만 참을 수 없을 정도로 백작 부인이 사사건건 적의를 품고 대해서 더 불쌍한 처지가 되었다. 노백작은 결정적인 수단을 모색해야 하는 재정 상태에 직면하여 심각했고 침통해 있었다. 모스크바의 집과 모스크바 교외의 소유지를 팔기로 결정하고 매각하기 위해 모스크바로 가야 했으나 백작 부인의 건강이 좋지 않아 출발이 늦추어졌다. 나타샤는 약혼자와의 이별을 잘 참아 왔지만 이즈음에는 흥분이 더해 갔고 인내심이 없어졌다. 그와의 사랑을 위해 바칠 수 있는 꽃다운 시절이 헛되이 사라져 간다는 생각은 그녀의 마음을 끊임없이 괴롭혔다. 안드레이 공작의 편지는 대부분 그녀를 화나게 할 뿐이었다. 그녀는 그만을 생각하며 생활하고 있는데, 그는 자기에게만 흥미로운 새로운 마을과 새로운 사람을 보며 참된 생활을 보낸다고 생각하니 모욕을 당하는 듯한 느낌이 들었다. 그의 편지가 재미있을수록 그녀는 화가 났다. 그에게 답장을 쓰는 것은 아무 위안도 되지 않았고 오히려 지루하고 거짓된 의무처럼 생각되어서 편지를 쓸 수 없었다. 목소리와 미소와 눈빛으로 나타낼 수 있는 것의 천분의 일만큼도 편지로 표현할 수 없었기 때문이었다. 그녀는 고전적이고 무미건조한 편지를 썼으나 스스로는 그 편지에 아무 가치도 두지 않았고 그래서 노백작 부인이 철자법을 바로잡아 주기도 했다.

  백작 부인의 건강은 여전히 회복되지 않았다. 노백작은 모스크바행을 늦출 수 없었다. 나타샤의 지참금도 마련해야 했으므로 집과 소유지를 팔아야만 했던 것이다. 게다가 안드레이 공작이 모스크바에 먼저 들를 것이라고 예상했기 때문이었다. 올 겨울에는 그의 아버지 니콜라이 안드레예비치가 모스크바에서 지내고 있으며, 나타샤는 이미 그가 모스크바에 도착했을 것이라고 굳게 믿고 있었다. 그래서 노백작은 부인을 시골에 남겨 두고 소냐와 나타샤를 데리고 1월 하순에 모스크바를 향해 출발했다.

제3편

1

 피에르는 안드레이 공작과 나타샤가 사랑하게 된 것을 기뻐하면서도 특별한 이유도 없이 이전처럼 계속 생활할 수 없었다. 안드레이 공작의 약혼 소식과 거의 동시에 그의 은인 이오시프 알렉세예비치의 사망 소식이 들려왔다. 그에게 계시를 받았던 진리를 마음 깊이 굳게 믿고 자기완성이라는 내면의 일에 열성을 가지고 노력하는 것은 처음에는 꽤 즐거웠지만, 이 두 가지 소식을 듣자 이전 생활의 아름다움은 흔적도 없이 순식간에 사라지고 생활의 껍질만 남게 된 것이었다. 그는 저택과 어느 고귀한 인물의 총애를 한 몸에 받고 있는 요염한 아내와 페테르부르크 시에서의 교제와 무미건조하고 형식적인 관직들을 혐오하기 시작했다. 그는 일기를 쓰는 것도 중단하고 조합원의 행사를 피하는 반면, 클럽을 출입하고 폭음을 하고 독신자 클럽에 섞여 방탕하게 생활하기 시작했다. 그의 아내 엘렌이 감시와 충고를 엄중히 하지 않으면 안 될 정도가 되자 피에르는 엘렌에게 아무 말도 하지 않고 모스크바로 떠났다.

모스크바의 대저택에 들어온 피에르는 꽃다운 용모가 시들어 가는 공작 딸들과 무수한 하인들, 촛불이 반짝이는 이베르의 교회당, 발자국 하나 나지 않은 눈 덮인 크렘린 광장, 거리의 썰매, 시프세프 브라죠크의 빈민굴, 아무 욕심 없이 유유히 자신의 종말을 기다리는 모스크바의 늙은이들, 모스크바의 영국 클럽과 귀부인들을 보면서 마치 조용한 은신처에 들어온 듯 푸근함을 느꼈다. 그는 모스크바에 오자 오랫동안 입었던 가운을 걸친 것처럼 평안했고 따뜻했으며 동시에 지저분한 기분이 들었다. 모스크바의 사교계는 아이부터 노인에 이르기까지 언제나 자리를 비워 놓고 피에르를 주빈으로 맞아 주었다. 피에르는 모스크바 사교계에서 애교 있고 선량하며 총명하고 쾌활하고 마음이 너그러우며 조심성은 없으나 친절한 옛 러시아식 귀족으로 통하였다. 만인을 위해서 열어 놓은 그의 지갑은 언제나 비어 있었다. 자선 연극, 서툰 그림과 조각 전시회, 자선단체, 학교, 연회, 유흥, 비밀 공제조합, 교회, 서적 등 어느 누구도 그 어느 것도 그는 거절하지 않았다. 만약 피에르의 후견을 맡고 있는 두 명의 친구가 없었더라면 그는 자신의 돈을 전부 흩뿌렸을지도 몰랐다. 그가 참석하지 않은 만찬회나 야회는 없었다. 그가 마르고(그가 좋아하는 포도주)를 두 병 비운 뒤 소파에 털썩 주저앉으면 그 주위를 빙 둘러싸고 잡담과 쟁론이 시작되었다. 논쟁이 벌어져도 그가 선한 웃음을 지으며 다가가 농담을 던지면 곧 화해가 성립되었고, 비밀 공제조합의 식당도 그가 없으면 지루했고 활기가 없었다.

독신자 클럽의 만찬이 끝난 뒤, 기분이 들뜬 사람들이 간청하면 그는 선량한 미소를 머금고 일어섰고 젊은이들은 환호성을 질렀다. 무도회에서 남자가 모자랄 때는 춤을 추기도 했다. 젊은 부인들과 아가씨들은 그를 좋아했다. 그는 누구의 비위를 맞추는 것이 아니라 어느 누구에게나 한결같이 친절했기 때문이었다.

"저분은 매력적이긴 하지만 남잔지 여잔지 모르겠어요." 여자들은 소곤거렸다. 피에르는 모스크바에서 우글거리는 인간들, 아무 걱정 없이 여생을 보내고 있는 퇴직 시종관 중 한 사람이었다. 만약 7년 전 그가 외국에서 막 돌아왔을 때, 누군가가 그에게 아무것도 추구하거나 생각할 필요가 없으며 그의 미래는 벌써 탄탄하게 다져져 있고 아무리 발버둥쳐도 모든 사람들과 같을 것이라고 말했다면 그는 깜짝 놀랐을 것이다. 그 말을 도저히 믿을 수 없었을 것이다. 그는 러시아에 공화국을 도입하고 싶었고, 때로는 나폴레옹이 되고 싶었고, 때로는 나폴레옹을 뛰어넘는 대전술가가 되고 싶었고, 철학가가 되고 싶었다. 또한 타락한 삶에서 벗어나 완성된 자신이 되려고 열망했고, 그 가능성도 상상해 보았다. 학교와 병원을 세웠고 농노를 해방시키려고 했다.

하지만 지금 그는 부정한 여자를 아내로 가진 부유한 남편이자, 잘 먹고 잘 마시고 웃옷 단추를 풀어헤치고 정부를 욕하기 좋아하는 퇴직 시종관이며, 모스크바의 영국 클럽 회원이고, 모스크바의 사교계에서 누구에게나 호감을 주는 그런 인물이었다. 그는 현재 자신의 모습이 7년 전 그토록 경멸했던 모스크바의 퇴직 시종관이란 생각을 오랫동안 지울 수 없었다. 이따금 그는 이런 생활은 잠시 동안일 것이라 생각하고 스스로 위로해 보기도 했다. 그는 지금까지 많은 사람들이 그저 잠시 동안이라고 생각하고 이러한 생활과 클럽을 즐기다가 그만두고 벗어날 때는 이빨과 머리카락이 하나도 없이 다 빠져 버린 것이 생각나서 오싹해졌다. 그는 자신의 처지에 자만할 때는 전부터 경멸하던 다른 퇴직 시종관들과는 전혀 다른 사람이라고 생각했다. 그들은 저속하고 어리석은 무리들이고 자신의 처지에 만족해하고 안심하는 한심한 사람들이었다. 하지만 자신은 줄곧 인류를 위해서 무엇이든 하려고 하는 사람이라고 생각하곤 했다.

하지만 그는 모스크바에서 잠시 생활하면서 완전한 모스크바 사람이 되었다. '어쩌면 나의 동료들도 나처럼 빈둥거리고 인생에서 새로운 자신의 길을 찾으면서 나와 마찬가지로 환경, 사회, 혈연, 지연 등 인간의 힘으로 어쩔 수 없는 불가항력 때문에 그렇게 되었는지도 모른다.' 그는 이렇게 생각하게 되었다. 그는 운명의 동반자라고 할 수 있는 이러한 사람들을 더 이상 경멸하지 않았고 오히려 사랑하고 존경하고 동정하게 되었다.

피에르는 예전처럼 삶에 대한 혐오와 절망감으로 우울증에 시달리지 않았다. 그러나 격렬하게 발작하던 그 병이 지금은 그의 마음 속으로 들어와 꽉 차 있었다. '도대체 어떻게 될까? 무엇 때문일까? 이 세상에서는 어떤 일이 일어나고 있는가?' 그는 삶의 모든 일에 대한 의미를 깊이 생각하며 하루에도 몇 번씩 자문하곤 했다. 그는 이 의문들은 해답이 없다는 것을 경험으로 알고 있었기에 책을 들춰 보거나 클럽에 가거나 세상의 소문을 지껄이려고 아폴론 니콜라예비치를 찾아가거나 하는 것으로 의문에서 벗어나려고 했다.

'엘렌처럼 자신의 육체 이외엔 아무것도 사랑하지 않는, 세계에서 가장 어리석은 여자가…….' 피에르는 생각했다. '세상 사람들은 그런 여자를 지혜와 우아함의 극치로 생각하고 숭배의 표적으로 삼고 있다. 나폴레옹은 위대한 영웅이었을 때는 사람들에게 모멸을 받았고, 가련한 일개 희극 배우가 되자 오스트리아 황제 프란츠는 자신의 딸을 첩으로 삼아 달라고 간청하고 있다. 6월 14일 스페인 국민은 프랑스군을 쳐부순 감사의 표시로 교회에서 하나님께 기도를 올렸는데, 프랑스 국민도 같은 날에 스페인을 쳐부수었다고 교회에서 기도를 올렸다. 메이슨은 동포를 위해서 모든 것을 희생한다고 피로 맹세했으면서도 빈민 구제를 위한 기부금으로 1루블도 내놓지 않는다. 우리는 모욕을 용서하고 이웃을 사랑하라는 그리스도교의 계율을 빌고 모스크바에 무수한 교회를 세운 것이 아닌가? 그런데도 어제는 탈주병이 채찍질을 당하고, 사랑과 관용으로 봉사하는 사제가 그 병사를 처형하기 직전에 십자가에 키스하게 했다.' 모든 사람들에게 익숙한 사회 전반의 모순이 그에게는 전혀 새로운 것처럼 놀라웠다.

'나는 이 허위와 혼돈을 알고 있다. 하지만 내가 알고 있는 것을 어떻게 사람들에게 전해야 할까? 나는 언제나 시도해 보았지만 언제나 마찬가지였다. 다른 사람들도 마음속 깊은 곳에서는 같은 점을 깨닫고 있지만 보지 않으려고 한다. 그렇다면 정말 그렇게 해야만 하는 것인지도 모른다! 그러면 나는 어디에 몸을 두어야 한단 말인가?' 그는 생각했다.

많은 사람들, 특히 러시아인이라면 갖고 있는 불행한 능력을 그도 갖고 있었다. 그것은 선과 진리의 실현을 보고 믿으면서도 그 실현을 위해 열심히 노력하기에는 인생의 악과 거짓을 너무나 잘 보는 능력이었다. 그의 눈에는 모든 생활의 무대가 악과 거짓에 결합되어 있는 것처럼 보였다. 어떤 것을 시도해도 악과 거짓은 언제나 그를 밀어젖히고 모든 길을 막았다. 그러는 사이에도 살아가야만 했다. 무엇이든 하지 않으면 안 되었다. 이런 해결할 수 없는 인생 문제의 중압감에 눌려 있는 것은 너무도 무서웠다. 그는 중압감을 잊기 위해 닥치는 대로 환락에 몸을 내맡겼다. 그는 온갖 모임에 참석하고 폭음하고 그림을 사고 집을 지었다. 특히 독서에 탐닉했다. 그는 아무거나 잡히는 대로 읽었다. 집으로 돌아와 하인이 미처 외투를 벗기기도 전에 벌써 책을 들고 읽었다. 그는 독서에서 잠으로, 잠에서 객실과 클럽에서의 잡담으로, 잡담에서 요란한 술 파티와 여자로, 술자리에서 다시 잡담과 독서로 옮겨 다녔다.

술은 처음에는 육체적인 필요로 인해 마셨지만 차차 정신적으로도 찾게 되었다. 의사가 피에르처럼 비대증인 사람은 술이 굉장히 위험하다고 충고하였으나 그는 폭음했다. 그가 자신도 모르는 사이에 큰 입에 술을 몇 잔 기울여 넣으면 몸 속이 따뜻해졌고, 모든 이웃에 대한 부드러운 애정을 느꼈으며, 모든 사상은 깊이 이해하지 않고 표면적으로 비평해도 좋은 것이라고 느껴졌다.

그는 술을 한두 병 다 비우고 나면 자신을 짓누르던 삶의 뒤얽힌 매듭도 별로 무섭지 않았고 막연하게 느껴졌다. 점심이나 저녁을 마치면 머릿속이 어지러워졌고, 자기가 떠들거나 남의 이야기를 듣거나 독서할 때도 이 매듭의 일면을 보지 않을 수 없었으나 한잔 마시고 거나해지면 이렇게 혼잣말을 했다. "뭐, 아무것도 아니야. 내가 당장 풀어 보이지. 이미 다 설명은 되어 있지만, 지금은 그럴 시간이 없을 뿐이야. 나중에 천천히 생각해 보자!" 하지만 이 나중은 찾아오지 않았다.

아침이 되어 술에서 깨어나면 풀지 못한 삶의 의혹은 여전히 무서운 모습으로 한꺼번에 나타났다. 그러면 피에르는 얼른 책을 손에 들었고 누군가 찾아오는 사람이 있으면 몹시 기뻐했다.

가끔 피에르는 언젠가 들은 이야기를 생각했다. 그것은 전쟁터에서 포화 밑에 엄호대로 서 있는 병사들이 할 일이 없을 때는 위험한 경우가 닥치면 조금이라도 편하게 견뎌내려고 열심히 준비한다는 것이었다. 피에르의 눈에는 모든 사람들이 생활에서 도피하려는 병사들로 보였다. 허영으로, 카드놀이로, 법안 작성으로, 여자로, 장난감으로, 말로, 정치로, 사냥으로, 술로 생활을 피하고 있는 것뿐이라고 생각했다.

'쓸데없는 것도 없고 중대한 것도 없다. 모두가 마찬가지다. 그저 될 수 있는 대로 생활을 피하기만 하면 된다. 그저 보지 않도록, 이 무서운 것을 보지만 않으면 된다.' 피에르는 생각했다.

2

초겨울이 되자 니콜라이 안드레예비치 볼콘스키 노공작은 딸과 함께 모스크바로 왔다. 노공작의 과거 경력과 총명하고 독특한 성품, 특히 알렉산드르 황제의 통치에 대한 절대적인 지지가 사라지고 반프랑스적인 사상이 지배적이었던 당시 상황 때문에, 모스크바 사람들은 그를 특별한 존경의 대상으로 여겼고 정부 대항 세력의 중심에 세웠다.

공작은 그 해에 부쩍 노쇠해졌다. 노쇠의 여러 징후가 뚜렷이 나타나기 시작했다. 꾸벅꾸벅 졸기도 하고 얼마 전의 일과 과거의 일을 혼동했으며, 어린아이의 허영 같은 마음으로 모스크바 반정부 세력의 대표 자리를 수락하기도 했다. 그럼에도 불구하고 이 노인이 저녁마다 모피 반코트를 걸치고 분을 뿌린 가발을 쓰고 차를 마시면서 누군가 과거 이야기를 해 달라고 하면 두서없이 이야기하고 현실을 심하게 비판하기 시작하면 모든 손님들의 마음속에는 한결같은 존경심이 생기는 것이었다. 이 거대한 저택, 큼직한 거울, 혁명 이전의 가구들, 머리에 분을 바른 하인들, 엄하고 지혜로운 늙은 주인, 아버지를 존경하는 겸손한 딸과 아름다운 프랑스 여인, 이러한 것들이 방문객들에게 진지하고도 좋은 인상을 주었다. 하지만 손님들은 방문하는 두서너 시간 이외의 시간 동안 비밀스런 일이 이루어지고 있다는 것은 생각하지 못했다. 공작의 딸 마리아는 모스크바로 온 이후 날마다 괴로워했다. 그녀는 모스크바로 온 뒤로 자신을 즐겁게 하고 마음을 맑게 해 주던 순례자들과의 대화와 고독의 시간을 빼앗긴 데다 도시 생활의 장점과 즐거움을 조금도 맛보지 못했기 때문이었다. 그녀는 사교계에 드나들지 않았다. 노공작은 자신과 같이 나가는 것이 아니면 딸의 외출을 허락하지 않았다. 그래서 다들 그가 건강이 좋지 않아 나갈 수 없음을 잘 알고 있었으므로 아무도 그녀를 식사나 야회에 초대하지 않았다. 마리아는 결혼의 희망도 완전히 버렸다. 그녀는 이따금 신랑감으로 적합한 젊은 이들이 집에 올 때도 있었으나 노공작이 차갑고도 심술 사납게 맞았다가 바로 배웅해 버리는 것을 보았다.

마리아에게는 친구가 없었다. 이번에 모스크바에 와서 그녀는 가장 가까운 두 친구에게 실망했다. 브리앤과는 전부터 마음을 완전히 털어놓고 싶지 않았지만 지금은 못 견디게 불쾌했고 몇 가지 이유 때문에 멀리했다. 마리아가 5년 동안 끊임없이 편지를 주고받았던 줄리는 마침 모스크바에 있었으나 오랜만에 만나 보니 전혀 인연이 없는 남인 것 같았다. 그녀는 오빠의 죽음으로 모스크바에서 가장 부유한 상속녀가 되었고 세상의 즐거움을 만끽하고 있었다. 그녀는 갑자기 자신을 존중하기 시작한 젊은 사람들에게 둘러싸여 있었다. 결혼이 늦은 상류사회의 아가씨에게는 결혼을 할 마지막 기회가 있게 마련이었다. 지금이 아니면 자신의 운명을 결정할 때가 없을 거라고 느끼는 것인데 줄리도 바로 그러한 시기에 있었던 것이다. 마리아는 목요일마다 편지를 썼었는데 이제는 편지를 쓸 상대가 없다는 것에 쓸쓸한 미소를 지었다. 그녀는 줄리와 매주 만났지만 조금도 기쁘지 않았다. 마리아에게는 모스크바에서 자신의 슬픔과 이야기를 나눌 사람이 없었다.

더욱이 새로운 슬픔이 생겼다. 안드레이 공작의 귀국과 결혼이 다가오고 있는데 아버지의 마음이 누그러지게 해 달라는 그의 부탁을 아직 들어주지 못했고 오히려 불가능한 것처럼 생각되었다. 언젠가 기분이 좋지 않았던 노공작은 나타샤의 이름을 입에 올리는 것만으로도 버럭 화를 냈다. 또 하나의 새로운 슬픔은 6살이 된 조카를 가르치는 일이었다. 그녀는 니콜루쉬카를 대하는 자신의 모습에서 아버지의 성급함을 발견하고 깜짝 놀랐다. 절대로 신경질을 내면 안 되겠다고 여러 차례 스스로 타일렀지만 프랑스어 알파벳을 가르칠 때마다 조금이라도 쉽고 빠르게 아이에게 가르쳐 주고 싶어했고, 아이는 고모가 화낼까 봐 처음부터 바짝 얼어 있었다. 조카가 조금이라도 이해하지 못하면 그녀는 어느새 몸을 바들바들 떨면서 발끈 화내며 목소리를 높였고, 때로는 그 조그마한 손을 홱 잡아끌어 방 한쪽에 세우기도 했다. 조카를 한쪽 구석에 세우고 나면 그녀는 자신의 성질에 놀라 먼저 울음을 터뜨렸다. 그러면 어린 니콜루쉬카는 그녀를 흉내내어 훌쩍훌쩍 울면서 허락도 없이 그녀에게 다가와 그녀의 얼굴에서 젖은 손을 밀쳐내고 위로하곤 했다.

하지만 무엇보다도 큰 슬픔은 아버지가 언제나 자신에게만 잔인할 정도로 신경질을 내는 것이었다. 만약 아버지가 그녀에게 밤새도록 인사를 시켰거나 그녀를 때렸다면 그녀는 괴롭다고 생각하지 않았을 것이다. 이 폭군의 잔인한 점은 딸을 사랑하기 때문에 오히려 딸과 자신을 괴롭히고 있다는 것이었다. 그는 일부러 딸에게 창피를 주고 무슨 일이든지 그녀가 나빴다고 논리적으로 증명했다.

아버지는 마리아를 괴롭히기 위해 새로운 행동을 했다. 브리앤을 가까이하기 시작한 것이었다. 안드레이가 결혼하면 자신도 브리앤과 결혼하겠다는 장난 같은 생각이 마음에 든 듯 그는 요즘 들어 유달리 집요하게, 오직 딸을 모욕하기 위해서(마리아는 그렇게 생각했다) 브리앤에게 특별히 부드럽게 대하고 애정을 표시하여 딸에 대한 불만을 나타냈다.

모스크바로 온 후 어느 날 노공작은 마리아가 있는 앞에서 (그녀는 아버지가 일부러 자신이 있는 데서 그랬다고 생각했다) 브리앤의 손에 키스하고 자기 옆으로 끌어당겨 어루만지듯이 껴안았다. 마리아는 얼굴을 붉히며 방에서 뛰어나가 버렸다. 몇 분인가 지나서 브리앤은 타고난 쾌활한 목소리로 지껄이면서 방긋 웃음을 머금고 마리아의 거실로 들어왔다. 마리아는 당황해서 얼른 눈물을 닦았다. 그녀는 단호한 걸음걸이로 브리앤에게 다가가 자신도 무엇을 하는 건지 모르는 채, 몹시 화가 나 허둥거리며 소리치기 시작했다.

"남의 약점을 이용하는 것은 비열하고 몰인정한 짓이에요……." 그녀는 끝까지 말을 맺지 못했다. "어서 내 방에서 나가 줘요!" 그녀는 울음을 터뜨리고 말았다.

이튿날 공작은 딸에게 한마디 말도 하지 않았다. 하지만 식사 때 아버지가 브리앤부터 먼저 요리를 가져다 주라고 지시하는 것이 마리아의 주의를 끌었다. 식사가 끝나고 라브루슈카가 평소대로 마리아에게 먼저 커피를 주자 공작은 갑자기 미치광이처럼 화를 내며 지팡이를 던지고 당장 그를 파면시키라고 명령했다.

"시키는 대로 하지 않는군! 벌써 두 차례나 말했잖아! 시키는 대로 하지 않는구나! 이 사람은 우리 집에서 첫째가는 사람이야. 나의 가장 귀중한 친구야!" 공작이 소리쳤다. "만약 다시 한 번 무례한 짓을 하면……." 그는 비로소 마리아에게 얼굴을 돌리고 노여움에 떨며 외쳤다.

"이 사람 앞에서 버릇없이 굴면 누가 이 집의 주인인지 가르쳐 줄 테다. 나가! 그리고 사과해!"

마리아는 라브루슈카를 위해 아버지와 브리앤에게 용서를 빌었다. 이때 마리아의 마음속에는 자랑스러움 같은 희생의 감정이 솟구쳤다. 그리고 이 순간 자신도 모르게 자기가 마음속으로 비난하고 있는 아버지가 바로 앞에서 안경을 찾으려고 옆을 더듬더듬하면서도 찾아내지 못하거나, 금방 일어났던 일을 잊어 버리거나, 약해진 다리를 휘청거리면서 누가 보지는 않았나 하고 주위를 둘러보기도 하고, 혹은(이것이 가장 나쁜 것인데) 자기 마음을 토닥여 주는 손님이 없을 때면 식사 중에 냅킨을 떨어뜨리고 꾸벅꾸벅 졸거나 접시 위에 엎드리는 것을 보면서 그녀는 자신을 꾸짖고 증오했다. '아버지는 늙고 쇠약해지셨는데, 내가 감히 아버님을 비난하다니!' 그녀는 스스로에게 혐오감을 느끼며 이렇게 생각했다.

3

 1811년 모스크바에는 갑자기 유명해지기 시작한 프랑스인 의사가 있었다. 모스크바 사람들은 그가 큰 키의 미남자로 프랑스인답게 친절하고 의술이 굉장히 좋은 의사라고 했다. 그의 이름은 메치비예로, 상류사회의 가정에 의사로서가 아니라 그들과 같은 상류층 사람으로 드나들고 있었다.
 의사를 비웃던 니콜라이 안드레예비치 노공작도 브리앤의 충고를 받아들여 이 의사를 가까이하여 아주 친해졌다. 메치비예는 일주일에 두 번이나 찾아왔다. 성 니콜라이 축일은 노공작의 본명 축일이기도 해서 모든 모스크바 사람들이 그의 저택으로 찾아왔지만 노공작은 아무도 들이지 말라고 이르고 몇 명의 이름만 적은 명단을 마리아에게 건네주며 그 사람들만 식사에 초대하라고 명령했다. 의사의 자격으로 축하를 하러 온 메치비예는 자신은 예의에 벗어나지 않는다고 하면서 공작의 방으로 들어갔다. 불행히도 이 명명일 아침 노공작의 기분은 유달리 언짢았다. 그는 아침 내내 집안을 돌아다니며 트집을 있는 대로 잡고 누가 어떤 이야기를 해도 모르쇠로 일관하고 있었다. 마리아는 이 조용하고도 불안한 상태는 분노가 발작하면서 끝날 것이라는 것을 너무나 잘 알고 있었기에 방아쇠를 당기기 직전의 총 앞에 선 것처럼 피할 수 없는 발사를 기다리면서 아침 내내 서성거렸다. 의사가 도착하기 전까지는 무사히 지났다. 의사를 들여보낸 뒤 마리아는 책을 들고 객실 문 옆에 앉았다. 그곳에서는 서재에서 나는 소리를 들을 수 있었다.

처음에는 메치비예의 목소리만 들렸지만 뒤이어 아버지와 의사의 목소리가 함께 들렸다. 문이 확 열리면서 검은 머리를 늘어뜨린 채 놀란 표정을 한 메치비예와 실내모에 가운을 걸친 공작이 문 앞에 나타났다. 그는 화가 나서 얼굴이 보기 흉하게 일그러졌고 눈동자는 아래로 떨어뜨리고 있었다.

"모르겠다고? 난 잘 알고 있어! 프랑스의 스파이! 나폴레옹의 노예, 개, 내 집에서 냉큼 꺼져! 꺼지란 말이다!" 노공작은 이렇게 외치며 문을 세게 닫아 버렸다.

메치비예는 어깨를 움츠리면서 노공작의 외침을 듣고 무슨 일인가 하고 옆방에서 뛰어나온 브리앤에게 다가갔다.

"공작님의 건강이 별로 좋지 않으신 것 같습니다. 잔뜩 화가 나셨고 피가 머리로 올라가 있습니다. 하지만 걱정하실 것은 없습니다. 내일 또 오겠습니다." 메치비예는 입술에 손가락을 대어 아무 말도 하지 말라는 표시를 하고는 저택을 허둥지둥 나갔다.

서재에서는 슬리퍼를 끄는 발소리와 외침소리가 들렸다.

"스파이, 배신자! 곳곳에 배신자뿐이다! 내 집에 있으면서도 1분도 마음을 놓을 수가 없다!"

메치비예가 떠나자 노공작은 딸을 불러 온갖 분노를 쏟아 부었다. 그녀가 스파이를 들여보낸 것이 잘못이라는 것이다.

"내가 준 명단에 없는 자는 들이지 말라고 일러두었지 않았느냐! 왜 그따위 추잡한 녀석을 들여보냈느냐 말이야! 모두 다 네 잘못이야. 너와 같이 있으면 1분도 마음을 놓을 수가 없어. 마음 놓고 죽을 수도 없다." 그가 말했다.

"안 되겠다. 헤어지자, 알겠냐! 난 더 이상 참을 수 없다." 그는 방에서 나갔다. 하지만 그녀가 나름대로 스스로를 위로할까 봐 불안했는지 다시 되돌아와 침착해지려고 애쓰면서 덧붙였다. "내가 홧김에 이런 말을 했다고 생각한다면 잘못이야. 난 냉정한 마음으로 깊이 생각하고 말한 것이다. 틀림없이 헤어질 것이다. 그러니까 너는 네가 있을 곳을 찾아 둬라!" 그는 분노를 견디지 못하고 괴로워하면서 주먹을 부르르 떨고 그녀에게 외쳤다.

"정말 어떤 바보라도 좋으니 널 데려갔으면 좋겠다." 그는 거칠게 문을 닫고 자기 방으로 브리앤을 불러들였다. 그리고 서재 안은 조용해졌다.

2시에 선정된 여섯 명이 식사를 하러 모였다. 그들은 유명한 라스토프친 백작, 로푸힌 공작과 조카, 옛 전우인 차트로프 장군, 그리고 젊은이로 피에르와 보리스가 있었다. 요즈음 휴가를 얻어 모스크바에 와 있던 보리스는 니콜라이 안드레예비치 공작과 가까이 지내고 싶어했고 교묘하게 그의 관심을 얻는 데 성공했다. 그리하여 지금까지 젊은 독신남을 집에 들여놓지 않았던 공작이 예외로 그를 초대하게 되었다.

공작의 저택은 '사교계'와 거리가 멀었지만 그 속에 끼이게 되는 것은 무엇보다도 자랑스러운 일이었다. 보리스는 이것을 일주일 전에 알았다. 마침 그가 있는 자리에서 라스토프친 백작이 성 니콜라이 축일 때 함께 식사하자고 초대하는 총사령관에게 갈 수 없다고 거절하며 이렇게 말했기 때문이었다.

"이날은 니콜라이 안드레예비치 공작을 뵙는 날입니다."

"아아, 그렇군." 총사령관이 대답했다.

식사 전 몇몇 사람들은 고가구가 놓여 있고 천장이 높은 구식 객실에 모여 있었는데 그 모임은 마치 중대한 법관 회의 같았다. 모두들 침묵에 잠겨 있었고 이따금 이야기를 해도 나직한 목소리로 하였다. 니콜라이 안드레예비치 공작은 당당한 얼굴로 묵묵히 손님들 앞에 나왔다. 마리아는 더 말이 없었고 겁에 질린 듯했다. 손님들도 그녀가 이야기할 생각이 없는 것을 알아채고는 그녀를 상대하지 않았다. 라스토프친 백작이 새로운 정치 소식을 혼자서 이야기하며 분위기를 이어가고 있었다.

로푸힌 공작과 노장군이 가끔씩 이야기에 끼어들었다. 노공작은 마치 재판장이 부하의 보고를 듣는 것처럼 이따금 간단히 말하고 다시 침묵하여서 사람들의 이야기는 참고하기 위해서 들어 두는 것뿐이라는 듯이 행동했다. 지금의 정치에 찬성하는 사람은 아무도 없었다. 그것은 당연하다는 분위기가 전체의 이야기에서 흘렀다. 사태가 차차 악화되는 것을 증명하는 듯한 사건만 이야기되었다. 하지만 어떠한 이야기나 논쟁도 황제의 인격과 관련되면 스스로 이야기를 멈추거나 다른 사람이 제지하는 것이 뚜렷이 보였다. 식사하는 동안 화제는 정계의 근황, 나폴레옹의 올덴부르크 점령, 러시아에서 유럽 각국의 궁정에 보낸 나폴레옹 배척의 통첩 등으로 옮아갔다.

"나폴레옹이 유럽을 대하는 태도는 해적이 약탈선을 대하는 것 같아요." 라스토프친 백작이 벌써 몇 번이나 쓴 비유를 되풀이하며 말했다.

"각국 원수들의 참을성이랄까 맹종이랄까, 하여간 아연실색할 따름입니다. 이번에는 교황에게까지 미치고 있습니다. 나폴레옹은 겁도 없이 교황을 끌어내리려 하는데, 모두 묵과하고 있단 말입니다. 오직 한 분, 우리 황제 폐하께서만 올덴부르크 공국을 점령하는 것에 용감하게 항의하셨습니다만 그것도……." 라스토프친 백작은 더 이상 논할 수 없는 선에 이르렀음을 느끼고 말을 멈췄다.

"그러니까 올덴부르크 공국 대신 다른 영토를 제공한 거지." 니콜라이 안드레예비치 공작이 말했다. "내가 농부들을 리스이예 고르이에서 랴자니로 옮기는 것과 마찬가지로 그 사내는 대공들을 마음대로 움직이고 있단 말이야."

"올덴부르크 대공은 놀라운 성격과 인내심으로 자신의 불행을 견디고 계십니다." 보리스가 공손하게 이야기에 끼어들었다. 그는 페테르부르크에서 오는 도중 대공을 배알하는 영광을 누렸기 때문에 이렇게 말한 것이었다. 노공작은 이에 대해서 무엇인가 이야기하고 싶은 듯 그의 얼굴을 바라보았으나 너무 젊다고 생각하고 그만두었다.

"나는 올덴부르크 사건에 관한 궁정의 서류를 읽었습니다만, 그 서류가 미약해서 정말 놀랐습니다." 라스토프친 백작은 자신이 잘 알고 있는 일을 비판하듯이 천연덕스럽게 말했다.

피에르는 서류가 미약한 것이 왜 마음에 걸리는 것일까 하고 라스토프친 백작을 쳐다보았다.

"만약 그 내용만 힘찬 것이라면 서류 같은 것이야 어떻게 쓰여 있든 결국 마찬가지 아닙니까, 백작?" 그가 말했다.

"하지만 여보게, 50만 대군을 거느리고 있다는 것을 훌륭한 문체로 쓰는 것쯤은 쉬운 일 아닌가." 라스토프친 백작이 말했다. 피에르는 라스토프친 백작이 서류가 미약하다고 왜 못마땅하게 여기는지 그제야 비로소 깨달았다.

"서푼짜리 문인이 꽤 늘어난 모양이군." 노공작이 말했다. "페테르부르크에서도 모두 쓰더군. 그것도 새 법령을 함부로 쓰고 있는 거야. 우리 안드레이 공작도 러시아를 위한다면서 방대한 법령을 한 권 쓰지 않았겠나. 요즈음은 너나 할 것 없이 모두 쓰고 있어!" 그는 어색하게 웃기 시작했다.

이야기가 잠시 끊겼다. 그러자 노장군이 기침을 하여 모두가 자신을 보게 했다.

"최근에 페테르부르크에서 있었던 열병식에 관해 들으셨습니까? 신임 프랑스 공사가 매우 무례했지요!"

"그래. 나도 무슨 말을 들었지. 공사가 폐하 앞에서 무엇인가 서툰 말을 한 모양이더군."

"폐하께서 척탄병 사단의 행진을 공사에게 가리키셨는데 공사는 관심도 두지 않고 자기네 프랑스에서는 그런 쓸데없는 것에는 주의를 돌리지 않는다고 말한 모양입니다. 폐하는 아무 말씀도 하지 않으셨습니다만 다음 열병식에서는 공사에게 한 번도 말을 건네지 않으셨다는 이야기입니다."

모두 침묵했다. 황제의 개인적인 일에 대해서는 아무 비판도 할 수 없었다.

"뻔뻔스러운 녀석들이야!" 노공작이 말했다. "그 메치비예 말이오. 난 오늘 그 녀석을 집에서 쫓아냈지. 그놈이 여기에 오지 않았겠소. 아무도 들여보내서는 안 된다고 그렇게 일렀는데 들여보냈기 때문에." 노공작은 딸을 흘겨보며 말했다. 그는 메치비예가 한 이야기와 메치비예를 간첩이라고 여기는 이유를 모두 이야기했다. 그 이유는 지극히 빈약하고 막연했지만 아무도 반박하지 않았다.

식사 때 샴페인이 나왔다. 손님들은 자리에서 일어나 노공작을 축하했다. 마리아는 아버지 옆으로 다가갔다. 그는 심술궂은 눈으로 딸을 힐끔 쳐다보면서 깨끗이 면도한 주름투성이의 볼을 내밀었다. 그의 표정은 오늘 아침의 이야기는 잊지 않았으며 지금도 그 결심은 변함없지만 손님들이 있으니까 입 밖에 내지 않는 것뿐이라고 이야기하고 있었다.

커피를 마시러 객실로 나왔을 때 노인늘도 자리를 같이했다. 그들은 눈앞에 닥친 전쟁에 관해 자신의 의견을 토로했다. 니콜라이 안드레예비치 공작은 더 활기차게 이야기했다.

노공작은 우리가 독일과 동맹을 맺으려고 애쓰고 칠리지트 조약에 질질 끌려 유럽의 정세에 개입하는 동안 우리와 나폴레옹 사이의 전쟁은 불행해질 뿐이므로 우리로서는 오스트리아를 우리 편으로 하건 적으로 하건 싸울 필요가 없다고 말했다. 그는 우리의 정책이 동방에 있는 이상, 국경의 수비와 군건한 외교 정책만 있으면 나폴레옹은 1807년 때처럼 절대로 러시아 국경을 넘을 수 없을 것이라고 했다.

"공작님, 러시아가 프랑스를 상대로 어찌 감히 전쟁 같은 걸 할 수 있단 말입니까! 자기 선생과 하나님에게 어떻게 맞설 수 있겠습니까? 우리나라의 젊은이들이나 부인들을 보십시오. 우리의 하나님은 프랑스인입니다. 우리의 천국은 파리입니다." 라스토프친 백작이 말했다. 그는 모두가 듣도록 더욱 큰소리로 떠들기 시작했다.

"옷도 프랑스, 사상도 프랑스, 감정도 프랑스입니다! 당신은 오늘 메치비예를 프랑스 망나니라고 멱살을 잡고 끌어내셨습니다만, 우리 부인들은 그 녀석 뒤꽁무니를 졸졸 따라다니고 있단 말씀입니다. 나는 어제 어느 야회에 갔습니다. 다섯 명의 부인들 가운데 세 명이 가톨릭교도였는데, 교황의 허가를 얻어 일요일에 자수를 놓고 있었습니다. 그런데 실례의 말씀입니다만, 그 꼬락서니가 거의 벌거숭이나 다름없는 목욕탕의 간판 같지 뭡니까. 정말 요즘 젊은이들을 보면 박물관에서 표트르 대제의 참나무 몽둥이를 가져다가 러시아식으로 옆구리를 후려갈겨 주고 싶습니다!"

모두 잠자코 있었다. 노공작은 얼굴에 미소를 띠고 라스토프친을 바라보면서 동의하듯이 고개를 끄덕였다.

"그럼 각하, 실례하겠습니다. 부디 건강하시길!" 라스토프친은 타고난 성급함으로 벌떡 일어서서 공작에게 손을 내밀며 말했다.

"잘 가게. 참으로 능변가야. 이 사람의 말은 언제나 넋을 잃고 듣게 되거든!" 노공작은 그 손을 잡고 키스를 받기 위해 볼을 내밀었다. 라스토프친과 같이 다른 사람들도 일어났다.

4

마리아는 객실에 앉아 노인들의 논쟁과 잡담을 들었지만 이야기의 내용은 하나도 알지 못했다. 그녀는 다만 아버지가 자신을 냉혹하게 대하는 태도를 손님들이 알아차릴까 봐 걱정하고 있었다. 그녀는 식사를 하는 동안 내내 보리스가 보였던 특별한 배려와 친절한 행동을 거의 알아채지 못했다. 보리스는 이 저택에 세 번째 온 것이었다. 마리아는 피에르가 아버지와 자신과의 불화를 눈치 챘는지 의심하는 눈빛으로 보았다. 피에르는 공작이 나간 뒤 손에 모자를 들고 얼굴에는 미소를 띠며 손님들 맨 뒤에 있다가 그녀에게 다가왔다. 그들은 객실에 남았다.

"조금 더 앉아 있어도 괜찮겠습니까?" 그가 마리아 옆의 안락의자에 자신의 비대한 몸을 내던지며 말했다.

"네, 좋아요." 그녀는 이렇게 대답했으나 눈빛은 무엇인가를 눈치 챘는지 묻는 것 같았다.

"전부터 그 젊은이를 알고 계셨습니까?" 그가 말했다.

"누구 말씀이에요?"

"드루베스코이를."

"아녜요, 최근이에요."

"어떻습니까, 마음에 드십니까?"

"네, 유쾌한 분이에요. 그런데 왜 그런 걸 물어보시죠?" 마리아는 아침에 아버지와 나눈 이야기를 생각하면서 말했다.

"다름이 아니라 한 가지 재미있는 것을 관찰했습니다. 젊은 사람이 휴가를 얻어 페테르부르크에서 모스크바로 오는 것은 부유한 아가씨와 결혼을 하기 위해서지요."

"그렇군요." 마리아는 생각을 계속하며 말했다.

"저 청년은 부유한 아가씨가 있는 곳에서는 몸을 사립니다. 나는 그 사람의 마음을 책 읽듯이 읽고 있습니다. 저 사람은 지금 어떤 여자를 공격해야 할 것인가를 생각하며 굉장히 주의하고 있습니다. 바로 당신과 줄리 코르나코바입니다."

"정말인가요?"

"네. 당신은 여자를 설득하는 새로운 방법을 알고 계십니까?" 피에르가 밝게 웃으며 물었다.

"아니요." 마리아가 대답했다.

"요즈음 모스크바 아가씨들의 마음에 들려면 우울해져야 합니다. 그래서 그는 카라기나 양 앞에 가면 매우 우울한 모습을 합니다."

"정말이에요?" 마리아는 선량해 보이는 피에르의 얼굴을 바라보며 이렇게 말했으나 마음속에서는 줄곧 자신의 슬픔을 생각하고 있었다. '아, 지금 내가 느끼는 것을 누군가에게 모두 털어놓을 수 있다면 얼마나 마음이 가벼워질까! 나는 이 사람에게 모든 것을 털어놓고 싶다. 정말 친절하고 선한 분이지 않은가. 이분은 틀림없이 나에게 지혜를 주실 것이다.' 그녀는 생각했다.

"그와 결혼하실 마음은 없으십니까?" 피에르가 물었다.

"백작! 난 이제 아무하고라도 결혼해 버릴까 하고 생각한 적이 있어요." 마리아가 갑자기 울먹이며 말했다. "가까이에 있는 사람을 사랑하고 있는데 그 사람을 위해서 아무것도 할 수 없다는 것이 얼마나 슬프고 괴로운 일인지 몰라요. 그런데 이런 상황을 벗어날 도리가 없습니다." 마리아가 갑자기 울먹이며 말했다.

"아니, 아가씨. 무슨 일 있나요?"

마리아는 말을 맺지 못하고 울음을 터뜨리고 말았다.

"나 자신도 어떻게 된 일인지 모르겠어요. 내가 말하는 것을 듣지 말아 주세요. 내가 말씀드린 것도 잊어 주세요."

피에르는 걱정하면서 마리아에게 무엇이든지 다 이야기하고 슬픈 일도 숨김없이 말해 달라고 부탁했다. 하지만 그녀는 자신의 말을 잊어 달라고 하며 자신도 무슨 말을 했는지 기억나지 않는다고 되풀이할 뿐이었다. 그녀는 자신의 걱정은 피에르도 이미 알고 있는 것으로, 안드레이 공작의 결혼이 부자간의 불화를 불러일으키지는 않을까 하는 것이라고 했다.

"로스토프가의 소문을 들으셨나요?" 그녀는 정신을 가다듬고 화제를 바꾸기 위해 이렇게 말했다. "그분들이 머지않아 온다고 합니다. 저는 오빠가 돌아왔으면 좋겠어요. 두 사람이 이곳에서 만나면 좋을 것 같아요."

"그런데 그분이 이 사실을 어떻게 생각하고 계십니까?"

피에르는 노공작을 그분이라고 부르며 물었다. 마리아는 고개를 저었다.

"하지만 무슨 수가 있겠어요. 이제 약속한 일 년도 얼마 남지 않았어요. 다만 오빠에게 무서운 처음의 만남을 피하게 해 드리고 싶어요. 로스토프가 사람들이 조금이라도 빨리 도착해 주었으면 해요. 난 그 아가씨와 친해지고 싶어요. 당신은 전부터 그분들을 알고 계시지요?" 마리아가 말했다. "말씀해 주세요. 가슴에다 손을 얹고 진실을 말씀해 주세요. 그분은 어떤 아가씨예요? 당신은 어떻게 생각해요? 아시다시피 오빠는 아버지의 뜻을 거스르고 결혼하는 거니까, 나도 될 수 있는 대로 알아 두었으면 해요."

피에르는 숨김없이 말해 달라는 그녀의 부탁에서, 그녀가 미래의 올케에 대해 반감이 있고 피에르가 안드레이 공작의 선택에 동의하지 않기를 바라는 것같이 느꼈다.

"당신의 질문에 어떻게 대답해야 좋을지 모르겠습니다." 피에르는 자신도 모르게 얼굴을 붉히며 말했다. "나는 그녀가 어떤 아가씨인지 전혀 모릅니다. 도저히 분석할 수 없습니다. 그녀는 매혹적이긴 합니다만 왜 그렇게 느껴지는지 모르겠습니다. 제 대답은 이것뿐입니다."

마리아는 한숨을 길게 내쉬었다. 그녀의 표정은 '그럴 거예요. 나도 틀림없이 그러리라고 생각하고 두려워하고 있어요'라고 말하는 것 같았다.

"총명한 분이시겠지요?" 마리아가 물었다.

피에르는 생각에 잠겼다.

"나는 그렇지 않다고 생각합니다만……. 아니, 그렇다고도 할 수 있습니다. 그녀가 총명에 큰 가치를 두는 것 같지는 않습니다. 그녀는 매혹적입니다. 그뿐입니다."

마리아는 납득이 가지 않는지 고개를 저었다.

"나는 정말 그녀를 많이 사랑해 주고 싶어요! 만약 당신이 나보다 먼저 만나게 되면 그렇게 전해 주세요."

마리아는 피에르에게 로스토프가 사람들이 오면 미래의 올케와 바로 친해져서 노공작이 미래의 며느리와 친숙해질 수 있도록 노력할 것이라고 말했다.

5

피에르가 예상한 대로 보리스는 페테르부르크에서 부유한 아가씨와 결혼하지 못하여 모스크바로 온 것이었다. 모스크바에서도 그는 가장 부유한 두 아가씨인 줄리와 마리아 사이에서 결정을 내리지 못하고 있었다. 마리아는 아름답지는 않았지만 보리스의 눈에는 줄리보다 더 매력적으로 생각되었다. 그러나 마리아에게 사랑을 구하는 것은 쉽지 않았다. 그는 노공작의 명명일에 그녀에게 감정적인 이야기를 하려고 온갖 수단을 다 동원해 보았으나 그녀는 엉뚱한 대답만 하며 상대방의 말을 듣지 않는 듯했다.

그와 반대로 줄리는 그녀만의 방법으로 그의 친절을 기꺼이 받아들였다. 줄리는 27살이었다. 오빠가 죽은 뒤 굉장한 부자가 된 그녀는 지금은 아름답지 않았지만, 그녀 자신은 지금이 한창 때이고 오히려 전보다 더 매력적이라고 생각했다. 그 이유는 자신이 부유하고, 나이가 들면 남자들을 자유롭게 대할 수 있기 때문이었다. 10년 전에는 아직 17살밖에 안 되었기 때문에 집에 남자들이 오면 서로가 난처한 상황이 생길까 봐 걱정했지만 지금은 대담하게 날마다 드나들며 단순한 친구로 그녀를 대했다. 그녀는 날을 정하여 집에서 야회와 만찬을 끊임없이 베풀었고, 특히 남자 손님들은 밤 12시 즈음에 야식을 먹고 새벽 3시까지 주저앉았다가 가곤 했다. 줄리는 무도회, 산책로, 극장 등을 절대 빠지지 않고 다 참석했다. 그녀의 의상은 언제나 유행의 첨단을 걷고 있었다. 하지만 줄리는 모든 것에 환멸을 느낀 것 같았고, 자신은 우정도, 사랑도, 인생의 환락도 믿지 않고 다만 저세상에 가서 평안하게 지낼 날만 기다릴 뿐이라고 아무한테나 말했다. 그녀는 이렇게 애인에게 배신당한 쓰라린 경험을 한 아가씨처럼 말했다. 사실 그런 일이 전혀 없었지만 모든 사람들은 그녀를 그런 여자로 보았고, 그녀 스스로도 자신이 인생의 모든 시련을 겪은 것처럼 생각했다. 하지만 이러한 생각도 그녀의 즐거움을 방해하지 않았고 그녀의 집에 드나드는 젊은이들이 유쾌하게 지내는 데도 방해되지 않았다. 이 집에 오는 모든 손님은 여주인의 우울한 기분에 예의를 갖추고 난 다음에 잡담과 유흥을 즐겼고 유행하는 자작시 낭독을 즐겼다.

다만 보리스를 포함한 몇 명의 젊은이들만이 줄리의 우울한 기분에 깊이 동감하였다. 줄리는 이들에게 다른 사람들이 없는 데서 세상의 덧없음을 오랫동안 이야기하고 슬픈 색조의 그림과 격언, 시가 적혀 있는 앨범을 펼쳐보였다.

줄리는 유달리 보리스를 부드럽게 대했다. 그녀는 그가 일찍이 삶에 실망한 것을 동정하고, 인생의 고뇌를 경험한 사람으로서 위로해 주고 앨범을 보여 주기도 했다. 보리스는 그 앨범에 두 그루의 나무를 그리고 다음과 같은 문구를 썼다.

'영원의 나무여, 당신의 어두운 가지가 우울과 애수를 몰고 옵니다. 숲은 애수의 안식처, 그 그늘에서 쉬고 싶습니다.'

그리고 다른 곳에 무덤을 그리고 시를 덧붙였다.

'죽음은 구원이요, 안식이도다.

아아! 슬픔에 대한 또 다른 안식처는 없네.'

"굉장해요." 줄리가 말했다. "우울의 미소 속에 무언가 아주 매력적인 것이 있어요." 그녀는 책에서 발췌한 말을 한 자도 틀리지 않고 그대로 보리스에게 말했다. "그것은 그림자 속에 비치는 한 가닥 빛이에요. 우수와 절망 사이에 있으면서 아직 위안이 있음을 보여 주는 뉘앙스예요."

줄리는 보리스에게 슬픈 음악들을 하프로 연주해 주었다. 보리스는 그녀에게 《가련한 리자》(카람진의 감상주의적 소설-옮긴이)를 소리 내어 읽어 주었다. 사교계에서 만날 때 줄리와 보리스는 온 세상에서 자신들만이 흥미를 잃은 인간이며 서로를 이해한다는 시선으로 바라보았다.

줄리 어머니의 말벗이 되어 카라긴가를 자주 드나들던 안나 미하일로브나는 줄리 소유의 유산이 얼마나 있는지 정확히 알아보았다. 안나 미하일로브나는 하나님이 주신 복에 감사하고 설레면서 자기 아들과 부유한 줄리를 묶고 있는 우아한 애수를 관찰하고 있었다.

"줄리, 당신은 언제나 아름다운 우수에 잠겨 계시군요." 그녀가 줄리에게 말했다. 그리고 줄리의 어머니에게 말했다. "보리스는 댁에 가면 마음이 편하다고 말해요. 보리스는 인생에서 여러 가지 실망을 경험했고 몹시 감상적이랍니다."

"보리스. 난 요즈음 줄리가 너무 좋아졌단다." 그녀가 아들에게 말했다. "말로는 표현할 수 없구나. 어떻게 그녀를 좋아하지 않을 수 있겠니. 세속을 벗어난 가엾고 고귀한 분이야!" 그녀는 잠시 침묵했다. "난 그 어머니가 안타까워 못 견디겠다. 오늘도 펜젠 현에서 온 계산서며 편지를 보여 주셨는데, 그 광대한 소유지가 있는데다 가엾게도 혼자이시니 모두들 마구 속이려 들지 뭐냐!"

보리스는 어머니의 말을 들으며 가벼운 미소를 지었다. 그는 어머니의 빤히 들여다보이는 속셈을 비웃으면서도 펜젠 현과 니쥬니 노브고로드의 소유지에 대해서는 주의 깊게 듣고 신중하게 묻기도 했다.

줄리는 벌써 오래전부터 이 우울한 숭배자가 청혼하기를 기다리면서 승낙할 생각으로 지냈다. 하지만 그의 마음 밑바닥에 깔려 있는 혐오감, 줄리가 부자연스러운 언어를 구사할 때 느껴지는 짜증, 그리고 앞으로 참된 사랑을 하더라도 단념해야 한다는 두려움은 그를 혼란스럽게 만들었다.

그의 휴가 기간은 끝나가고 있었다. 그는 날마다 줄리의 집에서 지내며 마음속으로 이 생각 저 생각을 했고 내일은 꼭 청혼하리라고 마음먹었다. 그는 한참 전부터 마음속으로 펜젠과 니쥬니 노브고로드 영지의 소유자가 된 자신을 공상하고 그 수입의 용도까지 정해 놓기도 했다. 하지만 줄리 앞에 서면 청혼을 내일로 미루게 되었다. 줄리는 보리스의 망설임을 눈치 챘다. 그러나 그가 사랑하기 때문에 쑥스러워 말하지 못하고 있다는 여성 특유의 자만심으로 스스로를 타일렀다. 하지만 줄리의 마음은 점점 초조해져서 보리스의 출발이 닥쳐오자 그녀는 단호한 방법을 쓰기로 했다. 보리스의 휴가가 끝날 무렵 마침 아나톨리 쿠라긴이 줄리의 집을 방문하기 시작했고, 줄리는 갑자기 지금까지의 우울함을 내던지고 유쾌한 모습으로 아나톨리를 만났다.

"얘야. 내가 정확한 곳에서 들었는데 말이다. 바실리 공작이 아들을 모스크바로 보낸 것은 줄리와 결혼시키기 위해서란다. 나는 줄리가 너무나 사랑스러워 안타깝단다. 넌 어떻게 생각하니?" 안나 미하일로브나가 아들에게 말했다.

보리스는 한 달 동안 줄리에게 바친 고통스럽고 우울했던 봉사가 헛수고로 돌아가고, 마음속으로 용도까지 정해 두었던 그녀의 소유지가 다른 사람도 아닌 그 어리석은 아나톨리에게 넘어가서 자신만 바보가 된다고 생각하자 억울해서 참을 수가 없었다. 그는 청혼을 해야겠다고 굳게 결심하고 줄리의 집으로 갔다. 줄리는 아무 걱정 없는 밝은 얼굴로 그를 맞았고 어젯밤 무도회가 재미있었다며 담담하게 이야기하고 언제 떠나느냐고 물었다. 보리스는 사랑을 고백하러 왔으므로 부드럽게 대하려고 했는데도 언짢은 억양으로 여자의 변덕에 대해 지껄이고 말았다. 여자의 기분은 쉽게 우울과 기쁨으로 옮겨 다닌다고 말했다. 줄리는 발끈 화를 냈다. 그녀는 그것은 사실이며 여자에게는 변화가 필요하고 언제나 똑같다면 누구나 싫증낼 것이라고 말했다.

"그렇다면 충고하겠습니다만 차라리……." 보리스는 그녀를 비꼬아 주어야겠다고 생각하고 말하기 시작했으나, 자신의 노력이 수포로 돌아가고 모스크바를 허무하게 떠날지도 모른다는 모욕적인 생각이 불현듯 떠올랐다. 그는 말을 멈추고 화가 나 일그러진 그녀의 얼굴을 보지 않으려고 시선을 떨어뜨렸다. 그리고 이렇게 말했다. "난 당신하고 말다툼을 하러 온 것이 아닙니다."

그는 계속 말해도 좋은지 살피려고 여자의 얼굴을 힐끔 쳐다보았다. 그녀의 화난 표정은 순식간에 사라졌고 침착성을 잃고 애원하는 듯 그를 바라보고 있었다. 그는 얼굴을 붉히고 여자에게 눈을 돌리며 말했다.

"당신은 제 마음을 알고 계시겠죠!"

더 이상 말할 필요가 없었다. 줄리의 얼굴은 승리와 만족으로 빛났다. 그녀는 보통 이런 경우 남자가 말해야 할 모든 것을 기어이 보리스가 말하도록 만들었다. 보리스가 그녀를 사랑하고 있으며, 그녀 이외의 다른 여자는 한 번도 사랑한 적이 없었다는 것 등이었다. 그녀는 펜젠의 소유지와 니쥬니 노브고로드의 숲에 비해 이 정도의 요구는 해도 괜찮다고 생각했다. 그리고 성공적으로 그 답변을 얻었다.

약혼한 두 사람은 어둠과 우주를 흔들어 떨어뜨리는 나무에 대해 한 번도 이야기하지 않았으며 페테르부르크에서 가장 화려한 저택의 설비에 대해 여러 가지 계획을 세우고 방문하기도 했다. 그들은 호화로운 결혼식을 준비하기 위해 상점을 돌아다녔다.

6

1월 말 일리아 안드레예비치 백작은 나타샤와 소냐를 데리고 모스크바에 도착했다. 노백작은 부인과 동행하지 않았기 때문에 잠시만 머물기로 하고 오래전부터 자신의 집에서 묵어 달라고 말했던 마리아 드미트리예브나의 집으로 갔다.

늦은 밤 네 대의 짐마차가 스타라야 코슈센나야 거리에 있는 마리아 드미트리예브나의 마당으로 들어섰다. 마리아 드미트리예브나의 아들들은 모두 군복무 중이었고 딸은 시집을 가서 그녀는 혼자 살고 있었다. 그녀는 여전히 자신의 의견을 거리낌 없이 말하고 앞뒤 가리지 않고 행동했다. 그녀의 생활은 다른 사람들의 결점이나 욕망, 도락 등을 비난하는 일이 전부인 것 같았다.

그녀는 아침 일찍부터 카차베이카(부인옷의 일종-옮긴이)

차림으로 집안을 둘러보고, 축일이 되면 미사를 갔다가 요새나 감옥을 다녔는데, 도대체 그런 곳에 왜 가는지는 아무에게도 말하지 않았다. 평일에는 단정하게 차려입고 매일 집으로 찾아오는 다양한 손님들을 만났다. 점심때는 서너 명의 손님과 둘러앉아 푸짐하고 맛좋은 음식으로 식사했고, 식사가 끝나면 보스턴 놀이를 했다. 밤에는 신문이나 신간 서적을 낭독시키면서 뜨개질을 했다. 외출하는 일은 드물었는데, 주로 가는 곳은 시내에서 가장 유력한 사람들의 저택이었다.

로스토프가 사람들이 도착했을 때 그녀는 아직 잠자리에 들지 않고 있었다. 현관에 로스토프가 사람들과 그 하인들이 들어왔고 밖에서는 바퀴 구르는 소리가 났다. 그녀는 안경을 코끝으로 내려뜨리고 고개를 뒤로 젖힌 채 홀 앞에 버티고 서서 준엄한 얼굴로 들어오는 사람들을 바라보았다. 그녀가 하인들에게 손님과 짐을 어떻게 하라고 차분하게 지시하지 않았다면 손님들을 당장이라도 내쫓을 것처럼 생각될 정도로 화난 것처럼 보였다.

"백작의 짐이냐? 이쪽으로 운반해라." 그녀는 아무와도 인사를 나누지 않고 가방을 가리키며 말하였다. "아가씨들은 이리, 왼쪽 방으로. 아니, 너희들은 지금 무엇을 지껄이고 있는 거냐!" 그녀는 하녀들에게 소리쳤다. "사모바르를 뜨겁게 데우도록 해! 아, 살이 찌고 예뻐졌군." 그녀는 추위로 볼이 빨갛게 언 나타샤의 외투를 끌어당기며 말했다. "이렇게 추워서야! 자, 어서 외투를 벗어요." 손에 키스하려고 다가오는 백작에게 그녀는 이렇게 소리쳤다. "틀림없이 추우셨을 겁니다.

차가 나오면 럼주를 드세요! 소냐, 안녕!" 그녀는 프랑스어로 가볍게 소냐에게 인사했으나 그 어조에는 가벼운 경멸이 섞여 있었다.

로스토프가 사람들이 마차에서 구겨진 옷과 흐트러진 머리를 매만지고 차 탁자로 다가오자, 마리아 드미트리예브나는 모두에게 차례로 키스했다.

"잘 오셨어요. 저희 집에 머물러 주시다니 대단히 기쁘게 생각합니다." 그녀는 의미심장한 눈빛으로 나타샤를 바라보며 말했다.

"영감님께선 벌써 와 계시고, 그 아드님이 돌아오시길 매일같이 기다리고 있지. 영감님과는 꼭 친해 두어야 해. 이 이야긴 나중에 하기로 하지." 그녀는 소냐를 흘끔 쳐다보며 말했다. 그 눈빛은 소냐가 있는 데서 이런 이야기를 하고 싶지 않다고 말하는 듯했다.

"그건 그렇고……." 그녀는 백작에게 얼굴을 돌렸다. "내일은 어떻게 하시겠어요? 누구를 부르러 보내시겠어요?"

그녀는 손가락 하나를 꼽았다.

"그 울보 안나 미하일로브나? 그 여자는 아들과 둘이 이곳에 있어요. 아들이 머지않아 결혼할 모양이에요. 그리고 베주호프, 그 사람도 부인과 같이 이곳에 있어요. 그는 부인에게서 도망쳐 이곳으로 왔는데 부인이 뒤쫓아 왔죠. 수요일에 우리 집에서 점심 식사를 하고 갔어요. 그리고 이 아가씨들은……." 그녀는 나타샤와 소냐를 가리켰다. "우선 이베르스카야 사원에 가야지요. 그리고 오베르 슈알리메(모스크바의 유명한 디자이너-옮긴이)에게 데려가야겠어요. 물론 모두 새로 장만하시겠죠? 그렇지만 제 것을 본뜨지는 마세요. 요즘은 소매가 이 모양이니까! 마치 통을 달아놓은 것 같지 뭐예요. 아무튼 요즘은 하루하루 유행이 바뀌니까요. 그런데 당신은 무슨 볼일이 있으시죠?" 그녀는 엄한 표정으로 백작에게 물었다.

"갑자기 처리해야 할 일이 겹쳐서요. 싸구려 옷이라도 좀 사야겠고, 모스크바 근교의 소유지와 집을 사겠다는 사람이 나서고 해서. 만약 부탁드릴 수 있다면 딸들을 맡기고 나는 형편을 보아 하루 정도 마린스코예 마을에 다녀오고 싶습니다만." 백작이 대답했다.

"좋아요. 내가 맡고 있으면 안심이지요. 나한테 두시면 후견인에게 맡기신 거나 마찬가지예요. 난 따님들이 가야 할 곳은 어디든지 데리고 가고, 나무라야 할 점은 나무라고, 귀여워야 할 점은 귀여워할 테니까요."

마리아 드미트리예브나는 자기가 대모이고 마음에도 드는 나타샤의 볼을 큰 손으로 가볍게 두드리며 말했다.

이튿날 아침 마리아 드미트리예브나는 두 아가씨를 이베르스카야 사원과 마담 오베르 슈알리메의 상점으로 데리고 갔다. 마담은 마리아 드미트리예브나를 몹시 두려워하고 있었으므로 조금이라도 빨리 내쫓으려고 늘 밑지면서도 옷값을 깎아 주었다. 마리아 드미트리예브나는 결혼에 필요한 물건의 거의 전부를 주문했다. 집으로 돌아온 그녀는 사람들을 모두 내쫓고 마음에 드는 나타샤만 자기 옆으로 불렀다.

"자, 이제부터 이야기를 좀 할까? 먼저 좋은 사람이 생긴 것을 축하해. 정말 훌륭한 사내를 찾아냈어! 나도 기쁘단다. 나는 그가 어릴 때부터 알고 지냈단다."

나타샤는 기쁜 듯 얼굴을 붉혔다.

"난 그와 그 가족을 모두 좋아해. 하지만 잘 들어 둬라. 너도 알다시피, 영감인 니콜라이 공작이 아들의 결혼을 굉장히 싫어하고 계시다는 거야. 고집불통 영감이거든. 물론 안드레이 공작은 어린애가 아니니까 아버지의 승낙이 없더라도 결혼할 테지만, 뜻을 어겨 가면서까지 남의 가정에 들어가는 것은 좋지 않아. 될 수 있는 대로 조용히, 그리고 부드럽게 진행해야 해. 넌 영리한 아이니까 잘해 나갈 게다. 훌륭하고 지혜롭게 하거라. 그러면 모든 일이 잘 수습될 테니."

나타샤는 가만히 듣고 있었다. 마리아 드미트리예브나는 부끄러워서일 것이라고 생각했지만, 사실 나타샤는 자신과 안드레이 공작의 사랑에 타인이 끼어드는 것이 싫었던 것이다. 그녀는 자신들의 사랑은 세상의 사랑과는 다른 특별한 것이며 아무도 이해할 수 없는 것이라고 생각했다. 그녀는 안드레이 공작 한 사람만 사랑하고 이해하며, 안드레이 공작도 그녀를 사랑하고 며칠 후 찾아 와서 그녀를 데리고 갈 것이라고 생각했다. 그녀에게는 그 이상 아무것도 필요하지 않았다.

"너도 알고 있을 테지만 난 오래전부터 그를 알고 있고, 그리고 장차 네 시누이가 될 마리아도 사랑한단다. 시누이 하나에 바늘이 세 쌈이라고는 하지. 그 아이는 파리 한 마리도 죽이지 못할 거야. 그 아이는 너를 꼭 좀 데려다 달라고 내게 부탁했단다. 그러니까 너는 내일 아버지와 같이 마리아를 찾아가서 기분을 잘 맞추어 두란 말이다. 넌 그 애보다 손아래니까. 안드레이 공작이 돌아왔을 때면 넌 이미 누이와 그 아버지와 친해져서 모두에게 사랑받고 있을 거야. 그렇지 않니? 아무튼 지금보다야 나아지지 않겠니?"

"네, 그건 그래요." 나타샤는 마지못해 대답했다.

7

다음날 일리아 안드레예비치 백작은 마리아 드미트리예브나의 충고대로 나타샤를 데리고 니콜라이 안드레예비치 공작을 방문하러 나섰다. 백작은 답답한 마음으로 이 방문을 준비했다. 그는 속으로 은근히 걱정하였던 것이다. 민병 모집 당시 그가 노공작을 만찬에 초대했을 때, 노공작은 모집 인원이 부족하다며 맹렬히 꾸짖었었다. 그 일이 그의 마음에 깊이 새겨졌던 것이다. 반대로 나타샤는 가장 좋은 드레스를 입었고 더할 나위 없이 즐거웠다.

'그들이 나를 사랑해 주지 않을 리 없지. 나는 언제나 모든 사람들에게 귀여움을 받았어. 게다가 나는 그쪽 사람들이 바라는 것은 무엇이든 할 생각이고, 노공작은 그의 아버님이시고, 아가씨는 그의 여동생이 아닌가. 나는 기꺼이 사랑해 드리겠어. 나를 사랑하지 않을 수 없을 만큼 그들을 사랑할 테야.'

부녀는 브즈드비카 거리의 낡고 음침한 집 앞에 마차를 대고 현관으로 들어갔다.

"하나님이시여! 우리에게 축복을 내려 주시옵소서." 백작은 농담 반 진담 반으로 말했다. 하지만 나타샤는 현관에서 아버지가 매우 당황하고 겁먹은 목소리로 공작과 마리아가 집에 계시냐고 묻는 것을 들었다.

그들의 방문을 전하자 하인들 사이에서 소동이 일어났다. 두 사람의 방문을 전하러 뛰어갔던 하인은 홀에서 다른 하인을 불러 세우고 무엇이라고 수군거렸다.

이윽고 한 하녀가 홀로 달려와 마리아에게 허둥거리는 어조로 말했다.

마침내 한 늙은 하인이 로스토프 부녀에게 다가와 시무룩한 얼굴로 공작은 만날 수 없지만 마리아가 거실로 초대한다고 알렸다. 처음 그들을 맞은 것은 브리앤이었다. 그녀는 매우 공손하게 부녀를 맞아 마리아가 있는 거실로 안내했다. 마리아는 잔뜩 흥분하고 긴장하여 붉어진 얼굴로 손님들을 맞으러 달려 나왔다.

그녀는 자연스럽고 상냥하게 대하려고 노력했으나 소용없었다. 그녀는 첫눈에 나타샤가 마음에 들지 않았다. 마리아에게는 그녀가 너무나 말쑥하고 경박할 정도로 쾌활하며 허영심이 많아 보였다. 마리아는 미래의 올케를 만나기 전부터 미모와 젊음과 행복에 대해 자신도 모르게 부러워했고 오빠의 사랑에 대해 질투했기에 이미 나타샤를 싫어하고 있던 것을 느끼지 못한 것이다. 이 참을 수 없는 반감 이외에 마리아가 흥분하고 있는 까닭은 또 하나 있었다. 바로 노공작이 로스토프가의 부녀가 왔다는 소식을 듣자 그런 자들에겐 볼일이 없으며, 만약 마리아가 만나 보고 싶다면 마음대로 해도 좋지만 자신에게는 절대로 들여보내지 말라고 호통을 쳤기 때문이었다.

마리아는 로스토프 부녀와 만나기로 마음을 먹기는 했지만 당장이라도 아버지가 엉뚱한 언동을 하며 나타날까 봐 줄곧 불안했다. 노공작은 로스토프 부녀의 방문으로 몹시 흥분한 것처럼 보였기 때문이었다.

"자, 아가씨. 여기 우리 집의 성악가를 데리고 왔습니다." 백작은 오른발을 뒤로 물려 정중히 절을 하면서 동시에 노공작이 들어오지 않을까 불안하여 주위를 돌아보며 말했다. "뵙게 되어 참으로 반갑습니다. 그런데 공작께서 여전히 건강이 좋지 못하시다니 유감입니다." 그는 틀에 박힌 인사말을 늘어놓고 나서 슬며시 일어섰다. "아가씨, 대단히 죄송합니다만, 우리 나타샤를 잠시 동안 당신께 맡길 수 있을까요? 나는 안나 세묘노브나에게 갔다가 곧 데리러 오겠습니다."

일리아 안드레예비치가 이런 꾀를 낸 것은 미래의 시누이에게 자신의 올케와 터놓고 이야기할 기회를 주고(그는 나중에 딸한테 이렇게 이야기했다) 공작과의 대면이 겁나 피하기 위해서였다. 그는 딸에게 이 사실을 말하지 않았지만, 나타샤는 아버지의 공포와 불안을 눈치 채고 모욕을 당한 것처럼 느꼈다. 그녀는 아버지 때문에 얼굴이 붉어졌고 붉어진 얼굴 때문에 화가 더 치밀었다. 그래서 그녀는 아무도 무섭지 않다는 듯이 더 대담한 눈빛으로 마리아를 바라보았다.

"바라지도 못했던 기쁜 일입니다. 아무쪼록 안나 세묘노브나와 오래 있어 주십시오." 마리아가 말했다.

일리야 안드레예비치가 공작의 저택을 나갔다. 마리아가 나타샤와 단둘이 이야기하고 싶다는 시선을 보냈지만 브리앤은 방에서 나가지 않고 모스크바의 흥밋거리와 연극 이야기를 계속했다. 나타샤는 현관에서의 소동과 아버지의 불안한 태도, 마리아의 어색한 행동 때문에 모욕을 느꼈다. 마리아가 자신을 만난 것도 특별한 호의를 베푼 것처럼 느껴졌다. 나타샤는 이 모든 것이 불쾌했다. 마리아는 그녀의 마음에 들지 않았다. 대단히 못생겼고 위선적이며 아무 재미도 없는 여자 같았다. 나타샤는 갑자기 마음이 오그라드는 것 같았고 자신도 모르게 조심성 없이 이야기해서 더욱 마리아와 사이가 멀어졌다. 5분 정도 무겁고 긴장된 대화를 나누었을 때, 다급하게 다가오는 슬리퍼 소리가 들렸다. 마리아의 표정에 공포의 빛이 떠올랐다. 흰 실내모에 가운을 입은 공작이 방문을 열고 들어왔다.

"아, 아가씨군요. 내가 만약 잘못 안 게 아니라면 로스토프 백작의 딸이라고 생각합니다만……. 이거 정말 실례했습니다. 아가씨가 오신 것을 전혀 몰랐습니다. 정말입니다. 전혀 몰랐습니다. 딸한테 잠깐 들를까 하고 이런 차림으로 나온 것이 그만, 용서하십시오. 실례했습니다." 공작이 말했다.

노공작은 '전혀'라는 말에 힘을 주면서 어색하고 기분 나쁜 투로 말을 되풀이했다. 마리아는 눈을 아래로 떨어뜨리고 아버지나 나타샤를 쳐다볼 엄두가 나지 않아 우두커니 서 있었다. 나타샤는 일단 일어섰다가 앉았지만 어떻게 해야 할지 몰랐다. 브리앤만이 즐거운 듯 미소 짓고 있었다.

"용서해 주시오! 정말 전혀 몰랐습니다." 노인은 투덜거리듯 말하고 나타샤를 머리부터 발끝까지 찬찬히 훑어보더니 나가 버렸다. 노공작이 나가자 브리앤이 공작의 건강에 대해 이야기하기 시작했다. 나타샤와 마리아는 서로를 묵묵히 바라보았다. 두 사람이 말없이 묵묵히 바라만 볼수록 서로에 대한 적개심은 더 커졌다.

백작이 돌아오자 나타샤는 무례하게도 기쁜 표정으로 돌아갈 채비를 서둘렀다. 그녀는 자신을 이토록 거북한 분위기에 몰아넣고 안드레이 공작에 대해서는 한마디도 하지 않으며 30분을 괴롭게 보내게 한 이 말라깽이 노처녀를 증오스럽게 생각했다. '그렇다고 이 프랑스 여자가 있는 앞에서 내가 먼저 그이 이야기를 꺼낼 수는 없잖아.' 나타샤는 생각했다.

마리아도 똑같은 생각으로 괴로워하고 있었다. 나타샤에게 결혼에 대해 이야기해야 한다는 것을 알면서도 그녀는 도저히 그럴 수 없었다. 브리앤이 방해가 된 탓도 있었으나 이 결혼에 대해 말하는 것이 왜 이렇게 괴로운 일인지 그녀 자신도 몰랐기 때문이었다. 백작이 이미 방에서 몇 걸음 나갔을 때 마리아는 총총걸음으로 나타샤에게 다가가 손을 잡고 한숨을 몰아쉬면서 이렇게 말했다.

"잠깐만 기다려 주세요……."

나타샤는 자신도 모르게 냉소를 띠고 마리아의 얼굴을 바라보았다.

"나타샤!" 마리아가 말했다. "나는 오빠가 당신과 같은 행복을 발견하신 것을 기쁘게 생각해요." 마리아는 자기가 거짓말을 하고 있는 것을 느끼며 중얼거렸다. 나타샤는 모든 것을 눈치 챘다.

"지금 그런 이야기를 하는 것은 알맞지 않다고 생각해요." 나타샤는 겉으로는 품위와 냉정함을 지키며 말했으나, 목구멍으로 울음이 치밀어 오르는 것을 느꼈다. '내가 어쩌자고 이런 말을!' 나타샤는 방에서 나오면서 이렇게 생각했다.

이날 나타샤는 식사 때 모두를 오랫동안 기다리게 했다. 그녀는 거실에 앉아 흐느끼고 코를 풀기도 하면서 어린애처럼 울었다. 소냐는 나타샤의 머리에 입을 맞추었다.

"나타샤, 왜 우는 거야? 그런 사람들을 생각할 게 뭐가 있어? 무사히 끝났는데 뭘." 그녀가 말했다.

"내가 얼마나 분했는지 언니는 모를 거야. 마치……."

"이제 그만, 네가 잘못한 것도 아닌데, 걱정할 것 조금도 없어. 자, 나한테 키스해 줘." 소냐가 말했다.

나타샤는 고개를 들어 소냐의 볼에 입을 맞추고 눈물에 젖은 얼굴을 그녀에게 기대었다.

"난 모르겠어. 누가 나쁜 것도 아니야. 내가 나빠. 하지만 이런 일은 정말 무서워. 왜 그이는 돌아오지 않을까!" 나타샤가 말했다.

그녀는 빨개진 눈으로 식사하러 나왔다. 마리아 드미트리예브나는 로스토프 부녀가 공작의 집에 가서 어떤 대우를 받앉는지 알고 있었으나 나타샤의 괴로운 표정을 못 본 것처럼 식사 동안 내내 기운찬 목소리로 백작과 그 밖의 손님들과 농담을 주고받았다.

8

이날 밤 로스토프가 사람들은 마리아 드미트리예브나가 구해 준 표로 오페라를 관람했다. 나타샤는 가고 싶지 않았지만 자신을 위해서 주선해 준 마리아 드미트리예브나의 친절을 그냥 물리칠 수가 없었다. 그녀는 옷을 갈아입고 홀로 나와서 아버지를 기다리며 커다란 거울을 들여다보았다. 더없이 아름다운 자신을 보면서 마음은 더욱 슬퍼졌다. 슬프기는 했지만 동시에 감미롭고 그리운 복잡한 생각이 들었다.

'그이가 지금 여기에 있다면 나는 지금과는 전혀 다른 새로운 모습을 보여줄 텐데. 지금처럼 알지 못하고 두려워하는 어리석은 표정이 아니라 이전에 그이가 자주 보았던 무언가 찾는 듯한 호기심으로 가득한 눈빛을 보여줄 텐데. 아, 그이의 눈이 지금 보이는 것 같아!' 나타샤는 생각했다. '그이의 아버지나 누이가 무슨 상관이람. 난 그이만을 사랑하고 있어. 그 얼굴, 그 눈, 남자다우면서도 어린애 같은 그 미소……. 아니, 그이에 대한 생각은 하지 않는 것이 낫다. 당분간 생각하지 말고 잊자. 난 이 기다림을 도저히 견딜 수 없다. 금방이라도 울음이 터져 나올 것만 같다.' 그녀는 울지 않으려고 애쓰면서 거울 앞에서 물러났다. '그런데 소냐는 어떻게 조용하고 태연하게 니콜라이를 사랑할 수 있을까? 어쩌면 저렇게 오랫동안 참을성 있게 기다릴 수 있을까?' 옷을 갈아입고 부채를 들고 나오는 소냐를 바라보며 그녀는 생각했다. '소냐와 나는 완전히 달라. 난 도저히 그럴 수 없어!'

나타샤는 매우 감상적이 되어 자신이 사랑하고 사랑을 받는 것만으로는 무언가 모자란다고 느꼈다. 그녀는 지금 당장 그리운 사람을 끌어안고 마음속에 가득한 사랑의 언어를 쏟아 내고, 또한 상대방의 입에서도 듣고 싶었던 것이다. 마차 안에 아버지와 나란히 앉아 얼어붙은 창문에 비치는 가로등 불빛을 바라보면서 그녀는 더 그리워하고 쓸쓸해하는 자신을 발견했다. 그리고 누구와 어디로 가고 있는지조차도 완전히 잊어 버렸다. 로스토프가의 마차가 긴 마차의 행렬 속에 들어가 천천히 수레바퀴를 삐걱거리며 극장에 닿았다.

나타샤와 소냐는 옷자락을 살짝 들어올리고 마차에서 뛰어내렸다. 백작도 하인들의 부축을 받으며 마차에서 내렸다. 세 사람은 안으로 들어가는 귀부인과 신사들, 프로그램 팸플릿을 파는 사람들의 사이를 빠져 나가 특별석의 복도로 나갔다. 닫힌 문 안쪽에서는 벌써 음악 소리가 들려왔다.

극장 안내인이 유연하게 빠져 나와 특별석의 문을 열어 주었다. 음악 소리가 한층 또렷하게 들렸다. 칸막이 좌석은 귀부인들의 드러난 어깨며 팔로 가득 차 화려하게 빛났고 그 아래층 좌석은 반짝이는 제복으로 가득했다. 옆 칸에 들어온 귀부인은 질투의 시선으로 나타샤를 돌아보았다. 막은 아직 오르지 않았고 서곡이 연주되고 있었다. 나타샤는 옷을 바로잡고 소냐와 함께 찬란하게 불이 켜진 특별석의 줄을 바라보며 자리에 앉았다. 오랫동안 잊고 있었던 감각, 수백 개의 눈이 자신의 드러난 팔과 목을 보고 있다는 느낌은 그녀를 기분 좋게 만들었다. 그리고 이 느낌에 어울리는 수많은 회상과 흥분이 일어났다. 아름다운 나타샤와 소냐, 그리고 꽤 오래전부터 모스크바에서 볼 수 없었던 일리아 안드레예비치 백작에게 사람들의 시선이 쏠렸다. 게다가 안드레이 공작과 나타샤의 약속, 로스토프가가 시골로 내려간 이유는 어렴풋이 알려져 있었으므로, 러시아에서 손꼽히는 신랑을 손에 넣은 이 아가씨를 사람들은 호기심에 가득 찬 눈빛으로 바라보았다.

사람들은 나타샤가 시골에서 지내는 동안 더욱 아름다워졌다고 말했지만, 이날 밤은 흥분에 휩싸였기 때문에 특히 더 아름다웠다. 주위의 모든 것에 대한 무관심한 태도와 매혹적인 그녀의 용모에는 누구나 놀랄 수밖에 없었다. 그녀의 검은 눈은 누구를 찾아보려고 하지도 않고 막연하게 사람들을 바라보고 있었다. 그리고 가느다란 팔을 벨벳 팔걸이에 기댄 채 서곡의 박자에 맞추어서 팸플릿을 무의식적으로 돌돌 말았다 폈다 했다.

"저기 알레니나는 어머니와 같이 왔나 봐!" 소냐가 말했다.
"미하일 키릴리치는 살이 더 찌셨군." 노백작이 말했다.
"안나 미하일로브나의 모자가 멋지네요!"
"카라기나 모녀도 있군. 보리스도 줄리는 영락없는 신랑 신부인데. 청혼을 했나?"

"드루베스코이가 청혼했지요! 하기야 저도 오늘 듣고 알았습니다만." 로스토프가의 특별석으로 들어온 쉰쉰이 말했다.

나타샤는 아버지가 바라보는 쪽을 보다가 어머니와 나란히 앉아 있는 줄리를 발견했다. 줄리는 살찐 빨간 목에(나타샤는 목에 분을 칠한 것을 알고 있었다) 진주 목걸이를 걸었는데 행복한 모습이었다. 그 뒤로는 보리스의 멋지고 반지르르한 머리가 보였다. 그는 웃으면서 줄리의 입에 귀를 바싹 대고 있었다. 그는 로스토프가 사람들을 바라보고 미소 지으며 줄리에게 무엇인가 말하고 있었다.

'저 사람은 틀림없이 우리, 나와 그이의 이야기를 하고 있을 거야. 그리고 나를 질투하는 약혼녀를 열심히 달래고 있을 거야. 쓸데없는 걱정을 하고 있군! 난 저런 사람들과는 아무 상관이 없다고 말해 주고 싶은데.' 나타샤는 생각했다.

그 뒤로는 녹색 모자를 쓴 안나 미하일로브나가 모든 것을 신의 뜻에 맡긴 것처럼 평안하고 즐거운 표정으로 앉아 있었다. 그들에게는 나타샤가 이미 경험한 약혼자와 약혼녀의 분위기가 감돌고 있었다. 그녀는 얼굴을 돌렸다. 순간 노공작의 집을 방문했던 불쾌한 기억이 떠올랐다.

'노공작은 무슨 권리로 나를 받아들이지 않는 걸까? 생각하지 말자. 그가 돌아올 때까지 생각하지 않는 게 낫다!'

그녀는 아래층 좌석에 앉아 있는 얼굴들을 둘러보았다. 아래층 좌석 앞줄 한가운데에서는 돌로호프가 좌석 난간에 등을 기대고 서 있었다. 고수머리를 이상하게 빗어 올렸고 페르시아풍 옷을 입고 있었다. 그는 홀 전체가 자신을 주목하고 있다는 것을 알면서도 집 거실에 있는 것처럼 자유로운 태도로 서 있었다. 주변에는 모스크바에서 유명한 젊은이들이 떼를 지어 모여 있었고, 그는 분명 그들을 휘어잡고 있는 모양이었다. 일리아 안드레예비치 백작은 얼굴이 붉어진 소냐를 팔꿈치로 툭툭 치면서 이전의 소냐 숭배자를 손으로 가리켰다.

"그런데 어디서 갑자기 나타난 것일까? 어딘가로 피신했다지?" 백작이 쉰쉰에게 물었다.

"페르시아 어디에서 영향력이 있는 어느 영주한테 머물며 페르시아의 대신까지 되었는데 거기서도 왕의 아우를 죽였다고 합니다. 그런데 모스크바의 귀부인들은 모두 저 사내에게 정신이 팔려 있습니다. 페르시아의 돌로호프라고 하면서 말이지요. 지금 모스크바에서는 돌로호프의 이름을 거론하지 않고는 이야기를 할 수가 없을 정도입니다. 맹세를 해도 돌로호프, 이것도 돌로호프, 저것도 돌로호프. 그의 인기는 하늘 높은 줄 모른답니다." 쉰쉰이 계속 말을 이었다. "돌로호프와 쿠라긴 아나톨리, 이 두 사람이 모스크바의 아가씨들을 모두 미치게 만들었어요."

이때 옆의 칸막이에 머리를 큼직하게 땋아 늘인 훤칠한 키의 미인이 들어왔다. 그녀는 하얀 어깨를 대담하게 드러냈고 목에는 굵은 진주만 두 줄로 꿴 목걸이를 걸었다. 그녀는 두툼한 비단 드레스를 사각거리면서 자리를 찾아 앉았다. 나타샤는 그 어깨며 목, 진주와 머리를 쳐다보며 어디에선가 이 아름다움을 본 적이 있는 것 같다고 생각했다. 나타샤는 그녀에게서 눈을 뗄 수 없었다. 나타샤가 두 번째로 그녀를 쳐다보았을 때 그녀가 이쪽을 돌아보았다. 일리아 안드레예비치 백작과 시선이 마주치자 그녀는 고개를 살짝 숙이고 미소 지었다. 그녀는 피에르의 아내인 베주호프 백작 부인이었다.

"이곳에 오신 지 오래되셨습니까? 가서 손에 키스하게 해 주십시오. 나는 볼일이 있어서 딸들을 데리고 왔습니다. 세묘노바의 공연이 굉장한 모양이더군요. 남편은 어디 계신가요?" 백작이 말했다.

"네, 반가워요. 남편도 찾아뵙고 싶다고 말했습니다." 엘렌은 매력적인 미소를 지으며 말하고는 나타샤를 바라보았다.

로스토프 백작은 다시 자기 자리에 앉았다.

"미인이지?" 그가 나타샤에게 속삭였다.

"네! 모두가 홀딱 반하는 것도 무리가 아니네요."

이때 서곡의 끝 부분이 울리고 지휘자가 지휘봉을 톡톡 두드렸다. 서 있던 사람들이 자리에 앉고 막이 올랐다. 막이 오르자마자 제복을 입은 젊은이도, 어깨를 드러낸 귀부인들도 모두 호기심을 가지고 무대에 집중했다. 나타샤도 마찬가지로 무대를 바라보았다.

9

무대 중앙에는 편평한 널빤지가 깔려 있고 배경 양쪽에는 나무를 그려 놓았다. 무대 가운데에는 빨간 조끼에 흰 치마를 입은 처녀들이 앉아 있었다. 흰옷을 입은 뚱뚱한 처녀 하나가 무리에서 떨어져 녹색의 판지를 뒤에 붙인 나지막한 벤치에 앉았다. 처녀들이 모두 노래했다. 합창이 끝나자 흰옷 차림의 처녀는 막사로 다가갔고, 굵은 다리에 비단 바지를 꽉 끼게 입고 깃이 달린 모자를 쓰고 칼을 든 사나이가 그녀에게 다가가서 두 손을 벌리며 노래를 부르기 시작했다. 그 사나이가 노래를 부르고 나자 흰옷의 처녀가 노래를 불렀다. 두 사람이 잠시 침묵하더니 음악이 시작되고 사나이는 흰옷 입은 처녀의 손을 잡으며 중창을 하기 시작했다. 이중창이 끝나자 사람들은 박수를 치고 환호성을 질렀다. 무대 위에서는 서로 그리워하는 연인 역할을 한 남녀 배우가 두 손을 벌리고 미소 지으며 인사를 했다.

나타샤는 극장을 좋아하지 않았고 시골 생활을 한 데다 심각하고 진지한 이러한 모든 것이 따분하기만 했다. 그녀는 가극을 즐길 수도, 음악을 감상할 수도 없었다. 그녀는 번들번들하게 색칠한 널빤지와 밝은 빛 속에서 기묘한 몸짓을 하며 지껄이고 노래 부르며 이상한 차림을 한 남녀를 보았을 뿐이었다. 그 모습은 너무나 의식적으로 과장되었고 부자연스러웠기 때문에 그녀는 배우들이 가엾기도 했고 우습게 보이기도 했다. 나타샤는 이런 감정을 다른 사람들의 얼굴에서도 찾으려고 주위를 둘러보았다. 하지만 모든 사람들은 무대를 열심히 주시하며 환희의 빛을 나타내고 있었다.

'저런 표정을 지어야만 하겠지!' 나타샤는 거짓으로 지어낸 표정이라고 생각했다. 그녀는 아래층에 나란히 앉은 포마드를 잔뜩 바른 남자들의 머리와 특별석에서 몸을 드러내고 앉은 귀부인들을 바라보았다. 특히 옆의 특별석에 앉은 엘렌을 여러 번 바라보았다. 엘렌은 거의 알몸이나 다름없는 차림으로 사람들의 열기와 화려한 불빛을 살갗으로 느끼면서 부드러운 미소를 지으며 무대를 응시하고 있었다.

나타샤는 오랫동안 경험하지 못했던 도취 상태에 빠졌다. 그녀는 자신이 누구인지, 어디에 있는지, 눈앞에서 무슨 일이 일어나고 있는지 잊었다. 그녀는 멍하니 앞을 보고 앉아 있을 뿐이었다. 그때 정말 기묘한 생각이 느닷없이, 아무 연관도 없이 그녀의 머리에 번뜩 떠올랐다. 관객의 의자 위로 뛰어올라가 여가수가 부르고 있는 아리아를 부르고 싶기도 하고, 가까이에 앉아 있는 늙은이를 부채로 쿡쿡 찔러 보고 싶기도 하고, 엘렌 쪽으로 몸을 숙여 간지럼을 태워 보고 싶었다.

아리아가 시작되기 전에 무대가 잠잠해진 순간, 로스토프가 좌석 쪽의 아래층 관람석 문이 삐걱 열리더니 남자 발소리가 들려왔다. 엘렌이 돌아보더니 들어오는 남자에게 친근한 미소를 던졌다. 나타샤는 자신도 모르게 엘렌의 시선을 따라갔다. 당당하면서 점잖은 태도로 특별석으로 다가오는 멋진 부관이 보였다. 그는 페테르부르크의 무도회에서 본 적이 있는 미남 근위기병 아나톨리 쿠라긴이었다. 그는 견장과 어깨 장식이 달린 부관의 정복을 입고 있었다. 그는 씩씩한 걸음걸이로 들어왔다. 만약 그가 미남이 아니고, 만속스럽고 즐거운 표정이 아니었다면 그 걸음걸이가 우스꽝스럽게 보일 수도 있었다. 아리아가 이미 시작되었는데도 그는 향수 냄새가 진동하는 머리를 꼿꼿이 세우고 박차와 장검 소리를 내면서 느긋하게 걸어왔다. 그는 나타샤를 힐끗 보고는 엘렌의 옆으로 다가가 반질반질한 장갑을 낀 손을 의자 팔걸이에 얹었다. 그는 고개를 가볍게 끄덕이더니 몸을 구부리고 나타샤를 가리키며 무엇인가를 물었다.

"매력적이군!" 그가 말했다. 나타샤는 말소리를 듣지는 못했으나 입술의 움직임을 보고 자신에 대해 말하는 것임을 알았다.

그는 맨 앞줄로 가서 돌로호프 옆에 앉았다. 다른 사람들이 아나톨리에게 아부하듯 인사하는 것과는 달리 돌로호프는 예사롭게 팔꿈치로 그의 팔을 찌르더니 눈을 찡긋하고 빙긋 웃어 보이면서 의자 팔걸이 위에 한쪽 발을 얹었다.

"남매가 꼭 닮았군!" 백작이 말했다.

쉰쉰은 나직한 목소리로 쿠라긴의 음모 사건을 백작에게 이야기하기 시작했다. 나타샤는 귀를 기울였다. 그가 자신을 매력적이라고 말했기 때문이었다.

1막이 끝났다. 아래층 좌석의 관객들이 일어나 걸어 다니거나 나가기도 해서 혼잡해졌다. 보리스가 로스토프가의 좌석으로 찾아왔다. 사람들이 그에게 매우 간단하게 축하인사를 했다. 그는 눈썹을 살짝 올리고 멍한 미소를 지으면서 나타샤와 소냐에게 결혼식에 참석해 달라는 줄리의 부탁을 전했다. 나타샤는 매혹적으로 웃으면서 여러 이야기를 하고 자신이 전에 사랑했던 보리스의 결혼을 축하했다. 그녀는 오랜만에 도취에 빠져 모든 것이 단순하고 편하게 보였다. 몸을 드러낸 엘렌이 나타샤의 옆 특별석에서 모든 사람에게 한결같은 미소를 지어 보이고 있었는데, 나타샤도 그녀와 똑같은 미소를 보리스에게 던졌다.

엘렌의 칸막이 좌석은 최고 명문의 남자들로 가득 차 있었다. 그들은 자신과 그녀가 친하다는 것을 앞다투어 자랑하고 싶어하는 것 같았다. 아나톨리는 돌로호프와 함께 무대의 앞쪽 가장자리에 서서 로스토프가의 좌석을 바라보았다. 나타샤는 그가 자신의 이야기를 하고 있다는 것을 알았고 그래서 만족스러웠다. 그녀는 가장 자신 있는 옆모습이 그에게 잘 보이도록 자세를 고쳤다.

2막이 시작되기 전 피에르가 아래층 좌석에 나타났다. 로스토프가는 모스크바에 와서 아직 그를 만나지 못했었다. 피에르는 매우 슬픈 표정이었으며 나타샤가 마지막으로 만났을 때보다 더 살이 쪄 있었다. 그는 누구에게도 신경 쓰지 않고 맨 앞줄로 갔다. 아나톨리는 그에게 다가가서 로스토프가의 좌석을 가리키며 무어라고 이야기를 했다. 피에르는 나타샤를 보자 갑자기 활기를 띠더니 의자 사이를 누비면서 성큼성큼 다가왔다. 피에르는 팔꿈치를 의자에 괴고 싱글벙글 웃으며 오랫동안 나타샤와 이야기를 나누었다.

나타샤는 피에르와 이야기를 하면서 엘렌의 좌석에서 들려오는 남자의 목소리가 아나톨리의 목소리임을 알아챘다. 그녀는 소리가 나는 쪽을 돌아보았고 그의 시선과 마주쳤다. 그는 황홀하고 달콤한 눈빛으로 미소 지으며 그녀의 눈을 똑바로 쳐다보았다. 나타샤는 그 눈을 보자 자신이 상대방의 마음에 들었음을 확신하면서 그와 왜 친하게 지내지 않았는지 이상하게 생각하였다.

2막의 배경에는 동상이 그려져 있고, 천에는 달을 의미하는 구멍이 뚫려 있었다. 전등갓이 올려지고 나팔과 콘트라베이스가 저음으로 연주되기 시작했다. 무대 좌우에서 검은 망토를 입은 사람들이 달려 나와 손을 흔들었다. 손에는 칼 같은 것을 쥐고 있었다. 또 다른 사람들이 뛰어나와 1막에서 흰옷을 입었다가 지금은 하늘색 옷을 입은 처녀를 끌고 가려고 하다가 곧 멈추고 오랫동안 그녀와 함께 노래를 불렀다. 그 다음 그 처녀를 데리고 갔고 무대 뒤에서는 세 번쯤 금속성의 소리가 났다. 그러자 출연자들은 무릎을 꿇고 기도의 노래를 부르기 시작했다. 이 동작은 관객들이 열광적으로 환호성을 지르는 바람에 몇 차례 중단되었다.

이런 장면이 연출되는 동안 나타샤는 아래층 좌석으로 눈길을 돌릴 때마다 의자 등받이에 손을 올린 채 그녀를 바라보는 아나톨리를 보았다. 그가 완전히 자신에게 매료되었다는 것이 기분 나쁘지 않았고, 그 눈빛에 나쁜 의도가 있으리라고는 꿈에도 생각지 않았다.

2막이 끝나자 가슴을 완전히 드러낸 엘렌이 로스토프가의 좌석을 돌아보고 자신의 좌석으로 들어오는 사람들은 신경 쓰지 않고 장갑 낀 손으로 노백작을 불러 상냥하게 웃으며 이야기했다.

"어여쁜 따님들을 소개해 주세요. 모스크바가 두 따님들의 이야기로 들끓고 있는데, 제가 몰라서요." 그녀가 말했다.

나타샤는 일어나서 요염한 백작 부인 옆으로 갔다. 나타샤는 이 아름다운 미인에게 칭찬을 받은 것이 너무나 기뻐 얼굴을 붉혔다.

"저도 이젠 모스크바 여자가 되어 가고 있어요. 이처럼 진주 같은 분들을 시골에 파묻어 두시다니 당신은 양심의 가책을 느끼지도 않으시나요?" 엘렌이 말했다.

엘렌이 사교계의 여왕이라는 소문은 사실이었다. 그녀는 마음에도 없는 말을 아무렇지도 않게 하였고, 아주 자연스럽게 비위를 맞추었다.

"백작, 부디 저에게 따님들을 맡겨 주세요. 저는 페테르부르크에 있을 때부터 가깝게 지내고 싶었답니다. 모스크바는 잠깐만 있을 생각으로 왔어요. 그러니 따님들과 즐거운 시간을 갖고 싶어요."

엘렌은 아름다운 미소를 띠며 나타샤에게 말했다.

"아가씨의 얘기는 보리스에게 들었어요. 이미 알겠지만 그 분은 결혼하세요. 그리고 안드레이 볼콘스키 공작에게서도 듣고 있어요."

그녀는 특히 이 말을 강조해서 말했는데 두 사람의 관계를 알고 있음을 암시한 것이었다. 그녀는 남은 공연이 끝날 때까지 두 아가씨 중 한 사람이라도 옆에 앉으라고 간청해서 나타샤가 가서 앉았다.

3막의 무대는 궁정이었다. 많은 촛불이 타고 있고 턱수염이 있는 기사가 그려져 있었다. 무대 가운데에서 황제가 겁에 질린 표정으로 노래를 부르더니 왕좌에 앉았고, 그 옆에는 황후가 있었다. 1막에서 흰옷을 입고, 2막에서 하늘색 옷을 입었던 처녀가 이번에는 속옷 하나만을 걸치고 머리를 헝클어뜨린 채 옥좌 옆에 서 있었다. 그녀는 황후에게 얼굴을 돌리면서 슬프게 노래했다. 황제가 단호하게 손을 내젓자 맨발의 남녀들이 양쪽에서 나와 춤을 추기 시작했다. 바이올린이 매우 날카롭고 빠르게 연주되자, 야윈 팔을 드러낸 처녀 하나가 구석으로 가서 조끼를 고쳐 입더니 다시 무대 한가운데로 나와서 훌쩍 뛰어오르기도 하고 발과 발을 맞부딪치기도 했다. 아래층 좌석의 관객들은 모두 박수를 보내고 환성을 질렀다. 이어 다리를 드러낸 한 사나이가 한쪽 구석에 섰다. 심벌즈와 나팔이 크게 울리기 시작했고, 그 사나이가 높이 뛰어올라 두 발을 어지럽게 교차하기 시작했다. 모든 관객들이 힘껏 손뼉을 쳤고 환성을 질렀다. 사나이는 발을 멈추더니 미소를 지으면서 사방에 인사를 보냈다. 이어서 다른 한 무리의 남녀가 맨발로 춤을 추었고, 황제가 연주에 맞추어 무어라고 소리쳤으며 전원이 합창을 하기 시작했다. 그때 갑자기 폭풍이 일어났다. 불협화음의 연주가 울리더니 사람들이 우르르 뛰어나와 그 자리에 있는 사람들 중 한 명을 무대 뒤로 끌고 갔고 막이 내렸다. 또다시 관객들은 환호성과 박수갈채를 보냈다.

나타샤는 이제 관객들의 반응을 이상하게 생각하지 않았다. 그녀는 만족스런 얼굴로 기쁜 듯 주위를 둘러보았다.

"정말 굉장하지요?" 엘렌이 나타샤에게 말했다.

"네, 그렇군요." 나타샤가 대답했다.

10

 쉬는 시간이 되자 1층석 문이 열리면서 찬바람이 들어왔다. 아나톨리가 옆 사람과 닿지 않게 조심하면서 들어왔다. 엘렌은 나타샤에게 아나톨리를 소개했다. 나타샤는 귀여운 얼굴을 남자 쪽으로 돌리고 방긋 웃었다. 그는 그녀 옆에 앉았다. 멀리서 봐도 가까이에서 봐도 미남인 아나톨리는 나리쉬킨의 무도회 후 그녀와 이야기하는 영광을 바랐었다면서 이 기쁨을 결코 잊지 않겠다고 말했다. 아나톨리 쿠라긴은 여자들을 상대할 때 훨씬 단순하고 솔직했다. 나타샤는 사람들이 말하는 것과는 달리 그가 무섭지 않았고 오히려 유쾌하고 선한 미소를 가진 미남자라는 것을 깨닫고 즐거워졌다.

 아나톨리는 공연이 어떠냐고 묻더니 얼마 전 모스크바에서 펼쳐진 카루셀(회전목마로 묘기를 보여 주는 경기-옮긴이)에 대해 말하면서 함께 가 달라고 부탁했다.

 "무척 재미있을 겁니다. 꼭 와 주세요."

 그는 깊이 생각하지 않고 아주 쉽고 간단하게 말했다. 그는 이렇게 말하면서도 나타샤의 얼굴과 드러난 어깨와 손에서 눈을 떼지 않았다. 나타샤는 그가 틀림없이 자신에게 마음을 빼앗겼다고 생각했다. 이 사실이 기분 나쁜 것은 아니었지만, 왜인지 그와 같이 있는 것이 불편하고 힘들었다. 그녀가 그를 보지 않을 때면 그가 자신의 어깨를 바라보고 있음을 느꼈으므로, 차라리 상대방이 자신의 눈을 보는 것이 낫다고 생각하고 시선을 맞추려고 애썼다. 그런데 그의 눈을 쳐다보면서 언제나 다른 남자 앞에서 수줍어하던 것이 사라졌음을 느꼈고 그래서 두려워졌다. 5분쯤 지나자 그녀는 자신도 모르게 이 사람과 아주 친하다고 느끼게 되었다. 이따금 그에게 등을 돌리면, 그가 뒤에서 자신의 드러난 어깨를 잡고 목에 키스할까 봐 불안했다. 그들은 매우 평범하고 사소한 대화를 나누었으나 그녀는 어떤 남자에게서도 느끼지 못했던 친근함을 느꼈다. 나타샤는 이것이 어떤 의미냐고 묻는 것처럼 엘렌과 아버지를 바라보았으나 엘렌은 어느 장군과 이야기를 하고 있었고, 아버지는 '재미있니? 그래, 나도 기쁘다'라고 말하는 듯한 표정을 지을 뿐이었다.

어색한 침묵이 흐르자 아나톨리는 집요하게 그녀를 바라보았다. 나타샤는 얼굴을 붉히며 침묵을 깨려고 모스크바가 마음에 드느냐고 물었다. 그녀는 그와 이야기를 하면서 나쁜 행동을 하는 기분이 들었다. 아나톨리는 그녀에게 용기를 주려는 듯 빙긋 웃었다.

"처음엔 마음에 들지 않았습니다. 도시를 즐겁게 만드는 것은 '아름다운 부인들'이니까요. 하지만 지금은 무척 마음에 듭니다." 그는 의미심장하게 그녀를 보며 말했다.

"그건 그렇고, 카루셀 경기에 꼭 와 주십시오."

그는 그녀의 꽃다발에 손을 뻗더니 나직이 말했다.

"당신은 그 중에서 가장 아름다우실 겁니다. 와 주십시오. 그리고 그 약속으로 이 꽃을 저에게 주십시오!"

나타샤는 그가 무슨 말을 하는 것인지 알 수 없었다. 그녀는 이해할 수 없는 말 가운데 심상치 않은 의미가 들어 있음을 느꼈다. 그래서 어떻게 대답해야 할지 몰라 못 들은 체하고 얼굴을 돌렸다. 하지만 얼굴을 돌리자마자 바로 등 뒤에 그가 있음을 생각했고 이내 불안해졌다.

'이 사람은 지금 어떤 기분일까? 가슴이 두근거릴까? 화를 내고 있을까?' 그녀는 자신에게 물었다. 그녀는 돌아보지 않을 수 없었다. 그녀는 똑바로 그의 눈을 쳐다보았다. 가까이에서 그녀의 눈을 바라보며 온화한 미소를 보내는 그의 눈은 그녀를 압도했다. 그녀는 똑바로 그의 눈을 바라보면서 같은 미소를 지었다. 그러자 그와 자신과의 사이에 아무 장벽도 없다는 것을 느끼고 다시금 놀랐다.

다시 막이 올랐다. 아나톨리는 즐거워하면서 차분하게 특별석을 나갔고 나타샤는 아버지가 있는 좌석으로 돌아왔다. 그녀는 자신에게 일어난 모든 일이 너무나 자연스럽게 느껴졌다. 미래의 남편과 노공작, 마리아, 시골의 생활에 대한 생각은 아주 먼 옛일처럼 한 번도 떠오르지 않았다.

4막에서는 악마 같은 것이 나타나 손을 흔들더니 발밑의 널빤지가 가라앉으며 지옥으로 떨어져 들어갈 때까지 노래를 계속 불렀다. 나타샤가 4막에서 눈여겨본 것은 이것뿐이었다. 그녀는 자신도 모르게 아나톨리를 보고 있었다. 극장을 나오자 아나톨리가 그들에게 다가와서 마차를 불러 주있고 다는 것을 도와주었다. 나타샤를 태울 때는 그녀의 팔꿈치 위쪽을 꽉 잡았다. 나타샤는 흥분하여 빨개진 얼굴로 그를 돌아보았다. 그는 눈을 반짝이고 부드러운 미소를 지으면서 그녀를 바라보았다.

극장에서 돌아와 모두들 차를 마시고 있는데, 나타샤는 얼굴이 빨개져서 큰소리로 "아아!" 하고 외치고는 방을 뛰어나갔다. 집으로 돌아와서야 그녀는 자신에게 일어난 일들을 분명하게 떠올릴 수 있었던 것이다. 그리고 불현듯 안드레이 공작이 생각나자 그녀는 두려워졌다.

'도대체 이게 뭐야!' 그녀는 생각했다. '내가 어떻게 그런 짓을 할 수 있었을까?' 그녀는 빨개진 얼굴을 두 손으로 가리고, 오랫동안 가만히 앉아 있었다. 그리고 오늘 일어난 일을 이해하려고 노력했다. 하지만 그녀는 모든 것이 막연하고 분명하지 않으며 무섭게 느껴질 뿐이었다.

'도대체 어떻게 된 일일까? 그 사람에게 느낀 감정은 무엇일까? 그리고 지금 이 양심의 가책은 또 무엇일까?' 그녀는 생각했다. 나타샤가 자신의 생각을 다 털어놓을 수 있는 사람은 오직 한 사람, 시골에 남아 있는 노백작 부인뿐이었다. 삶에 대해 엄격한 소냐는 그녀의 고백을 듣고 소스라치게 놀라거나 전혀 이해하지 못할 것이었다. 나타샤는 이 문제를 혼자 해결하려고 애썼다.

'나는 이제 안드레이 공작을 사랑하지 않는 것일까?' 그녀는 자문했다. 그리고 희미한 미소를 지으며 스스로 대답했다. '나도 무척 어리석군! 내게 무슨 일이 있었나? 아무것도 아니다. 나는 아무것도 하지 않았다. 강요한 사람도 없다. 아무도 모른다. 난 이제 절대로 그 사람을 만나지 않을 거니까 괜찮을 것이다.' 그녀는 혼잣말을 했다. '내가 후회할 것은 아무것도 없다. 안드레이는 나를 이대로 사랑해 주실 것이다. 하지만 이대로가 어떤 것일까? 아아, 어떻게 해야 하나! 어째서 그이는 이곳에 오시지 않는 것일까?' 나타샤의 마음은 잠시 진정되었지만 다시 그녀의 어떤 본능이 안드레이 공작에 대한 사랑은 순결을 잃었다고 속삭였다. 그리고 그녀는 마음속으로 아나톨리와 나눈 대화를 기억하기 시작했다. 그리고 자신의 팔을 쥐었을 때의 그 대담한 미남자의 얼굴과 몸짓, 그 부드러운 미소를 떠올렸다.

11

아나톨리 쿠라긴은 모스크바에 살고 있었다. 그는 페테르부르크에서 일 년 동안 2만 루블 이상의 돈을 썼고 또 그 정도의 빚을 졌다. 채권자들 모두 아버지에게 그 빚을 청구했기 때문에 아버지는 그를 페테르부르크에서 쫓아냈다. 그때 아버지는 빚의 반을 갚아 줄 테니 모스크바로 가서 여러 방면으로 힘써 마련해 준 총사령관의 부관으로 지낼 것과 적당한 배우자를 찾을 것을 지시하였다. 그러면서 그에게 마리아와 줄리 카라기나를 아예 꼭 집어 가리켜 주었다.

아나톨리는 모스크바로 와서 피에르의 집에 머물렀다. 피에르는 마지못해 아나톨리를 받아들였으나, 그와 지내는 생활에 차차 익숙해져서 함께 술을 마시거나 돈을 주기도 했다.

아나톨리는 쉰쉰이 정확히 말한 대로 모스크바의 아가씨들을 미치게 했다. 주된 이유는 그가 귀부인들은 멸시하고 집시나 프랑스 여배우들의 뒤꽁무니만 쫓아다녔기 때문이었다. 그가 유명한 프랑스 여배우인 조르주 양과 친밀한 관계라는 소문도 있었다. 그는 모스크바의 탕자들이 여는 술자리에 한 번도 빠진 적이 없었고 그들 중에서도 가장 탁월한 술꾼으로 며칠 밤을 새우며 마시기도 했다. 상류사회의 모든 야회와 무도회에도 참석했다. 모스크바 귀부인들과의 정사도 몇몇 소문이 나돌았고 무도회에서도 한꺼번에 서너 명의 여자들을 쫓아다녔다. 그러나 처녀, 특히 부유한 신붓감에게는 접근하지 않았다. 그것은 그들이 대부분 못생겼기 때문이기도 하지만, 아나톨리는 이미 결혼을 했었던 것이다. 이 사실은 아주 가까운 친구 외에는 아무도 모르는 일이었다. 그의 연대가 폴란드에 주둔했던 2년 전, 그는 별로 부유하지 않은 폴란드 지주의 딸과 결혼을 했다. 하지만 아나톨리는 곧 아내를 버렸고, 정기적으로 약간의 돈을 장인에게 보내 주기로 약속하고 독신자 행세를 했던 것이다.

아나톨리는 언제나 자기 자신, 환경, 사람들에게 만족했다. 그는 현재의 생활 이외에 다른 생활은 상상한 적이 없었고, 자신의 행동을 스스로 나쁘게 생각한 적도 없다고 마음속 깊이 확신했다. 자신의 행동이 타인에게 어떤 영향을 미치는지, 어떤 결과를 낳는지에 대해서는 생각조차 못하는 인물이었다. 그는 자신이 연봉 3만 루블의 삶을 영위하고, 언제나 사회적으로 뛰어난 위치에 있는 것이 당연하며 그렇게 태어난 것이라고 확신했다. 그를 바라보는 사람들도 그의 이 확신을 믿게 되어서 사교계의 높은 위치를 내주고 돈을 빌려 주었다.

그는 닥치는 대로 아무에게나 돈을 빌렸고 절대로 갚지 않았다.

그는 노름꾼은 아니었다. 그는 돈을 따기를 바라지 않았다. 그는 허영심이 강한 편도 아니었다. 다른 사람들이 자신을 어떻게 평가하는지에 대해 아랑곳하지 않았다. 명예심은 더더욱 적었다. 그는 몇 번이나 자신과 자신의 이력에 먹칠을 하고 아버지를 화나게 했지만 명예 따위는 무시했다. 그는 인심이 넉넉해서 남의 부탁을 거절하는 경우가 없었다. 그가 삶에서 우선으로 생각하고 사랑하는 것은 오직 하나, 주색이었다. 그의 말에 따르면, 주색은 조금도 천한 것이 아니었다. 이 취미를 만족시키는 것이 다른 사람들에게 어떤 영향을 미치는지 반성할 줄 몰랐기 때문에, 그는 자신을 나무랄 데 없는 훌륭한 인간이라고 생각했다. 오히려 비열한 불량배들을 경멸하고 편안한 양심으로 거들먹거렸다. 그와 같은 탕자도 창녀들처럼 자신은 결백하다고 생각하는 것이다. '그녀를 많이 사랑했으므로 모든 것을 용서받을 것이다. 그녀도 신나게 즐기지 않았는가' 하며 용서를 바랐다.

한편 돌로호프는 추방당한 뒤 페르시아로 건너가 여러 모험을 하고 그 해에 다시 모스크바에 나타났다. 그는 노름을 하면서 호화롭게 지내던 옛 페테르부르크 시절의 동료 아나톨리 쿠라긴에게 접근하여 그를 자신의 목적에 이용했다. 아나톨리는 돌로호프의 총명함과 대담함을 진심으로 존중하고 우정을 쌓았으나, 돌로호프는 아나톨리라는 명성과 그의 인간관계를 자신의 노름패에 부유한 젊은이들을 끌어들이는 미끼로 이용했고 아나톨리가 그것을 느끼지 못하도록 하며 즐기고 있었다. 돌로호프는 이런 계산으로 아나톨리를 이용했고, 남의 의지를 지배하는 것을 즐기며 쾌락을 만끽했다.

나타샤는 아나톨리에게 강한 인상을 주었다. 그는 공연이 끝난 뒤 야식 자리에서 그 분야의 전문가인 듯한 태도로 나타샤의 어깨, 다리, 머리의 아름다움을 돌로호프에게 늘어놓으며, 그녀에게 구애할 결심을 털어놓았다. 자신의 행동이 어떤 결과를 초래하는지 한 번도 생각한 적이 없었던 아나톨리로서는 이 구애에 대해서도 아무 생각이 없었다.

"미인이긴 하지만 우리에겐 어울리지 않아." 돌로호프가 말했다.

"난 엘렌에게 그녀를 식사에 초대하자고 하겠어. 어떨까?" 아나톨리가 말했다.

"하지만 그녀가 시집을 갈 때까지 기다리는 게 나을걸."

"자네도 알지 않나. 내가 처녀를 존경한다는 것을……. 그 순결이 지금 사라지려고 하잖나." 아나톨리가 말했다.

"자넨 이미 숫처녀에게 혼난 적이 있지 않나. 조심하게." 아나톨리의 결혼을 알고 있는 돌로호프가 말했다.

"뭐, 또 그런 일이 생기진 않겠지!" 아나톨리는 기분 좋은 미소를 지었다.

12

극장에 간 이튿날 로스토프가 사람들은 아무데도 나가지 않았고, 누구의 방문도 받지 않았다. 마리아 드미트리예브나는 나타샤 몰래 노백작과 무엇인가를 한참 상의하였다. 나타샤는 두 사람이 노공작에 관해 이야기하고 있고, 예방책을 강구하는 중이라고 추측하고는 불안해하기도 하고 모욕감을 느끼기도 했다. 그녀는 이날도 안드레이 공작이 혹시 찾아오지나 않을까 하여 두 번이나 하인을 보냈지만 그는 돌아와 있지 않았다. 그녀는 모스크바로 온 처음 며칠보다 지금이 훨씬 더 괴로웠다. 안드레이 공작에 대한 사랑과 초조, 그 외에 마리아와 노공작과의 만남에 대한 기억, 알 수 없는 공포와 불안이 덮쳤던 것이다. 그가 영원히 돌아오지 않을 것이라는 느낌이 들기도 했고, 때로는 그가 돌아오기 전에 자신에게 무슨 일이 일어날 것 같아 견딜 수가 없었다. 이제는 전처럼 안드레이 공작만 생각할 수가 없었다. 그를 생각하기만 하면 노공작, 마리아, 어제의 공연, 쿠라긴 등에 대한 기억이 한데 뒤엉켰다. 자신이 나쁜 짓을 하고 있는 것은 아닌가 하는 의문이 마음속에 떠올랐다. 그리고 이해할 수 없는 무서운 느낌을 마음속에 불러일으킨 그 사나이의 말과 동작, 얼굴 표정 하나하나를 떠올리는 자신을 발견했다. 집안 식구들은 나타샤가 여느 때보다 더 활기차 보인다고 했다. 하지만 그녀는 결코 마음이 평온하지도 않았고 행복하지도 않았다.

일요일 아침 차를 마시고 나자 하인이 마차가 준비되었다고 마리아 드미트리예브나에게 알렸다. 그녀는 숄을 걸치고 엄숙한 표정으로 일어나더니 나타샤의 일을 상의하기 위해 볼콘스키 공작에게 다녀오겠다고 했다.

　마리아 드미트리예브나가 나가고 난 뒤, 슈알리메 상점의 여점원이 찾아왔다. 나타샤는 객실 옆방의 문을 닫고 기분을 전환시킬 일이 생긴 것을 기뻐하며 새 옷의 가봉을 시작했다. 그녀가 아직 소매가 없지만 시침질이 된 옷을 입고서 옷이 맞는지 고개를 돌려 거울을 보고 있을 때, 객실에서 아버지와 한 명의 여자 목소리가 들려와 그녀는 얼굴을 붉혔다. 그것은 엘렌의 목소리였다. 나타샤가 입은 옷을 채 벗기도 전에 문이 열리더니 진보랏빛 벨벳 옷을 입은 베주호프 백작 부인이 선하고 부드러운 미소를 지으며 들어왔다.

　"아! 나의 아름다운 아가씨!" 얼굴이 빨개진 나타샤를 보고 그녀가 말했다. "매력적이에요! 안 돼요, 백작님. 그런 법이 어디 있어요." 그녀가 따라 들어오는 백작에게 말했다. "모처럼 모스크바에 계시면서 아무데도 나가지 않다니요! 이제 난 당신 옆에서 떨어지지 않겠어요! 오늘밤 저희 집에서 조르주 양이 시 낭송을 하는 야회가 있습니다. 당신께서 조르주 양보다 더 어여쁜 아가씨를 데리고 오시지 않는다면 용서하지 않겠습니다. 마침 남편은 트베리로 가셔서 지금은 안 계시지요. 그렇지만 않으면 남편을 시켜 모시러 올 사람을 보낼 텐데, 꼭 와 주세요, 꼭입니다. 9시입니다."

　엘렌은 안면이 있어 공손히 인사하는 점원에게 고개를 끄덕이고는 옷 주름을 맵시 있게 펼치면서 거울 옆 안락의자에 앉았다. 그녀는 계속 나타샤가 아름답다고 칭찬하면서 다정하고 재미있게 수다를 떨었다. 그리고 나타샤의 옷을 찬찬히 바라보고 칭찬하더니, 파리에서 주문한 자신의 엷은 새 비단옷도 자랑하며 나타샤도 똑같은 것을 만들라고 권했다.

"당신에겐 뭐든지 어울려요." 엘렌이 말했다.

나타샤의 얼굴은 만족의 미소가 가득했다. 베주호프 백작 부인의 부드러운 칭찬으로 마치 자신이 꽃이 된 듯 행복했다. 옆에도 다가갈 수 없는 고귀한 귀부인이라고 생각했던 그녀가 이처럼 친절하게 대우를 해 주자 나타샤는 즐거워졌다. 그녀는 아름답고 친절한 귀부인에게 반해 버린 느낌이 들었다. 엘렌도 진심으로 나타샤를 찬미했고 그녀를 기쁘게 해 주었다. 그녀는 아나톨리에게서 나타샤를 데려와 달라는 부탁을 받고 로스토프가를 찾아온 것이었다. 나타샤를 오빠와 맺어 주는 것이 그녀의 흥미를 끌었기 때문이었다.

그녀는 전에 페테르부르크에서 나타샤에게 보리스를 빼앗겼던 원한을 품고 있었지만 이제 그 일은 생각하지 않았고, 제멋대로이기는 하지만 진심으로 나타샤의 행복을 빌고 있었다. 그녀는 나타샤를 한쪽으로 불러 조용히 말했다.

"어제 오빠가 우리 집에서 식사를 했어요. 우리는 우스워서 배꼽을 쥐고 웃었답니다. 글쎄, 오빠는 아무것도 먹지 않고 당신을 생각하며 한숨만 쉬지 뭐예요. 오빠는 당신에게 반해서 확실히 제정신이 아니에요."

나타샤는 이 말을 듣고 홍당무가 되었다.

"어머, 저 얼굴을 붉히는 모습 좀 봐, 아름다운 아가씨!" 엘렌이 계속해서 말했다. "꼭 오세요. 당신이 누구를 사랑하고 계신다고 하더라도 그것이 수녀같이 생활해야 한다는 이유는 되지 않아요. 설령 당신이 약혼했다고 하더라도, 약혼자가 없는 동안 지루해서 괴로워하는 것보다는 차라리 사교계에 나가기를 약혼자도 바라고 계실 거예요."

'이 사람은 내가 약혼했다는 사실을 알고 있잖아. 이 사람은 남편 피에르와 함께 이 일에 대해 이야기하고 분명히 웃었을 거야. 그러면 이것은 대수롭지 않은 일이구나.' 나타샤는 엘렌의 말을 듣고 지금까지 불안하고 무섭게 생각했던 감정이 참 단순하고 자연스러운 감정으로 느껴졌다. '게다가 이 사람은 상류사회의 귀부인이야. 이렇게 상냥한 분이 진심으로 나를 사랑해 주고 계시는데 한 번 기분을 전환한다고 해서 나쁠 게 뭐람!' 나타샤는 놀란 듯 눈을 크게 뜨고 엘렌을 보면서 이렇게 생각했다.

점심 식사 직전에 마리아 드미트리예브나가 진지한 표정으로 돌아왔다. 노공작에게서 패배의 고배를 마시고 온 모양이었다. 그녀는 노공작과 충돌한 일로 흥분하여 차분하게 이야기할 수가 없었다. 그녀는 백작의 질문에 모든 일이 순조롭게 되었으며, 내일 다시 이야기하겠다고만 대답했다. 베주호프 백작 부인의 내방과 야회 초대 사실을 들은 마리아 드미트리예브나는 이렇게 말했다.

"베주호프와 교제할 필요는 없다고 생각합니다. 하지만 이미 약속했으니 기분 전환 삼아 다녀오세요."

13

 일리아 안드레예비치 백작은 두 딸을 데리고 베주호프 저택으로 갔다. 야회에는 상당히 많은 사람들이 모여 있었다. 하지만 나타샤는 다 모르는 사람이었다. 노백작은 이 모임이 방탕하게 교제하는 것으로 알려진 남녀들의 모임인 것을 알고 불쾌해졌다. 여배우 조르주 양은 젊은 사람들에게 둘러싸여 객실 한쪽에 서 있었다. 프랑스인도 몇 명 있었는데 그 중에는 엘렌이 모스크바로 온 후 가족처럼 지내는 의사 메치비예도 있었다. 노백작은 카드놀이에도 끼지 않고 딸 옆을 지키면서 조르주 양의 낭송이 끝나는 대로 곧 돌아가야겠다고 마음먹었다.

 로스토프가 가족이 도착하기만 기다리던 아나톨리는 백작에게 인사하더니 바로 나타샤를 데리고 들어갔다. 나타샤는 그를 보자 극장에서와 똑같은 느낌, 그가 자신을 마음에 들어한다는 허영심, 두 사람 사이에 아무 장벽도 느껴지지 않는 두려움에 휩싸였다.

 엘렌은 나타샤를 반갑게 맞고 그녀의 미모와 옷차림을 큰 소리로 칭찬했다. 조르주 양은 분장하러 방에서 나가고 사람들은 객실에 가지런히 놓인 의자에 앉기 시작했다. 아나톨리는 나타샤에게 의자를 권하고 옆에 앉으려고 했으나 나타샤에게 눈을 떼지 않고 있는 백작이 그 옆에 앉았다. 아나톨리는 뒤에 앉았다.

 조르주 양은 한쪽 어깨에만 붉은 숄을 걸치고 포동포동한 팔을 드러낸 채, 자신을 위해 남겨진 안락의자 사이로 나와 어색하게 발을 멈추었다. 감탄하는 속삭임이 들렸다. 그녀는 엄숙하고 슬픈 시선으로 청중을 둘러본 뒤 아들에 대한 어머니의 끝없는 사랑을 노래한 시를 프랑스어로 낭송했다. 그녀는 목소리를 높이기도 하고, 때로는 의기양양하게 고개를 들며 속삭이는 소리를 내는가 하면, 눈을 부릅뜨면서 목쉰 소리를 내기도 했다.

"멋있어. 보통이 아니야!" 여기저기서 탄성이 들렸다. 나타샤는 앞을 보고는 있었으나 눈앞에 있는 조르주 양의 살찐 모습을 보지도 않았으며, 시를 듣지도 이해하지도 못했다. 그녀는 지금의 세계에서 동떨어진 불가사의한 세계, 무엇이 좋고 나쁘며 무엇이 옳고 그른 것인지 판단할 수 없는 광기의 세계로 완전히 빠져 버렸음을 다시 한 번 절감하였을 뿐이었다. 시 낭송이 끝났다.

"정말 미인이에요." 나타샤가 다른 사람들과 같이 자리에서 일어나 여배우 쪽으로 가는 아버지에게 말했다.

"나는 당신을 보고 있으면 그런 생각이 나지 않습니다." 아나톨리가 나타샤의 뒤에서 말했다. "당신은 참으로 아름다운 분입니다. 당신을 본 순간부터 나는 줄곧……."

"자, 가자, 나타샤." 백작이 딸을 데리러 돌아와 말했다.

나타샤는 아무 말도 하지 않고 아버지에게 다가가 놀란 눈빛으로 아버지를 바라보았다. 조르주 양은 몇 차례 낭송을 하고 돌아갔고, 베주호프 백작 부인은 사람들에게 홀로 자리를 옮기도록 부탁했다.

백작은 돌아갈 작정이었지만 갑작스럽게 베푼 무도회의 기분을 깨뜨리지 말아 달라는 엘렌의 간청으로 남기로 했다. 아나톨리는 나타샤에게 왈츠를 청했다. 춤을 추는 동안 그는 나타샤의 허리를 꽉 껴안은 채, 넋을 빼앗는 아름다운 분이라느니, 당신을 사랑하고 있다느니 하고 지껄였다. 나타샤는 이어지는 춤도 아나톨리와 추었는데 그들이 단둘이 되었을 때 아나톨리는 아무 말도 하지 않고 그녀의 얼굴을 볼 뿐이었다. 처음에 왈츠를 출 때 나타샤는 그가 속삭인 것이 마치 꿈인 것처럼 느꼈다. 하지만 계속 그와 춤을 추면서 그의 눈빛과 미소 속에 담긴, 뭐라고 말할 수 없는 자신감 넘치고 온유한 표정을 바라보며 그녀는 눈길을 떨어뜨렸다.

"내게 그런 말씀은 하지 마세요. 전 약혼자가 있어요. 사랑하는 사람이 있어요." 나타샤는 재빨리 말하고 그를 쳐다보았다. 아나톨리는 그 말을 듣고도 당황하지 않았다.

"그런 말씀을 하셔도 소용없습니다. 그것이 무슨 상관이 있다는 겁니까? 나는 미치도록 당신을 사랑하고 있습니다. 당신이 그처럼 매혹적인 것이 나에게 무슨 책임이 있습니까? 자, 또 시작합시다." 그가 말했다.

나타샤는 활기를 띠면서도 불안한 눈을 크게 뜨고 주위를 둘러보았다. 그녀는 여느 때보다도 즐거워 보였다. 에코세츠와 그로스파테르를 추었을 때, 아버지는 돌아가자고 했으나 그녀는 조금 더 있게 해 달라고 부탁했다. 어디에서 누구와 이야기를 하고 있든 그녀는 자신에게 남자의 시선이 닿는 것을 느꼈다. 그녀는 아버지의 허락을 받고 화장실로 옷매무새를 고치러 갈 때 엘렌이 뒤에서 오빠의 사랑을 웃으면서 이야기한 일, 조그만 소파가 있는 방에서 엘렌과 아나톨리와 만났던 일, 엘렌이 나가고 두 사람만 있었을 때 아나톨리가 그녀의 손을 잡고 부드럽게 말해 준 것을 기억하고 있었다.

"나는 당신의 집에 찾아갈 수 없습니다. 다시는 당신과 만나지 못하게 되는 것일까요? 나는 미칠 듯이 당신을 사랑하고 있습니다. 정말로 이제 다시는?" 그는 나타샤의 앞에 서서 자신의 얼굴을 그녀 얼굴에 가까이 가져갔다. 반짝반짝 빛나는 남자다운 큰 눈이 바로 눈앞에 있어서 그녀는 이 눈 외에 아무것도 보지 못했다.

"나타샤!" 그가 묻는 듯한 어조로 속삭였다. 그리고 아프도록 그녀의 손을 꼭 쥐었다. "나타샤!"

'나는 아무것도 모르겠어요. 아무것도 할 수 없어요.' 그녀의 눈은 이렇게 말하는 것 같았다.

뜨거운 입술이 그녀의 입술을 내리눌렀다. 그 순간 그녀는 다시 자유로워진 것처럼 느껴졌다. 방 안에서 엘렌의 발소리와 옷자락 스치는 소리가 들렸다. 나타샤가 그쪽을 돌아보았다. 그리고 얼굴이 빨개진 채 몸을 오들오들 떨면서 놀란 시선으로 남자를 바라보고 문 쪽으로 서너 걸음 다가갔다.

"한 마디만, 단 한 마디만. 제발." 아나톨리가 말했다.

그녀는 발을 멈추었다. 지금 일어난 일을 설명해 줄 그 한 마디를 그녀는 너무나 듣고 싶었다.

"나타샤, 한 마디만. 한 마디만." 그는 뭐라고 말해야 좋을지 모르겠다는 듯 계속 되풀이했다. 그때 엘렌이 두 사람 옆으로 다가왔다. 나타샤는 엘렌과 함께 다시 객실로 나왔다. 로스토프가 가족은 야식 자리에 남지 않고 돌아왔다.

집으로 돌아온 나타샤는 뜬눈으로 밤을 새웠다. 도대체 자신은 누구를 사랑하는 것일까? 아나톨리인가, 안드레이 공작인가? 그녀는 이 해결할 수 없는 문제로 괴로워했다. 그녀는 안드레이 공작을 사랑하고 있었다. 자신이 얼마나 안드레이 공작을 사랑하는가는 그녀도 잘 알고 있었다. 그러나 아나톨리도 역시 사랑하고 있었다. 이것은 의심할 여지도 없었다.

'그렇지 않다면 어떻게 그런 짓을 할 수 있겠는가? 나는 그런 짓을 하였고 그와 헤어질 때 미소를 지은 이상 처음부터 그 사람을 사랑했다는 증거다. 그 사람이 친절하고, 집안이 좋고, 또 미남자였기 때문에 사랑하지 않을 수 없었던 거야. 아, 양쪽 다 사랑하고 있다면 어떻게 해야 할까?' 이러한 두려운 문제들에 대해 아무 대답도 찾지 못한 채 그녀는 마음속으로 이렇게 되풀이했다.

14

이윽고 아침이 찾아왔다. 모두들 일어나서 움직이고 지껄이기 시작했다. 양장점 점원이 찾아왔다. 마리아 드미트리예브나가 거실에서 나오고, 하녀는 차가 준비되었다고 알렸다. 나타샤는 자신에게 쏠린 모든 시선을 붙잡기라도 하려는 듯이 불안한 시선으로 사람들을 둘러보면서 평소와 다름없이 행동하려고 안간힘을 썼다.

아침 식사를 한 뒤 마리아 드미트리예브나는(그녀가 하루 중에 가장 기분이 좋은 때였다) 안락의자에 앉아서 나타샤와 노백작을 옆으로 불렀다.

"나는 지금 두루 생각해 보고 나서 충고를 드릴까 하는데요." 그녀가 말을 꺼냈다. "아시다시피 어제 나는 니콜라이 볼콘스키 공작에게 가서 여러 가지 상의를 하려 했지만 그 영감님은 호통을 치려고 했어요. 그런 호통으로 나를 억누르지는 못해요! 나는 그분에게 거리낌 없이 얘기했지요!"

"그래, 그분께선 어땠습니까?" 백작이 물었다.

"어떻긴 뭐가 어때요? 반미치광이예요. 아예 들으려고 하지도 않아요. 결국 그 불쌍한 따님만 괴롭힌 게 되었어요. 그래서 말인데요, 볼일을 마치고 일단 아트라드노예 마을로 돌아가서 기다리시는 게 어떨까요." 마리아 드미트리예브나가 말했다.

"어머나, 싫어요." 나타샤가 소리쳤다.

"돌아가서 기다리도록 해요. 만약 신랑이 지금 돌아온다면 한바탕 소란이 일어날 것이 뻔해요. 그러니까 안드레이 공작이 영감님하고 충분히 상의한 다음에 당신에게 찾아가는 편이 나아요." 마리아 드미트리예브나가 말했다.

일리아 안드레예비치는 그 말이 옳음을 깨닫고 바로 찬성했다. 노인의 마음이 누그러진다면 시간이 흐른 뒤 다시 모스크바나 리스이예 고르이로 찾아가는 것이 좋겠고, 만약 그렇지 않다면 아버지의 뜻을 거역하며 결혼할 수 있는 곳은 아트라드노예 마을밖에는 없었기 때문이었다.

"정말 옳은 말씀입니다. 다만 이쪽에서 괜히 찾아간 것이, 더욱이 딸까지 데리고 찾아간 것이 유감스러울 뿐입니다." 그가 말했다.

"뭐, 유감스러울 것은 조금도 없어요. 그렇다고 여기에 와 있으면서 인사를 드리지 않을 수도 없잖아요. 그래도 싫다는 것을 어떡하겠어요." 마리아 드미트리예브나는 손가방에서 무엇인가를 찾으면서 말했다. "또 이제 혼수 준비도 다 되었으니까 이제 더 기다릴 것은 없어요. 혹시 모자라는 것이 있으면 내가 보내 드리겠어요. 정말 안됐지만 이번에는 돌아가는 게 좋아요." 그녀는 손가방에서 무언가를 꺼내 나타샤에게 주었다. 그것은 마리아의 편지였다.

"네게 보낸 거야. 그 아가씨도 무척 괴로워하고 있어. 아가씨는 자기가 너를 싫어한다고 네가 생각할까 봐 몹시 걱정하더군."

"네, 그녀는 나를 싫어해요." 나타샤가 말했다.

"쓸데없는 소리!" 마리아 드미트리예브나가 소리쳤다.

"누가 뭐라고 해도 나는 믿지 않아요. 그녀가 나를 싫어한다는 것은 분명해요." 나타샤는 편지를 받아들며 대담하게 말했다. 그녀의 얼굴은 무뚝뚝하고 화난 표정이었다. 마리아 드미트리예브나는 나타샤의 표정을 한참 응시하더니 눈살을 찌푸렸다.

"이봐요. 나타샤. 그렇게 말하는 게 아니야. 내 말이 맞아. 답장을 쓰도록 해요." 그녀가 말했다.

나타샤는 대답도 하지 않고 편지를 들고 거실로 갔다. 편지에는 자신은 나타샤와 생긴 오해로 몹시 괴로워하고 있으며, 아버지와 상관없이 오빠가 선택한 사람이 나타샤이기 때문에 그녀를 사랑한다고 쓰여 있었다. 또 오빠의 행복을 위해 모든 것을 희생할 각오가 되어 있으니 믿어 달라고 적혀 있었다. 그리고 '아버님이 당신을 좋지 않게 생각한다고 여기지 마세요. 아버님은 병을 앓고 있는 노인이니까, 너그럽게 용서해 주셔야 해요. 하지만 아버님은 마음이 넓고 친절한 분이니까 아들을 행복하게 해 주는 사람을 틀림없이 사랑하게 되실 거라고 생각합니다'라고 쓰여 있었다. 마리아는 다시 한 번 뵙고 싶다며 시간을 알려 달라고 했다.

나타샤는 답장을 쓰려고 책상 앞에 앉았다. '친애하는 공작 아가씨.' 그녀는 기계적으로 이렇게 쓰고 펜을 멈추었다. '어젯밤 그런 일이 있었는데, 무엇을 쓸 수 있단 말인가? 지금은 모든 것이 달라져 버렸어. 아아, 그분을 물리치면 안 되나? 아니, 정말 그렇게 해야만 하는 것일까? 아아, 무섭다.' 나타샤는 더 이상 무서운 생각을 하지 않으려고 답장 쓰던 것을 멈추고 소냐의 방으로 가서 같이 수본을 골랐다.

나타샤는 점심 식사를 마치고 다시 마리아의 편지를 집어 들었다. '이제 완전히 끝장난 것일까?' 그녀는 생각했다. '정말로 이렇게 갑자기 일어난 일이 지금까지의 일을 모두 망쳐 버린 것일까?' 그녀는 전과 다름없는 안드레이 공작에 대한 사랑을 생각해 냈다. 하지만 동시에 아나톨리도 사랑하는 감정이 느껴졌다. 그녀는 지금까지 몇 번이나 상상해 왔던 안드레이 공작과 결혼한 자신의 모습과 행복한 생활을 다시 그려 보았지만, 그와 동시에 아나톨리를 만났던 어젯밤의 일들 때문에 흥분되어 온몸이 불붙는 듯한 기분을 느꼈다. '어째서 두 사람을 동시에 사랑할 수 없는 것일까? 그러면 완전히 행복해질 텐데. 아아, 하지만 둘 중 하나를 선택해야 한다. 그러나 두 사람 중 어느 쪽을 잃어도 나는 행복해질 수 없다. 안드레이에게 사실대로 이야기할 수도 비밀로 할 수도 없다. 그러나 아나톨리에게 가면 망가질 것이 없다. 그러나 그처럼 오랫동안 내 목표였던, 안드레이 공작을 사랑하는 행복을 영원히 버리지 않으면 안 되는 것일까?'

그때 하녀가 들어와서 나직이 속삭였다. "어느 분이 이것을 전해 달라고 말씀하셨어요." 하녀는 편지를 내밀었다.

"다만 제발……." 하녀가 이어서 무엇인가를 말했으나 나타샤는 아무것도 생각하지 않고 봉투를 찢어 아나톨리의 사랑의 편지를 읽기 시작했다. 그러나 편지의 문구는 하나도 머리에 들어오지 않았고 다만 자신이 사랑하는 사람이 편지를 보냈다는 사실만 생각했다. '그렇다. 나는 사랑하고 있다. 그렇지 않다면 이번 일은 일어날 리가 없다. 내 손 안에 그 사람의 편지가 있을 리가 없다!'

나타샤가 떨리는 손으로 들고 있는 이 열렬한 연애편지는 돌로호프가 대필한 것이었는데, 그녀는 편지를 읽으면서 자신이 느끼는 모든 것이 메아리처럼 담겨 있다고 느꼈다.

"내 운명은 어젯밤에 결정되었습니다. 당신에게 사랑을 받든지, 아니면 죽든지 둘 중의 하나입니다. 내게 다른 방법은 없습니다. 당신 부모님께서 내게 당신을 주지 않으실 것이라는 것을 알고 있습니다. 그것은 알려지지 않은 어떤 이유 때문입니다만, 그 이유는 당신 혼자에게만 터놓고 이야기할 수 있습니다. 만약 당신이 나를 사랑한다면 다만 '네'라고 한마디만 말해 주시면 됩니다. 그러면 어떤 인간도 우리의 행복을 방해할 수 없을 것입니다. 사랑으로 모든 것을 극복하고 당신과 함께 세상의 끝까지 갈 것입니다.'

나타샤는 스무 번이나 편지를 되풀이하여 읽으면서 문장 하나하나에서 특별한 깊은 뜻을 찾아내려고 애썼다. '그렇다! 나는 이 사람을 사랑하고 있다!'

이날 밤 마리아 드미트리예브나는 아르하로프가를 방문하기로 되어 있어서 두 아가씨에게 동행하자고 했으나 나타샤는 머리가 아프다면서 집에 남기로 했다.

15

소냐가 밤늦게 돌아와 나타샤의 방으로 가 보니 나타샤는 옷도 갈아입지 않고 소파 위에서 자고 있었다. 탁자 위에는 아나톨리의 편지가 펼쳐진 채 놓여 있었다. 소냐는 편지를 들고 읽기 시작했다. 편지를 다 읽은 소냐는 편지를 설명해 달라는 듯이 잠자는 나타샤의 얼굴을 들여다보았다. 하지만 답을 들을 수 없었다. 그녀의 얼굴은 너무나도 평안하고 온화하고 행복해 보였다. 소냐는 공포와 흥분으로 파랗게 질렸고 와

들와들 떨리는 가슴에 손을 얹고 안락의자에 주저앉아 눈물을 흘리기 시작했다.

"어떻게 아무것도 눈치 채지 못했을까? 어떻게 이렇게까지 깊이 빠져 버린 것일까? 안드레이 공작에 대한 사랑이 식었단 말인가? 어떻게 쿠라긴이 이렇게 빨리 다가오게 했을까? 그 남자는 거짓말쟁이, 악당일 거야. 뻔한 일이다. 부드럽고 고결한 니콜라이가 이 일을 알게 된다면 어떻게 하실까? 이제야 알았어. 나타샤는 그제도 어제도 오늘도 마음을 잡지 못해서 생각에 잠긴 듯한 멍한 표정이었던 거야. 하지만 나타샤가 그 남자를 사랑하다니 믿을 수 없어. 아마 누구에게서 온 편지인지 모르고 뜯었겠지. 그리고 아마 화를 냈을 거야. 나타샤가 그런 짓을 할 턱이 없어!' 소냐는 생각했다.

소냐는 눈물을 닦고 나타샤에게 다가가 다시 얼굴을 들여다보았다.

"나타샤!" 그녀는 아주 작은 목소리로 소곤거렸다.

나타샤가 잠에서 깼다.

"어머나, 돌아왔네?"

나타샤는 잠에서 깼을 때 흔히 하듯이 힘차고 부드럽게 친구를 끌어안았다. 나타샤는 소냐의 얼굴에 나타난 동요를 알아채고 당황하는 빛이 역력했다.

"언니, 편지를 읽었구나?"

"응." 소냐는 나직한 목소리로 말했다.

나타샤는 의기양양한 미소를 지었다.

"소냐, 나는 이제 더 이상 숨길 수가 없어. 언니도 알았겠지만 우리는 서로 사랑하고 있어! 소냐, 그 사람 편지에 말이야……." 나타샤가 말했다.

소냐는 믿어지지 않는 듯이 눈을 동그랗게 뜨고 나타샤를 보았다.

"그럼 안드레이 공작은?"

"아아, 내가 얼마나 행복한지 언니가 알 수 있다면. 언니는 사랑이 어떤 것인지 모를 거야." 나타샤가 말했다.

"나타샤, 설마 이 문제가 이미 다 끝난 것은 아니겠지?"

나타샤는 이해되지 않는 것처럼 눈을 크게 뜨고 소냐를 보았다.

"너는 안드레이 공작을 거절할 작정이야?" 소냐가 물었다.

"언니는 아무것도 몰라! 그런 쓸데없는 소리는 하지 말고 내 얘기 좀 들어 봐." 나타샤는 순간 짜증이 나는 듯한 태도로 말했다.

"아냐, 난 믿을 수가 없어." 소냐가 되풀이했다. "일 년이나 그분을 사랑하고 있었으면서 어떻게 갑자기……. 너는 그 사람과 불과 세 번 만났을 뿐이잖아. 나타샤, 나는 네가 지금 한 말이 믿어지지 않아. 농담하는 거지? 불과 사흘 동안의 일로 모든 것을 잊어 버리다니……."

"사흘. 나는 벌써 백 년이나 그 사람을 사랑하고 있는 것 같아. 나는 그 사람 전에는 아무도 사랑한 적이 없는 것 같은 느낌이야. 언니는 이해할 수 없을 거야. 소냐, 잠깐만. 거기 좀 앉아 봐." 나타샤가 말했다.

나타샤는 그녀를 껴안고 키스를 했다. "이런 일이 흔하다는 것은 나도 들은 적이 있어. 언니도 들었을 거야. 하지만 이런 사랑을 경험한 것은 처음이야. 이번은 지금까지와는 전혀 달라. 나는 그 사람을 보자마자 그가 나의 지배자이고, 내가 그 사람을 사랑하지 않고는 견딜 수 없다는 것을 느꼈어. 그래, 노예야! 그 사람의 명령이라면 뭐든지 하겠어. 언니는 이런 기분이 이해되지 않을 거야. 하지만 어쩔 수 없잖아?" 나타샤는 행복한 표정으로 이 사실을 깨달은 것이 놀랍다는 듯 말했다.

"하지만 나타샤, 네가 무엇을 하고 있는지 생각해 봐. 나는 이 문제를 이대로 내버려둘 수 없어. 이런 비밀 편지 같은 것……. 어떻게 너는 이렇게 될 때까지 내버려 둘 수 있었니?" 소냐는 두려움과 혐오감을 나타내며 말했다.

"그래서 내가 늘 말했잖아." 나타샤가 대답했다. "나에게는 의지가 없다고. 어떻게 언니에겐 이해되지 않을까? 나는 그 사람을 사랑해!"

"그럼 나도 그런 짓을 하게 내버려 둘 수 없어. 난 모두에게 얘기하겠어." 소냐는 눈물을 하염없이 흘리며 소리쳤다.

"어떻게 그런 소릴! 만약 이야기하면 언니는 나의 원수야. 언니는 내 불행을 바라는 것이니까, 우리들을 떼어 놓기를 바라는 것이 되니까 말이야." 나타샤가 말했다.

나타샤가 두려움에 떨자 소냐는 나타샤에게 미안하기도 하고 그녀가 가엾기도 하여 눈물이 치솟았다.

"그건 그렇고 너희들 사이에 무슨 일 있었어? 그 사람이 무슨 말을 했지? 그 사람은 왜 집에 오지 않는 거야?"

나타샤는 이 물음에 대답하지 않았다.

"제발, 부탁이야. 누구에게도 말하지 말고 나를 괴롭히지 말아 줘. 언니에게만 터놓고 이야기한 걸 잊지 말아 줘."

"그렇지만 왜 비밀로 하려는 거야? 어째서 그 사람은 집에 오지 않고 또 직접 청혼하지 않는 거지? 안드레이 공작께서는 너에게 완전한 자유를 주었잖아. 그 사람은 믿을 수가 없어. 나타샤, 그 이유를 생각해 봤어?" 소냐가 물었다.

나타샤는 놀란 눈으로 소냐를 바라보았다. 그녀는 이 문제를 처음으로 생각한 듯했다. 그래서 그녀는 뭐라고 대답해야 할지 몰랐다.

"모르겠어. 하지만 반드시 이유가 있을 거야!"

소냐는 한숨을 몰아쉬고 믿어지지 않는 듯 고개를 저었다.

"만약 이유가 있다면……." 그녀가 말하기 시작했다. 그러나 나타샤는 소냐의 의혹을 추측하고 깜짝 놀라 가로막았다.

"소냐, 그 사람을 의심하지 마!" 그녀가 소리쳤다.

"대체 그 사람은 너를 사랑하고 있는 거니!"

"사랑하느냐고? 언니도 편지를 읽어 보았잖아? 그리고 만나봤잖아?" 나타샤는 소냐의 아둔함이 딱하다는 듯이 미소를 지었다.

"하지만 그 사람은 소행이 나쁜 사람이야."

"그 사람이 소행이 나쁜 사람이라고! 언니가 그 사람의 진실을 알아주면 얼마나 좋을까!" 나타샤가 말했다.

"만약 그 사람이 순결한 사람이라면 자신의 뜻을 밝히든지, 너와 만나는 것을 그만두든지 어느 한쪽을 택했을 거야. 네가 못하겠다면 내가 하겠어. 내가 그 사람에게 편지를 쓰고 아버님께도 말씀드리겠어." 소냐가 단호하게 말했다.

"난 그 사람 없이는 살 수 없어!" 나타샤가 소리쳤다.

"나타샤, 난 도무지 네 마음을 모르겠어. 도대체 무슨 말을 하고 있는 거야! 아버님과 니콜라이를 생각해 봐."

"나는 그 사람 외엔 아무도 필요 없어. 아무도 사랑하지 않아. 내가 그 사람을 사랑하고 있다는 것을 알면서도 언니는 어떻게 그를 나쁜 사람이라고 말할 수 있어?" 나타샤는 소리쳤다. "소냐, 말다툼하고 싶지 않으니까 나가 줘, 제발 나가 줘. 내가 이렇게 괴로워하고 있는 것을 알면서!" 나타샤는 절망적인 목소리로 앙칼지게 외쳤다.

소냐는 울음을 터뜨리며 방에서 뛰어나갔다.

나타샤는 탁자로 다가갔다. 그리고 일 분도 생각하지 않고 아침 내내 쓸 수 없었던 마리아의 편지에 대한 답장을 단숨에 썼다. 그녀는 두 사람 사이의 오해는 모두 끝났다는 것, 안드레이 공작이 출발할 때 자신에게 베풀어 준 관대함 때문에라도 모든 것을 잊어 주길 바란다는 것, 만약 자신에게 잘못이 있다면 용서해 주기 바란다는 것, 자신은 안드레이 공작의 아내가 될 수 없다는 뜻을 짤막하게 적었다. 그 순간 그녀는 이 모든 것을 아주 간단하고 쉬운 일로 생각했다.

백작은 수요일에 땅을 살 사람과 같이 모스크바 근교에 있는 영지로 떠났고 금요일에는 로스토프가 사람들이 떠나기로 했다. 백작이 떠나는 날, 소냐와 나타샤는 쿠라긴가의 만찬에 초대를 받았기에 마리아 드미트리예브나가 두 사람을 데리고 갔다. 이 만찬회에서 나타샤는 다시 아나톨리를 만났다. 소냐는 나타샤가 남에게 들리지 않도록 애쓰며 그와 이야기하는 것을 보았고, 식사를 하는 내내 전보다 한층 들떠 있는 것을 알아챘다. 집으로 돌아오자 나타샤는 이 문제에 대해 얘기하길 바라는 소냐보다 먼저 말을 꺼냈다.

"소냐, 언니는 그분에 대해 어리석은 말을 했었지. 나는 오늘 그분과 상의를 했어." 나타샤가 부드러운 목소리로 말했다. 마치 어린아이가 어른에게 칭찬을 받고 싶을 때의 목소리 같았다.

"그래? 무엇을, 어떻게? 그분이 뭐라고 말했어? 나타샤, 나는 네가 화내지 않으니까 얼마나 기쁜지 몰라. 어디 한 번 숨김없이 모두 얘기해 봐. 그분이 뭐라고 말했는데?"

나타샤는 잠시 생각에 잠겼다.

"언니도 그분을 이해한다면 얼마나 좋을까! 그분은 내가 안드레이에게 약속했을 때를 물었어. 그리고 거절하는 것은 내 마음에 달렸다고 했어. 난 그 말을 듣고 너무 기뻤어."

소냐는 슬픈 듯 한숨을 쉬었다.

"설마 안드레이 공작을 거절하는 것은 아니겠지?"

"어쩌면 거절한 것인지도 몰라! 안드레이와의 관계는 완전히 끊어진 것인지도 몰라. 언니는 나에 대해 왜 그렇게 나쁘게 생각해?"

"나는 다만 이해가 되지 않아서……."

"조금만 기다려 봐, 소냐. 그가 어떤 사람인지 다 알게 될 거야. 그러니까 나도, 그이도 제발 나쁘게 생각하지 말아 줘."

"나는 누구도 나쁘게 생각하지 않아. 나는 모두가 사랑스럽고, 모두가 안타까워. 하지만 어떻게 해야 좋지?"

소냐는 나타샤의 부드러운 억양에 말려들지 않았다. 나타샤의 표정이 부드러워지고 애절해질수록 소냐는 더 진지해지고 엄해졌다.

"나타샤." 소냐가 말했다. "네가 말하지 말라고 해서 지금까지 나는 아무 말도 하지 않았던 거야. 그런데 오늘은 네 쪽에서 먼저 이야기를 시작했으니까 얘기할게. 나타샤, 나는 그 사람을 믿지 않아. 그 일을 왜 비밀로 하는 거지?"

"아아! 또, 또!" 나타샤가 가로막았다.

"나타샤, 나는 너 때문에 걱정이 되어서 못 견디겠어."

"뭐가 걱정된다는 거야."

"네 인생을 망치게 될까 봐 그게 걱정이야." 소냐는 자신의 단호한 말에 스스로 놀랐다.

나타샤의 얼굴에는 다시 증오의 빛이 떠올랐다.

"그래, 망쳐 버리겠어. 될 수 있는 대로 빨리 망쳐 버리겠어. 하지만 언니가 참견할 일이 아냐. 곤란해지는 것은 언니가 아니라 나니까. 어떻게 되든 내버려 둬. 나는 언니가 미워서 못 견디겠어."

"나타샤!" 소냐가 겁에 질린 듯이 나타샤를 불렀다.

"미워! 미워! 너는 영원히 나의 적이야!"

나타샤는 방에서 뛰어나갔다. 나타샤는 그때부터 소냐를 피해 다녔고 말도 하지 않았다. 그리고 죄를 지은 사람처럼 놀라고 흥분한 표정으로 이 방 저 방을 돌아다니며 이것저것

해 보다가 곧 내던져 버렸다. 소냐는 줄곧 나타샤의 행동을 괴로운 심정으로 지켜보았다. 백작이 돌아오기 전날, 소냐는 나타샤가 아침 내내 무엇인가를 기다리는 듯 줄곧 객실의 창가에 앉아 있다가 아나톨리 같은 군인에게 손짓하는 것을 보았다. 소냐는 더 주의 깊게 나타샤를 살피면서 그녀가 식사하는 동안이나 저녁에 이상하고 어색하게 있는 것을 알아챘다. 나타샤는 무엇을 물으면 엉뚱하게 대답하고, 말을 하다가 도중에 멈추기도 했으며, 무슨 일에나 마구 웃어대기도 했다.

차를 마신 뒤 소냐는 한 하녀가 나타샤의 거실 문에서 잔뜩 겁먹은 태도로 자신이 나가기를 기다리고 있는 것을 알아챘다. 그녀는 하녀를 방으로 들여보낸 다음 문 옆으로 가서 엿들어 또 편지가 전달된 것을 알았다. 갑자기 모든 것이 분명해졌다. 나타샤는 오늘 밤 무엇인가 무서운 일을 계획하고 있었다. 소냐가 문을 두드렸으나 나타샤는 열어 주지 않았다.

'나타샤는 그 남자와 같이 달아나려는 것이다!' 소냐는 생각했다. '나타샤는 무슨 일이든 저지를 수 있는 아이야. 오늘 나타샤의 얼굴에는 결연한 표정이 감돌고 있었어. 그리고 아저씨와 헤어질 때 울음을 터뜨리지 않았던가? 그렇다, 틀림없어. 나타샤는 도망칠 작정인 거야. 아아, 나는 어떻게 해야 좋단 말인가?' 나타샤에게 무서운 의도가 있다는 것을 뚜렷이 알리는 징조를 지금에서야 깨달은 소냐는 이렇게 생각했다.

'아저씨도 계시지 않고 정말 어떻게 해야 좋을까? 쿠라긴에게 편지를 보내 설명해 달라고 부탁할까? 그러나 그 사내에게 답장을 쓰라고 명령할 수 있는 사람이 누가 있담? 무엇인가 불행이 일어났을 경우 안드레이 공작이 말씀하신 것처럼 피에르에게 편지를 보낼까? 어쩌면 나타샤는 정말 안드레이 공작을 거절하고 말았을지도 모른다. 어제 마리아에게 답장을 냈으니까.' 그렇다고 해서 이런 생각만 가지고 나타샤를 믿고 있는 마리아 드미트리예브나에게 털어놓는 것은 생각하기만 해도 두려웠다.

'하지만 아무튼……. 이 기회를 놓치면 내가 이 집안의 신세를 잊지 않는다는 것도, 니콜라이를 사랑한다는 것도 영원히 증명할 수 없을 것이다. 이틀 밤이고 사흘 밤이고 자지 않고 이 복도에 서서 강제로라도 나타샤를 붙잡자. 그리하여 이 집안에 떨어지려는 오명을 미연에 방지해야만 해.'

16

아나톨리는 최근 돌로호프의 집으로 이사를 했다. 나타샤를 유괴하려는 계획은 며칠 전 돌로호프의 머리에서 나온 것으로 이미 모든 준비가 되어 있었다. 소냐가 나타샤를 지켜야겠다고 마음먹었던 그날 이 계획을 실행하기로 되어 있었다. 나타샤는 밤 10시에 뒤쪽 계단으로 나가 아나톨리에게 몸을 맡길 것을 약속했다. 그는 준비된 트로이카에 나타샤를 태워 자신들의 결혼식을 올려 줄 것을 미리 부탁한, 파문당한 사제가 살고 있는 카멘카 마을로 가기로 계획했다. 그 마을은 모스크바에서 60베르스타 떨어진 곳에 있었다. 카멘카 마을에는 갈아탈 말이 준비되어 있어서 두 사람이 바르샤바까지 타고 가고 그곳에서 우편마차로 외국으로 도주할 생각이었다. 아나톨리는 여권과 역마차권, 돈을 준비해 두었다. 1만 루블은 누이에게서 얻고, 1만 루블은 돌로호프가 주선해 주어 빌렸다. 입회인 두 사람 중 한 사람은 관리 출신인 호보스치코프라는 사람으로 돌로호프가 도박에 이용하던 남자이고, 다른 한 사람은 마카린이라는 퇴역 경기병으로 쿠라긴을 무한히 존경하는 착하고 여린 남자였다. 이들은 옆방에서 차를 마시고 있었다.

벽에서 천장까지 페르시아 직물과 곰 가죽, 무기들로 꾸민 돌로호프의 큼직한 서재에는 여행용 외투를 입고 장화를 신은 방주인이 사무용 탁자 앞에 앉아 있었고, 탁자 위에는 주판과 지폐 뭉치가 놓여 있었다. 아나톨리는 군복의 앞가슴을 열어젖히고 입회인이 있는 방에서 서재로, 또 프랑스인 하인이 다른 사람들과 함께 마지막 짐을 꾸리고 있는 방으로 돌아다니고 있었다. 돌로호프는 돈을 계산하며 기입하고 있었다.

"그런데 호보스치코프에게 2,000루블은 주어야 해."

"주게." 아나톨리가 말했다.

"마카린은 자네를 위해서라면 물불을 가리지 않는단 말이야. 자, 이것으로 계산도 끝났네. 됐나?" 돌로호프가 문서를 보여 주며 말했다.

"아, 물론." 아나톨리는 돌로호프의 말을 듣지 않는 것처럼 줄곧 웃으면서 골똘히 앞을 바라보며 말했다.

돌로호프는 사무용 탁자의 뚜껑을 쾅 닫고는 냉소를 머금고 아나톨리를 바라보았다.

"어떤가? 지금이라도 모두 걷어치울 시간은 아직 있어!"

"뭐라고! 쓸데없는 말은 그만해. 정말 내가 얼마나……. 이 기분은 어떻다고 표현할 수 없군!" 아나톨리가 말했다.

"정말이야, 그만두게. 나는 진지하게 말하는 거야. 자네의 계획은 정말 장난이 아닐세." 돌로호프가 말했다.

"뭐야, 또 빈정거리는 건가? 맘대로 하게!" 아나톨리는 얼굴을 찌푸리며 말했다. "그런 어리석은 농담을 할 때가 아냐." 그는 방에서 나갔다.

아나톨리가 방에서 나가자 돌로호프는 비웃는 동시에 너그러운 미소를 지었다.

"여보게, 잠깐만." 그는 아나톨리의 뒤에다 말했다. "농담이 아니야. 나는 진지하게 말하는 거야. 이리 오게."

아나톨리는 다시 방으로 들어왔다. 그리고 자신도 모르게 상대방에게 끌려들어 돌로호프를 바라보았다.

"내 말 좀 들어 보게. 마지막으로 할 말이 있으니까. 내가 왜 자네한테 농담을 하겠나? 지금까지 내가 자네에게 반대한 적이 있나? 자네를 위해서 모든 준비를 한 것이 누구야? 사제를 찾아낸 것이며 여권을 손에 넣어 준 것, 돈을 마련해 준 것이 누구인가? 모두 내가 아니냔 말일세."

"그건 그렇지. 그래서 고맙게 여기고 있지 않나. 내가 자네에게 감사해하지 않는다는 건가?" 아나톨리는 한숨을 쉬고 돌로호프를 껴안았다.

"나는 자네를 도와주었지만 그래도 진실을 이야기하지 않을 수 없어. 이것은 실로 위험하고 어리석은 짓이야. 생각해 보게. 자네가 그녀를 데리고 달아나는 것은 좋다 하더라도 과연 그대로 끝날 줄 아나? 자네에게 아내가 있다는 것은 금방 탄로날 걸세. 그러면 자네는 재판에 회부될 거야."

"뭐야! 그런 어리석은 소리가 어디 있어!" 아나톨리가 얼굴을 찌푸리며 외쳤다. "자네에겐 이미 다 설명해 주지 않았나." 아둔한 사람이 이따금 자신의 지혜로 가치를 얻었을 때 흔히 느끼는 열정으로 아나톨리는 이미 여러 번 말한 것을 돌로호프에게 또 되풀이했다. "자네에게 이미 설명하지 않았나. 만약 이 결혼이 효력이 없는 것이라면." 그는 손가락을 하나 꼽으면서 말했다. "말하자면 나에게 책임이 없어지는 것 아닌가. 설령 유효하다 하더라도 마찬가지야. 어차피 외국으로 가 버리면 아무도 모를 테니까 말이지. 그렇지 않나? 어쨌든 이제부터는 아무 말도 하지 말아 줘!"

"정말이야, 그만두게! 자신을 스스로 속박할 뿐이야."

"괜찮으니까 덮어 두란 말이야!" 아나톨리는 이렇게 내뱉고 머리를 움켜쥐면서 밖으로 나갔다. 그러나 곧 다시 돌아와 돌로호프 앞의 안락의자에 발을 포개고 앉았다.

"이게 대체 무슨 일일까! 이것 좀 봐, 이 가슴의 고동을!" 그는 돌로호프의 손을 잡아 자신의 가슴에 댔다. "아아! 그 귀여운 어깨, 그 눈매! 흡사 여신이야!"

돌로호프는 싸늘하게 미소 지으며 오만한 눈을 반짝이고는 조금 더 놀려 주고 싶은 듯한 태도로 상대방을 바라보았다.

"그런데 돈이 떨어지면 그때는 어떡하지?"

"그때는 어떡하느냐고?" 아나톨리는 멀지 않은 장래의 일을 생각하고 당황하며 되풀이했다. "글쎄, 나도 어떻게 해야 할지 모르겠어. 그런 쓸데없는 소리를 지껄일 필요는 없어!" 그는 시계를 보았다. "이제 시간이 다 됐어! 이봐, 다 됐나? 뭘 그리 꾸물거리는 거야." 그는 안쪽 방으로 들어가 하인에게 소리쳤다.

돌로호프는 돈을 치우고 하인을 불러 철저히 준비하도록 명령하고, 호보스치코프와 마카린이 있는 방으로 갔다.

아나톨리는 서재에서 턱을 괴고 소파 위에 엎드려 깊은 생각에 잠긴 것처럼 미소 지으면서 혼잣말로 중얼거리고 있다.

"이리 와, 무엇이라도 좀 먹게. 자, 건배!" 돌로호프가 옆방에서 큰소리로 불렀다.

"싫어!" 아나톨리가 여전히 미소를 지으면서 대답했다.

"오게, 발라가가 왔네."

아나톨리는 일어나서 식당으로 갔다. 이름난 트로이카 마부인 발라가는 벌써 6년 넘게 아나톨리와 돌로호프를 알고 지냈으며 이번 일에도 자신의 트로이카를 제공해 주었다. 아나톨리의 연대가 트베리에 주둔하고 있을 때도 발라가는 그를 태우고 저녁에 트베리를 떠나 새벽까지 모스크바에 데려다 주고 이튿날 밤에 다시 트베리로 데려간 일이 한두 번이 아니었다. 또 추격자를 피하여 돌로호프를 피신시켜 주었고, 집시 여자나 아가씨들과 이 두 사람을 함께 태우고 온 시내를 누비고 돌아다니기도 했다. 두 사람의 일로 모스크바에서 통행인과 삯마차의 마부를 치어 죽이고, 그때마다 이른바 서방님들로부터 구원받은 일도 여러 번 있었다. 이 두 사람의 부탁을 받고 마구 마차를 몰다가 죽인 말도 한두 마리가 아니었다. 두 사람에게 얻어맞은 적도 여러 번 있었지만 그가 좋아하는 샴페인이며 마데라주를 얻어 마신 것도 여러 번이었고, 또 다른 사람 같으면 벌써 옛날에 시베리아로 귀양살이를 갔을 이 두 사람의 나쁜 행적도 낱낱이 알고 있었다. 두 사람은 술자리에도 곧잘 발라가를 불러내서 억지로 술을 마시게 하고 집시와 춤추게 하였다. 그의 손을 거쳐 나간 두 사람의 돈도 수천 루블이었다. 이 두 사람을 섬기면서 그는 한 해에 스무 번 이상 목숨 거는 일도 해치웠고 두 사람의 일로 받은 보수로는 어림도 없을 만큼 많은 말을 죽이기도 했다. 하지만 그래도 그는 이 두 사람을 사랑했고 한 시간에 19베르스타라는 광적인 질주를 사랑했다. 그는 잔뜩 취한 두 사람의 "빨리 몰아! 빨리 몰아!" 하고 미친 듯이 외치는 소리를 들으면서 더 이상 빨리 달릴 수 없을 만큼 말을 모는 것을 좋아했고, 마차 옆에서 질겁하는 농부를 채찍으로 힘껏 후려갈기는 것을 좋아했으며 그들이 진짜 나리라고 생각했다.

발라가는 스물예닐곱으로 붉은 머리에 붉은 얼굴이었고 굵은 목덜미는 더 붉었으며, 납작코에 조그만 눈은 반짝거렸고 턱수염이 듬성듬성 났고 키는 작달막했다. 그는 현관 구석에 있는 성상 앞에서 성호를 긋고 거무스름한 손을 내밀며 돌로호프에게 걸어왔다.

"안녕하세요, 나리." 그는 들어오는 아나톨리에게도 손을 내밀었다.

"발라가, 다시 묻겠는데." 아나톨리가 두 손을 그의 어깨에 얹고 말했다. "너는 나를 좋아하고 있나, 어떤가? 이번에는 크게 수고해 줘야겠어. 어떤 말을 가져왔지?"

"말씀하신 대로 나리께서 좋아하시는 사나운 말들입니다."

"그럼 말이야, 발라가! 말이 죽을 만큼 마구 때려서라도 세 시간에 닿도록 해, 알겠나?"

"죽을 만큼 때리면 타고 갈 것이 없어지지 않습니까." 발라가가 눈을 껌벅거리며 말했다.

"이놈, 뺨을 후려갈겨 줄 테다. 까불지 마!" 아나톨리가 갑자기 눈을 부릅뜨며 외쳤다.

"까불다니요. 제가 서방님들을 모시고 말을 아낀 적이 있었나요? 말이 힘을 다해 달릴 수 있을 때까지 달리겠습니다." 발라가가 웃으면서 말했다.

"좋아! 자, 앉게." 아나톨리가 말했다.

"자, 앉지 그래!" 돌로호프도 말했다.

"뭘요. 서 있겠습니다."

"잔소리 말고 앉으라니까. 자, 한 잔 하게." 아나톨리는 마데라주를 큼직한 잔에다 가득 따라 주었다. 술을 보는 마부의 눈이 빛났다. 그는 예의상 몇 번 거절하다가 단숨에 쭉 들이키더니 모자 속에서 붉은 손수건을 꺼내 입가를 닦았다.

"그건 그렇고 언제 떠나시는데요, 나리?"

"글쎄……. 곧 떠나야지. 발라가, 시간 안에 닿을 수 있을까?" 아나톨리가 시계를 보며 말했다.

"네, 출발하기에 달렸습니다. 출발만 잘하면 못 갈 리 없죠. 왜 언젠가 트베리로 모셨을 때는 일곱 시간에 도착하지 않았습니까. 기억나십니까?" 발라가가 말했다.

"자네 생각나나? 언젠가 크리스마스를 지내러 트베리에서 달려온 적이 있었지." 그때 마카린이 눈을 크게 뜨고 감동한 듯한 얼굴로 아나톨리를 쳐다보고 있었다. 그를 본 아나톨리는 만족감으로 웃으며 말했다. "마카린, 자네로선 믿어지지 않을 테지만 숨이 막힐 만큼 날았었지. 짐 썰매의 행렬에 끼어들었는데, 한 번에 두 대씩 뛰어넘다시피 했어."

"말도 훌륭했죠!" 발라가가 이야기를 계속했다. "저는 그때 젊은 부마를 채웠는데." 그가 돌로호프에게로 얼굴을 돌리며 말했다. "서방님께서는 믿지 않으실 테지만, 60베르스타를 단숨에 날아갔습죠. 고삐 따위는 잡을 수도 없었어요. 무서운 추위로 손이 얼음처럼 곱아 버려서 말이에요. 그 거리를 세 시간에 달렸죠. 그래도 왼쪽 부마만 뻗었습죠."

17

아나톨리는 방에서 나가더니 몇 분 후 은고리로 장식한 벨트가 달린 외투를 걸치고, 담비 모자를 멋으로 비스듬히 쓰고 (멋진 그의 얼굴에 잘 어울렸다) 돌아왔다. 그는 거울을 살짝 들여다보고는 거울에 비친 것과 똑같은 자세로 돌로호프 앞에 서서 포도주 잔을 들었다.

"그럼, 돌로호프, 잘 있게. 여러 가지로 고맙네. 그리고 내 젊은 날의 친구들, 잘 있게." 아나톨리는 마카린과 다른 사람들에게도 인사했다.

모두 같이 가는 것이었지만 아나톨리는 감동적이고 엄숙한 분위기를 만들고 싶어서 가슴을 쭉 펴고 한쪽 다리를 흔들면서 커다란 목소리로 천천히 말했다.

"자, 모두 술잔을 들어 주게. 발라가도. 내 젊은 날의 친구 여러분, 우리는 오랫동안 같이 지내왔고 기쁨을 함께했네. 하지만 이제 헤어지면 다시 만날 날이 있을까? 나는 이제 외국으로 갈 걸세. 오래 같이 지냈지만 이것으로 이별이야. 서로의 건강을 빌자고. 건배!" 그는 이렇게 말하고 잔을 비우더니 마룻바닥에 내던졌다.

"건강하시기를." 발라가도 잔을 비우고 손수건으로 입을 닦으면서 말했다.

마카린은 눈물이 글썽글썽해져서 아나톨리를 껴안았다.

"공작. 당신과 헤어지다니 이렇게 슬플 수가 없습니다." 그가 말했다.

"자, 출발. 출발이다." 아나톨리가 외쳤다. 발라가는 방에서 나가려고 했다.

"아니, 잠깐만." 아나톨리가 말했다. "문을 닫아, 앉아. 그렇지." 문을 닫고 모두들 자리에 앉았다. 여행을 떠나기 전 모두 조용히 앉아서 여행의 안전을 비는 풍습 때문이었다.

"자, 여러분, 드디어 출발이다!" 아나톨리가 일어서면서 말했다. 하인 조세프가 아나톨리에게 배낭과 군도를 넘겨 주었다. 모두 현관으로 나갔다.

"모피 외투는 어디에 있지?" 돌로호프가 말했다. "어이! 마트료슈카 마트베예브나한테로 가서 외투를 가지고 와, 부인용 검은담비 외투 말이야. 여자를 유괴하는 방법을 잘 들어두었단 말이야." 돌로호프가 눈짓을 하며 말을 이었다. "여자는 집에서 입고 있는 채로 잔뜩 겁에 질려 허둥지둥 뛰어나오거든. 거기서 조금이라도 어물거리면 곧 눈물을 찔끔찔끔 흘리기 시작하고, 아버지와 어머니를 찾기 시작하고, 그러는 동안 추워져서 집으로 돌아가려 한단 말이야. 그러니까 냉큼 외투에 싸 가지고 썰매에다 태워 버려."

하인이 부인용 여우 가죽 외투를 가지고 왔다.

"바보 녀석아, 내가 검은담비라고 했잖아!" 돌로호프는 온 집 안에 울려 퍼지도록 크게 소리쳤다.

붉은 숄을 걸친 야위고 창백한 마트료슈카가 검은담비 외투를 손에 들고 뛰어나왔다.

돌로호프는 외투를 받아 들더니 마트료슈카의 어깨에 걸쳐서 감쌌다.

"봐, 이렇게 하는 거야." 돌로호프가 말했다. 그는 여자의 머리에까지 완전히 깃을 세우고 얼굴 앞만 조금 벌렸다. "이렇게, 알겠나?" 그는 웃고 있는 마트료슈카의 벌어진 깃 사이로 아나톨리의 머리를 끌어다 댔다.

"그럼 잘 있어, 마트료슈카." 아나톨리가 그녀에게 키스하며 말했다. "이 고장에서 노는 것도 마지막이다. 스프카에게 안부를 전해 줘. 마트료슈카도 나의 행복을 빌어 주겠지."

"네, 그럼요. 하나님, 아무쪼록 공작님께 크나큰 행복을 내려 주소서." 마트료슈카가 집시 특유의 억양으로 말했다.

문 앞에는 두 대의 트로이카와 두 명의 건장한 마부가 서 있었다. 앞쪽의 트로이카에 탄 발라가는 팔꿈치를 높이 쳐들고는 유유히 고삐를 잡았다. 아나톨리와 돌로호프는 앞에 타고, 마카린과 호보스치코프와 하인은 다른 트로이카에 탔다.

"됐습니까?" 발라가가 물었다. 그는 손에다 고삐를 둘둘 감아 잡으면서 출발을 외쳤다. 트로이카는 가로수 길을 쏜살같이 질주하기 시작했다.

"이랴! 달려, 이 망할 놈의 망아지야! 이랴!" 발라가와 마부석에 앉은 젊은이의 외침 소리만 있었다. 아르바트 광장에서 트로이카는 마차 한 대와 스치며 부딪쳤다. 우지끈 부서지는 소리와 고함 소리가 들렸지만 그대로 질주해 갔다. 그는 스타라야 코뉴셴나야 네거리에서 말을 세웠다. 젊은이는 말의 재갈을 잡으려고 뛰어내렸고, 아나톨리와 돌로호프도 뛰어내려 걸어갔다. 문 옆으로 오자 돌로호프가 휘파람을 불었다. 응답의 휘파람이 들려왔고 하녀가 달려 나왔다.

"마당으로 들어오세요, 그렇지 않으면 눈에 띄니까. 곧 나오실 거예요." 하녀가 말했다.

돌로호프는 문 옆에서 기다리고 있었다. 아나톨리는 하녀를 따라서 마당으로 들어갔다. 그리고 집 모퉁이를 돌아 입구의 계단을 뛰어 올라갔다. 그때 마리아 드미트리예브나가 외출할 때 동행하는 가브릴로라는 몸집이 큰 하인이 아나톨리를 맞았다.

"마님한테 가십시오." 그가 문에 버티고 서서 길을 가로막으며 낮은 목소리로 말했다.

"도대체 어떤 마님이라는 거야? 그리고 너는 누구냐?" 아나톨리가 가쁜 숨을 몰아쉬며 속삭이듯 말했다.

"자, 가십시오. 안내하라는 분부이십니다."

"아나톨리, 돌아와! 배신이야!" 돌로호프가 외쳤다.

쪽문 옆에 서 있던 돌로호프는 아나톨리가 들어간 뒤 쪽문을 닫으려는 문지기와 몸싸움을 했다. 돌로호프는 힘껏 문지기를 떠밀고, 뛰어나온 아나톨리의 손을 잡고 트로이카로 달려가 되돌아왔다.

18

마리아 드미트리예브나는 복도에서 눈물을 흘리고 있는 소냐를 발견하였고 모든 것을 다 말하게 했다. 그녀는 나타샤의 편지를 빼앗아 읽더니 편지를 들고 나타샤의 방으로 들어갔다.

"이 더러운 년! 철면피 말괄량이! 아무것도 듣고 싶지 않아!" 그녀가 외쳤다.

그녀는 놀란 눈으로 자신을 바라보는 나타샤를 밀어내고 자물쇠를 잠그고 가두어 버렸다. 그리고 문지기에게 오늘 밤 들어오는 사람들은 안으로 들이고 내보내지 말라고 명령하고, 하인에게는 그 사람을 자신에게 데려오라고 지시한 뒤 객실에 앉아 약탈자를 기다리고 있었다. 가브릴로가 와서 약탈자들이 도망쳤다고 알리자 마리아 드미트리예브나는 눈살을 잔뜩 찌푸리고 일어나 뒷짐을 진 채 오랫동안 이 방 저 방을 다니며 고민하였다. 11시가 지나자 그녀는 호주머니 속에서 열쇠를 꺼내 들고 나타샤의 방으로 갔다. 소냐가 흐느껴 울면서 복도에 앉아 있었다. "마리아 드미트리예브나, 제발 저를 들어가게 해 주세요!" 소냐가 말했다. 마리아 드미트리예브나는 아무 말도 하지 않고 문을 열고 들어갔다. '더럽다, 추악하다. 남의 집에서……. 더러운 계집애 같으니! 그저 아버지만 불쌍할 뿐이군!' 그녀는 분노를 가라앉히려고 애쓰면서 생각했다. '몹시 어려운 일이겠지만 모두에게 함구하라고 단단히 일러 놓고, 백작에게는 비밀로 해야겠다.' 나타샤는 두 손으로 머리를 감싸고 소파에 누워 있었다. 아까 마리아 드미트리예브나가 나갔을 때와 똑같은 자세였다.

"훌륭해, 정말 훌륭하구나!" 마리아 드미트리예브나가 말했다. "남의 집에서 정부와 도망갈 약속을 하다니! 이제 와서 능청을 떨어 보았자 소용없어. 남이 말할 때는 귀를 기울여야 하는 거야!" 그녀는 나타샤의 팔을 툭툭 쳤다. "너는 가장 천한 계집애로서 얼굴에 먹칠을 했어. 너 하나라면 이대로 놔두지 않겠지만 네 아버지가 불쌍해서 그냥 덮어 두겠다."

나타샤는 자세를 바꾸지 않았으나 소리 없이 흐느껴 우는 바람에 목이 메었고 몸이 흔들리기 시작했다. 마리아 드미트리예브나는 소냐를 돌아보고는 나타샤 옆의 소파에 앉았다.

"그 녀석은 내 눈을 피해서 잘도 도망쳤지만, 난 기어코 찾아낼 것이야." 그녀는 타고난 거친 목소리로 말했다. "대체 너는 내 말을 듣고 있는 거냐?" 그녀는 커다란 손으로 나타샤의 얼굴을 밀어 자기 쪽으로 돌렸다. 그러자 마리아 드미트리예브나도 소냐도 그 얼굴을 보고 깜짝 놀랐다. 눈은 말라 빛나고 있고 입술은 굳게 다물었으며 볼이 푹 꺼져 있었다.

"내버려 둬요. 대체 나에게……. 난 죽어 버릴 거예요." 그녀는 앙칼지게 말하고 마리아 드미트리예브나의 손을 홱 뿌리치더니 다시 쓰러졌다.

"나타샤! 나는 네가 행복하기를 바란다. 누워 있어라. 손대지 않을 테니까. 그렇게 하고 들어 봐라. 나도 더 이상 널 꾸짖을 생각은 없다. 네 자신이 알고 있을 테니까. 다만 너의 아버님이 돌아오시면 아버님에게 뭐라고 말씀드려야 하겠니?" 마리아 드미트리예브나가 말했다.

나타샤가 다시 흐느끼자 그녀의 몸이 들썩거렸다.

"나타샤. 아버님이나 오빠나 약혼자가 이 사실을 안다면!"

"내겐 약혼자가 없어요. 거절했어요." 나타샤가 외쳤다.

"그건 상관없어." 마리아 드미트리예브나가 말을 이었다. "아무튼 모든 사람이 이 일을 알게 되면 그대로 놔두리라고 생각하니? 네 아버님의 성격은 나도 안다만 만약 아버님이 그자에게 결투라도 청한다면? 그래도 좋으냐?"

"아아, 내버려둬요. 왜 방해하셨죠? 무엇 때문에요? 누가 당신에게 부탁했던가요?" 나타샤는 일어나 앉더니 마리아 드미트리예브나를 쏘아보면서 외쳤다.

"그럼 대체 어떻게 해 달라는 거냐?" 마리아 드미트리예브나가 다시 화가 나 외쳤다. "방 안에 갇혀 있고 싶단 말이야? 그래, 누가 그자를 집에 드나들지 못하게 했었니? 왜 너를 집시처럼 유괴하려고 했을까? 그리고 설령 감쪽같이 도망칠 수 있었다 하더라도 언제까지나 발견되지 않을 거라고 생각하니? 아버지도 계시고 오빠도 있고, 신랑이 되려는 사람도 있는데 말이다. 그처럼 파렴치한 건달이 또 어디 있담!"

"그분은 당신이나 그 누구보다 훌륭한 사람이에요. 당신들이 훼방만 놓지 않았더라면……. 이게 뭐람! 소냐, 언니 때문이야! 저리 가 줘!" 나타샤가 소리쳤다.

나타샤는 절망 상태가 되어 통곡하기 시작했다. 마리아 드미트리예브나가 더 이야기를 하려고 했으나 나타샤는 다시 소파에 몸을 던지며 소리쳤다.

"나가 줘요. 모두들 나를 경멸하고 있어요!"

마리아 드미트리예브나는 잠시 나타샤를 타이르고, 이 일은 반드시 백작에게 비밀로 해야 하며, 만약 나타샤가 모든 것을 잊고 누구 앞에서든 아무 일도 없는 듯이 행동하면 누구도 알지 못할 것이라고 설득했다. 나타샤는 대답하지 않았다. 이제 울지는 않았으나 오한과 전율로 몸이 떨리기 시작했다. 마리아 드미트리예브나는 나타샤에게 쿠션을 받쳐 주고, 두 장의 이불을 덮어 준 다음 보리수 꽃을 달인 차를 갖다 주었다. 하지만 나타샤는 그녀가 부르는 소리에 대답하지 않았다.

"자게 내버려 두지." 마리아 드미트리예브나는 그녀가 잠들었다고 생각하고 방에서 나가면서 말했다. 하지만 나타샤는 자지 않았다. 초췌해진 얼굴로 눈을 크게 뜨고 앞을 똑바로 응시하고 있었다. 나타샤는 밤새도록 자지도 울지도 않았으며, 몇 번이나 다가왔던 소냐와 이야기도 하지 않았다.

일리야 안드레예비치 백작은 다음날 아침 식사 전에 모스크바 근교의 소유지에서 돌아왔다. 그는 기분이 몹시 좋았다. 모든 일이 순조롭게 되었고 이제는 그리운 백작 부인을 만날 일만 남았다.

마리아 드미트리예브나는 노백작에게 나타샤가 어제 몹시 아파서 의사를 불러오기는 했지만 지금은 아주 좋아졌다고 말했다. 나타샤는 거실에서 나오지 않았다. 말라서 갈라진 입술을 지그시 깨문 채 창가에 앉아서 메마른 시선으로 지나가는 행인들을 내다보기도 하고 방에 들어오는 사람들을 황급히 돌아보기도 했다. 그녀는 분명 남자의 소식을 기다리고 있었고, 남자가 직접 찾아오거나 편지를 보내오기를 고대하는 듯했다.

백작이 들어오자 그녀는 남자다운 아버지의 발소리를 듣고 불안한 듯 돌아보았다. 그녀의 얼굴은 바로 싸늘하고 심술궂은 표정이 되었다. 그녀는 아버지에게 인사를 하러 일어나지도 않았다.

"어떻게 된 일이냐, 나타샤. 어디 아프냐?" 백작이 물었다.

나타샤는 잠시 잠자코 있다가 "네"라고 대답했다.

약혼자에게 무슨 일이 생긴 것은 아니냐는 백작의 걱정스러운 물음에 나타샤는 아무것도 아니니 걱정하지 말라고 했다. 마리아 드미트리예브나는 그녀의 말이 맞다며 맞장구를 쳐 주었다.

백작은 딸의 의심스러운 병이며 불안해하는 모습, 소냐와 여주인의 당황한 표정에서 자신이 없는 동안 무슨 일이 있었음을 눈치 챘다. 하지만 귀여운 딸의 신상에 수치스러운 일이 생겼으리라는 것은 상상조차 할 수 없었다. 그리고 그는 평소에 즐겁게 생활하는 인품이었으므로 여러 가지를 꼬치꼬치 캐물으려 하지 않았고, 특별한 일이 없었으려니 하고 스스로 안심하려고 애썼다. 다만 딸의 병으로 시골집으로 출발하는 것이 늦어져 서운해했다.

19

 아내가 모스크바에 온 날부터 피에르는 그녀와 함께 있고 싶지 않아서 여행을 생각하고 있었다. 모스크바에서 만난 나타샤가 그에게 준 인상은 이 계획을 서둘러 실행하게 했다. 그는 트베리에 있는 이오시프 알렉세예비치의 미망인을 찾아갔다. 그녀가 오래전부터 그에게 죽은 남편의 서류를 전하겠다고 약속했기 때문이었다.

 모스크바로 돌아온 피에르는 마리아 드미트리예브나의 편지를 받았다. 편지에는 안드레이 볼콘스키와 그 약혼녀에 관해 아주 중대한 사건을 상의하고 싶으니 자기한테 와 달라고 쓰여 있었다. 피에르는 나타샤를 피하고 있었다. 그것은 결혼한 남자가 친구의 약혼녀에게 마땅히 지켜야 할 도리 이상의 강한 감정을 느꼈기 때문이었다. 그런데도 운명은 그를 나타샤와 결부시키고 있었다.

'무슨 일이 일어난 것일까? 내게 무슨 볼일이 있는 걸까?' 그는 마리아 드미트리예브나에게 가려고 옷을 갈아입으며 생각했다. '빨리 안드레이 공작이 돌아와 그녀와 결혼했으면!'

트베리 길에서 누군가가 큰소리로 그를 불렀다.

"피에르! 자네 벌써 돌아왔나?" 귀에 익은 목소리였다. 피에르는 고개를 들었다. 뒷발로 썰매 앞쪽에 있는 눈을 차고 있는 두 마리의 잿빛 준마가 끄는 썰매에 아나톨리가 타고 있었다. 언제나 붙어 다니는 마카린도 보였다. 아나톨리는 멋진 군인의 자세로 얼굴 아래쪽에 수달피 깃을 두르고 고개를 약간 숙인 채 앉아 있었다. 그 얼굴은 싱싱하고 붉게 물들어 있었으며, 비스듬히 쓴 모자 밑으로 포마드를 바른 곱슬곱슬한 머리카락이 보였다.

'저 친구는 참으로 영리한 인간이다! 순간의 쾌락 외에는 아무것도 보지 않고, 무엇에 대해서도 불안을 느끼는 일이 없다. 그래서 언제나 밝고 만족하고 평온한 것이다.' 피에르는 생각했다.

현관홀에서 하인이 피에르의 외투를 벗겨 주면서 마리아 드미트리예브나가 침실로 들어오시라고 했다고 전했다. 홀로 통하는 문을 연 순간 피에르는 야위고 창백한 얼굴로 창문 옆에 앉아 있는 나타샤를 발견했다. 그녀는 피에르를 돌아보더니 눈살을 찌푸리고 싸늘한 표정이 되어 방에서 나갔다.

"무슨 일이 있습니까?" 피에르가 마리아 드미트리예브나의 방으로 들어가 물었다.

"대단한 일이에요." 마리아 드미트리예브나가 대답했다. "58년 동안 살면서 이런 파렴치한 일은 본 적이 없어요." 마리아 드미트리예브나는 앞으로 하는 이야기에 대해 절대 비밀을 지키겠다는 다짐을 받은 뒤, 나타샤가 아버지에게 알리지도 않고 약혼한 남자를 거절했으며, 그 원인은 피에르의 아내가 맺어 준 아나톨리 쿠라긴 때문이라는 것, 나타샤가 이 사나이와 결혼하기 위해 아버지가 없는 틈을 타서 몰래 달아나려 했었다고 말해 주었다.

피에르는 믿어지지 않아 어깨를 움츠리고 입을 벌린 채 마리아 드미트리예브나의 이야기를 들었다. 그처럼 열렬하게 사랑하던 안드레이 공작의 약혼녀가, 그처럼 귀여웠던 나타샤가 이미 아내가 있는(피에르는 그의 비밀 결혼을 알고 있었다) 얼간이 아나톨리를 안드레이 공작과 바꾸고 함께 달아날 것을 승낙할 정도로 반해 버렸다는 것을 도저히 이해할 수도, 상상할 수도 없었던 것이다.

어렸을 때부터 보아 온 나타샤의 사랑스러운 모습과 지금 새로이 알게 된 그녀의 저속함과 우매함과 잔인함은 피에르의 마음속에서 받아들여지지 않았다. 그는 아내를 생각했다. '여자는 모두 마찬가지구나!' 그는 더러운 여자와 맺어진 비참한 운명은 자기 혼자만의 것이 아니라고 생각하며 중얼거렸다. 눈물이 쏟아질 만큼 안드레이 공작이 가여웠고, 자긍심을 지닌 사람이므로 더욱 애처로웠다. 친구가 가엾게 생각될수록 홀에서 자기 옆을 냉랭히 지나간 나타샤의 모습이 혐오스러웠고 더더욱 경멸하게 되었다. 하지만 피에르는 나타샤의 마음이 절망과 수치심, 자기 굴욕으로 가득했고 그녀가 가끔 차분하고 엄한 표정을 띤 것은 다른 사람 때문이라는 것을 미처 몰랐다.

"하지만 어떻게 결혼한다는 겁니까? 그는 정식으로 결혼할 수 없습니다. 이미 아내가 있는 몸이니까요." 피에르는 마리아 드미트리예브나의 말을 듣고 이렇게 말했다.

"갈수록 태산이군요. 별 끔찍한 녀석을 다 보겠군! 철두철미한 파렴치한! 그런데도 그 애는 기다리고 있어요. 어서 그 애에게 알려 줘야지. 그러면 기다리지 않을 테니까요." 마리아 드미트리예브나가 말했다.

아나톨리의 결혼 사실을 들은 마리아 드미트리예브나는 그 사나이를 실컷 욕하여 울분을 풀고 난 다음에야 비로소 피에르를 부른 까닭을 이야기했다. 언제 돌아올지 모르는 안드레이 공작이 그녀가 묻어 두려는 이 사건을 알게 되어 아나톨리에게 결투를 신청할까 봐 걱정이 되었던 것이다. 그녀는 피에르에게 아나톨리를 모스크바에서 떠나게 하여 두 번 다시 나타나지 않게 해 달라고 부탁했다. 피에르는 노백작과 니콜라이, 안드레이 공작이 알게 되면 위험하다는 것을 깨닫고 그녀의 바람대로 하겠다고 약속했다. 그녀는 정확하게 자신의 요구를 말한 뒤 그를 보내 주었다.

"주의하셔야 해요, 백작은 아무것도 모르니까요. 당신은 아무것도 모르는 척하세요. 나는 나타샤에게 가서 기다릴 필요 없다고 일러 주어야겠어요! 괜찮으시다면 함께 식사하게 계셔 주세요." 마리아 드미트리예브나가 피에르에게 말했다.

피에르는 노백작을 만났다. 그는 혼란스러워 어리둥절한 모습이었다. 오늘 아침 나타샤가 안드레이 공작에게 파혼을 청한 것을 아버지에게 이야기했기 때문이었다.

"야단났네, 피에르. 정말 야단났어." 그가 피에르에게 말했다. "어머니와 떨어져 있는 딸이란 정말 큰일이야. 나는 여기에 온 것을 정말 후회하네. 자네니 터놓고 이야기하네만, 그 애는 누구와 한마디 상의도 하지 않고 약혼을 거절했다네. 사실 나도 이 혼담을 그리 달갑게 여기지는 않았네. 물론 안드레이는 훌륭한 사람이지만 아버지의 뜻을 거역해서 무슨 좋은 일이 있겠나. 게다가 나타샤도 달리 혼처가 없는 것도 아니고. 하지만 그토록 오랫동안 기다렸던 일을, 어머니나 아버지에게 한마디 상의도 없이 저지르다니, 원! 그 애는 지금 기분이 좋지 않아. 뭐가 뭔지 통 모르겠네! 정말 어머니가 곁에 없는 딸자식은 어쩔 수 없군. 백작, 아아……."

피에르는 혼란스러워하는 백작의 모습을 보고 다른 이야기를 하려고 애썼지만 백작은 자신의 슬픔으로 돌아갔다.

소냐가 걱정스러운 얼굴로 객실로 들어왔다.

"나타샤는 기분이 좋지 않아요. 지금 자기 방에 있는데 거기서 뵙고 싶대요. 마리아 드미트리예브나도 거기에 계세요. 그분 역시 당신을 뵙고 싶다고 말씀하셨어요."

"자네는 안드레이 공작과 매우 친한 사이니 틀림없이 무엇인가 전하고 싶은 말이라도 있겠지." 백작이 말했다. "야단났어! 모든 일이 순조롭게 되고 있었는데!" 백작은 흰 머리가 듬성듬성한 머리를 움켜쥐며 방에서 나갔다.

마리아 드미트리예브나는 아나톨리가 이미 결혼했다는 것을 나타샤에게 말했다. 나타샤는 그 말을 믿지 않았고, 피에르가 확실히 말해 줄 것을 원했다. 소냐는 어두운 복도를 따라 나타샤의 거실로 안내하면서 피에르에게 그 사실을 알렸다. 나타샤는 초췌하면서도 단호한 얼굴로 마리아 드미트리예브나 옆에 앉아 있다가 피에르가 나타나자 의심의 눈빛으로 그를 맞았다. 그녀는 미소도 짓지 않고, 인사도 하지 않고, 뚫어지게 그를 바라보았다. 그 눈은 오직 한 가지, 그가 아나톨리의 문제에 관해 아군인가, 아니면 다른 사람들과 마찬가지로 적군인가를 묻는 듯했다. 피에르의 존재 따윈 그녀에게 인식되지 않고 있었다.

"이분께서 모든 걸 알고 계셔." 마리아 드미트리예브나가 그를 가리키면서 나타샤에게 얼굴을 돌렸다. "내가 말한 것이 정말인지 이 분의 말씀을 들어 봐라."

궁지에 몰린 부상당한 짐승이 사냥꾼과 개를 바라보듯 나타샤는 두 사람의 얼굴을 번갈아 보았다.

"나타샤." 피에르는 나타샤에 대한 연민과 이제부터 닥칠 상황에 혐오감을 느끼면서 시선을 떨군 채 말하기 시작했다. "그것이 정말이든 거짓말이든 당신에게는 마찬가지일 것이라고 생각합니다만……."

"그에게 아내가 있다는 것은 거짓말이군요?"

"아닙니다. 정말입니다."

"그럼 그에게 아내가 있었나요, 오래전부터? 맹세할 수 있어요?" 그녀가 물었다.

피에르는 그녀에게 맹세했다.
"그가 아직 여기에 있나요?" 그녀가 재빨리 물었다.
"네, 아까 오는 길에 봤습니다."
그녀는 말할 기운도 없는 듯 나가 달라는 손짓을 했다.

20

 피에르는 방에서 나와 식사를 하지 않고 바로 돌아갔다. 그는 아나톨리를 찾으러 썰매를 타고 온 시내를 돌아다녔다. 그는 온몸의 피가 심장으로 몰려들어 숨쉬기조차 힘들었다. 시내 어디에도 그는 없었다.
 피에르는 클럽에도 갔다. 클럽은 평소와 똑같았다. 여러 무리로 나뉘어 자리 잡은 손님들은 식사를 하거나 이야기를 하면서 피에르에게 인사를 했다. 피에르의 친척 한 사람이 날씨 이야기를 하다가 지금 소문이 떠들썩한 쿠라긴의 로스토프 양 유괴 소식을 들었는지, 그것이 사실인지를 물었다. 피에르는 쓸데없는 소리라고 몰아붙이고 지금 막 로스토프가에 다녀오는 길이라고 했다. 그는 만나는 사람마다 아나톨리에 대해 물었으나 아는 사람이 없었다. 피에르는 자신의 마음과는 달리 아무 일 없는 듯 담담한 표정의 사람들을 보며 홀을 서성거리다가 집으로 돌아왔다.
 아나톨리는 돌로호프와 식사를 하며 대비책을 의논하고 있었다. 그는 꼭 나타샤를 만나야 한다고 생각했다.

저녁이 되자 그는 이 방법을 상의하러 누이에게 갔다. 피에르가 온 모스크바를 돌아다니다 허탕을 치고 집으로 돌아왔을 때 하인이 아나톨리 공작이 백작 부인의 방에 와 있다고 알렸다. 백작 부인의 객실은 손님으로 가득 차 있었다.

 피에르는 모스크바로 돌아온 뒤로 한 번도 만나지 않은 아내에게 인사도 하지 않고 객실로 들어갔다. 그는 그 어느 때보다도 아내가 미웠던 것이다. 그리고 아나톨리를 발견하고 그에게 다가갔다.

 "아, 피에르." 백작 부인이 남편에게 다가왔다. "아나톨리가 어떤 상황에 빠져 있는지 당신은 모르실 테지만……." 그녀는 입을 다물고 말았다. 조금 얕게 숙인 남편의 머리, 반짝반짝 빛나는 눈, 무엇인가를 결심한 듯한 단호한 걸음걸이에는 이전에 돌로호프와 결투를 벌인 뒤 그녀가 보았던 분노와 위력이 담긴 무서운 표정이 담겨 있었기 때문이었다.

 "너희들이 있는 곳에는 반드시 음탕과 죄악이 따라다니지." 피에르가 아내에게 말했다. "아나톨리, 저리로 가실까? 자네에게 이야기할 것이 있는데." 그가 프랑스어로 말했다.

 아나톨리는 누이의 얼굴을 흘끔 쳐다보고 고분고분한 태도로 일어났다. 피에르는 아나톨리의 손을 잡아 끌어당기면서 방에서 나갔다.

 "당신이 내 객실에서 무례한 짓을 하신다면……." 엘렌이 속삭이듯 말했으나 피에르는 대답도 하지 않고 나갔다.

 아나톨리는 평소처럼 씩씩한 걸음으로 따라갔으나 얼굴에는 불안한 빛이 역력했다. 피에르는 자기 서재로 들어가자 문을 닫고 아나톨리의 얼굴을 보지 않으며 말하기 시작했다.

"자네는 로스토프 백작의 딸에게 결혼을 약속했었나? 그리고 납치극을 벌였나?"

"여보게. 나는 그런 투로 묻는 말에 대답할 의무가 없어." 아나톨리가 프랑스어로 대답했다.

핼쑥한 피에르의 얼굴이 분노로 일그러졌다. 피에르는 큰 손으로 아나톨리의 군복 깃을 움켜잡고 아나톨리의 얼굴이 겁에 질릴 때까지 마구 흔들어댔다.

"대체 무슨 짓이야, 어리석게, 응?" 아나톨리가 옷과 함께 찢긴 깃 단추를 만지면서 말했다.

"너는 건달에 사람도 아닌 놈이야. 내가 네 머리를 박살내는 기쁨을 어떻게 참고 있는지 내가 생각해도 이상할 정도야." 피에르가 말했다. 그가 이토록 유려한 표현을 할 수 있었던 것은 프랑스어로 말했기 때문이었다. 그는 무거운 서진을 손에 쥐고 위협하듯 번쩍 쳐들었다가 다시 자리에 놓았다.

"자네는 그녀에게 결혼할 것을 약속했나?"

"난 생각하지도 않았어. 물론 약속도 하지 않았지. 왜냐하면……."

피에르가 그의 말을 가로막았다.

"그녀한테서 온 편지가 있겠지? 편지 있어?" 피에르가 아나톨리에게 바짝 다가가며 되물었다.

아나톨리는 그의 얼굴을 흘끗 쳐다보고 곧 주머니에 손을 넣어 편지를 꺼냈다. 피에르는 편지를 받아들더니 가운데 놓인 테이블을 밀치고 소파 위에 몸을 내던지듯 주저앉았다.

"걱정하지 말게, 주먹질 따위는 하지 않을 테니까." 아나톨리의 겁먹은 듯한 표정을 보고 피에르가 말했다.

"이것이 첫째……, 그리고 이것이 둘째로군." 피에르는 잠시 침묵한 뒤 다시 일어나 방 안을 서성거리며 말을 이었다.

"자네는 내일 모스크바를 떠나도록 해."

"어떻게 그럴 수……."

"셋째는……." 피에르는 상대방의 말은 듣지도 않고 계속했다. "그리고 자네와 그녀 사이에 있었던 일을 결코 누구에게도 이야기해선 안 돼. 물론 자네에게 강요할 수 없다는 것을 알지만, 자네에게 일말의 양심이라도 있다면……." 피에르는 몇 차례 묵묵히 방 안을 돌아다녔다. 아나톨리는 테이블 옆에 앉아 잔뜩 눈살을 찌푸린 채 입술을 지그시 깨물고 있었다.

"자네도 결국 알게 되겠지만, 자네 외에 타인에게도 행복과 평화가 있다는 사실을 알아야 해. 자네는 자신의 쾌락 때문에 남의 인생을 망치고 있어. 여자와 놀아나고 싶거든 내 아내 따위와 하게. 그런 자들이라면 자네에게도 충분히 권리가 있지. 그런 자들은, 자네가 그들에게서 찾는 게 무엇인지 잘 알고 있으니까. 그들은 같은 방탕의 경험으로 자네에 대한 마음을 준비하고 있거든. 하지만 처녀를 붙들고 결혼을 약속하거나 속이거나 유괴하는 짓은 노인이나 어린애를 때리는 것처럼 비열한 짓이라는 걸 왜 모르나!"

피에르는 입을 다물고 아나톨리를 바라보았다. 그의 눈빛은 노여움보다는 의문을 담고 있는 것처럼 보였다.

"난 그런 건 모르네." 피에르가 노여움을 가라앉히는 것과 반대로 아나톨리는 차차 용기를 내면서 말했다. "그런 건 난 몰라. 알고 싶지 않고." 그는 피에르를 보지 않고 아래턱을 가볍게 떨면서 말했다. "그러나 자네가 내게 비열하다고 한 것은 명예를 가진 한 인간으로서 용서할 수 없어."

피에르는 그 말을 이해할 수 없다는 표정을 지었다.

"비록 단 두 사람만의 자리이긴 하지만 나는 도저히……."

"어떻다는 거야, 마음에 들지 않는다는 말인가?" 피에르가 차갑게 비웃는 말투로 말했다.

"적어도 자네가 지금 한 말을 취소해 주기 바라네! 자네가 원하는 것을 내게 이해시키고 싶다면 말일세!"

"취소하지, 취소하고말고. 자네에게 사과하겠어." 피에르는 아나톨리의 뜯겨진 단추를 무심히 쳐다보았다. "그리고 만약 돈이 필요하다면……." 피에르가 말했다.

아나톨리는 빙그레 미소 지었다. 아내의 얼굴에서 보아 온 이 비열한 미소가 피에르의 노여움을 다시 터뜨렸다.

"천하고 인간 같지 않은 족속들!" 그가 방에서 나갔다.

이튿날 아나톨리는 페테르부르크로 떠났다.

21

피에르는 마리아 드미트리예브나의 부탁대로 아나톨리를 모스크바에서 쫓아냈음을 알리기 위해 그녀의 집으로 갔다. 집 안은 온통 암울한 분위기로 휩싸여 있었다. 나타샤의 건강이 몹시 나쁘다는 것이었다. 마리아 드미트리예브나가 몰래 한 이야기에 따르면, 그녀는 아나톨리의 결혼 소식을 듣고 몰래 가지고 있던 약을 먹고 자살을 기도했다는 것이다. 하지만 다행히도 양이 조금이었고 갑자기 무서워져 소냐를 깨워 모든 것을 털어놓았다. 적당히 조치해서 생명의 위험은 없어졌지만 너무 쇠약해져서 시골로 돌아갈 수 없었으므로 백작 부인을 부르러 사람을 보냈다는 것이었다. 피에르는 넋이 나간 백작과 울어서 눈이 퉁퉁 부은 소냐를 보았으나 나타샤는 만나지 못했다.

이날 피에르는 클럽에서 식사했다. 여기저기서 아나톨리의 유괴 사건에 대한 이야기가 오갔다. 그는 완강히 부인하고, 자기 처남이 로스토프에게 청혼했다가 거절당한 것뿐 아무 일도 없었다고 설명했다. 피에르는 이 일을 완전히 묻고, 로스토프의 명성을 회복시키는 것이 자신의 의무라고 생각했다.

그는 몹시 두려웠다. 그는 안드레이 공작의 귀국을 기다리며 그의 소식을 들으려고 날마다 노공작에게 찾아갔다. 니콜라이 안드레예비치 공작은 브리앤을 통해 시중에 떠도는 소문을 모두 들었고, 나타샤가 마리아에게 보낸 파혼장도 읽었다. 그는 다른 때보다 즐겁게 지내면서 지금까지보다 더 조바심을 내며 아들이 돌아오기만을 기다리고 있었다.

아나톨리가 떠난 지 며칠 뒤, 피에르는 안드레이 공작이 보낸 편지를 받았다. 자신이 귀국할 것이며 피에르가 방문해 주길 바란다고 써 있었다.

안드레이 공작은 모스크바에 닿자마자 아버지로부터 나타샤가 누이에게 보낸 파혼장을 받았다. 이 편지는 브리앤이 마리아에게서 훔쳐 내어 공작에게 주었던 것이다. 그리고 아버지로부터 나타샤 유괴 사건에 관한 과장된 이야기를 들었다.

안드레이 공작이 도착한 다음날 아침 피에르는 그를 찾아갔다. 그가 나타샤와 거의 같은 상태에 빠져 있을 거라고 생각했던 피에르는 서재에서 새어 나오는 안드레이 공작의 밝고 힘찬 목소리를 듣고 깜짝 놀랐다. 그는 활기찬 목소리로 페테르부르크의 음모 사건에 대해 이야기하고 있었다. 노공작과 또 한 사람의 목소리가 이따금 이야기를 가로막았다.

마리아가 나와 피에르를 맞았다. 그녀는 안드레이 공작이 있는 방의 문을 눈으로 가리키며, 분명 오빠의 슬픔을 말하고 싶은 듯 한숨을 쉬었다. 그러나 그녀가 이번 사건이나 오빠가 약혼녀의 변심 소식을 들었을 때 보였던 태도에 매우 만족하고 있다는 것을 피에르는 알아차렸다.

"오빠는 이 일을 각오하고 있었다고 말씀하셨어요. 그렇지만 오빠의 자존심이 자신의 솔직한 감정이 드러나지 않게 막고 있다는 것을 알고 있어요. 그렇더라도 나의 기대보다 훨씬 더 오빠는 잘 참고 있어요. 아마도 이렇게 되어야 할 운명이라고 생각해요." 그녀가 말했다.

"정말 완전히 끝난 것일까요?" 피에르가 물었다.

마리아는 깜짝 놀란 듯 그를 바라보았다. 어떻게 그런 물음이 나올 수 있는지 도리어 이상하게 생각하는 표정이었다.

피에르는 서재로 갔다. 안드레이 공작은 많이 달라졌고 훨씬 건강해 보였지만 미간에 주름이 잡혀 있었다. 그는 문관 정복을 입고 아버지와 메슈체르스키 공작 앞에 서서 정열적으로 논쟁을 벌이고 있었다.

논쟁은 스페란스키에 관한 것(1812년 스페란스키는 시베리아로 유배되었다)이었다. 그의 갑작스러운 유배 소식과 사실로 믿기 어려운 모반설이 최근에 모스크바에 전해졌다.

"지금 스페란스키를 이러쿵저러쿵 비난하는 사람들은 한 달 전까지도 그에게 매혹되어 있었고 그의 뜻을 이해할 능력도 없었던 이들입니다. 실의에 빠진 인간을 비난하고, 남의 허물까지 덮어씌우는 것은 아주 쉬운 일입니다. 하지만 나는 감히 말합니다만, 만일 지금 무엇인가 뛰어난 일이 이루어졌다고 한다면, 그것은 오직 그 한 사람이 이룬 것입니다." 안드레이 공작은 피에르를 보자 이야기를 그쳤다. 얼굴이 가볍게 떨렸으나 곧 고집스러운 표정이 되었다. "그리고 훗날 사람들은 그를 존경하게 될 것이라고 생각합니다." 그는 이렇게 덧붙이고 피에르에게 얼굴을 돌렸다.

"자네는 여전히 뚱뚱해져 가는군." 그가 명랑하게 말했으나 주름은 더 깊이 이마에 새겨졌다.

"난 건강해." 피에르의 물음에 대답하며 그가 빙긋 웃었다.

피에르는 이 웃음이 '나는 건강하네, 그러나 지금은 필요 없네'라고 말하는 것임을 뚜렷이 알 수 있었다.

폴란드 국경부터 길이 굉장히 나빴던 것, 스위스에서 피에르를 아는 사람과 만난 일, 아들의 교육을 위해 외국에서 데려온 가정교사 테살에 대한 일을 피에르에게 말한 뒤 안드레이 공작은 두 노인이 계속하는 스페란스키에 대한 이야기에 다시 끼어들었다.

"만약 모반이 사실이었다면 나폴레옹과 내통한 증거를 당당하게 공표해야 할 게 아닙니까." 그가 흥분하며 성급하게 말했다. "나는 개인적으로 스페란스키를 좋아하지 않습니다만 정의를 사랑합니다." 피에르는 그제야 너무나 잘 알고 있는 친구의 성격, 견딜 수 없는 괴로운 상념을 지우기 위해 자신과는 상관도 없는 문제를 열정적으로 논하고 있는 그의 바람을 알아차렸다.

메슈체르스키 공작이 가자 안드레이 공작은 피에르의 손을 잡고 자기 방으로 안내했다. 방에는 펼쳐진 트렁크와 상자들이 널려 있었다. 안드레이 공작은 그 가운데에서 작은 상자를 꺼내더니 그 속에서 종이 뭉치를 꺼냈다. 그는 모든 동작을 말없이 금방 해치웠다. 이윽고 그는 일어나서 기침을 했다. 그의 얼굴엔 깊은 주름이 새겨지고 입술은 꼭 다물고 있었다.

"자네를 괴롭히고 있다면 용서하게."

피에르는 안드레이 공작이 나타샤에 대해 이야기하려는 것임을 알았다. 그의 넓적한 얼굴에 안타까움과 동정의 빛이 나타냈다. 하지만 이 표정은 안드레이 공작을 불쾌하게 만들었다. 그는 불쾌한 듯 높은 억양으로 단호하게 말을 이었다. "나는 로스토프 백작의 딸로부터 파혼 통지를 받았네. 또 자네 처남이 그녀에게 청혼했다느니 하는 풍문이 내 귀에 들어왔는데 그것이 정말인가?"

"사실이기도 하고 거짓이기도 합니다." 피에르가 말하기 시작했으나 안드레이 공작이 가로막았다.

"여기에 그녀의 편지와 초상이 있으니 돌려주게나. 자네가 그녀를 만나게 될 때."

"그녀는 건강이 굉장히 좋지 않습니다." 피에르가 말했다.

"쿠라긴 공작은 아직 여기에 있나?"

"그는 오래전에 다른 데로 떠났지요. 그리고 나타샤는 죽을 뻔했습니다."

"그녀의 병은 나도 매우 안타깝게 생각해." 안드레이 공작은 차갑고 심술궂고 불쾌한, 그의 아버지와 똑같은 웃음을 지었다.

"그럼 쿠라긴은 로스토프 백작의 딸에게 청혼하지 않았군?" 안드레이 공작은 말하면서 여러 번 콧방귀를 뀌었다.

"그는 이미 아내가 있었으므로 결혼할 수 없었던 겁니다."

안드레이 공작은 그의 아버지를 떠올리게 하는 불쾌한 웃음을 또 지었다.

"그런데 자네 처남은 지금 어디에 있나?"

"떠났습니다. 페테르……. 아니, 잘 모릅니다."

"뭐, 그런 것은 문제가 아니야." 안드레이 공작이 말했다. "로스토프 백작 딸에게 전해 주게. 그녀는 자유로웠고, 지금도 역시 그렇다고. 그리고 내가 그녀의 행복을 빌고 있다고."

피에르는 편지 뭉치를 들었다. 안드레이 공작은 또 말할 게 없는가 생각하는 것인지, 아니면 피에르의 말을 기대하는 것인지, 그를 바라보았다.

"그런데 우리가 페테르부르크에서 했던 토론을 기억하십니까?" 피에르가 말했다.

"기억하지." 안드레이 공작이 대답했다. "내가 타락한 여자는 용서해 줘야 한다고 말한 것 말인가. 하지만 나는 내가 용서할 수 있다고 말하지 않았어. 나는 할 수 없네."

"하지만 이것과 그것은 비교할 수 없지 않습니까?" 피에르가 말했다.

안드레이 공작이 말을 가로챘다. 그는 날카로운 목소리로 외쳤다.

"다시 한 번 그녀에게 청혼이라도 하란 말인가? 그렇지, 그건 대단히 훌륭한 일이야. 그렇지만 나는 '그 신사의 발자국'을 따라갈 수 없어. 자네가 계속 내 친구로 남고 싶거든 다시는 그녀 이야기를 하지 말게. 그럼 잘 가게."

피에르는 그곳을 나와 노공작과 마리아에게 갔다. 노인은 다른 때보다 활기차 보였다. 마리아는 평소와 다름 없었지만 오빠에 대한 동정 외에 오빠의 결혼이 깨진 것을 기뻐하는 빛이 엿보였다. 두 사람을 보면서 그들이 로스토프가를 얼마나 경멸하고 증오했는지를 깨달았다. 그리고 상대방이 누구든, 안드레이 공작을 다른 사람으로 바꾸어 버린 그 여자의 이름을 그들 앞에서 꺼내서는 안 된다는 것을 깨달았다.

식사를 하는 동안 화제는 눈앞에 닥친 전쟁 문제로 이어졌다. 안드레이 공작은 한시도 입을 다물지 않고 아버지와 스위스인 가정교사 테살을 상대로 토론을 했다. 그는 다른 때보다는 활기차 보였는데 피에르는 그 이유를 잘 알고 있었다.

22

 그날 밤 피에르는 부탁받은 일을 처리하기 위해 마리아 드미트리예브나의 집으로 찾아갔다. 나타샤는 아파서 누워 있었고 백작은 클럽에 가 있었으므로 그는 소냐에게 편지를 건네고 마리아 드미트리예브나의 거실로 갔다. 그녀는 안드레이 공작이 소식을 어떻게 받아들였는지 알고 싶어했다. 10분이 지나자 소냐가 거실로 들어왔다.
 "나타샤가 피에르 백작을 뵙고 싶어합니다."
 "뭐? 그 애에게 이분을 모시겠다는 거냐? 아직 그 방은 치우지도 않았잖니?" 마리아 드미트리예브나가 말했다.
 "나타샤는 옷을 갈아입고 객실에 나와 있어요." 마리아 드미트리예브나는 어깨를 움츠렸다.
 "백작 부인은 언제 오실까? 나는 나타샤 때문에 정말 혼났어요. 있는 대로 모두 얘기하지 않도록 주의하세요. 그 애를 나무란다는 것은 가슴 아픈 일이에요. 어찌나 가엾은지……." 그녀가 피에르에게 말했다.
 야윈 나타샤는 헬쑥하고 결연한 얼굴로―하지만 피에르가 예상한 부끄러워하는 모습은 없었다―객실 한가운데 서 있었다. 피에르가 나타나자 그녀는 그에게 다가가야 할 것인지, 아니면 그가 오기를 기다려야 할 것인지 망설이고 있었다. 피에르는 빠른 걸음으로 그녀 옆으로 다가갔다. 평소처럼 그녀가 먼저 손을 내밀 거라고 생각했지만 그녀는 그가 옆으로 가까이 다가오자 괴로운 듯 숨을 몰아쉬고 두 손을 힘없이 늘어뜨렸다. 그것은 그녀가 노래를 부르기 위해 홀 한가운데로 나올 때 같은 자세였지만 표정은 전혀 달랐다.

"피에르. 안드레이 공작은 당신 친구셨어요. 아니, 지금도 친구지요." 이렇게 그녀는 고쳐 말했다. 그녀에게는 모든 게 지나간 일이 되어 버리고 지금은 전혀 상황이 달라진 것처럼 생각되었던 것이다.

"그분은 그때 모든 일을 당신과 상의하라고 말씀하셨어요."

피에르는 그녀의 얼굴을 보면서 말없이 거칠게 숨을 쉬었다. 지금까지는 마음속으로 그녀를 나무라고 경멸했던 그였다. 하지만 지금은 그녀가 너무나 가엾다고 생각했다.

"그분은 지금 여기에 와 계시지요. 미안하지만 말씀 좀 전해 주시지 않겠어요? 아무쪼록 나를 용서해 주시도록······." 그녀는 차츰 숨결이 가빠졌지만 그래도 울지는 않았다.

"전해드리지요. 하지만······." 그는 무슨 말을 해야 할지 몰라 당황했다.

나타샤는 피에르의 생각을 짐작하고 놀라는 듯했다.

"아니에요, 나는 잘 알고 있어요. 이젠 모든 것이 끝났어요." 그녀가 허둥지둥 말했다. "결코 그렇게 될 리 없어요. 다만 그분에게 못할 짓을 한 것이 괴로울 뿐이에요. 부디 이렇게 전해 주세요. 내가 지난날의 모든 일에 대해 신심으로 용서를 바라고 있다고······."

그녀는 온몸을 떨며 의자에 몸을 던졌다. 그러자 지금까지 한 번도 느낀 적이 없는 연민이 피에르의 마음에 가득 찼다.

"안드레이 공작에게 이야기해 보겠습니다. 그런데 다만 한

가지 알고 싶은 것은……." 피에르가 말했다.

"무엇을 알고 싶나요?" 나타샤가 물었다.

"다만 한 가지, 당신이 사랑하신 사람은……." 피에르는 아나톨리를 어떻게 불러야 할지 몰랐다. 그에 대한 생각만으로도 얼굴이 화끈 달아올랐다. "당신이 사랑하신 것은 그 악한이었습니까?"

"그를 악한이라고 부르지 말아 주세요." 나타샤가 말했다. "하지만 아무것도 모르겠어요." 그녀는 울기 시작했다.

그러자 부드럽게 그녀를 어루만져 주고 싶은 마음과 사랑의 감정이 한층 강하게 피에르를 사로잡았다. 그는 안경 밑으로 눈물이 흐르는 것을 느꼈다. 그는 이 눈물이 남의 눈에 띄지 않기를 바랐다.

"더 이상 아무 말도 하지 맙시다." 피에르의 따뜻하고 부드러운 목소리는 문득 나타샤의 귀에 묘하게 울렸다.

"나는 안드레이 공작에게 모든 것을 이야기하겠습니다. 하지만 다만 한 가지 부탁이 있습니다. 나를 친구로 생각해 주십시오. 그리고 당신에게 도움이 필요한 경우가 생기면, 누군가에게 털어놓을 필요가 생기면, 지금이 아니더라도 언젠가 당신 마음이 편안해지면, 그때 꼭 나를 생각해 주십시오." 그는 그녀의 손을 잡고 키스했다. "내가 도움이 될 수만 있다면 나는 그것으로 행복합니다." 피에르가 머뭇거렸다.

"그렇게 말하지 말아 주세요. 나는 그럴 가치가 없어요!" 나타샤는 외치듯이 말하고 방에서 나가려 했다.

피에르가 그녀의 손을 붙잡았다. 그녀에게 할 이야기가 있다고 생각했지만, 정작 말을 꺼내자 그는 자신의 말에 놀라고 말았다.

"그만두세요. 당신의 인생은 이제부터가 아닙니까?"

"내 인생이요? 아니에요! 이젠 완전히 끝난 것이나 다름없어요." 그녀는 냉소적인 어투로 말했다.

"끝난 것이나 다름없다고요?" 그가 그녀의 말을 되풀이했다. "만약 지금의 내가 아니라 온 세상에서 가장 아름답고 총명하고 뛰어난 인간이며 아내가 없는 몸이라면 당장 무릎 꿇고 당신의 사랑을 구했을 겁니다."

나타샤는 괴로움으로 며칠을 보낸 뒤 처음으로 감사와 감격에 찬 눈물을 흘렸다. 그녀는 피에르의 얼굴을 흘끗 쳐다보고 방에서 나갔다. 피에르도 그녀 뒤를 따라 거의 달리듯 현관홀로 나왔다. 그는 목이 메도록 감격하고 행복해져서 눈물을 억누르며 모피 외투를 입고 썰매에 올라탔다.

"이번에는 어디로 가십니까?" 마부가 물었다.

'어디로?' 피에르는 스스로에게 물었다. '지금 어디 갈 데가 있단 말인가? 클럽으로 가거나 남의 집을 찾아갈 수야 없지.' 그는 자신이 느낀 사랑과 감동, 그리고 나타샤가 자신을 바라보았던 그 감사에 찬 부드러운 눈빛에 비하면 모든 인간은 너무나 가련하고 말할 수 없이 초라하다고 생각했다.

"집으로." 피에르는 얼어붙는 추위에도 불구하고 기쁨으로 벅찬 넓은 앞가슴을 열어젖힌 채 말했다.

온 세상이 꽁꽁 얼어붙은 맑은 밤이었다. 하늘을 우러러보던 피에르는 그의 마음의 숭고한 높이에 비하면 지상의 모든 것들은 저속하고 가볍게 여겨져 견딜 수 없었다. 아르바트 광장에 들어서자 별이 총총하고 드넓은 어두운 하늘이 그의 눈앞에 활짝 펼쳐졌다. 이 하늘의 한복판, 프레치스첸스키 가로수 길 위쪽에 사금을 뿌려 놓은 듯한 별들에 둘러싸여 다른 것보다 지구에 가깝고 하얀 빛과 위로 치켜진 긴 꼬리 때문에 눈에 띄는 1812년의 거대하고 찬란한 혜성이 빛나고 있었다. 이 세상의 모든 공포와 종말을 예언한다는 그 혜성이었다. 하지만 이 긴 꼬리의 휘황한 별도 피에르의 마음에 두려운 감정을 불러일으키지 않았다. 아니, 그는 기쁨의 눈물을 흘리며 밝은 별을 바라보고 있었다. 그 별은 아주 빠른 속도로 포물선을 그리며 한없는 공간에 선을 긋더니 갑자기 대지에 꽂힌 화살처럼 검은 하늘에 쿡 박혀 힘차게 꼬리를 치켜세우고 수없이 반짝이는 다른 별들 사이에서 광채를 내뿜으며 멈추었다. 피에르는 이 별이 새 생활을 향해 꽃피고 있고 감상적이고 흥분된 자신의 마음과 완전히 통하는 것처럼 여겨졌다.

제4편

1

 1811년 말 유럽의 각국들은 무력을 보완하고 병력을 모으기 시작하였다. 1812년에는 수백만 명의 군인과 엄청난 양의 군수품이 러시아 국경을 향해 이동하였고, 러시아 병력도 차츰 모이고 있었다. 마침내 6월 12일, 서유럽군이 러시아 국경을 넘으면서 전쟁이 시작되었다. 수많은 사람들이 서로를 기만하고, 배신하고, 억압하고, 절도를 저지르고, 방화하고, 살인하는 등 전 세계의 재판정에서 다 기록할 수 없을 정도로 방대하고 끔찍한 죄를 지은 것이다. 그러나 이 시대의 사람들은 그러한 죄를 저지르면서도 자신들이 범죄자라고는 생각하지 않았다.

 왜 이러한 전쟁이 일어났는가? 역사학자들은 올덴부르크

대공이 받은 모욕, 대륙봉쇄령의 불이행, 나폴레옹의 권력욕, 외교가들의 과오 등이 원인이 되어 발발한 것이라고 말한다. 그러나 역사학자들이 단언한 원인들만 가지고는 후세 사람들이 이 광대한 전쟁의 의미와 교훈을 찾아볼 수 없을 것이다. 과연 그러한 원인들 때문에 수백만 명에 이르는 그리스도교인들이 서로 싸우고 죽이는 전쟁이 일어났다는 것일까? 올덴부르크 대공이 모욕을 당한 것에 분개한 수천 명의 유럽 사람들이 몰려들어 스몰렌스크와 모스크바의 사람들을 죽이고 또 그로 인해 그들도 죽게 되었다는 것은 이해할 수 없는 것이다.

후세 사람들, 역사를 연구하지는 않았으나 객관적인 지식과 관점으로 이 전쟁을 바라보는 우리들은 전쟁의 원인으로 많은 것을 생각할 것이다. 또 그 원인을 규명하다 보면 더 많은 원인들이 자꾸 도출될 것이다. 그러나 규명된 원인 하나하나는 이 거대한 전쟁에 비추어 볼 때 너무도 초라하고 보잘것없으며, 심지어 그 원인들은 진실로 생각되지 않을 정도다. 우연하게도 다른 원인들이 생겨 뒤섞이는 바람에 전쟁이 일어났다고 하지 않을 수 없다.

우리는 나폴레옹이 자신의 군대를 비슬라 강 건너편으로 퇴각시키기를 거부한 것과 올덴부르크 대공국의 반환을 받아들이지 않은 것 등의 원인과 마찬가지로 프랑스의 한 하사가 재복무를 원했는지의 여부도 이 사건의 원인이라고 생각한다. 이 하사가 다시 군복무를 하지 않고 그리고 그 뒤에 수천 명쯤 되는 하사와 병사들이 군에 남아 있지 않았더라면 나폴레옹의 병력은 줄어들었을 테고, 전쟁도 없었을 것이라고 생각되는 것이다.

나폴레옹이 비슬라 강 건너편으로 퇴각하라는 요구를 굴욕으로 여기지 않고 그대로 받아들였더라면, 프랑스의 모든 하사들이 군복무를 바라지 않았더라면 전쟁은 일어나지 않았을지도 모른다. 또 영국의 교활한 음모나 올덴부르크 대공이 없었고, 알렉산드르가 모욕을 느끼지 않았더라면 역시 전쟁은 없었을 것이다. 프랑스혁명과 그에 따른 독재와 제정이 없었고, 시간을 되돌려 프랑스혁명을 일으켰던 원인이 없었더라면 역시 전쟁은 일어나지 않았을 것이다. 이 많은 원인들 중 한 가지만이라도 없었다면 아무 일 없이 평화로웠을 것이다.

이런 관점에서 본다면 수억 가지의 원인은 그저 전쟁을 발발시키기 위해 뒤섞인 것뿐이다. 그러므로 절대적인 원인이란 없으며 전쟁은 다만 일어나야 했기 때문에 일어난 것에 불과하다. 몇 세기 전에 사람들이 서로를 죽이면서 역사를 발전시켜 온 것처럼 수많은 사람들이 인간적인 감정과 이성을 저버리고 자기와 같은 인간을 죽이지 않으면 안 되었던 것이다.

나폴레옹과 알렉산드르의 말 한마디와 행동에 전쟁의 여부가 달려 있었다고는 하지만 그들도 수많은 병사들처럼 자유롭지 못한 상황에 있었다. 총을 쏘고 식량과 대포를 운반하는 수백만의 병사들이 찬성하고 있었으며, 그 외에도 여러 복잡한 원인들이 한데 뭉쳐 행동할 수밖에 없었던 것이다.

역사에서 숙명론은 합리성으로 이해하지 못하는 현상을 설명하는 데 반드시 필요하다. 우리가 역사 속의 불합리한 사건들을 합리적으로 이해하고 설명하려 하면 할수록 오히려 더욱더 불합리해지고 불가사의해지기 때문이다.

사람은 각자 자기를 위해 살고 개인적인 목적을 이루기 위해 자유를 이용한다. 그리고 자신의 행동 여부에 따라 자신의 존재를 느끼며 살아간다. 그러나 어떠한 행동이든 그 행동을 하고 나면 돌이킬 수 없으며, 역사 속으로 묻혀 버린다.

개인은 자유로운 개인적인 생활과 싫든 좋든 따라야 하는 집단적인 생활을 한다. 인간은 의식적으로 자신을 위해 살지만 역사적이고 전 인류적인 목적을 이루기 위한 도구로도 쓰이고 있다. 한 번의 행동은 다시는 돌이킬 수 없고 시간이 흐르면서 다른 사람들의 무수한 행동과 함께 역사적인 의미를 띠게 된다. 사회적인 단계에 높이 설수록, 많은 사람과 관계할수록 인간은 더 큰 권력을 갖게 되고 각자의 숙명이나 필연성은 더욱더 확실해진다.

왕자의 마음은 하나님의 손아귀에 있다.

왕은 역사의 노예다.

즉, 인간이 무의식적으로 해 온 집단적인 생활은 권력자들의 목적을 위한 도구로 이용되는 것이다.

1812년 나폴레옹은 알렉산드르가 보내온 편지의 문구, '자기 국민이 피를 흘리느냐 흘리지 않느냐'가 자신의 손에 달렸다는 절박함을 깨달았다. 자신의 자유의지에 따라 결정한 것으로 생각했겠으나 이 순간은 당시의 사회와 역사 속에서 전쟁이 일어날 수밖에 없었던 상황이었던 것이다.

서유럽인들은 전쟁하기 위해 동쪽으로 이동했다. 이 이동과 전쟁을 위한 수천 가지의 작은 원인, 즉 대륙봉쇄령 불이행에 대한 비난, 올덴부르크 대공, 무장, 나폴레옹만 생각한 평화 구현, 프러시아 출병, 프랑스 황제와 국민의 전쟁 선호, 방대한 전쟁 준비에 대한 관심, 이로 인해 얻어질 이익 추구, 드레스덴에서의 환영, 평화를 원했지만 실패로 끝난 외교 담판, 그리고 앞으로 다가올 전쟁을 위해서 만들어지고 여러 사건들에 얽힌 수억 개의 원인이 모여야 한다는 역사의 법칙에 따라 저절로 생겨나 결합된 것이다.

사과는 익으면 떨어진다. 왜 떨어지는가? 인력, 시들은 줄기, 무게, 세찬 바람, 아니면 먹고 싶어서 나무 밑에 서 있는 소년 때문에? 그 어느 것 때문도 아니다. 그저 모든 생명 유기체를 만드는 여러 조건이 모여서 그렇게 되는 것이다. 식물학자는 세포 조직이 분해되었기 때문이라고 하며, 어떤 이들은 나무 밑의 소년이 간절히 원했기 때문이라고 한다. 이 모든 이유는 다 정당하다.

나폴레옹이 모스크바에 간 것은 그가 원한 것이고, 패망한 것은 알렉산드르가 그의 파멸을 바랐기 때문이라고 말하는 것은 마치 갱도가 뚫린 거대 광산이 무너진 것이 마지막 갱부의 한 번의 괭이질 때문이라는 것처럼 맞는 말이기도 하고 맞지 않는 말이기도 하다.

역사 속의 영웅은 사건에 명칭을 부여하는 사람일 뿐이며, 사건 그 자체와의 관계는 가장 적다. 영웅들은 자신의 행동이 자유로웠다고 생각하겠지만 역사적인 의미에서 보면 그건 자유가 아니다. 흘러가는 모든 역사와 관련되어 아주 오랜 옛날부터 결정되어 있던 것이다.

2

 5월 29일이 되자 나폴레옹은 황족, 대공, 각국의 왕, 황제와 더불어 삼 주일 동안 체류하고 있던 드레스덴을 출발했다. 나폴레옹은 드레스덴을 출발하기 전에 공적을 세운 황족과 자신을 위해 애쓴 황제나 왕을 칭찬하며 위로하였다. 또한 마음에 들지 않는 황족과 왕들은 심하게 꾸짖었다. 오스트리아 황후 마리아 루이자에게는 다른 왕들에게서 강탈한 진주와 다이아몬드 같은 보석들을 선물로 주었다. 그리고는 자신과의 이별로 슬퍼하는 황후를 다정하게 안아 준 다음 떠났다.

 외교가들은 세상을 평화롭게 만들기 위해 열성을 다해 일했고, 나폴레옹도 알렉산드르 황제를 '나의 형제이신 황제'라고 부르며, 자신은 전쟁을 원하지 않고 영원히 황제를 경애할 것을 진심으로 맹세한다는 내용의 편지를 써서 보냈다. 그러나 나폴레옹은 직접 군대를 이끌고 서쪽에서 동쪽으로 이동하며 새로운 명령을 내리고 있었다. 그는 신하들과 호위병들에게 둘러싸여 여섯 마리의 말이 끄는 마차를 타고, 포젠, 토른, 단치히, 케니히스베르크 등지로 다녔는데, 다니는 곳마다 수많은 사람들이 우러르며 열렬히 환영하였다.

 군대는 계속 이동하였고, 그의 마차도 말을 바꾸어 가며 한 방향으로 나아갔다. 마침내 6월 10일, 나폴레옹은 군대와 합류하였다. 그리고 빌리코비스의 숲 속에 있는 어느 폴란드 백작의 저택을 자신의 숙소로 삼고 하룻밤을 보냈다.

다음날 나폴레옹은 마차를 타고 군대보다 먼저 네만 강 근처에 도착했다. 그리고 강을 건널 수 있는 지점을 알아보기 위해 폴란드 군복으로 갈아입고 강가로 말을 몰았다.

나폴레옹은 카자흐스탄과 모스크바가 펼쳐진 광야를 보면서 진군을 결심하고 명령하였다. 나폴레옹이 전략이나 외교상의 문제를 무시하고 내린 진군 명령은 많은 이들의 예상을 벗어난 것이었다. 이튿날 그의 군대는 네만 강을 건넜다.

6월 12일 아침 나폴레옹은 네만 강 왼쪽 언덕에 쳐 놓은 천막에서 나와 빌리코비스의 숲 속에서 망원경으로 자신의 군대 행렬을 바라보고 있었다. 군대는 네만 강에 놓인 세 개의 다리로 건너가고 있었다. 군인들은 언덕 위 천막 앞에서 프록코트를 입고 모자를 쓴 채 시종에게서 떨어져 홀로 서 있는 황제를 발견하였고, "황제 폐하 만세!" 하고 외치며 모자를 높이 던져 올렸다. 거대한 숲 속에서는 보이지 않던 군인들이 계속 행진해 나오면서 다리를 건너갔다.

"드디어 진군이 시작되었군! 아, 폐하께서 친히 서 계시다니······. 저기 좀 봐, 폐하! 만세! 이봐, 여기가 바로 아시아의 광야야! 하지만 더럽군. 그럼 안녕! 자네를 위해서 모스크바에서 가장 훌륭한 성을 잡아 두겠네. 행운이 있기를 바라네······ 황제 폐하를 뵈었나, 자네는? 폐하 만세! 저 도망치는 카자흐의 비겁자들, 황제 폐하 만세! 보이나? 나는 황제를 두 번 보았어. 지금 자네를 보고 있는 것처럼 말야. 황제께서 나이 먹은 한 병사에게 십자장(十字章)을 수여하셨지. 황제 폐하 만세!"

군인들은 이렇게 떠들어댔다. 그들은 원정을 오래 기다려 왔던 터라 기뻐하고 있었고, 모두 회색 코트를 입고 강기슭에 서 있는 황제를 보며 충성과 존경의 표정을 짓고 있었다.

6월 13일에는 순종의 아라비아 말이 나폴레옹에게 바쳐졌다. 그가 말 위에 올라타자 고막이 터질 듯한 환호성이 들렸다. 그 환호성은 자신에 대한 충성심을 표현하는 것이었으므로 멈추게 할 수 없었다. 그는 네만 강 다리로 달렸다. 환호성은 계속 뒤따라 들려왔다.

그는 작은 배들을 연결하여 만들어서 흔들거리는 부교를 건너 맞은편 기슭으로 갔다. 그리고 군대 행렬을 통과해 가면서 앞선 근위병이 이끄는 대로 카우나스 방향으로 계속 달렸다.

그는 빌리야 강에 이르러 강가에 정렬하고 있는 폴란드 창기병(槍騎兵) 연대 옆에 말을 세웠다.

"만세!" 폴란드의 병사들도 환호성을 지르며 나폴레옹을 보려고 서로 밀쳐대며 모여들었다. 나폴레옹은 강 주변을 둘러보고 말에서 내리더니 강가에 놓인 통나무 위에 앉았다. 시종에게 망원경을 가져오라고 신호를 보내자 시종이 뛰어왔다. 나폴레옹은 시종의 등에 망원경을 올려놓고 강 건너편을 바라보기 시작했다. 그리고는 통나무 옆에 펼쳐 놓은 지도를 자세히 보았다. 그가 고개도 들지 않고 무엇인가 말하자 부관 두 명이 폴란드 창기병에게로 달려갔다.

"황제 폐하께선 뭐라고 말씀하셨나?" 부관 한 명이 폴란드 창기병한테 달려갔을 때 무리 속에서 이런 소리가 들렸다.

얕은 지점을 찾아서 강을 건너라는 명령이 내려졌다. 폴란드의 창기병 연대장은 매우 단정한 노장군이었는데 흥분된 탓인지 얼굴이 붉어졌다. 연대장은 부관에게 얕은 데를 찾을 것이 아니라 부하들을 거느리고 그냥 헤엄쳐 건너면 되지 않겠느냐고 말했다.

연대장은 말을 태워 달라고 졸라대는 어린애처럼 거절당할 것을 걱정하면서도 헤엄쳐서 강을 건너겠다고 한 것이다. 부관은 황제께서도 아마 연대장의 이러한 열성을 언짢게 생각하지 않으실 거라고 대답했다.

그러자 긴 수염을 빳빳하게 세운 연대장은 기쁜 표정으로 칼을 높이 치켜들고 "만세!"라고 외치고, 창기병들에게 뒤를 따르라고 명령하면서 말을 채찍질하여 강으로 달려갔다.

그는 강물 앞에서 주저하는 말을 깊은 곳으로 몰았다. 수백 명의 창기병들이 그 뒤를 쫓았다.

강의 물살은 무서울 정도로 세고 차가웠다. 창기병들은 세찬 물살 때문에 말에서 떨어졌고 서로를 붙잡고 버둥거렸다.

말과 병사들은 물살에 휩쓸려 사라졌다. 남은 병사들도 안장이나 말의 갈기에 매달려 필사적으로 헤엄을 쳤다. 바로 앞에 강을 건널 수 있는 지점이 있었지만 통나무 위에 앉은 채 그들의 행동을 돌아보지도 않는 나폴레옹 앞에서 이 강을 건너다 빠져 죽는 것을 오히려 자랑스럽게 여겼다. 되돌아온 부관이 조심스럽게 폴란드 창기병들의 용맹성에 대하여 이야기하려 하자 회색 코트를 입은 몸집이 작은 인물은 몸을 일으켜 베르치예에게 명령을 내렸다. 그리고 물속에 빠진 창기병들을 불만스럽게 바라보며 왔다 갔다 하였다.

세계 각지의 사람들이 자신에게 감동하게 하고 자신을 잊게 만든다는 그의 신념은 전혀 새로운 것이 아니었다. 그는 말을 끌고 자기 숙사로 갔다.

마흔 명 정도의 창기병들이 익사했다. 대부분 강물에 떠밀려 돌아왔고, 연대장과 몇 명의 부하들만 겨우 건넜을 뿐이었다. 그들은 건너편에 서서 물이 줄줄 흘러내리는 채 나폴레옹이 서 있던 곳을 바라보면서 "만세!" 하고 외쳤다.

나폴레옹이 없어도 행복하게 느끼고 있었던 것이다.

그날 밤 나폴레옹은 두 가지 명령을 내렸다. 하나는 위조지폐를 최대로 빨리 만들어 러시아로 반입하라는 명령이었고, 다른 하나는 프랑스군의 배치 상황도를 가지고 있다가 붙잡힌 색슨인을 총살하라는 명령이었다.

그리고 나폴레옹은 세 번째 명령을 새로 내렸다. 무턱대고 강으로 뛰어들었던 폴란드의 창기병 연대장을 '명예 연대'에 편입시키라는 명령이었다.

'사람을 망치려면 먼저 이성을 뺏어라.'

3

한편 러시아 황제는 열병식과 기동 연습을 하면서 한 달 넘게 빌리나에 머무르고 있었다. 모든 사람들처럼 황제도 전쟁에 대비하기 위해 페테르부르크에서 온 것이었으나 아직까지도 아무 준비를 하지 않았다. 대략의 작전 계획도 없었다.

황제가 한 달 동안 총사령부에 머무르면서 어떤 준비와 계획을 할 것인지 결정하기가 더욱 어려워졌다. 군대는 셋으로 나뉘어 있었고, 각각 지휘관이 있었다. 그러나 전 군대의 총지휘관은 없었으며 황제도 총지휘관을 맡으려 하지 않았다.

빌리나에서 황제가 오래 머물수록 사람들은 전쟁을 기다리다 지쳐 더욱더 준비에 느슨해졌다. 황제를 보좌하는 사람들은 황제가 목전에 닥쳐온 전쟁을 잊고 편안하고 즐겁게 지내도록 하는 데 노력하였다.

폴란드의 귀족이나 황제는 계속 무도회와 축하연을 벌였다. 그러던 6월의 어느 날, 폴란드의 한 시종 무관이 황제를 위한 만찬을 베풀자고 제안하였고 황제도 반겼다. 시종 무관들은 비용을 추렴하였다. 그리고 황제가 가장 만족할 만한 어느 귀부인이 초대되어 주인 역할을 하기로 하였다. 빌리나 현의 지주 베니그센 백작은 자신의 별장을 제공하겠다고 했다. 결국 6월 13일 베니그센 백작의 별장 자크레트에서 화려한 만찬이 열렸다.

그날은 나폴레옹이 네만 강을 건너 진격하라는 명령을 내려 그의 군대가 카자흐 군대를 물리치고 러시아의 국경을 넘은 날이었다. 그런데 알렉산드르 황제는 베니그센의 별장에서 즐겁고 호화로운 저녁을 보내고 있었던 것이다.

베주호프 백작 부인도 황제를 좇아 빌리나에 와 있던 러시아의 귀부인들 틈에 섞여 러시아적인 중후한 아름다움으로 폴란드 귀부인의 세련된 미모를 누르고 있었다. 그녀는 누구보다도 돋보였고, 황제의 춤 상대로 선택되는 영광을 얻었다.

모스크바에 아내를 남겨두고 온 보리스 드루베스코이는 자신은 독신자라면서 참석하고 있었다. 그는 시종 무관은 아니었지만 무도회를 위해 큰 돈을 냈다. 보리스는 이제 남들에게 보호받는 입장이 아니었다. 오히려 존경받으며 지위 높은 사람들과도 대등하게 행동하고 있었다.

무도회는 자정까지 계속되었다. 엘렌은 마땅히 춤 상대자가 없어 보리스에게 마주르카를 추자고 하였다.

보리스는 금실로 수놓은 검정 비단옷을 입은 아름다운 엘렌의 드러난 어깨를 바라보면서 여러 가지 얘기를 하고 있었다. 그러면서 같은 홀에 있는 황제를 계속 주시하였다. 황제는 문 옆에 서서 여러 사람들과 대화를 나누고 있었다.

보리스는 마주르카가 시작되었을 때 황제의 최측근인 시종무관 발라셰프가 어느 폴란드 귀부인과 이야기를 주고받고 있는 황제의 바로 옆에 바싹 다가선 것을 보았다.

그가 귀부인에게 잠깐 무언가 말하자 황제는 이상하다는 듯이 발라셰프를 쳐다보았다. 그리고 발라셰프가 이렇게 행동하는 데는 아주 중대한 이유가 있을 것이라고 깨닫고 귀부인에게 가볍게 인사하고는 발라셰프에게로 얼굴을 돌렸다. 발라셰프가 말하기 시작하자마자 황제는 몹시 놀란 표정이 되었다. 황제는 발라셰프의 팔을 붙잡고 통로를 빠져나갔다. 황제가 발라셰프와 걷기 시작하자 보리스는 아라크체예프가 흥분하기 시작하는 것을 보았다. 아라크체예프는 먼발치에서 황제를 바라보며 군중 속에서 나왔다. 보리스는 아라크체예프가 자신은 젖혀 두고 황제에게 중요한 보고를 한 발라셰프를 시기하고 있음을 눈치 챘다.

그러나 황제는 아라크체예프를 보지도 못하고 발라셰프와 함께 환한 정원으로 갔다. 아라크체예프는 칼을 잡고 화가 난 눈빛으로 주위를 둘러보면서 두 사람의 뒤를 따라갔다.

보리스는 발라셰프가 어떤 소식을 가져왔을까, 어떻게 하면 제일 먼저 알아낼 수 있을까 하는 생각을 하면서 계속 마주르카를 추고 있었다.

상대방을 바꾸어야 할 차례가 되자 보리스는 발코니에 있는 포토스카야 백작 부인과 춤을 추고 싶다고 엘렌에게 말했다. 그리고 미끄러지듯이 걸어 나와 정원 쪽으로 뛰었다.

그러나 그는 발라셰프와 함께 테라스를 올라오는 황제를 보자 행동을 멈추었다. 황제는 문 쪽으로 걸어오고 있었다. 보리스는 당황하여 뒤로 물러날 수도 없었던 것처럼 공손히 고개를 숙였다.

황제는 개인적으로 모욕당한 사람처럼 몹시 흥분하면서, "선전포고도 없이 러시아에 침입을 하다니! 무장한 적병이 한 놈이라도 우리 영토 안에 있는 한 나는 결코 강화하지 않을 것이다!"라고 말했다.

황제는 이러한 말을 하면서 스스로 만족하고 있는 것 같았으나 보리스가 들은 것은 못마땅한 듯했다.

"누구에게도 알리지 않도록!" 황제는 이렇게 덧붙였다. 보리스는 자신에게 하는 말인 줄 알았으므로 눈을 감고 가볍게 고개를 숙였다. 황제는 다시 무도회장으로 갔다.

보리스는 프랑스군이 네만 강을 건넜다는 정보를 가장 먼저 알았으므로 몇몇 중요한 사람들에게 들려줄 수 있었고, 이로 인해 더한층 높게 평가받게 되었다.

프랑스군이 네만 강을 건넜다는 갑작스러운 보고는 기대에 어긋났던 것이었고, 무도회에서 들은 터라 더 충격이었다. 황제는 자정에 숙소로 돌아와 비서관인 슈슈코프를 불렀다. 그리고 군대에 명령을 내리면서 나폴레옹에게 보낼 친서를 완성하라고 하였다.

나의 형제인 황제이시여. 나는 폐하에 대한 의무를 성의를 다해 지키고 있었습니다만 어제 폐하의 군대가 러시아 국경을 넘었다는 보고를 받았습니다. 오늘에서야 페테르부르크의 로리스통 백작(러시아 주재 프랑스대사)으로부터 이번의 침입에 대한 통보를 받았습니다. 폐하께서는 쿠라긴 공작이 여권을 청구한 때부터 프랑스와 러시아가 적대 관계에 놓였다고 생각하시는 것 같습니다. 나는 우리 대사의 행위가 공격의 동기가 되었으리라고는 상상할 수 없습니다. 그리고 사실 그 자신이 말한 것처럼 그의 행위는 나의 명령에 따른 것이 아닙니다. 나는 쿠라긴 공작에게 바로 맘에 들지 않는다는 뜻을 전하고 맡겨진 임무를 이행하도록 명령하였습니다. 폐하께서 두 나라 국민의 피를 흘리게 하지 않으실 것과 러시아 영토 안에서 군대를 철수하실 것을 허락하신다면 이제까지의 모든 일은 잊고 타협할 수 있게 될 것입니다. 그렇지 않다면 나는 아무런 잘못이 없이 우리가 받고 있는 공격을 어쩔 수 없이 격퇴하게 될 것입니다. 새로운 전쟁에서 인류를 구하실 능력은 폐하의 손에 달렸습니다.

알렉산드르

4

 6월 13일 새벽 2시, 황제는 발라셰프를 불러 친서를 나폴레옹에게 전하라고 명령하면서 한 명의 병사라도 러시아에 남아 있다면 절대로 강화는 하지 않겠다는 말을 되풀이하며 나폴레옹에게 반드시 전하라고 했다. 이 말은 별 효과가 없을 것임을 예감하면서도 그는 전할 것을 명령하였다.

 발라셰프는 나팔수와 두 명의 병사를 거느리고 출발하여 동틀 무렵 네만 강의 건너편 마을에 주둔하고 있는 프랑스군의 전초선에 도착했다. 털모자와 빨간 군복 차림의 프랑스군 하사관이 발라셰프에게 정지하라고 소리 지르며 저지했다. 그러나 발라셰프는 계속 말을 타고 천천히 나아갔다.

 하사관은 무어라 욕하더니 말의 가슴에 몸을 밀어대며 저지하더니 칼을 뽑아 들고서 너는 귀머거리냐, 남의 말이 들리지 않느냐며 호통을 쳤다.

 발라셰프가 자신의 이름을 대자 하사관은 병졸을 불러 장교에게 보냈다.

하사관은 러시아의 장군은 별것 아니라는 듯이 발라셰프를 내버려 둔 채 자기 연대의 일에 대해서 동료들과 이야기를 했다. 발라셰프는 존경받는 데 익숙하고 최고 권력자에 가까우며 세 시간 전까지만 해도 황제와 대사를 의논하던 자신이 러시아에서 이처럼 무례하고 거친 대접을 받는다는 것이 견딜 수 없었다.

구름 사이로 태양이 막 떠올랐고 이슬을 흠뻑 담은 공기는 매우 시원했다. 길가 곳곳에 마을에서 쫓겨난 가축들이 떼 지어 몰려 있었다. 들에서는 종달새가 지저귀면서 한 마리 또 한 마리 날아오르고 있었다.

발라셰프는 장교가 오기를 기다리면서 주변을 둘러보았다. 러시아의 병사들과 나팔수는 프랑스의 경기병과 서로 노려보고 있었다.

이제야 일어난 듯한 프랑스의 경기병 연대장이 멋진 회색 말을 타고 두 경기병과 함께 마을에 나타났다. 장교나 병사들이나 그들의 말이나 다들 자만하는 기색이었다.

군대는 전쟁이 막 시작된 터라 평소와 다름없이 질서정연한 모습이었다. 오히려 전쟁 분위기에 들떠 활기차 보였다.

프랑스의 연대장은 하품을 겨우 참으면서도 발라셰프가 중요한 인물임을 아는지 정중하게 대했다. 그는 폐하의 숙소가 그리 멀지 않은 곳에 있는 것으로 알고 있으며 금방 알현할 수 있을 것이라고 말해 주었다.

그들은 프랑스 경기병의 지휘관인 연대장에게 경례를 하고 러시아 군인을 이상하다는 듯이 쳐다보는 병사들을 지나 르이콘트가 마을의 반대쪽으로 갔다. 연대장은 2킬로미터 정도 가면 사령부가 있는데, 사단장이 발라셰프를 안내할 것이라고 하였다.

벌써 해는 높이 떠올라 푸른 산과 들을 상쾌하게 비추고 있었다.

그들이 어느 선술집을 지나 고개 위에 올라섰을 때 기마 부대가 이쪽을 향해 오고 있는 것이 보였다. 그 중 선두에 선 키 큰 남자는 검은 머리가 어깨까지 내려와 있었고 깃 달린 모자를 쓰고 빨간 망토를 걸치고 있었으며, 햇빛을 받아 빛나는 마구를 채운 말을 타고 있었다. 그도 프랑스인이 말을 탈 때 하는 버릇대로 두 다리를 앞으로 쭉 내밀고 있었다.

팔찌와 깃 장식과 목걸이 등으로 화려하게 꾸민 그 남자는 뮈라였다. 그가 엄숙한 표정으로 가까이 다가오자 프랑스의 연대장 율리네가 발라셰프에게 "나폴리 왕입니다"라고 속삭였다. 사람들이 그 남자를 나폴리 왕이라고 부르는 이유는 알 수 없었지만 그 자신도 그렇게 믿고 있어 더 준엄해하고 으스댔다. 분명히 그는 자기가 나폴리 왕이라고 확신하고 있었다. 나폴리를 출발하기 전날 아내와 같이 거리를 산책할 때였다. 이탈리아인 몇 명이 "국왕 만세!" 하고 소리치자 그는 쓸쓸하게 웃으며 "불쌍한 놈들, 내가 내일 떠난다는 것을 모르는군!" 하고 아내에게 말했을 정도였다.

그는 자기가 나폴리 왕이라고 확신하면서, 자신이 다시 군으로 복귀하면 백성들이 왕을 잃게 되어 슬퍼할 것이라고 생각하며 마음 아파했다. 그러나 단치히에서 소중한 형제처럼 여기는 나폴레옹을 만나 "내가 너를 왕으로 한 것은 내 나름대로 나라를 다스리기 위해서야"라는 말을 듣고 다시 군으로 돌아오게 되었다.

뮈라는 러시아의 장군을 보자 어깨까지 내린 머리를 왕처럼 뒤로 젖히면서 프랑스의 연대장을 쳐다보았다. 연대장은 발라셰프의 임무를 공손히 전했다. 그러나 러시아 이름은 정확히 발음할 수 없었다.

"발마셰프!" 뮈라는 연대장이 어려워한 이름을 이렇게 자신 있게 말하였다. "장군을 뵙게 되어 매우 기쁘게 생각합니다." 그는 국왕다운 태도로 말했다.

그러나 바로 큰소리로 빨리 말하기 시작하면서 국왕다운 위엄은 사라졌다. 그는 발라셰프의 말갈기에 손을 얹었다.

"그런데 장군, 아무래도 전쟁이 일어날 것 같군요." 그 어조는 자기가 결정할 수 없는 사태에 대해 슬퍼하는 듯했다.

"폐하." 발라셰프가 대답했다. "폐하도 아시다시피 러시아 황제께서는 전쟁을 바라지 않으십니다." 발라셰프는 이렇게 말하였으나, 상대방을 폐하라고 부르는 데 어색함을 느꼈다.

뮈라는 발라셰프의 이야기를 들으면서 만족하는 표정이었다. 자신은 왕이자 동맹자로서 알렉산드르의 사절과 중대사를 의논해야 한다고 생각했다. 그는 발라셰프와 팔짱을 끼고, 수행원들과 약간 간격을 둔 채 이곳저곳을 걸으면서 위엄 있게 말하려고 노력하였다. 그는 프러시아에서의 철병 요구 때문에 나폴레옹이 모욕을 느꼈으며, 특히 이 요구가 프랑스의 국위를 손상시키자 그의 분노는 더욱 커졌다고 말했다. 발라셰프가 그 요구는 모욕하려는 것이 아니었다며 말하기 시작하자 뮈라는 그의 말을 가로막았다.

"그럼 당신은 알렉산드르 황제가 이 사태를 일으킨 것이 아니라고 생각합니까?" 그는 호인다운 미소를 띠며 말했다.

발라셰프는 나폴레옹이 전쟁의 책임자라고 생각하는 이유를 말했다.

"잠깐, 장군." 뮈라는 발라셰프의 말을 다시 가로막았다. "나는 두 황제께서 오해를 풀고 이 전쟁이 빨리 끝나기를 진심으로 바랍니다." 이는 주인은 싸우더라도 자기들은 사이좋게 지내자고 말하는 하인의 말 같았다. 그리고는 대공의 근황을 물으면서 나폴리에서 대공과 보낸 즐거운 추억들을 이야기하기도 했다. 그러다가 갑자기 왕으로서 위엄을 갖추어야겠다고 생각했는지 몸을 뒤로 젖히고 대관식 때처럼 오른손을 흔들면서 "장군, 나는 이제 더 이상 당신을 붙잡지 않겠소. 당신의 임무가 성공하기를 빕니다" 하고 말했다. 그리고 망토와 깃 장식을 바람에 휘날리면서 자기를 기다리는 수행원들에게로 갔다.

발라셰프는 곧 나폴레옹을 만날 수 있을 것이라고 짐작하면서 말을 앞으로 몰았다. 그러나 그의 짐작과는 달리 다음 마을의 입구에서 또다시 다부 보병군단의 보초병에게 저지를 당했다. 군단장의 부관이 발라셰프를 다부 원수(元帥)가 있는 마을로 안내하였다.

5

 다부는 나폴레옹 황제의 아라크체예프였다. 아라크체예프는 규칙과 법만 아는 냉철한 남자로, 무자비한 방법으로 충성을 나타내는 인간이었다.

 자연에 이리가 필요한 것처럼 국가에도 이러한 인물이 필요한 것이다. 국가 원수의 측근에서는 항상 그런 인간들이 지위를 유지하고 있는 것이다. 이 필요에 따라 호위병의 수염을 직접 뽑을 만큼 잔인하면서도 위험 앞에서는 참지 못하며 교양이 없는 아라크체예프 따위가 알렉산드르의 측근에서 세력을 보전할 수 있는 것이다.

 발라셰프는 어느 농가의 창고 안에서 서류를 조사하고 있는 다부 원수를 발견했다. 옆에는 부관이 서 있었다. 좀 더 나은 숙사를 구할 수 있었지만 다부 원수는 일부러 우울한 표정을 짓기 위해 가장 불편한 상황에 있고 싶어하는 성격의 인간이었다. 그 때문에 일도 언제나 바쁘고 힘들게 하였다.

 '보다시피 창고에서 지내는데 어떻게 행복한 인생을 생각할 수 있겠소.' 그의 표정은 이렇게 말하고 있었다. 이러한 사람들은 보다 나은 활기찬 일을 하게 되어 음울하고 바쁜 일을 그만두게 되길 바랐다.

 발라셰프가 자신을 만나러 왔을 때 다부는 이러한 기회를 얻은 것이다. 러시아의 장군이 들어오자 다부는 자기 일에 더 집중한 채 발라셰프를 안경 너머로 힐끔 쳐다보고는 인상을 쓰며 쓴웃음을 지었다.

발라셰프가 불쾌한 표정을 짓자 다부는 차가운 얼굴로 무슨 일로 왔냐고 물었다.

발라셰프는 자신이 황제 알렉산드르의 칙사임을 상대방이 모르기 때문에 무례한 것이라고 생각하고 자신의 신분과 임무를 알렸다. 그런데 다부는 발라셰프의 말을 듣고 더 거친 태도로 대했다.

"그럼 친서를 주시오. 내가 황제에게 보낼 테니까."

발라셰프는 자신이 직접 황제에게 친서를 건네도록 명령받았다고 했다.

"귀국 황제의 명령은 귀국의 군대에서는 따르겠지만 여기에서는 이쪽에서 말하는 대로 해 주어야 합니다."

발라셰프는 황제의 친서가 든 봉투를 꺼내어 탁자에 놓았다. 다부는 봉투에 쓰인 문구를 읽었다.

"나에게 경의를 표하시든 아니든 당신의 자유입니다만 내가 폐하의 시종 무관임을 잊지 마시오." 발라셰프가 말했다.

다부는 발라셰프를 조용히 바라보았다. 발라셰프의 얼굴에 드러난 불안감을 즐기는 듯했다.

"정중히 대우하겠소." 다부가 말하였다. 그리고 주머니에 봉투를 넣고 밖으로 나갔다.

얼마 뒤 원수의 부관 드 카스트레가 들어와 발라셰프를 특별히 준비된 자리로 안내했다.

그날 발라셰프는 창고에서 원수와 함께 통 위에 걸쳐 놓은 판자에 차린 저녁을 먹었다.

다음날 아침 일찍 다부는 발라셰프에게 "이곳에 있다가 명령이 오면 짐을 가지고 이동해 주시오. 그리고 드 카스트레 이외의 사람과는 절대로 말하지 마시오" 하고 말했다.

발라셰프는 나흘 동안 외로움과 지루함 속에서 권력과 무력의 힘을 느꼈다. 그리고 프랑스군과 몇 차례 진군한 끝에 결국 프랑스군이 이미 점령한 빌리나에 이르렀다.

이튿날 황제의 시종 드 튀렌이 발라셰프에게 알현을 허락한다는 나폴레옹의 의사를 전했다.

발라셰프가 끌려간 집 옆에는 나흘 전까지만 해도 프레오브라스키 연대의 보초병이 서 있었다. 그런데 지금은 파란 군복에 털모자를 쓴 프랑스의 호위대와 부관, 시종, 장군 등의 측근자들이 입구 계단에 있는 나폴레옹의 말과 그의 근위병인 루스당 주위에 모여 황제가 나오기를 기다리고 있었다. 나폴레옹은 알렉산드르가 발라셰프를 떠나보냈던 빌리나의 바로 그 집에서 그를 만나려고 한 것이다.

6

발라셰프는 나폴레옹 궁중의 사치스러움과 화려함을 보고 놀라지 않을 수 없었다.

튀렌 백작은 발라셰프를 대접견실로 안내하였다. 이미 많은 장군과 시종과 폴란드의 귀족들이 대기하고 있었다. 폴란드의 귀족 중에는 발라셰프가 러시아의 궁중에서 본 사람도 여럿 있었다. 튀렌 백작은 나폴레옹 황제가 산책을 나가기 전에 발라셰프를 접견할 것이라고 하였다.

한참 뒤 당직 시종이 대접견실로 와서 발라셰프에게 정중하게 인사하며 자신을 따라오라고 했다.

발라셰프는 소접견실로 갔다. 소접견실의 한쪽 문은 서재와 통하게 되어 있는데 이 방은 러시아 황제가 그를 떠나보낸 곳이었다. 발라셰프는 2분 정도 서 있었다.

곧 문 뒤에서 분주한 걸음 소리가 들렸다. 양쪽 문이 활짝 열리자 사방은 물을 끼얹은 듯 조용해졌다. 서재 쪽에서 무겁고 힘찬 발소리가 울리기 시작했다. 나폴레옹이었다. 산책을 위한 승마복 차림이었다. 불룩한 배 위에 흰 조끼를 입었고, 그 위에 가슴이 트인 파란 군복을 입었다. 짧고 통통한 다리는 흰 가죽 바지로 감쌌고 무릎 위까지 오는 긴 승마화를 신고 있었다. 짧은 머리는 막 빗질을 했는지 넓은 이마 한가운데 한 줌의 머리카락이 내려와 있었다. 희고 살찐 목은 검은 깃 때문에 더욱 하얗게 보였다. 몸에서는 향수 냄새가 풍겼다. 나이보다 젊어 보이는 통통한 얼굴에는 부드러우면서도 위엄 있는, 황제다운 표정을 짓고 있었다.

그는 걸을 때마다 몸을 흔들면서 고개를 살짝 젖힌 채 재빨리 들어왔다. 살찐 넓은 어깨는 쭉 펴고 상체를 앞으로 내민, 작지만 강건한 그의 몸은 40대 남자의 위풍당당한 풍채를 지녔다. 그는 아주 기분이 좋은 것 같았다.

나폴레옹은 발라셰프의 공손한 경례에 가볍게 고개를 끄덕인 뒤 시간이 아까운 사람처럼 바로 말하기 시작했다.

그는 대화를 미리 준비하는 나약한 짓은 절대 하지 않으며 자신은 항상 옳다고 확신하는 듯했다.

"안녕하시오, 장군! 나는 귀관이 가져온 알렉산드르 황제의 친서를 받았소. 나는 귀관을 만나 매우 기쁘게 생각하오." 그가 말했다.

그는 큰 눈으로 발라셰프를 쳐다보더니 이내 눈을 돌렸다.

발라셰프라는 인간은 그의 흥미를 전혀 끌지 못한 듯했다. 그는 자기의 마음속에서 일어나는 것에만 관심을 갖는 모양이었다. 이 세상의 모든 일은 자신의 뜻에 따라 결정된다고 생각했으므로 자기 이외에는 전혀 무관심했던 것이다.

"나는 전쟁을 원하지 않았으나 할 수밖에 없었소. 지금도 귀관의 모든 말을 기쁘게 들을 생각이오." 그는 이렇게 말하고 러시아 정부에 대한 불만을 간단하게 말했다.

발라셰프는 나폴레옹이 다정하고 따뜻하게 말하는 것을 보고 그도 평화를 원하고 있다고 생각하면서 강화를 할 수 있겠다고 믿었다.

"폐하! 우리 황제께서는……." 나폴레옹이 말을 마치고 자신의 의견을 기다린다는 시선으로 쳐다보았을 때, 발라셰프는 준비했던 말을 하기 시작했으나 속으로는 당황했다.

나폴레옹은 발라셰프의 군복과 칼을 보면서 미소를 지으며 '당황하지 말고 기운을 내라'고 말하는 듯했다. 발라셰프는 알렉산드르 황제는 쿠라긴의 여권 청구가 전쟁의 이유는 되지 않는다고 생각한다는 것, 쿠라긴의 행동은 황제의 동의 없이 독단으로 한 것이라는 것, 알렉산드르는 전쟁을 바라지 않으며 영국과는 아무런 관계도 없다는 것을 이야기했다.

"아직은 없겠지만……." 나폴레옹이 말했다. 그리고 감정에 좌우되는 것이 불쾌한 듯 찌푸리면서 계속 이야기하라는 뜻으로 고개를 끄덕였다.

발라셰프는 머뭇거리면서 알렉산드르 황제가 강화를 결정하기 전에 친서에 쓰지 않은 한 가지 조건이 있다고 했다.

"무장한 적병이 한 명이라도 러시아의 영토에 남아 있다면……." 발라셰프는 이 말을 똑똑히 기억하고 있었으나 감정이 복잡해져서 입 밖에 내기가 어려웠다. 그는 어쩔 수 없이 "프랑스 군대를 네만 강 건너편으로 철퇴시킨다는 조건입니다"라고 말해 버렸다.

발라셰프는 자기가 마지막 말을 할 때 나폴레옹이 곤란해하고 있음을 알아챘다. 그의 얼굴과 왼쪽 다리가 바르르 떨리기 시작했다. 그는 더욱 크고 급한 목소리로 말하였다. 이야기를 하면서 발라셰프는 나폴레옹의 왼쪽 다리가 떨리고 있는 것을 여러 번 쳐다보았다. 그가 목소리를 크게 하면 할수록 더 심하게 떨렸다.

"난 알렉산드르 황제만큼 평화를 바라고 있소. 나는 18개월 동안 평화를 위해 온갖 수단을 다 동원하지 않았소? 나는 그동안 해명을 기다렸소. 그런데 화의를 하자면서 귀국은 나한테 무엇을 요구하는 것이오?"

그는 흰 손을 크게 휘두르면서 미간을 찌푸리고 말했다.

"폐하, 그것은 네만 강의 건너편으로 철퇴하는 것입니다." 발라셰프가 말했다.

"네만 강 건너편으로?" 나폴레옹은 되풀이했다. "지금 네만 강 건너로 철수하기를 바라는 거요?" 나폴레옹은 발라셰프를 똑바로 보면서 다시 물었다.

발라셰프는 정중히 머리를 숙였다.

"4개월 전에는 포메라니아에서 철퇴 요구를 하더니 이번에는 네만 강의 건너편으로 철퇴하라니." 나폴레옹은 몸을 획 돌리더니 방을 거닐기 시작했다.

"귀관은 화의를 위해 네만 강 건너로 퇴각할 것을 요구하고 있지만 바로 2개월 전에는 오데르 강과 비슬라 강의 건너편으로 철퇴하라고 나에게 요구하였소. 그런데도 화의하자는 데 동의하겠다니."

그는 방 안 구석구석을 거닐다가 발라셰프 앞에 멈추었다. 발라셰프는 나폴레옹의 왼쪽 다리의 떨림이 더 빨라지고 표정은 화석처럼 굳어진 것을 알았다. 나폴레옹도 왼쪽 다리의 경련을 알고 있었다. 훗날 그는 "왼쪽 다리를 떠는 것은 나의 큰 특징이다"라고 말하였다.

"바덴 공 같은 사람한테는 오데르 강과 비슬라 강에서 철퇴하라는 요구를 할 수 있겠지만 나에게는 안 되오." 나폴레옹은 거의 외치듯이 말했다. "러시아가 페테르부르크와 모스크바를 준다고 해도 나는 그런 조건을 받아들일 수 없소. 귀국은 내가 이 전쟁을 일으킨 것처럼 말하지만, 누가 먼저 군대 안으로 말을 몰고 들어갔소? 바로 알렉산드르였소. 더욱이 귀국은 지금에서야 화의를 청하고 있소. 그리고 나는 이미 수백만 국고를 썼고 귀국은 영국과 동맹을 맺었으며 상황이 불리해지자 화의를 청하는 것이잖소! 도대체 귀국은 왜 영국과 동맹을 맺었으며 영국은 무엇을 주었소?"

그는 평화를 위해서가 아니라, 자기의 신념과 힘을 설명하고 알렉산드르의 과실을 증명하는 말만 하고 있었다.

그는 자신이 분명히 유리하지만 화의의 요구를 받아들이겠다는 자만의 자세로 말하기 시작한 것이었다. 그러나 말을 하다 보니 그는 자신의 감정과 말을 누르지 못하게 되었다. 그의 목적은 자신을 추켜세우고 알렉산드르를 모욕하는 것이 되었고, 즉 접견의 목적과는 전혀 다른 목적이 되고 말았다.

"귀국은 터키와 강화를 체결하실 모양이더군!"

발라셰프는 고개를 숙여 시인했다.

"강화는 체결되었습니다……." 그가 말했다. 그러나 나폴레옹은 그가 계속 말하게 두지 않았다. 자기 혼자만 말하고 싶은 모양이었다. 그는 교만한 사람이 흔히 그렇듯 되는 대로 성급하게 마구 말을 해 댔다.

"귀국이 몰다비아와 발라키아도 포기하고 터키와 강화를 체결한 것을 알고 있소. 그러나 내가 전에 귀국의 황제에게 핀란드를 주었던 것처럼 그 지방도 주지는 못했을 거요. 나는 알렉산드르 황제에게 몰다비아와 발라키아를 약속했었소. 그러니 이제는 알렉산드르 황제도 그 아름다운 지방을 가질 수 없을 것이오. 그 지방을 소유했다면 자기 당대에 보스니아 만에서 도나우 하구까지 영토를 넓힐 수 있었을 텐데. 대(大) 예카테리나 여황제도 그 이상은 할 수 없었을 것이오."

나폴레옹은 방 안을 거닐면서 점점 흥분하여 칠리지트에서 알렉산드르에게 했던 말을 발라셰프에게 되풀이하고 있었다.

"나의 우정으로 모든 일이 이루어질 수 있었소. 그러면 알렉산드르 황제는 더 훌륭한 지도자가 되었을 텐데!" 그는 여러 번 탄식하고는 호주머니에서 금으로 된 담뱃갑을 꺼내 냄새를 맡았다.

그는 발라셰프를 불쌍하다는 듯이 보았다. 그리고 발라셰프가 무슨 말을 하려고 하자 서둘러 가로막았다.

"나와의 우정에서는 찾아낼 수 없는 것을 어디에서 찾을 수 있을까?"

나폴레옹은 알 수 없다는 듯 어깨를 움츠리며 말했다. "그는 자기 주위에 나의 적들을 끌어들이려는 거겠지. 시타인, 아름펠트, 베니그센, 빈셍게로데 같은 무리들을 가까이 불러들였단 말이오. 시타인은 조국에서 추방당한 반역자이고, 아름펠트는 음모가이며, 빈셍게로데는 망명한 프랑스 사람이오. 베니그센이 가장 군인답지만 그 역시 무능하오. 만일 능력 있는 인간들이라면 쓸모가 있을지도 모르지만 그자들은 전쟁 때든 평화로울 때든 전혀 쓸모가 없어! 바르클라이가 그들보다 좀 이름이 나 있지만 그의 행동들을 보면 그렇게 생각되지 않소. 대체 그들은 뭘 하고 있는 거요! 프풀리가 의견을 내면 아름펠트는 반대하고 베니그센이 검토하지. 또 명령을 받은 바르클라이는 어떻게 해야 할지 몰라서 시간만 보내고 있소. 바그라치온은 무인이라 고지식하지만 분별력과 결단력을 가지고 있소. 귀국의 황제는 이런 무용지물의 인간들 때문에 자신의 명예를 더럽히고 모든 책임을 지게 된 거요. 황제가 군대를 이끌려면 총사령관이 되어야 하오." 그가 말했다.

이 말은 황제에 대한 도전인 듯했다. 나폴레옹은 알렉산드르가 지휘관이 되고 싶어한다는 것을 알고 있었던 것이다.

"전쟁이 시작된 지 일주일이 지났는데도 귀국은 빌리나조차 지키지 못하고 군대도 나뉘어져 폴란드에서 쫓겨났소. 귀국의 군대는 틀림없이 불만이 가득할 것이오."

"그렇지 않습니다, 폐하." 발라셰프가 말했다. 그는 나폴레옹의 이야기를 가슴에 새기면서 말을 이었다. "군대는 희망이 넘치고 있습니다."

"난 다 알고 있소." 나폴레옹은 발라셰프의 말을 가로막았다. "귀국 군대의 수도 정확히 알고 있소. 귀국의 군대는 20만이 못 되지만 내 군대는 그 배인 40만이 훨씬 넘소. 그 점은 맹세할 수도 있소." 나폴레옹은 그 맹세에는 아무 의미도 없음을 잊고 말했다. "아군은 비슬라 강의 이쪽 편에 50만이 있소. 귀국에게 터키인은 도움이 되지 않소. 그들은 아무짝에도 쓸모가 없소. 그래서 귀국과 강화한 것이오. 스웨덴은 미쳐 날뛰는 왕의 통치를 받아야 하오. 전 국왕이 미치광이였기 때문에 그들은 베르나도트를 왕으로 삼았소. 그러나 이 왕도 곧 미쳤지. 스웨덴도 미치지 않는 한 러시아와 동맹을 맺을 수는 없을 거요."

나폴레옹은 히죽 웃고 나서 다시 담뱃갑을 코로 가져갔다.

발라셰프는 나폴레옹의 말을 다 반박하고 싶었다. 반박할 만한 이유도 있었다. 그래서 자꾸 말하고 싶은 듯한 몸짓을 하였으나 그때마다 나폴레옹은 그를 가로막았다. 스웨덴의 미치광이라는 말을 들었을 때 발라셰프는 스웨덴은 러시아의 후원을 받고 있는 섬나라에 불과하다고 말하려 했으나 나폴레옹이 큰소리로 말해 발라셰프의 목소리를 덮어 버렸다. 나폴레옹은 스스로에게 정당함을 증명하기 위해서 마구잡이로 떠들어야 할 만큼 흥분 상태에 빠져 있었다.

발라셰프는 괴로웠다. 그는 칙사로서 위엄을 갖추어야 한다는 생각에 항변할 필요를 느꼈다. 그러나 나폴레옹의 흥분과 분노에 압박되어 정신적으로 위축되었다. 그는 지금 나폴레옹이 한 말은 모두 무의미한 것이고, 나중에 차분해졌을 때 다시 생각하면 자신이 한 말을 부끄러워할 것이라는 것을 알고 있었다. 발라셰프는 바로 서서 시선을 아래로 향한 채 나폴레옹의 통통한 다리가 움직이는 것을 보면서 그의 시선을 피하려고 애썼다.

"그리고 귀국의 동맹자들쯤은 내게 아무것도 아니오. 내게도 동맹자가 있소. 바로 폴란드군이오. 8만 명인데 지금도 용맹하게 싸우고 있소. 곧 20만이 될 거요." 나폴레옹은 자기가 뻔한 거짓말을 한 것과 발라셰프가 순종하는 자세로 묵묵히 자기 앞에 서 있는 것에 더 화가 났는지 갑자기 휙 돌아서서 발라셰프에게 가까이 다가오더니 흰 손으로 힘차고 날렵한 손짓을 하며 외치듯이 말했다.

"알겠소. 만약 귀국이 프러시아를 부추겨 나에게 대항하게 만든다면 그 나라를 유럽의 지도에서 지워 버릴 것이오." 그는 분노로 얼굴이 떨렸으며, 작은 한 손으로 다른 손을 치면서 이렇게 말했다. "나는 귀국을 드비나 강과 드네프르 강 동쪽으로 추방하고 유럽이 방치해 둔 그 경계를 부활시킬 것이오. 맞소, 귀국의 장래는 이것이오. 귀국이 나와 등을 돌리고 얻는 것은 그것뿐이오." 그가 말했다. 그리고 살찐 어깨를 떨면서 묵묵히 방 안을 왔다 갔다 했다.

그는 호주머니에 담뱃갑을 넣었다가 다시 꺼내어 코로 가져갔다. 그리고 발라셰프와 마주 보고 걸음을 멈추었다. 그는 잠깐 비웃는 것처럼 발라셰프의 눈을 바로 쳐다보았다. 이윽고 작은 목소리로 이렇게 말했다. "아무튼 귀국 황제의 치세는 참으로 훌륭한 것이었을 텐데 말이오!"

발라셰프는 러시아는 그렇게 비관적이지 않다고 말했다. 나폴레옹은 계속 조소하듯 상대방을 쳐다보면서 조용히 있었다. 그는 발라셰프의 말을 신중하게 듣지 않는 것 같았다. 발라셰프가 러시아는 이 전쟁에서 좋은 결과만 얻을 것으로 예상하고 있다고 하자 나폴레옹은 고개를 끄덕였다. 그러나 그 표정은 '그렇게 말하는 것이 자네 의무겠지. 그러나 자네 자신은 그렇게 믿지 않을 걸세. 내 말을 믿게 되었을 거야'라고 말하는 것 같았다.

발라셰프가 말을 마치자 나폴레옹은 다시 담뱃갑을 꺼내 냄새를 맡고는 발로 마룻바닥을 두어 번 내리쳤다. 그러자 문이 열리고 허리를 굽힌 한 시종이 황제에게 모자와 장갑을 건넸다. 다른 한 시종은 손수건을 내밀었다. 나폴레옹은 시종들은 보지도 않고 발라셰프에게 말했다.

"알렉산드르 황제에게 내 말을 전해 주시오." 그는 모자를 들고 말했다. "나는 전과 마찬가지로 황제에게 복종하고 있으며 황제를 잘 알고 있고, 고결한 인품도 인정한다고 말이오.

장군, 더 이상 귀관을 붙들지 않겠소. 나중에 황제에게 편지를 드리겠소."

나폴레옹은 이 말을 하고 문으로 걸어갔다. 일동은 접견실에서 뛰어나와 계단 아래로 내려갔다.

7

발라셰프는 "더 이상 귀관을 붙들지 않겠소. 나중에 황제에게 편지를 보내겠소"라는 나폴레옹의 매몰찬 말을 듣고, 나폴레옹은 더 이상 자신의 흥분한 모습을 보이기 싫어한다는 것을 깨달았다. 그런데도 나폴레옹은 오찬에 발라셰프를 초대하였다.

오찬에는 베시에르, 콜렝쿠르, 베르치예가 참석해 있었다.

나폴레옹은 다정하고 기분 좋은 모습으로 발라셰프를 환영하였다. 아침에 흥분했던 것은 조금도 염두에 두지 않은 채 발라셰프를 위로하려고 하였다. 예전부터 나폴레옹은 자신의 행동에 대한 확실한 신념이 있는 것 같았다. 바로 자기의 모든 행동은 다 선한 것이라는 것이다. 이는 행동이 선악의 기준에 맞아서가 아니라 그 행동의 주인이 바로 자신이라서 그런 것이라고 믿는 모양이었다.

황제는 말을 타고 빌리나의 시가를 산책하였는데 민중이 그를 열렬히 환영해 주었기 때문에 기분이 좋았다. 그가 지나가는 거리의 창문에는 그의 이름 머릿글자로 만든 장식들이 걸려 있었다. 폴란드의 부인들은 손수건을 흔들어 주었다.

그는 발라셰프를 바로 옆에 앉게 하고 식사하는 내내 친절하게 대해 주었다. 또 그를 자기 측근으로 여기고 자신의 일에 대해 함께 기뻐해야 하는 것처럼 생각했다. 그는 이야기를 하는 도중에 러시아의 수도인 모스크바에 대해서 발라셰프에게 이것저것 묻기 시작했다. 마치 호기심에 가득한 여행자가 미지의 세상에 대해 묻는 태도라기보다는 러시아인인 발라셰프가 자기의 호기심을 기쁘게 받아들일 것이라고 믿는 듯한 태도였다.

"모스크바의 인구는 얼마나 되오? 모스크바를 '성도 모스크바'라고 부른다는데 사실이오? 교회는 얼마나 있소?" 나폴레옹이 물었다. 교회는 2백 개가 넘는다는 발라셰프의 대답을 듣고 나폴레옹이 물었다.

"왜 그렇게 교회가 많소?"

"러시아인은 믿음이 두텁습니다." 발라셰프가 대답했다.

"그러나 수도원이나 교회가 많은 것은 민중이 뒤처져 있다는 증거요." 나폴레옹은 이렇게 말하고, 이 말을 입증받기 원하는 듯 콜렝쿠르를 돌아보았다.

발라셰프는 이 의견에 반대했다.

"나라마다 고유한 풍토가 있습니다." 그가 말했다.

"유럽 어디에도 이제 그런 것은 없소." 나폴레옹이 말했다.

"황공하옵니다만, 에스파냐에도 교회와 수도원이 많습니다." 발라셰프가 대답했다.

이 대답은 최근 에스파냐에서 프랑스군이 패배한 것을 뜻한 것으로 알렉산드르의 궁정에서는 호평을 받았으나 지금의 오찬에서는 그냥 무시되고 말았다.

자리에 함께 한 사람들은 그 말을 무시하면서도 발라셰프가 왜 그런 암시적인 비난의 발언을 했는지 의아해했다.

발라셰프의 대답이 무시되는 바람에 나폴레옹은 조금도 눈치 채지 못했다. 그는 여기에서 모스크바로 향하는 길에는 어떤 도시들이 있느냐고 물었다.

발라셰프는 식사를 하는 동안 내내 긴장하고 있었다. 그는 모든 길은 로마로 통하고 있다는 속담처럼 모든 길은 모스크바로 통하는데 그 중 '폴타바'를 통과하는 길은 카를 12세가 선택한 길이라고 말했다. 그는 자신의 대답이 자못 만족스러웠는지 얼굴을 붉혔다. 그러나 그가 폴타바 이야기를 끝마치기도 전에 콜렝쿠르는 페테르부르크에서 모스크바로 가는 길은 불편하다면서 페테르부르크에서 있었던 일들을 이야기하기 시작했다.

식사를 마치고 커피를 마시기 위해 모두들 나폴레옹의 서재로 갔다. 나흘 전에는 알렉산드르의 서재였다. 나폴레옹은 자리에 앉아 차를 마시면서 발라셰프에게 옆에 앉으라고 손짓하였다.

사람들은 식사를 마친 후 대개 만족스러워하며 함께 있는 사람들을 친근하게 느끼곤 한다. 나폴레옹 역시 이러한 기분이었고 자기를 따르는 사람들에게 둘러싸여 있는 듯 느껴졌다. 그는 발라셰프도 자신을 따르는 숭배자처럼 여기고 있었다. 나폴레옹은 즐거워하면서 약간 비웃는 듯한 미소를 지으면서 발라셰프에게 말을 건넸다.

"이 방이 바로 알렉산드르 황제가 머물던 방이라고 들었소. 참 이상하지 않소, 장군!" 그가 말했다. 나폴레옹은 알렉산드르보다 자신이 더 능력을 갖추고 있다는 뜻의 말을 하면서도 발라셰프가 즐거울 거라고 생각하는 모양이었다.

발라셰프는 대답할 수 없었으므로 고개를 떨어뜨렸다.

"나흘 전까지만 해도 빈셍게로데와 시타인이 회의를 했던 곳이오." 나폴레옹은 자신감에 가득 찬 미소를 띠면서 계속 말했다.

"그런데 한 가지 이해되지 않는 것이 있소. 알렉산드르 황제는 나한테 적이 되는 사람들을 왜 가까이 두는 건지 이해할 수 없소. 나도 그런 짓을 할 수 있다는 것을 생각하지 못했겠소?" 그가 발라셰프에게 물었다. 이 일이 기억나자 그는 다시 분노가 치밀어 오르는 것 같았다.

"나도 똑같이 할 수 있다는 것을 보여 주겠소. 나는 독일에서 그의 친척들을 쫓아낼 것이오. 뷔르템베르크, 바덴, 바이마르의 제후 모두 말이오. 이제 알렉산드르는 러시아에 그들이 피난해 살 곳을 준비해 두어야 할 거요!"

발라셰프는 그만 물러나고 싶지만 이야기 도중이라 그저 듣고만 있을 뿐이라는 표정을 한 채 고개를 떨어뜨리고 있었다. 나폴레옹은 발라셰프의 표정을 보지 못하고 그저 자기를 믿고 따르며 알렉산드르에게 퍼부어지는 모든 비난을 다 감수하고 있어야 할 자신의 신하처럼 대하고 있었다.

"그리고 알렉산드르 황제는 도대체 왜 군을 통솔하겠다는 것이오? 나는 원래 군인이지만 그는 정치가이지 군인이 아니잖소. 무엇 때문에 그 일을 맡은 거요?"

나폴레옹은 방 안을 몇 번 왔다 갔다 하더니 발라셰프에게 다가와 웃으면서, 발라셰프의 귀를 잡고 살짝 잡아당겼다. 마치 40대의 러시아 장군이 특별하고도 기쁜 일이라고 여겨야 되는 것처럼 자신만만한 태도였다.

프랑스에서는 황제가 귀를 잡아당기는 것이 가장 큰 명예이자 축복이었던 것이다.

"알렉산드르 황제의 신하인 귀관은 왜 아무 말도 하지 않소?" 나폴레옹은 다른 황제의 신하가 자기 옆에 있는 것이 우습다는 듯 말했다.

"타고 갈 말은 있소?" 나폴레옹은 발라셰프가 인사를 하자 답례로 고개를 끄덕이면서 덧붙였다.

"장군에게 내 말을 드리도록 하라. 멀리 가시니까."

발라셰프가 가지고 간 서한은 나폴레옹이 알렉산드르에게 마지막으로 보낸 것이었다. 러시아 황제는 접견의 내용을 자세히 보고받았다. 그리고 마침내 전쟁은 시작되었다.

8

안드레이 공작은 모스크바에서 피에르를 만난 뒤 가족들에게 볼일이 있다고 말하고는 페테르부르크로 갔다. 그러나 실은 아나톨리 쿠라긴 공작을 만나기 위해서였다. 페테르부르크에서 아나톨리를 찾아보았으나 그는 없었다. 피에르가 자기 처남에게 안드레이 공작이 그를 찾고 있다고 알려 준 것이다. 아나톨리 쿠라긴은 육군 대신에게 임명을 받자마자 몰다비아에 주둔하고 있는 군대로 떠났다. 안드레이 공작은 페테르부르크에서 자신의 장군이었던 쿠투조프를 만났다. 그는 언제나 안드레이 공작에게 잘 대해 주었다. 몰다비아군의 총사령관으로 임명된 쿠투조프는 안드레이 공작에게 몰다비아에 같이 가지 않겠느냐고 했다. 그러나 안드레이 공작은 총사령부 소속으로 임명받아 터키에 부임했다.

안드레이 공작은 아나톨리에게 편지를 보내 결투를 청하고 싶지 않았다. 그는 새로운 이유도 없이 결투를 청하는 것은 나타샤에게 누를 끼치는 것이 된다고 생각했다. 그래서 아나톨리를 만나 결투를 청할 다른 이유를 만들고 싶어했던 것이다. 그러나 그는 터키에서도 아나톨리를 찾을 수 없었다. 안드레이 공작이 터키에 도착한 직후 아나톨리는 러시아로 돌아왔기 때문이다.

안드레이 공작은 낯선 나라에서 오히려 마음 편하게 지낼 수 있었다. 약혼녀로부터 배신을 당한 고통은 숨기려 할수록 더 커져만 갔다. 그가 살던 곳에서는 더욱더 견딜 수 없었고, 그가 소중하게 생각하던 자유니 독립이니 하는 것들도 다 부담스럽게만 여겨졌다.

아우스터리츠에서 하늘을 보며 처음 생각한 사상들, 피에르에게 설명해 주기도 하고 보구차로프와 스위스와 로마에서 외로움을 잊게 해 주던 사상들은 생각하는 것조차 두려웠다.

그는 과거의 일과 아무 관련도 없는 일에만 관심을 가졌다. 그에게는 넓고 높은 하늘이 펼쳐져 있다가 갑자기 머리가 닿을 정도로 낮은 천장으로 변한 것이다. 모든 것이 확실해졌지만 영원히 신비로운 것은 모두 사라지고 말았다.

그에게는 군대에서 일하는 것이 가장 쉽고 편했다. 그는 쿠투조프의 사령부에서 당직 장교를 맡아 열심히 직무를 수행하였다. 안드레이의 꼼꼼하고도 성실한 일 처리를 보고 쿠투조프 장군이 놀랄 정도였다. 그는 터키에서 아나톨리를 만나지는 못했지만 그를 쫓아서 러시아로 돌아가지는 않았다. 허기진 사람이 음식을 보면 마구 덤벼들 듯이 시간이 많이 지나 그런 사람과 결투하는 것은 어리석은 일이라고 아무리 생각하여도 분명 그를 만나면 결투를 청할 것이라는 걸 그 자신이 잘 알고 있었다.

그리고 당한 모욕은 아직 되돌려 주지 못했다. 안드레이 공작의 해소되지 못한 분노는 터키에서 활동적이고도 의욕적으로 생활하면서 얻어진 평정을 무너뜨리곤 하였다.

1812년 쿠투조프가 두 달이 넘도록 밤낮을 루마니아 여자와 지내고 있을 때, 프랑스와의 전쟁이 가까워졌다는 소식이 부쿠레슈티에 들려왔다. 안드레이 공작은 쿠투조프에게 서군(西軍)으로 보내 달라고 요청했다. 쿠투조프는 안드레이 공작의 성실한 근무가 자신의 게으름을 비난하는 것처럼 생각하고 있던 차라 흔쾌히 허락해 주고 바르클라이 드 톨리 장군에게로 의뢰장을 써 주었다.

5월, 안드레이 공작은 서군으로 가는 도중에 스몰렌스크에서 좀 떨어져 있는 리스이예 고르이에 들렀다. 최근 3년 동안 안드레이 공작의 생활은 많이 변하였고, 서부와 동부 지역을 다니면서 안드레이 자신도 많은 것을 생각하고 느끼고 보아 왔다. 그래서 리스이예 고르이에 들어섰을 때 모든 것이 전과 다름없이 그대로인 것을 보자 가슴이 뭉클해졌다. 그는 마법에 걸려 잠든 성에 들어가는 듯한 기분으로 자기 집의 가로수 길을 따라 마차를 몰고 들어갔다.

저택은 옛날과 똑같은 단정함, 똑같은 청결함, 똑같은 정적으로 감싸여 있었다. 가구나 벽, 소리, 냄새들이 이전과 똑같았고 약간 늙긴 했지만 역시 전처럼 두려워하는 듯한 얼굴들이 있었다. 마리아는 소심한 노처녀가 되어 인생의 화려한 시절을 허무하게 보내고 정신적인 고통을 당하며 두려움 속에서 살고 있었다.

브리앤은 전과 마찬가지로 자신의 인생에 만족하고 기뻐하며 즐기고 있었다. 안드레이 공작은 브리앤이 더 당당해졌음을 느꼈다. 스위스에서 온 가정교사 테살은 러시아에서 맞춘 프록코트를 입고 서툰 러시아어로 하인들과 이야기를 하고 있었는데 여전히 지혜롭고 덕 있는 교육자였다. 노공작의 신체적인 변화는 이 하나가 빠진 것뿐이었고, 정신적으로는 변한 것 없이 그대로였다. 그저 세상에서 일어나고 있는 일들을 불신하며 분노하고 있을 따름이었다.

니콜루쉬카만은 알아보지 못할 만큼 훌쩍 자랐다. 볼은 발그레했고 곱슬곱슬한 검은 머리칼이 굽이치고 있었다. 그리고 죽은 공작부인과 똑 닮은 귀여운 윗입술을 들면서 웃거나 장난을 치고는 했다. 그 혼자만 마법에 걸려 잠자고 있는 이 성에서 불변의 법칙을 따르지 않는 것이다.

겉모습은 모두 그대로였으나 사람들의 마음은 안드레이 공작이 없었던 사이 많이 변하여 있었다. 가족들은 두 파로 나뉘어져서는 아무 상관도 하지 않고 살고 있었다. 그가 와 있는 동안만 그를 위해 평상시대로 생활하는 것이었다. 노공작과 브리앤과 건축가가 한 파였고, 마리아와 테살, 니콜루쉬카, 그 밖의 유모와 하녀들이 한 파였다.

안드레이 공작이 리스이에 고르이에 머물 때는 가족이 함께 식사하였으나 다들 거북한 표정들이었다. 안드레이 공작도 자신을 특별한 손님처럼 대접하기 때문이라고 짐작하였고 그래서 더더욱 편하지 못했다. 첫날 안드레이 공작은 이런 분위기를 느끼고 말을 잘 하지 않았다. 노공작도 안드레이의 불편함을 눈치 채고 그도 거북한 얼굴로 말없이 있었다. 식사를 마치자 제각각 자신의 방으로 흩어지고 말았다.

그날 저녁 안드레이 공작은 아버지를 위로하려고 젊은 카멘스키 백작의 전쟁 이야기를 꺼냈다. 그러자 노공작은 갑자기 마리아 이야기를 시작했다. 그녀가 미신을 믿고 브리앤을 싫어한다며 비난하는 것이었다. 노공작은 오직 브리앤만이 진심으로 자신을 믿고 따르는 사람이라고 말했다.

노공작은 만약 병에 걸린다면 그것은 마리아 때문일 것이라고 했다. 그녀는 일부러 자기를 괴롭히기도 하고 화를 내게 만들며 니콜루쉬카를 철부지로 키웠다고 말한다는 것이다. 공작은 자기가 딸을 괴롭히고 있는 것도, 딸이 괴로운 생활을 하고 있다는 것도 잘 알고 있었다.

'안드레이 공작은 다 보고 있으면서 왜 내게 누이에 대해서 아무 말도 안 하는 것일까? 도대체 무슨 생각을 하는 것일까? 내가 노망났다고 생각하는지도 몰라. 딸을 멀리하고 프랑스 여자를 가까이하고 있다고 생각하는 것일까? 안드레이는 모르는 거야. 한 번 말해야겠어.' 노공작은 생각했다. 그래서 그는 딸의 고집 센 성격을 왜 참을 수 없는지에 대해 설명하기 시작했다.

"만약 아버님이 물으신다면……." 안드레이 공작은 아버지를 보지 않고 말했다. 그는 처음으로 아버지를 비난하려는 것이다. "저는 말하고 싶지 않았습니다만 아버지께서 물으신다면 이 문제에 대한 제 의견을 솔직히 말씀드리겠습니다. 저는 마리아를 탓하지 않습니다. 그 애가 얼마나 아버지를 사랑하는지 잘 알고 있습니다. 그래서 만일 아버님이 저한테 물으신다면……." 안드레이 공작은 점점 초조해졌다. 그는 요즈음 무슨 일이든지 금세 초조해지곤 했다.

"제가 한 가지 말할 수 있는 것은 마리아에게 잘못이 있다면 그건 그 똑똑하지 못한 여자 때문입니다. 그런 여자는 동생의 친구가 될 수 없습니다."

노공작은 눈을 똑바로 뜨고 아들을 바라보았다. 이윽고 새로 빠진 이빨 자국을 보이면서 볼썽사납게 웃었다.

"친구라니? 너희끼리는 이미 이야기가 된 것이냐!"

"아버지, 저는 심판자가 될 수 없습니다. 그러나 아버지께서 물으셨기 때문에 말씀드리는 것입니다. 마리아가 나쁜 것이 아닙니다. 나쁜 것은 그 프랑스 여자입니다."

"오, 판결을 내렸군!" 노공작은 낮은 목소리로 말했으나 안드레이 공작은 아버지의 당황한 기색을 느낄 수 있었다.

노공작은 벌떡 일어나 소리쳤다. "썩 나가 버려! 네놈의 냄새만 나도 가만있지 않을 테다!"

안드레이 공작은 바로 떠나고 싶었으나 마리아가 간청하는 바람에 하루 더 머물기로 했다. 그날 안드레이 공작은 아버지와 만나지 않았다. 노공작은 방에서 나오지도 않고 브리앤과 치혼 외에는 아무도 방에 들어가지 못하게 하였다. 아들이 떠났냐고 두서너 번 물었을 뿐이었다.

출발 전 안드레이 공작은 아들의 방으로 갔다. 어머니를 닮아 건강하고 머리카락이 곱슬곱슬한 소년은 아버지의 무릎에 올라앉았다. 안드레이 공작은 '푸른 턱수염' 이야기를 들려주려고 했으나 끝까지 마치지 않은 채 생각에 잠겼다. 그는 자기 무릎에 앉아 있는 귀여운 아들을 생각하는 것이 아니라 자신에 대해 생각하고 있었다. 아버지를 화나게 만든 자신과 아버지와 다투고 떠나야 한다는 감정을 슬프게 느끼려 했으나 잘 되지 않았다.

그보다 더 중대한 문제는 아들에 대한 사랑이 전과 같지 않다는 점이었다. 아들을 쓰다듬어 보기도 하고, 무릎 위에 앉히기도 한 것은 애정을 마음 깊은 곳에서 끌어내어 간직해 보려는 바람에서 한 행동이었다.

"더 얘기해 줘." 아들이 말했다. 그러나 안드레이 공작은 아무 말 없이 아들을 무릎에서 내려놓고 나와 버렸다.

안드레이 공작은 편안했던 옛날 생활로 돌아오자 모든 근심과 걱정들이 다시 마음속에 피어오르는 것을 느꼈다. 그래서 이러한 감정들에서 얼른 벗어나 다시 일을 해야겠다고 다짐하고 준비를 서둘렀다.

"꼭 떠나야겠어요?" 누이가 그에게 물었다.

"그래. 떠날 수 있어 다행이야. 너도 떠날 수 있다면 좋겠지만." 공작이 말했다.

"무서운 전쟁에 나가시면서 왜 그런 말씀을 하세요! 아버지도 나이가 드셨는데……. 브리앤이 아버지께서 오빠에 대해서 물으셨다고 했어요." 마리아가 말했다.

이 말을 하고 나자 그녀는 입술을 바르르 떨면서 눈물을 흘리기 시작했다.

안드레이 공작은 그녀에게서 눈길을 돌리고 방 안을 거닐기 시작했다.

"아아, 이 무슨 일인지! 어떤 사소한 일이, 어떤 하찮은 인간이 남을 불행하게 만들 수 있다는 것을 생각하면!" 그는 마리아가 깜짝 놀랄 만큼 화가 난 듯이 말했다. 안드레이 공작이 말한 하찮은 인간이란 마리아를 불행하게 만든 브리앤을 포함하여 오빠 자신의 행복도 망친 사람이라는 것을 그녀는 깨달았다.

"안드레이, 부탁이 있어요." 그녀는 오빠의 팔꿈치를 살짝 잡고 눈물이 고여 반짝거리는 눈으로 그의 얼굴을 쳐다보면서 말했다. "오빠 기분은 잘 알고 있어요. 그렇지만 인간이 불행하게 만든다고 생각하지 말아요. 인간은 하나님의 도구일 뿐이니까요."

그녀는 낯익은 초상화를 바라보는 듯 확신에 가득 찬 눈으로 안드레이 공작의 머리 위쪽을 올려다보았다.

"불행을 보내시는 것은 하나님이시지 사람이 아니에요. 인간은 하나님의 도구일 뿐 죄가 없어요. 누군가 나쁜 행동을 했다고 하더라도 모두 잊어 버리고 용서하세요. 우리에게는 사람을 벌할 권리가 없어요. 용서가 얼마나 행복한 것인지 오빠도 아시게 될 거예요."

"마리아, 내가 여자였다면 그랬을 거야. 용서는 여자의 미덕이니까. 그러나 남자는 잊어서도 용서해서도 안 되는 거야." 그가 말했다. 그러자 그때까지도 생각하지 않던 아나톨리에 대한 분노가 문득 마음속에서 들끓기 시작했다.

'마리아가 용서를 권하는 것을 보니 나는 오래전에 복수했어야 했어.' 그는 생각했다. 그는 더 이상 마리아에게는 아무 말도 하지 않았고 군대에서 아나톨리를 만났을 때 기쁨과 증오에 몸부림쳤던 순간을 떠올렸다.

마리아는 안드레이 공작에게 하루만 더 머물러 달라고 애원하면서 아버지와 화해하지 않고 떠나면 아버지가 얼마나 슬퍼하실지 자신은 알고 있다고 했다. 그러나 안드레이 공작은 곧 군대에서 다시 돌아오겠으며 지금은 오래 머물수록 아버지와 감정의 골이 더 깊어질 뿐이므로 아버지께는 편지를 반드시 보내겠다고 말했다.

"잘 가요. 불행은 하나님께서 내리시는 것이지 절대로 인간이 만드는 것은 아니라는 걸 기억하세요." 이 말이 작별할 때

마리아에게서 들은 마지막 말이었다.

'결국 이것이 운명인가!' 리스이예 고르이의 가로수 길을 떠나가면서 안드레이 공작은 생각했다. '저 가엾은 마리아는 노망한 늙은이 마음대로 되어 버릴 것이다. 아버지는 자신에게 잘못이 있다는 걸 알면서도 고칠 수 없다. 내 아들은 잘 자라고 있지만 모든 사람과 마찬가지로 인생에서 속고 속이며 살 것이다. 나는 군대에 간다. 무엇 때문인가? 나도 모른다. 그리고 나는 경멸하는 인간을 만나고 싶다. 그 녀석에게 나를 죽일 기회를 주려는 것인가! 다 마찬가지였다. 전에는 서로 맺어져 있던 것이 지금은 산산이 흩어진 것뿐이다.'

9

안드레이 공작은 6월 그믐쯤 총사령부에 도착했다. 황제가 있는 제1군은 드리사 강가에서 진지를 탄탄히 구축하고 배치해 있었다. 제2군은 프랑스군 때문에 우군과 연락이 끊긴 상태라는 소식이 들렸다. 모두 러시아 군대의 전반적인 전황에 만족하지 못하고 있었지만 러시아 본국에 적군이 침입할 것이라고는 아무도 생각하지 않았다. 또 아무도 전선이 폴란드의 서부 여러 지역을 거쳐 더 앞으로 뻗어 나올 것이라고는 상상조차 하지 않았다.

안드레이 공작은 드리사 강가에서 직속 장군인 바르클라이 드 톨리를 봤다. 진지 주변에는 도시나 마을이 없었으므로 많은 장군들과 궁내관들은 강가 양쪽의 여러 마을에서 적당한 집들을 골라 부근에 널리 배치되어 있었다.

바르클라이 드 톨리의 숙사는 황제의 숙사에서 4베르스타 정도 떨어져 있었다. 그는 차갑고도 퉁명하게 안드레이 공작을 맞이하고 황제께 임명을 청할 것이니 당분간 자기 사령부에 있으라고 특유한 독일식 발음으로 말했다. 이곳에서는 만나게 될 줄 알았던 아나톨리 쿠라긴은 이미 페테르부르크로 떠난 뒤였다. 안드레이는 오히려 안심이 되었다. 지금은 전쟁에 정신을 쏟고 있었으므로 아나톨리를 생각하면 초조해지는 불안감에서 벗어나고 싶었던 것이다.

처음 나흘 동안은 그는 아무데도 불려나가지 않았다. 그래서 진지를 한 번 돌아보면서 진지에 관한 정보를 얻으려 했다. 그러나 이 진지가 유리한지 불리한지의 문제는 해결해야 할 일이 아니었다. 그는 전쟁에서는 계획도 아무 의미가 없으며, 예측할 수 없는 적군에 대처하는 아군의 태세와 전선을 지휘하는 인물과 그 방법에 승패가 달려 있다는 것을 아우스터리츠 전투에서의 경험으로 알고 있었던 것이다.

안드레이 공작은 이 문제를 알리려고 사람들과 군대에 대해 많은 이야기를 나누면서 황제가 빌리나에 체재하고 있을 때부터 군대는 이미 세 파로 나뉘어졌음을 알게 되었다. 제1군은 바르클라이 드 톨리, 제2군은 바그라치온, 제3군은 토르마소프가 지휘하고 있었다. 황제는 제1군에 있었으나 총사령관은 아니었다. 명령서에는 황제가 지휘한다고 쓰여 있지 않았고, 군에 있을 것이라고만 적혀 있었다. 또 황제 전속의 참모관은 없었고 총사령부의 참모부만 설치되어 있을 뿐이었다.

황제의 측근에는 총사령부 참모부 장관 볼콘스키 공작 외에 장군, 시종 무관, 외교관, 그리고 많은 외국인들이 있었으나 군대의 참모부는 없었다. 또 전 육군 대신 아라크체예프, 장군들의 우두머리 베니그센 백작, 황태자 콘스탄틴 파블로비치 대공, 재상 루만세프 백작, 전 프루시아의 대신 시타인, 스웨덴의 장군 아름펠트, 작전부장 프풀리, 사르디니아 출신의 시종 장군 파울루치, 볼초겐, 그 밖의 많은 사람들은 별로 하는 일도 없이 황제의 전속으로 있었다. 이런 사람들은 군사적 임무도 없었으나 지위에 따른 세력을 가지고 있어서 군단장이나 총사령관도 그들 중 누가 질문을 하고 충고를 하는 것인지 모를 때가 있었다. 또 충고처럼 내려지는 명령은 그들에게서 나오는 것인지, 황제가 내리는 것인지 몰라서 실행해야 할지 말지 주저할 때도 종종 있었다.

그러나 이것은 표면적인 상황이고, 황제를 비롯한 이런 인물들이 군대에 있다는 실질적인 뜻은 궁정(황제의 측근에 있으면 누구든 궁정식이 되어 버린다)의 입장에서 보면 당연한 것이었다. 황제는 총사령관이라는 직위를 달지는 않았지만 실제로는 전군을 통솔하였고 주위 사람들은 그 고문이었다. 아라크체예프는 충실한 수행자, 질서의 유지자이며 황제의 호위자였다. 빌리나 현의 지주인 베니그센은 환영의 뜻으로 와 있는 듯했으나 실은 바르클라이의 후임이 될 수도 있는 중요 인물이었다.

대공은 이미 도착해 있었다. 전 대신 시타인은 고문으로 필요했고 황제가 그의 재능을 높이 평가하고 있었기 때문에 와 있는 것이었다.

아름펠트는 나폴레옹을 굉장히 증오하였고, 또 자신감이 넘치는 장군이었는데 이 점이 알렉산드르에게 영향을 주고 있었다. 파울루치는 대담성과 결단성을 갖춘 의견을 내었기 때문에 와 있었다. 시종 무관들은 황제가 있는 곳이라면 어디든지 따라가는 것이 그들의 사명이었다.

마지막으로 가장 중대한 인물인 프풀리는 나폴레옹과 맞서는 작전을 세우고 그 작전이 확실함을 알렉산드르가 믿도록 하면서 전쟁을 지휘하고 있었다. 프풀리 휘하에 있는 볼초겐은 모든 것을 경멸할 정도로 자신감이 강하고, 예리한 이론가였기에 프풀리의 의견을 더 쉽게 바꾸어 황제에게 전달하는 역할을 했다.

이상의 러시아인과 외국인들 외에도 많은 사람들이 있었는데 자신들의 우두머리가 이곳에 있기 때문이었다.

안드레이 공작은 이 거대하고 화려하고 자만감 넘치는 세상의 여러 가지 사상과 의견 속에서 다음과 같이 비교적 판연히 구분되는 당파와 경향을 찾아냈다.

첫 번째 당파는 프풀리와 그의 추종자들인 전쟁 이론가들이었다. 그들은 군사학이 있으며 이 과학에는 행군, 우회 공격 등의 변하지 않는 법칙이 있다고 생각하였다.

이들은 전쟁 이론의 정확한 법칙에 따라 국내 깊숙이 퇴각할 것을 요구하면서, 이 이론에 반대되는 것은 모두 야만, 무지, 악일 뿐이라고 하였다. 이 당파에는 독일의 제후들과 볼초겐과 빈쳉게로데, 그 밖의 독일인들이 속해 있었다.

두 번째 당파는 첫 번째 당파와 정반대 입장이었다. 언제나 그렇듯이 한쪽 극단이 있으면 반드시 다른 쪽 극단이 있는 법이다. 이 당파 사람들은 빌리나에 있을 무렵부터 폴란드로 진격할 것을 주장하고, 미리 계획된 온갖 작전을 버리라고 하였다. 이 당파의 대표들은 과감한 행동파이자 민족주의의 대표들이었다. 그래서 논쟁을 할 때도 한쪽으로 치우쳤다.

이들은 바로 바그라치온과 예르몰로프, 그 밖의 사람들이었다. 당시 예르몰로프가 황제에게 간청한 말은 유명했다. 바로 소원이 하나 있는데 자신을 독일인으로 바꾸어 주시는 은혜를 베풀어 달라고 애원한 것이다. 이 일파의 사람들은 수보로프를 염두에 둘 필요도 없고, 또 지도에 바늘을 꽂아 가며 생각할 필요도 없이 싸워서 적을 격파해야 하고 러시아 국내로 적이 발을 들여놓아 군의 사기가 저하되지 않도록 하는 것이 중요하다고 주장했다.

세 번째 당파에는 첫 번째와 두 번째 당파를 조화시키려는 궁내관들이 속해 있었다. 황제가 가장 신뢰하고 있는 파였다. 이들은 대개 비군인들이었는데, 아라크체예프도 그 중 한 사람이었다. 이들이 말하는 것은 아무런 확신도 없으면서 마치 가진 척하는 사람들이 흔히 말하는 내용에 불과한 것이었다.

그들은 이렇게 주장했다. 전쟁을 하려면, 특히 나폴레옹 같은 천재와 전쟁을 하려면 세밀한 고려와 깊은 과학적 지식이 필요하다. 이 점에서 프풀리는 천재다. 그러나 그런 이론가는 한쪽으로 치우치는 결점이 있다. 따라서 이론가들의 말을 그대로 믿을 것이 아니라, 그 반대편에서 하는 말과 전쟁을 겪어본 사람들의 말도 주의 깊게 경청하여서 중간 입장을 취해야 한다는 것이었다. 이 파의 사람들은 드리사의 진지를 확보하고 동시에 다른 군대는 계획을 수정하여 움직여야 한다고 했다. 그러나 이 방법으로는 어떤 목적도 이룰 수 없었음에도 이 파의 사람들은 최선책인 것처럼 생각하였다.

네 번째 당파는 황태자인 대공을 대표로 모인 일파였다. 대공은 아우스터리츠 전투에서 겪은 자신에 대한 환멸을 떨칠 수 없었다. 그는 프랑스군을 무찌르겠다는 생각으로 사열을 할 때처럼 철모를 쓰고 기마복을 입은 채 근위대의 선두에서 용감하게 말을 몰고 있었는데, 뜻밖에 제1선으로 나가게 되어 당황하면서 전군이 무너지는 혼란을 비집고 겨우 도망쳐 나왔던 것이다.

이 당파 사람들의 의견은 진실성이라는 장점과 단점을 갖고 있었다. 이들은 나폴레옹을 두려워하며 적의 우세와 아군의 약세를 인정하고 솔직히 이야기하고 있었다.

"이 전쟁은 비애와 치욕과 멸망밖에 없다! 이미 빌리나를 버렸고 비체프스크도 버렸으니 드리사 역시 포기하게 될 것이다. 우리에게는 한 가지 길밖엔 없다. 바로 강화다. 페테르부르크에서도 쫓겨나기 전에 한시라도 빨리 강화해야 한다."

군대의 상부에 깊이 퍼진 이 의견은 페테르부르크에서도 지지하는 사람이 나타났다. 다른 정치적인 이유로 강화를 주장하고 있던 재상 루만세프도 그 중 한 사람이었다.

다섯 번째 당파는 육군대신 겸 군사령관으로서의 바르클라이 드 톨리를 지지하는 사람들이었다. "누가 뭐라 해도 그는 성실하고 유능합니다. 그보다 더 뛰어난 인물은 없습니다. 통일성 없는 지휘 아래에서 전쟁이 잘될 리가 없지요. 그에게 실권을 주면 핀란드에서 발휘했던 능력을 보여 줄 것입니다. 아군이 실력을 유지하면서 한 차례의 패배도 겪지 않고 드리사까지 퇴각한 것은 바르클라이 덕분입니다. 지금 베니그센이 그 일을 맡는다면 바로 파멸에 이를 것입니다. 베니그센의 무능함은 1807년에 벌써 드러나지 않았습니까." 이 파의 사람들은 이렇게 말하는 것이었다.

여섯 번째 당파는 베니그센을 중심으로 모인 파로, "수완이나 경험이나 베니그센을 따를 자가 없습니다. 아무리 발버둥을 쳐 보아도 결국은 베니그센에게 매달리게 될 것입니다. 지금의 실수는 있을 수 있지요!"라고 말하는 것이었다.

이 당파 사람들은 아군이 드리사까지 퇴각한 것은 가장 치욕적인 패배이며 계속된 실수의 결과라고 했다.

"실수가 많을수록 오히려 나을 수도 있다. 적어도 계속 이렇게 나갈 수는 없다고 깨닫게 될 테니까. 그러나 우리에겐 바르클라이가 아니라 베니그센 같은 인물이 필요하다. 그는 1807년에 능력을 발휘하여 나폴레옹도 그를 인정하지 않았던가. 지금은 모든 사람이 기꺼이 권력을 맡길 수 있는 인물이 필요한 때다. 베니그센만이 그 일을 맡을 능력자다."

일곱 번째 당파는 황제, 특히 젊은 황제에게서 흔히 볼 수 있는 측근 인물들로 구성되어 있었다. 알렉산드르 황제 옆에는 유독 그런 사람들이 많았다. 한 인간으로서의 황제를 따르는 장군과 시종 무관들이었는데, 아무 사욕 없이 황제를 숭배하고 황제의 덕과 인간성을 사모하였다. 이 사람들은 전군의 지휘관 지위를 사퇴한 황제의 겸손에 감격하여 눈물을 흘렸지만 동시에 안타까워했다. 그들은 황제가 겸손함을 버리고 군의 우두머리가 되어 주위에 참모부를 조직하고 경험이 있는 이론가나 실천가와 의논하면서 군대를 직접 이끌어야 군의 사기가 가장 높아질 수 있다고 주장하고 있었다.

여덟 번째 당파는 다른 여러 당파에 비해 가장 큰 집단으로 강화도, 전쟁도, 전진도, 방어도, 드리사나 어느 곳의 진지도, 바르클라이도, 황제도, 프풀리도, 베니그센도 바라지 않고 오직 기본적인 한 가지, 자신에게 이롭고 만족을 주는 것만 바라는 사람들로 이루어져 있었다.

그들은 황제의 총사령부 내에서 복잡하게 얽힌 음모의 소용돌이 속에서 평소 때는 상상할 수도 없는 많은 이익을 취할 수 있었다. 어떤 자는 자기의 지위를 잃지 않으려고 오늘은 프풀리에게 동조하고 내일은 그 반대자에게 동조하며, 그 이튿날은 책임을 회피하려고 황제의 뜻에 맞추려 애쓰며, 이러저러한 문제에 대해선 어떤 의견도 없다고 말했다.

어떤 자는 이익을 구하려고 전날 황제가 넌지시 비친 말을 큰소리로 외쳐 황제의 주의를 끌고 회의 중에 가슴을 치거나 고함을 지르며 반대자에게 결투를 청하여 언제라도 공익을 위해 희생하겠다는 태도를 보이기도 했다.

어떤 자는 회의 중에는 모두 정신이 없다는 것을 알고 그

틈을 타서 자신의 충실한 근무에 대한 수당을 쉽게 챙기는 자도 있었다. 또 어떤 자는 일에 쫓겨 힘들어하고 있는 모습을 황제의 눈에 띄게 하는 자도 있었다. 어떤 자는 오래전부터 노려 오던 만찬에 참석하는 영광을 얻기 위해 새로운 의견의 시비를 가리는 데 조금이나마 유력하고 공정한 논증을 하느라 열심을 다하기도 했다.

이 파의 사람들은 오직 돈과 훈장과 지위만을 구하였다. 그래서 황제의 비위에 맞는 방향만을 따랐다. 황제가 어떤 방향을 가리키면 이들은 군대의 일벌처럼 죄다 그 방향으로 날기 시작했다. 그래서 황제가 그 방향을 바꾸기가 더욱 힘들 정도였다. 알 수 없는 전세, 모든 상황이 불안한 군대, 음모와 자존심과 온갖 감정이 몰아치는 회오리바람, 관련된 사람들의 인종 차이, 여덟 번째 당파는 이런 모든 상황 속에서 이익 추구에만 몰두하는 사람들의 모임으로 전체 상황에 더 큰 혼란과 분쟁을 가중시켰다. 어떤 문제가 생기면 다 정리도 되기 전에 다른 새로운 문제로 옮겨 가서 그 윙윙거림으로 진지한 논의를 망치기도 하고 더 결정을 내리기 어렵게도 만드는 것이었다.

안드레이 공작이 군대에 도착했을 무렵 아홉 번째 당파가 생겨서 그들만의 주장을 하기 시작했다. 이 당파는 나이가 지긋하고 분별력을 갖추었으며 군대 경험이 많은 사람들로 이루어졌다. 이들은 어느 쪽에도 동조하지 않고 총사령부에서 일어나는 모든 것을 추상적으로 살피면서 우유부단함, 분쟁, 약점 등에서 벗어날 수 있는 길을 모색하는 사람들이었다.

이 당파 사람들은 다음과 같이 생각하고 이야기하였다. 모든 문제는 황제가 측근들을 데리고 군대에 군림하기 때문에 생긴 것이다. 따라서 궁중에서는 이러한 인간관계가 편리할지 모르지만 군대에서는 모호하고 불안정하게 되었다. 황제의 본분은 나라를 다스리는 것이지 군대를 지휘하는 것이 아니다. 문제를 해결하는 길은 황제가 측근들을 데리고 군대를 떠나는 것이다. 황제의 안전을 보장하기 위해 5만 명의 군사가 거의 마비 상태에 놓여 있다. 아무리 무능하더라도 독립된 지휘권을 가진 총사령관은 황제의 존재와 권력에 속박되었을 때보다 더 잘할 것이다.

안드레이 공작이 드리사에서 한가하게 지내고 있을 무렵 이 아홉 번째 당파의 주요 대표자 중 한 사람인 국무 비서관 슈슈코프가 황제에게 편지를 썼다. 발라셰프와 아라크체예프는 이 편지에 서명을 하였다. 황제가 그에게 전반적인 상황을 논의하라고 허락하였고, 그래서 그는 수도에 있는 민중들에게 전쟁을 고무시켜야 한다면서 황제가 군대에서 떠나실 것을 진언하였다.

러시아를 승리로 이끈 주요 원인은 바로 황제가 민심을 고무시킨 것, 몸소 조국 방어를 외친 것, 황제가 모스크바에 있으므로써 한층 더해진 민심 등이었다. 그런데 이러한 것들은 황제가 단순히 군대에서 떠나게 만들 구실로 권유한 것이었고, 황제는 이를 받아들였던 것이다.

10

 바르클라이가 오찬 자리에서 안드레이 공작에게 황제가 터키의 상황을 듣고 싶다고 하시니 저녁 6시에 베니그센의 숙사로 가라고 말했을 때도 이 편지는 아직 황제에게 전해지지 않았었다.

 그날 황제의 숙사로 나폴레옹이 새로 움직임을 개시하여 러시아군이 위험에 처할지 모른다는 보고가 도착했다. 그러나 그 소식은 나중에 잘못된 것으로 밝혀졌다. 그날 아침 미쇼 대령은 황제와 함께 드리사의 방어 진지를 돌아보았다. 그러면서 지금까지 최고의 작전으로 간주되고 반드시 나폴레옹을 물리칠 것으로 믿었던 이 진지는 사실 매우 쓸모없으며 러시아군을 오히려 멸망시킬 것임을 증명해 보였다.

 안드레이 공작은 베니그센 장군의 숙사로 갔다. 장군은 강가의 별로 크지 않은 지주의 집에 머물고 있었다.

 그곳에는 베니그센도 황제도 없었다. 황제의 시종 무관 체르느이셰프가 안드레이 공작을 맞았고, 황제는 베니그센 장군과 파울루치 후작과 함께 가치가 불분명해진 드리사의 방어 진지를 다시 시찰하러 나가셨다고 말했다.

 체르느이셰프는 첫째 방 창가에 앉아 프랑스 소설을 읽고 있었다. 이 방은 원래 홀이었던 것 같았다. 오르간이 놓여 있었고, 그 위에는 양탄자 따위가 쌓여 있었다. 한쪽 구석에는 베니그센 부관의 접는 침대가 놓여 있었다. 부관은 연회나 일 때문에 피곤했는지 침대에 앉아서 졸고 있었다.

홀에는 두 개의 문이 있었다. 정면에 있는 문은 안의 객실로 통하고, 오른쪽에 있는 문은 서재로 통하게 되어 있었다. 첫째 문에서는 독일어로, 가끔은 프랑스어로 이야기하는 소리가 들려왔다. 객실에는 황제가 부른 몇몇 사람들이 모여 있었다. 군사회의는 아니었고, 당면한 문제에 대한 의견을 나누기 위한 모임이었다. 말하자면 황제에게 문제들을 설명하기 위하여 선출된 사람들의 회의였다. 이 모호한 성격의 회의에는 스웨덴의 아름펠트 장군, 시종 무관인 볼초겐, 나폴레옹이 도망한 프랑스인이라고 부른 빈센게로데, 미쇼, 바르클라이, 군대와 전혀 관계없는 시타인 백작, 모든 일을 주도한다고 마지막에 안드레이 공작이 들은 프풀리가 있었다. 그것은 프풀리가 안드레이 공작 다음에 바로 도착하여 체르느이셰프와 잠깐 이야기를 한 뒤 객실로 갔기 때문이었다.

프풀리는 러시아 장군복을 입고 있었으나 가장무도회에 나온 사람처럼 볼품없었다. 안드레이 공작은 그를 본 적이 없었는데 어디선가 본 것같이 느껴졌다. 그는 바이로테르라든가 마크라든가 슈미트라든가, 그 외 안드레이 공작이 1805년에 보았던 독일의 이론가들을 닮았던 것이다.

프풀리는 그런 사람들보다 더 전형적인 사람이었다. 이렇게 독일 이론가의 모든 면을 다 갖춘 자를 안드레이 공작은 지금까지 한 번도 본 적이 없었다. 또 키도 작고 매우 말랐으나, 어깨가 넓고 뼈대가 굵은 단단한 체격이었다. 이마는 주름이 가득했고, 눈은 움푹 들어가 있었다. 머리 앞쪽은 대충 빗질한 듯했고 뒤쪽은 제멋대로 삐죽 나와 있었다.

그는 불안하고 짜증스러운 표정으로 주변을 둘러보며 방 안으로 들어섰다. 마치 방 안에 있는 모든 것을 두려워하는 것 같았다. 그는 부자연스럽게 장검을 살짝 잡으면서 체르느이셰프에게 독일어로 황제는 어디 계시냐고 물었다. 그는 되도록이면 빨리 방을 지나가면서 인사를 하고 난 뒤 자리에 앉아 일을 시작하고 싶었던 것이다.

그는 체르느이셰프의 말을 듣고 고개를 끄덕였다. 그리고 황제가 진지를 시찰하러 나갔다는 대답을 듣자 비웃는 듯한 미소를 지었다. 그는 자신감으로 가득한 독일인이 말하듯이 "바보같이, 모두 파멸이다. 적당히 그만두지 않으면 곧 큰일이 날걸" 하는 말을 나직이 중얼거렸다. 안드레이 공작은 잘 알아듣지 못했다. 체르느이셰프는 안드레이 공작이 전쟁이 잘 끝난 터키에서 왔다고 프풀리에게 소개하였다. 프풀리는 안드레이 공작의 머리 너머 쪽을 바라보면서 "그 전쟁은 전략의 법칙에 들어맞았거든" 하고 말한 뒤 경멸하는 투로 웃고 여러 사람의 목소리가 들리는 방으로 갔다.

늘 삐딱한 자세로 비웃기를 잘하는 프풀리는 황제와 여러 사람들이 자신도 모르게 진지를 돌아보고 조사를 한다는 말을 듣고 더욱 화가 난 것 같았다. 안드레이 공작은 아우스터리츠 전투에서 얻은 경험을 통해 이 짧은 만남에서도 프풀리가 자신을 확고하게 믿는 사람이라는 걸 알았다. 그는 자신감이 너무도 강하게 자리 잡고 있어서 변하지도 않고 고칠 수도 없는 독일인이었다. 독일인들은 추상적인 관념, 과학 등 가상적인 지식에 바탕을 두고서도 자신하였던 것이다.

프랑스인도 남성이나 여성 모두 지적인 면과 육체적인 면에서 매력을 갖추었다고 자부한다. 영국인은 자신들이야말로 세상에서 가장 완벽하게 조직된 국가의 시민이라고 자부하기 때문에 영국인으로서 무엇을 해야 하는지를 알고 있고, 자신들이 하는 일은 모두 훌륭하다고 생각한다.

이탈리아인은 잘 흥분하기 때문에 자신이나 타인의 존재를 쉽게 잊어 버린다. 러시아인은 자신은 아무것도 모르고, 알고 싶지도 않다는 생각으로 자기를 확신한다. 독일인이 가장 나쁘고 가장 완고하게 자기를 확신한다. 왜냐하면 자기가 생각해 낸 과학의 진리를 절대적인 진리로 알고 믿기 때문이다. 프풀리는 분명 그런 인물이었다.

그에게는 프리드리히 대왕의 전쟁사에서 밝혀낸 우회행동 이론이라는 과학이 있었다. 그의 관점으로는 최근 전쟁의 사건들이 이 이론에 맞지 않았으므로 모두 무의미하고 야만적인 것일 뿐이었다. 따라서 이러한 사건들은 전쟁이라고 할 수 없으며 자기의 이론에 맞지 않으므로 과학의 대상이 될 수도 없는 것이었다.

프풀리는 1806년 이예나와 아우에르시테트에서 끝난 전쟁의 계획을 작성한 사람들 중 하나였다. 그러나 그는 이 전쟁의 끝에서 어떤 교훈도 깨닫지 못했다. 그의 생각에는 자신의 이론에 맞지 않았다는 점이 실패의 유일한 원인이었다.

"그러니까 내가 말하지 않았어? 모든 일이 실패할 것이라고." 그는 특유의 조소를 띠며 이렇게 말하였다. 프풀리는 자기의 이론을 너무나 아껴서 이론의 목적인 실제적 적용을 잊을 정도였다. 자신의 이론에 대한 애착 때문에 모든 실전을 싫어하였고 알려고도 하지 않았다. 그는 실패까지도 기뻐했는데 실천에서 이론에서 벗어나 발생한 실패는 자기 이론이 옳다는 것을 증명해 준 것이기 때문이었다.

그는 안드레이 공작과 체르느이셰프와 이 전쟁에 대해서 잠깐 이야기를 하였다. 나쁜 결과가 짐작되어 참을 수 없이 불만스럽다는 듯한 표정으로 옆방으로 갔다. 그리고 바로 불평스러운 그의 목소리가 낮게 들려왔다.

11

프풀리가 나가는 것을 안드레이 공작이 다 보기도 전에 베니그센 백작이 서둘러 들어왔다. 그리고 공작에게 고개를 끄덕이면서 부관에게 무엇인가 명령을 전하더니 바로 서재로 갔다. 황제가 오고 있는 중이었으므로 베니그센은 황제를 맞을 준비를 하느라고 먼저 급히 들어온 것이다.

체르느이셰프와 안드레이 공작은 현관으로 나갔다. 황제는 피곤한 모습으로 말에서 내리고 있었다. 파울루치 후작이 무엇인가 열심히 말하자 황제는 왼쪽으로 머리를 기울이고 듣고 있었다.

황제는 이야기를 끝낼 생각으로 앞으로 걷기 시작했다. 그러나 이탈리아인은 잔뜩 흥분하여 얼굴이 달아올라서는 예의도 잊고 이야기를 계속하면서 황제의 뒤를 쫓았다.

"드리사의 진지를 권한 자에 대해 말씀을 드리면······." 파울루치가 말하였다. 바로 그때 황제는 계단을 오르면서 안드레이 공작의 얼굴을 훑어보았다.

"폐하, 그자는······." 파울루치는 필사적으로 계속 말했다. "제 생각에 그자는 정신병원이나 교수대로 보내야 한다고 봅니다." 황제는 이탈리아인의 말은 끝까지 듣지도 않고 듣지도 않은 것처럼 안드레이 공작을 보며 부드럽게 말했다.

"잘 왔네. 모두 모인 곳에서 기다려 주게." 황제는 서재로 들어갔다. 그 뒤를 따라 안드레이 공작과 시타인 남작이 들어갔다. 모두 들어가자 문이 닫혔다. 안드레이 공작은 황제의 허락을 받아 터키에서 알고 지낸 파울루치와 함께 회의가 소집된 응접실로 갔다.

안드레이 공작은 탁자 위에 지도를 펴고 황제가 대답을 듣고 싶어하는 질문들을 사람들에게 전했다. 이는 어젯밤 프랑스군이 드리사 진지 주변으로 이동하고 있다는 보고가 들어왔기 때문이었다(나중에 거짓으로 판명되었다).

아름펠트가 맨 먼저 이야기하였다. 그는 자신도 의견을 낼 수 있다는 것을 보여 주기 위한 목적일 뿐인 전혀 새로운 점이 없는 의견을 냈다. 바로 페테르부르크와 모스크바에서 옆으로 조금 떨어진 곳에 진지를 구축하자는 것이었다. 군대가 그곳에 모여서 적을 기다려야 한다고 했다. 그런데 아름펠트는 예전부터 이 방안을 계획했었기 때문에 문제를 해결하기 위해서라기보다 발표의 기회를 이용하려는 듯했다.

이 의견은 전쟁의 원칙상 수행될 수 있는 수많은 제안 중

하나였다. 비난하는 자가 있는가 하면 어떤 자는 지지했다.

바르클라이 대령은 아름펠트의 의견을 강력하게 반박하였다. 그리고는 호주머니에서 수첩을 꺼내어 자신이 낭독하도록 허락해 달라고 청했다. 그 지루한 메모를 통해 그는 다른 의견을 제시하였다. 그것은 아름펠트의 것에도, 프풀리의 것에도 반대하는 것이었다. 파울루치는 이 의견에 반대하면서 전진 공격하자는 의견을 내고 이것 이외에는 아군이 현재 처한 함정(그는 드리사의 진지를 이렇게 부르고 있었다) 같은 곳에서 구출될 방법이 없다고 말하였다.

이렇게 논쟁을 벌이는 동안 프풀리와 그의 통역가 볼초겐(궁정과 프풀리의 다리 역할을 했다)은 침묵하고 있었다. 프풀리는 경멸하듯이 코웃음을 치면서 지금 듣고 있는 어리석은 의견에 반대하면서 논쟁하는 것은 자기의 품위를 떨어뜨리는 일이므로 절대 하지 않겠다는 듯이 외면하였다. 그러나 안드레이 공작이 그에게 의견을 묻자 이렇게 말하였다.

"왜 나 같은 사람에게 물으십니까? 아름펠트 장군이 제안하신 훌륭한 진지나 이탈리아 분이 말씀하신 공격도 매우 좋습니다. 철수도 좋겠죠. 제게 물어서 어쩌시겠다는 겁니까. 여러분은 나보다 모든 걸 잘 아시잖습니까." 그가 말했다.

그러나 안드레이 공작이 얼굴을 찡그리면서 황제의 명령에 따라서 묻는 것이라고 말하자 프풀리는 갑자기 일어서더니 활기차게 말하기 시작했다.

"모두 엉망이 되고 혼동되어 버리고 말았습니다. 지금까지 여러분은 나보다 많이 알고 있다고 생각하고 있었으면서 새

삼스럽게 내 의견을 묻는군요. 어떻게 해야 하냐고요? 개선할 것은 아무것도 없습니다. 내가 말한 이론을 제대로 실행하면 됩니다." 그는 손가락으로 탁자에 놓인 지도를 치면서 말했다. "도대체 무엇이 어렵다는 겁니까? 잠꼬대 같고 어린애들 장난 같은 소리입니다."

그는 손가락 끝으로 지도를 짚으며 어떤 우연도 드리사 진지의 이점을 바꾸어 놓을 수 없고 실제로 적이 온다 해도 다 파멸될 것이라고 빠른 어조로 말했다.

독일어를 모르는 파울루치는 프랑스어로 프풀리에게 묻기 시작했다. 볼초겐은 프랑스어가 서툰 프풀리를 도우러 다가갔다. 그리고 이미 일어난 일은 물론 앞으로 일어날 일도 자신의 계획에 포함되어 있으며, 지금의 문제는 모든 게 정확하게 수행되지 않아서 생긴 것이라는 프풀리의 말을 간신히 따라가며 통역하기 시작했다.

그는 빈정대는 듯한 미소를 띠면서 주장하였고 결국 경멸하는 것처럼 주장을 포기해 버렸다. 마치 정확하게 입증된 문제를 여러 다른 방법으로 검증하던 수학자가 갑자기 자신이 어리석게 느껴져 그만두는 것 같았다. 볼초겐이 그를 대신하여 프랑스어로 그의 주장을 통역하였다. 그리고 이따금 프풀리에게 "그렇죠, 장군님?" 하고 물었다.

프풀리는 전쟁에서 미친 듯이 날뛰는 사람이 자기편을 공격하는 것처럼 볼초겐에게 크게 화를 내며 소리쳤다. "도대체 더 무엇을 설명하란 말이야?" 파울루치와 미쇼는 이구동성으로 프랑스어로 볼초겐을 상대했고 아름펠트는 독일어로 프풀리를 상대했다. 바르클라이는 러시아어로 안드레이 공작에게 설명하였다. 안드레이 공작은 묵묵히 듣기만 하고 있었다.

이 사람들 가운데에서 가장 안드레이 공작의 동정을 불러일으킨 것은 단호한 태도로 자신감에 넘쳐 큰소리를 치는 프풀리였다. 이 사람들 중에서 그만이 자기를 위해서는 아무것도 바라지 않고 누구에게도 적의를 품지 않았으며 그저 여러 해 동안 힘들게 도출한 이론이 실행되기만을 바란 것이다.

그는 우스꽝스럽게도 보였고, 그의 비웃는 태도도 불쾌하였다. 그러나 자신의 사상에 대한 확고하고도 성실한 태도는 사람들에게 존경심을 갖게 하였다. 그 밖에도 프풀리를 제외한 모든 사람들의 말에는 1805년의 군사회의에서는 볼 수 없었던 공통점이 한 가지 있었다. 표면으로 드러나지는 않았으나 나폴레옹의 천재성에 대한 공포가 자신들의 의견에 들어 있었다는 것이다.

그들은 나폴레옹은 모든 것을 할 수 있다는 생각과 나폴레옹이라는 두려운 이름으로 상대방의 제안을 뒤집는 것이었다. 오로지 프풀리만이 나폴레옹도 자기 이론에 반대하는 사람과 똑같은 야만인이라고 생각하였다. 안드레이 공작은 프풀리에게 존경심과 연민을 느꼈다. 사람들이 프풀리를 대하는 태도나, 파울루치가 황제 옆에 붙어 있는 상황이나, 무엇보다 프풀리의 절망적인 표정으로 보아 그의 몰락이 다가온 것은 다른 사람은 물론 그 역시 느끼고 있는 것 같았다. 그 자신감 넘치는 태도와 독일인 특유의 빈정거림에도 불구하고 단정하게 빗은 관자놀이의 머리카락과 뒤통수에 솟은 머리카락에서 어쩐지 서글픔이 묻어났다. 그는 흥분과 경멸의 표정으로 그것을 감추려 하였으나 자기 이론의 정확성을 큰 무대에서 시험하고, 세계에 증명할 수 있는 기회가 없어지려는 데 절망하고 있음이 분명했다.

논쟁은 오랫동안 계속되었다. 그리고 계속될수록 더욱 뜨거워져서 마침내 인신공격까지 하게 되었다. 이제 사람들의 말에서 총체적인 결론을 지을 수는 없었다. 안드레이 공작은 여러 나라의 언어로 떠드는 이야기들, 예상, 계획, 논쟁을 들으면서 그들의 행동에 놀랄 뿐이었다. 전쟁학은 없으며 있어서도 안 되고 전쟁 천재란 있을 수 없다는 생각, 군 생활을 하는 동안 가끔 떠올랐던 그 상념은 지금 그에게 완벽하게 분명한 진리가 됐다.

'조건과 상황을 예측할 수 없고 그래서 결정할 수 없으며, 또 전쟁을 하는 자의 힘도 불확실한 일에 이론이며 과학이 어떻게 있을 수 있는가? 아군이든 적군이든 하루 뒤에 어떤 상황이 될 것인가는 과거에도 어느 누구든 알 수 없었고 또 미래에도 알지 못할 것이다. 뿐만 아니라 어떤 부대에 어떤 전투력이 있는지 아무도 모른다. 포위되었다고 외치고 도망치는 겁쟁이가 없자, 쉔그라벤에서처럼 5천 명의 군사가 3만 명의 적군에 맞선 상황에서 쾌활하고 용감한 병사가 만세라고 외치면서 선두로 나아간 적도 있다. 그러나 아우스터리츠 전투처럼 5만 군사가 8천 군사 앞에서 도망친 적도 있다. 모든 실제적인 일처럼 아무것도 명백하게 결정할 수 없고 아무도 모르는 의미가 무수한 상황에 따라 최후의 순간 갑자기 결정되는 사건에 무슨 과학이 있을 수 있으랴? 아름펠트는 아군은 포위되었다고 하고, 파울루치는 아군이 프랑스군의 두 포화 사이에 놓여 있다고 말하고 있다. 미쇼는 드리사 진지가 불리한 것은 강을 등지고 있는 점이라고 하는데, 프풀리는 그 점이 이 진지의 힘이라고 하고 있다. 바르클라이가 하나의 제안을 했는데 아름펠트가 또 다른 제안을 했다. 모두 훌륭하기도 하고 또 쓸데없기도 하다. 어느 의견이 가치 있는지는 사건이 벌어진 순간에야 비로소 명백해질 것이다. 어째서 사람들은 전쟁의 천재라는 말을 쓰는 것인가? 천재란 때에 늦지 않도록 건빵 수송을 명령하고, 이 부대는 오른쪽, 저 부대는 왼쪽으로 가라고 명령하는 인간일까? 군인은 휘황과 권력에 둘러싸여 있어서 어리석을 뿐이다. 내가 알고 있는 장군들은 어리석지 않으면 얼빠진 인물뿐이다. 훌륭한 장군은 바그라치온 같은 사람으로 나폴레옹도 인정했다. 그런데 나폴레옹은 어떨까? 나는 아우스터리츠에서 본 오만하고 미천한 얼굴을 기억하고 있다. 훌륭한 장군은 천재라는 특별한 자질이 아니라 높은 인간성, 사랑, 시, 부드러운 마음, 탐구적이며 철학적인 자세 같은 자질까지도 필요로 하는 것이다. 훌륭한 장군은 절제된 마음을 가지고 있어야 한다. 자기의 일이 아주 중대한 것이라는 확고한 신념을 가져야 한다. 그렇지 않으면 도저히 견딜 수 없을 것이다. 그래야 용맹한 장군이 되는 것이다. 장군은 보통 사람처럼 누군가를 사랑하고 귀여워하며 시시비비를 생각해서는 안 된다. 옛날부터 그들을 위해 천재론이 위조된 것은 그들이 권력자이기 때문이었을 것이다.

안드레이 공작은 여러 의견을 들으며 이렇게 생각했고 파울루치가 황제의 부름을 전하고 모두 흩어지기 시작했을 때야 비로소 생각에서 벗어날 수 있었다.

이튿날 열병식 때 황제는 안드레이 공작에게 어디서 근무하길 원하는지 물었다. 안드레이 공작은 황제 옆에 머무는 것을 청하지 않고 군대에 소속되어 근무하겠다고 청했다. 이렇게 해서 그는 궁중 사회에서 영원히 떠나게 되었다.

12

니콜라이는 전쟁이 시작되기 전에 부모님으로부터 편지를 받았다. 편지에는 나타샤가 병이 났으며 안드레이 공작과는 파혼(부모님은 나타샤가 거절했기 때문이라고 했다)했다고 간단하게 알리고 다시 퇴역하고 집으로 돌아오라고 적혀 있었다. 그러나 니콜라이는 휴가를 내려 하지 않았다. 그저 나타샤의 병세와 파혼은 정말 유감이고, 부모님이 원하시는 대로 돌아가기 위해 여러 방법을 찾고 있다고 쓴 편지를 보냈다. 소냐에게는 따로 편지를 썼다.

'사랑하는 마음의 벗이여. 이제 전쟁이 시작되려고 하는데 나 혼자 행복하자고 조국에 대한 의무와 사랑을 저버리는 것은 전우들뿐만 아니라 내 자신에게 부끄럽고 파렴치한 행동이라고 생각하오. 이번이 마지막 이별이오. 만약 전쟁에서 살아남고 그대가 나를 계속 사랑하고 있다면 모든 것을 버리고

그대의 옆으로 가겠소. 그리고 그대를 이 뜨거운 마음으로 안을 것이오. 결코 거짓말이 아니오.'

사실 전쟁이 시작되는 바람에 약속대로 귀향해서 소냐와 결혼할 수 없게 된 것이다. 아트라드노예의 가을과 사냥, 크리스마스, 소냐와 사랑한 추억 등 평화롭고 귀족적 즐거움이 가득한 미래가 니콜라이에게 손짓했다. 전에는 모르고 살았던 것들이 지금은 자꾸 그를 매혹하였다.

그는 아름다운 아내, 아이들, 10마리가 넘는 사냥개들, 농가를 경영하거나 선거에서 선출되어 명예로운 직분을 맡는 것 등을 생각하였다. 그러나 지금은 전쟁 중이므로 군대에 머물러야 한다. 니콜라이는 현재의 군대 생활에 만족하였고 또 즐겁게 만들 수도 있는 낙천적인 성격이었다.

니콜라이는 휴가를 마치고 돌아와 동료들에게 환영을 받자마자 말을 새로 구입하는 일을 맡게 되었다. 그는 소러시아에서 훌륭한 말을 구해 만족하였고 장군으로부터 칭찬도 받았다. 그가 없는 동안 그는 대위로 승진되었고 중대를 맡아 지휘하게 되었다.

전쟁이 시작되면서 연대는 폴란드에 진주했다. 보급품은 두 배로 지급되었고 장교, 병사, 말은 새로 배치되었다. 그러나 무엇보다도 가장 크게 달라진 것은 전쟁이 시작되면서 나타나게 마련인 흥분과 들뜬 분위기였다. 니콜라이는 자신의 유리한 지위를 의식하며 이 분위기를 만끽하고 있었다.

군대는 국가적, 정치적, 전술적 원인 때문에 빌리나에서 퇴각하였다. 후퇴할 때마다 총사령부에서는 추측이 난무하였다. 그러나 파블로그라드 연대의 병사들에게는 거듭되는 후퇴가 오히려 반갑고 즐거웠다. 여름 중 가장 좋은 시기라서 배급되는 양식도 충분했던 것이다. 불안해하는 것과 음모를 꾸미는 일 등은 총사령부에서나 하는 일이었다. 어디로 무엇 때문에 가는지 몰라서 불안해하는 사람은 아무도 없었다. 퇴각하는 것이 서운한 경우는 정든 숙사를 떠나야 해서가 아니면 아름다운 폴란드 여자와 헤어져야 해서 정도였다. 훌륭한 군인이라면 당연히 그렇듯, 상황이 아무리 위험해진다고 하더라도 상황을 염두에 두지 않고 즐겁게 지내려고 노력했던 것이다.

군대는 폴란드의 지주들과 시간을 보내기도 하고, 황제나 상부 지휘관의 검열을 받기도 하면서 빌리나 부근에 주둔해 있었다. 그랬다가 스벤샤느이로 퇴각하였고, 갖고 갈 수 없는 양식은 전부 태워 버리라는 명령이 내려졌다. 스벤샤느이 부근에서 전군이 주둔하고 있을 때의 기억은, 스벤샤느이의 숙사를 주정뱅이의 숙사라고 불렀던 일이나 폴란드의 지주에게서 말과 수레 등을 군수품으로 빼앗아 원성을 들었던 일 정도가 전부였다.

니콜라이가 스벤샤느이에 대해 기억하고 있는 것은 그곳에 간 첫날 벌어진 일이었다. 중대 병사들이 몰래 다섯 통의 묵은 맥주를 취하도록 마신 것이다. 그래서 그들을 단속하지 못한 상사를 경질시켰다. 그 후 스벤샤느이에서 드리사로 퇴각하였고 드리사에서 다시 후방으로 퇴각하여 이제는 러시아의 국경을 향하고 있었다.

파블로그라드 연대가 전쟁다운 전쟁을 하기 전날이었던 7월 12일 밤에는 우박이 쏟아지는 무서운 폭풍우가 몰아닥쳤다. 1812년의 여름은 유독 폭풍우가 많았다.

파블로그라드 연대 중 두 중대는 가축과 말이 짓밟아 놓은 호밀밭에서 억수같이 쏟아지는 장대비를 맞으며 야영하고 있었다. 니콜라이는 젊은 장교 일리인과 둘이서 대충 지은 임시 막사에 앉아 있었다. 그러자 콧수염을 볼까지 기른 한 장교가 사령부에서 돌아오는 도중 비를 만나 니콜라이에게 들러 살타노프 전투 상황과 라예프스키가 세운 공훈에 대해 전했다.

니콜라이는 비를 피하려고 웅크리고 파이프를 문 채 멍하니 이야기를 들으면서 옆에 있는 젊은 장교 일리인을 쳐다보았다. 연대에 들어온 지 얼마 되지 않은 열여섯 살 소년 일리인과의 관계는 7년 전 데니소프와의 관계와 같았다. 일리인은 뭐든지 니콜라이를 흉내내려 했고, 여자처럼 그를 따랐다.

긴 콧수염을 기른 장교 즈드르스키는 살타노프의 둑이 러시아군에겐 테르모필레(그리스의 전쟁터)였으며, 이 둑 위에서 라예프스키 장군이 고대 무사처럼 행동하였다는 것 등을 허풍을 떨며 이야기했다. 라예프스키가 두 아들을 빗발치는 포화 속의 둑 위로 끌어내어 함께 돌격했다는 것이다.

니콜라이는 이 이야기에 감동하기는커녕 수치스러워하는 듯했다. 니콜라이는 아우스터리츠 전투와 1807년의 전쟁에 참가한 이후로는 자기가 전쟁담을 늘어놓을 때와 마찬가지로 사람들은 전투 이야기를 할 때 대부분 거짓으로 하고, 전쟁에서 일어나는 모든 것은 우리가 상상하고 이야기하는 것과는 전혀 다르다는 것을 알고 있었기 때문에 즈드르스키의 이야기가 불만스럽게 들렸다. 게다가 니콜라이의 비좁은 오두막집 안이 더 답답해질 정도로 바로 앞에서 볼까지 이어진 수염을 흔들며 들이대는 즈드르스키까지 못마땅했던 것이다.

니콜라이는 그를 묵묵히 바라보며 생각에 잠겼다.

'먼저 돌격한 그 둑 위는 확실히 비좁고 정신없었을 것이다. 그래서 라예프스키가 아들들을 둑 위로 데리고 갔더라도 주위에 있던 10명쯤 외에는 아무 영향도 줄 수 없었을 것이다. 나머지는 라예프스키가 누구와 둑을 걷고 있는지 알 수도 없었을 것이다. 또 알았다고 하더라도 감격할 리 없다. 왜냐하면 자기 목숨이 어떻게 될지 모르는 급박한 순간에 라예프스키의 다정한 부정이 그들에게 무슨 소용인가? 게다가 살타노프의 둑을 탈환하고 못하는 것은 조국의 운명에 영향을 미치지 않았다. 그러고 보면 그런 희생을 치를 필요가 없었던 것이다. 또 아들들을 전쟁터로 끌어들일 필요도 없지 않은가. 나 같으면 동생 페트루샤는 물론 귀여운 일리인도 그런 데 끌어들이지 않고 안전한 곳에 숨기려고 했을 것이다.'

그러나 그는 이런 생각을 말하지 않았다. 그는 이런 이야기가 아군의 사기에 도움을 주는 것이니까 의심하는 태도를 취해서는 안 된다는 것도 알고 있었던 것이다. 그때 눈치 빠른 일리인이 갑자기 입을 열며 일어섰다.

"그건 그렇고 더는 못 견디겠습니다. 양말도 속옷도 엉덩이에도 물이 흐르기 시작해요. 어디 피할 곳이라도 찾아봐야겠어요. 빗줄기도 좀 약해진 것 같고요."

일리인이 나가자 즈드르스키도 자리를 떴다.

5분쯤 지나 일리인이 철벅철벅 소리를 내면서 진창 속을 뛰어 임시 막사 쪽으로 왔다.

"만세! 중대장님, 찾아냈어요! 바로 200걸음쯤 떨어진 곳에 선술집이 있습니다. 벌써 부대 패들로 가득해요. 옷을 말릴 수도 있잖아요. 마리아 겐리호브나도 있던데요."

마리아 겐리호브나는 연대 소속 군의의 아내로 예쁘장하고 젊은 독일 여자였다. 군의는 그녀와 폴란드에서 결혼했으나 돈이 없어선지 젊은 아내와 헤어져 있는 게 싫어선지 경비병 연대와 함께 어디든지 데리고 다녔다. 그리고 군의는 늘 질투를 해서 경기병 장교들이 놀리기 일쑤였다.

니콜라이는 망토를 걸치고 라브루슈카를 불러 짐을 들고 따라오라고 했다. 그리고 일리인과 함께 뜸해진 빗속과 번개 치는 어둠을 뚫고 진창을 미끄러지기도 하고 철벅거리기도 하면서 말을 주고받았다.

"중대장님, 어디 계십니까?"
"여기야. 대단한 번개로군!"

13

선술집 앞에 군의의 포장마차가 서 있었다. 안에는 벌써 장교 5명 정도가 와 있었고 금발에 체격이 좋은 독일 여인 마리아 겐리호브나가 재킷 차림에 나이트캡을 쓰고 안쪽 구석의 의자에 앉아 있었다. 군의 남편은 그 뒤에서 자고 있었다. 니콜라이와 일리인은 왁자지껄한 환성과 웃음소리를 들으며 방으로 들어섰다.

"어! 떠들썩하군." 니콜라이가 웃으면서 말했다.

"어디서 꾸물거리고 있었나?"

"물이 줄줄 흘러내리는군! 여기 객실이 젖지 않게 조심해."

"마리아 겐리호브나의 옷을 더럽히지 말게." 다들 한마디씩 떠들어댔다.

두 사람은 칸막이 뒤로 옷을 갈아입으러 갔다. 그런데 조그만 광 같은 곳에 장교 셋이 빼곡히 들어앉아 빈 상자 위에 촛불을 켜놓고 카드놀이를 하면서 자리를 내주려 하지 않았다. 그러자 마리아 겐리호브나가 이것으로 가리라며 두 사람에게 치마를 빌려 주었다. 니콜라이와 일리인은 짐을 가져 온 라브루슈카의 도움을 받아 마른 옷으로 갈아입었다.

부서진 난로에 불을 지폈다. 그리고 널빤지 한 장을 두 안장 위에 걸쳐놓은 다음 그 위에 말 덮개를 덮고 조그만 사모바르와 여행용 식기 상자와 럼주 반병을 올려놓았다. 그 다음 마리아 겐리호브나에게 여주인 역할을 부탁하였고 모두 그녀 가까이로 모여들었다.

아름다운 손을 닦으라고 깨끗한 손수건을 내미는 사람, 그녀의 작은 발이 차가워지지 않게 군복을 발밑에 까는 사람, 바람이 들어오지 않게 창문에다 외투를 걸어놓는 사람, 그녀의 남편이 깰까 봐 그의 얼굴에서 파리를 쫓아 주는 사람까지 수선스러웠다.

"내버려 두세요." 마리아 겐리호브나가 행복한 미소를 지으며 수줍게 말하였다. "밤을 새워서 그렇게 하지 않아도 잘 주무세요."

"아니, 안 됩니다. 마리아 겐리호브나. 의사에게 잘 보여 두면 내가 다리나 팔을 절단하는 수술을 받을 때 더 신경 써 주시지 않겠습니까?" 한 장교가 심각하게 말했다.

컵은 3개밖에 없었고 사모바르에는 컵으로 6잔쯤의 물만 있었으며, 찻물은 차가 잘 우러났는지 알 수 없을 만큼 몹시 흐렸다. 그러나 손톱이 짧고 그다지 예쁘지도 않은 오동통한 마리아 겐리호브나의 손이 계급 순으로 나누어 주는 차를 받는 건 기분 좋은 일이었다.

그날 저녁 장교들은 모두 마리아 겐리호브나에게 반한 것 같았다. 칸막이 뒤에서 카드놀이를 하던 장교들까지 노름을 그만두고 사모바르 옆으로 오더니 분위기에 휩싸여 마리아 겐리호브나에게 비위를 맞추기 시작하였다. 마리아 겐리호브나는 뒤에서 자고 있는 남편이 잠꼬대를 할 때마다 신경 쓰면서도 화려하고 점잖은 청년들에게 둘러싸인 자신을 스스로 대견해하며 행복한 듯 얼굴이 빛났다. 표정을 아무리 숨기려 해도 얼굴에 그대로 드러났다.

차에 넣을 설탕은 많았지만 숟가락이 1개밖에 없어서 넣은 설탕을 젓기가 바빴다. 그래서 마리아 겐리호브나가 차례로 저어 주기로 했다. 니콜라이는 컵을 받자 그 속에 럼주를 따르고 그녀에게 저어 달라고 부탁했다. 마리아 겐리호브나가 생긋 웃으며 물었다.

"당신은 설탕을 안 넣었는데요?"

순간 니콜라이는 모든 대화가 우습게 여겨졌고 뭔가 다른 뜻이 있는 건 아닐까 하고 생각했다.

"난 설탕은 필요 없습니다. 그저 당신의 손으로 저어 주시면 됩니다."

마리아 겐리호브나는 웃으며 숟가락을 찾기 시작했으나 누군가 벌써 갖고 있었다. 니콜라이가 다시 부탁하듯 말했다.

"손가락으로라도 저어 주세요. 훨씬 맛있을 것 같습니다!"

마리아 겐리호브나는 만족스러운 표정으로 얼굴을 붉히면서 말했다.

"어머나, 뜨거운데요?"

이번엔 일리인이 물이 든 통에다 럼주를 따르고는 그녀에게 다가와 손가락으로 저어 달라고 부탁했다.

"이것은 내 찻잔입니다. 손가락을 살짝 담가 주시기만 하면 저는 쭉 들이켜 버릴 생각이에요."

사모바르를 다 비운 뒤 니콜라이는 카드를 들고 그녀에게 '킹'을 하자고 제의하였다. 마리아 겐리호브나의 편은 제비를 뽑아 결정하기로 했다. 그리고 니콜라이가 승부에 따른 상벌을 제안했다. '킹'이 된 사람이 그녀의 손에 키스할 수 있고 꼴찌가 된 사람은 그녀의 남편인 군의가 잠에서 깨면 새로 사모바르를 준비한다는 것이었다.

"좋아요, 그런데 만약 마리아 겐리호브나가 킹이 되면요?" 일리인이 물었다.

"그렇지 않아도 이 분은 여왕 아닌가? 이 분의 명령이 곧

법이지."

놀이를 시작하려는데 마리아 겐리호브나의 뒤에서 헝클어진 군의의 머리가 쑥 올라왔다. 그는 한참 전부터 자지 않고 그들의 이야기를 듣고 있었던 것이다. 군의는 그들이 주고받는 수작이나 놀이가 흥미롭지도 우습지도 않았던 듯했다. 그는 우울한 표정으로 장교들에게 인사도 하지 않고 몸을 긁적거리며 밖으로 나가겠으니 조금 비켜 달라고 했다. 장교들이 통로를 막고 있었기 때문이었다.

그가 밖으로 나가자마자 장교들은 큰소리로 껄껄 웃어댔다. 마리아 겐리호브나는 눈물이 날 만큼 얼굴을 붉혔으나 도리어 그런 모습을 장교들은 한층 더 매력적으로 느꼈다. 군의는 다시 안으로 들어오더니 아내를 보고(그녀는 이미 행복한 미소를 거두고 남편이 무슨 말을 할지 조바심을 내며 바라보고 있었다) 비도 그쳤고 짐을 모두 도둑맞을지도 모르니 마차로 가서 자자고 했다.

"그럼 내가 사병을 한 사람 보내죠. 아니, 두 사람을 보내겠습니다. 그러면 되지 않겠습니까?"

"제가 직접 보초를 서죠!" 일리인도 나섰다.

"아니요. 여러분은 충분히 주무셨을 테지만 나는 이틀 밤이나 자지 못해서 말이에요."

군의는 이렇게 말하고 불편한 얼굴로 아내 옆에 앉아 승부가 끝나기를 기다리고 있었다. 장교들은 아내를 노려보는 군의의 못마땅한 얼굴을 보자 더 즐거워져서 웃음을 참을 수 없을 정도였다. 그래서 그들은 그때마다 웃을 핑계거리를 찾고 있었다.

군의가 아내를 거의 타이르듯 데리고 마차 안으로 들어가자 선술집에 남은 장교들은 젖은 외투를 둘러쓰고 잠자리에 들었다. 그러나 이내 군의의 불편한 표정과 그 아내의 명랑한 모습을 떠올리며 떠들어대더니 마차로 뛰어가 동정을 살피고 서는 다시 들어와 떠들며 오랫동안 잠자리에 들지 않았다.

니콜라이는 머리까지 담요를 둘러쓰고 몇 번이나 잠을 청했으나 누군가의 말소리에 잠이 달아나곤 했다. 이야기가 시작되면 아무 이유도 없이 즐거워 웃는 어린아이의 웃음소리처럼 밤새 그칠 줄 몰랐다.

14

장교들은 3시 가까이 되어서까지 모두 깨어 있었다. 그런데 갑자기 상사 한 사람이 오스트로브나 마을을 향하여 진출하라는 명령을 전했다.

장교들은 여전히 웃는 얼굴로 이야기하면서 탁한 물로 사모바르를 끓였다. 그리고 서둘러 진군 준비를 시작했다.

그러나 니콜라이는 차를 마시지 않고 중대로 나갔다. 벌써 날이 새고 있었다. 비가 그치고 구름도 물러가고 있었으나 공기가 축축해서 마르지 않은 옷은 유달리 차갑게 느껴졌다. 니콜라이와 일리인은 새벽 여명에 선술집에서 나오면서 군의의 마차를 보았다. 마차의 가죽 포장이 빗물에 씻겨 윤이 나고 있었다. 포장 밑으로 군의의 두 다리가 삐져나와 있었고, 한가운데에서는 베개에 파묻힌 군의관 부인의 나이트캡이 보였으며 숨소리도 들리는 듯했다.

"정말 귀여운 여자야!" 니콜라이가 일리인에게 말했다.

"진짜 멋있는 여자예요!" 일리인은 16살 소년답게 다소 진지한 어조로 거들었다.

그로부터 30분 뒤 중대는 거리에 정렬하고 있었다.

"승마!"

구령이 떨어지자 병사들은 성호를 긋고 말에 올라탔다. 니콜라이는 말을 선두로 몰고 나가며 "전진!" 하고 호령했다. 4줄로 나란히 선 경기병대는 젖은 길에 말굽을 울리며 칼 소리와 나직한 이야기 소리를 냈고, 앞장선 보병과 포병 뒤를 따라 넓은 자작나무 가로수 길을 전진했다.

보랏빛 조각구름이 해돋이에 빨갛게 물들면서 바람에 쫓겨 빠르게 지나고 있었다. 주위가 점차 밝아졌다. 시골길에 허다한 잡초는 어제 내린 비에 젖어 있었고 축 늘어진 자작나무 가지는 바람에 흔들리면서 반짝이는 물방울을 사방에 흩뿌리고 있었다. 새벽 공기 속에서 병사들의 모습도 차차 또렷하게 보였다. 니콜라이는 늘 옆에 있는 일리인과 함께 자작나무가 양쪽에 늘어선 길을 천천히 달렸다.

니콜라이는 전투 중에는 부대의 군마에 타지 않고 자기 마음대로 카자흐 말을 탔다. 그는 말 애호가이자 전문가로 요즈음 크고 훌륭한 말 한 마리를 손에 넣었는데 이 말을 타고 달리면 아무도 그를 앞지를 수 없었다. 니콜라이는 이 말을 타고 달릴 때 말할 수 없이 즐거웠다. 그는 말과 아침의 상쾌함과 군의관의 부인에 대해서 생각하면서 눈앞에 닥친 위험은 한 번도 생각하지 않았다.

전에는 니콜라이도 전쟁에 나갈 때면 두려운 느낌이 들었지만 지금은 하나도 느끼지 않았다. 공포감이 사라진 것은 포화에 익숙해져서가 아니라(위험에는 익숙해질 수 없다) 위험에 직면했을 때 정신을 다스리는 법을 스스로 터득했기 때문이었다. 그는 전장에 나가면서 가장 주의를 끄는 눈앞의 위험만 제외하고 온갖 것을 생각하는 습관을 들였던 것이다. 그가 처음 군에 들어왔을 때는 자신의 소심함을 나무라며 아무리 노력해도 터득할 수 없었으나, 해가 지나자 지금은 별 노력 없이도 두려움에서 멀리 벗어날 수 있었다.

그는 지금 일리인과 나란히 자작나무 길을 전진하면서, 가지가 손에 닿으면 잎을 뜯기도 하고, 말의 사타구니 쪽에 발을 대기도 하고, 가끔 다 피우고 난 파이프를 뒤에 따라오는 경기병에게 돌아보지도 않고 침착하게 건네기도 했다. 니콜라이는 일리인이 불안스러워하며 자꾸 지껄이는 모습을 가엾게 바라보았다. 공포와 죽음을 예감하는 기병 기수(旗手)의 괴로운 심경을 자신도 경험했기 때문에 잘 알고 있었던 것이다. 그리고 시간이 흐르는 것말고는 어떠한 것도 그 고통을 덜어 줄 수 없다는 것도 잘 알고 있었다.

구름 뒤에서 해가 나와 맑게 갠 하늘에 띠처럼 걸리자 바람은 여름날의 아름다운 아침 풍경을 해치기 싫은 듯 이내 그쳤다. 주위가 잠잠해졌다. 해는 지평선 위로 완전히 모습을 나타냈다가 이내 가늘고 긴 구름 속으로 숨어 버렸다.

  잠시 후 해가 산뜻하게 반짝이면서 구름 한쪽에서 다시 살짝 보였다. 갑자기 모든 것이 환히 밝아졌는데 그 빛에 대답이라도 하듯이 저 멀리서 몇 번의 포성이 울려왔다.

  얼마만큼의 거리에서 쏘았는지 니콜라이가 미처 판단하기도 전에 비체프스크 쪽에서 오스체르만 톨스토이 백작의 부관이 달려와 걸어서 전진하라는 명령을 전했다.

  동시에 중대는 전진을 서두르기 시작한 보병과 포병을 우회하여 비탈길을 달려 내려갔다. 온몸이 땀에 젖은 말들과 얼굴이 상기된 병사들이 주민이 없는 텅 빈 마을을 지나 비탈길을 올라갔다. 앞쪽에 선 대대장의 구령이 울려 퍼졌다.

  "대대 서. 정렬! 왼쪽 어깨 앞으로 속보(速步)!"

  경기병대는 대열을 따라 진지의 왼쪽으로 나아가 제1선에 서 있는 아군의 창기병 뒤에 멈춰 섰다. 오른쪽에는 예비군격인 아군의 보병이 종대로 정렬하고 있었다.

  그보다 조금 높은 언덕 위에서는 지평선 위의 맑은 공기 속에 아군의 포가 아침 햇빛에 반짝반짝 빛나는 것이 보였다. 앞쪽 골짜기 저편에 적의 중대와 포가 있었다. 골짜기에서는 전투가 시작되어 한창 적에게 포화를 쏘아대는 소리가 들렸다. 니콜라이는 오랫동안 듣지 못했던 이 소리를 듣자 아주 좋아하는 음악을 들은 것처럼 흥분되기 시작했다.

  "드르륵, 득, 득, 드륵!"

  갑자기 몇 발의 총소리가 연달아 들리다가 한동안 잠잠했다. 잠시 후 누군가가 폭죽을 터뜨리는 듯한 소리가 났다.

경기병대는 1시간 가량 같은 자리에 서 있었다. 이윽고 포격이 시작되자 오스체르만 백작이 수행원을 거느리고 기병중대 뒤로 말을 타고 달려가다가 잠깐 멈추더니 연대장과 이야기를 하고는 언덕 위의 포가 있는 곳으로 갔다.

오스체르만 백작이 떠난 뒤 창기병대에서 구령이 들렸다.

"종대를 지어, 돌격 준비!"

창기병들 앞에 있던 보병들은 기병들을 통과시키기 위해서 소대를 2열로 세웠다. 창기병들은 창에 단 기를 펄럭거리면서 나아가다가 왼쪽 언덕 밑에 나타난 프랑스 기병들을 보고 비탈길을 달려 내려갔다.

창기병이 언덕 밑에 다다르자 경기병들은 포대를 엄호하기 위해서 언덕 쪽으로 접근하라는 명령을 받았다. 마침 경기병들이 아까 창기병들이 있던 자리에 멈춘 순간 전선에서 총알이 날아왔으나 거리가 멀어 맞지 않았다.

총알 소리도 오랜만에 들은 니콜라이는 아까의 포성을 들었을 때보다 더 반가웠고 기분이 들떴다. 그는 프랑스 용기병들에게 가까이 달려드는 창기병들의 행동에 정신을 쏟으며 몸을 뒤로 쭉 젖혀 언덕 위에 펼쳐진 싸움터를 둘러보았다.

포연 속에 모든 것이 뒤죽박죽 얽힌 지 5분쯤 지났을 무렵 창기병들은 원래 자리보다 더 왼쪽 뒤로 물러났다. 주황색 군복을 입은 말 탄 창기병들과 그 뒤로 푸른 군복을 입고 회색 말을 탄 프랑스 용기병의 무리가 보였다.

15

 니콜라이는 사냥꾼처럼 특유의 날카로운 눈으로 가장 먼저 푸른 군복을 입은 프랑스 용기병들이 아군의 창기병들을 추격하는 것을 발견했다. 쫓기는 창기병들과 추격하는 프랑스 용기병들은 어지럽게 뒤얽히면서 차츰 가까워졌다. 언덕 아래 조그맣게 보이던 사람들이 지금은 서로 쫓고 쫓기며 칼을 휘두르는 것까지 다 보였다.

 니콜라이는 눈앞에서 펼쳐지는 참혹한 광경을 사냥을 구경하는 것 같은 기분으로 바라보고 있었다. 그가 지금 경기병들을 이끌고 프랑스의 용기병들을 습격하면 그들은 견디지 못하고 패주할 것이고, 만약 습격한다면 지금이 좋을 것이며 그렇지 않으면 늦어질 것이라고 느꼈다.

 니콜라이는 주위를 둘러보았다. 대위 한 사람도 그의 옆에 서서 아래쪽의 기병대를 계속 지켜보고 있었다. 니콜라이가 입을 열었다.

 "안드레이 세바스치야느이치. 저 놈들을 짓밟는 것은 일도 아닐 텐데 말이야……."

 "통쾌할 거야. 정말……." 대위가 대답했다.

 그러나 니콜라이는 대답이 끝나기도 전에 말을 걷어차며 중대 앞으로 달려갔다. 그리고 그가 돌격 명령을 내릴 겨를도 없이 같은 생각을 하고 있던 중대 전부가 뒤따라 달려왔다. 니콜라이는 자신이 어떻게, 왜 이런 행동을 했는지 알 수 없었다. 그저 사냥에 나갔을 때처럼 별 생각 없이 했던 것이다.

그는 용기병들이 줄을 맞추지 못하면서 달리는 것을 가까이에서 보았다. 그들이 버티지 못할 것은 뻔했다. 니콜라이는 이 순간을 놓치면 다시는 돌이키지 못한다는 것을 알고 있었다. 총알은 그를 자극하듯 그의 주변을 쌩쌩 날았고, 말은 흥분하여 앞으로 가려고 했기 때문에 그는 더 이상 가만히 있을 수가 없었다. 그는 말을 움직이고 명령을 내렸으며, 그 순간 자기의 뒤를 따르는 기병대의 말굽 소리를 들었다. 그는 용기병들을 발견하자 구보로 언덕을 내려가기 시작했다. 경기병들은 전속력으로 언덕을 내려가 질주하였고 아군의 창기병들과 그들을 쫓는 프랑스 용기병들에게 가까워지자 더 박차를 가했다.

이제 프랑스 용기병들은 바로 가까이에 있었다. 선두에 있던 적군들은 러시아 경기병들을 보자 말을 돌리기 시작했고 뒤쪽에 있던 용기병들은 어쩔 줄 몰라 당황했다. 니콜라이는 채찍질을 하면서 도망가는 이리를 앞지르는 것처럼 흩어진 프랑스 용기병들 사이로 쳐들어갔다.

한 창기병은 말을 세웠고 말을 잃은 병사는 밟히지 않으려고 땅바닥에 납작 엎드렸다. 주인을 잃은 말은 경기병들 사이로 들어갔다. 프랑스 용기병들은 대부분 퇴각하기 시작했다. 니콜라이는 그 중 회색 말을 탄 프랑스 군인을 목표물로 삼아 그를 추격하기 시작했다. 달리다가 관목을 만났으나 날쌘 말은 관목 위를 훌쩍 뛰어넘었고 니콜라이는 간신히 안장 위에서 앉은 자세를 바로잡으면서 목표물로 삼은 적을 불과 몇 초 뒤면 따라붙겠다고 생각했다. 군복으로 보아서 이 프랑스인은 장교인 듯싶었는데 안장 위에 엎드리다시피 하고 군도로 회색 말을 마구 몰아대면서 달리고 있었다. 니콜라이가 칼을 들고 내려치려 한 순간 바싹 추격하던 니콜라이의 말이 프랑스 장교의 말을 가슴으로 들이받았다. 프랑스 장교가 말에서 떨어졌고 하마터면 니콜라이도 나동그라질 뻔했다.

  니콜라이는 말을 진정시키면서 자기가 잡은 적을 바라보았다. 자기가 정복한 자가 누구인지 궁금했기 때문이었다. 프랑스 용기병 장교는 한쪽 발이 등자에 걸려 다른 한쪽 발로 껑충껑충 뛰고 있었다. 그는 다시 공격당할 것을 각오하고 공포로 얼굴을 일그러뜨리며 무서운 눈초리로 니콜라이를 올려다보았다. 그는 밝은 금발에 턱에는 조그만 보조개가 있고 눈은 푸르렀다. 먼지투성이의 야위고 앳된 그 얼굴은 너무 순수해서 전쟁터가 아닌 집에서나 어울릴 모습이었다.

  니콜라이가 어떻게 해야 할까 하고 고심하고 있을 때 장교가 "항복!" 하고 외쳤다. 그는 당황해서 등자에서 발을 빼지 못했다. 그리고 놀란 듯 푸른 눈으로 니콜라이를 찬찬히 쳐다보았다. 이윽고 경기병들이 달려와 프랑스 장교의 발을 빼고 그를 안장 위에 태웠다. 다른 경기병들도 곳곳에서 프랑스 용기병들을 상대로 싸우고 있었다. 한 용기병은 다쳐서 얼굴이 피투성이인데도 자기 말을 놓지 않으려고 했다. 어떤 병사는 한 경기병을 끌어안고 그 말의 뒤에 올라타려고 했다. 어떤 경기병은 다른 경기병에게 도움을 받아 말 위로 기어오르고 있었다. 앞쪽에서는 한 프랑스 보병이 총을 쏘면서 달려갔다.

  니콜라이는 답답함과 불쾌감을 느끼면서 몇 명의 경기병

과 뒤쪽에서 달리고 있었다. 한 프랑스 장교를 포로로 잡은 자신의 행동에 뭐라 설명할 수 없이 묘하게 착잡한 기분이 들었던 것이다.

오스체르만 톨스토이 백작은 되돌아온 경기병들을 유쾌하게 맞이하고 니콜라이를 불러 그의 용감한 행위를 황제에게 전하여 게오르기 십자훈장을 청원하겠다고 말했다. 니콜라이는 오스체르만 백작에게 불려가면서 자신이 명령도 없이 돌격한 것을 깨닫고, 장군이 틀림없이 독단적인 행동을 나무라기 위해 자기를 부르는 것일 거라고 생각하고 있었다. 그렇기 때문에 오스체르만의 찬사와 포상의 약속은 니콜라이를 더 기쁘게 했다. 그러나 여전히 그 불쾌한 기분이 그를 떠나지 않았다. 그는 장군 옆으로 물러서면서 스스로에게 물었다.

'도대체 나를 이렇게 괴롭히는 것은 무엇일까? 일리인? 아니, 그는 아무 탈 없어. 내가 무슨 불명예스러운 행동이라도 한 것일까? 아니, 그런 것도 아닌데!' 설명할 수 없는 다른 무언가가 그를 괴롭히고 있었다. '그래, 맞아. 턱에 보조개가 있는 저 프랑스 장교야. 내가 칼을 들었을 때 도중에 손이 움직이지 않았던 게 똑똑히 기억나.'

그때 니콜라이는 어디론가 실려 가는 포로들을 보았다. 그는 자기가 잡은, 턱에 보조개가 있는 프랑스 장교를 볼 생각으로 말을 달려 따라갔다. 그 프랑스 장교는 먼지투성이 군복 차림으로 경기병의 예비마를 타고 불안한 듯 두리번거리고 있었다. 그의 팔에 난 상처는 부상이라고 할 수 없을 정도로 아주 가벼웠다. 그는 니콜라이에게 싱긋 웃어 보이고 인사의 표시로 한쪽 손을 흔들었다. 니콜라이는 여전히 거북했고 어쩐지 겸연쩍었다.

그날과 다음 날 니콜라이의 벗과 동료들은 니콜라이가 우울하거나 화난 것은 아니지만 무슨 생각에 집중하고 있음을 알아챘다. 그는 술을 입에 대려고도 하지 않았고 혼자 있고 싶어했으며 줄곧 무엇인가를 생각하고 있었다.

니콜라이는 빛나는 공훈으로 용감한 군인이라는 평판도 얻었고 예상치 못한 게오르기 십자훈장까지 받게 된 것도 줄곧 생각해 보았다. 그러나 그래도 알 수 없는 점이 있었다.

'그러고 보면 모두들 나보다 더 두려워하는 것이 아닐까! 그럼 영웅주의라는 것이 고작 이것이란 말인가? 그래, 그럼 내가 그 행동을 한 것은 과연 조국을 위해서였을까? 턱에 보조개가 있는 푸른 눈을 한 그 사내에게 무슨 죄가 있다는 건가? 그는 정말 두려워하고 있었어. 내가 자기를 죽이리라고 생각했던 거지. 그런데 내가 무엇 때문에 그 사내를 죽이려고 했던 거지? 그런데도 나는 게오르기 십자훈장을 탔어. 모르겠군, 뭐가 뭔지 전혀 모르겠어!'

니콜라이는 도대체 무엇이 자기를 괴롭히고 있는 것인지 아무리 생각해 보아도 답을 얻을 수 없었고, 흔히 그러하듯 근무상의 행운의 수레바퀴는 그에게 유리한 쪽으로 굴러갔다. 그는 승진하여 경기병 대대를 지휘하게 됐다. 또 용감한 장교가 필요한 자리에는 항상 그가 임명되었다.

16

 나타샤가 아프다는 소식을 들은 백작 부인은 아직 건강이 완전히 회복되지 않아 쇠약한 페트류샤와 온 집안 식구를 끌고 모스크바로 왔다. 그래서 니콜라이 가족은 마리아 드미트리예브나 집에서 나와 모스크바에서 살게 되었다.

 나타샤가 중병에 걸리게 되면서 약혼 취소 따위의 불미스런 일들은 뒷전으로 물릴 수 있었다. 그래서 심각한 나타샤의 병은 당사자와 부모 모두에게 오히려 다행한 일이었다.

 나타샤의 상태는 몹시 심각했다. 먹지도 자지도 못하여 너무 여위었고 기침이 심해져서 의사가 위험하다고 귀띔할 정도였다. 따라서 병자가 이번 사건에 대해 얼마만큼의 죄가 있는지는 따질 여유가 없었다. 그저 나타샤를 살려내는 일에만 매달려야 할 상황이었다. 여러 의사들이 각자 찾아오기도 하고 혹은 한꺼번에 와서 협의 진단을 하기도 하였으며, 프랑스어와 독일어와 라틴어로 열심히 의논하기도 하면서 자기들이 알고 있는 온갖 병에 대해 다양한 처방을 내리기도 했다.

 그러나 그들 가운데 누구 한 사람도 단순한 사실을 깨닫지 못했다. 바로 아무리 의사라고 해도 인간의 병을 모두 알 수 없는 것이고 나타샤의 병도 모를 수 있다는 점이다. 인간은 저마다 특성과 성질이 달라서 의사도 모르는 자기만의 독특하고 새롭고 복잡한 병을 가지고 있다. 나타샤의 병은 의학책에 쓰여 있는 폐병이나 간장병, 신경쇠약, 심장병 같은 것이 아니라 여러 기관들의 무수히 많은 문제가 결합되어서 생긴 것이다. 그런데 의사는 이 단순한 사실을 미처 깨닫지 못하는 것이다(그것은 마치 마술사가 자기는 마술을 쓸 수 없다고 생각할 수 없는 것과 똑같은 것이리라). 그 까닭은 치료하는 일이 그들 평생의 직업이기 때문이다. 그러나 가장 중요한 이유는 자기들이야말로 이 세상 어느 누구보다 유익한 인간이라고 자신하기 때문이었다.

사실 의사들은 니콜라이의 가족 모두에게 유익한 존재이기도 했다. 의사들이 유익하고 필요한 존재였던 것은 (돌팔이 의사와 무당 같은 자들이 앞으로도 언제나 존재할 이유와 똑같은 이유로) 병자와 병자를 사랑하는 사람들의 정신적인 요구를 만족시켰기 때문이었다.

그들은 인간이 병을 앓을 때면 느끼는 기분, 그 영원히 변하지 않을 인간적인 요구를 만족시켰다. 그 기분이란 빨리 낫는 것과 다른 사람의 동정과 도움을 구하는 것이다. 그들은 다친 데를 어루만져 주었으면 하는 인간의 영원한 요구(어린아이에게서 가장 원시적인 형태로 나타나는)를 만족시켰던 것이다. 어린아이는 어딘가 다치면 그 상처를 키스해 주든가 만져 주기를 바라고, 곧 뛰어가 어머니와 유모 품에 몸을 던진다. 그리고 실제로 그렇게 해 주면 이내 아픔이 덜해지는 것을 느낀다. 자기보다 강하고 현명한 어른이 어린 자신의 아픔을 낫게 하는 방법을 모를 것이라고는 생각하지 않는 것이다. 어머니가 아픈 데를 어루만져 주면서 안쓰러워하면 금세 나을 거라는 희망이 어린아이의 마음을 위로해 주는 것이다.

의사가 나타샤를 위해 내린 처방은 그저 아픈 데를 어루만져 주고 키스해 주는 것이었다. 그리고 아르바트 거리에 있는 약방으로 마부를 보내 예쁜 상자 속에 든 가루약이나 환약을 1루블 70코페이카어치 사오게 하는 것이었다. 그리고 정확히 2시간 만에 그 가루약을 끓이고 식혀서 병자에게 먹이기만 하면 병은 곧 나을 거라고 믿게 하는 것이었다.

만일 정해진 시간에 마셔야 하는 이 약과 더운 음료와 치킨 커틀릿과 의사가 지시한 세세한 일상생활의 주의가 없었다면 소냐와 백작과 백작 부인은 그저 손을 맞잡고 서 있기만 했을 것이다. 사실 그들이 그렇게 하는 것은 당연했고 그렇게라도 하면서 무언가 하고 있다고 스스로 위안을 삼기도 했다. 백작은 나타샤의 병 때문에 몇 천 루블인가를 썼다. 그 애를 위해서라면 그 이상의 돈을 써도 아깝지 않았다. 백작은 그래도 낫지 않는다면 또 몇 천 루블이라도 들여 외국으로 데리고 가서 명의에게 진료를 받게 하겠다고 생각하였고 그 생각 때문에 가장 사랑하는 딸의 병을 보며 견딜 수 있었다.

백작 부인은 의사의 처방을 따르려 하지 않는 나타샤와 이따금 말다툼을 벌이곤 했는데 그 말다툼이 백작 부인이 한 유일한 일이었다.

"그렇게 의사의 말을 듣지 않거나 제시간에 약을 먹지 않으면 낫지 않을 거야. 언제 폐렴이 될지 모르는 거야. 정말 심각해져요."

백작 부인은 화가 나서 슬픔도 잠시 잊고 나타샤에게 이렇게 말하면서 병구완을 하는 자신을 달랬다.

소냐도 의사의 처방대로 따르기 위해 처음 사흘 밤은 옷도 갈아입지 않고 간호하였다. 조그만 금빛 상자에서 환약을 꺼내 시간에 맞춰 나타샤에게 먹이려고 뜬눈으로 밤을 새운다는 자부심마저 없었다면 아무것도 못했을 것이다. 그러나 정작 나타샤는 어떤 약을 먹어도 효과가 없었다. 그래서 주위 사람들이 자기 때문에 고생하는 것이 모두 쓸데없는 짓이라고 말했다. 그러면서도 한편으로는 주위 사람들이 모두 자기를 위해 그렇게 신경 쓰고 있다는 것이 기쁘기도 했다. 또 의사가 내린 처방을 무시할 정도로 목숨에 연연해하지 않는다는 것을 보여줄 수 있음에 약간은 뿌듯하기까지 했다.

 의사는 날마다 찾아와 진찰하면서 창백한 그녀에게 농담을 건넸다. 의사가 옆방으로 나가면 백작 부인은 부랴부랴 뒤를 따라갔다. 그러면 의사는 정색을 하고 고개를 흔들면서 위험은 아직도 남아 있지만 이번 약은 효험이 있을 것이니 조금만 더 기다려 보자고 했다. 이 병은 솔직히 마음에서 온 병이었지만 그래도 기다려 보자는 것이었다.

 그때마다 백작 부인은 의사의 손에 금화 한 닢을 슬그머니 쥐어 주고는 안정된 마음으로 병실로 돌아오곤 했다.

 나타샤는 기운과 식욕이 없고 잠도 못 자고 기침을 하는 등 여러 증상을 보였다. 의사는 잠시도 치료를 게을리할 수 없다고 말하면서 그녀를 답답한 도시에 붙들어 놓았다. 그래서 1812년 여름 니콜라이 일가는 시골로 가지 못했다. 그렇게 전원에서 멀리 떨어져 생활하였지만 젊음은 결국 최후의 승리를 거두었다. 나타샤의 슬픔은 하루하루 일상의 엷은 껍질로 덮이기 시작했다. 그리하여 전처럼 그녀의 가슴을 누르던 견딜 수 없는 아픔도 서서히 과거의 일이 되어 가고 있었다. 따라서 나타샤의 몸도 회복되기 시작했다.

17

나타샤는 조금씩 회복되어 갔으나 쾌활해진 것까지는 아니었다. 그녀는 삶의 기쁜 일들, 이를테면 무도회나 드라이브나 음악회나 연극 따위를 피했을 뿐 아니라 겉으로는 웃고 있어도 속으로는 눈물을 흘리고 있었던 것이다. 조금 웃어 보려고 해도, 또 혼자 노래를 불러 보려 해도 이내 목이 메어 부를 수 없었다. 그 눈물은 회한과, 이제는 돌아오지 않는 과거의 순결했던 시절을 생각하는 추억과, 행복했어야 할 젊은 생애를 헛되이 망쳐 버린 비탄의 눈물이었다. 특히 웃음과 노래가 자기 슬픔에 대한 모독인 것처럼 생각되었다. 남자에게 아름답게 보이기를 바라는 것은 전혀 생각지도 않았다. 슬픔이 너무 강하여 자신을 억제할 필요가 없었다.

그녀는 모든 남자가 광대인 바노브나와 마찬가지라고 말하였으며 실제로 그렇게 느꼈다. 그녀 마음속의 파수꾼이 모든 기쁨을 막아 놓은 듯했다. 게다가 처녀다웠고 순진했으며 희망에 찼던 이전의 생활 속에서 느꼈던 삶의 여러 재미를 지금은 조금도 느끼지 못했다. 그와 반대로 병적일 정도로 자꾸 파고든 것은 지난 가을의 두서너 달, 사냥, 아저씨, 그리고 아트라드노예에서 니콜라이와 같이 지냈던 크리스마스에 대한 기억이었다. 그날들 중 하루라도 돌이킬 수 있었다면 그녀는 어떤 대가도 치렀을 것이다. 그러나 그것은 이제 영원히 끝난 일이었다. 그때 그녀는 기쁨으로 가득한 이 자유로운 시간은 앞으로 다시 오지 않을 거라고 예감했다. 그 예감은 들어맞았다. 그런데도 그녀는 살아야만 했다.

'나는 전처럼 대단한 인간이 아니다. 아니, 오히려 이 세상 누구보다 훨씬 보잘것없는 존재다'라고 생각하는 편이 그녀의 마음을 편하게 했다.

그러나 자신을 낮추는 것만으로는 부족했고 생활에서는 아무 기쁨도 느끼지 못했으나 시간은 자꾸자꾸 흘러갔다. 나타샤는 누구에게도 폐를 끼치지 않으려고 애쓰는 듯했고 자기를 위해서는 필요한 것이 아무것도 없는 듯했다. 그녀는 가족도 피하려고만 했다. 그저 남동생인 페트루샤와 같이 있을 때만 마음이 편해 보였다. 그녀는 다른 사람들보다도 이 남동생과 같이 있는 것이 좋아서 남동생과 단둘이 마주보고 있을 때는 가끔 웃기도 하였다.

손님 중에서는 그저 피에르 한 사람만 반갑게 맞았다. 놀랍게도 피에르는 가장 온유하고 조심스러우며 진지한 태도로 나타샤를 대했다. 나타샤도 자신을 부드럽게 대하는 피에르의 태도를 무의식중에 느끼고 그와 한자리에 있는 것에 만족했으나 감사하는 것은 아니었다. 피에르가 친절하긴 해도 나타샤를 위해 특별히 애쓰고 있다고는 생각하지 않았기 때문이다.

피에르는 모든 사람에게 늘 친절했기 때문에 그의 친절은 그다지 특별한 느낌이 들지 않았다. 때때로 나타샤는 피에르가 자기 앞에서 어쩔 줄 몰라 하며 어색해하는 모습을 보았다. 특히 이야기를 하다가도 나타샤에게 괴로운 추억을 떠올리게 할까 봐 한층 더 불편해하는 것이었다. 그녀는 다 알아채고 있었으나 그것은 사람을 부드럽고 대하고 수줍어하는 그의 성격 때문이라고 생각하였다. 그런 그의 성격은 나타샤 자신뿐 아니라 누구나 알 수 있는 것이라고 여겼다.

피에르는 나타샤가 절망에 빠져 있었을 때 만약 자기가 자유로운 몸이었다면 무릎을 꿇고 그녀의 사랑을 구했을 것이라고 말했다. 그러나 그 뒤로는 나타샤에 대한 감정을 한 번도 입 밖에 내지 않았다. 나타샤도 그때 단순히 자기를 달래고 위로하기 위해 별 뜻 없이 한 말이라는 것을 너무나 잘 알고 있었다. 그것은 단순히 피에르에게 아내가 있어서라기보다는 아나톨리에게서는 전혀 느끼지 못했던 정신적인 장벽을 피에르에게서 매우 강하게 느꼈기 때문이다. 그래서 자신과 피에르 사이에서(자기 쪽은 물론 그쪽에서는 더욱) 사랑이라는 감정이 생기리라고는 꿈에도 생각하지 못했다. 그뿐만 아니라 남자와 여자 사이에 흔히 있는 시적인 우정도 그와 자기 사이에는 생길 수 없다는 생각이었다.

성 베드로 축일의 공복재(空腹齋)가 끝날 무렵 아트라드노예에서 니콜라이네 이웃에 사는 아그라페나 이바노브나 벨로바라는 부인이 한 성직자를 만나러 모스크바로 왔다. 그녀는 나타샤에게 성사(聖事) 준비를 권했다. 나타샤도 기꺼이 그녀의 생각에 찬성했다. 의사가 아침 일찍 외출하면 안 된다고 주의를 주었지만 그녀는 성사 준비를 하겠다고 고집했다. 그것도 보통 니콜라이가 사람들이 집에서 하듯이 세 차례의 기도로 끝내는 것이 아니고, 벨로바 부인과 마찬가지로 일주일 동안 아침, 낮, 저녁의 세 차례 예절을 하나도 빠뜨리지 않고 성사 준비를 한다는 것이었다.

나타샤의 이러한 열성에 백작 부인은 기뻤다. 그녀는 의사의 치료가 별 효과가 없어서 약보다 기도가 더 효험이 있을 것이라고 기대하고 걱정스런 마음을 숨긴 채 의사에게는 비밀로 하고 나타샤의 뜻대로 벨로바 부인에게 맡겼다.

벨로바 부인은 새벽 세 시에 나타샤를 깨우러 왔으나 그녀는 미리 일어나 있었다. 나타샤는 아침기도 시간에 자게 될까 봐 세수를 하고, 가장 허름한 옷과 낡은 외투를 입고, 신선한 공기에 몸을 떨면서 아침 햇살이 환히 비치는 인적이 없는 한길로 나왔다. 나타샤는 자기의 교구가 아닌, 벨로바 부인의 말에 따르면 매우 엄하고 고결한 생활을 하는 사제가 있다는 교회에서 성사 준비를 했다.

교회에는 늘 사람이 적었다. 나타샤와 벨로바 부인은 매일 왼쪽의 성가대석 뒤에 걸려 있는 성모의 성상 앞에 섰다. 나타샤는 너무도 이른 아침 성상 앞에서 타고 있는 촛불과 창문에서 들어오는 아침 빛에 비친 성모의 검은 얼굴을 쳐다보면서 기도문의 의미를 되새기며 기도를 했다. 그렇게 기도하다 보면 지금까지 느끼지 못했던 새로운 마음, 이해할 수는 없지만 위대한 어떤 존재를 따르고자 하는 생각이 엄습했다.

하나님은 오직 믿어야만 되는 것, 매달려야만 되는 존재라고 생각하는 순간 감미로운 기분이 되었다. 이 순간 하나님이 자기의 마음을 자유로이 지배하는 것처럼 생각되었다. 그녀는 성호를 긋기도 하고 무릎을 꿇기도 했다. 그리고 이해가 가지 않을 때는 그저 자기의 더러움에 몸을 웅크리고 '모든 것을 용서해 주소서, 자비를 내려 주시옵소서'라고 하나님에게 기원했다. 그녀는 참회의 기도에 가장 많이 매달렸다. 기도를 마치고 돌아오면서 만나는 사람은 고작 일하러 나가는 석공과 한길을 쓸고 있는 마당지기 정도였고, 대부분은 아직 자고 있었다. 이럴 때 나타샤는 새로운 감정이 솟아올라 새로운 사람으로 살 수 있을 것 같은 기분이 들면서 깨끗하고 행복하게 생활할 수 있을 거라고 생각했다.

그녀가 기도를 시작한 지 일주일 정도 되면서 그 생각은 더욱 커져 갔다. 벨로바 부인이 기쁜 듯이 그녀에게 말한 성체라든가 영성체라든가 하는 말에서 뿜어져 나오는 행복은 끝없이 위대한 것 같아 이 행복한 부활의 날까지 도저히 살지 못할 것 같은 생각이 들 정도였다.

그러나 마침내 행복의 그날이 왔다. 이 기념해야 할 일요일에 하얀 비단옷을 입고 미사에서 돌아온 나타샤는 몇 달 만에 비로소 평안을 느꼈다. 그리고 앞으로의 생활도 편하게 느끼고 있는 자신을 발견했다.

이날 의사는 나타샤를 보고 2주일 전에 처방했던 마지막 가루약을 계속 복용하라고 일렀다.

"아침저녁으로 계속 복용하시오."

그는 마치 자기의 처방이 성공했다는 사실에 만족한 듯 말을 덧붙였다.

"아무쪼록 좀 더 정확히 복용하시기 바랍니다. 백작 부인, 안심하셔도 되겠습니다."

의사는 재빨리 금화를 받으며 말했다.

"곧 노래를 부르기도 하고 뛰어 돌아다니게도 될 겁니다. 이번 약은 굉장히 효험이 있었습니다. 아주 좋아지셨어요."

백작 부인은 슬쩍 자기 손톱을 바라보았다. 그리고 기쁜 얼굴로 객실로 돌아가면서 침을 퉤퉤 하고 뱉었다.

18

7월 초 모스크바에는 전쟁에 대한 불안한 소문이 퍼졌다. 조서가 발표될 것이라느니 황제가 전쟁터에서 모스크바의 궁으로 돌아올 것이라느니 하는 소문이 자자했던 것이다. 그러나 7월 10일이 되도록 포고도 조서도 없자, 사람들 사이에서는 유언비어가 나돌기 시작했다. 황제가 모스크바로 돌아오는 것은 아군이 위기에 처해 있기 때문이라느니, 스몰렌스크가 항복했다느니, 나폴레옹에게 100만의 군대가 있으므로 러시아를 구하는 것은 기적뿐이라느니 하는 이야기가 떠돌았다.

7월 11일 토요일에 인쇄되지 않은 조서가 도달했다. 마침 로스토프가에 있던 피에르는 내일 일요일 오찬에 올 때 라스토프친 백작한테서 조서와 포고를 얻어 오겠다고 약속했다.

일요일 아침 로스토프가 사람들은 평상시처럼 라주모프스키가의 개인 교회로 미사를 드리러 갔다. 7월다운 무더운 날이었다. 로스토프가 가족들이 교회 앞에 도착해 마차에서 내렸을 때가 벌써 10시였다. 무더운 대기에도, 상인들의 외침소리에도, 사람들의 산뜻하고 밝은 여름옷에도, 먼지투성이가 된 가로수 잎에도, 위병 교대를 가는 대대의 군악대 소리에도, 흰 바지에도, 찻길의 소음에도, 뜨거운 햇살에도 맑고도 더운 여름날에 특히 강하게 느껴지는 도시의 권태와 현재에 대한 만족과 불만이 넘치고 있었다. 라주모프스키가의 교회에는 모스크바의 저명한 사람들이 거의 다 모여 있었는데 모두 로스토프가와 알고 지내는 사람들이었다(이 해에는 해마다 시골에서 여름을 지내던 많은 부호들이 무엇인가를 기다리기라도 한 듯 모스크바에 남아 있었다).

나타샤는 군중을 비집고 앞장서서 걷는 정복 입은 하인의 뒤에서 어머니와 나란히 걷고 있었는데 한 청년이 상당히 큰 소리로 자기에 대해 이야기하고 있는 것을 들었다.

"저 사람이 나타샤 로스토프야, 바로 그……."

"얼굴이 몹시 안됐군. 그래도 미인이야!"

그녀는 아나톨리와 안드레이의 이름도 들었다. 그러나 그것은 나타샤의 착각이었을지도 모른다. 누구나 자신의 얼굴을 보면 바로 그 사건을 떠올리는 것처럼 생각되는 것이었다. 그러나 군중 속에 있을 때면 항상 나타샤는 심장이 멎는 듯한 괴로움을 느끼면서 마음이 괴롭고 부끄러울수록 검은 레이스를 단 보랏빛 비단옷 차림으로 한층 더 침착하고 거만한 여성 특유의 걸음걸이로 걸었다.

그녀는 자기가 아름답다는 사실을 알고 있었다. 그것은 잘못이 아니었다. 그러나 이전처럼 그녀는 기쁘지 않았을 뿐만 아니라 요즈음, 특히 도시의 이 빛나는 더운 여름날에는 무엇보다도 그 사실이 그녀를 괴롭혔던 것이다.

"또 일요일이 왔다. 또 새로운 일요일이 왔다."

지난 일요일에 이곳에 왔던 것을 생각하면서 그녀는 이렇게 중얼거리며 생각에 빠져들었다.

'그렇지만 역시 사는 건 무미건조해. 마음 편히 살 수 있었던 상황은 조금도 변하지 않았고 나는 아름답고 젊어. 게다가 지금은 착한 사람이 됐어. 그것은 나도 잘 알아. 하지만 인생에서 가장, 가장 화려한 시절이 이렇게 헛되이 지나가고 마는 것일까.'

그녀는 어머니 옆에 서서 아는 사람들과 목례를 주고받았다. 나타샤는 습관적으로 부인들의 옷차림과 가까이에 서 있던 한 부인의 자세와 좁은 장소에서 예모 없이 한 손으로 성호를 긋는 모습을 둘러보며 비난하고 있었다. 그러다 문득 자기도 남한테서 갖가지 말을 듣는 처지에 남을 비난하고 있다는 데 생각이 미치자 기분이 상했다. 그때 갑자기 기도 소리가 들려와 자신의 더러운 마음을 깨닫자 소름이 돋았고, 또 이전의 순결한 마음을 잃은 건 아닐까 하여 두려워졌다.

품위 있고 고결한 노사제가 기도하는 사람들의 마음을 가라앉히려는 듯 경건하고 장중한 태도로 미사를 계속 집전했다. 성당의 문이 닫히고 휘장이 서서히 내려졌다. 그때 신비로운 목소리가 나직이 무엇이라고 나타샤에게 말했다. 나타샤는 자신도 모르게 눈물을 흘렸고, 기쁘면서도 괴로운 감정이 그녀의 마음을 뒤흔들었다.

'아! 앞으로 어떻게 살아야 하는 것일까? 영원히, 영원히 회개하기 위해서는 도대체 어떻게 해야 할까. 저에게 가르침을 내려 주소서…….' 그녀는 마음속으로 이렇게 외쳤다.

부사제가 단 위에 나타났다. 그리고 엄지손가락으로 모자 밑으로 비어져 나온 긴 머리를 가다듬은 다음 가슴에다 십자가를 대고 엄숙하고도 큰소리로 기도문을 외기 시작했다.

"우리 모두 주께 기도합시다!"

'우리 모두, 온 세계 동포가 모두, 높고 낮음도 없고, 미움도 없고, 형제 같은 사랑으로 맺어져서 기도해야만 한다.' 나타샤는 생각했다.

"하늘나라와 우리들 영혼의 구원을 위하여!"

'하늘의 세계와 우리 머리 위에 사는 모든 죽은 자의 영혼을 위하여.' 나타샤는 또 다시 빌었다.

그리고 그녀는 군대를 위해 기도하면서 오빠와 데니소프를 생각했다. 또 안드레이 공작을 생각하면서 그를 위해 기도하고, 그에게 저질렀던 자신의 죄를 용서해 달라고 빌었다. 사랑하는 사람들을 위한 기도를 올리라고 했을 때 그녀는 자기의 집안 식구들, 아버지와 어머니와 소냐를 위해 빌었다. 그때 나타샤는 그들에게 지은 자기의 온갖 죄를 깨달음과 동시에 그들에 대한 자기의 사랑이 얼마나 절실한지도 느꼈다.

우리들을 미워하는 사람들을 위해서 빌라고 했을 때 그녀는 자기를 미워하는 자를 위해서 기도하려고 했다. 그녀는 모든 채권자와 아버지와 관련된 사람들을 적에 포함시켰다. 그러면서 자기에게 그처럼 나쁜 짓을 한 아나톨리를 상기했다. 그가 증오의 대상은 아니었지만 나타샤는 그를 적으로 여기고 그를 위해 기도하는 게 기뻤다. 그녀는 기도할 때만 차분한 기분으로 안드레이 공작과 아나톨리를 단순히 한 인간으로 떠올릴 수 있었다. 그들에 대한 감정은 하나님에 대한 두렵고 경건한 감정에 비하면 보잘것없는 것이었다.

황족과 사제들을 위해 기도를 올리라고 했을 때는 설사 왜 그들을 위해 기도해야 하는지 그 이유를 이해하지 못하더라도 의심해서는 안 된다고 생각했다. 그래서 더 깊이 고개를 숙이고 성호를 그었다.

국가에 대한 기도가 끝나자 부사제는 가슴에 두른 성대에 성호를 긋고, "우리 몸과 마음을 우리 주 그리스도께 바치리라"라고 말했다.

'이 몸을 주께 바치리다. 영원히 이 몸을 당신께 바칩니다.' 나타샤는 마음속으로 되풀이했다.

'저는 아무것도 바라지 않습니다. 아무 욕심도 갖지 않겠습니다. 그저 어떻게 해야 하는 것인지, 저의 의지를 어떻게 써야 하는 것인지 가르쳐 주시옵소서! 저를 불러 주소서, 부디 저를 불러 주시옵소서!'

나타샤는 참을 수 없을 만큼 감격하여 성호도 긋지 않고 가느다란 두 손을 축 늘어뜨린 채, 바로 지금 눈에 보이지 않는 어떤 힘이 자기를 붙들고 자아와 회한과 욕망과 비난과 희망과 악행에서 구해 주기를 기다리는 것처럼 중얼거렸다.

백작 부인은 기도하는 동안 몇 차례나 눈물을 글썽이며 감격에 잠겨 있는 딸의 얼굴을 돌아보았다. 그리고 '이 딸을 도와주소서' 하고 기도했다.

나타샤가 알고 있는 전례 순서와는 달리 부사제가 기도 도중에 갑자기 제단의 정면 문 앞에 작은 걸상 하나를 가져다 놓았다. 그것은 축일에 무릎 꿇고 기도하기 위하여 쓰는 것이었다. 엷은 자줏빛 우단 성모를 쓴 사제가 나왔다. 그리고 머리를 쓰다듬더니 힘없이 무릎을 꿇었다. 모두 따라하면서 이상하다는 듯 서로를 마주보았다. 그것은 지금 막 종무원에 도착한 새로운 기도문이었고, 적군의 침입에서 러시아를 구하기 위해 올리는 기도였다.

"주여, 힘의 신이여, 우리들의 구원의 신이여."

사제는 또렷하고 차분하며 부드러운 목소리로 읽기 시작했다. 그것은 슬라브족 성직자만 낼 수 있는, 러시아인의 마음을 밑바닥부터 뒤흔드는 그런 목소리였다.

"주여, 힘의 신이여, 우리들의 구원의 신이여! 자애와 관대함으로 당신의 온순한 백성을 지켜 주시고, 지극히 선하신 귀를 기울여 우리들의 목소리를 들어 주시며, 우리를 용서해 주시고 불쌍히 여기소서. 세상을 더럽히고 황폐하게 하려는 적들은 이제 우리를 향해 칼을 들었습니다. 그 간악한 백성은 당신의 소유를 멸망시키려 하고, 영광스러운 당신의 예루살렘, 당신의 지극한 사랑을 받는 러시아를 파괴하고, 신전을 모독하고 제대를 부수며 우리의 성물을 욕되게 하려고 합니다. 주여, 언제까지 그 죄인들이 날뛸 것입니까? 언제까지 죄인들은 그릇된 권리를 제멋대로 휘두를 것입니까?

하나님이시여! 당신에게 비는 우리 음성을 들으셔서 지존하신 대제 알렉산드르 파블로비치를 굳건하게 하시고 그의 성실함과 공손함을 기억하시어 보답을 내려 주소서. 그의 덕으로 당신께서 사랑하시는 이스라엘이 수호될 것입니다. 간절히 바라오니 그의 의지와 계획과 대업을 축복해 주시옵소서. 전능하신 오른손으로 제국의 바탕을 굳혀 주시고 모세가 아말렉을, 기드온이 미디안을, 다윗이 골리앗을 이긴 것같이 승리를 거두게 하여 주시옵소서. 그의 군대를 지켜 주시고 당신의 이름으로 갑옷을 두른 자의 손에 동제의 활을 주시며 또한 정벌할 수 있는 힘을 주시옵소서. 원컨대 무기와 방패를 들고 일어나 우리를 도와주소서. 그러면 우리에게 악을 꾀한 자는 오욕을 뒤집어쓰고 바람 앞의 먼지처럼 흩어져 도망칠 것입니다. 당신의 강한 사자로 하여금 그들을 욕되게 하고 쫓아내게 하여 주시옵소서. 그물이 그들을 덮고 올가미를 씌워서 마침내 당신 하인의 발아래 꿇어 엎드리게 될 것입니다!

주여, 당신이 구출할 수 없는 것은 없으십니다. 당신은 신이시기 때문에 우리는 당신을 거역할 수 없습니다.

우리의 아버지이신 하나님이시여, 관대함과 자애로 우리를 돌보시고 우리의 죄를 나무라지 마소서. 우리 마음을 깨끗하게 하시고 정의로움을 일으켜 주시옵소서. 당신을 향한 믿음과 희망으로 우리를 굳건히 하시고, 진실한 사랑으로 용기를 내게 하시고, 풍요로운 이 나라를 지키려는 정신으로 무장하게 하옵소서. 의롭지 않은 자가 성스러운 백성의 운명을 지배하게 하는 일이 없도록 하여 주시옵소서.

하나님, 우리는 당신에게 희망을 걸고 있습니다. 희망의 징표를 보여 주소서. 그러면 우리 정교를 미워하는 자가 이것을 보고 스스로 파멸될 것입니다. 또한 모든 나라들은 하나님을 깨닫고 우리가 당신의 백성이란 것을 알게 될 것입니다.

주여, 지금 당신의 자애를 보이시고 우리를 도우소서. 빨리 적을 쳐부수어 당신을 믿는 하인의 발밑에 그들을 꿇어 엎드리게 하여 주소서. 당신은 당신을 의지하는 자의 편이시고 도움이시고 승리이십니다. 영광이 성부와 성자와 성신께 처음과 같이 이제와 영원히 같이하시기를 빕니다, 아멘."

나타샤는 정신이 맑은 상태였으므로 기도는 그녀의 가슴을 강하게 울렸다. 그녀는 모세가 아말렉을 이기고 기드온이 미디안을 이기고 다윗이 골리앗을 이겼다는 것과 당신의 예루살렘은 파괴될 것이라는 말들을 다 들었다. 그리고 온화한 마음으로 기도했다. 그러나 무엇을 바라며 기도하는 것인지는 잘 몰랐다. 그녀는 굳건한 신앙과 희망이 마음을 다지고 사랑과 용기를 갖게 한다는 데 동감했던 것이다.

그러나 조금 전만 해도 사랑과 기도의 대상으로 적이 많기를 바랐는데 지금은 적을 짓밟게 해 달라고 기도할 수는 없었다. 그래도 방금 한 기도가 옳다고 믿었다. 그녀는 사람들의 죄와 그 죄 때문에 받는 벌을 생각하자 두려워졌다. 그녀는 모든 사람들이 용서받고 그 사람들과 자신의 삶이 평화롭고 행복해지도록 빌었다. 그리고 그녀는 하나님이 자기의 기도를 듣고 있다고 생각하였다.

19

피에르는 나타샤가 감사의 눈빛으로 자신을 보던 모습을 떠올리며 로스토프가에서 나왔다. 그때 그는 혜성을 보았고 그 순간 그는 새로운 길이 열린 것 같은 느낌을 받았다. 그는 그날 이후 끊임없이 자신을 괴롭히던 무의미한 의문이 자취를 감추었다는 사실을 깨달았다. 늘 그의 마음속에 자리 잡고 있던 의문들이 어느 순간 나타샤의 모습으로 바뀌어 있었던 것이다. 어떤 이야기를 듣거나 읽거나 보아도 별 느낌이 없었지만 그녀를 떠올리면 모든 의문이 사라지는 것이었다.

그는 그녀를 마지막으로 보았을 때의 모습을 생각했다. 그러자 그 모습은 그를 순식간에 완전히 다른 정신세계로 이끌었다. 거기에는 의인도 죄인도 없었다. 아름다움과 사랑의 세계였다. 그래서 그는 어떤 나쁜 상황에 놓여도 이렇게 중얼거렸다.

"까짓것, 국가와 황실의 재산을 누가 가로채든 국가와 황제가 그자에게 어떤 명예를 주든 알 게 뭐야. 그 여자는 어제 나를 보고 방긋 웃었어. 그리고 와 달라고 했어. 나는 그 여자를 사랑하고 있어. 그건 절대로 아무도 알 수 없어."

그러나 피에르는 계속 사교계에 나가기도 하고 술을 마시기도 하면서 여전히 방탕하게 지냈다. 로스토프가에서 보내는 것 외에 남는 시간을 보낼 방법이 없었기 때문이다. 그가 모스크바에서 들인 습관과 사교가 계속 그를 이끌었고 점점 그런 생활에 푹 빠지고 말았다. 그러나 전쟁터에서 불안한 소식이 들려오고, 나타샤가 회복하기 시작하면서 그에게 점차 연민의 감정을 보이지 않게 되자 그는 알 수 없는 불안감에 휩싸였다.

그러나 그런 상황이 오래가지는 않았다. 곧 큰 변화가 찾아온 것이다. 그는 초조한 기분으로 자기를 향해 다가오는 변화의 징후를 주시했다. 언젠가 피에르는 공제조합원의 한 사람에게서 나폴레옹에 관한 다음과 같은 예언을 들은 적이 있었는데, 바로 〈요한계시록〉에 나온 내용이었다.

〈요한계시록〉의 13장 18절에는 이렇게 쓰여 있다.

"지혜가 여기 있으니 총명한 자는 그 짐승의 수를 세어 보라. 그 수는 사람의 수니 666이니라."

프랑스 문자는 헤브라이의 계수법을 따라 처음 열 문자를 기수로 하고 나머지 문자를 10단위로 세어 나가면 다음과 같은 의미를 갖는다.

a	b	c	d	e	f	g	h	i	k
1	2	3	4	5	6	7	8	9	10
l	m	n	o	p	q	r	s	t	
20	30	40	50	60	70	80	90	100	
u	v	w	x	y	z				
110	120	130	140	150	160				

이 알파벳에 따라 L'Empereur Napoleon(황제 나폴레옹-옮긴이)이라는 말을 숫자로 나타내면 그 수의 총계는 666이다. 따라서 나폴레옹이 바로 〈요한계시록〉에 예언된 짐승이란 뜻이 된다. 그뿐만 아니라 이 알파벳에 따르면 quarante deux(마흔둘-옮긴이)라는 말, 즉 이 짐승에게 주어진 기한을 써도 이 마흔둘이 나타내는 수의 총계는 역시 666이다. 따라서 나폴레옹이 권력을 휘두를 기한은 42세가 지난 1812년에 끝난다는 결론이 난다.

이 예언은 피에르의 마음에 강한 충격을 던져 주었고, '이 짐승, 즉 나폴레옹의 권력을 끝낼 자가 과연 누구일까?' 하는 질문을 스스로에게 던지게 되었다. 그리고 자기도 여러 말들을 숫자로 바꿔 써보며 셈하면서 궁금한 것들의 해답을 찾아보려고 했다. 피에르는 이 문제의 해답으로 L'Empereur Alexandre(황제 알렉산드르-옮긴이)라든가 La Nation Russe(러시아의 국민-옮긴이)라든가 하는 말들을 써 보았으나 숫자의 합은 666보다 훨씬 많거나 적었다.

한번은 그 계산을 하면서 Le Russe Besuhof(러시아인 베주호프-옮긴이)라고 쓰고 그 숫자를 세어 보니 671이 되었다. 그러니까 666보다 다섯이 더 남았던 것이다. 다섯은 'e'에 들어맞는데 그 'e'는 l'Empereur라는 경우에는 생략되어 있다. 그리하여 피에르는 비로소 666이라는 해답을 얻었다.

이 발견은 그를 흥분시켰다. 자기가 어떻게 〈요한계시록〉에 예언된 대사건과 결부되어 있는지는 모르겠지만 정말로 결부되어 있다는 것은 확실하다고 생각했다. 그것이 나타샤에 대한 사랑, 반(反)그리스도, 나폴레옹의 침입, 혜성, 666황제 나폴레옹, 러시아인 베주호프, 이러한 것들이 함께 성숙되어 그를 모스크바의 관습에서 해방시키고 위대한 공적과 행복으로 이끌어야 할 것이었다.

예의 기도문을 읽은 일요일 전날 피에르는 로스토프가 사람들에게 러시아 국민에 대한 조서와 전쟁터에서 온 최근 소식을 라스토프친 백작한테서 가져오겠다고 약속했다.

그는 아침나절에 라스토프친 백작한테 갔다가 막 전쟁터에서 온 파발꾼을 만났다. 그는 피에르가 아는 모스크바의 무용가였다.

"부탁합니다, 짐을 좀 덜어 주실 수 없겠습니까? 부모들에게 보낸 편지가 많아서요." 파발꾼이 말했다.

그 가운데에는 아버지에게 보내는 니콜라이 로스토프의 편지도 있었다. 피에르는 이 편지를 받았다. 그 외에 라스토프친 백작한테서 막 인쇄된 모스크바에 대한 조서와 군대에 내려진 최근 명령서와 백작의 새로운 포스터를 받았다. 피에르는 명령서에서 부상자와 전사자가 게재된 것과, 니콜라이가 오스트로브나의 전투에서 쌓은 공훈으로 게오르기 4등 훈장을 받은 것과, 안드레이가 연대장으로 임명된 것을 보았다.

피에르는 로스토프가 사람들에게 안드레이에 대해 전하고 싶지 않았으나 아들 니콜라이가 훈장을 수상한 소식을 알리고 싶어 참을 수가 없었다. 그래서 다음 날 조서와 포스터 같은 것들은 빼놓고 명령서와 니콜라이의 편지만 보냈다.

라스토프친 백작과 나눈 이야기, 걱정스럽고 다급하게 전황의 불리함을 전한 파발꾼과의 만남, 모스크바에서 발견되었다는 간첩에 대한 소문, 가을까지 러시아의 두 수도(모스크바와 페테르부르크)로 들어갈 것이라는 나폴레옹의 맹세 내용이 적힌 쪽지가 모스크바에 나돈다는 소문, 내일쯤 황제가 도착할 것이라는 이야기 등 이러한 모든 것은 그 혜성을 보았을 때처럼 피에르의 마음에 변화를 불러일으켰다.

피에르는 오래전부터 군대에 들어가려고 생각하고 있었다. 아무 문제가 없었다면 벌써 그랬을 것이다. 그 문제란 우선 그가 영원한 평화와 전쟁의 근절을 선전하는 비밀 공제조합에 속해 있었고, 그 다음으로 군복 차림으로 애국심을 고무하는 모스크바 사람들을 보면 어쩐지 쑥스러워졌기 때문이었다. 그러나 그가 입대하려는 계획을 실행에 옮기지 않았던 중요한 까닭은 따로 있었다. 자신이 666이라는 짐승의 수를 의미하는 '러시아인 베주호프'라서 짐승의 권세를 끝내는 역사적인 일에 관여하게 될 것은 이미 영겁의 시간부터 정해져 있다고 여겼고, 따라서 어떤 일도 스스로 하지 말고 앞으로 일어날 일을 기다려야 한다고 막연하게 생각했던 것이다.

20

로스토프가는 일요일마다 가까운 사람 중 누군가와 식사를 같이하곤 하였다. 피에르는 다른 손님들보다 먼저 도착하려고 조금 일찍 집을 나섰다.

새해 들어 피에르는 몸이 몹시 뚱뚱해졌는데 만약 키가 크지 않거나 체격이 좋지 않아서 비대한 몸뚱이를 지탱할 수 없었다면 아마 꼴불견이었을 것이다.

그는 숨이 차서 헐떡이다가 중얼거리다가 하면서 계단을 올라갔다. 피에르가 로스토프가에 오기만 하면 으레 자정 무렵에나 돌아간다는 것을 아는 마부는 이제 "기다릴까요?"라고 묻지 않았다. 로스토프가 하인들은 친절한 얼굴로 뛰어와서 백작의 외투를 벗기기도 하고 지팡이와 모자를 받기도 했다. 피에르는 클럽에서처럼 지팡이와 모자를 현관에 두는 습관이 있었다.

오늘 그가 로스토프가에서 맨 처음 만난 사람은 나타샤였다. 실은 그녀의 목소리가 그를 맞이하였다. 그녀가 홀에서 성악 연습곡을 부르고 있었던 것이다. 피에르는 그녀가 앓고 난 후 노래를 부르지 않는다고 알고 있었기에 그 목소리를 듣고 놀라는 한편 기뻤다. 그가 살며시 문을 열어 보니 나타샤는 미사 때 입었던 라일락 색깔의 옷을 입고 방 안을 거닐며 노래하고 있었다. 그녀는 그가 있는 쪽으로 뒷걸음질치다가 갑자기 휙 돌아서서 피에르의 살찐 놀란 듯한 얼굴을 보더니 얼굴이 빨개졌다. 그녀는 총총걸음으로 가까이 다가왔다.

"나는 다시 노래를 불러 보려고 해요. 이것도 역시 공부니까요." 그녀는 변명이라도 하듯이 말했다.

"좋습니다."

"정말 잘 와주셨어요! 전 오늘 정말 기뻐요." 그녀는 예전과 같은 활기찬 얼굴로 계속 말했다.

"니콜라이가 게오르기 훈장을 탄 것 아세요? 전 오빠가 정말 자랑스러워요."

"물론입니다. 그 명령을 전한 사람이 바로 나입니다. 그럼 방해하면 안 될 테니까요." 그는 이렇게 말하고 객실로 가려고 했다.

그때 나타샤가 그를 붙들었다.

"백작! 제가 노래를 부르면 안 될까요?" 그녀는 얼굴을 붉혔으나 피에르를 빤히 쳐다보며 물었다.

"아닙니다. 무슨 말씀이십니까? 천만에요. 그런데 왜 그런 것을 물으시죠?"

"저도 모르겠어요." 나타샤가 얼른 대답했다.

"그렇지만 말이에요. 전 당신의 마음에 안 드는 일은 하고 싶지 않아요. 전 당신의 말씀을 모두 믿어요. 알고 계시죠? 당신이 저에게 얼마나 소중한 분인가를. 저를 위해 얼마나 많은 일을 해 주셨는가를……." 그녀는 자기 말에 피에르의 얼굴이 붉어진 것도 모르고 계속 말을 이었다.

"그 명령서에 보니까 안드레이(그녀는 이 말을 얼른 속삭였다), 그분은 또 군대에 근무하고 계신 모양이더군요. 당신은 어떻게 생각하시나요?" 그녀는 재빨리 말했는데 힘들어하는 모습이 역력했다.

"그분은 저를 용서해 주실까요? 저에 대한 나쁜 감정을 잊어 주실지 모르겠어요. 당신은 어떻게 생각하세요?"

피에르가 입을 열었다.

"나는…… 그 사람으로서는 별로 용서하고 말고 할 일이 없다고 생각합니다만, 만일 내가 그 사람의 입장이라면……."

피에르는 잠깐 동안 마음속으로 생각해 보았다. 만일 자기가 지금의 모습이 아니고 세계에서 가장 훌륭하고 자유로운 몸이었다면 무릎을 꿇고 소녀의 손을 청하였을 것이라고 말하고 위로하던 때, 그때와 똑같은 연민과 사모의 정이 느껴져 그때 했던 말을 또 하려고 했다. 그러나 그녀는 말할 틈을 주지 않았다.

"그래요, 그야 당신……, 당신은……." 그녀는 당신이란 말을 기쁘게 발음하면서 이렇게 말을 이었다.

"당신처럼 관대하고 멋진 분을 지금까지 보지 못했어요. 또 그런 사람이 있을 리도 없어요. 만약 그때 당신께서 계셔 주지 않았더라면 저는 어떻게 됐을지 몰라요. 왜냐하면……."

갑자기 그녀의 눈에 눈물이 맺혔다. 그녀는 얼굴을 돌리고 악보를 보며 노래를 부르기 시작했다. 그리고 다시 홀 안을 거닐기 시작했다.

이때 객실에서 페트류샤가 뛰어 들어왔다. 두툼한 붉은 입술에 혈색이 좋은 페트루샤는 나타샤와 꼭 닮은 아름다운 15살 소년이었다. 그는 대학에 진학할 준비를 하고 있었으나 요즈음 친구인 오볼렌스키와 함께 경기병대에 들어가기로 몰래 약속했다. 그리고 이미 경기병대에 채용될 수 있는지 알아봐 달라고 피에르에게 부탁해 놓았기 때문에 이 문제를 상의하려고 피에르한테 뛰어왔던 것이다.

피에르는 페트루샤의 말은 제대로 듣지도 않고 객실을 서성이고 있었다. 페트루샤는 그의 손을 잡아당기며 말했다.

"저기요, 표트르 키릴로비치. 제 이야기는 어떻게 되었어요! 전 당신밖에 의지할 사람이 없어요."

"참, 경기병 지원 말이지? 그래, 오늘은 꼭 말해 줄게."

그때 노백작이 물었다.

"그런데 어떻게 되었습니까? 조서는 가지고 오신 겁니까? 그건 그렇고, 딸이 라주모프스키가의 미사에 가서 새로운 기도를 듣고 온 모양인데 아주 좋았던 모양입니다."

"가지고 왔습니다. 황제께서는 내일 도착하실 예정이에요. 임시 귀족회의가 열렸는데 1,000명당 10명꼴로 신병을 뽑을 거라는 말이 있습니다. 참, 이번 일을 축하합니다."

"다 여러분 덕분이죠. 군대에서는 어떤 소식이 있었나요?"

"또 아군의 퇴각입니다. 벌써 스몰렌스크 부근까지 온 모양이에요." 피에르는 대답했다. 그 말에 백작이 말했다.

"이거 야단인데! 그나저나 대관절 조서는 어디에 있습니까?"

"조서! 아, 참!"

백작의 말에 피에르는 호주머니를 다 뒤져 보았으나 서류는 없었다. 그는 계속 호주머니를 뒤지다가 때마침 들어온 백작 부인의 손에 키스하고 불안스럽게 뒤를 돌아보았다. 부인은 나타샤를 찾고 있는 게 분명했다. 그녀는 노래도 하지 않았고 객실로 들어오지도 않았다.

"아니, 어디다 넣었을까?" 그가 혼자 중얼거렸다.

"어쩜, 당신은 줄곧 잊어 버리시는군요."

백작 부인이 이렇게 말했을 때 나타샤가 밝은 얼굴로 들어와서 피에르를 조용히 바라보며 자리에 앉았다. 그녀가 들어오자마자 피에르의 얼굴도 갑자기 환히 빛나기 시작했다. 그는 여전히 서류를 찾으면서 흘끔흘끔 그녀를 보았다. 그리고 찾는 것을 포기하고 말했다.

"할 수 없군요. 잠깐 다녀오겠습니다. 집에 있을 겁니다."

"그럼 식사에 늦을 거예요."

"아, 마부도 돌아가 버렸군."

그런데 소냐가 현관에 있는 피에르의 모자 속에서 서류를 찾아냈다. 그는 잘 접어서 모자 뒤에 끼워 놓았던 것이다. 피에르가 바로 읽으려고 하자 백작이 만족스러운 내용이라도 기대하듯이 말했다.

"아니, 식사를 끝내고 나서 합시다."

식사 때 그들은 게오르기 훈장을 탄 니콜라이의 건강을 축복하며 샴페인을 마셨다. 쉰쉰은 시내의 여러 소식을 전했다. 그루지아 출신의 공작 부인이 병을 앓고 있다느니, 메치비예가 모스크바에서 사라졌다느니, 사람들이 라스토프친에게 한 독일인을 끌고 와 샹피뇽(버섯이란 뜻. 간첩이란 뜻의 에스피옹을 잘못 말한 것임—라스토프친 백작 자신이 이렇게 이야기했으므로)이라고 했는데 라스토프친 백작은 샹피뇽이 아니고 그저 독일의 묵은 버섯에 지나지 않는다며 그 독일인을 석방시켰다느니 따위의 이야기였다. 듣고 있던 노백작이 말했다.

"잘도 잡는군. 그래서 나도 아내한테 프랑스어를 쓰지 않는 게 좋다고 말하고 있지. 지금은 그럴 때가 아니니까."

그러자 쉰쉰이 말했다.

"그런데 들으셨습니까? 골리쓰인 공작이 러시아인 교사를 들여 러시아어를 공부하고 있어요(당시 러시아 귀족은 프랑스어를 사용했음-옮긴이). 길에서 프랑스어를 쓰면 위험하거든요."

갑자기 노백작이 피에르에게 얼굴을 돌리며 물었다.

"그건 그렇고 어떻습니까, 피에르 베주호프 백작. 만약 국민병을 모집하기 시작하면 당신도 입대해야겠죠?"

피에르는 식사하는 내내 말이 없었고 어쩐지 생각에 잠긴 듯한 표정이어서 백작이 이렇게 물었을 때 얼른 이해가 가지 않는 듯한 얼굴로 상대방을 보다가 황급히 입을 열었다.

"네, 그렇죠. 전쟁 말씀이죠. 아니! 제가 무슨 군인이 되겠습니까? 참 이상한 일이지만 제 자신도 전혀 이해되지 않습니다. 저는 잘 모르겠습니다. 군대 쪽과는 인연이 머니까요. 그러나 지금 같은 상태에서는 누구나 자신에 대해서 어떻다고 말할 수 없습니다."

식사가 끝나자 백작은 안락의자에 앉아 소냐에게 조서를 읽어 보라고 했다. 소냐는 타고난 고운 목소리로 정성스럽게 읽기 시작했다.

"우리 옛 수도 모스크바에서 알리노라. 적이 대군을 이끌고 러시아의 국경을 침입하였다. 적은 우리의 사랑하는 조국을 황폐케 하려고 진군하고 있다."

백작은 이따금 한숨을 몰아쉬면서 눈을 지그시 감고 듣고 있었다. 나타샤는 아버지와 피에르의 얼굴을 번갈아 쳐다보면서 앉아 있었다.

피에르는 그녀의 시선이 자기에게 향하고 있음을 느끼면서 그쪽을 보지 않으려고 애썼다. 백작 부인은 어마어마한 조서의 내용을 듣고 노여운 표정으로 고개를 저었다. 그녀는 다만 아들이 전혀 안전하지 못하다는 사실만 확인한 셈이었다.

쉰쉰은 무엇이든 웃음거리로 만들려는 듯 입가에 빈정대는 듯한 미소를 띠고 있었다. 설사 그게 소냐의 낭독이든 백작의 말이든 조서라도 상관치 않고 웃음거리로 만들려고 벼르고 있는 것 같았다.

러시아를 위협하는 위험과 황제가 모스크바, 특히 저명한 귀족 계급에 걸고 있는 희망에 관한 대목을 읽으면서 소냐는 떨리는 목소리로 마지막 부분을 읽었다.

"짐은 지체 없이 이 옛 수도, 그리고 그 밖의 여러 도시에서 적의 진로를 차단하고 있는 아군의 공로를 치하하며, 적군을 격파하기 위해 새로 조직된 민병을 지휘할 것이며, 또 제반의 일을 협의하려고 하노라. 우리나라를 멸망시키려는 그들을 멸망시키고 노예 상태에서 벗어난 유럽이 러시아의 이름을 찬미하기를 바라노라!"

"옳은 말씀이야!"

백작은 젖은 눈을 뜨면서 강한 염산 냄새라도 맡은 것처럼 거칠게 숨을 몰아쉬고는 몇 번인가 말을 더듬으면서 간신히 이렇게 말을 끝맺었다.

"오직 폐하의 말 한마디만 있으면 우리는 무엇이든 희생한다. 절대로 그 무엇도 아까워하지 않는다."

쉰쉰이 백작의 애국심을 빈정대려고 준비하고 있던 말을

입 밖에 낼 겨를도 없이 나타샤가 자리에서 일어나 아버지에게 달려갔다. 그리고 아버지에게 키스하며 이렇게 말했다.

"정말 좋은 분이에요, 우리 아버지는!" 그녀는 활기찬 얼굴과 자신도 모르게 되찾은 아름다운 웃음을 지으며 피에르를 바라보았다. 그때 쉰쉰이 비꼬듯이 말했다.

"여어, 애국 여사!"

그러자 나타샤가 화를 내며 대답했다.

"천만에요, 애국 여사는 아녜요. 당신에게는 모두 우스울 테지만 이것은 절대로 농담이 아니에요."

백작이 다시 말했다.

"농담이라니! 폐하께서 그저 한마디만 하시면 우리는 모두 나가는 거야. 우리들은 독일인 따위와는 다르니까."

그 말을 피에르가 맞받았다.

"그러나 잘 아시겠지만 조서에 '협의하려고 하노라'라고 쓰여 있었습니다."

"아니, 그건 상관없어요."

이때 지금까지 아무도 신경 쓰지 않았던 페트루샤가 아버지에게 다가갔다. 그리고 얼굴을 붉히며 변성기 특유의 묘한 목소리로 말하기 시작했다.

"그럼 아버지, 감히 말씀드리겠는데요. 어머님도 아무쪼록, 저를 군대에 보내 주세요. 왜냐하면 저는 견딜 수 없습니다. 그것뿐입니다."

백작 부인은 흠칫 놀라서 아들을 보더니 화난 표정으로 남편에게 얼굴을 돌리며 말했다.

"원, 큰일날 소리를 다 하고 있구나!"

백작도 기가 막힌다는 듯이 말했다.

"이런, 용사가 또 한 사람 생겼군! 쓸데없는 소리 하지 마라. 너는 공부나 해."

"쓸데없는 소리가 아녜요. 아버지. 오볼렌스키는 저보다 어리지만 그래도 가겠다고 하는걸요. 그렇지만 그런 것보다도 전 전혀 공부가 되지 않아요."

페트루샤는 말을 멈추고 땀이 맺힐 정도로 얼굴을 붉혔으나 마침내 단호하게 말해 버렸다.

"조국이 위험한 이때……."

"그만. 됐어. 쓸데없이……."

"그렇지만 아버님께선 무엇이든 희생하시겠다고 말씀하셨잖아요."

"페트루샤! 잠자코 있으라는데도."

백작은 창백한 얼굴로 막내를 찬찬히 쳐다보고 있는 아내를 돌아보면서 외쳤다.

"아녜요. 저는 꼭 아버님께 말씀드리고 싶어요. 피에르도 그렇게 말씀하시니까……."

"쓸데없는 소리 하지 말라고 했다. 아직 젖비린내 나는 어린애가 군대가 다 뭐야! 안 돼, 내가 말한 대로야."

백작은 그렇게 말하고 서재에서 다시 읽으려는 듯 조서를 들고 방에서 나갔다.

"피에르. 가셔서 한 대 태우지 않으시겠어요?"

피에르는 당혹스러운 마음에 주저하며 백작을 바라보았다.

전에 없이 반짝이는 나타샤의 눈이 상냥함 이상의 표정으로 줄곧 그를 바라보고 있어 그는 더욱 당황했던 것이다.

"아니, 집으로 돌아가는 게 좋을 것 같습니다."

"집으로 돌아가시다니요. 저녁까지 있겠다고 말씀하시지 않았습니까. 자주 찾아오시지도 않으시면서. 저애는······."

백작은 나타샤를 가리키면서 부드럽게 말했다. "당신만 계셔 주시면 언제나 기분이 좋군요."

피에르가 허둥지둥 둘러댔다. "참, 깜박 잊고 있었습니다만 볼일이 있어 집으로 돌아가야 합니다."

그러자 백작이 방을 나가면서 이렇게 말했다.

"유감인데요. 그럼 또 오십시오."

아버지가 나가자 나타샤가 피에르를 보며 따지듯 물었다.

"왜 돌아가시죠? 왜 그렇게 우울한 표정이시죠?"

피에르는 '당신을 사랑하고 있기 때문입니다!' 라고 말하고 싶었으나 차마 하지 못했다. 그는 눈물이 나올 만큼 얼굴을 붉히면서 눈길을 떨어뜨렸다.

"그것은 댁에 자주 들르지 않는 것이 좋기 때문입니다. 말하자면······ 아니, 그저 볼일이 있기 때문입니다."

"왜요? 아녜요. 얘기해 주세요."

나타샤는 이렇게 단호하게 말하다가 갑자기 입을 다물었다. 두 사람 다 놀란 것처럼 당황하면서 얼굴을 마주보았다. 그는 미소를 지으려고 했으나 웃어지지 않았다. 그리고 간신히 지은 그 미소는 오히려 그의 고통을 나타냈다. 그는 묵묵히 그녀의 손에 키스하고 밖으로 나와 버렸다.

피에르는 이제 절대 로스토프가에 오지 않겠다고 결심했다.

21

페트루샤는 백작이 강하게 반대하자 자기 방으로 가 아무도 들어오지 못하도록 문을 잠그고 울기 시작했다. 그가 부은 눈에 우울한 표정으로 차를 마시러 나왔을 때도 가족은 모두 못 본 체하였다.

이튿날 황제가 도착했다. 로스토프가의 하인 몇 명이 폐하를 뵈러 간다며 보내 달라고 청했다. 그날 아침 페트루샤는 오랫동안 옷을 입고 머리를 빗는 등 정성을 들였다. 그리고 거울 앞에서 인상을 써 보기도 하고 어깨를 움츠리기도 하였다. 그리고 아무에게도 알리지 않고 모자를 쓰고 몰래 뒤쪽의 계단을 내려가 밖으로 나갔다. 페트루샤는 황제에게 가서 시종이든 누구든 직접 간청해야겠다고 결심했던 것이다(황제의 주위에는 언제나 시종들이 있는 것으로 생각한 것이다). '나는 나이는 어리지만 조국을 위하여 충성하고 싶다. 나이가 어리다는 것이 절대로 방해가 되지 않는다고 생각한다. 나는 언제라도……' 페트루샤는 나갈 준비를 하면서 시종에게 말할 멋진 말들을 마음속에 준비하였다.

페트루샤는 황제를 꼭 만날 것이라 믿었다(모두 자신이 어린 것에 놀랄 것이라고 생각했다). 동시에 걸음걸이도 침착하게 해서 어른답게 보이려고 고심했다. 그러나 크렘린을 향해 물밀 듯 모여드는 군중을 보자 그는 어른다운 태연하고 침착한 태도를 잊어 버렸다. 그리고 크렘린으로 다가갔을 때 사람들에게 떼밀리지 말아야겠다는 생각만 하고 있었다. 그는 위엄 있는 자세로 두 손을 허리에 짚고 있었다. 그러나 트로이츠키 문 아래에서는 그가 얼마나 애국적인 목적을 갖고 크렘린으로 가고 있는지 전혀 모르는 듯한 사람들 때문에 벽 쪽으로 밀려서 마차가 시끄러운 소리를 내며 지나갈 동안 얌전히 서 있어야만 했다.

페트루샤는 문 옆에 잠시 서 있다가 마차가 다 지나갈 때까지 기다리지 못하고 다른 사람들보다 먼저 앞으로 가려고 움직이기 시작했다. 그때 페트루샤의 팔꿈치에 부딪친 한 부인이 화를 잔뜩 냈다.

"이봐요, 젊은이. 어쩌자고 사람을 밀지? 모두 서 있잖아. 왜 이렇게 들어오려고 그래!"

그 부인의 하인은 "그러면 다른 사람들도 그렇게 한단 말이야!"라고 말하면서 그 역시 팔꿈치로 페트루샤를 악취가 나는 구석으로 밀어붙였다.

페트루샤는 땀투성이가 된 얼굴을 두 손으로 닦고 어른처럼 단정하게 가다듬었던 옷깃이 땀에 흠씬 젖어 쭈글쭈글해진 것을 바로잡았다.

페트루샤는 자신의 옷차림이 망가졌다는 걸 깨닫고 이런 모습으로 시종한테 가면 황제께 배알시켜 주지 않을 거라는 생각에 걱정이 되었다. 그러나 주위가 너무 좁아 매무새를 고칠 수도 없었고 다른 데로 갈 수도 없었다. 마차를 타고 가는 장군 중 한 사람이 로스토프가와 아는 사람이어서 페트루샤는 도움을 청하려고 하였으나 그런 것은 용사에게 어울리지 않는다고 생각하고 이내 그만둬 버렸다.

마차가 다 지나가자 우르르 쏟아진 군중 속에 페트루샤도 같이 광장으로 밀려 나왔다. 광장은 물론 비탈 위에도 지붕 위에도 가는 곳마다 군중이 꽉꽉 차 있었다. 페트루샤가 광장으로 나가자마자 크렘린 전체에 종소리가 울려 퍼지면서 군중의 함성이 뚜렷이 들려왔다.

순간 광장 안이 뜸해졌다가 갑자기 모두 모자를 벗고 어딘가 안쪽으로 몰려가는 바람에 페트루샤는 숨을 쉴 수 없을 만큼 짓눌렸다. 모든 사람이 "만세! 만세! 만세!" 하고 소리치기 시작했다. 페트루샤는 발돋움을 하면서 밀쳐 보았으나, 자기 주위의 군인 외에는 아무것도 볼 수 없었다.

모두들 감격과 환희에 휩싸여 있었다. 페트루샤 옆에 서 있는 장사꾼의 아내는 엉엉 울고 있었다. 눈에서는 하염없이 눈물이 쏟아졌다. 그녀는 손으로 눈물을 닦으며 중얼거렸다.

"폐하님, 천사님!"

만세 소리가 사방에서 울려 퍼졌다. 이내 군중은 앞으로 밀려갔다.

페트루샤도 야수처럼 눈을 부릅뜨고 이를 악문 채 남을 죽이고 말 듯한 기세로 팔꿈치를 휘두르며 만세를 외치면서 앞으로 돌진했다. 그러나 그의 양쪽에서도 똑같이 야수 같은 얼굴들이 "만세!" 하고 외치면서 몰려가고 있었다. 순간 페트루샤는 생각했다.

'황제란 정말 굉장한 것인데! 글렀어. 도저히 황제에게 직접 청원할 수 없다. 너무 무모한 일이야!'

그러면서도 그는 필사적으로 인파를 헤치고 나아갔다. 그러자 앞 사람의 어깨 너머로 공간이 보였고 거기에 붉은 천을 깔아 놓은 통로가 눈에 띄었다. 그러나 이때 군중이 갑자기 뒤로 물러가기 시작했다(앞쪽에서 경관이 너무 가까이 다가선 자들을 떼밀었던 것이다. 황제는 궁전에서 우스펜스키 대성당으로 가는 참이었다).

바로 그때 페트루샤는 가슴에 심한 일격을 받고 세게 짓눌렸다. 그는 갑자기 눈앞이 캄캄해져 그대로 의식을 잃고 말았다. 그가 정신을 차렸을 때는 뒤통수가 희끗하고 아주 낡은 푸른 교의를 걸친 부사제인 듯한 성직자가 한 손으로 그를 겨드랑이에 끼고 한 손으로는 밀려오는 군중을 막으며 크게 외치고 있었다.

"어린애가 깔렸어! 무슨 짓들이야. 조용히 해!"

황제는 우스펜스키 대성당 안으로 들어갔다.

군중은 다시 평온해졌고 부사제는 파랗게 질린 얼굴로 숨이 멎은 페트루샤를 사리푸슈카(크렘린에 있는 유명한 대포) 옆으로 데리고 갔다. 가까이 있던 사람들이 그를 살펴보면서 윗옷의 단추를 끌러야 한다는 둥, 대포의 대에다 앉혀야 한다는 둥, 이 소년을 깔아뭉갠 자들을 나무라야 한다는 둥 하면서 법석을 떨었다. 그 중 몇몇 사람이 말했다.

"이러다가는 마지막에 눌려 죽지 않겠나. 도대체 무슨 짓들이야! 살인을 하다니! 가엾게도 식탁보처럼 하얘졌군."

 이내 의식을 되찾은 페트루샤는 얼굴에 핏기가 돌았고 아픔도 멎었다. 한바탕 난리 끝에 엉겁결에 대포 위의 자리를 차지한 그는 거기에서 황제를 볼 수 있겠다고 기대했다. 이제 청원하겠다는 생각은 없었다. 그저 황제를 볼 수만 있다면 그것으로 행복하다고 생각했다.

 우스펜스키 대성당에서 황제의 친림과 터키와의 강화에 대한 감사를 겸해 대미사가 진행되는 동안 군중은 더 늘어났다. 크바스와 생강 과자와 페트루샤가 좋아하는 양귀비씨를 파는 장사꾼들도 오갔고 사람들은 쓸데없는 말을 주고받았다. 한 장사꾼의 아내인 듯한 여자가 찢어진 숄을 보이면서 많은 돈을 주고 샀다고 얘기하자 다른 한 여자는 요즈음 옷감 값이 다 올랐다고 맞장구를 쳤다. 페트루샤를 도와주었던 부사제는 한 관리에게 오늘 대주교와 같이 기도하는 사람은 누구누구냐고 물었다.

 두 젊은 직공이 부잣집 하녀들에게 농담을 걸고 있었지만 페트루샤는 그런 모습도 신경 쓸 겨를이 없었다. 그는 대포의 대좌 위에 앉아 황제와 황제에 대한 애모의 정을 생각하면서 설레고 있었다. 짓눌렸을 때의 고통과 공포가 감격과 한데 섞여 더욱더 강렬하게 느껴졌다.

 갑자기 강가 쪽에서 터키와의 강화를 축하하는 축포 소리가 들렸다. 그러자 군중은 대포 쏘는 것을 보려고 강가 쪽으로 몰려갔다. 페트루샤 역시 그리로 뛰어가려 했으나 부사제가 한사코 말렸다. 대포가 잇따라 울리자 우스펜스키 대성당에서 장교며 장군이며 시종이 뛰어나왔다. 그리고 다른 사람들도 그리 서두르지는 않으며 따라 나왔다. 대포를 보러 몰려갔던 무리들은 돌아왔다. 마지막에 군복을 입고 완장을 두른 사람이 대성당에서 나왔다. "만세! 만세!" 또다시 장군이 외쳤다.

"누구죠?"

페트루샤가 주위 사람들에게 물었으나 아무도 대답하는 사람이 없었다. 모두들 온통 마음을 빼앗기고 있었던 것이다.

페트루샤는 한 사람을 황제로 지목했다. 너무 감격한 나머지 눈물이 흘러내려 제대로 알아볼 수 없었으나(사실은 그 사람은 황제가 아니었다) 감격이 벅차올라 미치광이 같은 목소리로 "만세!" 하고 외쳤다. 그리고 내일은 어떠한 일이 있어도 꼭 군인이 되어야겠다고 결심했다.

이윽고 군중이 황제의 뒤를 따라 달리면서 궁전까지 배웅하고 흩어지기 시작한 때는 벌써 저녁 무렵이었다. 페트루샤의 얼굴에서 땀이 우박처럼 떨어졌다. 그는 집으로 돌아가려고 하지도 않고, 그때까지 남아 있는 수많은 군중과 함께 궁전 앞에 우두커니 서서 황제가 식사하는 내내 궁전의 창문을 하염없이 바라보고 있었다.

그리고 대관들이 배식을 위해서 현관에 마차를 대는 것도, 식탁에서 심부름을 하는 시종들의 모습이 창문에 어른거리는 것도 부러운 눈초리로 바라보고 있었다.

식사를 하면서 발루예프는 창문 쪽을 돌아보고 말했다.

"백성은 아직도 폐하를 뵙고자 머물러 있습니다."

식사가 끝나자 황제는 비스킷을 먹으면서 일어나 발코니로 나갔다. 그러자 군중이 발코니를 향해 몰려왔다.

"폐하! 만세! 폐하……."

군중도 페트루샤도 목이 터져라 외쳤다. 그리고 여자뿐 아니라 페트루샤를 포함한 남자들까지 행복에 겨워 울기 시작했다. 그때 황제가 들고 있던 상당히 큰 비스킷 조각이 발코니 난간에서 땅으로 떨어졌다. 가장 가까이에 있던 마부가 와락 달려들어 비스킷 조각을 주웠다. 군중 속에서 몇 사람인가가 우르르 마부에게 달려왔다. 이를 본 황제는 비스킷이 들어 있는 접시를 가져오라고 하였고 발코니에서 비스킷을 던지기 시작했다.

페트루샤의 눈에 핏발이 섰다. 밟혀 죽을지도 모른다는 위험이 더욱 그를 흥분시켰다. 그는 비스킷을 받으려고 달려들었다. 황제의 손에서 떨어진 비스킷 한 개라도 줍지 않으면 한 발짝도 물러설 수 없었다. 그는 냅다 뛰어가서 비스킷을 주우려는 한 노파를 거꾸러뜨리고 무릎으로 노파의 손을 밀쳐내고는 비스킷을 움켜쥐었다. 그리고 쉰 목소리로 "만세!"를 외쳤다. 황제가 안으로 들어가 보이지 않자 그제야 군중도 흩어지기 시작했다. 사람들은 기쁜 듯 자기들끼리 여기저기서 떠들어댔다.

"내가 말했잖아. 조금만 더 기다리라고 말이야. 어때, 그대로 됐지?"

페트루샤는 너무 행복했으나 '이제 집으로 돌아가야 한다. 오늘의 즐거움은 이것으로 끝이다'라는 생각에 우울해졌다.

그래서 집으로 바로 가지 않고 친구인 오볼렌스키한테 갔다. 열네 살인 오볼렌스키 역시 연대에 들어가겠다고 마음을 굳힌 상태였다.

페트루샤는 집에 돌아와 단호한 태도로 만약 군대에 보내주지 않으면 도망가겠다고 선언했다. 그 이튿날 일리아 안드레이치 백작은 어쩔 수 없이 비교적 안전한 곳에 페트루샤를 넣었으면 하고 알아보기 위해 집을 나섰다.

22

그로부터 사흘 뒤 15일 아침 슬로보드스키 궁전 옆에는 마차가 늘어서 있었다.

홀은 가득 차 있었다. 첫 번째 홀에는 제복을 입은 귀족들, 그 다음 홀에는 푸른색 카프탄을 입고 가슴에 훈장을 단 턱수염이 긴 상인들이 있었다. 귀족들이 모여 있는 홀은 시끌시끌했다. 황제의 초상화 아래에 놓인 등받이가 높은 의자에는 고관들이 앉아 있었고 다른 귀족들은 홀 안을 거닐고 있었다.

그들은 모두 제복 차림으로, 피에르가 클럽과 자택에서 늘 만나는 패거리였다. 제각기 다른 제복 차림이었는데 이상하게도 나이를 떠나 제복을 입은 그들의 모습은 환상적이었다. 특히 눈길을 끈 것은 시력이 약하고 이가 없고 머리가 벗겨신 노인, 누렇게 기름기가 올랐거나 아니면 바싹 여위고 주름살 투성이인 노인들이었다. 그들은 대부분 자기 자리에 묵묵히 앉아 있었지만 간혹 젊은 사람들과 섞여 이야기하는 이들도 있었다. 페트루샤가 광장에서 보았던 군중과 마찬가지로 이들도 대단한 사건이건 작은 소문이건 관심이 많았다. 시시한 이야기에 흥미를 보이기도 하고 무엇인가 중대한 문제에 기대감을 갖기도 하는 표정이 뒤섞여 있었기 때문이다.

피에르도 이제 작아서 몸에 맞지 않는 거북한 귀족 제복을 입고 아침 일찍부터 약간 흥분한 마음으로 홀에 앉아 있었다. 귀족뿐만 아니라 상인도 포함된 국회의 임시 집회는 벌써 오래전에 사라졌으나 아직도 마음속 깊이 자리 잡고 있는 사회계약설과 프랑스혁명에 관한 다양한 사상(프랑스가 러시아의 자유주의자들에게 준 영향은 1825년에 일어난 12월당의 혁명과 그 뒤에 일어난 여러 사건의 시작이었다)을 그의 마음속에 불러일으켰기 때문이었다. 그가 조서 가운데에서 발견한 말, 즉 황제는 국민과 협의하기 위해서 수도로 가겠다는 말은 이 사상에 따른 것이었다. 따라서 그는 무언가 중대한 사건, 오랫동안 기다리던 무언가가 다가오고 있을지도 모른다고 생각하면서 홀 안을 거닐며 사람들의 표정을 살폈지만 그 사상에 대한 이야기는 들을 수 없었다.

잠시 후 조서가 낭독되자 귀족들은 환호를 하였지만 낭독이 끝나자 모두 잡담을 나누며 뿔뿔이 흩어졌다. 일상적인 이야기와 화제 이외에 황제가 도착하셨을 때 귀족 단장은 어디 설 것인가, 황제를 위한 무도회는 언제 열고 군 단위로 할 것인가 현 전체로 할 것인가 등등의 이야기가 오갔다. 그러나 전쟁과 그 전쟁에 귀족들을 소집한다는 내용에 이르자 대화는 활기를 잃어 갔다. 사람들이 말은 하지 않고 들으려고만 했기 때문이다.

피에르는 문득 해군 장교복 차림의 잘생긴 중년 남자가 많은 사람들에게 둘러싸여 이야기하고 있는 것을 보고 그 무리에게 다가가 이야기를 경청하기 시작했다. 예카테리나 시대 장군의 카프탄 차림을 한 낯익은 일리아 안드레이치 백작을 포함한 대부분의 사람들이 온화한 표정으로 그 무리에 섞여 있었다. 그리고 동의의 표시로 미소를 띠면서 고개를 끄덕이며 이야기를 듣고 있었다.

그 중년 남자는 자유주의자였는데 분위기를 보니 피에르가 알고 있는 것과는 전혀 다른 의미의 자유주의자였다. 그는 귀족답게 리듬감 있는 저음으로 떠들고 있었다. 그리고 듣기 좋은 프랑스어식 발음을 하면서 일상적인 것처럼 고상한 말투로 말했다.

"스몰렌스크가 황제에게 의용병을 제공했답니다. 하지만 그래서 어떻다는 건가요. 우리에게 스몰렌스크처럼 하라는 건가요? 모스크바의 귀족사회는 필요하다고 생각되면 다른 방법으로 황제에게 충성을 보일 수 있습니다. 성직자의 자식들과 도둑놈들이 사복을 채웠던 1807년의 의용병 모집을 잊지 않으셨겠죠!"

일리아 안드레이치 백작은 기분 좋은 듯 웃으면서 고개를 끄덕였다.

"우리나라의 의용군이 국가에 도움이 된 적이 있습니까? 천만에! 재정난을 가져왔을 뿐입니다. 차라리 징병이 나을 정도입니다. 또 전쟁터에서 돌아올 때는 군인도 아니고 농부도 아닌 강도가 돼서 돌아옵니다. 귀족은 자기의 목숨을 아까워하지 않습니다. 우리는 앞장서서 신병을 인솔합니다. 그저 황제가 말씀하시면 우리는 모두 황제를 위해서 죽음을 두려워하지 않습니다." 그는 감격하면서 덧붙였다.

흡족해진 일리아 안드레이치 백작이 피에르를 쿡 찔렀다. 피에르도 무엇이라고 말하고 싶어졌다. 그는 흥분하면서 무엇을 말할 것인지 생각하지도 않고 앞쪽으로 다가갔다. 그가 무슨 말을 하려고 막 입을 열자마자 해군 장교 옆에 서 있던 원로원 의원이 피에르를 가로막았다. 의원은 이가 한 개도 없었고 성격이 까다로워 보였다. 의원은 토론을 진행하고 문제를 다루는 데 익숙한 듯 나직하고 또렷한 목소리로 말하기 시작했다.

"우리가 여기 불러온 것은 징병과 의용병 어느 쪽이 국가에 더 유리한가 하는 문제를 논의하기 위해서가 아닙니다. 바로 황제 폐하께서 내리신 조서에 응답하기 위해서입니다. 징병과 의용병에 대한 논의는 고위층에 맡깁시다."

피에르는 갑자기 흥분하기 시작했다. 그는 귀족들이 마땅히 해야 할 것을 외면하라는 원로원 의원의 말에 화가 치밀었던 것이다. 피에르는 무작정 앞으로 가더니 흥분된 어조로 말하기 시작했다.

"대단히 죄송합니다만, 각하." 그는 평소에 안면이 있는 이 원로원 의원에게 정식으로 따지듯이 말문을 열었.

"저도 저 신사……."

피에르는 '제가 가장 존경하는 반대자'라고 말하고 싶은 마음을 누르며 머뭇거렸다.

"아직 가까이할 수 있는 영광을 갖지 못한 저 신사에게는 동의할 수 없습니다만 저는 귀족들이 전쟁에 소집된 것은 감격할 일이라는 의견입니다. 그것만이 우리 조국을 구원하는 방법이라고 생각하기 때문입니다."

그는 이어서 말했다. "우리가 그저 농부를 소유하였다고 폐하에게 농부를 제공하거나 '대포의 미끼'로 이름을 바치기만 하고, 참된 조, 조, 조언자가 될 수 없음을 폐하가 아신다면 틀림없이 만족하지 않으실 것이라고 생각합니다."

원로원 의원은 피에르에게 묘한 미소를 지어 보였고 많은 사람들은 과격한 피에르의 발언 때문에 자리를 떠났다. 언제나 마지막에 들은 결론에 동감하는 일리아 안드레이치만이 만족해했다. 피에르가 말을 이었다.

"우리는 이 문제를 논의하기에 앞서 먼저 황제께 여쭈어 보아야 합니다. 도대체 우리나라에 병사가 얼마나 있는가, 아군은 어떠한 상태인가 하는 것을 설명해 주시길 간청해야 한다고 생각합니다. 그 후에……."

그러나 말을 다 마치기도 전에 피에르는 갑자기 세 사람에게서 공격을 받았다. 가장 많이 반대한 사람은 오래전부터 알고 지냈고 늘 그에게 호의를 보이던 보스턴 놀이의 상대자인 스체판 스체파노비치 아드락신이었다. 피에르는 자기를 공격하는 그가 전혀 다른 사람처럼 보였다. 갑자기 스체판 스체파노비치가 분노한 얼굴로 피에르에게 호통을 쳤던 것이다.

"잠깐 물어보겠습니다. 첫째, 우리가 황제께 묻더라도 황제께서는 대답해 주실 수 없죠. 군대는 적에 따라 움직이니 그 숫자에 변화가 있을 테니까요."

이때 다른 사람이 아드락신을 가로막았다. 그는 키는 중간이고 나이는 마흔 전후로 보였는데, 전에 피에르와 집시의 집에서 만났던 고약한 노름꾼으로 알려진 사나이였다. 그도 제복을 입어서인지 다른 사람처럼 보였다. 그가 말했다.

"토론 같은 것이나 하고 있을 때가 아닙니다. 행동해야 할 때입니다. 러시아 안에서 전쟁이 벌어지고 있으니까요. 적은 러시아를 멸망시키고 우리 조상의 묘를 욕되게 하며 아내와 자식을 빼앗아 가려고 진군하고 있습니다."

그는 자기 가슴을 쳤다. "우리는 모두 분기해야 합니다. 다 같이 적을 향해 가야 합니다. 황제 폐하를 위해, 다 같이!"

그는 핏발이 서서 벌게진 눈을 부릅뜨며 외쳤다. 몇몇 사람들의 찬성하는 소리가 군중 속에서 들려왔다.

"우리 러시아인은 신앙과 옥좌와 조국의 옹호를 위해서라면 자기의 피를 아까워하지 않습니다. 우리가 조국의 아들이라면 잠꼬대 같은 소리는 집어치워야 할 것입니다. 러시아인이 러시아를 위해서 어떻게 궐기하는지 유럽에 보여 주어야 합니다." 그가 외쳤다.

피에르도 주장을 펼치고 싶었으나 자기보다 권세 있는 귀족처럼 호소력이 크지는 못할 거라고 생각하였다.

일리아 안드레이치는 뒤쪽에서 찬성하는 듯 말했다.

"암, 그렇지! 그건 그래!"

피에르는 전쟁을 위해 자신을 희생할 각오가 되어 있었다. 하지만 황제를 돕기 위해서는 사태를 알 필요가 있다고 말하고 싶었으나 할 수 없었다. 많은 목소리가 동시에 떠들어댔기 때문이었다. 군중은 이곳저곳에 무리를 만들어 시끄럽게 지껄이면서 홀의 탁자 쪽으로 움직였다. 피에르는 아무 말도 할 수 없었다. 게다가 모두 그를 가로막기도 하고 떼밀기도 하면서 마치 모두의 적인 것처럼 얼굴을 돌리기까지 했다. 그러나 사실 그의 말이 맘에 들지 않아서가 아니라 흥분한 상태에서 분노를 터뜨릴 희생양이 필요했기 때문이었다. 피에르가 운 나쁘게도 희생양이 되었던 것이다. 세력을 가진 귀족이나 변사들 모두 똑같은 말들을 늘어놓았다. 단지 그 표현 방법이 다를 뿐이었다.

《러시아 통보》의 발행자 글린카는(사람들은 그를 알아보고 "문인이다. 문인이다!" 하며 소리쳤다) 지옥은 지옥으로 부숴야 한다고 말하고, 번뜩이는 번개와 요란한 천둥소리 속에서 웃고 있는 어린애를 본 일이 있는데 우리가 그런 어린애가 되어서는 안 된다고 말했다. 그러자 뒷줄에 있는 사람들이 동의하듯 거듭 외쳤다.

군중은 탁자로 다가갔다. 그 옆에는 제복을 입은 70대의 노인들이 앉아 있었다. 백발과 대머리의 고관들로, 집에 있을 때는 광대들에게 둘러싸여 시간을 보내고 클럽에 가면 보스턴 놀이에 여념이 없는 사람들이었다. 사람들은 여전히 떠들면서 식탁으로 갔다. 변사들은 몰려오는 군중 때문에 의자의 높은 등받이에 짓눌리면서도 번갈아 지껄였다. 때론 두 사람이 한꺼번에 떠들 때도 있었다.

피에르와 아는 사이인 늙은 대관들은 더워서 못 견디겠다는 표정으로 앉아서 사람들의 얼굴을 둘러보고 있었다.

피에르는 서서히 알 수 없는 흥분감에 휩싸였고 조금 전 자신의 의견을 이야기했을 때 잘못 전달된 것이 있다는 생각에 다시 말하고 싶었다. 그래서 조심스럽게 입을 열었다.

"나는 그저 어디에 필요한지를 알면 기꺼이 희생할 수 있을 거라는 뜻으로 한 말이었을 뿐입니다."

순간 바로 옆에 있던 한 늙은 대관이 그를 돌아보았으나 이내 탁자 건너편에서 큰소리가 나자 그쪽을 보았다.

"그렇소. 모스크바는 함락될 거요! 희생되고 말 거요!"

"그 녀석은 인류의 적입니다!" 다른 사람이 외쳤다.

"내가 말하게 해 주시오. 밀지 말아요. 눌려 죽겠잖아!"

23

이때 아래턱이 튀어나온 제복 차림의 라스토프친 백작이 양쪽으로 비켜서는 귀족들을 날카롭게 훑어보며 성큼성큼 들어오더니 외쳤다.

"황제 폐하께서 곧 나오십니다. 지금 상태에서는 논의하고 말고 할 것도 없다고 생각합니다. 황제께서는 황공하옵게도 우리 귀족을 비롯해서 상인들을 소집하셨습니다. 돈은 얼마든지 저쪽에서 나올 테니까(그는 상인들이 있는 홀을 가리켰

다) 우리는 아끼지 말고 의용병을 모아 전선으로 보내야 합니다. 이것이 우리가 할 수 있는 최소한입니다!"

탁자에 앉아 있는 고관들이 웅성거리기 시작했다. 매우 조용한 분위기에서 이야기해서인지 조금 전의 소란과 크게 비교되었다. 여기저기서 라스토프친 백작의 말에 찬성하는 뜻을 밝혔다.

모스크바에서는 농부 1,000명당 10명의 의용병과 필요한 군사 장비 일체를 제공한다는 귀족단의 결의를 기록으로 남겼다. 평의에 참석했던 사람들은 큰 짐을 벗은 것처럼 가뿐하게 일어섰다. 그리고 한참을 앉아 있느라 굳어진 몸을 풀기 위해 홀 안 곳곳을 거닐며 조용히 이야기를 주고받았다. 그때 갑자기 "황제이시다! 황제이시다!" 하는 목소리가 여러 홀로 울려 퍼졌다.

황제는 양쪽에 늘어선 귀족들을 지나 홀로 들어왔다. 귀족들의 얼굴에는 호기심과 함께 긴장한 빛이 역력했다. 피에르는 멀리 떨어져 있었으므로 황제의 말을 잘 알아들을 수 없었다. 그나마 들리는 내용으로 미루어 러시아의 위기 상황과 모스크바가 귀족들에게 얼마나 희망을 걸고 있는지에 대해 이야기하고 있다는 것을 알 수 있었다.

황제의 말이 끝나자 귀족 중 한 사람이 조금 전에 막 결정된 사항을 황제에게 전하였다. 황제는 그 결의문을 듣고 떨리는 목소리로 입을 열었다.

"제공이여!"

사람들은 잠시 수군거리기 시작하다가 다시 조용해졌다.

황제의 인간미 있고 호감이 가는, 감동적인 목소리는 피에르에게도 똑똑히 들렸다. 황제는 이렇게 말했다.

"나는 지금까지 러시아 귀족의 열의를 의심한 적이 없소. 그러나 오늘 그 열의가 나의 예상을 넘어섰소. 나는 조국의 이름으로 여러분들에게 감사하오. 여러분, 행동으로 옮깁시다. 시간은 무엇보다도 귀중하오."

황제가 잠시 말을 멈추자 귀족들이 황제 쪽으로 모여들기 시작했다. 그리고 사방에서 감격의 함성이 터졌다.

"그렇다. 무엇보다도 귀중하다. 황제의 말씀이시다." 일리아 안드레이치는 뒤쪽에서 흐느끼면서 이렇게 말했다. 그는 워낙 멀리 떨어져 있어 황제의 말이 하나도 들리지 않았으나 모든 것을 자기 나름대로 해석했던 것이다.

황제는 귀족이 있는 홀에서 상인들의 홀로 들어갔다. 황제는 거기서 한 10분 동안 있었다. 피에르는 황제가 감격의 눈물을 글썽거리면서 상인의 홀에서 나오는 것을 보았다. 나중에 들은 이야기로는, 황제가 상인들에게 이야기를 시작하자마자 눈물이 쏟아져 나왔다고 했다. 그래서 황제는 목소리를 떨면서 겨우 말을 마쳤다는 것이다.

황제는 두 상인의 배웅을 받으면서 나오고 있었다. 한 사람은 피에르도 알고 있는 뚱뚱한 전매인이고 다른 한 사람은 야위고 누런 얼굴에 턱수염이 가느다란 조합장이었다. 그들 두 사람은 울고 있었다. 야윈 쪽은 눈물을 글썽거리고 있을 뿐이었으나 살찐 전매인 쪽은 어린애처럼 흐느껴 울면서 계속 이 말을 되풀이하고 있었다.

"폐하, 목숨도 재산도 바치겠습니다!"

피에르는 그 순간 이제 자기는 아무것도 필요 없고 어떠한 것이라도 희생할 것이라는 열의를 나타내고 싶은 강한 욕구가 치솟았다. 마로노프 백작이 일개 연대를 기부한 것을 알게 된 피에르는 그 자리에서 1,000명의 의용병과 그 급양을 부담하겠다고 라스토프친 백작에게 선언했다.

일리아 안드레이치 백작은 집으로 돌아와서도 눈물을 흘리며 자초지종을 아내에게 이야기했다. 그리고 그 자리에서 페트루샤의 부탁에 동의하고 직접 신고를 하러 나갔다.

이튿날 황제는 모스크바를 떠났다. 소집되었던 귀족들은 제복을 벗고 다시 자택과 클럽에서 지냈다. 그리고 한숨을 내쉬며 의용병 모집 명령을 내렸는데 그때 비로소 자신들의 행동에 새삼 놀랐던 것이다.

제5편

1

나폴레옹이 러시아와 전쟁을 시작한 것은 끊임없는 정복욕 때문이었다.

알렉산드르는 모욕감을 느낀 나머지 협상을 거부했다. 바르클라이 드 톨리는 의무감과 훌륭한 지휘관으로서 명성을 얻기 위해 군대를 훌륭히 이끌었고, 니콜라이는 광활한 들판을 맘껏 달리고 싶은 마음에 프랑스군을 쫓는 데 앞장섰다.

이렇듯 사람들은 각자 처한 상황에 따라서나 제각기 다른 목적을 가지고 이 전쟁에 나선 것이었다. 이들 모두 두려워하기도 하고 허영심에 사로잡히기도 하고 불평을 털어놓기도 하고 푸념을 늘어놓기도 하면서 저마다 자기의 행동이 정당하다고 생각하려고 했다. 그러나 이들은 자기들이 깨닫지 못한 사이 역사의 한 부분이 되어 각자의 역할을 해 나가는 것이었다.

인간이라면 역사의 소용돌이 속에서 피할 수 없는 운명이라는 것을 만나게 될 것이고 지위가 높을수록 그 소용돌이 한가운데에 놓여 있을 수밖에 없는 것이다.

1812년에 있었던 사건과 그 사건에 연루된 사람들은 과거로 사라졌고, 지금 우리는 그 역사적 결과를 바라보게 된다.

하나님의 섭리는 모든 사람으로 하여금 개인적인 목적을 이루게 하는 한편 하나의 커다란 결과를 만들게 했던 것이다. 사실 그런 결과가 나오리라고는 아무도 기대하지 않았다. 지금 우리는 1812년에 프랑스 군대가 왜 패망했는지를 잘 알고 있다.

프랑스 군대가 패망한 이유는 겨울철 원정에 대비한 준비도 제대로 갖추지 않은 채 여름철이 거의 지나갈 무렵에 러시아 땅 깊숙이 침입했고, 또 러시아의 도시가 불타면서 러시아인들의 프랑스군에 대한 적개심으로 전쟁이 러시아군에게 유리하게 흘러갔기 때문이었다.

지금은 누구나 다 아는 사실이 되었지만, 그 당시에는 이처럼 명백한 일을 미리 알고 있었던 사람이 한 사람도 없었다. 즉, 나폴레옹이라는 뛰어난 장군이 통솔하던, 세계에서 손꼽히는 80만의 군대가 실력도 경험도 없는 장군들의 지휘를 받은 보잘것없는 러시아 군대와 싸워 전멸했다는 사실은 누구도 예측하지 못한 사건이었다. 다시 말하면 러시아는 프랑스군으로부터 나라를 지키려고 모든 방법을 다 동원했지만 프랑스는 전쟁의 천재라는 나폴레옹의 지휘 아래 어리석게도 여름이 끝날 무렵 허둥지둥 모스크바로 진격하여서 패망을 자초했다고 할 수 있다.

1812년에 관한 역사서를 보면 당시 양국의 작전 계획서들과 편지를 인용하여 나폴레옹이 전선 확장의 위험을 느끼고 있었고, 전쟁 기회를 얻으려고 했으며, 그의 막료들이 스몰렌스크에서 전진을 중지하자고 진언했다는 따위의 예를 들며, 그 당시에 이미 패전의 위험을 느끼고 있었다는 것을 알리려고 애를 쓰고 있다. 또한 러시아의 역사서에서는 나폴레옹을 러시아 땅 깊숙이 꾀어 들인 스키타이인식의 전략이 전쟁 전부터 이미 계획되었던 것이라고 말하고 있다.

프랑스 측의 불길한 예측은 적중했다. 무슨 일이든 여러 가지 가정을 하게 마련이고 결말이 어떻든 "이 사건이 그렇게 될 줄 알고 있었다"고 말하는 사람이 꼭 있다. 예측대로 결말이 나면 그 예측과 정반대의 가정도 있었다는 사실은 까마득히 잊어 버리는 것이 세상 이치다.

따라서 역사가들이 말하는 주장들, 즉 나폴레옹이 전선을 확장하는 일에 위험을 느끼고 있었다거나, 또 원래부터 러시아가 적군을 러시아 땅 깊숙이 끌어들이려는 계획이었다고 하는 가정도 결국 이와 같은 이론으로 보면 터무니없고 믿기 어려운 것이다.

실제 전쟁이 전개되는 것을 보면 그러한 가정들과 맞아떨어지는 것이 전혀 없기 때문이다. 러시아는 프랑스 군대를 자국의 땅에 끌어들이려고 계획한 적이 없었을 뿐 아니라 프랑스 군대가 침략하자 각 전선끼리 급히 연락하며 적군을 막기 위해 안간힘을 썼다.

　만약 러시아 군대의 목적이 후퇴를 이용해 적을 러시아 땅 깊숙이 끌어들이는 것이었다면 군끼리 연락할 필요가 없었을 것이다. 황제가 전장을 방문한 것도 병사들의 사기를 높여 러시아 땅 한 자락도 빼앗기지 않으려는 것이었지, 결코 후퇴하라는 명령을 내리려는 것이 아니었다. 또 러시아군도 드리사에 대규모의 진지를 만들자는 프풀리의 계획을 실행하여 더 이상 후퇴하지 않으려고 했다. 그래서 황제는 군대가 한 발짝이라도 퇴각할 때마다 총사령관을 견책했다. 모스크바가 불탄 것은 차치하더라도 적이 스몰렌스크에까지 진군한 것은 황제에게는 상상할 수도 없는 일이었다. 황제는 스몰렌스크가 별로 저항하지 못하고 적에게 점령되어 불탔다는 소식을 듣자 크게 화를 냈다.

　황제 못지않게 러시아군의 지휘관이나 국민들에게도 아군이 적에게 밀려 계속 후퇴하는 것은 어처구니없는 일이었다.

　나폴레옹은 러시아군을 양분하여 영토 깊숙이 공격해 왔는데 몇 번이나 결전 기회를 놓쳤다. 8월에 나폴레옹은 스몰렌스크에 입성했고 계속 전진할 생각이었다. 그런데 되돌아보면 진군이 패망하게 된 확실한 원인이었다고 할 수 있다.

　나폴레옹은 모스크바로 진격하는 것을 위험하게 느끼지 않았고 알렉산드르를 비롯한 여러 러시아 사휘관들은 당시 니폴레옹을 모스크바까지 깊숙이 유인한다는 생각보다는 한 치라도 더 진군하기 전에 막아내려 했던 것이 명백한 사실이다.

러시아 영토 깊숙이 나폴레옹을 끌어들인 것은 어느 누구의 계획도 아니었다. 그런 일은 생각도 할 수 없었다. 러시아 군대는 전쟁이 시작되자마자 두 동강이 나고 말았으며 어떻게 해서든 적의 진격을 막아야겠다는 목적으로 각 전선끼리 서로 연락해 보려고 애썼다.

그러나 이렇게 연락하려고 애쓰는 동안 프랑스군과 변변한 싸움도 못해 보고 허점을 보이면서 퇴각하여 적군을 스몰렌스크에까지 오게 만들고 말았다.

우리 군대가 영토 깊숙이 점점 몰려 들어간 것은 지도층인 바그라치온과 바르클라이 드 톨리의 사이가 좋지 않아 연락을 하지 않고 바그라치온이 독자적으로 군을 지휘했기 때문이었다. 모든 지휘관들이 바르클라이 부대의 연락을 받고 그대로 움직였는데 바그라치온은 그러지 않았다. 그 연락대로 하면 자기 군대가 위험해질 수 있으므로 남쪽으로 후퇴해 가면서 측면과 배후에서 적을 공격하여 군대를 우크라이나에 정비하는 것이 가장 좋겠다고 생각했기 때문이다. 그러나 무엇보다도 자기보다 계급이 낮은 바르클라이의 명령에 따르고 싶지 않았기 때문인 듯했다.

황제는 군대의 사기를 북돋기 위해서 진영에 나가 있었다. 그러나 황제는 우유부단하여 주위의 수많은 조언과 계획에 갈팡질팡하다가 제1군의 병력에 악영향을 미쳤고 결국 후퇴까지 하게 만들었다.

러시아군은 드리사 강 쪽 진영에서 더 이상 후퇴하지 않을 계획이었다. 그러나 총사령관 자리를 노리던 파울루치가 온

갓 말로 알렉산드르를 꾀어 놓아 프풀리의 계획은 없던 것이 되어 버렸고 바르클라이가 전적으로 전쟁의 책임을 지게 되었다. 하지만 바르클라이도 황제에게 온전한 신임을 받지 못했으므로 그 지휘권에도 한계가 있었다. 게다가 바르클라이는 인기가 없었고 군대는 분열되어 지휘 계통이 서지 않았다.

이러한 혼란과 분열 속에 전세는 불리해져만 갔고, 독일에 대한 반감이 커지면서 여기저기서 애국심이 일고 있었다.

결국 황제는 군대를 떠났다. 그가 모스크바로 돌아가 국민들의 사기를 높여야 한다는 의견이 거셌기 때문이었다. 황제가 돌아가자 러시아 군대는 세 배의 힘을 발휘하였다.

황제는 총사령관에게 절대적인 지휘권을 주고 전선을 떠났다. 총사령관이 막강한 지휘권을 가지면 좀 더 결단력 있게 군대를 통솔할 수 있을 것이라고 생각한 것이다. 그러나 황제의 생각과 다르게 군대의 지휘 상황은 점점 더 혼란해지고 점점 더 약해져 갔다.

황제는 떠났지만 베니그센이나 대공, 그 밖의 몇몇 시종 장군들은 총사령관을 감시하려고 군대에 머물러 있었고, 바르클라이는 지켜보는 사람들 때문에 자유롭지 못했다. 그래서 단호하게 결정하지 못하고 가능한 한 전투를 피하려고만 했다. 너무나 조심스러워하는 바르클라이의 행동에 불만을 품은 대공은 나가 싸울 것을 주장했고 류보미르스키, 브라니스키, 블로스키 같은 사람들까지 가세하여 전투할 것을 독촉하자 바르클라이는 황제에게 서류를 전한다는 구실로 폴란드 출신의 시종 무관을 페테르부르크에 보내 베니그센과 대공을 상대로 한 싸움을 공개적으로 벌였다.

바그라치온은 피하려고 했지만 둘로 나뉘었던 러시아군은 스몰렌스크에서 다시 합류했다.

바그라치온은 마차를 타고 바르클라이의 숙사로 향했다. 바르클라이는 제복을 갖추고 바그라치온을 맞아 상황을 보고했다. 바그라치온은 관대하고 도량이 넓은 바르클라이의 인격은 인정하면서도 의견 차이는 좁히지 못했다.

바그라치온은 황제의 명령을 직접 보고했고 아라크체예프에게 다음과 같은 편지를 보냈다.

'황제 폐하의 뜻은 잘 알겠습니다만 본관은 대신 바르클라이와 함께 일할 수 없습니다. 제발 본관을 전속시켜 주십시오. 본관은 어디에든 가겠습니다. 이곳엔 도저히 있을 수가 없습니다. 총사령부에는 독일 사람들만 가득하고 러시아 사람은 발을 붙일 곳이 없으며 아무 도움도 못 되고 있습니다. 본관은 황제와 나라에 충성을 다해야 한다고 알고 있습니다. 그러나 지금 저의 상황은 바르클라이에게 봉사하는 것밖에 되지 않습니다. 본관은 이를 원하지 않습니다.'

브라니스키, 빈셍게로데 같은 무리들은 두 총사령관의 사이를 벌어지게 만들어 의견을 통합하기가 더욱 어려워졌다. 스몰렌스크에 이르기 전에 프랑스군을 공격할 목적으로 한 장군이 진지 시찰에 파견되었는데, 이 장군은 바르클라이를 미워하고 있었으므로 친구인 한 군단장한테 가서 하루를 지낸 뒤 바르클라이에게 가서는 진지도 둘러보지 않고 이것저것 따져 묻기만 했다. 러시아군이 논쟁을 벌이고 음모를 꾀하고 엉뚱한 곳에서 적군을 찾아다니는 동안 프랑스군은 뜻밖에도 네베로프스키의 사단과 맞부딪쳤고 스몰렌스크의 성벽으로 물밀듯 밀고 들어와 버렸다.

아군의 연락을 유지하기 위해서는 스몰렌스크에서 예상하지 못했던 전투를 할 수밖에 없었다. 전투는 시작되었고 양쪽 모두 몇 천 명의 병력을 잃었다.

황제와 전 국민의 간절한 마음에도 불구하고 스몰렌스크는 포위되었다. 그리고 시를 다스리던 관리들에게 속은 주민들은 스몰렌스크 시가를 불태웠다. 모든 재산을 잃어 버린 주민들은 적개심으로 가득한 채 모스크바로 달아났다. 나폴레옹의 군대는 자꾸 전진하였고 아군은 물러섰다. 이렇게 나폴레옹 패망의 원인이 된 사건은 시작되었다.

2

아들이 떠난 다음 날 니콜라이 안드레예비치 공작은 딸 마리아를 불러들여 물었다.

"자, 이제 만족하냐? 내가 아들하고 그렇게 싸우게 만들더니 이제 만족하겠지? 네가 바란 것이 바로 이서였으니까. 그러나 나는 가슴이 아프다. 괴로워. 네가 바라는 대로 나는 나이 들었고 쇠약해졌다. 기뻐하렴."

이로부터 일주일 동안 마리아는 아버지와 만나지 않았다. 그리고 노공작은 병이 들어 서재에 틀어박힌 채 밖으로 나오지 않았다.

병을 앓는 동안 아버지는 브리앤도 곁에 오지 못하게 하였고 치혼만 홀로 아버지의 곁에서 시중을 들었으며, 마리아는 이것을 알아채고는 의외라고 느꼈다.

일주일이 지나자 노공작은 서재에서 나와 이전처럼 생활하였다. 그는 건축이나 정원에 관심을 쏟으면서 브리앤과의 친밀했던 관계를 깨끗이 끊고 말았다.

그런 모습과 딸 마리아를 쌀쌀맞게 대하는 태도는 딸에게 이렇게 말하는 듯하였다.

'자, 보렴. 너는 지금까지 있지도 않은 일을 꾸며서는 나와 그 프랑스 여자와의 사이를 안드레이에게 이상하게 말해서 결국 부자지간에 싸움을 붙였다. 그러나 보다시피 나는 너나 그 프랑스 여자나 아무도 필요 없단 말이다.'

마리아는 하루 중 반나절은 니콜루쉬카와 함께 보내면서 러시아어와 음악을 가르쳐 주기도 하였다. 또 테살과 정답게 이야기를 나누기도 하고 책을 읽거나 때때로 몰래 그녀를 찾아오는 나이 든 유모나 순례자들과 이야기를 하면서 시간을 보냈다.

그녀도 다른 여자들처럼 전쟁에 대해 잘 알지 못했다. 그저 전장에 나가 있는 오빠를 걱정하고 두려워할 뿐 사람이 사람을 죽이는 전쟁의 잔인함까지는 생각하지 못했다. 그리고 이번 전쟁의 진정한 의미도 몰랐다. 늘 그녀의 말벗이 되어 주고 전쟁이 어떻게 되어 가는지 열심히 살피는 테살이 이번 전쟁에 대한 의견을 들려주기도 했고, 찾아오는 순례자들이 반

기독교인이 밀어닥칠 것이라는 무시무시한 소문을 들려주기도 했으며, 마리아와 다시 편지를 주고받는 줄리 드루베스카야 공작 부인이 애국심을 가득 담은 편지를 써 보내기도 했지만 그녀는 이 전쟁의 의의를 도무지 이해할 수 없었던 것이다. 줄리의 편지는 이러했다.

'사랑하는 내 벗이여, 나는 러시아어로 당신에게 편지를 씁니다. 왜냐하면 프랑스 사람들이 모두 미울 뿐만 아니라 그 말까지 싫어져서 듣기도 싫고 말하기도 싫기 때문이에요. 모스크바 사람들은 누구나 하나님같이 공경하는 황제 폐하에 대한 감격 때문에 모두 활기찬 생활을 하고 있습니다.

내 남편은 가엾게도 유대인 하숙집에서 고생하고 있어요. 그래도 우리는 새 소식을 들을 때마다 더 감격하고 있답니다.

마리아, 당신은 라예프스키 장군이 두 아들을 품에 안고 '너희들과 함께 죽는 한이 있어도 나는 결코 비굴해지지 않을 것이다!'라고 말한 영웅적인 이야기를 들으셨을 거예요. 적은 아군의 두 배가 되는 병력인데도 우리 군대는 끄떡없었던 것 같아요.

우리는 시간을 잘 보내려고 노력해요. 전쟁에 알맞은 생활을 해야 하니까요. 공작님의 딸 아리나와 소피도 매일 나와 함께 일하면서 지내요. 우린 모두 불쌍한 생과부죠. 물레질을 하면서 감동적인 이야기를 나눠요. 마리아, 당신이 곁에 있지 않아 섭섭할 따름이에요.'

마리아가 이 전쟁의 의의를 몰랐던 큰 이유는 공작이 전쟁에 대해 한 번도 이야기하지 않은데다 전쟁 자체를 부정하였고 식사 때 전쟁 이야기를 꺼내는 데살을 심하게 비웃었기 때문이다. 게다가 전쟁을 아주 사소한 일인 듯 말했고 자신만만했기 때문에 마리아는 그냥 아버지의 말을 믿었던 것이다.

7월 중에는 노공작이 힘이 넘쳐 여러 일을 벌였다. 정원을 새로 다듬고 행랑채와 하인방을 늘리는 일에 손을 댔다. 다만 마리아는 아버지가 잠을 충분히 자지 않는데다 서재에서 자지 않고 매일 밤 여기저기 옮겨 다니며 자는 것이 걱정스러웠다. 공작은 복도에다 행군용 침대를 펴라고 하기도 하고, 객실에 있는 소파나 볼테르식 안락의자에서 잠을 자면서 브리앤 대신 소년 페트루쉬카에게 책을 읽으라 하기도 하고, 때로는 옷도 벗지 않은 채 꾸벅꾸벅 졸다가 식당에서 밤을 지내기도 했다.

8월 1일 안드레이 공작에게서 두 번째 편지가 왔다. 안드레이 공작은 출발 직후 보낸 첫 번째 편지에서 제발 자기의 실언을 용서하고, 전과 마찬가지로 사랑해 달라고 공손히 아버지한테 간청했다.

노공작은 그 편지에 대해 다정한 답장을 보냈고 브리앤을 멀리하기 시작했다.

안드레이 공작은 비체프스크가 적군에게 함락된 뒤 그 근처에서 지도까지 그리면서 편지를 썼다. 그는 현재의 전황과 앞으로의 전세에 대해서도 설명하였다. 그는 전쟁터와 아버지가 사는 곳이 너무 가깝고 군대가 통과하는 길목에 있으므로 위험하다며 모스크바로 피난하라고 편지에 썼다.

이날 점심 식사 중 프랑스군이 이미 비체프스크에 침입했다는 소문을 테살이 전하자 공작은 문득 아들 안드레이 공작의 편지를 떠올리며 마리아에게 말문을 열었다.

"오늘 안드레이한테서 편지가 왔다. 너도 읽었니?"

"아니요, 아버지." 마리아는 놀란 표정으로 대답했다.

"바로 이번 전쟁 이야기더군."

전쟁 이야기를 할 때면 으레 그렇듯 공작은 비웃는 듯한 웃음을 지으며 말했다. 테살이 말했다.

"아주 재미있겠네요. 안드레이 공작께서는 다 알 수 있는 위치에 있으니까요."

"어머나, 정말 꼭 좀 보고 싶어요!" 브리앤도 거들었다.

"그럼, 어디 좀 갖다 주겠소? 탁자 위에 서진으로 눌러 놨소." 공작은 브리앤에게 얼굴을 돌리고 말했다.

브리앤이 재빨리 일어났다. 그때 공작이 눈살을 찌푸리며 소리쳤다.

"아, 아니야. 미하일 이바느이치, 자네가 좀 가져다 주게!"

미하일 이바느이치가 자리에서 일어나 서재로 갔다. 그러나 그가 방을 나서자마자 공작은 불안한 듯 주위를 둘러보다가 냅킨을 집어던지더니 서재로 갔다.

"누굴 시켜도 불안해. 일을 그르치기 쉬우니까."

그가 나간 뒤 마리아, 테살, 브리앤, 니콜루쉬카까지 말없이 서로 얼굴을 쳐다보았다. 잠시 후 공작은 편지와 건축 설계도를 들고 미하일 이바느이치와 함께 성큼 들어왔다. 그리고는 식사가 끝날 때까지 자기 자리 옆에 두고 아무에게도 읽어 주지 않았다.

객실로 옮긴 뒤에야 그는 새 건축 설계도를 펼쳐놓고 이를 뚫어지게 들여다보면서 마리아에게 편지를 주고 소리 내어 읽으라고 했다. 편지를 모두 읽은 마리아는 상황을 잘 모르겠다는 듯 아버지를 쳐다보았다. 공작은 생각에 깊이 잠겨 있는 듯한 표정으로 여전히 설계도만 들여다보고 있었다. 기다리다 못해 테살이 용기를 내어 물었다.

"공작 어른, 이걸 어떻게 생각하십니까?"

"나 말이야?"

노공작은 생각을 하는 데 방해받아 불쾌하다는 듯 설계도에서 눈도 떼지 않은 채 대답했다.

"전쟁터가 차차 가까워진다는 말은 사실일 겁니다만……."

"하하! 전쟁터? 내가 늘 말해 왔지만 전쟁은 지금 폴란드에서 벌어지고 있어. 적은 결코 네만 강에서 동쪽으로 침입해 들어오지 못한단 말이야."

적이 이미 드네프르까지 와 있는 상황에 네만 강을 들먹이자 테살은 놀라서 공작을 보았다. 그러나 네만 강이 정확히 어디에 있는지 모르는 마리아는 아버지의 말이 옳다고 생각했다. 공작은 1807년의 전쟁을 생각하는 듯 말했다.

"눈이 녹으면 적들은 폴란드의 늪 속에 빠져 죽을 거야. 그놈들만 그걸 모르고 있어. 베니그센이 좀 더 일찍 프러시아로 쳐들어갔어야 했어. 그랬더라면 전세가 달라졌을 텐데."

"그렇지만 공작 어른, 편지에는 싸움터가 비체프스크라고 적혀 있어요." 테살이 망설이면서 말했다.

"편지에? 그렇지……." 공작은 불안스러운 듯 말했다.

그의 얼굴에 갑자기 어두운 그림자가 어렸다. 공작은 잠시 입을 다물었다.

"그래. 그 애가 편지에 프랑스 군대가 격파되었다고 썼지. 그게 무슨 강 쪽이라고 했더라?"

테살은 눈길을 떨어뜨린 채 나지막하게 말했다.

"공작 어른, 그런 얘기는 편지에 없습니다."

"써 있지 않다고? 그럼 내가 지어낸 이야기란 말인가?"

모두들 한참 동안 잠자코 있을 수밖에 없었다. 이윽고 공작이 고개를 들면서 건축 설계도를 손가락으로 가리키며 말했다.

"그런데 미하일 이바느이치, 자넨 이걸 어떻게 고치려고 했나?"

미하일 이바느이치는 설계도 쪽으로 갔다. 공작은 그와 건축 계획에 대해 한참 이야기를 나누더니 화난 표정으로 마리아와 테살을 흘끗 쳐다보고는 자기 방으로 가 버렸다.

마리아는 테살이 할 말을 잊은 듯 당황스런 눈빛으로 아버지를 바라보는 것을 보았다. 그리고 아버지가 객실 탁자 위에 아들의 편지를 두고 나간 것을 보고 깜짝 놀랐다. 순간 테살에게 왜 그런 표정을 지었는지 물어볼 새도 없이 온몸에 소름이 끼쳤다.

저녁때가 되어 미하일 이바느이치는 공작의 심부름으로 객실에 잊어 버리고 간 안드레이 공작의 편지를 가지러 마리아에게 왔다.

그녀는 편지를 건네면서 어쩐지 기분이 나빠 아버지가 뭘 하고 계시는지 그에게 물어보았다. 이바느이치는 공손하지만 비웃는 듯한 웃음을 지으며 낮은 목소리로 대답했다.

"대단히 바쁘십니다. 새 건축 일로 정신이 없으십니다. 책도 좀 읽으시다가 지금은 책상에서 유언장을 작성하고 계시는 모양입니다." (최근에 공작이 즐겨 하는 일 중 하나는 죽은 뒤에 남길 서류를 정리하는 일이었다. 그는 이것을 유언장이라고 불렀다.)

마리아는 얼굴이 새하얗게 질려 다시 물었다.

"알파투이치를 스몰렌스크로 보내는 건가요?"

"그럼요, 벌써 오래전부터 기다리던 일이니까요."

3

미하일 이바느이치가 편지를 가지고 서재로 돌아와 보니 공작은 안경을 쓰고, 촛불에 덮개를 씌우고, 뚜껑을 연 책상에 앉아 '비망록'이라고 부르는 서류를 매우 흐뭇한 표정으로 읽고 있었다. 이것은 그가 죽은 뒤 황제에게 바치기로 한 것이었다. 눈에는 지금 읽고 있는 서류를 썼을 때를 그리워하는 듯 눈물이 어려 있었다. 그는 미하일 이바느이치의 손에서 편지를 받아 주머니에 넣고, 서류도 차근차근 정리한 다음 오래전부터 기다리고 있던 알파투이치를 불렀다.

종이 한 장에 스몰렌스크에서 사 올 물건의 목록이 적혀 있었다. 그는 문간에서 기다리고 있는 알파투이치 곁을 지나 방

안을 왔다 갔다 하면서 지시했다.

"우선 편지지를 사야 해. 알겠나, 여덟 권을 사. 이게 견본이야. 절대로 틀려서는 안 되네. 여기 있는 대로 금테가 둘러진 것 말이야. 쪽지에 쓰인 대로 사야 하네."

그는 방 안을 이리저리 거닐면서 쪽지를 들여다보았다.

"그리고 편지를 지사에게 직접 드리고 와야 하네."

다음에는 새 건물의 문에 달 것으로 공작 자신이 고안한 모양의 철제 장식품과 유언장을 넣을 상자를 주문하라고 말했다. 그렇게 여러 일을 지시하는 데 두 시간이 넘게 걸렸는데 공작은 그래도 이바느이치를 놓아 주지 않았다.

공작은 자리에 앉아 한참 생각에 잠겨 있더니 눈을 감고 졸기 시작했다. 그제야 알파투이치가 몸을 조금 움직였다.

"자, 가. 다시 일이 있으면 사람을 보내겠어."

알파투이치가 나갔다. 공작은 다시 책상으로 다가가 잠시 유언장에 손을 댄 다음 다시 뚜껑을 닫고 지사에게 보낼 편지를 쓰기 위해 탁자 앞에 앉았다.

그가 편지를 다 쓰고 일어섰을 때는 벌써 밤이 깊어 있었다. 공작은 잠을 자고 싶었으나 지긋지긋한 망상이 찾아들 것 같은 기분이 들어 도저히 잠을 잘 수 없었다. 그래서 그는 치혼을 물러 오늘 밤에는 침대를 어디에다 누어야 할지 이 방 저 방을 돌아보고 다녔다. 어디에도 마땅한 곳은 없었으나 소파가 있는 방 한쪽에 놓인 피아노 뒤가 가장 마음에 들었다. 그는 아직까지 한 번도 여기서 잔 일이 없었던 것이다.

치혼은 다른 하인 한 사람과 같이 침대를 옮기고 자리를 보기 시작했다.

"그렇게 하면 안 돼, 그게 아니야!"

공작은 소리치며 침대를 손수 구석에서 약간 떨어뜨려 놓았다가 다시 바싹 붙여 놓았다.

'자, 자리는 마련됐군. 이젠 잠을 잘 수 있겠지.'

공작은 이렇게 생각하며 치혼의 도움을 받아 옷을 벗기 시작했다. 힘들게 카프탄과 바지를 벗은 공작은 얼굴을 찌푸리고 괴로운 듯 침대에 걸터앉아 누렇게 뜬 다리를 내려다보며 뭔가 생각하는 듯한 표정을 지었다.

'아아, 참으로 힘들구나! 어서 이 괴로움을 끝내 주셨으면 좋겠는데……'

그는 이렇게 생각하며 애를 쓰면서 간신히 자리에 누웠다. 그런데 그가 자리에 눕자마자 침대가 마치 깊은 탄식에 잠겨 무거운 한숨을 쉬는 것처럼 규칙적으로 앞뒤로 흔들리기 시작했다. 이 일은 거의 매일 밤 되풀이되었다. 그는 감으려던 눈을 뜨고 이렇게 내뱉었다.

"아무래도 마음을 가라앉힐 수 없군. 제기랄."

그리고는 다시 스스로에게 되물었다.

'그렇지. 그래, 뭔가 중대한 일이 있었지. 잠자리에 들어서 생각하려고 남겨 두었었는데. 철물에 관해서였던가? 아니, 그 이야기는 이미 했어. 아무튼 객실에서 있었던 일이야. 마리아가 뭔가 형편없는 말을 했었지. 테살이……. 그 얼간이가 무슨 말을 했었지? 호주머니 속에 뭔가 있었나 본데. 아무래도 생각나지 않는군.'

"치혼! 점심 식사 때 무슨 얘기를 했지?"

"안드레이 공작에 관해서……."

공작은 말이 채 끝나기도 전에 한 손으로 탁자를 치며 치혼을 가로막았다.

"됐어. 알겠어. 안드레이에게서 온 편지에 대해 이야기를 주고받았지. 마리아가 그걸 읽었고. 테살이 비체프스크에 대해 뭐라고 한 말이 있었는데. 지금 다시 읽어봐야겠다."

그는 호주머니에서 편지를 꺼냈고 레모네이드와 촛불이 놓인 탁자를 침대 가까이 가져오게 한 다음 안경을 쓰고 편지를 읽기 시작했다. 이렇게 고요한 밤중에 초록색 갓 아래로 새어나오는 희미한 불빛을 통해 편지를 읽고서야 그는 처음으로 편지의 의미를 제대로 알게 되었다.

"프랑스군이 지금 비체프스크에 와 있으니 스몰렌스크까지는 불과 나흘밖에 걸리지 않을 것이다. 어쩌면 벌써 와 있을는지 모르겠구나. 치혼!"

그 소리에 놀란 치혼이 펄쩍 뛰듯이 일어났다. 공작이 금세 다시 소리쳤다.

"아니, 됐어. 이제 됐어!"

그는 촛대 밑에 편지를 넣고 눈을 감았다. 그러자 그의 뇌리에는 눈부신 도나우 강과 갈대밭과 러시아 진지 등이 떠올랐다. 그리고 그는 어느새 천막으로 들어가고 있었다. 포촘킨은 주름 하나 없는 젊고 밝은 얼굴에 홍조를 띤 장군이었다. 이런 생각을 하고 있으려니 옛날처럼 여황제의 총애를 받는 포촘킨에게 불타는 듯한 질투심이 솟아났다. 그는 포촘킨과 처음 만났을 때 나눈 대화가 떠오르자 여황제 폐하와 폐하를 만나 주고받은 대화가 생각났다. 그리고 이어 관에 누운 폐하의 손에 키스하는 순서 문제로 당시 폐하의 관 옆에서 주보프와 충돌했던 기억이 되살아났다.

'아! 어서 그 당시로 돌아가고 싶다. 그리고 지금 같은 상황은 한시라도 빨리 지나가 버렸으면 좋겠다. 녀석들이 나를 편안히 놔 두면 좋으련만……'

4

니콜라이 안드레예비치 볼콘스키 공작의 소유지 리스이예 고르이는 스몰렌스크로부터 60베르스타 후방에 있었고, 모스크바로 통하는 국도에서는 3베르스타 떨어진 지점에 있었다.

공작이 알파투이치에게 심부름을 시켰던 바로 그날 밤 테살은 마리아를 찾아가 공손하게 몇 가지 건의를 했다. 그것은 알파투이치 편에 스몰렌스크 지사에게 편지를 보내 전쟁의 상황을 잘 알아봐서 건강이 안 좋은 공작을 안전한 곳으로 옮기는 방법을 강구하자는 것이었다. 그래서 테살이 마리아 대신 지사에게 편지를 썼고 마리아는 알파투이치에게 빨리 돌아오라고 일렀다. 알파투이치는 공작에게 받은 하얀 털모자를 쓰고 공작처럼 지팡이를 짚고 식구들의 전송을 받으면서 세 필의 살찐 얼룩말이 이끌고 가죽 덮개를 씌운 포장마차에 올라탔다.

"제기랄, 온통 여자뿐이군! 여인네들 판이야!"

알파투이치는 공작의 말을 그대로 흉내내며 코를 벌름거리고 재빨리 말하면서 마차 안에 자리를 잡았다. 그리고 대머리에 쓴 모자를 벗어 성호를 세 차례 그었다. 적군의 습격이 심하다는 소문을 들은 아내가 소리쳤다.

"이거 봐요, 혹시 무슨 일이 있거든 그냥 돌아오세요. 야코프 알파투이치. 아무쪼록 우리를 불쌍히 여기고 말이에요."

"여자들뿐이군, 온통 여자들뿐이야!"

알파투이치는 중얼거리며 출발했다. 주위의 밭에는 누르스름해진 쌀보리도 있고, 새파란 싹이 총총히 돋아난 귀리도 있고, 두 번째 밭갈이를 끝낸 검은 밭도 있었다. 알파투이치는 올해 봄갈이 곡식을 전례 없이 풍작한 것과 여기저기서 거두기 시작하는 쌀보리의 밭이랑을 멍하니 둘러보면서 말을 달렸다. 그리고 파종과 수확 등에 대해 생각하기도 하고, 공작의 분부도 잊지 않으려고 다시 한 번 기억해 두었다.

8월 4일 저녁 알파투이치는 시가로 들어섰다.

도중에 알파투이치는 군수품 행렬이나 군대와 마주치기도 하고 앞질러 가기도 했다. 스몰렌스크에 가까워지면서 대포 소리가 멀리서 들려왔지만 그 소리보다는 스몰렌스크 근처의 풍작인 귀리밭을 어느 군대가 말먹이로 쓰기 위해서인지 베고 있던 모습과, 그 밭에서 군인들이 야영을 하고 있는 광경을 보고 놀랐다. 그러나 자기가 할 일에 신경 쓰느라 그 광경을 금방 잊어 버렸다.

벌써 30년 이상 공작의 명령을 받고 살아온 알파투이치는 말 외의 것들에는 별 관심도 갖지 않게 되었고 기억해 둘 의미도 없게 되었다.

8월 4일 저녁 스몰렌스크에 도착한 알파투이치는 드네프르 강 건너편의 가첸스코예라는 교외에서 여관을 하고 있는 페라폰토프의 집에 마차를 대었다. 그는 30년째 이곳에 오면 꼭 페라폰토프 집에 묵었다. 페라폰토프는 30년 전 알파투이치의 도움으로 공작에게서 숲을 쉽게 사들인 뒤 장사를 시작했고 지금은 현 안에 집과 여관과 제분소를 가지고 있었다.

페라폰토프는 입술이 두툼하고 코는 큼지막한 주먹코였으며 눈썹 위에는 그 코와 비슷한 혹이 달려 있었다. 얼굴이 붉었고 살이 피둥피둥 쪄서 배가 불룩 나온 40대 사나이였다.

페라폰토프는 조끼 밑에 사라사 셔츠를 받쳐 입고 여관 건물 옆에 서 있었다. 그는 알파투이치를 보자 다가와 말했다.

"야! 이거, 야코프 알파투이치 아니오? 모두 이곳에서 도망가는 판에 당신은 오히려 이리로 오셨군."

"아니, 시가에서 도망치다니 그게 무슨 소리야?" 알파투이치가 물었다.

"내 말이 바로 그거요. 모두 바보지. 공연히 프랑스놈들에게 겁먹고."

"여인네들의 잠꼬대야. 여자들이란 본래 시끄러우니까!" 그 말에 알파투이치가 투덜거렸다.

"내 생각도 그래요. 프랑스인은 절대로 시가에 들여놓지 않겠다고 포고도 했소. 그 이상 더 확실한 게 어디 있겠어요. 그런데도 농부들은 짐마차 한 번 움직이는 데 3루블이나 받고 있소. 정말 천벌을 받을 놈들이에요."

 야코프 알파투이치는 한 귀로 듣고 한 귀로 흘려버리고 있었다. 그는 사모바르를 준비시키고 말에게 건초를 주도록 이른 뒤 차를 마시고 잤다. 밤새도록 여관 앞으로 군대가 이동하는 소리가 들렸다. 이튿날 알파투이치는 읍에 나올 때 입으려고 한 윗옷을 걸치고 일을 보러 나갔다. 맑게 갠 날씨여서 8시경인데 벌써 무더웠다. 그는 곡식을 거두어들이기에 더없이 좋은 날씨라고 생각했다.

 총소리와 더불어 대포 소리까지 들려왔다. 거리에는 어디론가 허둥대며 가는 사람들과 병사들도 있었으나 여느 때와 마찬가지로 포장마차도 다녔고 가게에는 장사꾼들이 여전히 서 있었고 성당에서는 미사도 보고 있었다. 알파투이치는 상점과 관청, 우체국과 현 지사를 두루 돌아보았다. 어딜 가나 군대 이야기와 시가로 쳐들어오기 시작한 적군에 관해 이야기하고 있었다. 서로가 어떻게 해야 되느냐고 묻고 있었다.

 알파투이치는 지사 공관 근처에서 카자흐 병사 한 무리와 지사 전용의 여행마차를 보았다. 알파투이치는 계단에서 두 사람의 귀족과 마주쳤다. 그 중 한 사람은 그가 아는 사람으로 전에 경찰서장을 지낸 사람이었다. 그는 흥분해서 떠들고 있었다.

 "지금 농담하고 있을 때가 아니란 말이야. 혼자 몸이면 아무리 어려워도 어떻게 되겠지만 열세 식구에 가재도구까지 있어 봐요. 제기랄, 사람들을 파멸로 몰아 놓고 당국은 무슨 당국이야. 그 강도놈들 모조리 목을 졸라맸으면 좋겠어."

"이제 그만하게." 듣고 있던 다른 한 사람이 말했다.

"내가 알게 뭐야! 듣겠다면 자네나 듣게. 우린 개새끼가 아니란 말이야." 경찰서장을 지냈던 사람은 알파투이치를 발견하고 놀라며 물었다.

"아니! 이거, 야코프 알파투이치군. 자네 왜 왔나?"

"각하의 명령으로 지사님을 뵈러 왔습니다. 상황을 듣고 오라고 분부하셔서."

알파투이치는 공작 이야기를 할 때면 늘 그렇듯 거만하게 머리를 뒤로 젖히고 한 손을 호주머니 속에 넣으며 말했다.

"이것 좀 보게. 짐마차 하나 구하지 못하게 해 놨단 말이야! 저 소리 들리지?" 그가 소리쳤다.

총소리가 들리는 쪽을 가리키면서 그는 투덜거렸다.

"다 망하게 만들었단 말이야. 망할 놈들 같으니!" 그는 계속 불평하며 입구의 계단을 내려갔다.

알파투이치는 고개를 흔들고 계단을 올라갔다. 응접실에는 장사꾼이며 여자들이며 관리들이 말없이 마주보고 있었다.

서재 문이 열렸다. 그러자 모두 일어나 그쪽으로 몰려갔다. 문 쪽에서 관리 한 사람이 나와 장사꾼 한 사람과 이야기를 나누더니 십자가를 목에 건 뚱뚱한 관리를 불렀고 다시 문 뒤쪽으로 들어가 버렸다. 사람들의 시선과 질문을 피하기 위해서였다. 알파투이치는 앞쪽에 있다가 관리가 나오자 프록코트 속에서 두 통의 편지를 내놓으며 말했다.

"육군 대장 볼콘스키 공작 각하로부터 아슈 남작에게." 그의 말투가 너무 의젓하고 진지하게 들려서 관리는 자기도 모르게 그 편지를 받아들었다. 몇 분인가 지난 뒤 지사는 알파투이치에게 들어오라고 하더니 조급하게 말했다.

"제발 공작님과 그 따님에게 내 말을 전해 주게. 나는 아무것도 모르고 있었고 그저 정부에서 명령한 대로 행동했다고 말이야. 그리고 이걸 전해 줘."

그는 알파투이치에게 한 통의 서류를 내밀었다.

"공작께서는 건강이 좋지 않으니까 모스크바로 가시는 게 좋겠네. 나도 곧 떠나네. 그리고 이렇게 전해 줘."

지사가 말을 채 끝마치기도 전에 온몸이 먼지와 땀투성이인 장교 한 사람이 뛰어 들어와 프랑스어로 중얼대기 시작했다. 지사는 두려워하는 표정이 역력했다.

"이제 가 보게."

지사는 알파투이치에게 그렇게 말하고 장교에게 무엇인가 묻기 시작했다. 알파투이치가 지사의 서재에서 나오자 굶주리고 공포에 질렸으며 의지할 데가 없는 듯한 시선들이 그에게 쏠렸다. 점점 가깝고도 거세게 들리는 총소리에 귀를 기울이면서 알파투이치는 여관으로 서둘러 돌아갔다. 알파투이치가 지사에게서 받은 편지 내용은 이러했다.

본관은 스몰렌스크 시가 아직 어떤 위험에도 빠져 있지 않을 뿐더러 앞으로도 위험에 빠지는 일이 없을 거라고 확신합니다. 본관은 바그라치온 공작과 스몰렌스크 시 부근에서 합류하기 위해 진군 중이며, 22일에 합류할 것 같습니다. 우리는 한 사람의 아군이 남을 때까지 싸울 각오로 전투에

임할 것이고, 귀관의 현 내의 동포를 보호할 것입니다. 따라서 승리를 확신하고 있습니다.

스몰렌스크 민정 지사 아슈 남작에게 보낸
바르클라이 드 톨리의 명령

거리를 오가는 사람들의 표정은 불안해 보였다.

살림 도구며 가구 등의 물건을 산더미처럼 실은 짐마차가 끊임없이 거리를 지나가고 있었다. 페라폰토프의 옆집에는 짐마차가 몇 대나 서 있고, 여자들이 작별을 아쉬워하며 엉엉 울기도 했고 떠들어대기도 했다. 집 지키는 개 한 마리는 줄곧 짖어대면서 마차에 매인 말 앞을 돌며 뛰어다녔다.

알파투이치는 뜰 안으로 재빨리 들어가 자기 말과 마차를 넣어 둔 헛간으로 갔다. 마부는 잠이 들어 있었다. 그는 마부를 흔들어 깨워 마차를 준비하라고 이르고 현관으로 들어갔다. 집주인의 방에서는 어린아이들이 떠드는 소리며 여자가 서럽게 우는 소리며 페라폰토프의 성난 목소리가 들려왔다. 알파투이치가 들어갔을 때 하녀는 놀란 암탉처럼 현관에서 부들부들 떨고 있었다.

"죽도록 팼어요, 주인 아주머니를요! 마구 때리고 질질 끌고 돌아다녔어요!"

"무엇 때문에 그랬나?" 알파투이치가 물었다.

"피난 가자고 했다고요. 여자니까 그러지 않겠어요! '나를 데리고 가 주세요. 그리고 어린아이들도 버리지 말고 데려가 주세요' 하고 애걸했답니다. 모두들 피난 가는데 우리는 어떻

게 되는 거냐고 하지 않겠어요? 그러자 갑자기 때리기 시작한 거예요. 마구 때리고 끌고 돌아다니고 했어요."

알파투이치는 맞을 수밖에 없겠다는 듯 고개를 끄덕이고는 사무실 앞에 있는 자기 방으로 갔다. 그곳에 사 놓은 물건들이 있었기 때문이다.

"망할 놈, 살인자."

이때 헬쑥하고 새파랗게 질린 여자가 어린아이를 품에 안고 문에서 뛰어나와 입구의 계단을 뛰어 내려가면서 소리를 질렀다. 페라폰토프가 바로 따라나왔으나 알파투이치를 보자 차림새를 매만지더니 하품을 하며 알파투이치를 따라 방 안으로 들어서며 물었다.

"그럼, 이제 떠나시렵니까?"

알파투이치는 대답도 하지 않고 돌아보지도 않은 채 물건을 확인하고 나서 숙박료가 얼마인지 물었다.

"어디 계산해 봅시다! 그런데 지사님한텐 들르셨습니까? 어떻게 하기로 하셨습니까?"

알파투이치는 지사한테서 어떤 결정적인 답변을 들은 것은 아니라고 했다. 그러자 페라폰토프가 불만스러운 어조로 말했다.

"장사 때문에 피난 갈 수 없는 형편 아닙니까? 노도고부뉴까지 마차 한 대 빌리는 데 7루블을 줘야 해요. 그놈들이 양심이 있는 놈들입니까? 센리바노프란 놈도 지난 목요일에 한 부대에 9루블씩 받고 밀가루를 군대에 팔아넘겼어요. 차 한 잔 드시겠습니까?"

알파투이치는 말을 수레에 채우는 동안 페라폰토프와 차를 마시면서 곡식 값이며 풍작 이야기며 추수하기에 좋은 날씨에 대해 이야기를 나누었다.

"좀 조용해졌군요." 페라폰토프는 차 세 잔을 마시고 일어나며 말했다.

"분명 우리 군대가 이겼을 겁니다. 결코 시가에 적을 들여놓지 않겠다고 다짐했으니까요. 아군의 실력이 훨씬 강하죠. 얼마 전에도 마트베이 이바느이치 플라토프 장군이 놈들을 마리나 강에 처넣어 하루에 1만 8,000명을 물에 빠져 죽게 했단 말입니다."

알파투이치는 정리한 물건들은 방에 들어온 마부에게 주고 숙박비를 치렀다. 마차 바퀴와 말굽과 방울 소리가 문 근처에서 들려왔다.

벌써 정오가 훨씬 지나 있었다. 거리의 반은 그늘이었고 나머지 반은 햇빛이 강렬히 비췄다. 알파투이치는 창 너머로 바깥을 내다보고 문 쪽으로 갔다. 갑자기 멀리서 핑 하는 소리가 났고, 무엇엔가 부딪치는 듯한 소리가 들리더니 이어 포성이 울려 퍼지면서 유리 창문이 덜컹덜컹 흔들렸다.

알파투이치는 거리로 나왔다. 두 사나이가 다리 쪽으로 달려가고 있었다. 여기저기서 포탄 터지는 소리가 났고, 명중하는 소리와 거리에 떨어진 유탄이 터지는 소리가 들려왔다. 그러나 이러한 소리는 시외에서 들려오는 포성에 비하면 아주 작아 사람들의 주의를 끌지도 못했다. 떨어져 내리는 유탄이며 포탄 소리는 처음엔 호기심을 불러일으킬 따름이었다. 이

때까지 헛간에서 울고 있던 페라폰토프의 아내는 울음을 그치고 어린아이를 안은 채 문간으로 나왔다. 그리고 지나다니는 사람들을 멍하니 바라보면서 대포 소리를 들었다.

하녀와 점원도 문 밖으로 나왔다. 모두 신기한 듯 눈을 빛내며 머리 위로 지나가는 포탄을 보려고 애쓰고 있었다. 길모퉁이에서 몇 명의 사나이들이 신나게 떠들며 다가왔다.

"굉장한 힘이더군! 지붕도 천장도 산산조각이 나던데." 한 사내가 말했다.

"돼지가 땅을 판 것 같았어. 굉장했어. 정신이 번쩍 들던데!" 다른 한 사내가 웃으며 말했다.

"재빨리 피했기에 망정이지 뼈도 못 추릴 뻔했어."

거기 있던 사람들이 그들에게 물었다. 그들은 잠시 걸음을 멈추고 포탄이 집에 떨어지던 광경을 들려주었다. 그러는 동안에도 요란스럽게 날아가는 포탄과 휘파람 소리를 내는 유탄이 끊임없이 그들의 머리 위를 지나 멀리 날아갔다.

알파투이치는 마차에 자리를 잡고 앉았다. 주인은 문 아래쪽에 서 있었다.

"뭘 멍청히 보고 있어!"

그는 하녀를 야단쳤다. 빨간 치마에 소매를 바싹 걷은 하녀는 사람들의 말을 들으려고 길 쪽으로 갔다가 주인에 야단을 들은 것이다. 그녀는 걷어 올렸던 소매를 조심스레 내리며 돌아섰다.

그때 아주 가까운 곳에서 울부짖는 듯한 소리가 들리더니 나는 새 같은 것이 땅에 꽂히면서 거리 한복판에 번쩍 하고 불꽃이 튀었다. 정체 모를 무언가가 폭발한 거리는 연기에 휩싸였다.
"멍청아, 도대체 뭐하는 거야!"
주인이 하녀 쪽으로 달려가며 소리쳤다.
순간 여기저기에서 여인들의 비명과 겁에 질린 어린아이들의 울음소리가 들려왔다. 사람들은 놀라서 새파래진 얼굴로 하녀에게 몰려들었다. 하녀가 큰소리로 울부짖었다.
"아아, 여러분! 제발 저를 살려 주세요! 제발!"
5분 뒤 거리에는 사람의 그림자조차 없었다. 유탄 파편에 맞아 허벅다리를 다친 하녀는 부엌으로 실려 갔다. 알파투이치와 그의 마부, 페라폰토프의 아내와 아이들, 정원사 등은 지하실로 들어가 바깥 형편을 살폈다. 하녀의 애처로운 신음소리에 대포 소리와 탄환이 핑 날아가는 소리 따위는 희미해졌다. 주인 여자는 어린애를 달래고 흔들어 주다가 지하실로 들어오는 사람을 붙잡고 거리에 있던 남편이 지금 어디에 있는지 기어드는 목소리로 물어보았다. 지하실로 들어온 점원은 주인이 다른 사람들과 함께 성당으로 갔다고 알려 주었다. 성당에서는 사람들이 성스러운 스몰렌스크의 성상을 어디론가 운반하고 있다고 했다.
땅거미가 질 무렵이 되자 포성은 점점 줄어들었다. 알파투이치는 지하실에서 나가 보았다. 아까까지 맑았던 저녁 하늘엔 초연이 자욱했다. 초승달이 연기 속에서 오묘히 빛나고 있었다. 그처럼 무시무시했던 포성이 그치자 거리는 적막할 뿐이었다. 시가에서 사람들의 발소리와 신음 소리가 들렸고, 멀리에서는 외침 소리와 불타는 소리들이 들려와 정적을 깨뜨렸다. 하녀의 신음 소리도 점차 잦아들었다. 두 곳에서 난 화재로 검은 연기가 소용돌이를 일으켰다가 산산이 흩어지곤 했다. 거리에는 다양한 제복을 입은 병사들이 마치 개미집 속에서 나온 개미떼들이 몰려가듯 무질서하게 걷거나 달려가고 있었다. 알파투이치는 서너 명의 병사들이 페라폰토프네 뜰로 뛰어드는 것을 보았다. 그는 문 쪽으로 갔다. 어느 연대인지 모르지만 서로 앞을 다투어 퇴각하고 있었다.

"시가지를 내놓게 되었소. 피하시오. 빨리 달아나요." 알파투이치를 본 한 장교가 이렇게 소리치더니 병사들을 향해 고함쳤다.

"남의 뜰을 통과해도 상관없어!"

알파투이치는 헛간으로 돌아가서 마부를 불러 마차를 준비시켰다. 페라폰토프의 집에 있는 다른 사람들이 알파투이치와 마부의 뒤를 우르르 따라 나왔다. 점점 짙어지는 어둠 속에서 연기와 불꽃이 더 잘 보이게 되자 그때까지 잠자코 있던 여자들이 마침내 울음을 터뜨렸다. 그리고 장단을 맞추기라도 하듯 길 저편에서도 울음소리가 들려왔다. 알파투이치는 마부와 함께 처마 밑에 묶어 놓은 고삐와 가죽 끈을 떨리는 손으로 풀기 시작했다.

알파투이치는 마차를 몰고 나오면서 페라폰토프의 가게에 열 명 가량의 병사들이 왁자지껄 떠들어대며 밀가루와 해바라기 씨를 자루와 배낭 속에 쑤셔 넣는 것을 보았다. 이때 페라폰토프가 상점으로 돌아왔다. 그는 병사들을 보자 무엇이라고 소리를 지를 듯하다가 갑자기 머리를 움켜쥐면서 흐느끼듯 웃기 시작했다. 그리고 스스로 자루를 끌어내 거리에다 팽개치면서 이렇게 소리쳤다.

"모두 가져가시오! 그 악마들이 가져가지 않도록 다 가져가시오."

그 소리에 몇몇 병사는 놀라 도망쳤으나 나머지 병사들은 부지런히 주워 담기 시작했다. 페라폰토프는 알파투이치를 향해 소리를 질렀다.

"끝장났습니다! 이제 러시아도 마지막인가 봅니다! 알파투이치! 내 손으로 불을 지르겠습니다! 이제 끝장입니다." 페라폰토프는 마당으로 달려갔다.

거리에서는 병사들이 물밀듯 후퇴하고 있었기 때문에 알파투이치는 마차를 달릴 수가 없어 그 자리에서 기다려야 했다. 페라폰토프의 아내와 아이들은 짐차에 타고 길이 트이기를 기다리고 있었다.

벌써 날이 꽤 저물어 있었다. 별이 보였고 초승달은 가끔 연기에 가려지면서 빛나고 있었다. 군인들과 다른 마차에 둘러싸여 천천히 가던 알파투이치와 주인 여자의 마차는 드네프르 강 비탈에서 잠시 멈추어야만 했다. 불이 거의 꺼져 가고는 있었지만 마차가 멈춘 교차로에서 가까운 골목길의 집과 가게가 불타고 있었기 때문이었다.

불꽃은 점점 희미해졌고 검은 연기 속에서 꺼질 듯하다가 다시 피어올라 교차로에 떼로 서 있는 사람들의 얼굴을 환히 비춰 주곤 했다. 불이 난 근처에는 검은 사람의 그림자가 어른거렸고, 때때로 불꽃 튀는 소리 사이로 사람들의 고함소리가 들렸다. 알파투이치는 길이 트이려면 아직 멀었다는 생각에 불구경을 하러 골목길로 꺾어들었다. 군인들이 불난 곳 주변을 오가고 있었다. 그는 두 병사와 허름한 외투를 입은 사람이 불타는 통나무를 길 건너편 집으로 나르는 모습을 보았다. 나머지 사람들은 마른 풀을 한 아름씩 안고 왔다.

알파투이치는 활활 타고 있는 큰 창고 앞에 몰려 있는 많은 군중 쪽으로 가까이 다가갔다. 벽은 모두 불이 붙었고 뒤쪽은 불에 타 쓰러졌으며, 양철로 된 지붕도 무너졌고 기둥이 불타고 있었다. 군중들은 지붕이 완전히 떨어져 내리기를 기다리고 있었다. 그때 귀에 익은 목소리가 그를 불렀다.

"알파투이치!"

알파투이치는 그 목소리에 대답하였다.

"서방님, 서방님이시군요."

망토를 입고 검정색 말을 탄 안드레이 공작이 군중 뒤에 서서 알파투이치를 바라보더니 물었다.

"자네 어떻게 여기 와 있나?"

"서방님, 서방님."

알파투이치가 울음을 터뜨렸다. "서방님. 이제 우리 러시아는 망해 버린 겁니까? 공작님께서는……."

"자네 어떻게 여기 와 있는 거야?" 안드레이 공작이 다시 물었다.

이때 불꽃이 확 피어오르면서 알파투이치의 눈에 젊은 주인의 창백하고 지친 모습이 비쳤다. 알파투이치는 심부름 때문에 왔으며 간신히 도망쳐 나왔다고 말하며 다시 물었다.

"서방님. 우리는 이제 끝난 겁니까?"

안드레이 공작은 아무 대답도 하지 않고 수첩을 꺼내 종이 한 장을 찢더니 무릎에 대고 연필로 쓰기 시작했다. 누이에게 쓰는 글이었다.

'스몰렌스크는 이제 함락 직전에 있다. 리스이예 고르이도 이제 일주일만 지나면 적에게 함락될 것이다. 곧 모스크바로 떠나도록 해라. 그리고 떠나는 대로 곧 우스뱌쥬에 사람을 보내 내게 기별해 주길 부탁한다.'

안드레이 공작은 종이쪽지를 알파투이치에게 건네주며 아버지, 여동생, 아들과 가정교사를 어떻게 피난시켜야 하고 어디에 어떻게 알려야 할지 일러 주었다. 그가 아직 말을 다 마치기도 전에 수행원을 거느린 참모장이 말을 타고 달려왔다.

"당신은 육군 대령이십니까?"

안드레이 공작의 귀에 익은 독일어 악센트로 참모장이 소리쳤다.

"당신 눈앞에서 집에 불을 지르는 사람이 있는데 그냥 보고만 있는 겁니까? 그래서 되겠습니까? 어디 할 이야기가 있거든 대답해 보시오." 독일인 참모장 베르그가 큰소리로 연거푸 물었다.

그는 지금 제1군 보병 좌익 사령관의 참모장이 되어 있었다. 베르그 자신의 말을 빌리면 그 자리는 무척 편안하면서도 상당히 주목받는 자리였다.

안드레이 공작은 그를 힐끗 쳐다보고는 아무 말도 하지 않고 알파투이치에게 하던 이야기를 계속했다.

"그럼 말이지, 10일까지 회답을 기다려도 모두 피난했다는 통지를 받지 못하면 내가 모든 일을 집어치우고 리스이예 고르이로 갈 것이라고 이야기해 주게."

"공작, 내가 이 이야기를 한 것은……." 상대방이 안드레이 공작임을 안 베르그가 변명하듯 말했다.

"명령이기 때문입니다. 언제나 명령은 정확하게 수행하니까요. 오해하지는 말아 주십시오."

불길 속에서 뭔가 탁탁 튀는 소리가 나더니 잠시 후 불길이 좀 가라앉았다. 검은 연기가 지붕 밑에서 뭉게뭉게 피어올랐다. 다시 뭔가 불길 속에서 무시무시한 소리를 내며 터졌다. 그러자 커다란 것이 와르르 무너져 내렸다.

"와아아!"

곡식 창고의 천장이 무너지는 소리와 함께 군중의 함성이 터졌다. 곡식이 불에 타면서 빵 굽는 냄새가 새어나왔다. 불꽃이 확 피어올라 그 주위에 몰려 있던 사람들의 즐거운 듯하면서도 지친 얼굴들을 환히 비춰 주었다.

허름한 외투를 입은 사나이가 두 손을 들고 고함쳤다.

"굉장하군! 큰 소동이 벌어졌다! 어때, 굉장하지!……."

"저 사람이 창고 주인이야."

이렇게 말하는 소리도 들렸다. 안드레이 공작은 알파투이치에게 거듭 말했다.

"알겠지? 내가 지금 한 이야기를 모두 전해야 해."

그런 뒤 옆에 서 있는 베르그에게는 아무 말도 하지 않고 곧장 말을 몰아 골목길을 빠져나갔다.

5

 스몰렌스크부터 군대는 퇴각을 계속했다. 적은 군대를 뒤쫓아 스몰렌스크로 들어왔다. 8월 10일 안드레이 공작이 지휘하는 연대는 도로를 따라 가던 중 리스이예 고르이로 통하는 대로에 다다랐다. 폭염과 가뭄은 3주일 이상이나 계속되었다. 매일 하늘에는 뭉게구름이 떠돌아다녔으나 저녁이 되면 깨끗이 걷혔고, 태양은 붉은 노을 속으로 잠겼다. 축축한 이슬만 매일 밤 대지를 적셨다. 밭에 남은 곡식은 바싹 말라 알맹이가 떨어지는 지경이었다. 늪이란 늪은 모두 바싹 말라붙었고 가축들은 먹이를 얻을 수가 없어 배고파 울부짖고 있었다. 그래도 숲 속은 이슬이 남아 있는 동안이나마 서늘하였다. 그러나 군대가 지나가고 나면 그 근처는 밤이 되어도 숲에 들어가 보아도 서늘한 구석이라곤 찾아 볼 수 없었다. 마구 짓밟히고 모래먼지가 쌓인 도로에는 이슬 같은 건 찾아볼 수도 없었다.

 날이 새기 시작하자 곧 행군이 시작되었다. 군수품과 대포를 실은 차바퀴가 소리도 없이 움직였고, 보병은 밤이 되어도 식지 않는 숨 막히는 듯한 뜨거운 먼지에 파묻히며 행진했다. 모래먼지는 발과 차바퀴에 짓밟히기도 하고, 거리를 걷는 사람과 동물의 눈, 머리털, 귀, 콧구멍, 특히 폐 속까지 들어가 달라붙었다.

태양이 하늘 높이 떠오르자 먼지 구름도 점점 높이 피어올랐다. 태양은 커다란 자줏빛 공처럼 보였다. 바람은 조금도 불지 않았고 사람들은 이런 대기 속에서 간신히 숨을 쉬고 있었다. 먼지 때문에 손수건으로 코와 입을 막고 걷던 사람들은 마을에 이르자마자 모두 우물로 우르르 몰려갔다. 그러고는 밀쳐 가면서 물을 길어 마셨다.

 연대를 지휘하는 안드레이 공작은 부대 규율, 부하의 상태, 명령 접수 같은 문제들 때문에 신경이 곤두서 있었다. 스몰렌스크의 화재와 수습 포기는 안드레이 공작에게 엄청난 사건이었다. 적에 대한 증오 때문에 자신의 슬픔을 느낄 겨를이 없었다. 그는 온종일 연대의 일에 열중하였고 항상 부드러운 태도로 부하 장병들을 대하였다. 연대에서는 그를 '우리 공작님'이라 부르며 자랑스러워했고 사랑했다. 그러나 그가 친절하고 상냥하게 대한 사람은 부하들이나 치모힌처럼 그와 전혀 관계없는 새로운 사람, 곧 자기의 과거를 알지 못하는 사람들뿐이었고, 이전의 동료들이나 사령부 소속의 사람에게는 화가 난 듯 심술궂은 태도로 대했다. 과거의 기억과 관계되는 모든 일은 그의 비위를 건드렸다. 그래서 그는 이전 관계에 대해서는 그저 불공평하게 되지 않게만 하고 자기의 임무만 열심히 할 따름이었다.

 사실 안드레이 공작은 모든 것이 암담하고 우울하기만 했다. 어떻게든 지킬 수 있었고 또 지켜야만 했던 스몰렌스크를 8월 6일에 포기하고 난 뒤, 그리고 병환 중인 아버지가 모스크바로 피난함으로써 열성적으로 경영하던 리스이예 고르이를 적의 손에 넘겨주게 된 뒤 그런 감정은 더욱 심해졌다. 그러나 연대를 책임지고 있는 안드레이 공작은 자기의 감정보다는 연대에 대한 일을 먼저 생각할 수밖에 없었다.

8월 10일 그의 연대에 소속된 종대가 리스이예 고르이 근처까지 왔다. 안드레이 공작은 이틀 전 아버지와 아들과 누이가 모스크바로 떠났다는 소식을 들었기 때문에 굳이 리스이예 고르이로 갈 필요가 없었지만 슬픔을 간직하고 싶어하는 본성 탓에 가 보기로 했다.

그는 말에 안장을 얹으라고 명령하고 행군을 하다가 유년 시절을 보낸 고향으로 말을 몰았다. 어린 시절 언제나 여인네들이 모여 떠들면서 빨래하던 연못을 지나다 보니 반쯤 물에 가라앉은 빨래판만 연못 한가운데에 떠돌아다니고 있었다. 안드레이 공작은 이제 여기에는 아무도 없다는 것을 깨달았다. 안드레이 공작은 파수막으로 갔다. 입구에 있는 돌문 옆에는 아무도 없었고 문은 열려져 있었다. 뜰 안의 좁은 길에는 벌써 잡초가 자랐고, 송아지며 말이 영국식으로 가꾸어 놓은 정원을 어슬렁거리고 있었다. 온실 쪽으로 가 보니 유리창은 산산이 깨졌고, 화분의 나무는 시들거나 쓰러져 있었다. 정원사인 타라스를 불렀지만 대답하는 사람이 없었다. 온실을 돌아 화분을 늘어놓은 쪽으로 가니 선반은 산산조각이 나고 자두 열매는 가지째 꺾여 있었다. 어린 시절 이 문 근처에서 본 것으로 희미하게 기억나는 늙은 한 농부가 초록색 벤치에 앉아 나무 껍질로 신을 삼고 있었다.

그는 귀가 먹어서 안드레이 공작이 가까이 다가가도 알아듣지 못했다. 그는 노공작이 즐겨 앉았던 벤치에 앉아 있었다. 바로 옆에는 마구 부러져 시든 목련가지에 벗겨진 나무껍질이 매달려 있었다.

안드레이 공작은 본관 쪽으로 다가갔다. 정원에 있던 몇 그루의 보리수는 이미 잘렸고, 얼룩말 한 필이 망아지를 데리고 길 바로 앞에 있는 장미나무 사이를 왔다 갔다 하고 있었다. 창문은 모두 덧문이 굳게 닫혔고 아래층 창문 하나만 열려 있을 뿐이었다. 혼자 있던 하인 아이가 안드레이 공작을 보자 집 안으로 뛰어 들어갔다.

알파투이치는 가족들을 보내고 나서 혼자 리스이예 고르이에 남아 있었다. 그는 집에서 《순교자전》을 읽고 있다가 안드레이 공작이 왔다는 말을 듣자 안경을 콧등에 얹은 채 윗옷의 단추를 끼며 황급히 공작에게 다가왔다. 그리고는 안드레이 공작의 무릎에 키스하면서 울음을 터뜨렸다.

이윽고 자신의 나약한 모습이 창피하고 화가 나는 듯 얼굴을 돌리더니 상황을 보고하기 시작했다. 값진 귀중품은 모두 보구차로프 마을로 옮겼으므로 남은 세간이 별로 없었다. 곡식도 100체트베르치(1체트베르치는 약 200리터-옮긴이) 정도 운반한 상태였다. 알파투이치는 풍작이었던 올해 건초와 가을갈이 보리가 채 영글기도 전에 베어져 군대에 징발되었으며, 농민들은 무척 어려운 지경이라고 했다. 대부분의 농민들은 보구차로프 마을로 갔고 여기 남은 자는 극소수일 뿐이라고 했다.

안드레이 공작은 그의 말이 끝나기도 전에 물었다.

"아버지와 누이는 언제 떠났나?"

이 말은 언제 모스크바로 출발했느냐는 뜻이었지만 알파투이치는 언제 보구차로프 마을로 떠났느냐고 묻는 줄 알고 7일에 떠났다고 대답했다. 그리고는 다시 처리한 집안 문제를 보고하고 안드레이 공작의 지시를 기다리며 물었다.

"영수증을 받고 군대에 귀리를 내주어도 괜찮겠습니까? 집에는 아직 600체트베르치가 남아 있는데요."

'무엇이라 대답해야 하나?' 안드레이 공작은 햇빛을 받아 빛나는 늙은이의 대머리를 바라보며 '알파투이치도 이런 질문을 할 분위기가 아니라는 것을 잘 알면서 그저 울적한 마음을 잠시나마 잊기 위해 물어보는구나'라고 생각했다.

"그래, 내주도록 해."

"정원이 엉망인 걸 보셨을 줄 압니다만." 알파투이치가 말을 이었다. "어떻게 막을 도리가 없었습니다. 3개 연대가 이곳을 지나가면서 야영을 했고 더욱이 용기병들까지 이곳을 거쳐 갔으니 말입니다. 그래서 나중에 청원을 내려고 연대장의 관등과 성명을 적어 두었습니다."

이번엔 안드레이 공작이 그에게 물었다.

"그래, 자네는 어떻게 할 작정인가? 적이 점령해도 여기 남아 있을 생각인가?"

알파투이치는 안드레이 공작을 뚫어지게 바라보더니 갑자기 엄숙한 표정으로 두 손을 들고 말했다.

"제 보호자는 하나님뿐입니다. 전 하나님께 맡겼습니다!"

농부와 하인들 한 무리가 풀밭을 헤치고 안드레이 공작에게 다가왔다. 안드레이 공작은 알파투이치 쪽으로 몸을 약간 구부리며 말했다.

"그럼 난 가겠네. 자네도 짐을 싣고 피난 가는 것이 좋을 거야. 농부들한테도 라자니 현이나 모스크바 시외에 있는 소유지로 피난하라고 이야기해 주게."

알파투이치는 젊은 공작의 발을 붙잡고 흐느껴 울기 시작했다. 안드레이 공작은 조심스럽게 그를 밀어내고 말을 달려 나무가 늘어선 길을 따라 비탈을 내려갔다.

화분 선반 옆에서는 아까 그 늙은이가 죽은 사람의 얼굴에 앉은 파리처럼 주위에는 아무 관심도 없는 듯 나무껍질로 삼은 신을 틀에 끼워 두드려댔다. 여자아이 두 명이 온실의 나무에서 자두를 따 가지고 달려 나오다가 안드레이 공작과 맞부딪쳤다. 주인을 보자 나이가 많은 여자아이가 깜짝 놀라더니 어린 친구의 손을 잡고 떨어뜨린 자두를 줍지도 못한 채 자작나무 뒤로 얼른 숨어 버렸다.

안드레이 공작은 당황하여 얼굴을 돌렸다. 그는 이 겁에 질린 사랑스러운 아이들이 가여웠다. 한편으론 아이들의 얼굴을 보기가 두려웠지만 너무 궁금했다. 그리고 자신과 아무 상관도 없는 두 여자아이에게서 소박한 인간의 마음을 발견하고는 안도감을 느꼈다. 분명히 이 아이들은 붙잡히지 않고 그 새파란 자두 열매를 집에 가지고 가서 먹어야겠다는 생각만 하고 있을 것이다. 안드레이 공작도 아이들의 바람이 이루어지길 바랐다. 그리고 소녀들의 얼굴을 한 번 더 보고 싶어졌다. 두 아이는 이제 위험에서 벗어났다고 안심했는지 나무 뒤에서 뛰어나와 소곤거리면서 작고 검게 그을린 맨발로 즐거운 듯 깡충깡충 풀밭으로 달려갔다.

안드레이 공작은 군대가 지나가 먼지가 자욱해진 큰길에서 벗어나자 기분이 조금 나아졌다. 리스이예 고르이에서 나와 좀 가다 보니 다시 길이 나왔다. 그리고 부근에 있는 작은 연못의 둑에서 쉬고 있는 자신의 연대를 만났다. 오후 1시가 좀 지난 때였는데, 붉은 공처럼 보이는 태양은 검정색 윗옷을 뚫고 등에 따갑게 내리쬐었다. 먼지는 떠들썩한 군사들 위에 계속 뽀얗게 피어오르고 있었다. 안드레이 공작이 둑 위에 올라서자 진흙 냄새와 연못의 상쾌한 기운이 얼굴에 확 풍겨 왔다. 물이 더러웠지만, 그는 물속에 뛰어들고 싶은 마음이 간절했다.

그는 외침 소리와 웃음소리가 들리는 쪽을 돌아보았다. 연못은 이끼가 떠 있어 탁했는데 수위가 높아서 거의 둑 밖으로 넘쳐날 지경이었다. 연못 속에서는 많은 병사들이 얼굴을 내놓고 왁자지껄 웃으며 떠들어대고 있었다. 이 인간의 육체들은 통 속에 잡아넣은 잉어같이 물속에서 왔다 갔다 뛰어다녔다. 너무 즐거워 보이는 광경이었지만 어떻게 보면 쓸쓸해 보이기도 했다.

안드레이 공작이 잘 아는 제3중대 소속의 젊은 병사는 장딴지에 가죽 띠를 맨 채 물속으로 신나게 뛰어들려는지 뒤로 물러서서 성호를 긋고 있었다. 늘 헝클어진 머리의 거무스름한 준위는 허리께까지 물속에 몸을 담그고 멋진 근육의 몸을 움직이면서 머리에 물을 끼얹고 만족스러운 듯 콧노래를 부르고 있었다. 철썩철썩 두들기는 소리와 떠드는 소리, 웅얼대는 소리가 들려왔다.

연못 기슭과 둑 위와 연못 속에도 희고 건장한 근육들이 있었다. 코가 붉은 장교 치모힌은 둑에 서서 손수건으로 몸을 닦고 있었다. 그는 안드레이 공작을 보자 쑥스러워하면서 말을 건넸다.

"참 좋습니다, 공작. 들어가시지 않겠습니까?"

"물이 더러워." 안드레이 공작이 얼굴을 찌푸리며 말했다.

"바로 공작님 자리를 만들겠습니다." 치모힌은 벌거벗은 채 병사들을 쫓아내려고 달려갔다.

"공작께서 목욕을 하신단다."

"공작이라니, 누구 말이야?"

모두들 실망한 표정으로 웅성대었고 안드레이 공작은 그들을 달래느라 애를 먹었다. 그는 차라리 헛간에서 물이나 끼얹는 것이 좋겠다고 생각했다.

'고깃덩어리, 몸뚱이, 대포의 밥!'

그는 벌거벗은 자신의 몸을 보며 생각했다. 그리고 부르르 떨었다. 추워서가 아니라 매우 더러운 연못 속에서 우글거리는 수많은 몸뚱이를 본 순간 혐오스러움과 공포심을 느꼈기 때문이었다.

8월 7일 바그라치온 공작은 스몰렌스크 거리의 미하일로프가 막사에서 다음과 같은 편지를 썼다.

친애하는 안드레예비치 백작

스몰렌스크를 적의 수중에 넘겨준 사실은 이미 바르클라이 대신이 아뢰었으리라고 생각합니다. 이는 무척 비통하고 유감스러운 일이고 가장 중요한 지점을 허무하게 잃었다는 사실에 전 군대는 절망에 빠져 있습니다. 본관은 직접 대신을 만나 설득하기도 하고 편지로 간청해 보기도 하였습니다만 그의 동의는 얻을 수 없었습니다. 본관은 명예를 걸고 아래와 같은 사실을 밝히려 합니다. 당시 나폴레옹은 궁지에 빠져 있었고 따라서 그가 전 세력의 반을 썼더라도 스몰렌스크는 절대로 빼앗을 수 없었을 것입니다. 반대로 우리 군대는 가장 잘 싸웠고 지금도 잘 싸우고 있습니다. 본관은 1만 5천 명의 병력으로 서른다섯 시간을 버텼고 적을 격파했습니다. 그러나 그는 열네 시간도 버티지 않았던 것입니다. 이는 부끄러운 일이며 아군의 치욕입니다. 본관은 그러한 인간은 살아남을 자격이 없다고 생각합니다. 그는 사상자가 많다고 보고하였는데 이는 사실이 아니며, 많아야 4천 명을 넘지 않을 것입니다. 어쩌면 그보다 적을 것입니다. 설사 사상자가 만 명이라고 해도 전쟁에서는 어쩔 수 없는 것입니다! 그만큼 적에게도 타격을 주었을 테니까요.

이틀을 더 버티는 것이 얼마나 힘든지 아십니까? 적군은 병사들과 말에게 먹일 물이 없어서 스스로 퇴각하였을 것입니다. 그는 퇴각하지 않겠다고 서약했음에도 불구하고 느닷없이 야간 퇴각을 알려왔습니다. 이런 식이라면 전쟁을 할 수 없으며 아군은 조만간 모스크바까지 빼앗기게 될 것입니다.

 이곳에 떠도는 풍문에는 귀하가 협상을 고려하고 있다고 합니다. 지금 협상을 하다니 어찌된 일입니까! 그렇게 엄청난 희생을 치르고 그렇게 허무한 후퇴를 한 지금 협상이 말이 됩니까. 만약 그렇다면 러시아 전체가 귀하의 적이 될 것입니다. 군인들은 군복을 수치로 여길 것입니다. 사태가 이렇게 된 이상 러시아의 힘과 버텨 주는 병사들이 있는 한 전쟁을 계속해야 한다고 생각합니다.

 또 총지휘권은 한 사람이 맡아야 하며, 결코 두 사람에게 나누어 맡기지 말아야 합니다. 대신이 궁 안에서는 유능한지 모르겠지만 군 지휘관으로서는 무능한 인물입니다. 그런 사람에게 조국의 운명을 맡기는 것은 부당하다고 생각합니다. 본관은 너무 화가 나서 미칠 지경입니다. 그래서 무례한 글을 올리게 되었습니다. 그러나 본관은 협상을 제의하고 대신에게 군대 지휘권을 맡기려는 사람은 황제 폐하에 대한 충성심이 약하고 국민 전체를 멸망으로 이끄는 인물이라고 생각합니다.

 본관의 의견을 더 솔직히 말씀드리자면, 지금 시급히 처리할 일은 모병 준비라고 생각합니다. 대신께서는 지금 볼초겐을 끌어들이려 하고 있습니다만 전군에는 시종 무관인 볼초겐에 대한 의혹으로 들끓고 있습니다. 그는 아군 편이라기보다 나폴레옹의 심복으로 항상 대신의 정책 결정에 참여하고 있다는 소문입니다.

 본관은 대신보다 고참이지만 일개 하사나 마찬가지로 복

종해 왔습니다. 본관은 매우 힘들었지만 폐하에 대한 충성심으로 기꺼이 수행했던 것입니다. 다만 유감스럽게도 명예로운 아군이 후퇴하면서 많은 사병을 과로로 잃고, 현재 1만 5천 명의 환자가 병원에 있을 지경이 되었습니다. 적에게 공세를 퍼부었다면 이렇게 되지 않았을 것입니다.

우리의 모국 러시아는 우리에게 무엇이라고 말하겠습니까. 우리는 과연 무엇을 두려워하는 것이며 무엇 때문에 선량하고 충성스러운 조국을 적에게 빼앗기고 국민에게 증오와 모욕감을 주는 것인지 귀하의 고견을 듣고자 합니다. 오, 우리는 무엇을 겁내고 있습니까? 이러한 상황에서 대신이 우유부단하고 비열하고 어리석은 악한이라고 해도 본관과는 아무 관계가 없습니다. 전군은 이 사실에 대해 울분을 참을 수 없으며 죽는 순간까지 저주하게 될 것입니다.

6

인생은 수많은 기준으로 분류된다. 그 기준은 형식에 따른 것과 내용에 따른 것이 있다. 시골 또는 모스크바에서의 생활이 내용에 따른 분류라면 페테르부르크에서의 생활, 특히 객실의 생활은 형식에 따른 것이며 늘 변하지 않을 것이었다.

1805년 이후 러시아는 나폴레옹과 협상과 전쟁을 반복하며 헌법을 수정했으나 안나 파블로브나의 객실과 엘렌의 객실은 7년 전이나 5년 전이나 하나도 달라지지 않았다. 안나 파블로브나의 객실에서는 나폴레옹의 성공에 대해 의문을 제기하는 이야기들을 주고받았다. 사람들은 유럽의 여러 왕들이 나폴레옹의 성공을 눈감아 주는 것은 악의에 찬 음모가 있기 때문이라고 의심하였다.

엘렌의 객실에는 가끔 루만세프가 방문하였고 현명한 부인들이 모여들었는데, 1812년에도 8년 전과 마찬가지로 위대한 국민과 인물들의 일을 감격에 겨워 이야기하고 프랑스와의 충돌을 슬퍼하고 있었다. 그러나 엘렌의 객실에 모인 사람들은 이 충돌이 곧 끝나고 평화가 올 것이라고 의견을 모았다.

최근 황제가 군대를 떠난 뒤 이 상반된 두 객실에서는 시위 같은 움직임이 일어났다. 안나 파블로브나의 모임은 프랑스인 중에서 열성적인 왕당파들만 동료로 맞아들여야 하고 프랑스 극장 따위에 들일 돈이 있다면 차라리 1개 군단을 유지하는 데 써야 한다는 등 애국적인 사상을 내세우고 있었다. 또 예민하게 전쟁의 경과를 살피며 아군에게 유리한 소문만 퍼뜨리려고 애를 썼다.

엘렌과 루만세프의 모임, 즉 프랑스파(派)에서는 적군과 전쟁의 잔인성에 대한 소문은 무시한 채 나폴레옹과의 협상에 모든 기대를 걸고 있었다. 또 이 모임에서는 국모 폐하의 보호를 받는 여학교와 황실 부속학교를 카자니에 옮긴 사람들을 경솔하다며 비난했다. 엘렌 측 사람들은 전쟁에 관한 모든 사건은 평화를 가져오기 위한 것일 뿐이라고 했다. 이들은 페테르부르크에 와서 엘렌의 집에 머물고 있는 빌리빈의 의견에 큰 영향을 받았다. 똑똑하다는 사람이라면 그녀의 집에 드나들어야 했기 때문에 빌리빈도 그곳에 머물고 있었다.

그는 사건을 결정하는 주체는 화약이 아니라 이를 발명한 사람이라는 관점이었다. 이 모임에서는 황제가 페테르부르크로 오면서 모스크바가 감격했다는 소식을 전하자 무척 조심스러워하면서도 한편으론 비웃고 있었다.

이와 반대로 안나 파블로브나의 모임에서는 모스크바의 감격에 기뻐하면서 플루타크가 옛 영웅들을 찬양한 것처럼 그들을 찬미했다. 여전히 중요한 위치에 있는 바실리 공작은 이 두 모임을 연결시키는 역할을 했다. 그는 '친근한 여자 친구'인 안나 파블로브나에게 가기도 하고, '딸의 외교적인 객실'에 출입하기도 했다. 그리고 이쪽과 저쪽을 계속 뛰어다니느라 혼란스러워서 안나 파블로브나에게 할 이야기를 엘렌에게 하거나 그 반대로 할 때도 있었다.

황제가 돌아온 지 얼마 안 되었을 때 바실리 공작은 안나 파블로브나의 객실에서 전쟁 얘기로 흥분하여 바르클라이를 좀 심하게 비난했다. 그런데 그럼 누가 총사령관이 되어야 하느냐는 문제가 나오자 결정을 내리지 못하고 쩔쩔 매기도 했다. 그때 '무척 어진 사람'이란 별명으로 불리는 한 손님이 오늘 쿠투조프가 페테르부르크의 민병 모집 사령관으로 임명되어 민병을 접견하는 것을 보았다고 말한 뒤, 이 쿠투조프가 적합한 인물이라고 조심스레 의견을 펼쳤다.

안나 파블로브나는 냉소를 머금고 쿠투조프는 황제를 불쾌하게 한 것 외엔 한 일이 없는 사람이라고 말했다. 그러자 바실리 공작이 그녀를 가로막았다.

"나도 늘 입이 닳도록 그렇게 이야기했고, 귀족회의에서도 그런 발언을 했습니다. 그러나 아무도 내 의견을 받아들이지 않았습니다. 그 사람을 민병 사령관으로 선출하면 폐하의 마음에 들지 않을 것이라고 말했지만 모두들 들으려 하지 않더군요." 그는 계속 말을 이었다. "다들 불평만 할 뿐이지요. 그나마 누구에 대한 건지 아십니까? 우리가 쓸데없는 모스크바의 감격을 그대로 흉내내려 하기 때문입니다."

바실리 공작은 잠시 착각하여서 안나 파블로브나의 객실에서는 그 사실을 마구 칭찬해야 한다는 사실을 그만 잊은 것이었다. 그는 서둘러 말을 바꿨다.

"어쨌든 러시아에서 가장 늙은 쿠투조프 장군이 관청회의에 참석한다는 것이 어울리는 일입니까? 결국 아무것도 얻을 수 없단 말입니다! 게다가 그는 말을 탈 줄도 모르고 회의에서는 잠만 잡니다. 이렇게 쓸모없는 인간이 총사령관으로 임명될 수 있는 겁니까? 그는 이미 부카레스트에서 자기의 무능을 다 털어놓았습니다. 나는 여기서 그의 장군으로서의 자질에 대해 왈가왈부할 생각은 전혀 없습니다. 그러나 나라의 운명이 위기에 처한 이때 늙은 장님을 어떻게 임명할 수 있답니까? 그는 아무것도 보지 못합니다!"

아무도 그 말에 반대하는 사람이 없었다.

7월 24일에는 이 말이 정당했다. 그러나 29일에 쿠투조프는 공작의 작위를 받았다. 공작의 작위는 그를 존경하기 위한 한 방편이었기 때문에 바실리 공작의 말이 틀렸다고만은 할 수 없었다. 그러나 이때 그는 너무나 당황해서 다시는 그런 말을 하지 않았다. 8월 8일에는 살트이코프, 아라크체예프, 뱌지미치노프, 로푸힌, 코추베이 등의 장군들이 모인 군사평의위원회가 소집되었다. 위원회는 패전의 원인이 지휘 계통의 혼란이라고 지적했다. 그래서 모두들 황제가 쿠투조프를 별로 마음에 들어하지 않음을 알면서도 간략한 회의 끝에 그를 총지휘관으로 임명하도록 황제에게 청했다. 그날 쿠투조프는 군대 전체와 군대가 주둔하고 있는 지방 전체에 대한 총사령관으로 임명되었다.

8월 9일 바실리 공작은 안나 파블로브나의 집에서 그 '무척 어진 사람'과 다시 만났다. 그 사람은 어떤 여학교의 교장 자리를 얻으려 했기 때문에 항상 안나 파블로브나의 비위를 맞추고 있었다. 바실리 공작은 숙원을 달성한 행복한 승리자의 표정으로 방 안에 들어섰다.

"여러분, 중대한 소식을 가지고 왔는데 알고 계십니까? 쿠투조프 공작이 원수가 되었습니다. 잡음은 이제 일단락 지어졌습니다. 참으로 반갑고 기쁜 일입니다! 마침내 인물을 얻은 셈입니다."

그는 진지한 표정으로 객실에 있는 여러 사람들을 둘러보았다. '무척 어진 사람'은 직위를 얻고 싶은 생각이 간절했으나 참지 못하고 바실리 공작이 전에 한 말을 꺼내고 말았다 (이는 안나 파블로브나의 손님인 바실리 공작이나 이 보고를 기꺼이 맞아들인 안나 파블로브나의 체면을 깎는 말이었지만 참지 못했던 것이다).

"그렇지만 공작, 그 사람은 장님이잖습니까?"

그 사람은 바실리 공작으로 하여금 자기가 한 말을 돌이킬 수 있도록 이렇게 말했다.

"천만에, 그는 충분히 볼 수 있습니다." 바실리 공작은 난감한 문제에 이르면 으레 그렇듯 기침을 하면서 얼버무리려는 것처럼 나직하고 굵은 소리로 서둘러 말을 이었다.

"이제 눈은 충분히 보입니다." 그는 강조하듯 되풀이하며 말을 계속 이어갔다.

"게다가 우리가 기뻐해야 할 것은 전 군대와 전 지방을 지배하는 절대적인 권력, 지금까지의 총사령관이 가지지 못했던 권력을 황제께서 내려 주신 것입니다. 전제 군주 같은 권력자가 한 사람 더 생긴 셈입니다." 그가 만족스런 미소를 띠고 말을 맺었다.

"제발 일이 뜻대로 되었으면 좋겠어요." 안나 파블로브나가 말했다. '무척 어진 사람'도 궁중 사회에서는 아직 낯설었기 때문에 안나 파블로브나의 비위를 맞추려고 이 문제에 관한 그녀의 낡은 의견을 끄집어냈다.

"듣기에 황제는 이러한 권력을 쿠투조프에게 줄 생각이 별로 없었던 모양이더군요. 황제는 마치 조콩트(외설적인 콩트-옮긴이)를 읽은 처녀같이 빨개진 얼굴로, 황제와 조국은 명예로 상을 내린다고 말씀하셨다는 소문이에요."

"그러나 마음속으로 뭔가 걸리시는 게 있었는지 모르죠." 안나 파블로브나가 말했다.

"아니, 그렇지 않아요." 바실리 공작이 쿠투조프를 두둔하기 시작했다. 이젠 그 누구 아래로도 쿠투조프를 떨어뜨릴 수 없었다. 바실리 공작은 쿠투조프야말로 가장 훌륭하고 모든 사람에게 존경받는 인물인 것같이 생각되었다.

"아니, 그럴 리 없습니다. 황제께서는 이전부터 쿠투조프의 가치를 충분히 인정하고 있었던 겁니다."

"제발 쿠투조프 공작께서 실권을 쥐면 누구에게도 방해받지 않았으면 좋겠어요." 안나 파블로브나가 말했다.

바실리 공작은 어떤 사람을 말하는 것인지 이내 알았다. 그는 속삭이듯 말했다.

"내가 알기로 쿠투조프는 황태자를 군에 보내지 않는다는 조건을 절대적으로 내세웠던 모양입니다. 당신은 쿠투조프가 황제에게 뭐라고 말했는지 아십니까? '저는 폐하께서 잘못된 일을 하셨다고 해도 탓할 수 없고 훌륭한 일을 하셨다고 해도 칭송할 수 없습니다'라고 했답니다."

"오! 쿠투조프 공작은 정말 현명한 분이십니다. 저는 그분을 오래전부터 알고 있었습니다. 심지어는 이런 이야기까지 있습니다." '무척 어진 사람'이 말했다.

"공작은 황제 폐하께서도 직접 전선에 나오시지 말 것을 절대적인 조건으로 내세웠던 모양입니다." 그는 아직 궁중 사교에 대해 서툴렀던 것이다.

그가 이 말을 하자 바실리 공작과 안나 파블로브나는 그에게서 얼굴을 홱 돌려 버렸다. 그리고 그의 순진한 태도에 한숨을 쉬면서 어이가 없는 듯 얼굴을 마주보았다.

7

페테르부르크에서 이런 일이 일어나는 동안 프랑스 군대는 이미 스몰렌스크를 지나 모스크바를 향해 오고 있었다. 나폴레옹의 전기를 쓴 작가 티에르는 다른 작가들과 마찬가지로 주인공을 옹호하면서 나폴레옹은 본의 아니게 모스크바의 성벽까지 갔다고 말한다. 다른 역사가들과 마찬가지로 역사적 사건의 해답을 한 영웅의 의지에서 구하려는 그의 이러한 의견은 정당하다. 또 그의 의견이 정당함과 마찬가지로 나폴레옹이 모스크바로 온 까닭은 러시아 장군들이 교묘한 전술을 폈기 때문이라고 하는 러시아 역사가들의 의견도 정당하다. 여기에는 모든 과거를 어떤 사건의 준비라고 생각하는 소급 법칙 이외에 모든 사태를 연관시키는 것이 있다.

능숙한 경기자는 경기 초기에 실책을 발견하려고 애쓰고 졌을 때는 패인을 자기의 실수로 돌리려 한다. 그러나 그는 경기 때마다 잊어버리고 똑같은 실수를 저지르는 것이다. 상대방이 그의 실수를 이용했을 때 그는 자신의 실수를 깨닫는데, 전쟁의 승패는 이에 비하면 너무나 복잡하다. 전쟁이란 시간이 흐르면서 일정한 조건에 따라 이루어지며, 의지가 생명 없는 기계를 지도하는 것과는 다른 것이다. 전쟁에서는 우연한 충돌이 끊임없이 일어나며 모든 일이 생기는 것이다.

스몰렌스크를 점령한 뒤 나폴레옹은 도로고부쥬 건너편에 있는 뱌지마와 차레프 자이미시체에서 결전을 벌이려고 했으나 여러 사정 때문에 러시아군은 모스크바로부터 120베르스타 떨어진 보로지노까지 결전에 응할 수가 없었다. 따라서 나폴레옹은 뱌지마에서 바로 모스크바로 진격하라고 명령했다.

'이 대제국의 아시아적인 수도인 모스크바, 알렉산드르 지배하에 있는 여러 민족, 중국의 탑을 닮은 무수한 교회를 가진 모스크바!'

그런 모스크바는 나폴레옹을 흥분시켰다. 나폴레옹은 영국식으로 꼬리를 짧게 자른 갈색 말에 올라타고 근위병과 호위병, 소년 시종, 부관들을 거느리고 뱌지마에서 차레프 자이미시체로 행군하였다. 참모장인 베르치예는 기병이 붙잡은 러시아 포로를 심문하기 위해 조금 뒤에 처졌다. 그는 통역관인 를로름 디드비유를 데리고 말을 달려 간신히 나폴레옹의 뒤를 따랐다. 그리고 유쾌한 표정으로 말을 세웠다.

"어때?" 나폴레옹이 물었다.

"플라토프 군단의 카자흐병입니다. 그의 말에 따르면 플라토프 군단이 본대와 합류하는 모양입니다. 그리고 쿠투조프가 총사령관으로 임명되었다고 합니다. 무척 똑똑하고 수다스러운 놈입니다!"

나폴레옹은 빙긋 웃고는 그 카자흐 병사에게 말을 내주고 자기 앞으로 데려오라고 명령했다. 직접 이야기를 나누고 싶었던 것이다.

몇 사람의 부관이 달려갔다.

한 시간 뒤 원래는 데니소프의 농노였으나 니콜라이에게 넘겨진 라브루슈카가 프랑스 기병의 말에 올라타고 나폴레옹 옆으로 왔다. 그는 거나하게 취한 데다 교활한 표정까지 짓고 있었다. 나폴레옹은 라브루슈카에게 자기 옆에 나란히 따라오라고 명령하고 이것저것 묻기 시작했다.

"넌 카자흐인이냐?"

"그렇습니다, 대장님."

이 동양인이 보기에 소박한 나폴레옹이 황제라는 사실을 눈치 챌 만한 점이 조금도 없었으므로, 카자흐인은 상대가 누구인지도 모르고 아주 친절하게 전황을 이야기하였다. 티에르는 이 일화를 전하면서 이렇게 말하고 있다.

사실 라브루슈카는 전날 밤 술을 많이 마시고 덜 깨서 주인의 식사도 준비하지 않은 벌로 실컷 얻어맞았다. 그리고 닭을 구하러 마을로 와서는 물건을 훔치는 데 열중하다가 그만 프랑스군에게 붙잡힌 것이었다. 라브루슈카는 하인 중에서도 세상사를 다 겪은 듯 거만하고 무례한 사람이었다. 그는 하인이라면 무엇을 하든 비열하고 교활하게 하는 것이 의무라고 생각하고 주인을 위해서라면 무슨 일이든 마다하지 않는 놈들이나 주인의 잘못된 점, 특히 허영심이나 치사스런 근성 같은 것을 교활하게 꿰뚫어보는 재능을 가지고 있었다.

라브루슈카는 나폴레옹 앞으로 가자 상대방이 어떤 사람인지 금세 알았다. 그래서 새 주인에게 봉사하려고 무진 애를 썼다. 나폴레옹일시라도 니콜라이나 채찍을 든 상사보다 어려울 것은 없다는 생각이었다.

그는 하인들끼리 주고받는 얘기를 마구 지껄여댔는데 그 중에서 몇 가지는 사실이었다. 그러나 나폴레옹이 '러시아 사람들이 나폴레옹을 이길 수 있다고 생각하는가?'라는 질문을 던졌을 때는 라브루슈카도 얼굴을 찌푸리고 잠시 생각에 잠길 수밖에 없었다.

라브루슈카 같은 사람은 언제 어떠한 상황이라도 간사한 방책을 생각해 내는데, 그는 순간 함정이라는 것을 눈치 챈 것이다. 그는 얼굴을 찌푸린 채 잠시 동안 말을 하지 않다가 심사숙고하는 듯한 표정으로 말했다.

"글쎄요. 곧 있을 전투에서 금방 승부를 낸다면 확실히 당신들이 이길 것입니다. 그러나 만약 사흘 이상 지나도 결말이 나지 않는다면 이 전쟁도 결국 그만큼 오래갈 겁니다."

를로름 디드비유가 빙긋 웃으며 나폴레옹에게 이렇게 통역했다.

"만약 전투가 사흘 안에 일어난다면 프랑스군은 승리할 것입니다. 그러나 이 기회를 놓친다면 무슨 일이 일어날지 모릅니다."

나폴레옹은 유쾌했지만 웃지 않고 그 말을 한 번 더 하라고 명령했다.

라브루슈카는 상대방이 누군지 알아챘으면서도 나폴레옹의 기분을 좋게 해 주려고 모르는 척하며 말했다.

"당신들한테는 나폴레옹이란 사람이 있다는 걸 우리도 잘 알고 있습니다. 그는 세계를 평정하고 다녔지만 이 나라는 사정이 좀 다르니까요."

라브루슈카는 이야기 끝에 왜 오만한 애국심이 튀어나왔는지 스스로도 알 수 없었다. 통역관은 마지막 부분은 잘라 버리고 나폴레옹에게 통역했다. 나폴레옹은 빙긋 웃었다. 티에르는 이 대목을 "젊은 카자흐는 대화를 나눈 위대한 상대를 웃겼다"라고 기록하였다. 얼마 동안 말없이 가던 나폴레옹은 베르치예를 돌아보더니, 이 포로에게 대화를 나눈 사람이 나폴레옹 황제라는 것을 알리면 어떤 표정이 될지 보고 싶다고 말했다. 통역관에게 그 말을 전해 들은 라브루슈카는 나폴레옹의 의도를 알고는 깜짝 놀란 듯한 표정을 지었다.

티에르는 이렇게 말하고 있다.

"통역관이 말을 전한 순간 카자흐인은 멍해져서 한마디도 하지 못했다. 그는 동방을 가로질러 뛰어난 명성을 떨치던 이 정복자에게서 잠시도 눈을 떼지 않고 말을 몰았다. 그의 수다는 바로 멎었고 순진하면서도 알 수 없는 경이로운 마음이 되었다. 나폴레옹은 그에게 상을 주었고 고향의 들에 새를 풀어 주듯 자유를 허락하였다."

나폴레옹은 상상 속의 모스크바를 마음에 그리며 전진을 계속했다. '고향의 들로 자유롭게 날아간 새'는 동료들에게 이야기해 주려고 있지도 않았던 일을 궁리하면서 우군의 전초 기지로 달려갔다. 그는 자기가 실제로 당한 일은 이야기할 가치가 없다고 생각한 것이다.

이윽고 그는 카자흐 부대에 도착해서 플라토프 부대 소속인 자신의 연대가 어디에 있는지 물었다. 그리고 그날 저녁 얀코보에 주둔하고 있는 주인 니콜라이를 찾아냈다. 니콜라이는 일리인과 함께 가까이에 있는 마을을 눌러보려고 말에 올라타고 있었다. 그는 라브루슈카에게 다른 말을 주고 함께 갔다.

8

공작의 딸 마리아는 안드레이 공작의 생각처럼 모스크바로 피난해 위험 구역에서 벗어나 있지 않았다.

알파투이치가 스몰렌스크에 다녀온 후 노공작은 꿈에서 깨어난 사람처럼 정신을 차렸다. 그는 여러 마을에서 민병을 모아 무장하라고 명령하고 또 총사령관에게 편지를 써서 자신은 리스이예 고르이에 끝까지 남아 지킬 결심이라고 전했다. 러시아의 한 노장군은 이곳에서 포로가 되든지 전사하겠지만 군이 이 산을 적으로부터 방어하여 지키는 것은 총사령관이 재량껏 할 일이라고 통고하고, 가족들에게도 자신은 리스이예 고르이에 남겠다고 전했다.

그러나 공작은 딸과 테살과 어린 공작을 보구차로프 마을로 우선 피난시킨 후 모스크바로 가라고 했다. 마리아는 한동안 넋 나간 사람 같던 아버지가 밤에도 자지 않을 만큼 열성적으로 변한 것이 놀라웠고 아버지만 남겨두고 떠날 수 없었다. 그래서 그녀는 난생처음으로 아버지의 명령을 어기고 그곳을 떠나지 않겠다고 말하였다.

그러자 벼락 같은 공작의 분노가 떨어졌다. 그러더니 딸에게 다시 이런저런 불평을 늘어놓기 시작했다. 사실 공작은 걸핏하면 마리아를 못마땅해하면서 자기를 괴롭혀 왔다는 둥, 하나뿐인 아들과 싸움을 붙인다는 둥, 부모를 의심한다는 둥, 자신에게 상처 주는 것을 평생 목적으로 알고 있다는 둥 하며 실컷 퍼붓고 네가 가든 말든 상관없다면서 서재에서 쫓아내고 말았다. 그리고 너 같은 것은 관심도 없으니까 이제 내 눈앞에 얼씬거리지도 말라고 했다. 그러나 마리아는 걱정했던 것과는 달리 아버지가 자기를 억지로 떠나보내려는 것은 아니라는 것을 알고 한시름 놓았다. 즉, 눈앞에 얼씬거리지 말라는 것은 그녀가 아무 데도 가지 않기를 은근히 바라고 있는 증거라고 생각한 것이다.

니콜루쉬카가 출발한 다음 날 노공작은 총사령관을 방문하려고 아침부터 정장을 차려입었다. 마리아는 아버지가 군복에 지금까지 받은 훈장을 모두 달고 나가서 무장한 농부들과 하인들을 검열하기 위해 뜰에 서 있는 모습을 보았다. 그녀는 밖에서 들려오는 아버지의 목소리에 귀를 기울이면서 창문 쪽에 앉아 있었다.

그런데 갑자기 가로수길 쪽에서 남자 네댓 명이 겁에 질린 얼굴로 허겁지겁 달려오는 모습이 보였다.

마리아는 가로수길 쪽으로 달려 나갔다. 그녀를 따라 여러 민병대원들과 하인들이 우르르 몰려갔다. 그들 중 몇 사람이 군복에 훈장을 단 몸집이 작은 노공작의 두 팔을 부축하고 있었다. 마리아가 그의 곁으로 달려갔으나 가로수 그림자 사이로 햇빛이 반짝반짝 비쳐서 아버지의 얼굴을 제대로 볼 수 없었다. 다만 그토록 엄격했던 얼굴이 겁에 질린 듯한 표정으로 변해 있다는 것만 알 수 있을 뿐이었다.

공작은 딸을 보자 힘없이 입술을 움직여 쉰 소리로 말을 했지만 마리아는 알아들을 수 없었다. 그는 부축을 받으며 서재 안으로 들어갔고 그토록 꺼리던 소파 위에 몸을 눕혔다.

그날 밤 곧 불려온 의사는 그에게 수혈을 하고는 심장마비가 일어나 오른쪽이 반신불수가 되었다고 진단했다.

리스이예 고르이에 머물러 있는 것이 점점 더 위험해졌기 때문에 이튿날 공작 일행은 의사와 함께 보구차로프로 옮겼다. 테살과 어린 공작은 이미 모스크바로 떠난 뒤였고, 반신불수가 된 노공작의 병세는 아무 변화가 없었다. 안드레이 공작이 지은 보구차로프의 새 집에서 3주일쯤 지냈을 즈음 노공작은 혼수상태가 되어 보기 흉한 시체처럼 누워 있었다. 그는 눈썹과 입술을 움직거리면서 끊임없이 중얼거렸다. 그가 희미하게나마 주위에서 일어나는 일을 의식하고 있는지 알 수 없었다. 다만 고통스러워하고 있다는 것과 의사 표시를 하려고 애쓰고 있다는 것은 눈치 챌 수 있었다. 그러나 혼수상태에서 횡설수설하는 탓에 무슨 이야기를 하고 싶은지는 아무도 알아듣지 못했다.

의사는 노공작의 불안한 표정은 단지 쇠약해진 몸 탓이지 정신적인 문제는 아니라고 말했다. 그러나 마리아가 보기에는 아버지가 자기에게 무언가 할 이야기가 있어서 그러는 것 같았다. 사실 그녀가 공작 곁에 가기만 하면 더 불안해하는 것을 보아도 정신적으로나 육체적으로나 정상이 아닌 것 같다는 그녀의 생각이 틀림없는 듯했다. 완쾌될 가망은 없었다. 다른 곳으로 옮겨 갈 수도 없었다. 여행하는 도중에 돌아가시기라도 한다면 큰일이었다. 그래서 마리아는 '끝장이 나 버리는 게, 아주 끝나는 게 좋지 않을까?'라는 생각을 하기도 했다. 그녀는 낮이나 밤이나 거의 한숨도 자지 못하고 아버지를 살폈다. 그러면서 완쾌의 징조보다는 임종의 징조를 기대하는 마음으로 병든 아버지를 지켜보았던 것이다.

이러한 감정이 옳지 않다는 것은 그녀도 잘 알고 있었지만 솔직한 마음이었다. 더욱이 마리아에게 무시무시했던 것은 아버지가 병으로 쓰러졌을 때부터가 아니라 어쩌면 그 전부터 마음속에 잠들어 있던 인간적인 소망과 기대가 갑자기 눈을 떴다는 사실이었다.

몇 년 동안이나 머릿속에 떠오르지 않던 생각, 아버지를 두려워할 필요가 없는 자유로운 생활과 사랑이 넘치는 행복한 가정생활을 바라는 마음이 악마의 유혹처럼 끊임없이 마음을 어지럽혔다. 아무리 뿌리치려고 해도 아버지가 돌아가시면 어떻게 생활해 갈까 하는 생각이 머리에서 떠나지 않았다. 마리아는 이것이 악마의 유혹이라는 사실을 잘 알고 있었다. 또 이에 대항하는 유일한 무기는 기도뿐이라고 믿고 기도에 열중하려고 했다.

그녀는 성상 앞에 무릎을 꿇고 기도에 집중하려고 하였으나 잘 되지 않았다. 그녀는 자기 자신이 낯선 세계에 있다고 느꼈다. 전에 그녀가 기도하면서 유일한 위로로 생각했던 정신세계와는 대조적인 자유롭고 새로운 세계였다. 그녀는 기도할 수도 없었고 울 수도 없었다. 실제 생활에 대한 고민만 할 뿐이었다. 프랑스군이 가까이 오고 있다는 소문이 파다했고 보구차로프에 남아 있는 것도 위태로운 상황이었다. 보구차로프에서 15베르스타쯤 떨어진 어느 마을에서는 프랑스군이 지주의 저택 한 채를 약탈했다.

의사는 공작을 더 멀리 피난시켜야 한다고 주장했다. 귀족회장도 마리아에게 사람을 보내어 되도록 빨리 이곳을 떠나라고 권했다. 경찰서장도 보구차로프 마을로 와서 떠날 것을 권하면서, 프랑스군이 이미 40베르스타 앞까지 와서 마을마다 다니고 있는 상태이며, 그녀가 15일까지 아버지를 모시고 피난하지 않으면 자기도 아무 책임을 질 수 없다고 했다.

결국 마리아는 15일에 떠나기로 결정했다. 하인들에게 떠날 준비를 시키느라 그녀는 온종일 분주했다. 언제나 그랬듯 그녀는 옷도 벗지 않은 채 공작의 침실 옆방에서 밤을 새웠다. 그녀는 눈을 뜰 때마다 공작의 신음 소리며 코 고는 소리, 침대가 삐걱거리는 소리와 공작을 돌려 눕히는 치혼과 의사의 발소리를 들었다.

잠을 이룰 수 없었던 그녀는 몇 번이나 문 쪽에 가서 귀를 기울였다. 공작은 이날 여느 때보다 더 크게 신음 소리를 내며 괴로워하는 것 같았다.

공작은 비록 말은 하지 못했지만 남이 자기를 보고 두려워하는 표정을 지으면 몹시 불쾌해했기 때문에 마리아는 들어가기를 망설였다. 마리아는 아버지 성격을 잘 알고 있었다. 때로 그녀가 자신도 모르게 아버지를 빤히 내려다보고 있으면 아버지가 불쾌한 표정을 지으며 시선을 피한다는 느낌을 받았던 것이다. 밤중에 난데없이 아버지 방으로 들어간다면 신경을 건드리게 될 것임에 틀림없다고 생각했다.

그러나 그녀는 이때만큼 아버지를 잃을 일이 슬프고 무서웠던 적이 없었다. 그녀는 아버지와 지낸 기억을 떠올리며 그의 말 한 마디 한 마디에 실린 사랑을 발견했다. 그런데 이러한 추억 사이로 악마의 유혹, 즉 아버지가 돌아가신 뒤 펼쳐질 자유로운 생활에 대한 기대가 슬그머니 고개를 드는 것이었다. 그러나 그녀는 스스로를 꾸짖으며 그러한 상념을 쫓아 버렸다. 날이 샐 무렵 공작이 차도를 좀 보이자 그녀는 그때서야 눈을 붙일 수 있었다.

마리아는 이튿날 아침 늦게 눈을 떴다. 병자가 있는 집이면 으레 그렇듯 그녀도 눈을 뜨자마자 아버지가 걱정되어 문 반대편에서 들리는 소리에 귀를 기울였다. 아버지의 신음 소리가 들리자 '휴우' 하는 한숨을 내쉬고 여전히 아무 변화가 없다는 사실을 자신에게 강조하듯 말했다.

'대관절 어떻게 되길 바라는 걸까? 나는 무엇을 바라고 있는 것일까? 정말 아버지가 돌아가시기를 바란단 말인가!'

그녀는 스스로에게 혐오감을 느끼면서 이렇게 속으로 외쳤다. 그녀는 옷을 입고 세수를 한 뒤 기도를 마치고 현관으로 나왔다. 현관에는 말을 채우지 않은 마차가 몇 대 준비되어 있었고 사람들이 짐을 싣고 있었다.

흐리고 따뜻한 아침이었다. 마리아는 현관에 우뚝 서서 자신의 추악한 마음과 싸우며 아버지 방에 들어가기 전에 마음을 정리해 두어야겠다고 생각했다.

의사가 그녀의 곁으로 다가와 말을 건넸다.

"오늘은 공작의 병세가 좀 괜찮은 것 같습니다. 아가씨를 찾으시는 중인데, 이제 하시는 말씀도 어느 정도 알아들을 수 있습니다. 머릿속이 맑아지신 모양입니다. 자, 가십시다. 공작께서 아가씨를 찾으십니다."

마리아의 심장박동은 매우 빨라지기 시작했고 얼굴은 새파랗게 질렸다. 그녀는 쓰러지지 않으려고 문에 기댔다. 이제 그녀는 무서운 악마의 유혹으로 가득 차 있어서 괴롭기도 했지만 아버지와 대면하여 이야기를 나누어야 한다는 것이 기쁘기도 하였다.

"가십시다." 의사가 다시 말했다.

마리아는 아버지 방으로 들어가 침대로 다가갔다. 공작은 머리를 높이하고 반듯이 드러누워 있었다. 그물 같은 많은 혈관으로 잔뜩 덮인 조그맣고 앙상한 공작의 자줏빛 손은 이불 위에 놓여 있었다. 왼쪽 눈은 정면을 보고 있었으나 오른쪽 눈은 비스듬히 치켜 올라가 있었다. 눈썹도 입술도 움직이지 않았다. 애처로울 정도로 온몸이 비쩍 말라 있었다. 얼굴 역시 쪼그라들어 녹아 버린 것처럼 보였고 몸의 윤곽이 전체적으로 줄어든 것 같았다.

마리아는 아버지에게 다가가 손에 키스했다. 그는 벌써부터 기다리고 있었다는 듯 왼손으로 그녀의 손을 잡고 바싹 앞으로 당겼다. 눈썹과 입술은 화를 내는 것처럼 떨렸다.

그녀는 겁에 질린 시선으로 아버지를 보면서 자기에게 무엇을 요구하고 있는지 알아내려고 했다. 그녀는 아버지의 왼쪽 눈에 자기 얼굴이 보이게 몸을 돌렸고 노공작은 한동안 딸을 계속 바라보았다.

이윽고 노공작은 두려워하면서도 애원하는 눈빛으로 그녀를 쳐다보면서 뭐라고 말하기 시작했다. 자기가 하는 말을 딸이 알아듣지 못할까 봐 걱정하는 표정이었다.

마리아는 주의를 기울여 아버지를 바라보았다. 있는 힘을 다해 간신히 소리 내는 모습을 보며 그녀는 자기도 모르는 사이에 눈을 맞춘 채 말을 되풀이해 보았다. 그러나 아버지가 입술과 혀를 겨우 움직여 내는 소리를 알아들을 수 없었다. 그래도 그녀는 알아들으려고 몇 번이나 다시 물었다.

"……슴이…… 다……." 그는 여러 번 이렇게 되풀이했다. 아무래도 무슨 소린지 알 수 없었다. 의사는 알아들었다는 듯이 공작의 말을 되풀이하면서 공작에게 '두렵지 않으냐'고 하셨냐고 물었다. 공작은 고개를 젓더니 같은 말을 되풀이했다.

"가슴이, 가슴이 답답하다." 이번엔 마리아가 알아들었다는 듯 이렇게 말했다. 공작은 머리를 끄덕이는 듯하더니 그녀의 손을 잡고 정말 아픈 데를 찾기라도 하려는 듯 자기 가슴 위 여기저기에다 누르기 시작했다.

"줄곧 너에 대해서만…… 생각하고 있었다……."

마침내 자기 말을 상대방이 알아듣게 되자 그는 훨씬 더 분명하게 말했다. 마리아는 아버지의 손에 얼굴을 파묻고 슬픔으로 복받쳐 오르는 눈물을 숨기려고 애를 썼다.

그는 한 손으로 딸의 머리를 어루만지며 힘없이 말했다.

"나는 밤새 너를 불렀다."

"그런 줄 알았다면……." 그녀가 눈물을 흘리며 말을 이었다. "저는 들어오는 게 조심스러웠어요."

공작은 딸의 손을 꼭 쥐었다.

"자지 않았었니?"

"자지 않았어요. 한잠도 안 잤어요." 마리아는 고개를 좌우로 저으며 말했다. 그녀는 점점 아버지의 말소리를 흉내내면서 자꾸 손짓으로 이야기를 하려고 애를 썼다.

"귀엽고 무엇보다 소중한 딸……."

그녀는 이 말을 알아듣지 못했다. 그러나 아버지가 지금까지 한 번도 한 적이 없는 다정한 말을 하였다는 걸 눈빛으로 읽을 수 있었다.

"왜 오지 않았니?"

'그런데 나는 아버지가 돌아가시길 바라고 있었다니!'

마리아는 생각했다. 그는 잠자코 있었다.

"고맙다, 아가…… 소중한 딸…… 여러 가지로 고맙다…… 용서해 다오." 이렇게 말하는 공작의 눈에선 눈물이 흘렀다.

"안드레이를 불러 다오." 갑자기 공작이 아들을 찾았다. 이 말을 하는 그의 얼굴에는 어린아이처럼 두려워하는 듯한 표정이 드리워졌다. 자신의 바람이 소용없다는 것을 잘 아는 것 같았다. 마리아는 그렇게 생각했다.

"오빠에게서 편지가 왔어요." 마리아가 대답했다.

그는 놀라고 겁에 질린 듯한 표정으로 그녀를 보았다.

"그 애는 어디 있는 게냐?"

"아버지, 오빠는 군대에, 스몰렌스크에 계세요."

그는 눈을 감고 오랫동안 잠자코 있다가 자기의 궁금증에 대답이라도 하는 듯 머리를 끄덕이고는 눈을 떴다. 그리고 작지만 또렷한 목소리로 말했다.

"그래. 러시아는 멸망했다! 멸망해 버렸어!"

그는 이렇게 말하고 소리 내어 울기 시작했다. 노공작의 눈에서 눈물이 흘러내렸고 마리아도 그런 아버지를 보며 눈물을 흘렸다.

잠시 후 노공작이 울음을 멈추고 눈을 감으면서 한 손으로 눈의 끝을 가리켰다. 치혼이 얼른 다가와 눈물을 닦았다.

그러더니 감았던 눈을 뜨고 무어라고 말을 했다. 아무도 알아듣지 못했으나 치혼이 알아듣고 전해 주었다. 마리아도 아버지가 무슨 말을 하는 건지 궁금했다. 러시아에 관해서인지, 오빠인 안드레이 공작에 관해서인지, 그녀에 대해서인지, 손자에 관해서인지, 그렇지 않으면 죽음에 관해서 이야기하는 것인지 골똘히 생각해 보았다. 그래도 아버지의 말을 알아들을 수가 없었다.

"그 흰옷을 입어라. 나는 그 옷이 좋으니까."

아버지 노공작이 한 말은 이것이었다.

이 말을 듣고 마리아는 더 큰 소리로 울기 시작했다. 의사는 그녀의 손을 잡고 테라스 쪽으로 데려가 진정하라고 하고 떠날 채비를 하라고 권했다. 마리아가 방을 나간 뒤 공작은 아들과 황제에 대해 이야기하다가 노여운 듯 눈썹을 치켜 올리고 목소리도 높이기 시작했다. 이렇게 공작에게 두 번째이자 마지막 발작이 찾아온 것이다.

마리아는 테라스 위에 우두커니 서 있었다. 하늘은 맑아지기 시작했으며 볕이 내리쬐어 무더웠다. 지금까지 아버지에게서 느끼지 못했던 사랑, 그 깊은 사랑이 가슴 속에 가득 찼음을 느꼈다. 그녀는 뜰로 내려가 안드레이 공작이 심은 보리

수 길을 울면서 연못 쪽까지 달려내려 갔다.

"그래. 나는 아버지가 돌아가시길 바라고 있었던 거야! 그렇다. 모든 게 끝나 안정을 찾기를 바라고 있었어. 그러나 그게 무슨 소용이 있단 말이지? 아버지가 돌아가시고 난 뒤에 그까짓 안정이 무슨 의미가 있을까!"

마리아는 뜰을 거닐면서 슬픔이 치밀어 오르는 가슴을 두 손으로 꾹 누르며 중얼거렸다.

그렇게 뜰을 한 바퀴 돌고 집으로 돌아왔을 때 그녀는 저편에서 브리앤(브리앤은 보구차로프에 머물면서 떠나고 싶어하지 않았다)이 낯선 남자와 함께 자기 쪽으로 걸어오는 것을 보았다. 그는 이 마을의 귀족 대표로 조금이라도 빨리 이곳을 떠나야 한다고 말하러 온 것이었다. 마리아는 그를 집 안으로 안내하고 아침을 권하면서 식탁에 함께 앉았다. 잠시 뒤 그녀는 귀족 대표에게 양해를 구하고 병실로 갔다. 그때 의사가 불안한 표정으로 나오면서 들어가면 안 된다고 했다.

"저리 가십시오, 아가씨!"

마리아는 다시 뜰로 내려가 아무도 찾지 못할 곳에 앉아 있었다. 얼마나 시간이 흘렀는지 알 수 없었다. 갑자기 한 여자가 뛰어오는 발자국 소리가 들렸고 그녀는 정신을 차리며 풀밭에서 일어섰다. 하녀 두냐샤가 마리아를 찾으러 달려오다가 그녀를 보더니 그 자리에 멈춰 섰다.

"어서 가세요, 아가씨. 공작님께서······." 두냐샤가 날카롭게 소리를 질렀다.

"지금 갈게."

두냐샤의 말이 끝나기도 전에 마리아가 황급히 말했다. 그리고는 두냐샤의 시선을 피하면서 집으로 달려갔다. 집 앞에서 귀족 대표가 마리아를 맞으며 말했다.

"아가씨, 하나님의 뜻이 이루어지려고 합니다. 아가씨께서는 어떠한 일이 일어나도 잘 대처하셔야 됩니다."

"상관하지 마세요." 그녀는 차갑게 내뱉었다.

의사가 그녀를 말리려고 했지만 마리아는 의사의 손을 뿌리치고 문으로 다가갔다.

'어째서 이 사람들은 다들 놀란 표정이 되어서 나를 붙들려고 할까? 아무도 필요 없어!'

마리아는 문을 열었다. 어두컴컴했던 방 안에 너무도 눈부신 햇빛이 비쳐 들어와 소름이 끼쳤다. 방 안에는 여자 몇 명과 유모가 있었다. 모두들 침대에서 비켜서며 그녀에게 자리를 내주었다. 공작은 여전히 침대에 누워 있었다. 차분하고 근엄한 아버지의 표정을 보고 그녀는 문턱에 우뚝 멈춰 섰다.

'아버지는 돌아가시지 않아. 그럴 리 없어!' 마리아는 이렇게 생각하면서 아버지에게 다가갔다. 그녀는 밀려드는 공포와 싸우면서 아버지의 뺨에 입술을 댔다. 그리고 바로 아버지에게서 떨어졌다. 아버지에 대한 지금까지의 애틋한 마음이 순식간에 공포심으로 변했기 때문이었다.

'아니야, 아버지는 이미 계시지 않는 거야! 아버지가 계시던 자리에 아무 인연도 없고 소름만 끼치는 사람이 대신 누워 있는 거야.'

마리아는 두 손으로 얼굴을 가리며 물러서다가 뒤에 있던 의사의 팔에 쓰러지고 말았다.

치혼과 의사의 입회 아래 여자들은 노공작의 몸을 씻기고 입을 벌린 채 굳어지지 않도록 머리를 수건으로 동여매고 다른 수건으로는 벌린 두 다리를 감싸 맸다. 그리고 야윈 작은 몸에 군복을 입히고 훈장을 달아 테이블 위에 올려놓았다. 모든 것은 자연스럽게 진행되었다. 저녁 무렵 베일이 씌워진 관 주위에 촛불이 켜졌고, 마루 위에는 솔잎이 뿌려졌다. 머리맡에는 기도문이 놓였고 부사제가 한쪽 구석에 앉아서 시편을 낭독하고 있었다.

객실에 놓인 관 주위에는 죽어가는 말 옆에 말들이 모여 앞발을 버티고 콧바람을 불듯 귀족 대표와 촌장과 여자들이 모여 있었다. 그들은 놀란 얼굴로 성호를 긋는가 하면 기도를 드리기도 하고 차갑게 굳은 노공작의 손에 키스하기도 했다.

9

보구차로프 마을은 안드레이 공작이 자리를 잡고 살기 전까지만 해도 주인 없는 영토였다. 농부들도 리스이예 고르이의 농부들과는 전혀 달랐다. 이 두 마을은 말씨도 옷차림도 달랐다. 보구차로프 마을 사람들은 초원 기질의 농부들이라고 불리어지고 있었다. 그들이 리스이예 고르이로 와서 수확을 돕거나 관개 공사를 했을 때 노공작은 참을성이 많은 이들의 작업 태도를 칭찬했지만 그들의 거친 기질은 좋아하지 않았다.

안드레이 공작이 보구차로프에 살면서부터 병원과 학교 같은 시설을 짓고 소작료를 줄이기도 했지만 그들의 거친 기질은 더 심해졌다. 그들 사이에서는 늘 이상하고 뜬금없는 소문이 나돌았다. 그 소문이란 마을 사람들이 카자흐 군대에 편입된다든지, 새로운 종교를 강요받을 거라든지, 황제의 포고가 있을 거라든지, 1797년 파벨 황제의 선서에 관한 일(당시 이미 농노해방이 발표되었지만 지주들이 이를 무시한다고 말하는 것이었다)이라든지, 7년 뒤 표트르 3세 황제 시절이 되면 모두 자유로워져서 평온하게 살 것이라든지 하는 것들이었다. 나폴레옹이 이끄는 프랑스군이 침입하면서 일어난 전쟁에 대한 소문은 반(反)그리스도, 말세, 절대 자유 같은 막연한 개념과 뒤섞여 있었다.

보구차로프 마을 주변은 국유지든 지주의 소유지든 모두 큼지막한 농토뿐이었다. 이 지방에 사는 지주는 매우 드물었고 저택의 고용인이나 농부 중에서 읽고 쓸 줄 아는 사람들은 별로 없었다. 그래서 이곳 농부들의 분위기는 러시아의 어떤 마을보다 특이했다.

20년쯤 전에 이곳 농부들 사이에서 따뜻한 강이 흐르는 곳으로 이주하자는 운동이 일어났었는데, 그때 보구차로프 마을 사람들을 포함해 몇 백 명이나 되는 농부들이 가축을 팔고 가족 모두 동남쪽으로 이주하기 시작했다. 마치 철새 무리가 바다 저쪽으로 날아가듯이 이들은 가족을 끌고 한 번도 가 본 적이 없는 동남쪽으로 열심히 진출했다.

이들은 장사꾼이 되어 떠나기도 했고, 자기의 몸값을 치러 자유로운 신분이 되기도 했으며, 주인에게서 도망치기도 했다. 이렇게 다들 각자의 방법대로 따뜻한 강가를 찾아 마을을 떠났던 것이다.

그러나 그들의 대부분은 처벌되어 시베리아로 쫓겨 가기도 했고, 또 많은 사람들이 추위와 굶주림 때문에 죽기도 했으며, 포기하고 다시 돌아오기도 했다. 특별한 이유도 없이 일어난 이 사건은 결국 자연히 가라앉고 말았다.

그러나 이들의 마음 깊은 곳에서는 다시 새로운 흐름이 생겨나면서 자연스럽고 힘찬 물줄기를 만들 준비를 하고 있었다. 1812년에 이르면 이 흐름이 격렬해져서 밖으로 나타날 것이라는 것은 마을 농부들과 근방 사람들이 눈치 채고 있던 명백한 사실이었다.

노공작이 사망하기 직전 보구차로프에 온 알파투이치는 농부들 사이에서 어떤 동요가 일어나고 있다는 것과, 리스이예 고르이의 농부들이 이미 마을을 내버리고 피난해 카자흐 병사들이 약탈한 것과는 달리, 이 보구차로프 마을의 농부들은 소문대로 프랑스군과 내통하여 알 수 없는 서류를 집집으로 돌리면서 지내고 있다는 것을 눈치 챘다. 뿐만 아니라 그가 신임하는 하인에게 들은 이야기로는, 카르프라는 영향력 있는 마을 사람이 며칠 전 관청의 짐마차를 타고 어디엔가 다녀오더니, 카자흐군은 마을에 와서 마구 약탈하지만 프랑스군은 전혀 손을 대지 않는다고 이야기하며 다닌다는 것이다. 알파투이치는 또 다른 농부가 어제 프랑스군이 주둔하고 있는 비슬로호프란 마을에 가서 프랑스 장군의 포고를 가지고 왔다는 말도 들었다. 그 포고에는 프랑스군이 마을에 들어가면 주민들에게 결코 해를 끼치지 않을 것이고 징발한 물건에 대해 알맞은 대가를 지불한다고 쓰여 있었다. 그 증거로 이 농부는 프랑스군에게 팔 군용 건초값 중에서 선수금으로 100루블을 받아 왔다(그는 이 지폐가 위조임을 모르고 있었던 것이다).

또 알파투이치는 마리아의 짐을 보구차로프에서 실어 내기 위해 마을의 촌장을 불러 짐차를 모아 오라고 지시했던 바로 그날 가장 중요한 것을 알았다. 아침에 마을에서는 집회가 있었는데 여기서 아무도 그곳을 떠나지 않고 그대로 눌러 있기로 결의했다는 것이다.

그러는 사이 사정은 점점 급박해져 갔다. 공작이 사망한 날인 8월 15일 귀족 대표는 마리아에게 사태가 위급해졌으니 당장 마을을 떠나 달라고 했다. 16일이 지나면 무슨 일이 일어나도 책임질 수 없다는 것이었다. 그는 이튿날 있을 공작의 장례식에 참석하겠다고 말하고 돌아갔다. 그러나 이튿날 그는 올 수 없었다. 프랑스군이 갑자기 접근해 왔다는 정보를 들어 가족과 귀중품만 간신히 챙겨 소유지를 빠서나오기 급급했던 것이다.

노공작이 드로누슈카라고 불렀던 마름 드론은 30년째 보구차로프를 관리해 오고 있었다.

드론은 심신이 강한 사람이었다. 나이가 들어 얼굴은 수염투성이가 되었지만 일흔 살이 될 때까지 크게 변하지 않았고 흰머리도 생기지 않았으며 이도 하나 빠지지 않았다. 서른 살처럼 꼿꼿하고 정정했다.

그도 따뜻한 강가로 이주했던 소동에 참가했었지만, 얼마 안 있어 보구차로프의 촌장 겸 마름으로 천거되었고 그 후 23년 동안 별 탈 없이 이 마을을 맡아 온 것이다.

농부들은 주인보다도 그를 더 어려워했다. 지배인을 비롯하여 젊은 공작과 노공작도 그를 존경하여 농담 삼아 대신이라고 불렀다. 오랜 기간 동안 드론은 한 번도 만취한 일이 없었고 병들어 누워 본 적도 없었다. 또 며칠 밤을 새우거나 일을 아무리 많이 해도 결코 피곤한 기색이 없었다. 글을 읽고 쓸 줄은 몰랐지만 집안일의 회계나 몇 십 대 수레분의 밀가루 양이나 가격을 한 번도 틀리게 계산한 일이 없었으며, 보구차로프의 밭에서 보리가 얼마쯤 나겠다고 하는 그의 예상은 정확하게 들어맞았다.

황폐해진 리스이예 고르이에서 온 알파투이치는 공작의 장례식이 있던 날 드론을 불러 짐을 실을 말 열두 필과 열여덟 대의 마차를 준비해 달라고 부탁했다. 이곳 농부들은 모두 소작료를 치르고 있긴 하지만 보구차로프에는 230호의 가구가 있었고 농부들도 제법 풍요롭게 살고 있었으므로 알파투이치는 순순히 부탁을 들어 줄 것이라고 생각했다. 그러나 촌장인 드론은 명령을 듣더니 대답도 없이 눈을 내리깔았다. 알파투이치는 늘 짐마차를 제공해 주던 농부들을 말하며 다시 한 번 이야기했다.

드론은 그 농부들의 말은 다른 짐을 나르고 있다고 했다. 알파투이치는 다른 농부의 이름을 댔다. 그러나 드론은 그들도 말이 없다고 했다. 군대의 짐을 나르기도 하고 쇠약해져서 쓸 수 없기도 하며, 먹이가 없어 죽기도 해서 다들 말이 없는 상태라고 했다. 드론은 짐마차는커녕 승용 마차를 위한 말을 구하기도 힘든 상황이라고 했다.

말문이 막힌 알파투이치는 드론의 얼굴을 멍하니 쳐다보더니 얼굴을 찌푸렸다. 드론이 모범적인 촌장인 것처럼 알파투이치도 지난 20년 동안 공작의 소유지를 훌륭하게 관리해 온 총지배인이었다. 그는 부리고 있는 농민들의 요구나 감정을 직감적으로 꿰뚫어볼 줄 아는 사람이었다.

그는 드론의 태도를 보고 그의 대답이 드론 자신의 의사를 나타낸 것이 아니라 보구차로프 마을 농부들의 의사를 나타낸 것이라는 사실을 깨달았다.

그러나 이와 동시에 드론이 꼼꼼하게 저축해 재산을 모은 것에 마을 사람들이 시기하고 있었던 터라 드론도 주인과 농부들 사이에서 오락가락하고 있다는 것도 잘 알고 있었다. 드론의 눈에서 동요의 빛을 읽은 알파투이치는 얼굴을 찌푸리고 드론에게 바싹 다가갔다.

"여보게, 드론. 내 말 좀 들어 보게. 자네 나한테 성말 이러긴가? 안드레이 공작께서 한 사람의 농부도 남김없이 피난시켜서 적에게 넘기지 말라고 직접 명령하셨단 말일세. 황제 폐하께서도 그렇게 하라는 명령이야. 그러니 떠나지 않고 여기 남는 자는 폐하에 대해 반역을 저지르는 걸세. 알겠나?"

"알겠습니다." 드론은 바닥에 시선을 고정한 채 대답했다.

알파투이치는 이 대답에 만족할 수 없었다. 그래서 고개를 저으며 다시 강하게 말했다.

"이봐, 드론. 그러면 재미없단 말일세!"

그러자 드론이 슬픈 듯한 목소리로 말했다.

"마음대로 하십시오!"

"나는 자네 마음을 훤히 들여다보고 있어. 자네가 서 있는 땅속까지도 들여다보고 있단 말일세."

드론은 떨떠름한 표정으로 알파투이치를 흘끗 보더니 다시 눈을 내리깔았다.

"바보 같은 짓은 이제 집어치우고 농부들에게 이렇게 말하게. 지금 곧 모스크바로 갈 채비를 하고 내일 아침 아가씨 짐을 나를 마차를 준비하라고 말일세. 그리고 자네도 모임에 나가지 마. 알겠나?"

드론은 갑자기 그 자리에 털썩 주저앉았다.

"야코프 알파투이치, 저를 해고시켜 주십시오! 열쇠를 모두 드릴 테니 제발 저를 해고시켜 주십시오."

"닥치지 못해! 나는 네가 서 있는 땅속 깊이 꿰뚫어보고 있다고!" 알파투이치가 엄중하게 말했다.

알파투이치는 자신은 꿀벌을 치는 것과 귀리 농사에 능하고 20년 동안 노공작의 시중을 들어 왔기 때문에 오래전부터 사람의 마음을 꿰뚫어보는 비법을 갖고 있다고 말했다.

드론은 일어서며 무엇이라고 말하려 했으나 알파투이치가 그의 말을 가로막았다.

"도대체 너희들은 무슨 생각을 하는 건가? 대관절 무슨 생각들이야? 말 좀 해 봐."

"제가 농부들에게 무슨 힘을 쓰겠습니까? 다들 격분하고 있습니다. 저도 녀석들을 타이르고는 있습니다만."

"바로 그거야. 지금 한 잔들 하고 있나?" 알파투이치가 당연하다는 듯한 표정으로 물었다.

"야단났습니다. 벌써 두 번째 술통을 비웠습니다."

"그럼 내 말대로 하게. 나는 경찰서장에게 갈 테니 자네는 농부들에게 가서 잘 타일러. 그런 일은 그만하고 짐마차를 모아 오라고 해."

"그렇게 하겠습니다." 드론이 대답했다.

알파투이치는 더 이상 말하지 않았다. 그는 오랫동안의 경험을 통해 그들을 자신의 뜻대로 움직이려면 불안해하지 말고 강하게 밀고 나가야 한다는 것을 잘 알고 있었다. 알파투이치는 드론에게서 "그렇게 하겠습니다"라는 말을 들었을 때도 확신하지 않고 짐마차를 모으려면 군대의 힘을 빌려야겠다고 생각했지만 우선은 촌장의 말을 믿어 보기로 했다.

그러나 역시 저녁때가 되어도 마차는 모이지 않았다. 농부들은 마을의 주막에 다시 모여서 말을 숲 속으로 몰아넣고 마차를 내주지 말자고 결정했던 것이다. 알파투이치는 이런 일들을 마리아에게 알리지 않고 리스이예 고르이에서 몰고 온 말에서 자기의 짐을 내린 다음 그 말을 마리아의 마차에 채우라고 지시하고 경찰서장을 찾아갔다.

10

아버지의 장례식이 끝나자 마리아는 방에 혼자 틀어박혀 있었다. 하인이 문 앞에서 출발하는 문제로 알파투이치가 마리아의 지시를 기다리고 있다고 전했다(이때는 알파투이치가 드론과 이야기를 하기 전이었다).

마리아는 소파에서 몸을 일으키고, 자기는 아무 데도 가지 않을 테니까 신경 쓰지 말고 제발 내버려 두라고 말했다.

마리아의 방은 서향이었다. 그녀는 소파에 드러누워 가죽 베개에 달린 단추를 만지작거리면서 벽을 보고 있었다. 그녀에겐 한 가지 생각뿐이었다. 죽음은 다시 돌이킬 수 없다는 것과 아버지의 병중에서 깨달은 자신의 비열함에 대해 골똘히 생각했다. 그녀는 기도를 해야겠다고 생각했지만 할 수 없었다. 지금 같은 심정으로는 하나님에게 기도할 용기가 없었던 것이다. 그녀는 그대로 오랫동안 자리에 누워 있었다.

태양은 집 반대쪽으로 기울고 활짝 열린 창문 너머로 저녁 노을이 들어와 마리아가 베고 있는 가죽 베개를 비추었다. 갑자기 그녀는 생각을 멈추고 무의식적으로 몸을 일으키더니 머리를 고치면서 자리에서 일어났다. 그러고는 구름은 없지만 선선하고 강한 바람이 부는 저녁 공기를 깊이 들이마시면서 창문으로 다가갔다.

'그래. 지금은 저녁 경치를 실컷 보아도 돼. 아버지는 이제 이 세상에 없으니 아무도 방해할 사람이 없잖아……'

마리아는 이렇게 생각하다가 의자에 털썩 주저앉아 고개를 푹 숙였다.

그때 누군가가 상냥하고 나직한 목소리로 그녀를 부르더니 다가와 머리에 키스를 했다. 놀란 그녀가 고개를 들었다. 검정 옷을 입고 상장을 단 브리앤이었다. 그녀는 마리아에게 다가와 한숨을 쉬면서 그녀에게 다시 키스하더니 갑자기 울기 시작했다. 마리아는 그녀를 돌아다보았다. 두 사람 사이에 있었던 불편한 감정과 질투의 감정이 마리아의 마음에 되살아났다. 그러나 아버지가 최근에 브리앤을 냉랭하게 대했던 것을 생각하며 속으로 그녀를 비난했던 것을 후회했다.

'그래. 나 같은 사람이, 아버지의 죽음을 바랐던 나 같은 사람이 남을 비난할 자격은 없어!'

마리아는 최근에 자신과 멀리 떨어져 지내면서도 자신에게 의지하며 살아야 하는 그녀의 처지를 곰곰이 생각해 보았다.

마리아는 그녀가 가여워져서 온화한 시선으로 보면서 손을 내밀었다. 브리앤은 울음을 터뜨리면서 마리아의 손에 키스하고 그녀에게 닥친 이 불행을 넋두리처럼 늘어놓더니 슬픔을 함께하자고 말했다. 그리고 그녀는 전에 있었던 모든 오해는 이 커다란 슬픔 앞에 사라져 버릴 것이고, 자기는 어떤 사람 앞에 나가든 결백하고, 공작도 자기의 사랑과 존경을 저세상에서 내려다보아 주실 것이라는 말을 했다. 마리아는 그녀의 말을 듣긴 했으나 이해되지 않는 부분도 있어 그녀를 멍하니 바라보기만 했다.

"당신은 우리보다 훨씬 무서울 거예요." 잠시 입을 다물고 있던 브리앤이 말을 꺼냈다.

"하긴 여태까지 자신에 대해서는 생각할 틈이 없었을 거고 또 지금도 그런 생각을 할 수 없는 상황이라는 거 잘 알아요. 하지만 당신을 사랑하는 이상 이것만은 꼭 말해야겠어요. 알파투이치가 여기서 떠나는 문제를 가지고 뭐라고 이야기하지 않던가요?"

마리아는 대답하지 않았다. 누가 어디로 가야만 하는지 도무지 알 수 없었다.

'이런 때 무슨 일을 할 수가 있으며 도대체 뭘 생각해야 한단 말이지?'

그녀는 대답하지 않았다. 그러자 브리앤이 다시 물었다.

"알고 있지요, 마리아? 우리는 지금 위험한 상황에 처해 있어요. 프랑스군에게 포위당하고 있다고요. 지금 떠나는 것은 위험한 일이에요. 지금 길을 떠나면 틀림없이 포로가 되고 말 거예요. 그러면 어떻게 될지 아무도 모를 거예요."

마리아는 그녀가 하는 말을 이해하지 못하고 그녀를 바라보더니 이윽고 말을 꺼냈다.

"정말이지 지금 내 마음을 누가 좀 이해해 줬으면, 이제 와서 뭐가 어떻게 되든 나는 상관없어요. 무슨 일이 있어도 아버지의 곁을 떠날 생각이 없어요. 알파투이치는 이곳을 떠나야 된다고 말했지만. 당신이 그분하고 이야기 좀 해 보세요. 나는 아무 일도 할 수 없고 또 하고 싶지도 않으니까요."

그러자 브리앤이 답답한 듯 말했다.

"벌써 이야기했어요. 그분은 내일쯤 출발할 수 있을 거라고 생각하고 있더군요. 그러나 나는 그냥 남아 있는 것이 낫지 않을까 싶어요. 왜냐하면 말이에요, 마리아. 생각해 보세요. 가는 도중에 군인들이나 소란을 피우는 농부들에게 잡히기라도 하면 그야말로 큰일 아니겠어요."

브리앤은 핸드백에서 프랑스 장군 라모의 포고문(러시아의 보통 인쇄물과는 달랐다)을 꺼냈다. 거기에는 주민이 집을 버리지 말고 그대로 지키고 있으면 프랑스의 보호를 받을 것이라고 적혀 있었다.

"이 장군에게 부탁하는 것이 제일 좋을 것 같아요. 아가씨께도 상당한 예의를 지킬 거예요." 그녀가 종이쪽지를 마리아에게 건네며 말했다.

마리아는 종이쪽지를 훑어보다가 울기 시작하더니 곧 울음을 멈추고 물었다.

"이걸 누구에게서 얻었죠?"

"아마 내 이름을 보고 프랑스 사람인 줄 알았던가 봐요."

얼굴이 빨개진 브리앤이 대답했다.

창문 쪽에 간신히 서 있던 마리아는 포고문을 손에 쥐고 창백한 얼굴로 방을 나서더니 안드레이 공작이 쓰던 서재로 들어갔다. 그리고 하녀 두냐샤를 불렀다.

"두냐샤, 알파투이치든 드론이든 누구든 불러 줘."

그리고 브리앤의 목소리가 들리자 재빨리 덧붙여 말했다.

"브리앤은 내 방에 들어오지 말라고 해. 어서 떠나야지! 한시라도 빨리 떠나야지!"

마리아는 프랑스인들 속에 갇히게 될지도 모른다는 두려운 마음이 들었다.

'동생이 프랑스인의 지배하에 있다는 사실을 안드레이 오빠가 알면 어떻게 될까! 니콜라이 안드레예비치 볼콘스키 공작의 딸이 라모 장군에게 보호를 청하고 그 은혜를 입다니!'

이런 생각이 들자 그녀는 공포심과 수치심으로 괴로워졌다. 그리고 지금까지 느끼지 못했던 증오심과 러시아 귀족으로서의 긍지가 뼛속 깊이 사무쳤다. 그런 일이 벌어졌을 때 당할 수치스럽고 굴욕적인 일들이 생생하게 떠올랐다.

'그 사람들, 프랑스인들이 이 집으로 몰려 들어오고 라모 장군이 안드레이 오빠의 서재를 차지하겠지. 그리고 오빠의 편지며 서류를 뒤질 거야. 브리앤은 보구차로프의 손님으로서 맞이하고, 나는 불쌍하다며 작은 방 하나 내주겠지. 프랑스 병사들은 아버지의 무덤을 파헤쳐 십자가며 훈장을 마구 훔칠 게 틀림없어. 그리고 내게 러시아군을 무찌른 무용담을 늘어놓으면서 나를 동정할 거야.'

마리아는 아버지와 오빠의 입장이 되어 생각해 보았다. 그녀는 돌아가신 아버지와 집을 떠나 있는 안드레이 오빠를 대신하여 러시아의 귀족으로서 기품 있게 생각하고 행동해야 한다고 마음먹었다. 그렇게 하는 것이 자신의 의무라는 생각이 들었다. 그녀는 안드레이 공작의 서재로 가서 오빠라면 이런 경우 어떻게 할지 고민하며 자기의 입장을 여러 가지로 생각해 보았다.

아버지의 죽음으로 삶의 의욕이 사라졌다고 생각했었는데 살아오면서 느껴 보지 못했던 새 힘이 솟아나 자신을 휘감는 것이었다.

그녀는 흥분을 누르지 못하고 방 안을 서성거리면서 알파투이치와 미하일 이바느이치, 치혼과 드론의 이름을 중얼거렸다. 브리앤의 말을 믿어야 하는지는 두냐샤도 유모도 하인들도 분명히 대답하지 못했다. 알파투이치는 경찰서장에게 가고 집에 없었다. 건축 기사인 미하일 이바느이치는 잠이 덜 깬 모습으로 들어와 분명하게 이야기하지도 못했다. 그는 15년 동안 웃는 얼굴로 노공작의 지시를 말없이 따랐는데 이번에도 똑같이 마리아의 질문에 대답만 할 뿐이었다. 그의 대답에는 자기만의 확신에 찬 의견이라는 것이 없었다. 평생 슬퍼할 것 같은 표정에 헬쑥해진 치혼도 마리아의 질문에 "그렇습죠"라고만 할 뿐 간신히 울음만 참고 있었다.

이윽고 촌장 드론이 방 안으로 들어왔다. 그리고 공손하게 인사하고는 문설주 옆에 섰다.

마리아는 방 안을 한 바퀴 돌고 나서 그의 바로 앞에 멈춰 서더니 입을 열었다.

"드론."

그녀는 이 사내야말로 충실한 벗이라고 믿고 있었다. 해마다 뱌지마의 시장에 갔다 오는 길에 생강 과자를 사다 주며 늘 웃어 주었던 일을 기억한 것이다.

"드론, 이번에 우리가 슬픈 일을 당한 뒤라서······."

그녀는 이렇게 말을 시작했다가 이내 입을 다물고 말았다.

"모두 하나님의 뜻에 따라 이루어지고 있습니다." 그가 한숨을 쉬며 말했다. 두 사람은 잠시 아무 말도 하지 않았다.

"드론, 알파투이치가 없어서 의논할 상대가 없어. 모두들 아무 데도 갈 수 없다고 하는데, 그게 정말이야?"

"왜 가실 수 없겠어요, 아가씨. 가실 수 있고말고요." 드론이 말했다.

"적이 가까이 와서 위험하대. 나는 아무 일도 할 수 없고 아무것도 모르겠어. 그리고 지금 내 곁에는 아무도 없어. 나는 오늘 저녁이나 내일 아침이라도 떠나야 된다고 생각해."

드론은 입을 열지 않았다. 그는 고개를 숙인 채 공작의 딸을 흘끗 보았다.

"말이 없습니다. 알파투이치에게도 말씀드렸습니다."

"왜 없지?" 마리아가 물었다.

"다 하나님께서 내리신 벌입니다. 군대에 징발되기도 하고 죽기도 했습니다. 남아 있는 말들은 풀뿌리만 먹어서 힘이 없는 놈들뿐입니다. 게다가 지금은 말을 먹일 때가 아닙니다. 사람이 굶어 죽을 지경입니다. 벌써 사흘 동안 우리는 아무것도 먹지 못했습니다. 아무것도 가진 것이 없습니다. 다 약탈당했습니다." 드론이 대답했다.

마리아가 조심스럽게 듣더니 물었다.

"농부들이 털렸다고? 식량이 없다고?"

"굶어 죽게 됐습니다. 짐마차 이야기를 하고 있을 때가 아닙니다." 드론이 대답했다.

"그런데 지금까지 왜 이야기하지 않았지? 드론, 내가 도와줄 수 없다고 생각한 거야? 내가 할 수 있는 일은 무엇이든 할 텐데……."

마리아로서는 지금 이렇게 슬플 때도 세상에는 빈부의 차가 있어서 부자가 가난한 자를 도울 수가 없다는 사실이 도저히 이해가 되지 않았다.

그녀는 지주들에겐 저장해 둔 곡식이 있어서 때때로 농부들에게 나눠 준다는 이야기를 들은 적이 있었다. 그리고 오빠나 아버지가 이 말을 들었다면 분명히 도와주었을 것이라고 생각했다. 다만 그녀는 자기가 처분하려고 했던 곡식을 나누어 주는 게 오해를 사지나 않을까 싶어 걱정이었다.

그녀는 그렇게 자기의 슬픔을 잊을 수 있는 구실이 생긴 것이 반가웠다. 그녀는 농부들의 상태와 보구차로프 저택에 식량이 얼마나 있는지 드론에게 자세히 묻기 시작했다.

"집엔 오빠의 식량이 있겠지?" 마리아가 물었다.

"그대로 남아 있습니다." 드론은 자랑스러운 듯 대답하고 말을 이었다.

"서방님께서 절대로 팔지 말라고 하셨으니까요."

"그걸 농부들에게 나누어 줘. 필요한 만큼 나눠 줘. 오빠 대신 내가 허락하는 거니까." 마리아가 말했다.

그런데 드론은 대답도 하지 않고 깊은 한숨만 내쉬었다.

"농부들에게 필요한 만큼 나누어 주도록 해. 다 나누어 주란 말이야. 오빠를 대신해서 명령하는 거야. 우리 것은 농부들의 것이라고 이야기해 줘. 나는 농부들을 위해서라면 아까울 게 없어. 자, 이 말을 전해 줘."

드론은 그녀의 얼굴을 찬찬히 들여다보더니 말했다.

"저를 해고시켜 주십시오, 아가씨. 제발 부탁입니다. 제가 가지고 있는 열쇠를 모두 내놓으라고 말씀해 주십시오. 23년이란 세월 동안 섬기면서 크게 잘못하지 않았습니다. 제발 해고시켜 주십시오."

마리아는 영문을 몰라 어리둥절해하면서 드론에게 그의 충성을 의심해 본 일이 없으며, 드론과 농부들을 위해서라면 무슨 일이라도 할 생각이라고 거듭 말했다.

11

그로부터 한 시간 뒤 두냐샤는 마리아에게 드론과 농부들이 식량 창고 앞에 모여 있는데 주인과 이야기하고 싶다고 한다고 전했다. 그러자 마리아가 말했다.

"난 농부들을 만날 일이 없는데. 그저 농부들에게 식량을 나누어 주라고 드론에게 말했을 뿐이야."

"아가씨, 그들을 쫓아 보내시고 나가지 마세요. 모두 거짓말이니까요. 알파투이치가 도착하는 대로 우리는 곧 떠나도록 해요. 아가씨께서는 제발……." 두냐샤가 말했다.

"거짓말이라니, 무슨 말이지?" 마리아가 놀란 듯 물었다.

"저는 다 알고 있어요. 제 말을 들으세요. 못 믿으시겠거든 유모에게 물어보세요. 저놈들은 아가씨의 분부대로 떠나는 걸 반대하고 있어요."

"무슨 소리야? 나는 그들에게 여길 떠나라고 하지 않았어. 드론을 불러 줘." 마리아가 말했다.

이내 드론이 와서 농부들이 마리아의 지시에 따라 모였다고 했다. 마리아가 이상하다는 듯 말했다.

"그렇지만 난 그들을 부른 일은 없어. 아마 네가 말을 잘못 전한 거겠지. 나는 다만 농부들에게 식량을 나누어 주라고 이야기했을 뿐이야."

드론은 그저 긴 한숨만을 내쉬더니 마지못해 입을 열었다.

"아가씨께서 직접 말씀하시면 모두 돌아갈 것입니다."

"그래, 좋아. 내가 나가 보겠어."

마리아는 두냐샤와 유모가 말렸지만 듣지 않고 입구 쪽으로 나갔다. 드론, 두냐샤, 유모, 미하일 이바느이치 등이 뒤를 따랐다.

'아마 식량을 나누어 준다니까 자기들을 이곳에 버려두고 프랑스인들에게 내맡긴 채 나 혼자만 달아나려는 줄 아는 모양이야. 그렇다면 모스크바의 소유지로 같이 가서 살 집도 주고 다달이 생활비도 주겠다고 약속하자. 오빠도 내 입장이었다면 그것보다 더 잘해 주었을 거야.' 그녀는 곡식 창고 가까이에 모여 있는 농부들을 향해 걸어가면서 이렇게 생각했다.

농부들은 한곳에 모여 웅성거리더니 얼른 모자를 벗었다. 마리아는 눈을 밑으로 내리깔고 가까이 갔다. 나이 든 사람, 젊은 사람, 다양한 얼굴들이 그녀를 바라보았다. 그리고 여러 시선들이 쏠리자 마리아는 누구의 얼굴도 똑바로 볼 수 없었다. 게다가 여러 사람을 상대로 이야기해야 한다고 생각하니 어떻게 해야 좋을지 몰라 당황스러웠다. 그러나 자신이 아버지와 오빠 대신이라는 생각이 들자 힘이 났다. 그녀는 용기를 내어 연설을 시작했다.

"여러분이 와 주어서 고맙게 생각합니다." 마리아는 심장 박동이 빨라짐을 느끼면서 눈을 내리깐 채 말을 이었다.

"여러분이 전쟁 때문에 큰 고통을 겪고 있다는 말을 드론에게 들었습니다. 이런 고통은 우리 모두가 겪는 재난입니다. 여러분을 도울 수 있는 일이라면 나는 어떤 것도 아깝지 않습니다. 나는 이곳이 위험하기 때문에 떠날 생각입니다. 그리고 여러분에게 무엇이든 고스란히 다 나누어 드리겠어요. 나는 여러분을 내 벗이라고 생각하니 그냥 가지고 가세요. 제발 필요한 만큼 우리 집의 식량을 모두 가지고 가도록 하세요. 내가 식량을 나누어 주는 것이 여러분을 여기 남겨 놓기 위해서라고 말하는 사람이 있을지 모르겠습니다. 그러나 그건 당치 않은 말이에요. 오히려 나는 여러분이 살림을 챙겨 저와 함께 모스크바의 소유지로 가 주길 바랍니다. 거기에 가면 내가 여러분을 책임지고 어려운 일이 없도록 도와 드리겠습니다. 집도 먹을 것도 모두 나눠 드리겠습니다."

마리아는 여기서 말을 그쳤다. 군중들 속에서 한숨 소리만 들려왔다. 그녀는 말을 이었다.

"나 혼자 이런 생각을 하는 게 아니에요. 여러분들에게 좋은 주인이었던 돌아가신 제 아버지와 오빠를 대신해서 내린 결정입니다."

그녀가 말을 멈췄다. 모두들 입을 다물고 있었다.

"이번 재난은 우리 모두의 재난이기 때문에 우리는 그 재난을 나누어야 합니다. 내 것이 바로 여러분의 것이에요." 그녀는 앞에 서 있는 사람들의 얼굴을 돌아보며 말했다.

사람들의 표정이 모두 똑같아 그녀는 어떻게 된 일인지 이해할 수 없었다. 호기심인지, 복종의 뜻인지, 감사의 뜻인지, 놀란 것인지, 의심하는 것인지 판단할 수가 없었다. 그때 뒤쪽에서 몇 사람이 이렇게 말했다.

"자비심을 베풀어 주셔서 고맙기 이를 데 없습니다만 그렇다고 주인의 식량을 가져갈 수는 없습니다."

"왜죠?" 마리아가 물었지만 아무도 대답하지 않았다. 마리아는 군중들을 훑어보다가 사람들이 자기와 눈이 마주치면 시선을 피하는 것을 느꼈다.

"왜 싫단 말이죠?" 그녀가 다시 물었다. 이번에도 아무도 대답하는 사람이 없었다.

마리아는 이 침묵을 참을 수 없어서 누군가와 눈을 마주치려고 애썼다. 그래서 자기 바로 앞에서 지팡이에 몸을 의지하고 있는 노인을 보고 물었다.

"왜 말을 안 하는 거예요? 무엇이든 더 필요한 것이 있으면 이야기해 주세요. 무슨 요구든 들어줄 테니까." 그녀가 노인을 계속 쳐다보며 말했다.

그는 불쾌한 듯 고개를 숙이고 이렇게 말했다.

"동의할 수 없습니다. 우린 식량이 필요 없습니다."

"무엇 때문에 우리에게 모든 걸 버리라고 하는 겁니까? 찬성할 수 없어요. 당신한테는 안됐지만 그대로 따를 수는 없습니다. 가겠거든 혼자서나 가세요."

결의에 찬 사람들이 여기저기서 말했다. 마리아는 씁쓸한 미소를 지으며 말했다.

"여러분이 잘 모르는 겁니다. 왜 안 가겠다는 거죠? 내가 여러분에게 집과 음식을 해결해 준다고 약속하는데도. 여기 이러고 있다가는 적이 쳐들어와 마구 짓밟을 겁니다."

그러나 그녀의 목소리는 군중들의 분노에 찬 목소리 때문에 묻히고 말았다.

"그래도 찬성할 수 없습니다. 짓밟히든 말든 그냥 내버려 두십시오! 당신 식량을 가져갈 필요도 없고 당신 말에 따를 수도 없습니다!"

마리아는 한 사람만이라도 시선을 맞춰 보려고 하였으나 사람들은 하나같이 그녀의 시선을 피했다. 그녀는 이런 상황이 불편해졌다.

"감언이설로 우릴 속이려고? 저 여자를 따라가면 신세 망칠 거야! 집도 버리고 자유도 빼앗기는 것이지. 뭐? 식량을 몽땅 주겠다고?" 사람들이 이렇게 소리 질렀다.

마리아는 어쩔 수 없다는 듯 고개를 떨구고 집으로 돌아갔다. 그녀는 드론에게 내일 떠날 수 있도록 말을 준비하라고 거듭 부탁한 뒤 거실로 들어가 깊은 생각에 잠겼다.

12

이날 밤 마리아는 창문을 활짝 열어젖히고 창가에 앉아 마을 쪽에서 들려오는 농부들의 소리를 한참 동안 듣고 있었다.

아무리 생각해 봐도 농부들을 이해할 수 없었다. 그녀는 자신에게 닥친 슬픔에 젖어 들었다.

　해가 지면서 바람이 잠잠해졌다. 조용하고 상쾌한 밤이었다. 12시쯤 되자 사람들의 목소리도 잠잠해졌다. 닭이 울었다. 이슬을 머금은 시원스런 안개가 피어올랐고, 마을과 집 위에 정적이 깃들었다.

　아버지의 병과 임종 전의 광경이 떠올랐다. 그녀는 쓸쓸한 마음으로 하나하나 그려 보았다. 다만 아버지가 돌아가시던 마지막 순간만은 두려워서 생각하고 싶지 않았다. 이렇게 조용하고 신비로운 밤에 깨어 있자니 지난 일들이 현재의 일과 미래의 일처럼 생생하게 느껴졌다.

　특히 아버지가 발작을 일으켰던 순간이 생생하게 떠올랐다. 아버지가 리스이예 고르이의 뜰에서 부축을 받아 오실 때 힘없이 무언가 중얼거리기도 하고 흰 눈썹을 찡그리기도 하면서 불안한 듯 그녀를 바라보던 표정이 잊혀지지 않았다.

　'아버지는 돌아가실 때 하실 말씀을 그때 나한테 하시려고 했던 건지도 몰라. 항상 나에게 하실 말씀을 아버지는 가슴 속에 품고 계셨던 거야.'

　그녀는 리스이예 고르이에서의 하룻밤을 가만히 돌이켜 보았다. 아버지가 발작을 일으키기 전날 밤, 안 좋은 일이 있을 것임을 예상하고 아버지가 싫어하시는데도 아버지 곁에 남아 있었을 때였다.

　그날 밤 좀처럼 잠들 수 없었던 그녀는 발소리를 죽이고 살금살금 아래층으로 내려가서 아버지가 계신 방 앞으로 다가가 귀를 기울였다.

아버지는 무척 피곤한 목소리로 치혼과 이야기를 나누고 있었다. 아버지는 크리미아와 여황제에 대해 얘기하고 있었다. '아버지는 그때 왜 나를 부르지 않으셨을까?' 마리아는 그때나 지금이나 그 점이 궁금했다. 그녀는 생각에 빠졌다.

'이제 아버지는 아무에게도 속마음을 말씀하실 수 없게 되었어. 그 순간은 다시 돌아올 수 없어. 그때 아버지는 하고 싶은 말씀을 무엇이든지 얘기하실 수 있었고, 치혼 대신 내가 그 자리에 있었더라면 아버지의 마음을 이해했을 텐데! 나는 왜 그때 그 방에 들어가지 않았을까? 그랬더라면 아버지는 돌아가시던 날 하시려던 말씀을 그때 하셨을지도 몰라. 그때 아버지는 치혼과 말씀하시면서 나에 관해 두 번이나 물으셨어. 아버지는 틀림없이 내가 보고 싶으셨던 거야. 그런데도 나는 문 밖에 서 있기만 했어. 아버지께서는 자신의 마음을 이해하지 못하는 치혼과 이야기하시는 게 몹시 답답하셨을지도 몰라. 그래, 맞아. 아버지는 치혼에게 리자에 관해 말씀하시면서 리자가 살아 있는 걸로 착각하고 계셨어. 아버지는 리자가 죽은 걸 잊으셨던 걸까? 치혼이 리자는 이미 죽었다고 말하자 아버지는 '바보'라고 고함치셨지. 그만큼 아버지는 괴로우셨던 걸지도 몰라. 아버지는 신음 소리를 내시면서 침대에 드러누워 '아, 답답하군!' 하고 소리치셨어. 나는 그때 왜 들어가지 않았을까? 그랬다면 아버지 마음이나 내 마음이나 훨씬 편해졌을 텐데.'

마리아는 아버지가 돌아가시던 날 부드러운 목소리로 자기를 부르던 말을 조용히 말해 보았다.

"귀여운 딸!"

마리아는 흐르는 눈물로 마음을 씻어 내려는 듯 하염없이 울었다. 아버지의 얼굴이 떠올랐다. 그녀가 철든 후 멀리에서 보던 얼굴이 아니라 아버지의 말을 들으려고 바싹 다가가 똑똑히 들여다본 쇠약해지고 주름살투성이인 얼굴이었다.

"귀여운 딸." 다시 되뇌었을 때 이런 의문이 떠올랐다.

'아버지는 무슨 생각으로 이 말을 하셨을까? 그리고 지금은 무슨 생각을 하고 계실까?'

그러자 의문에 대한 대답이라도 하듯이 하얀 헝겊으로 턱을 감싼 채 관 속에 누운 아버지의 얼굴이 떠올랐다. 관 속에 누워 있는 아버지의 뺨에 입술을 대면서 이젠 더 이상 가까이 할 수 없는 존재라는 생각에 밀려오던 공포가 순간 다시 느껴졌다.

그녀는 다른 생각을 해 보려고 하고 기도도 하려고 했으나 잘 되지 않았다. 달빛과 그 그림자를 보고 있자니 지금이라도 금방 죽은 아버지의 얼굴이 나타날 것 같았다. 그리고 집을 둘러싼 정적이 온몸을 압박해 오는 듯했다.

"두냐샤." 그녀는 나직이 하녀의 이름을 불렀다.

"두냐샤!" 마리아는 다시 거칠게 소리치고는 적막감을 떨치며 하녀 방으로 뛰어갔다. 그녀의 목소리에 놀란 유모와 하녀가 뛰어나왔다.

13

 8월 17일 니콜라이와 일리인은 포로가 되었다가 풀려나온 라브루슈카와 전령인 경기병 한 사람을 데리고 보구차로프에서 15베르스타 떨어진 얀코보의 숙영지를 출발했다. 일리인이 새로 산 말은 잘 달리는지, 마을에는 건초가 있는지 알아보기 위해서였다.

 이틀 전부터 보구차로프는 두 나라 군대 사이에 끼여 있었기 때문에 프랑스군의 전위 부대나 러시아군의 후위 부대가 쉽게 드나들 수 있었다. 그래서 중대장 니콜라이는 보구차로프에 남아 있는 식량을 프랑스군이 약탈하기 전에 가져와야겠다고 생각했던 것이다.

 니콜라이와 일리인은 매우 들떠 있었다. 공작 소유지 저택에는 하인도 많을 것이고 예쁜 하녀들도 있을 거라고 기대했기 때문이다. 이들은 보구차로프로 가면서 라브루슈카에게 나폴레옹이 어떤 사람이냐고 따져 묻기도 하고 어이없는 그의 대답에 낄낄대기도 하였다. 그러다가 일리인의 새 말을 시험하느라 마구 달리기도 했다.

 니콜라이는 지금 가고 있는 마을이 누이의 약혼자였던 안드레이 볼콘스키의 소유지인 것은 생각지도 알지도 못했다.

 보구차로프가 바로 눈앞에 보이는 언덕길에서 니콜라이는 마지막으로 일리인과 경주를 하여 제일 먼저 보구차로프 마을로 뛰어들었다.

 "내가 뒤처졌군." 얼굴이 붉어진 일리인이 말했다.

"언제나 내가 이기지. 초원에서도 그랬고 여기에서도 내가 앞질렀단 말이야." 니콜라이는 땅에 흠뻑 젖은 자신의 애마를 한 손으로 쓰다듬으면서 대답했다.

"그런데 중대장님, 저는 프랑스산 말로……." 라브루슈카가 뒤따라오며 말했다. 그는 자기가 타고 있는 말을 프랑스산 말이라고 부르고 있었다. "얼마든지 앞지를 수 있었지만 중대장님 체면을 봐서 참았습니다."

그들은 곡창 쪽으로 갔다. 그곳에 농부들이 모여 있었다.

모자를 벗는 농부도 있었으나 니콜라이 일행을 그저 물끄러미 바라보는 농부도 있었다. 그때 주막에서 키가 크고 주름살투성이인 얼굴에 엉성한 턱수염을 기른 나이 든 두 농부가 껄껄 웃으며 나왔다. 두 사람은 알아들을 수 없는 노래를 부르면서 장교들에게 비틀거리며 다가오고 있었다.

"기분이 좋은가 보군! 건초 있나?" 니콜라이가 빙긋 웃으며 말했다.

"다 똑같은 얼굴이군." 일리인이 말했다.

"어쩌면…… 즐거…… 어운…… 이야…… 기……." 한 농부가 한없이 행복하다는 듯한 미소를 지으며 노래했다.

다른 한 사람은 니콜라이에게 다가와 다짜고짜 물었다.

"당신들은 어느 편이시죠?"

"프랑스군이야. 여기 이분이 바로 나폴레옹 각하시다." 일리인이 라브루슈카를 가리키면서 대답했다.

"그러니까 러시아 사람들이시죠?" 한 농부가 이렇게 되물었다.

"당신 군대는 여기에 많이 남아 있습니까?" 몸집이 작은 다른 한 농부가 그들에게 다가오면서 물었다.

"많고말고. 그런데 자네들은 왜 여기에 모여 있지? 무슨 좋은 일이라도 있나?" 니콜라이가 당연하다는 듯 대답했다.

"마을 일로 늙은이들이 모인 겁니다." 농부 한 사람이 자리에서 떠나면서 대답했다.

이때 저택으로 가는 길을 지나던 두 여자와 흰 모자를 쓴 한 남자가 장교들 쪽으로 다가왔다.

"장밋빛 옷을 입은 여자는 내 거야. 손대면 가만 안 둬." 일리인이 성큼성큼 걸어오는 두냐샤를 보고 이렇게 말했다.

"아름다운 아가씨, 무슨 일이십니까?" 일리인이 싱글벙글거리며 물었다.

"우리 아가씨께서 당신들의 소속과 성함을 물어보고 오라고 하셔서 왔어요."

"이분은 중대장 니콜라이 백작이고 나는 당신의 충실한 하인입니다."

두냐샤에 이어 알파투이치가 멀리서부터 모자를 벗어들고 니콜라이에게 다가왔다.

"바쁘신데 죄송합니다만, 대장님." 그는 공손하면서도 얕잡아 보는 듯 한 손을 호주머니에 넣은 채 말했다.

"주인 아가씨는 이달 15일에 돌아가신 전 육군대장 니콜라이 안드레예비치 볼콘스키 공작의 따님이십니다. 그런데 무식한 농부들 때문에 난처한 상황이라서 장교님들이 들러 주시기를 원합니다. 그래 주실 수 있습니까?" 알파투이치가 불안한 표정으로 어두운 미소를 지으며 물었다.

"잠깐 저쪽으로 가 주시겠습니까. 이 작자들 옆이라서 좀……." 알파투이치는 이렇게 말하고 마치 말에 달라붙은 파리처럼 자기 뒤에 있는 두 농부를 가리켰다.

"어이! 알파투이치. 대단하군. 아무쪼록 용서해 줘. 응?" 두 농부가 기쁜지 싱글거리며 말했다. 니콜라이는 술 취한 농부들을 바라보고 씩 웃었다. 알파투이치는 호주머니에 넣지 않은 손으로 늙은이들을 가리키며 진지하게 물었다.

"대장님께서는 위안이라도 받으시는 겁니까?"

"아니, 위안이고 말고 할 것도 없어. 도대체 어떻게 되었다는 건가?" 니콜라이가 옆으로 가서 물었다.

"죄송하지만 말씀드리겠습니다. 무지한 농부들이 공작의 따님을 이 소유지에서 내보내지 않으려고 마차에서 말을 빼어 가겠다고 위협하고 있습니다. 그래서 아침부터 여태까지 떠나시지 못하고 있는 형편입니다."

"그런 일이 있을 수 있나!" 니콜라이가 소리쳤다.

"사실입니다." 알파투이치가 말했다.

니콜라이는 말에서 내려 고삐를 전령에게 건넨 뒤 자세한 상황을 물으며 알파투이치와 함께 본관 쪽으로 걸어갔다. 어제 마리아가 드론과 많은 농부들에게 식량을 나누어 주겠다고 제의한 것이 완전히 일을 그르친 것이었다.

결국 드론은 열쇠를 내동댕이치고 농부들 편에 섰다. 그는 알파투이치가 사람을 보내도 나오지 않았다. 오늘 아침 공작 따님이 떠나기 위해 말을 수레에 채우라고 일렀을 때 농부들이 사람을 보내 이곳을 떠나지 말라는 명령을 따라 말을 마차에서 떼어 버리겠다. 그리고 공작 따님을 마을에서 내보낼 수 없다. 상부의 명령이라 어쩔 수 없으니 아가씨가 남아 있기만 하면 자기네들은 전과 다름없이 주인으로 깍듯이 복종하겠다는 말만 계속한 것이다(이 말들은 대부분 카르프가 했고 그동안 드론은 군중 속에 숨어 나타나지 않았다).

니콜라이와 일리인이 말을 타고 거리를 달리고 있을 때 마리아는 알파투이치와 아랫사람들이 말리는 데도 불구하고 마차에 말을 채우게 하여 출발하려고 했다.

그러나 이때 군인들이 말을 타고 달려오자 사람들은 프랑스군이 오고 있다고 생각했다. 마부들은 도망치고, 집 안에서는 여자들의 울음소리가 들려왔다.

"당신은 하나님의 사자십니다." 니콜라이가 대기실을 지나갈 때 감동에 벅차 외치는 소리가 들렸다.

니콜라이는 하인의 안내로 거실에 들어가 공작의 딸 마리아를 만났다. 그녀는 허탈감에 빠져 의자에 축 늘어져 있었다. 그녀는 그가 어떤 사람이고 무엇 때문에 왔는지, 또 자신이 어떻게 될지 전혀 알지 못했다. 그러나 러시아인답게 생긴 그의 얼굴과 방 안으로 들어설 때의 태도나 말투로 그가 귀족이라는 것을 짐작했다. 그리고 깊이 있고 반짝이는 눈빛으로 손님을 바라보면서 또박또박 이야기를 시작했다.

니콜라이는 그녀를 보는 순간 어쩐지 낭만적인 기분에 사로잡혔다. 그는 그녀를 보고 이야기를 들으며 생각에 잠겼다.

'난폭한 폭도들 속에 혼자서 보호할 힘도 없이 슬픔에 잠긴 아가씨! 내가 이곳에 온 것은 어떤 불가사의한 운명 때문인지도 모른다! 얼굴빛과 표정이 너무나 부드럽구나! 그리고 어쩌면 저렇게 품위 있어 보일까!'

마리아는 이런 일들이 모두 아버지의 장례식이 끝난 다음 날 일어난 것이라고 떨리는 목소리로 말하고 있었다. 그녀는 자신이 동정을 얻고 싶어하는 것으로 오해할까 봐 그의 눈치를 살폈다. 그녀의 이야기를 듣던 니콜라이의 눈에 눈물이 어렸다. 마리아는 그 모습을 보고 그녀의 아름다운 눈으로 고마운 듯한 시선으로 바라보았다.

"우연히 지나다가 당신에게 도움을 줄 수 있게 되어 얼마나 다행이라고 생각하는지 말로 표현하지 못하겠습니다." 니콜라이가 자리에서 일어나면서 말했다.

"지금 출발하십시오. 제가 당신을 호위할 수 있도록 허락해 주신다면 저의 명예를 걸고 아무도 무례하게 굴지 못하도록 막아 드리겠습니다." 그는 황족의 부인을 대하는 것처럼 정중히 인사하고 문으로 향했다.

니콜라이가 이렇게 정중한 태도를 보였던 것은 그녀와 알게 된 것은 기쁘지만 그녀의 불행을 기회 삼아 가까워지려는 의도는 전혀 없다는 뜻을 나타내기 위해서였다.

마리아는 니콜라이의 그런 마음이 말할 수 없이 고마워 프랑스어로 말했다.

"무어라고 감사의 말씀을 드려야 할지. 그러나 모든 일은 단순한 오해 때문이지 누가 잘못해서 일어난 게 아녜요." 마리아는 이렇게 말하면서 울음을 터뜨렸고 당황하며 말했다.

"용서하세요. 이런 모습을 보여 드려서."

니콜라이는 울컥한 표정으로 눈썹을 치켜 올리며 다시 정중히 인사하고 방에서 나갔다.

14

"어때요, 예쁜가요? 아니, 중대장님. 제 장밋빛 처녀는 훌륭해요. 두냐샤랍니다."

일리인은 이렇게 떠들면서 니콜라이의 얼굴을 쳐다보았다. 순간 그는 말을 멈췄다. 자기가 존경하는 용감한 중대장이 지금 전혀 다른 생각을 하고 있음을 눈치 챈 것이다.

니콜라이는 화가 난 듯 일리인의 말에 대꾸도 하지 않고 중얼거리며 마을 쪽으로 성큼성큼 걸어갔다.

"놈들, 본때를 보여 줘야지. 정신 차리게 할 테다."

알파투이치는 허둥지둥 달려와 겨우 니콜라이를 따라왔다. 그리고 조심스레 물었다.

"그래, 어떻게 결론이 났습니까?"

니콜라이는 걸음을 멈추었다. 그리고 주먹을 불끈 쥐면서 험상궂은 표정으로 알파투이치에게 버럭 소리를 질렀다.

"결론? 무슨 결론이야? 당신은 무얼 하고 있었나? 농부들이 반란을 일으켰는데 그것 하나 처리하지 못하나? 당신도 반역자야. 나는 당신 같은 인간을 잘 알아. 모두 껍데기들을 벗겨 놓을 테다……." 그는 이렇게 말하면서 더 이상 화낼 가치도 없다는 듯이 말을 멈추고 다시 걸어갔다.

알파투이치는 화를 꾹 참으면서 허겁지겁 니콜라이의 뒤를 따라갔다. 농부들이 흥분한 상태라 말로 설득하기 어렵기에 군대를 앞세우지 않고 맞선다는 것은 무모한 짓이니 먼저 군대를 부르는 게 좋겠다고 말했다.

"나는 놈들에게 군대가 무엇인지 가르쳐 주겠어. 내가 직접 대결하겠어." 니콜라이는 피 끓는 분노로 숨을 헐떡거리면서 말했다. 그는 계획도 없이 결연한 걸음으로 무작정 군중 쪽으로 다가갔다.

알파투이치는 그의 행동을 지켜보며 이런 무모한 행동이 오히려 좋은 결과를 가져올지도 모르겠다는 느낌이 들었고 그 느낌은 확실해졌다. 모여 있던 농부들도 눈썹을 치켜뜬 채 결연한 표정으로 다가오는 니콜라이를 보고 결정을 뒤집어야 할지도 모른다고 생각했다.

경기병들이 마을로 들어오고 니콜라이가 공작의 저택으로 들어간 뒤 농부들은 동요하였고 의견이 분분해졌다. 드론과 몇몇 농부들은 지금 온 군대는 러시아군이므로 공작의 딸을 떠나지 못하게 한 사실을 알면 가만있지 않을 거라고 하였다.

그러나 드론의 말이 떨어지자마자 카르프와 나머지 농부들이 그에게 소리치며 덤벼들었다.

"네놈은 오랜 세월 동안 이 마을 사람들을 못살게 굴었지? 너는 어떻게 되든 답답할 게 없을 거야! 논 항아리를 파내 도망치면 그만이니까. 우리들 집이 약탈을 당하든 말든 너는 아무 상관없잖아?"

다른 농부들도 격분하여 소리 질렀다.

"질서를 지키고 아무도 집 밖으로 나가지 말 것이며 아무도 마을 밖으로 내보내면 안 된다는 것이 포고의 내용이야. 할 말 없겠지!"

몸집이 작은 한 늙은이는 드론에게 대들며 소리쳤다.

"그때만 해도 네 아들놈 차례였는데……. 우리 바니카를 군대에 보냈어. 이렇게 된 이상 모두 죽으면 그만이야."

"그래, 죽으면 그만이야!"

"나는 반대하는 게 아냐." 드론이 말했다.

"그럴 테지. 반대하지는 않을 테지. 흥, 말 좋다. 제 배때기는 단단히 챙겼으니까!" 키가 큰 두 농부가 지껄였다.

니콜라이가 일리인과 라브루슈카, 알파투이치를 데리고 군중들에게 가까이 오자 카르프가 손가락을 허리띠 사이에 끼우고 가벼운 미소를 지으며 앞으로 나왔다. 드론은 뒷걸음질 치며 농민들 뒤쪽으로 몸을 숨겼다.

"촌장이 누구냐?" 니콜라이가 군중에게 성큼 다가가며 물었다. 이에 카르프가 물었다.

"촌장이요? 무슨 일이시죠?"

그러나 그가 말을 채 마치기도 전에 그의 모자가 휙 날아갔고, 그의 머리는 주먹을 세게 맞아 한쪽으로 기울어졌다. 니콜라이가 핏대를 올리며 소리쳤다.

"모자 벗어, 반역자들 같으니! 촌장은 어느 놈이야!" 그는 미친 듯이 소리쳤다.

"촌장, 촌장을 부르시잖아. 드론 자하르이치."

겁을 잔뜩 먹은 목소리가 여기저기에서 들렸다. 농부들은 모자를 벗기 시작했다.

"우리는 반란을 일으키는 게 아닙니다. 그저 규칙을 지키고 있는 것뿐입니다요." 카르프가 이렇게 말하자 순간 뒤쪽에서 몇 명의 농부들이 떠들기 시작했다.

"나이 많은 사람들이 정한 대로 한 것뿐입니다. 당신들의 명령이 하도 많아서……."

"나한테 시비 거는 건가? 반역자들 같으니……. 도둑놈들! 변절자들!" 니콜라이는 카르프의 멱살을 움켜잡으며 마구 외쳐댔다.

라브루슈카는 카르프에게 달려가 그의 두 손을 뒤로 붙잡고 외쳤다.

"산기슭에 있는 군대를 부를까요?"

알파투이치는 두 농부에게 카르프를 묶으라고 명령했다. 사람들 사이에 있던 두 사람이 순순히 나와 허리띠를 풀기 시작했다.

"촌장은 어디 있나?" 니콜라이가 소리쳤다. 새파랗게 질린 드론이 군중 속에서 슬그머니 나왔다.

"자네가 촌장인가? 라브루슈카, 이놈도 묶어."

농부 두 사람이 드론을 묶기 시작했다. 드론은 자기 허리띠를 끌러 두 사람에게 건넸다.

"모두 내 말 잘 들어. 곧장 집으로 돌아가라. 만약 너희들 목소리가 조금이라도 들리면 용서하지 않을 테니까."

"이게 무슨 꼴인가. 우리가 나쁜 짓을 한 것도 아닌데. 그저 조금 어리석었을 뿐이지. 정말 쓸데없는 짓을 했어. 내가 뭐 랬어. 그런 짓을 하면 큰일 난다고 했잖아."

이렇게 서로를 탓하는 소리가 들렸다. 그제야 알파투이치가 말했다.

"거 봐. 그런 짓 하면 재미없다고 내가 말했었지!"

"우리가 어리석었어, 알파투이치."

이윽고 농부들은 흩어져 집으로 돌아갔다.

두 농부는 묶인 채 주인의 저택까지 끌려갔다. 술에 취한 두 농부가 뒤를 따라왔다.

"꼴좋다!" 술에 취한 한 농부가 카르프를 보고 말했다.

"그래. 주인께 어떻게 그런 말을 할 수 있었나." 다른 한 사람이 맞장구를 쳤다.

"정말 한심해!"

두 시간 뒤 보구차로프 저택 뜰에 짐마차 몇 대가 늘어섰다. 농부들은 주인의 짐을 마차 위에 꼼꼼히 실었다. 드론은 헛간에 갇혀 있다가 마리아가 풀어 달라고 부탁하여 나올 수 있었다. 그는 뜰 앞에 서서 농부들을 지휘했다.

"그렇게 엉성하게 짐을 싣는 게 아니야!"

키가 훤칠하고 둥근 얼굴에 항상 웃는 얼굴인 농부 한 사람이 하인의 손에서 작은 상자를 받아들며 이렇게 말했다.

"이것도 돈 주고 산 물건이야. 그렇게 함부로 내던지면 어떡하나? 흠이 생긴다니까. 무슨 일이든 조심스럽게 해야 해. 이렇게 거적을 대고 건초로 싸야 한다고."

"오, 이 책 좀 보게. 굉장하군." 다른 농부가 안드레이 공작의 책장을 실으며 말했다.

"손대지 말라고! 굉장히 무거운데. 대단한 책들이로군!"

"그렇고말고, 쉬지도 않고 부지런히 쓰기만 하셨으니까!"

훤칠한 키에 얼굴이 둥근 농부는 위쪽에 있는 대사전을 눈으로 찡긋하여 가리키면서 말했다.

니콜라이는 공작의 딸에게 우정을 강요하고 싶지 않았기 때문에 그녀에게 가지 않고 출발하기를 기다리면서 마을에 남아 있었다. 마리아의 마차가 저택에서 나오자 니콜라이는 보구차로프에서 우군이 주둔하고 있는 길가까지 말을 타고 가서 그녀를 배웅하였다.

니콜라이는 얀코보의 여인숙에서 작별 인사를 할 때 비로소 용기를 내어 그녀의 손에 키스했다.

마리아가 도와주어서 감사하다고 하자 니콜라이는 얼굴을 붉히며 대답했다.

"별말씀을 다 하십니다. 근방의 어느 경찰서장이라도 그렇게 했을 겁니다. 만약 우리가 농부들을 상대로 전쟁했다면 이렇게 깊숙이 적이 쳐들어오게 하지 않았을 겁니다."

그는 쑥스러운 듯 이렇게 말했다.

"저는 다만 당신과 알게 된 길 행복하게 생각할 따름입니다. 당신에게 행복과 안녕이 함께하시기를 바라겠습니다. 그리고 더욱 행복해지셔서 뵙게 되길 희망합니다. 저를 부끄럽게 만들지 않으시려거든 그런 말씀은 하지 말아 주십시오."

마리아는 더 이상 고맙다고 말하지 않았지만 부드러운 표정에 감사의 마음이 담겨 있었다. 그녀는 감사할 것 없다는 그의 말을 그대로 받아들일 수 없었다. 그가 와 주지 않았더라면 자신은 분명히 반란을 일으킨 사람들과 프랑스군에 둘러싸여 위험해졌을 것이다. 또 니콜라이가 자기를 구출하기 위해 위험한 사람들을 상대했던 것도 잘 알고 있었다. 게다가 그는 무척 고상하고 기품 있으며 그녀의 처지를 자상하게 이해해 주었다. 그녀가 울면서 괴로운 심경을 털어놓았을 때 함께 눈물을 흘려 주던 선량한 눈빛을 그녀는 잊을 수 없었다.

마리아는 그와 작별하고 나자 갑자기 눈물이 맺히는 것을 느꼈다. 이것이 처음은 아니었다. 그를 사랑하는 걸까 하는 알 수 없는 기분에 그녀는 혼란스러워졌다.

두냐샤는 모스크바로 가는 내내 마리아가 마차 창문에 얼굴을 대고 즐거워하며 미소 짓는 모습을 몇 번이나 보았다.

'하지만 내가 그이를 사랑하게 되었다 한들 그게 무슨 소용이란 말이지?' 마리아는 속으로 이런 생각도 하였다.

어쩌면 영원히 자기를 사랑해 주지 않을 남자를 자기가 먼저 사랑하게 되었다는 것을 스스로 인정한다는 것이 부끄러운 일이긴 했다. 그러나 아무도 이 사실을 모르고, 또 평생에 처음이자 마지막으로 느낀 사랑을 아무에게도 알리지 않고 혼자 품는 것은 큰 잘못이 아니리라고 생각하면서 그녀는 스스로 마음을 달랬다.

문득 그녀는 마음이 담긴 남자의 눈길과 자기를 동정하면서 건네던 말을 떠올렸다. 그럴 때면 자신도 행복해질 수 있을 것 같은 생각이 들었다. 마리아가 마차 창문으로 내다보면서 미소 짓고 있는 것을 두냐샤가 보았을 때 바로 마리아는 그 생각을 하고 있었던 것이다.

'그분이 어떻게 보구차로프에 오게 되었을까? 그것도 때마침 어려운 시기에 오다니! 그리고 그분의 누이도 안드레이와 결혼을 취소했다잖아!'

마리아는 이런 모든 일에서 하나님의 섭리를 깨달았다.

한편 니콜라이는 마리아에게서 무척 좋은 인상을 받았다. 그녀를 생각하면 언제나 즐거웠다. 보구차로프에서 있었던 일을 알게 된 동료들이 건초를 찾으러 갔다가 러시아에서 가장 부유한 집 딸을 낚았다고 놀려댈 때마다 니콜라이는 몹시 화를 냈다. 소냐와 결혼해야 한다는 자신의 의지와 반대로 상냥하고 얌전하며 막대한 재산을 가진 공작의 딸과 결혼했으면 좋겠다는 생각이 들었기 때문이었다. 니콜라이로서는 마리아보다 더 좋은 아내감이 없었다. 그녀와 결혼하면 어머니도 행복하게 해 드릴 수 있을 것이고, 아버지를 재정적으로 도울 수 있을 뿐 아니라 마리아도 행복하게 해 줄 수 있다는 생각이었다.

그러나 소냐가 문제였다. 그녀에게 약속을 한 자신이 문제였다. 그래서 니콜라이는 마리아의 일로 동료들이 놀릴 때마다 화를 벌컥 냈던 것이다.

15

 총지휘권을 맡은 쿠투조프는 안드레이 공작을 떠올리고는 총사령부로 출두하라고 명령을 내렸다.
 안드레이 공작은 쿠투조프가 처음으로 군대를 사열했던 날 바로 그 시각에 차레프 자이미시체에 도착했다. 안드레이 공작은 마을로 들어가 총사령관의 마차가 세워져 있는 사제관에 말을 세우고 문 앞의 의자에 앉아 공작 각하를 기다렸다. 지금은 모두들 쿠투조프를 이렇게 부르고 있었다.
 마을에서 떨어진 들판 저편에서 군악 소리와 신임 총사령관에게 "만세!"를 외치는 목소리가 들려왔다. 안드레이 공작이 있는 곳에서 열 걸음쯤 떨어진 문에는 두 종졸과 전령과 급사장이 서 있었다. 공작 각하가 없는데다 날씨가 좋아서 이들은 하는 일 없이 햇볕을 쬐고 있는 것이다. 구레나룻과 콧수염을 더부룩하게 기른 거무스름한 경기병 중령이 말을 타고 다가왔다. 그는 안드레이 공작에게 여기가 공작 각하의 숙소인지, 또 그가 곧 돌아올 것인지 물었다.
 안드레이 공작은 자기도 처음 왔으며 각하의 사령부 소속이 아니라고 말했다. 그러자 경기병 중령은 말쑥한 옷차림의 졸병에게 같은 질문을 했다. 그 졸병은 총사령관 소속 졸병이라면 으레 그렇듯 멸시하는 투로 대답했다.
 "각하 말씀이십니까? 아마 곧 돌아오시겠죠. 무슨 볼일이라도?"
 경기병 중령은 이 말을 듣고 쓴웃음을 지으며 말에서 내려

고삐를 자기의 전령에게 건네고 가볍게 고개를 숙여 인사하면서 안드레이 공작에게 다가왔다. 안드레이 공작이 옆으로 비켜 앉으며 자리를 내주었다.

"당신도 총사령관을 기다리시는 겁니까? 누구든 잘 만나 주시는가 보더군요. 이게 독일의 소시지 같은 녀석들의 일이라면 어림없어요. 예르몰로프가 독일인을 승진시켜 주었으면 하고 말했던 것도 무리가 아니지요. 아무튼 이제는 러시아인들도 주장을 할 수 있게 되었습니다. 지금까지는 꼴이 말이 아니었죠. 후퇴만 하고 있었으니. 당신도 실전 부대에 있으셨나요?"

안드레이 공작이 슬픈 눈빛으로 대답했다.

"덕분에 그런 경험이 있습니다. 후퇴를 경험했을 뿐 아니라 후퇴 때문에 소유지의 집은 물론 내가 가지고 있던 모든 귀중한 것을 송두리째 잃어버렸습니다. 아버님께서 이 참패 때문에 돌아가셨으니까요. 나는 스몰렌스크 사람입니다."

"네? 바로 안드레이 공작이시군요. 뵙게 되어 매우 반갑습니다. 나는 데니소프 중령입니다만 바시카란 이름으로 더 알려져 있습니다." 데니소프는 안드레이 공작의 손을 잡고 그의 얼굴을 찬찬히 들여다보면서 말했다. "네, 나도 들었습니다." 데니소프는 안타까운 목소리로 쓸쓸히 웃으며 말했다. 그리고 침묵하다가 다시 말을 꺼냈다.

"정말 야만적인 전쟁입니다. 이것도 하나의 전술이겠습니다만 옆구리를 얻어맞는 쪽은 큰일 나는 겁니다."

안드레이 공작은 데니소프가 나타샤에게 구혼한 사람 중

첫 인물이었다는 사실을 알고 있었다. 이러한 기억은 유쾌함과 불쾌함을 동시에 불러일으켰고 그의 병적인 감수성을 자극했다. 그는 요즘 한동안 그 일에 대해 생각하지 않았지만 마음속에는 여전히 남아 있었다. 최근 연달아 스몰렌스크에서 후퇴한 일, 리스이예 고르이를 찾아갔던 일, 그리고 아버지의 부음 같은 중대한 사건들 때문에 예전의 일은 별로 기억 속에 없었다. 생각이 나더라도 전처럼 마음이 크게 흔들리지는 않았다.

한편 데니소프에게도 안드레이라는 이름을 떠올리게 한 기억들은 이젠 먼 과거의 일이었다. 그는 열다섯 살 나타샤의 노래를 듣고 자신도 모르게 그 소녀에게 청혼했던 당시의 추억과 사랑을 떠올리며 미소를 지었다. 그러나 곧바로 현재 그의 마음에 크게 자리 잡고 있는 문제로 화제를 돌렸다.

그것은 바로 그가 후퇴할 때 전초 기지에서 생각해 낸 작전 계획이었다. 그는 이 작전 계획을 바르클라이에게 제출했고 이번에 다시 쿠투조프에게 제출하려는 것이다. 프랑스군의 전선이 너무 크게 벌어져 있음을 이용해 그들의 진로를 막는 정면 공격이 아니라 연락로를 차단한다는 내용이었다. 그는 이 작전 계획을 안드레이 공작에게 설명하기 시작했다.

"적들은 그런 상황에서 전선을 도저히 지탱할 수 없을 겁니다. 불가능하니까요. 나는 그들의 연락로를 맹세코 끊을 것입니다. 500명의 병력을 주기만 하면 반드시 두 동강을 내겠습니다. 지금 선택해야 할 전략은 오직 유격전뿐입니다."

데니소프는 자리에서 일어나 몸짓으로 보여 가면서 자기의 작전 계획을 안드레이 공작에게 설명하기 시작했다. 한참 설명하고 있는데 열병식장 쪽에서 병사들의 외침 소리가 군악 소리와 군가와 뒤섞여 들려왔다. 마을에서는 떠들썩한 말굽 소리와 고함 소리가 들려왔다.

"각하께서 돌아오신다!" 문에 서 있던 카자흐 병사가 소리쳤다.

"돌아오신다!"

안드레이 공작과 데니소프는 문 쪽으로 다가갔다. 문 옆에는 여러 명의 의장병들이 정렬해 있었다. 그때 별로 크지 않은 말을 타고 달려오는 쿠투조프의 모습이 보였다. 많은 막료 장군들이 뒤를 따르고 있었다. 바르클라이는 쿠투조프와 어깨를 나란히 하고 있었다. 그 뒤와 주위에서도 한 무리의 장교들이 "만세!"를 외치며 달려오고 있었다.

부관들이 맨 먼저 뜰 안으로 뛰어들었다. 쿠투조프는 무거운 자신을 태우고 달린 탓에 휘청거리는 자기의 말을 잽싸게 발로 차면서 빨간 테의 차양이 없는 모자에 손을 대고 계속 고개를 끄덕였다.

그가 의장병 가까이 오자 의장병들은 경례를 했다. 쿠투조프는 잠시 입을 다물고 상관다운 시선으로 그들을 자세히 살펴본 뒤 주위에 서 있는 장군과 장교들을 둘러보았다.

그의 얼굴은 갑자기 묘한 표정이 되었다. 그는 도저히 이해할 수 없다는 듯 양쪽 어깨를 움츠렸다.

"만세! 만세! 만세!" 외침 소리가 뒤쪽에서 들렸다.

안드레이 공작은 전에 보았을 때보다 쿠투조프가 한층 더

살이 찌고 기름기가 올랐음을 알았다. 그러나 안드레이 공작에게 낯익은 흰 애꾸눈, 상처 자국, 피로한 기색은 여전했다. 그는 가느다란 가죽 끈이 달린 채찍이 어깨에 걸려 있는 군복 차림에 흰 기병의 군모를 쓰고 있었다.

"휘, 휘, 휘……."

그는 말을 타고 문 안으로 들어오면서 간신히 들릴 정도로 나직이 휘파람을 불기 시작했다. 그의 얼굴에는 총사령관의 일을 모두 마치고 한숨 돌릴 생각에 기쁘고 안도하는 듯한 표정이 나타나 있었다. 그는 무척 힘이 드는 듯 얼굴을 찌푸리면서 등자에서 왼쪽 발을 빼고 간신히 그 발을 안장 위까지 들어올려 무릎을 짚고 밑에서 떠받쳐 주는 카자흐와 부관들의 손 위에 발을 맡기고 신음하며 내렸다.

그는 자세를 바로하고 가늘게 뜬 눈으로 주위를 둘러보았다. 안드레이 공작을 홀끗 쳐다보았으나 누군지 금방 알아보지 못한 듯 무거운 걸음으로 현관을 향해 걸어갔다.

그는 다시 안드레이 공작을 바라보았고 노인들이 흔히 그렇듯 한참 후에야 겨우 공작을 기억해 냈다.

"아! 별일 없었나, 공작. 잘 와 줬네. 이리 올라오게."

그는 주위를 둘러보며 지친 어조로 말하고, 그의 몸무게 때문에 삐걱거리는 계단을 간신히 올라갔다. 그는 윗옷 단추를 풀고 계단 위에 있는 의자에 털썩 앉았다.

"아버님께선 어떠하신가?"

"어제 돌아가셨다는 통지를 받았습니다." 안드레이 공작이 짤막하게 대답했다.

쿠투조프는 깜짝 놀라서 눈을 크게 뜨고 안드레이 공작을 뚫어지게 바라보더니 모자를 벗고 성호를 그었다.

"그를 천국으로 인도해 주소서!"

그는 가슴 가득히 무겁게 한숨을 몰아쉬고 한동안 말을 하지 않았다.

"나는 아버님을 깊이 존경하고 있었네. 마음으로부터 깊이 애도하네."

그는 살찐 가슴으로 안드레이 공작을 꽉 끌어안고 오랫동안 놓지 않았다. 이윽고 그가 손을 놓았을 때 안드레이 공작은 쿠투조프의 두툼한 입술이 떨리면서 눈에는 눈물이 글썽거리고 있는 것을 보았다. 그는 두 손으로 의자를 짚고 일어나려 했다.

"자, 가지. 내 방으로 가서 이야기하세나." 그가 말했다. 그러나 바로 이때 적은 물론 총사령관도 별로 두려워하지 않는 데니소프가 계단 옆에 있는 부관들이 신경질적인 목소리로 말리는 데도 불구하고 박차를 구르면서 계단으로 올라왔다.

쿠투조프는 의자를 두 손으로 짚은 채 불쾌한 듯 데니소프를 보았다. 데니소프는 관등 성명을 말하고 조국의 복지를 위해 지극히 중대한 일을 각하에게 보고하고 싶다고 말했다.

구투조프는 피곤한 눈길로 데니소프를 보고는 귀찮은 듯 배 위에 두 손을 깍지 끼며 다그쳤다. "조국의 복지를 위해서라고? 도대체 무엇인데? 어디 말해 봐."

데니소프는 소년처럼 얼굴을 붉히고(이렇게 수염이 덥수룩하고 나이 든 얼굴이 붉어지는 것은 이상야릇했다) 스몰렌스크,

뱌지마 사이의 적의 연락로를 차단한다는 작적 계획을 자신만만하게 늘어놓기 시작했다. 데니소프는 그 마을에 살고 있어 지형도 잘 알았기 때문에 신념에 찬 그의 작전은 매우 훌륭하게 들렸다.

쿠투조프는 발아래를 내려다보다가 조금이라도 불미스러운 일이 일어날까 신경 쓰는 표정으로 이웃 농가의 뜰을 흘긋 보기도 했다. 아니나 다를까 그 농가에서 장교 한 사람이 가방을 옆구리에 끼고 나타났다.

"어때? 준비가 다 된 건가?" 쿠투조프는 데니소프의 이야기에 아랑곳하지 않고 그 장교에게 물었다.

"각하, 준비는 다 됐습니다." 그 장교가 대답했다.

쿠투조프는 '어떻게 한 사람이 한꺼번에 다 할 수 있겠나' 하고 생각하는 것처럼 고개를 내젓다가 다시 데니소프의 말에 귀를 기울였다.

"저는 러시아의 장교로서 명예를 걸고 맹세하겠습니다. 틀림없이 나폴레옹의 연락망을 끊겠습니다."

그때 쿠투조프가 그의 말을 가로막듯이 물었다.

"경리부장인 키릴 안드레예비치 데니소프가 친척인가?"

"친숙부이십니다, 각하."

"아! 그런가. 나와는 친구 사이였지." 쿠투조프가 유쾌한 듯 말했다.

"좋아, 좋아. 자네는 사령부에 남아 있게. 내일 또 이야기하기로 하세." 그는 데니소프에게 고개를 끄덕이고 돌아서면서 장교가 가지고 온 서류에 손을 내밀었다.

"각하, 방으로 들어가시는 것이 어떻겠습니까?" 당직 장교가 말했다. "작전도 봐 주시고 서명하실 몇 가지 서류도 있습니다."

문에서 나온 부관이 방 안이 깨끗하게 준비되었다고 알려주었다. 그러나 쿠투조프는 일을 완전히 끝내고 들어가고 싶은 듯 얼굴을 찌푸렸다.

"아니, 그보다도 탁자를 이리로 가지고 오라고 하게. 나는 여기서 볼 테니까. 그리고 자네는 가지 말고 여기 있어."

그가 안드레이 공작에게 이렇게 덧붙였다. 안드레이 공작은 당직 장교의 말을 들으면서 그대로 남아 있었다.

장교가 보고하고 있는 동안 안드레이 공작은 출입문 뒤에서 여자의 속삭임과 부인복이 스치는 소리를 들었다. 몇 번인가 그쪽을 보다가 장밋빛 옷에 보랏빛 비단을 머리에 감은 뚱뚱하고 혈색 좋은 아름다운 한 여인이 쟁반을 들고 문 뒤에 서 있는 것을 보았다. 여자는 총사령관이 들어오기를 기다리고 있는 모양이었다. 쿠투조프의 부관은 안드레이 공작에게 이 여자는 이 집의 주인인 사제의 아내로 각하에게 환영의 뜻으로 빵과 소금을 바치려는 것이라고 조용히 설명해 주었다. 풍습대로 남편은 교회에서 십자가를 가지고 그를 맞아 주었고 그녀는 저택에서 환영의 뜻을 표시하려는 것이었다.

"굉장한 미인입니다." 부관이 빙긋 웃으면서 덧붙였.

쿠투조프는 당직 장교가 차레프 자이미시체 진지에 관해 보고하는 것을 듣고 있었으나 아까 데니소프의 작전 계획을 들을 때나 7년 전 아우스터리츠의 군사회의에서 남들의 토론을 듣고 있었을 때와 마찬가지로 마지못해 듣고 있는 표정이었다. 한마디로 전혀 새로운 것도 흥미로울 것도 없고 지루할 뿐이라는 표정이었다.

데니소프의 보고는 현실을 제대로 파악한 것이었고 당직 장교도 훨씬 더 뛰어난 상황 판단 아래 결정한 내용이었다. 그러나 쿠투조프는 일을 결정할 때 지식이나 지혜로운 생각을 따르지 않았다.

안드레이 공작은 총사령관의 표정을 주의 깊게 살폈다. 쿠투조프는 지식이나 지혜뿐 아니라 데니소프의 애국심까지도 별것 아닌 것으로 여기는 듯했다. 그는 실전 경험을 바탕으로 한 것 외에는 중요하지 않다고 생각했던 것이다.

쿠투조프가 보고를 듣다가 유일하게 내린 결정은 러시아 군대가 어느 지주의 귀리를 베어 손해배상을 해야 한다는 내용의 서류에 서명하는 것을 반대하는 것뿐이었다.

쿠투조프는 내용을 다 듣고 나더니 입맛을 다시면서 고개를 저었다.

"난로 속에다 던져 넣어. 불태워 버려! 그리고 자네한테 분명히 이야기해 두는데, 이런 쓸데없는 서류는 모두 불 속에 넣어 버리란 말이야. 곡식도 베게 내버려 둬. 나무도 베게 내버려 두고. 나는 그런 것은 명령도 하지 않고 또 허용하지도 않지만 처벌할 수는 없어. 그건 어쩔 수 없는 일이야. 장작을 패자면 나뭇조각이 날리게 마련이야."

그는 서류를 다시 한 번 훑어보았다. 그리고 고개를 설레설레 저으며 말을 이었다.

"이것이 독일식의 꼼꼼한 사고방식이지!"

16

"자, 이제 끝났군."

쿠투조프는 마지막 서류에 서명하면서 이렇게 말하고 무겁게 몸을 일으켰다. 그리고는 희고 살찐 목의 주름을 만지면서 즐거운 듯한 얼굴로 문을 향해 걸어갔다.

얼굴이 붉어진 사제의 아내가 쟁반을 들었다. 정성스레 준비한 음식을 제때 드리지 못해 기다리고 있었던 것이다. 그녀는 공손히 인사하면서 접시를 쿠투조프에게 내밀었다.

쿠투조프는 눈을 가늘게 뜨며 히죽 웃고는 여자의 턱에 손을 대고 말했다.

"오, 굉장한 미인이군! 아무튼 고맙소!"

그는 바지 주머니에서 금화 몇 닢을 꺼내 쟁반 위에 올려놓았다.

"어떻소, 잘 지내시오?" 쿠투조프는 자신의 방으로 가면서 이렇게 말했다. 사제의 아내는 발개진 얼굴에 보조개를 띄우며 뒤를 따라 방으로 들어왔다. 부공은 계단에서 기다리는 안드레이 공작에게 같이 식사하자고 권했다.

30분 뒤에 안드레이 공작은 다시 쿠투조프에게 불려갔다. 쿠투조프는 군복의 단추를 풀고 안락의자에 깊숙이 앉아 있었다. 그는 프랑스어로 된 소설책을 들고 있다가 안드레이 공작이 들어오자 책갈피에 종이쪽지를 끼우고 덮어 버렸다. 안드레이 공작이 표지를 보니 마담 드 장리의 《백조의 기사》였다.

"자, 앉게. 이야기나 좀 하세. 참 애통한 일이군. 그런데 말이야. 내가 자네에게 두 번째 아버지라는 사실을 잊지 말게……." 쿠투조프가 말했다.

안드레이 공작은 아버지가 돌아가시던 순간에 대해 아는 대로 다 이야기한 뒤 리스이예 고르이 근처를 지나가다가 집에 들러 목격한 광경들도 자세히 이야기했다.

"어디까지, 어디까지 함락됐단 말인가!"

쿠투조프가 갑자기 흥분된 목소리로 말했다. 그는 안드레이 공작의 이야기에서 러시아의 상황을 실감한 것 같았다.

"잠깐. 내게 시간을 좀 주게."

그는 분노한 표정으로 더 이상 이런 이야기를 계속하고 싶지 않다는 듯 갑자기 말머리를 돌렸다.

"사실 내가 자네를 부른 것은 자네를 내 곁에 두고 싶었기 때문이야."

"감사합니다, 각하. 그러나 저는 사령부 근무에 적합하지 않을 것 같습니다." 안드레이는 빙긋 웃으면서 덧붙여 말했다.

쿠투조프는 안드레이 공작이 웃는 모습을 의심쩍게 쳐다보았다. 그러자 안드레이 공작이 말을 이었다.

"무엇보다도 저는 이제 연대 생활에 익숙해졌고 부하 장교들에게 정이 들었습니다. 그들도 저를 따르고 있고 저도 연대를 떠나기가 섭섭합니다. 제가 각하의 곁에 있는 영광을 마다 하더라도 그것은 절대로……."

순간 피둥피둥한 쿠투조프의 얼굴에 비웃는 표정이 그대로 드러났다. 그는 안드레이 공작의 말을 가로막았다.

"유감스럽군, 자넨 나에게 필요한 인물인데. 그러나 자네 말이 옳아. 인재가 필요한 곳은 여기가 아니지. 조언자는 많지만 참다운 군인이 없단 말이야. 만약 훌륭한 조언자들이 자네처럼 근무했다면 군대는 지금 같은 꼴은 되지 않았을 텐데. 나는 자네를 아우스터리츠에서 본 후 잊지 않고 있네. 자네가 군기를 들고 달려가던 모습 말일세."

이 말에 안드레이 공작은 추억이 떠올라 얼굴이 발개졌다. 쿠투조프는 그의 손을 끌어당기고 키스를 받기 위해 자신의 얼굴을 내밀었다. 안드레이 공작은 늙은 상관의 눈물을 다시 한 번 보았다. 안드레이 공작은 쿠투조프가 눈물이 많고, 특히 자기를 아껴서 아버지의 일을 위로하려고 그렇게 말했다는 것을 잘 알았다. 그래도 아우스터리츠에서 있었던 일은 안드레이 공작에게 기쁘고 자랑스러운 기억이었다.

"자네는 자네의 길을 가는 게 좋아. 나는 자네의 길이 어떤 것인지 알고 있어. 그것은 영광의 길일세."

쿠투조프는 잠시 말을 멈췄다.

"나는 부카레스트에서도 자네를 놓치기 서운했지만 자넬 보내야 했었지."

이렇게 덧붙이면서 쿠투조프는 터키 전쟁 이야기와 최근에 체결된 평화 조약에 관한 이야기로 화제를 돌렸다.

"하긴 나도 욕을 많이 먹었어. 전쟁을 해도 그렇고 협상을 해도 말썽은 많아. 그러나 무슨 일이든 때가 있네. 기다릴 줄 아는 자에게는 모든 것이 적당한 때 오게 마련인 거야. 거기에서도 조언자는 여기 못지않게 많았지."

그는 지금 가장 신경 쓰고 있는 듯한 조언자 문제로 화제를 돌리면서 계속 말했다.

"조언자, 지긋지긋하군! 그 사람들의 말을 일일이 듣고 있었다면 러시아는 터키와 평화 협상을 체결할 수 없었을 것이고, 전쟁을 끝내지도 못했을걸세. 무슨 일이든 빨리 해치우는 것이 좋지만 급하면 돌아가란 말이 있지 않은가. 만약 카멘스키가 죽지 않았다면 그는 결국 파멸되고 말았을걸세. 그는 3만 명의 병력을 가지고 요새를 돌격했지만 그까짓 요새 하나 점령하는 것은 문제가 아니네. 전쟁에서 이기는 게 어려운 것이지. 전쟁에 이기는 데 반드시 돌격이나 습격을 해야 하는 건 아닐세. '인내'와 '때'가 필요한 거야. 카멘스키는 루쉬츄크에 군대를 보냈지만 나는 '인내'와 적절한 '때'를 기다려 카멘스키보다 더 많은 요새를 점령했어. 그래서 터키인들은 비참하게도 말고기를 먹게 되었지."

그가 고개를 흔들며 말했다.

"프랑스군도 똑같이 당하게 할 거야! 내 말을 믿어 주게."

쿠투조프는 감격하여 가슴을 치면서 말했다.

"놈들도 머지않아 말고기를 먹게 될 테니까."

그는 또 눈물을 글썽거렸다.

"그러나 한 번 싸워야 할 게 아닙니까?" 안드레이 공작이 말했다.

"만약 모두가 그걸 바라고 있다면 그렇게 해야겠지. 어쩔 수 없어. 그러나 내 말을 믿게. 인내와 때, 이 두 가지보다 강한 용사는 없네. 이것이 중요하단 말일세. 그러나 약아빠진 조언자들은 귀담아 들으려 하지 않아. 그게 큰일이야. 어떤 자는 좋다고 하고 어떤 자는 안 된다고 하고, 도대체 어떻게 해야 하지?" 그는 안드레이 공작의 대답을 기다리는 듯 물었다. 그리고 깊고 또렷한 눈빛으로 다시 물었다.

"자네는 어떻게 하라고 하겠나?" 안드레이 공작이 대답하지 않자 그가 다시 말을 이었다.

"어떻게 해야 하는 것인지 내가 가르쳐 주지. 바로 꾹 참고 있어야 하는 걸세." 그는 또박또박 강조하듯 말했다.

"그럼 가게나. 내가 진심으로 자네의 불행을 애도하고 있다는 걸 기억하게. 그리고 나는 각하도 공작도 총사령관도 아닌, 아버지 같은 존재라는 걸 기억해 두게. 무엇이든 어려운 일이 있으면 바로 나를 찾아오게. 그럼 잘 가게."

그는 다시 그를 껴안고 키스해 주었다. 그리고 안드레이 공작이 방을 나가기 전에 마음을 놓았다는 듯 한숨을 쉬고 소설책을 다시 집어 들었다.

안드레이 공작은 왜 그런지 정확히 설명할 수 없었지만 쿠투조프와 만난 뒤 전쟁과 총사령관 쿠투조프라는 인물에 대해 신뢰해도 되겠다는 생각을 하며 연대로 돌아갈 수 있었다. 쿠투조프가 본능적으로 사건을 관찰하면서 일을 풀어가고 있다는 것을 확신할수록 안드레이 공작은 점점 마음이 놓였고 이제 모든 일이 잘 풀려갈 것이라는 생각에 빠져들었다.

'그에게는 자기 자신의 것은 아무것도 없다. 그에게는 이성적이고 치밀한 생각이나 주도적인 계획은 없다. 그러나 무엇이든 다 듣고 기억하고 있다. 적절한 장소에 배치하는 능력이 있으며 유익한 것은 막지 않고 해로운 것은 결코 용납하지 않는다. 사건을 통찰하는 능력이 있어 집중할 줄도 안다.'

특히 안드레이 공작이 그를 믿는 중요한 까닭은 그가 마담 드 장리의 소설을 읽고 프랑스의 속담을 인용하기도 하지만 어디까지나 러시아인이라는 사실이다. 어디까지 함락되었냐고 물었을 때의 목소리는 떨렸고 놈들에게 말고기를 먹여 주겠다는 말을 할 때는 흐느끼지 않았던가!

궁정의 의견에 반대해 국민들이 쿠투조프를 총사령관으로 뽑은 것은 그의 뜨거운 애국심을 보았기 때문이었던 것이다.

17

황제가 수도에서 퇴각한 뒤 모스크바의 생활은 질서를 찾아갔다. 변한 게 없어서 러시아가 지금 위기에 처해 있다는 사실을 믿기 힘들 정도였다. 다만 황제가 모스크바에 있을 때 온 도시가 애국심으로 열광했던 일을 상기시키는 사건은 전쟁에 동원할 인원과 돈을 바치라는 요구였다. 이러한 요구는 황제에 대한 충성심이 식기 전에 성문화하였기 때문에 완전한 의무 사항이 되어 버렸다.

적이 점차 모스크바로 진격해 오고 있지만 모스크바 사람들의 생활은 변함이 없었다. 큰 위험이 닥치면 인간에게는 두 가지 마음이 생긴다. 하나는 위험을 피할 방법을 찾아야 한다는 이성적인 속삭임이고 다른 하나는 불가항력이라는 것을 깨닫고 너무 두려운 나머지 위험이 눈앞에 닥칠 때까지 외면하고 유쾌하게 지내려는 마음이다.

외로운 사람들은 대개 위험을 피하려는 쪽을 택하지만 동료가 있는 사람들은 외면하는 쪽을 택하는 경향이 크다. 지금 모스크바 시민들의 경우도 마찬가지다. 모스크바 사람들의 마음이 이때처럼 들뜬 적이 없었던 것이다.

이즈음 라스토프친의 선전물이 나돌아 리보비치 푸쉬킨의 풍자시와 함께 사람들에게 관심거리가 되고 있었다. 선전물에는 모스크바의 상인 카르푸슈카 치기린의 초상화가 그려져 있었다. 이 치기린이라는 사람은 민병이었는데 술집에서 거나하게 취해 있다가 나폴레옹이 모스크바로 쳐들어온다는 소문을 듣고 격분하여 뛰어나가 입에 담지 못할 말로 프랑스인들을 욕하며 군중에게 연설한 사람이었다.

이 선전물을 보려고 많은 사람들이 클럽에 모였다. 그리고 "프랑스놈들은 캐비지로 배를 채우고 죽으로 배를 터뜨리며 수프로 숨 막혀 죽는다. 놈들은 모두 난쟁이라서 여자 혼자 세 놈쯤 갈퀴로 쓸어버린다"라고 비웃는 치기린의 문구를 보고 통쾌해하는 사람도 있고, 너무 야비하고 터무니없는 말이라고 평하는 사람도 있었다. 또 어떤 사람은 라스토프친이 프랑스인뿐만 아니라 모든 외국인을 모스크바에서 쫓아냈는데 나폴레옹의 앞잡이도 끼여 있었다고 이야기했다.

외국인을 배에 태워 니쥬니로 보낼 때 라스토프친이 이런 말을 했다는 것이다.

"이 배를 타고 가서 각자 자신을 지키시오. 그리고 부디 이 배가 카론의 배(그리스 신화에 나오는 지옥으로 가는 배-옮긴이)가 되지 않도록 하시오."

또 어떤 사람은 모든 관청이 벌써 모스크바를 떠났다고 떠들고 다니면서 "모스크바도 이 점만큼은 나폴레옹에게 감사를 드려야 할 거요"라는 쉬쉬의 농담을 덧붙이기도 하였다.

또 어떤 사람은 마모노프가 바친 한 연대는 80만 루블의 값어치가 있다느니, 베주호프는 몸소 군복 차림으로 말을 타고 연대의 맨 앞장에 서려고 하면서 구경꾼들에게서 돈을 거두지 않았다느니 하는 이야기를 하고 있었다.

"당신은 어느 누구라도 봐 주지 않는군요."

줄리 드루베스카야가 반지를 여러 개 낀 가느다란 손가락으로 리넨으로 된 옷감을 모아 쥐며 말했다.

"피에르는 선하고 온화한 분인데 그런 독설을 왜 하시는 거죠? 그러면 만족을 느끼시나요?"

"프랑스어로 말했으니 벌금을 내셔야겠어요!"

줄리와 함께 니쥬니로 가기로 한 의용병 복장의 젊은 사나이가 말했다.

모스크바의 많은 사교 단체가 그렇듯 줄리의 클럽에서도 러시아어만 사용하도록 규정하고 있었다. 프랑스어로 말한 사람은 기부금 모금 위원회에 벌금을 물어야 했다.

"내겠어요. 진실을 이야기하는 것이라면 더 내도 상관없어요. 하지만 프랑스식 어투에 대해서는 내지 않겠어요. 저는 가정교사를 두고 러시아어를 배울 형편이 못 되거든요."

여주인은 상냥하게 웃으며 방 안으로 들어서는 피에르에게 말했다.

"우리는 지금 당신 이야기를 하고 있었어요."

줄리는 사교계 여자들의 특징인 거짓말을 자연스럽게 늘어놓았다. "당신의 연대는 마모노프의 연대보다 반드시 훌륭해질 거라는 얘기요."

"아, 우리 연대에 관해서는 말도 마십시오."

피에르가 여주인의 손에 키스하고 옆에 앉으면서 이렇게 대답했다.

"우리 연대라면 진저리가 납니다."

"그래도 직접 연대를 지휘하시겠죠?" 줄리가 물었다.

피에르는 비대한 자신의 몸을 돌아보며 대답했다.

"아닙니다. 프랑스인은 저를 너무 쉽게 맞힐 것 같고, 게다가 말이 무척 힘들어할 겁니다. 아마……."

줄리는 아까부터 화제로 오르내리던 로스토프가 사람들에 대해 말하기 시작했다.

"소문을 들으니 그 집 사정이 매우 어려운가 보더군요. 게다가 그 백작이 세상 물정을 잘 모르시거든요. 라주모프스키가 모스크바의 저택과 교외의 소유지를 사고 싶어하는데 잘 안 되나 봐요. 너무 비싸서 말이에요."

그러자 누군가가 이렇게 말했다.

"아니, 곧 계약할 것 같습니다. 이런 때 모스크바에다 집을 사다는 것이 어리석긴 하지만 말입니다."

"왜죠? 당신은 모스크바도 위험해질 거라고 생각하시는 건가요?" 줄리가 물었다.

"그럼 당신은 왜 떠나려고 하십니까?"

"저도 이상해요. 제가 떠나는 건 모두 여길 떠나서거든요. 게다가 저는 잔다르크도 여장부도 아니니까요."

"니콜라이가 살림을 잘했더라면 그런 빚쯤은 다 갚았을 텐데 말입니다." 의용병이 니콜라이의 이야기를 이어갔다.

"사람은 좋은데 무능해요. 그런데 그 사람은 왜 오래 여기 머무르는 걸까요? 전부터 시골에 간다고 했는데. 참, 백작 부인은 잘 지내고 있나요?"

줄리가 교활하게 웃으면서 피에르에게 물었다.

"막내아들을 기다리고 있습니다. 그 애는 오볼렌스키와 카자흐 군대에 들어가 멜라야 세르코피로 갔습니다. 거기서 연대가 모이고 있으니까요. 그런데 이번에 우리 연대로 옮겨 오게 되어서 그가 도착하기를 기다리고 있는 겁니다. 백작님은 오래전부터 떠나려고 하셨지만 부인께서 아들이 올 때까지 모스크바를 떠날 수 없다고 하십니다." 피에르가 대답했다.

"저는 그저께 아르하로프 댁에서 그분들을 만났어요. 나타샤는 더 예뻐지고 밝아졌더군요. 그리고 노래를 불렀는데, 세상에는 정말 어떤 일이든 쉽게 잊어 버리는 사람도 있다는 걸 알았습니다. 부럽던데요."

"무얼 잊어 버렸다는 겁니까?" 피에르가 못마땅하다는 듯 물었다. 줄리가 빙긋 웃었다.
 "아시겠지만 백작, 당신 같은 기사는 《마담 슈자》의 소설에만 있을 뿐이에요."
 "기사라니 무슨 말씀이십니까?" 피에르가 얼굴을 붉히며 물었다.
 "시치미를 떼시는군요. 모스크바 전체가 다 알아요."
 "벌금! 벌금!" 의용병이 소리쳤다.
 "제대로 말도 못하겠네요!" 줄리가 말했다.
 그러자 피에르가 화를 벌컥 내며 자리에서 벌떡 일어났다.
 "모스크바 전체가 뭘 다 안다는 겁니까?"
 "그만하세요, 백작님. 공연히 그러세요!"
 "전 모르겠는데요?"
 "당신이 나타샤와 가깝게 지내셨다는 걸 다 알고 있어요. 저는 베라와 늘 가깝게 지내거든요. 베라는 사랑스러워요!"
 "아닙니다, 마담. 저는 나타샤의 기사 역할을 맡은 일이 없습니다. 벌써 한 달이나 찾아가지도 않았어요. 세상 사람들은 왜 그렇게 짓궂게······." 피에르가 퉁명스럽게 말했다.
 "변명은 자신의 죄를 스스로 인정하는 거예요."
 줄리는 빙긋 웃고 리넨 옷감을 흔들며 말했다. 그리고 대꾸할 틈도 주지 않고 화제를 돌렸다.
 "참, 오늘 소식을 들었는데 가엾은 마리아 볼콘스키가 어제 모스크바에 도착했더군요. 그녀가 아버지를 여의었다는 말을 들으셨나요?"
 "정말입니까? 지금 어디 있습니까? 꼭 그녀를 만나야 하는

데요." 피에르가 놀라며 말했다.
"어제 저녁 그녀에게 갔었어요. 오늘이나 내일 아침 조카를 데리고 모스크바 교외에 있는 영지로 갈 모양이던데요."
"어때요, 어떻게 하고 있던가요?"
"별다른 건 없었고 그저 우울해 보일 따름이었어요. 그런데 누가 그녀를 구했는지 아세요? 니콜라이가 구출했더군요. 많은 폭도들이 그녀를 죽이려고 했대요. 다친 하인들도 있고요. 그때 니콜라이가 달려가 구해 주었대요. 정말 멋진 소설 같은 이야기더군요. 제 생각엔 그녀가 니콜라이에게 마음이 있는 것 같아요."

18

피에르가 집으로 돌아가자 하인이 그날 배달된 라스토프친의 선전물 두 장을 가져왔다.

그 중 한 장에는 "라스토프친 백작께서 모스크바를 떠나지 못하게 한다는 소문은 잘못된 것이다. 오히려 귀부인들이나 상인들의 아내들이 모스크바에서 피난하는 것을 환영한다. 그러면 걱정이 줄고 사고도 별로 나지 않을 것이다. 그러나 맹세컨대 책임지고 그 악당들을 모스크바에 들여놓지 않을 것이다"라고 적혀 있었다.

피에르는 이 말에서 프랑스군이 모스크바에 올 것이라는 사실을 처음으로 알았다.

두 번째 선전물의 내용은 아군의 총사령부가 뱌지마에 있다는 것, 비트겐슈타인 백작이 프랑스군을 무찔렀다는 것, 많은 주민이 무장을 원해서 칼과 권총 같은 무기를 쉽게 입수할 수 있는 상황이라는 것이었다. 피에르는 깊은 생각에 잠겼다. 그가 바라면서도 무의식적으로 두려워지는 그런 불길한 상황이 차차 다가오고 있었다.

'군에 입대해서 전쟁터로 나갈 것인가, 아니면 기회를 기다려야 할 것인가?'

피에르는 이러한 질문을 몇 번씩이나 되물었다. 그는 옆 탁자에 놓인 카드로 점을 치기 시작했다.

"만약 이 카드 점이 잘 맞아떨어진다면……."

그는 카드를 섞어 한 손에 들고 혼자 중얼거렸다.

'만약 잘 떨어지면 어떻다는 이야긴가?'

그가 아무런 해답도 내기 전에 문밖에서 들어가도 괜찮겠냐는 목소리가 들렸다.

'전쟁터로 가겠다고 하자.' 피에르는 이렇게 결론을 내리고 말했다.

"들어와요."

두 동생은 벌써 결혼하여 집을 떠났지만 허리가 길고 무표정한 공작의 첫째 딸은 피에르의 집에 머물고 있었다. 그녀는 흥분된 목소리로 나무라듯 말했다.

"방해해서 미안하지만 이젠 결정을 내려야 하지 않겠어요! 도대체 어떻게 할 건가요? 다들 모스크바를 떠났고 농민은 폭동을 일으키고 있다는데, 왜 여기 이러고 있는 거예요?"

"누님, 다 잘 되어 가는 것 같던데요."

피에르가 농담하듯 말했다. 공작 딸의 보호자 노릇을 하기가 늘 난처했던 그는 언제부턴가 농담처럼 말하기 시작했다.

"이게 잘 되어 가는 건가요? 러시아 군대가 훌륭하게 적을 상대하고 있다면서요? 정말 영광스럽네요. 게다가 농민은 한술 더 떠 폭동을 일으키며 말도 듣지 않고 있어요. 하녀도 자기 멋대로 굴고 있어요. 이대로라면 머지않아 우리는 거리를 나다니지도 못하게 될 거예요. 그리고 오늘 당장이라도 프랑스군이 닥친다는데 이렇게 멍청하게 기다리다니! 제발 부탁이에요. 저를 페테르부르크로 데리고 가라고 이야기해 주세요. 전 나폴레옹 치하에서는 살 수 없어요."

"이제 그만해요, 누님. 어디서 그런 정보를 얻었죠?"

"저는 나폴레옹에게 절대 무릎을 꿇지 않겠어요. 만약 그렇게 해 주시지 않는다면……."

"아니, 지금 해 드릴게요."

공작의 딸은 분한 마음을 풀 상대가 없어 답답했던 모양이었다. 그녀가 투덜거리며 의자에 앉았다.

"그런데 잘못된 소식을 들으셨네요. 거리는 조용하고 위험하지 않아요. 지금 막 이걸 읽었는데 백작께서는 적이 모스크바에 들어오지 못하게 하겠다고 맹세하셨어요." 피에르가 그녀에게 선전물을 보이며 말했다.

"그는 위선자예요. 이런 어리석은 선전물에다 누구든 수상한 사람이 있으면 잡아다 감옥에 넣으라는 글을 쓰지 않았던가요? 그런 멍청한 소리가 어디 있어요! 바르바라 이바노브나는 프랑스어를 조금 썼다가 하마터면 여러 사람에게 맞아 죽을 뻔했다고 했어요!" 그녀가 화난 목소리로 참을 수 없다는 듯 말했다.

"조금 썼다고요? 누님은 무슨 일이든 너무 심각하게 받아들여요." 피에르는 이렇게 말하고 카드 점을 치기 시작했다.

그날 카드 점은 제대로 맞아떨어졌지만 피에르는 입대하지 않고 주저하면서 텅 빈 모스크바에 그대로 눌러앉아 다가올 무언가를 기다리고 있었다.

이튿날 저녁 공작의 딸은 모스크바를 떠났다. 총지배인은 연대에 군복 비용을 지원하려면 소유지 한 곳을 팔아야 자금을 마련할 수 있다고 보고했다. 총지배인은 연대에 돈을 기부하려는 피에르의 계획이 재산에 손실을 가져온다는 사실을 그에게 인식시키려 했던 것이다.

피에르는 보고를 들으며 겨우 웃음을 참고 말했다.

"그럼 팔아 버리면 될 게 아닌가! 하는 수 없지. 이런 비상 상황에서 안 된다고 할 수도 없으니까!"

피에르는 재정 형편이 악화되기 시작하자 언제나 예상해 왔던 파국이 마침내 다가왔다는 사실을 점점 확인할 수 있어 도리어 편해졌다.

피에르와 친한 사람은 거의 모두 모스크바를 떠났다. 줄리도, 공작의 딸 마리아도 떠났다. 아직 남아 있는 집안은 로스토프가 정도였지만 피에르가 다녀온 지도 오래되었다.

피에르는 바람을 쐬러 나갔다가 집으로 돌아오는 도중 볼로트나야 광장을 지나다가 처형장에 사람들이 몰려 있는 것을 보고 말을 세우고 마차에서 내렸다. 한 프랑스인 요리사가 간첩이라는 혐의를 받고 태형이 집행되었던 것이다. 마침 태형이 끝난 직후였고 집행인은 애처롭게 울부짖는 뚱뚱한 사나이를 형틀에서 끌어내리고 있었다. 불그레한 구레나룻을 기른 그 사내는 파란 양말에 소매가 없는 녹색 옷을 입고 있었다. 그 옆에는 깡마르고 창백한 조수가 서 있었다. 두 사람 다 얼굴만 보아도 프랑스인이라는 것을 알 수 있었다. 피에르는 군중을 헤치고 앞으로 가며 물었다.

"무슨 일이야? 누구지?"

그러나 그곳에 모인 많은 사람들은 모두 처형대에서 일어나는 일에 정신이 팔려서 아무도 그의 물음에 대꾸하지 않았다. 뚱뚱한 죄수는 일어서면서 얼굴을 찌푸리고 어깨를 움츠렸다. 그리고 아무 일도 아니라는 듯이 소매가 없는 재킷을 주워 입기 시작했다. 그런데 갑자기 입술을 떨기 시작하더니 분을 이기지 못해 울음을 터뜨렸다. 구경꾼들은 큰소리로 웅성대기 시작했다. 피에르는 사람들이 그를 동정해서 한 마디씩 하는 것이라고 생각했다.

"어느 공작 집안의 요리사인가 봐."

"어때, 저 프랑스인한테는 러시아의 소스가 너무 시었던 모양이군. 잇몸이 흔들리는 것 같은데."

프랑스인이 울음을 터뜨린 순간 피에르 옆에 있던 한 관리가 말했다. 이 관리는 자기의 농담에 누군가 맞장구쳐 주길 바라는 것처럼 주위를 둘러보았다. 싱긋 웃는 사람도 있었지만 다른 사람들은 죄수의 옷을 벗기고 있는 집행인을 겁먹은 얼굴로 바라보면서 떨고 있었다.

  피에르는 콧속이 찡해져서 인상을 쓰며 몸을 돌려 마차 쪽으로 걷기 시작했다. 그리고 마차에 탈 때까지 계속 중얼거렸다. 집에 돌아오면서도 몇 번이나 몸서리를 치면서 마부가 깜짝 놀라 돌아볼 정도로 큰소리로 중얼거렸다.

"뭐라고 말씀하셨습니까?"

"어디 가는 거야?" 그가 마부에게 소리쳤다.

"총사령관한테 가라고 말씀하시지 않았습니까?" 마부가 대답했다.

"바보 같으니라고!" 갑자기 피에르가 버럭 고함을 질렀다.

"집으로 가자고 했잖아. 멍청하긴. 빨리 가야 해. 오늘 안에라도 당장 떠나야 한단 말이야."

  피에르는 처벌당한 프랑스인과 몰려든 군중을 보고 당장이라도 전쟁터로 가야겠다고 결심했다. 그는 자신의 하인이라면 주인이 굳이 말하지 않아도 주인의 속마음을 알아차리고 집으로 갈 것이라고 생각했기 때문에 마부에게 화를 낸 것이었다.

  피에르는 집으로 돌아와 마부인 예프스타피예비치에게 오늘 저녁 모쥬아이스크의 군대로 갈 것이니 말을 그곳으로 보내 놓으라고 지시했다. 예프스타피예비치는 모스크바에서 세상 물정에 훤하고 무슨 일이든 다 한다고 알려진 마부였다. 그러나 피에르의 지시를 그날 당장 실행할 수 없는 상황이어서 예프스타피예비치는 교대할 말을 미리 보내 놓을 정도의 여유를 가져야 한다고 말했고, 이에 따라 피에르는 출발을 이

튼날로 연기해야만 했다.

　23일 밤까지 내리던 비가 그치고 24일에는 하늘이 맑게 개었다. 피에르는 점심 식사를 마치고 모스크바를 떠났다. 그날 밤 늦게 페르후슈코보에서 말을 바꾸면서 피에르는 저녁 무렵에 이곳에서 큰 전투가 있었다는 이야기를 들었다. 페르후슈코보에서는 대포 소리 때문에 땅이 쿵쿵 울렸다고 마을 사람들은 말했다. 피에르는 어느 쪽이 이겼느냐고 물었지만 아무도 시원하게 대답하지 않았다(이 전투가 24일의 셰바르지노 전투였다).

　모쥬아이스크에서도 그랬고 어딜 가나 군인들 천지였다. 카자흐 병사, 기병, 보병, 치중차, 탄약차, 대포 등이 가는 곳마다 있었다. 피에르는 조금이라도 빨리 가려고 애썼다. 그리고 모스크바를 멀리 떠나 군인들 틈에 섞이자 불안해짐과 동시에 가슴이 두근거리면서 새로운 기쁨을 느꼈다. 이런 감정은 슬로보드스키 궁전에서 황제를 만났을 때처럼 가슴 깊은 곳에서 의욕이 생기도록 만들었다. 그는 인간의 행복을 결정하는 편안한 생활 여건이나 재력, 심지어는 생명까지도 하잘 것없다고 생각하며 표현할 수 없는 쾌감을 느꼈다.

　누구를 위해 모든 것을 희생하는 행동을 왜 미덕으로 생각하는지 그것을 밝히고 싶지도 않았다. 그저 희생하고자 하는 마음만으로도 기쁘고 새로웠던 것이다.

19

　24일에는 셰바르지노 곳곳에서 전투가 연달아 일어났으나 25일에는 어느 쪽에서도 총 한 방 쏘지 않았다. 26일에는 보로지노 전투가 시작되었다.

　사실 프랑스 군대나 러시아 군대 양쪽에게 이 전투는 무의미했다. 다만 러시아가 두려워하는 것은 모스크바가 멸망할 수도 있다는 것이었고 따라서 전투가 시작된 것이었다. 이미 너무나 명백해진 결과였지만 나폴레옹은 이 전투를 일으켰고 쿠투조프는 여기에 응했던 것이다.

　만일 양쪽의 군 지휘관이 합리적으로 행동했다면 프랑스군은 러시아 깊숙이 들어온 상태에서 군대의 4분의 1을 잃을 수도 있는 전투를 하면 바로 패배한다는 것을 알았을 것이고, 쿠투조프는 이 싸움에 응해서 병력의 4분의 1을 잃으면 틀림없이 모스크바를 빼앗긴다는 것을 몰랐을 리 없다. 이는 수학적으로도 명료한 일이었다. 마치 장기를 둘 때 자기의 말이 상대방의 말보다 하나가 부족하다고 해서 스스로 자기의 말과 상대방의 말을 바꾸려고 하면 안 되는 것과 같은 것이다.

　보로지노 전투까지는 양쪽의 병력이 비슷했지만 전쟁이 끝난 뒤엔 겨우 절반 수준으로 떨어져 버렸다. 그럼에도 불구하고 총명하고 경험이 풍부한 쿠투조프는 전투에 응했고, 천재적인 지휘관이라는 나폴레옹은 전 병력의 4분의 1을 잃고도 전선을 확장해 가며 도전했던 것이다.

　나폴레옹이 모스크바를 점령하면 오스트리아에서 빈을 점

령했을 때와 마찬가지로 전쟁을 끝낼 것이라고 생각하는 사람이 있다면 거기에 대해 반증할 만한 자료는 충분하다. 나폴레옹의 전기를 쓴 사람은 나폴레옹이 확장된 전선에 위험을 느끼고 스몰렌스크에서 진격을 멈추려 했고, 스몰렌스크 이후 나폴레옹 치하의 러시아 도시들이 어떤 상황이었는지 잘 알고 있었다고 적었다. 그래서 나폴레옹은 모스크바 점령으로 전쟁이 끝나지 않는다는 생각에 러시아에 협상하자는 뜻을 여러 번 표명했으나 한 번도 대답을 듣지 못해 진격한 것이라고 이야기하고 있다.

쿠투조프와 나폴레옹이 보로지노에서 맹목적으로 공격한 것은 아무 의미도 없었다. 후세의 역사가들이 두 지휘관의 선견지명과 천재적인 재능을 증명할 만한 이론을 기묘하게 짜내어 과거의 사실을 끼어 맞추고 있지만, 그들 두 군대의 지휘관이야말로 실은 세계적인 사건을 치밀한 계획 없이 그저 맹목적으로 일으킨 사람들인 것이다.

고대인들은 우리에게 영웅서사시를 남겨 주었다. 그 속에서 신들은 영웅의 행동을 견제하고 운명을 결정하며 그들에게 관심을 갖는다. 우리는 영웅을 믿지 않고 영웅적인 이야기들도 믿지 않지만 이런 종류의 역사들이 아무 의미도 없다는 사실에는 익숙해지지 못하고 있다.

보로지노의 전투가 어떻게 진행되었는지에 대해서 모든 역사가들은 다음과 같이 기술하고 있다.

러시아군은 스몰렌스크에서 퇴각하면서 일대 결전을 벌이

기에 가장 유리한 진지를 물색하고 있었다. 그들은 보로지노 근처에서 조건에 맞는 진지를 발견했다. 그곳은 모스크바에서 스몰렌스크로 가는 통로의 왼쪽이었고 보로지노에서 우치사에 걸쳐 거의 직각을 이루는 위치에 있었다. 이 진지의 전면에 있는 셰바르지노 구릉 위에는 적을 감시하기 위해 전초 요새가 구축되었다. 24일에 나폴레옹은 이 전초 기지를 공격해 점령했다. 그리고 26일에는 마침내 보로지노 평원에 진을 치고 있는 러시아군 전체에 공격을 개시했다.

역사는 이렇게 기록하고 있다. 그러나 이것은 전혀 사실이 아니다. 사건의 진상을 제대로 알려고 한다면 그 잘못을 쉽게 알 수 있을 것이다.

먼저 러시아군은 유리한 진지를 물색하지 않았을 뿐만 아니라 보로지노보다 더욱 견고한 진지를 몇 개씩이나 그냥 지나치며 퇴각했다. 쿠투조프가 인정하지 않기도 했지만 결전을 원하지 않는 국민 전체의 분위기 때문이기도 했다. 또 밀로라도비치가 그때까지 민병을 이끌고 도착하지 않았다. 그 밖에도 수많은 이유가 있었다. 전투가 벌어진 보로지노 진지는 러시아의 어떤 지점보다 진지로서의 가치가 없었다.

러시아군은 보로지노 평원에 진지를 제대로 구축하지 않았고 1812년 8월 25일까지도 그곳에서 전투가 벌어지리라고는 꿈에도 생각하지 않았다.

바로 25일까지 요새 공사가 시작되지 않았고, 25일 비로소 시작된 공사가 26일에도 끝나지 않은 것이다.

그리고 셰바르지노의 진지는 아무 가치도 없는 진지였는데 왜 다른 곳보다 힘을 들여 구축되었던 것일까? 왜 24일 밤늦게까지 그 진지를 지키느라 6,000이란 병력을 잃었던 것일까? 적의 형세를 살피기 위해서였다면 카자흐의 척후병만으로도 충분했을 것이다.

또 전투가 벌어진 진지는 예정된 진지도 아니었고, 셰바르지노 진지는 전초 기지도 아니었다. 바르클라이 드 톨리와 바그라치온이 25일까지 셰바르지노 진지를 좌익이라고 믿었다는 점, 쿠투조프가 전쟁 후 혼란한 와중에 쓴 보고서에 보면 셰바르지노 진지를 진지의 좌익이라고 부른 점 등이 당시 러시아군의 생각을 알 수 있게 한다.

그리고 나중에 작성된 보로지노 전투에 관한 총체적인 보고서는 (총사령관의 오류를 변호하기 위해서였겠지만) 사실과 다르게 날조되었다. 즉, 셰바르지노의 진지가 전초의 역할을 했으며 무방비 상태에서 일어난 보로지노 전투를 미리 완성된 진지에서 대응한 것처럼 보고된 것이다.

처음에는 진지를 콜로챠 강을 끼고 정했다. 좌익은 셰바르지노, 우익은 노보예 마을 근처였고, 중앙은 콜로챠 강과 보이나 강의 합류 지점인 보로지노였다. 스몰렌스크 거리를 따라 모스크바를 향해 진격하는 적을 막아야 하는 군대에게 콜로챠 강의 엄호를 받는 이 진지가 얼마나 유리한 지점인지는 실제로 보로지노의 평원을 내려다보면 누구나 분명히 알 수 있다.

나폴레옹은 24일 발루예보를 향해 출발했다. 역사서에 따르면 우치사에서 보로지노까지 러시아군의 진지는 눈에 띄지 않았고 전초도 없었다. 후퇴하는 러시아군 부대를 추격하다가 러시아 진영의 좌익 셰바르지노 진지와 만나게 되었고 콜로챠 강을 건너게 된 것이다. 이는 러시아군은 예상치 못했던 일이었다. 그래서 러시아군은 결전을 개시할 겨를도 없이 점령하려던 진지에서 퇴각하여 무방비 상태의 새 진지로 이동하였다.

나폴레옹은 콜로챠 강의 왼쪽 기슭으로 이동하면서 계속 군대를 움직여 마침내 우치사, 세묘노프스코예, 보로지노 사이의 평원으로 이동시켰다.

만약 나폴레옹이 24일 저녁 콜로챠 강으로 군대를 보내지 않고 이튿날 공격을 시작했다면 셰바르지노 진지는 러시아군 진지의 좌익이 되고 전투도 러시아군의 예상대로 벌어졌을 것이다. 그랬다면 러시아 군대는 좌익을 한결 튼튼히 지키고 중앙이나 우익에서 프랑스군을 공격하게 되었을 것이다.

그러나 그리드네바 결전이 끝난 직후 저녁에 공격이 개시된 데다 러시아의 지휘관들이 바로 그 24일 저녁에 대결전을 치르길 원하지 않았거나 할 겨를도 없었기 때문에, 보로지노 전투에서 최초로 주요했던 작전은 24일에 이미 러시아군의 패배가 되었고 26일에 일어난 전투마저 실패한 것이다.

셰바르지노가 함락되면서 25일 아침 러시아 군대는 하는 수 없이 좌익을 뒤로 물러가게 하고 어디든지 빨리 방어진을 쳐야만 했다.

더욱이 26일에는 빈약하고 미완성인 진지에 의지해야만 한

데다 러시아의 지휘관들이 새로운 전투 상황(좌익 진지를 적에게 빼앗긴 것과 전쟁터가 오른쪽에서 왼쪽으로 옮겨진 것)을 인식하지 못해 노보예 마을부터 우치사까지 전선을 내버려두었으므로 전투 중에 군대를 오른쪽에서 왼쪽으로 이동시켜야만 했다. 그래서 우군은 더욱 불리해졌고, 좌익을 향해 다가오는 프랑스의 모든 군대에 겨우 절반의 전투력으로 대항했던 것이다.

보로지노의 전투는 역사가의 기록과는 전혀 달랐다(역사가들은 지휘관들의 실책을 숨기려다가 오히려 러시아군과 국민의 명예를 실추시켰다). 러시아 입장에서 보면 보로지노 전투는 셰바르지노가 함락되었기 때문에 러시아군은 프랑스군의 절반 정도의 전투력으로 무방비 상태의 탁 트인 들판에서 전투한 것이었다. 다시 말하자면 열 시간이 아니라 단 세 시간도 버티기 힘든 그런 조건 아래서 벌어진 전투였던 것이다.

20

25일 아침 피에르는 모쥬아이스크를 떠났다. 마을을 벗어나자 구불구불하고 가파른 언덕길이 나왔다. 그는 마차에서 내려 걷기 시작했다. 시가에서 벗어나자 오른쪽에 대성당이 보였다. 성당에서는 아침 미사를 알리는 종이 울렸다. 뒤쪽에서는 한 기병 연대가 군가대를 선두로 언덕길을 내려오고 있었다. 앞쪽에서는 전날 전투에서 부상한 병사를 실은 마차들이 올라왔다. 마부들은 말에게 소리치기도 하고 채찍으로 후려치기도 하면서 다녔다. 마차 위에는 서너 명의 부상병들이 누워 있거나 앉아 있었다. 마차는 언덕길에 깔아 놓은 자갈 때문에 덜커덕거렸다.

붕대 대신 헝겊 조각으로 싸맨 창백한 한 부상병은 입술을 깨문 채 눈살을 찌푸리면서 마차에서 튀어 오르기도 하고 부딪히기도 했다. 병사들은 아이처럼 천진난만한 표정으로 흰 모자와 녹색 연미복 차림의 피에르를 바라보았다.

피에르의 마부는 부상병의 마차에다 고함을 지르며 비키라고 했다. 군가를 부르면서 언덕길을 내려온 기병 연대 때문에 통로는 좁아졌다. 피에르는 길 가장자리에 딱 붙어 멈추었다. 태양이 산허리에 가려져 있었기 때문에 축축하고 냉기가 돌았다. 피에르의 머리 위에는 맑게 갠 8월 아침이 펼쳐져 있었고, 성당의 종소리는 경쾌하게 울려 퍼졌다.

부상병을 실은 짐마차 한 대가 길가에 멈췄다. 나무껍질로 만든 신을 신은 마부가 숨을 헐떡이면서 자기 수레로 달려가더니 수레바퀴 밑에 돌을 괴고 조랑말의 띠를 풀어 다시 고쳐 매기 시작했다.

나이 든 한 부상병이 마차 뒤를 따라왔다. 그는 한 손에 붕대를 감고 있었다. 그가 다른 손으로 마차를 붙잡으면서 피에르를 돌아보며 물었다.

"이봐요. 우리는 여기에서 당하는 겁니까, 그렇지 않으면 모스크바까지 피할 수 있는 겁니까?"

피에르는 부상병의 마차와 엇갈려 가는 기병 연대와 자신의 마차를 바라보면서 깊은 생각에 잠겨 있었다. 그래서 그 질문을 듣지 못했다. 마차 위에는 세 명의 부상병이 타고 있었는데, 두 사람은 앉아 있었고 한 사람은 누워 있었다. 앉아 있는 한 사람은 얼굴에 상처를 입은 듯했다. 머리는 온통 헝겊으로 감겨 있었고 한쪽 볼은 갓난애 머리만큼 부어 있었다. 입과 코는 옆으로 비뚤어져 있었다. 그 병사는 교회를 보자 성호를 그었다.

또 한 병사는 핏기가 없어 보일 만큼 하얀 얼굴에 머리카락이 옅은 어린 신병으로 순진한 미소를 띠고 피에르를 지켜보았다. 또 한 사람은 누워 있어 얼굴이 보이지 않았다. 기병의 군가대는 마차 바로 옆으로 지나갔다.

"아, 나의 전우도 쓰러졌도다…… 타국의 땅을 밟고……."

그들은 '병사의 춤'이라는 노래를 부르고 있었다. 되풀이되는 그 노래 뒤로 총소리가 하늘 높이 울려 퍼졌다. 뜨거운 햇빛은 반대편 꼭대기를 내리쬐고 있었다. 그러나 피에르와 부상병을 실은 마차 주변은 축축하고 어둡고 냉랭했다.

볼이 부어오른 병사는 화가 치미는 듯 기병의 군가대를 노려보며 말했다.

"기분 좋은 모양이군!"

"오늘은 병사뿐만 아니라 농부들도 보이더군요! 농부들까지 끌어낸 판입니다." 마차 뒤쪽에 서 있던 병사가 슬픈 듯한 미소를 지으며 피에르에게 말했다.

"이제는 사람을 가릴 겨를이 없어요. 백성을 다 동원하려고 해요. 문제는 모스크바죠. 그것만이 유일한 목적이니까요."

병사의 말이 애매했지만 피에르는 충분히 알아들었으므로 고개를 끄덕였다.

이윽고 길이 트이자 피에르는 다시 말에 올라탔다.

피에르는 말을 몰면서 아는 사람을 찾아보려고 두리번거렸으나 아무리 가도 낯선 군인들뿐이었다. 군인들은 한결같이 피에르의 흰 모자와 녹색 연미복을 휘둥그레 바라보았다.

4베르스타 가량 가서야 처음으로 아는 사람을 만났다. 육군 군의가 젊은 군의 한 명과 나란히 이륜마차를 타고 털썩거리면서 피에르 쪽으로 오고 있었다. 그는 피에르를 보더니 말을 멈추게 하고 뜻밖이라는 듯 물었다.

"백작 아니십니까! 어떻게 이런 곳에 오셨습니까?"

"그저 조금 돌아보려고요."

"그렇군요. 볼 만하실 겁니다."

피에르는 말에서 내려 군의와 이야기를 주고받으며 참전하고 싶다고 이야기했다.

군의는 총사령관에게 직접 이야기하는 것이 좋겠다고 일러 주었다. 그리고 젊은 동료를 바라보면서 말했다.

"전쟁이 한창인데 어딘지도 모르는 데서 길을 잃으면 큰일입니다. 각하는 당신을 알고 계시니까 편의를 봐 주실 겁니다. 그러는 것이 좋겠어요."

군의는 지쳤기 때문에 서둘러 가는 중이었다.

"그래요? 그런데 하나 물어보겠습니다. 도대체 진지는 어디에 있는 겁니까?" 피에르가 물었다.

"진지요? 그건 저도 잘 모르지요. 타타리노바에서 사람들이 무언가를 한창 파고 있긴 하던데. 저쪽 언덕에 올라가시면 잘 보일 겁니다." 군의가 손가락으로 가리키며 말했다.

"거기에서는 잘 보입니까? 그럼 괜찮으시면……."

그러나 군의는 이륜마차 쪽으로 걸음을 옮기며 피에르의 말을 가로막았다.

"안내해 드렸으면 좋겠지만 상황이 이래서."

군의는 이렇게 말하고 목을 베는 시늉을 했다. 급한 일이 있다는 뜻이었다.

"지금 나는 군단장의 막사로 달려가는 길입니다. 아군은 지금 엉망진창입니다. 백작도 아시겠지만 내일 전투가 있습니다. 10만 병력이니까 적어도 2만 명의 부상자가 나온다고 봐야 합니다. 그러나 지금 군에는 겨우 6,000명 정도 수용할 여력밖에 없어요. 마차는 만 대지만 그것 가지고는 될 일이 아니니까요. 되는 대로 하는 수밖에 없겠죠."

조금 전까지만 해도 휘둥그레 눈을 뜨고 피에르의 모자를 보던 그 밝고 원기 왕성한 병사들 중 죽거나 부상당할 사람이 2만 명이 된다는 생각에 피에르의 마음은 순간 두려워졌다.

'그들은 내일 죽을지도 모른다. 그런데 왜 다들 죽음 이외의 딴 생각들을 하고 있는 것일까?'

그리고 모쥬아이스크부터 지나온 길과 부상병을 태운 짐마차, 종소리, 비스듬히 비치던 햇빛, 기병들의 군가 등이 갑자기 생생하게 떠올랐다.

'기병들은 전쟁터로 가는 도중 부상병을 보면서도 무서운 운명 따위는 전혀 염두에 두지 않은 채 부상병들과 눈으로 인사했어. 그들 중 2만 명은 죽어야 할 운명이야. 그런데 내 모자를 신기한 듯 바라보았다니! 참으로 웃긴 일이야!' 피에르는 타타리노바로 가면서 이런 생각을 했다.

거리 왼쪽의 지주 저택 옆에는 승용마차와 짐마차, 하인들, 초병들이 서 있었다. 바로 공작 각하의 숙소였다. 피에르가 그곳에 갔을 때는 각하가 마침 숙소를 비운 때였다. 그의 참모들도 거의 자리에 없었다. 모두 미사에 간 것이다. 피에르는 고리키 쪽으로 마차를 몰았다.

언덕길을 올라 마을에 있는 조그만 길로 들어서자 피에르는 모자에 십자가를 달고 흰 셔츠를 입은 민병들을 보았다. 그들은 큰소리로 웃고 떠들면서 풀이 우거진 언덕 위에서 땀에 흠뻑 젖어 일하고 있었다.

삽으로 흙을 파는 사람도 있고 손수레에 흙을 싣고 나르는 사람도 있고 그냥 우두커니 서 있는 사람도 있었다.

장교 두 사람이 언덕 위에서 작업을 지휘하고 있었다. 피에르는 민병으로 나선 것에 만족해하는 듯한 농부들을 보자 다시 모쥬아이스크의 부상병들을 떠올렸다. 그리고 '온 백성을 끌어내려고 한다'던 말이 무엇을 뜻하는 것인지 깨달았다. 전쟁터에서 일하고 있는 이 농부들, 이들의 흙투성이 구두, 땀이 흥건한 목덜미, 단추를 풀어 헤친 셔츠의 깃, 그 밑으로 들여다보이는 가슴은 피에르에게 눈앞에 닥친 장엄한 순간에 대해 지금까지 보고 들은 것보다 한층 강한 인상을 남겼다.

21

 피에르는 민병들을 지나 언덕 위로 올라갔다. 군의의 말대로 그곳에서는 전쟁터가 훤히 바라다보였다.

 때는 오전 11시경이었고 태양은 약간 왼쪽, 피에르 뒤쪽에 있었다. 태양은 점점 높아져 가는 지형에 맞춰 원형극장처럼 눈앞에 전개되는 커다란 파노라마를 깨끗한 공기를 뚫고 생생히 비춰 주고 있었다.

 이 원형극장을 갈라놓듯 스몰렌스크의 큰 거리는 언덕 아래 500걸음 정도 떨어진 하얀 교회가 있는 조그만 보로지노 마을까지 이어져 있었다.

 거리는 마을 어귀에서 다리를 건너고 고개를 지나 점점 높아져 6베르스타 정도 떨어져 보이는 발루예보 마을(나폴레옹은 이 마을에 진을 치고 있었다)로 뻗어 있었다. 길은 발루예보를 지나면 지평선 위에 노랗게 보이는 숲 속으로 사라진다. 자작나무와 느릅나무가 많은 숲 속에서는 콜로스키 수도원의 십자가와 종루가 햇빛을 받아 반짝이면서 가물가물 보였다.

 푸르스름하게 보이는 테두리 안에서 군데군데 연기를 피어 올리는 모닥불과 아군인지 적군인지 알 수 없는 병사들이 옹기종기 모여 있는 모습이 보였다. 오른쪽의 콜로챠 강과 모스크바 강 연안은 골짜기와 언덕이 많았고 그 골짜기 사이로 멀리 베주호프나 자하리노의 마을들이 보였다. 이에 비해 왼쪽은 비교적 평탄한 보리밭이었다. 그 속에 불에 타 연기가 나는 세묘노프스코예 마을이 보였다.

피에르는 오른쪽이나 왼쪽의 전망이 모두 너무 흐릿해서 만족할 수 없었다. 그가 기대했던 전쟁터는 보이지 않고 밭과 초원, 군대, 숲, 모닥불 연기, 마을, 언덕, 개울뿐이었다. 아무리 자세히 보아도 진지는 발견할 수 없었고 아군인지 적군인지조차 분간할 수 없었다.

'아는 사람에게 물어봐야겠군.' 그는 군인처럼 안 보이는 비대한 자신을 신기한 듯 바라보는 장교에게 말을 건넸다.

"말씀 좀 묻겠습니다. 저 앞에 보이는 마을은 어딥니까?" 피에르가 물었다.

"부루지논가 뭔가 하는 마을이지?" 장교는 확실치 않다는 듯 동료를 돌아보며 말했다.

"보로지노야." 다른 사람이 정확히 말해 주었다.

장교는 이야기할 상대가 생겨 반가운 듯 다가왔다.

"저기 있는 대대는 아군입니까?" 피에르가 물었다.

"그렇습니다. 그 앞에 프랑스 군대도 있습니다. 저기 보입니다." 장교가 말했다.

"어디요? 어디죠?" 피에르가 물었다.

"저기 보이지 않습니까?"

장교는 강 건너 왼쪽에 보이는 연기를 가리켰다. 이때 그의 얼굴은 심각한 표정이 되었다. 지금까지 피에르가 만난 수많은 사람들의 표정과 똑같은 것이었다.

"아, 저게 프랑스 군대군요! 그럼 이쪽은요?" 그는 근처에 보이는 왼쪽 언덕을 가리켰다.

"그건 아군입니다."

"아, 아군이군요! 그럼 저쪽은요?"

피에르는 멀리 보이는 다른 언덕을 가리켰다. 그 언덕 옆에는 마을이 있고 커다란 나무가 한 그루 서 있었다. 그곳에서도 모닥불이 피어 있었다.

"저것도 적군입니다. 어제까지는 아군의 것이었지만 지금은 저쪽 진지가 되었습니다." 장교가 말했다(그곳이 셰바르지노 진지였다).

"그럼 우리 진지는 어딥니까?"

"진지 말씀인가요?" 장교가 미소를 지으며 말했다. "아군의 방위는 제가 도맡아 하고 있기 때문에 자세히 말씀드릴 수 있습니다. 보시다시피 핵심 부대는 지금 보로지노에 있습니다. 바로 저깁니다." 그는 하얀 교회가 있는 눈앞의 마을을 가리켰다. "거기에 콜로챠 강의 나루터가 있습니다. 저기 저지대에 건초를 늘어놓은 곳입니다. 거기에 다리가 있는데 바로 우리 군대의 중추부입니다. 그리고 아군의 우익 부대는 저기에 있습니다(그는 오른쪽으로 빙 돌아 멀리 보이는 골짜기를 가리켰다). 저기에는 모스크바 강이 흐르고 있고 그 옆에는 세 개의 보루를 쌓아 놓았습니다. 아주 견고합니다. 좌익 부대는……." 장교는 여기에서 말을 끊었다.

"사실이지 이런 이야기를 말씀드리기 매우 곤란합니다만, 어제 아군의 좌익 부대는 저 셰바르지노에 있었습니다. 보이시죠? 저기 느릅나무가 서 있는 곳입니다. 그러나 아군은 좌익을 뒤쪽으로 물러서게 했습니다. 지금은 셰묘노프스코예에 있습니다." 그는 라예프스키의 언덕을 가리켰다. "그러나 여기서는 전쟁이 없을 겁니다. 적이 병력을 모두 이리로 몰고 왔다는 말은 거짓말입니다. 적은 먼저 오른쪽 모스크바 강 방면으로 돌아올 것입니다. 그러나 전쟁터가 어디든 내일이면 아군의 수는 엄청 줄어들 겁니다!" 장교가 말했다.

장교가 이야기하고 있을 때 곁으로 온 나이 든 상사는 상관의 말이 끝나기를 잠자코 기다리고 있었다. 그러나 이야기를 듣자 그는 불만스러운 듯 장교의 말을 가로챘다.

"흙 담을 바구니를 가지러 가야겠습니다." 그가 굳어진 표정으로 말했다.

내일 상당한 병력이 줄어들 것이라는 걸 생각하는 것은 상관없지만, 그런 말을 입 밖에 꺼내서는 안 된다는 걸 그제야 깨달은 듯 장교는 좀 당황스러워했다.

"제3중대를 다시 보내도록 해. 그런데 당신은 누구시죠? 군의인가요?" 장교가 황급히 지시하고 피에르에게 물었다.

"아닙니다, 나는 그저 잠깐." 피에르가 우물쭈물 대답했다.

피에르는 다시 민병들을 지나 언덕을 내려왔다.

"에잇, 제기랄!" 그의 뒤를 따라온 장교는 작업하고 있는 민병들 옆을 코를 움켜쥐고 뛰어가며 이렇게 말했다.

"아, 저자들이다! 둘러메고 오는데……. 저 봐. 곧 들어올 거야." 사람들이 빈데없이 고함치는 소리가 들렸다. 그러더니 장교도 병사들도 민병들도 모두 거리 앞으로 달려갔다.

언덕 아래에서는 보로지노 마을을 지나온 교회 행렬이 올라오고 있었다. 맨 앞에서는 모자를 벗고 총을 내려뜨린 보병들이 먼지투성이 길을 질서 있게 행진해 오고 있었다. 보병들 뒤에서는 교회의 성가가 들려왔다.

병사와 민병들은 모자를 손에 들고 피에르를 앞질러 그들을 맞으러 달려갔다.

"성모님을 모시고 왔어! 이베리의 성모님이시다!"

"아니야, 스몰렌스크의 성모님이야!"

마을에 있던 민병이나 포대에서 일하던 민병이나 모두 삽을 내동댕이치고 행렬을 배웅하러 뛰어갔다. 행진하는 대대 뒤로 법의를 입은 사제들이 걸어오고 있었다. 머릿수건을 쓴 노사제가 부사제와 성가대를 이끌고 걸어왔다. 그 뒤에서는 병사들과 장교들이 가장자리를 금으로 장식한 검은 얼굴의 커다란 성상을 메고 있었다.

이 성상은 스몰렌스크에서 가져온 이래 군대가 가는 곳마다 따라다니고 있었다. 성상 주변에서는 모자를 벗은 군인들이 달리거나 걸으면서 땅바닥에 엎드린 채 예배하기도 했다.

산으로 오르자 성상이 멈췄다. 성상을 떠받치고 있던 사람들은 다른 사람들과 교대했다. 부사제가 향로에 불을 지피자 미사가 시작되었다. 뜨거운 햇빛은 머리 위를 내리쬐었다. 시원한 산들바람이 불자 모자 벗은 머리와 성장을 묶은 리본이 팔락거렸다. 성가는 은은하게 퍼져갔다. 모자를 벗어 든 장교들과 사병들이 산처럼 성상을 둘러쌌다. 사제와 부사제 뒤쪽에 높은 사람들이 서 있었다. 게오르기 훈장을 목에 건 머리가 벗겨진 장군 한 사람은 사제 바로 뒤쪽에 서서 성호도 긋지 않고 미사가 끝나기를 기다리고 있었다. 그는 독일인인 것 같았다. 러시아인의 애국심을 고무하기 위해서는 끝까지 들어 줘야겠다고 생각한 듯했다.

다른 한 장군은 꼿꼿한 자세로 서 있었으나 주위를 둘러보며 한 손을 가볍게 흔들고 있었다. 농부들 속에 서 있던 피에르는 높은 사람들은 보지도 않고 성상을 뚫어지게 쳐다보는 병사들과 민병들의 진지한 태도에 넋이 빠져 있었다. 부사제들이 피곤한 모습으로(이들은 벌써 스무 번이나 미사를 가졌던 것이다) 습관적으로 "주님을 낳으신 성모님이시여, 당신의 종들을 재난에서 구해 주시옵소서" 하고 부르자, 노사제와 부사제는 뒤를 받아서 "우리는 불멸의 성채, 둘도 없는 수호자로서 당신에게 의지하고 있나이다" 하고 불렀다.

이 노래가 시작되자 바로 눈앞에 닥친 순간의 엄숙함을 깨달은 듯 이들의 얼굴 표정이 진지해졌다. 피에르가 오늘 아침 모쥬아이스크의 언덕길 아래에서 만났던 여러 사람들의 얼굴에서도 본 것과 같은 표정이었다. 군중은 점점 더 자주 머리를 숙이기도 하고 머리를 풀어 헤치고 조아리기도 했다. 한숨짓는 소리, 가슴에 십자가를 대는 소리도 들렸다.

성상 주변에 있던 무리들이 갑자기 흩어지면서 피에르를 밀쳤다. 모두 황급히 한쪽으로 비켜나는 것을 보면 누군가 높은 인물이 성상 곁으로 다가온 모양이었다.

바로 진지를 순찰하던 쿠투조프였다. 그는 타타리노바로 가다가 이 미사에 참석했던 것이다. 피에르는 눈에 띄는 독특한 차림을 보고 그가 쿠투조프인 줄 금방 알았다.

쿠투조프는 뚱뚱했고 긴 프록코트를 입었다. 약간 등이 굽은 듯했고 흰 머리에는 모자도 쓰지 않았다. 살찐 얼굴에 수

정체가 빠진 한쪽 눈이 허옇게 보였다. 그는 몸을 흔들며 걷는 독특한 걸음으로 사제 뒤쪽에 가서 섰다. 그리고는 익숙하게 성호를 그었다.

쿠투조프 뒤에는 베니그센과 많은 막료들이 서 있었다. 지위가 높은 사람들은 총사령관을 관심 있게 보았으나 민병이나 병사들은 쳐다보지도 않고 계속 기도하고 있었다.

쿠투조프는 미사가 끝나자 성상으로 가까이 다가가 천천히 땅에 엎드려 머리를 조아렸다. 그리고 일어나려고 오랫동안 몸을 움직였으나 몸무게와 약한 체력 때문에 쉽게 일어날 수 없었다. 하얗게 센 그의 머리가 떨리고 있었다.

그는 간신히 자리에서 일어나 어린애처럼 귀엽게 입술을 내밀며 성상에 키스했다. 그러고는 다시 손이 땅에 닿을 만큼 몸을 크게 숙여 절을 했다. 장군들도 따라 했다. 뒤이어 장교들이며 병사들과 민병들도 감격해서 흥분한 얼굴로 서로 밀치기도 하고 발을 밟기도 하면서 성상을 향해 몰려들었다.

22

피에르는 사람들에게 밀려 비틀거리며 주위를 둘러보았다.
"표트르 키릴로비치 백작! 어떻게 이곳에 계십니까?" 누군가 이렇게 소리쳤다. 피에르는 돌아보았다.

보리스 드루베스코이가 더러워진 무릎을 한 손으로 툭툭 털고(성상에 키스한 모양이었다) 환하게 웃으며 피에르에게 다가오고 있었다. 그의 옷차림은 화려했으나 표정은 군인답게 호전적이었다. 그 역시 쿠투조프처럼 긴 프록코트를 입었고 어깨에 채찍을 늘어뜨렸다.

한편 쿠투조프는 마을로 내려가 어떤 집 처마 밑 의자에 앉았다. 의자는 카자흐 병사 하나가 달려가 가져왔고 다른 카자흐 병사는 당황해하며 융단을 깔았다. 번쩍이는 복장의 막료들이 총사령관 주위를 에워쌌다.

성상은 군중에 둘러싸여 앞으로 나갔다. 피에르는 쿠투조프로부터 서른 걸음쯤 떨어진 곳에 서서 보리스와 이야기하고 있었다.

피에르는 참전해서 진지를 보고 싶다고 말했다.

"그러면 이렇게 하시면 됩니다." 보리스가 말했다.

"제가 진지를 안내해 드리겠습니다. 베니그센 백작이 이제 가시려는 곳이 가장 잘 보이는 곳입니다. 저는 그분 소속이니 제가 백작에게 말씀드리죠. 만약 진지를 한 바퀴 돌아보고 싶으시면 저를 따라오십시오. 우린 좌익 진지를 시찰하러 갈 겁니다. 돌아오면 제 숙소에서 묵고 한 판 겨루기로 하죠. 드미트리 세르게이치를 아시죠? 바로 저기 있는 사람입니다." 그는 고르키에 있는 세 번째 집을 가리켰다.

"전 우익을 보고 싶은데요. 아주 튼튼한 모양이더군요. 그리고 모스크바 강부터 진지 전부를 둘러보고 싶습니다." 피에르가 말했다.

"네, 그건 나중에 보셔도 됩니다. 좌익이 중요하니까요."

"그런데 안드레이 공작의 연대는 어디 있는지 아십니까?"

피에르가 물었다.

"안드레이 니콜라예비치 말씀입니까? 곧 그 옆으로 지나갈 거니까 안내해 드리지요."

"그런데 좌익은 어떤 상태인가요?" 피에르가 물었다.

"우리끼리니까 솔직히 말씀드립니다. 아군의 좌익은 엉망진창입니다." 보리스는 낮은 목소리로 소곤소곤 말했다. "베니그센 백작은 전혀 그럴 의도가 없었습니다. 백작은 저 구릉을 굳게 방비할 작정이었으나……." 보리스는 어깨를 움츠렸다. "공작 각하께서 반대하셨는지, 아니면 이 계획을 비방한 사람이 있었는지, 아무튼……."

여기서 보리스는 말을 멈췄다. 이때 쿠투조프의 부관인 카이사로프가 피에르에게 다가왔기 때문이었다. "아! 파이시 세르게이치."

보리스는 카이사로프를 보며 웃었다. "지금 백작에게 진지에 관해 설명드리고 있었습니다. 공작 각하께서 그렇게 확실히 프랑스인의 계략을 알고 계셨다니 놀라운 일입니다!"

"그건 좌익에 대해서 말씀하시는 겁니까?" 카이사로프가 말했다.

"네, 그렇습니다. 아군의 좌익은 아주 튼튼해졌으니까요."

쿠투조프는 쓸데없는 인물들을 모두 참모부에서 쫓아냈지만 보리스는 쿠투조프의 개혁 뒤에도 총사령부에 용케 붙어 베니그센 백작 소속으로 남아 있었다. 보리스를 두었던 사람이라면 다 느끼듯, 베니그센 백작도 젊은 보리스 공작을 훌륭하다고 생각하였다.

육군 총사령부는 두 개의 파로 갈라져 있었다. 하나는 쿠투조프파이고 하나는 참모장인 베니그센파였다. 보리스는 베니그센파에 속해 있었다. 그는 비굴할 만큼 쿠투조프에게 아첨하면서도 다른 쪽에 가서는 그 늙은이는 이제 틀렸고 누가 뭐라 해도 베니그센의 지시에 따라야 할 때가 왔다고 생각하는 듯한 말을 하고 다녔다. 그 교활함은 흉내조차 낼 수 없을 정도였다.

드디어 결전의 시간이 다가왔다. 즉, 쿠투조프를 몰아내고 베니그센에게 전권을 위임하느냐, 아니면 쿠투조프가 전쟁에 이기더라도 모두 베니그센의 공적이 될 것이냐의 두 가지 중 한 가지를 달성하는 중대한 순간이 된 것이다. 아무튼 내일의 전투 뒤엔 대대적인 논의가 따를 것이고 새 인물이 진급할 것이다. 그래서 보리스는 하루 종일 조급하였고 긴장되어 있었다.

카이사로프의 뒤를 이어 피에르가 잘 아는 몇 사람이 더 찾아왔다. 피에르는 모스크바에 관한 여러 가지 질문에 대답할 겨를도 없었고 여러 사람이 하는 이야기를 다 들을 수도 없을 정도였다.

이들의 얼굴에는 활기와 불안의 빛이 감돌고 있었다. 그러나 피에르는 이런 사람들의 얼굴에 나타난 흥분은 개인적으로 성공하기 위한 초조감 때문이라고 생각하였다. 그리고 지금까지 이들 이외의 사람들 얼굴에서 보았던 흥분의 표정이 머릿속에서 맴돌았다. 그 표정들은 개인적인 문제가 아닌, 삶과 죽음의 일반적인 문제에 관한 것이었다. 쿠투조프는 피에르와 그 곁에 몰려 있는 사람들을 바라보았다.

"저 사람을 데리고 오게." 쿠투조프가 말했다. 부관이 각하의 뜻을 전했고 피에르는 의자 쪽으로 다가갔다. 그때 민병한 사람이 먼저 쿠투조프에게 다가갔다. 돌로호프였다.

"저 사람은 어떻게 여기 있습니까?" 피에르가 물었다.

"저놈은 어디든 뻔뻔하게 끼는 놈이죠!" 사람들이 대답했다. "사관이었는데 강등되었어요. 그래서 이 기회에 만회하려는 거죠. 어떤 작전을 제출한다든지 적의 전선을 밤중에 몰래 습격한다든지 해서……. 하여튼 용감한 놈입니다!"

피에르는 모자를 벗고 쿠투조프에게 공손히 인사했다.

"만일 이 말씀을 드렸다고 해서 각하의 미움을 사든, 또 그런 건 벌써부터 알고 있다고 하시든 저는 물러서지 않기로 결심했습니다." 돌로호프가 말했다.

"좋아."

"하지만 제 말이 옳다면 저는 조국에 봉사하는 셈이 됩니다. 조국을 위해서라면 언제든지 목숨을 버릴 각오가 되어 있으니까요."

"그래. 좋아."

"만약 목숨을 아끼지 않는 사람이 필요하시다면 제 생각을 해 주십시오. 각하께 도움이 될지 모릅니다."

"좋아." 쿠투조프는 가늘게 뜬 한쪽 눈으로 피에르를 보면서 이렇게 되풀이했다.

이때 보리스는 날렵하게도 피에르와 나란히 총사령관에게 다가갔다. 그리고 지금까지의 이야기를 계속하듯 자연스러운 말투로 피에르에게 말했다.

"저 민병들은 죽을 때를 대비해서 흰 속옷을 입습니다. 얼마나 영웅적인 일입니까, 백작!"

보리스가 피에르에게 이 말을 한 것은 총사령관이 듣기를 바랐기 때문이었다. 그는 쿠투조프가 귀 기울여 들을 것이라고 생각했던 것이다. 쿠투조프가 얼굴을 돌렸다.

"자네, 민병이 어떻다고?" 그가 보리스에게 물었다.

"각하, 그들은 내일 전투에서 죽을 각오로 하얀 속옷을 입고 있습니다."

"아! 갸륵하고 뛰어난 국민이야." 쿠투조프가 말했다. 그리고 눈을 감더니 고개를 가로저었다. "뛰어난 국민이야!" 그는 한숨을 내쉬며 다시 말했다.

"당신도 화약 냄새를 맡고 싶소? 하긴 참 기분 좋은 냄새지. 난 당신의 부인을 숭배하는 사람 중 한 사람인데, 부인께서는 안녕하시오? 내 숙소를 언제나 편리한 대로 쓰시오." 그가 피에르에게 말했다.

노인의 흔한 버릇대로 쿠투조프는 자기가 해야 할 일을 다 잊은 듯 멍청히 주위를 돌아보기 시작했다.

그는 찾던 것을 생각해 낸 듯 부관의 아우인 안드레이 세르게이치 카이사로프를 손짓하여 불렀다.

"그 마린의 시가 처음에 어떻게 시작하더라? 그게 어떤 시였지? 게라코프에 대해 어떻게 읊었지? '그대 군단의 스승이 되리니……' 였지. 읊어 봐." 쿠투조프는 한바탕 웃고 싶은 듯 이렇게 말했다. 카이사로프가 낭독했다. 쿠투조프는 빙긋 웃으며 시에 박자를 맞추어 고개를 끄덕거렸다.

피에르가 쿠투조프의 곁을 떠나자 돌로호프가 다가와 피에르의 손을 잡았다.

"여기서 뵙게 되어 무척 반갑습니다, 백작." 그는 주위에 다른 사람들이 있는데도 크고 장엄한 소리로 말했다. "내일은 우리 중 어떤 사람이 살아남을지 모르는 날입니다. 바로 전날 우리 사이의 오해를 유감스럽게 생각하고 있음을 전하게 되어 매우 기쁘게 생각합니다. 부디 저에 대해 나쁜 감정을 갖지 말아 주시기 바랍니다. 아무쪼록 용서해 주십시오."

피에르는 뭐라고 대답할지 몰라서 입가에 미소를 띤 채 그를 바라보았다. 돌로호프는 눈물을 글썽이며 피에르를 안고 키스했다.

보리스가 그의 상관인 장군에게 뭐라고 쑤군거리자 베니그센 백작은 피에르에게 함께 전선을 돌아보자고 했다.

"당신에게는 신기한 일이 많을 겁니다." 그가 말했다.

"네, 매우 흥미롭습니다." 피에르가 대답했다.

30분 뒤 쿠투조프는 타타리노바로 떠났고 베니그센은 피에르와 함께 막료들을 데리고 전선을 시찰하러 출발했다.

23

베니그센은 고리키에서 다리 쪽으로 왔다. 이 다리는 피에르가 언덕 위에서 훑어볼 때 한 장교가 전쟁터의 중앙이라고 가르쳐 준 곳이었다. 강가에는 냄새나는 건초가 널려 있었다. 그들은 다리를 건너 보로지노 마을로 갔다. 그리고 왼쪽으로 꺾어 수많은 군인과 대포 옆을 지나 언덕 높이 올라갔다. 언덕 위로 올라가자 민병들이 호를 파고 있었다. 이 언덕은 당시 이름이 없었지만 나중에는 '라예프스키 보루' 아니면 '언덕 포대'라고 불렸다.

피에르는 이 보루를 별로 주의 깊게 보지 않았다. 이 장소가 보로지노의 평원 중에서 가장 기념할 곳이 되리라고는 꿈에도 생각지 않았기 때문이다. 다음으로 일행은 셰묘노프스코예 마을로 갔다. 이곳에서는 병사들이 농가와 헛간에서 통나무를 꺼내고 있었다. 일행은 폭우로 손실을 입은 쌀보리 밭을 지나 언덕을 오르내리면서 포병들이 밭에 낸 울퉁불퉁한 새 길을 지나 아직도 공사 중인 보루로 다가갔다.

베니그센은 보루 위에 말을 세우고(어제까지 러시아군이 장악했던) 셰바르지노 진지를 바라보았다. 몇 명의 기마병이 보였다. 장교들은 나폴레옹일 것이라고도 하고 뮈라일 것이라고도 했다. 그래서 다들 이 기마대를 주시했다. 피에르도 그쪽을 바라보며 나폴레옹을 찾아보려고 애썼다. 이윽고 기병들은 자취를 감추었다.

베니그센은 그에게 다가온 어느 장군에게 아군의 상황을 설명하기 시작했다. 피에르도 눈앞에 닥친 전투 상황을 이해하려고 그의 말을 경청했으나 자기의 지식이 이 방면에 부족함을 깨닫고 실망했다. 그는 한마디도 알아듣지 못한 것이다.

베니그센이 말을 마쳤다. 그리고 경청하고 있는 피에르를 보고 불쑥 물었다.

"별로 재미없으시죠?"

"아니, 매우 흥미 있습니다." 피에르는 거듭 말했지만 진실은 아니었다.

일행은 보루에서 왼쪽으로 더 나아가 별로 크지 않지만 잘 자란 자작나무 숲에 놓인 도로를 따라갔다. 이 숲 한가운데에 이르자 다리만 하얀 갈색 토끼 한 마리가 이들 앞으로 뛰어나왔다. 말굽 소리에 혼미해진 토끼는 잠시 일행 앞에서 깡충깡충 뛰며 사람들의 웃음을 자아내었으나 이윽고 몇 사람이 소리를 지르자 덤불 속으로 쏜살같이 숨어들었다. 2베르스타쯤 숲 속을 지나가자 조그만 공터가 나왔다. 그곳에 좌익의 방어를 맡고 있는 투츠코프 군단이 주둔하고 있었다.

좌익 중 가장 왼쪽 지점인 이곳에서 베니그센은 오랫동안 설명한 뒤 피에르로서는 군사상 중요하다고 여겨지는 몇 가지 명령을 내렸다. 투츠코프가 진을 치고 있는 양쪽에는 고지가 있었는데 이 고지에는 어느 쪽 군대도 없었다. 베니그센은 잘못되었다고 흥분하며 비난하였고 지휘소로 가장 적합한 고지를 버려두고 그 아래에 군대를 배치하는 것은 미친 사람이나 할 짓이라고 말했다. 몇몇 장군들도 같은 의견이었다. 그 중 한 장군은 그야말로 군인답게 과격한 어투로 군대를 그런데 배치한다는 것은 도살장에 몰아넣는 것과 같다고 말했다. 베니그센은 군대를 고지로 이동시키라고 명령했다.

피에르는 좌익에서 내려진 이 명령 때문에 군사학에 관한 자기의 재능을 더욱 의심하였다. 언덕 아래에 진 치고 있는 것을 비난하는 베니그센의 말이나 그 밖의 장군들이 하는 소리는 피에르도 충분히 이해하고 동의하였다. 그러나 언덕 아래에 군대를 배치한 사람은 어쩌자고 이렇게 명백하고 초보적인 실수를 저지른 것인지 도저히 이해가 가지 않았다.

이 군대는 베니그센이 생각했던 것처럼 진지를 방어하기 위한 것이 아니었다. 적이 알지 못하도록 복병으로 숨어 있다가 적이 접근했을 때 갑자기 습격하기 위해 이 은밀한 장소에 배치되어 있었던 것이다. 피에르는 이 사실을 모르고 있었다. 베니그센도 몰랐기 때문에 총사령관에게 상의도 하지 않고 혼자 판단하여 군대를 앞으로 이동시켰던 것이다.

24

맑게 갠 8월 25일 저녁 안드레이 공작은 연대 주둔지 맨 끝에 있는 크냐지코보 마을의 부서진 헛간에서 팔베개를 하고 누워 있었다. 그는 담장을 따라 심어진 자작나무들과 귀리 다발이 흩어져 있는 밭과 모닥불 연기가 피어오르는 덤불을 부서진 벽 사이로 바라보고 있었다.

안드레이 공작은 현재 생활이 구차하고 힘든 상태이지만 7년 전 아우스터리츠 전투의 전날처럼 잔뜩 흥분되어 있었다.

내일의 전투에 대한 명령은 이미 전달이 끝났다. 이제 할 일은 없었다. 그러나 가장 간단하고 그래서 무서운 상념에 쫓겨 마음을 가라앉힐 수 없었던 것이다. 그는 내일의 전투가 지금까지의 수많은 전투보다 더 참혹할 것이라는 사실을 알고 있었다. 이번에는 정말 죽을지도 모른다는 생각이 처음으로 생생하게, 그리고 절박하게 그의 마음속에 떠올랐다. 그의 이런 생각은 일상생활과 아무 관계없이, 또 다른 사람에게 미칠 영향에 대해서도 아무 상관없이 그저 자신의 마음에 관한 생각일 뿐이었다.

이러한 생각에서 돌아보자 전에 그를 괴롭히던 모든 것은 갑자기 하얀 빛으로 가려져 흔적도 없이 사라지고 말았다. 그가 지나온 날들을 인공적인 빛을 비춰 오랫동안 내려다본 듯한 느낌이었다. 그러나 이제 그는 그 빛을 치워 버리고 환한 태양 아래서 마구 채색된 그림을 직접 보았던 것이다.

'그렇다, 이것이 나를 흥분시키기도 하고 놀라게도 하고 괴롭히기도 했던 그 허상이다.' 그는 자신의 인생에서 중요했던 장면들을 마음속에서 뒤적이면서 이제 한낮의 태양과 죽음에 대한 분명한 생각 아래에서 다시 보며 이렇게 중얼거렸다. '바로 이것이다. 아름답고 신비롭게 보였던 막 채색된 허상이었다. 명예, 사회 복지, 사랑, 조국. 이런 것들은 지금 내 마음속에서 눈뜨기 시작한 차가운 시선으로 보면 얼마나 단순하고 하찮은 것인가.'

그가 특히 하찮게 생각한 것은 그가 겪어 온 세 가지 슬픔이었다. 바로 사랑, 아버지의 죽음, 러시아의 반을 점령한 프랑스군의 침입이었다.

'사랑! 신비로운 힘을 지녔다고 생각했던 그녀! 나는 그녀를 얼마나 사랑했던가! 두 사람이 행복하게 사는 낭만적인 계

획을 얼마나 많이 세웠던가! 얼마나 철이 없었던가!'

그는 감정에 복받쳐 소리 내어 말했다.

"그런데 어땠는가! 나는 이상적인 사랑을 믿고 내가 없는 일 년 동안 그녀가 절개를 지킬 것이라 생각했다. 동화에 나오는 착한 비둘기같이 내가 없는 동안 그녀는 나만 생각하며 애태울 줄로만 믿었다. 그러나 이 생각이 얼마나 단순했던가. 모든 것이 너무나 추악했어! 아버지께서도 리스이예 고르이에 삶의 터전을 만들고, 그곳의 영역과 공기와 농부들을 당신의 것이라고 생각하셨다. 그러나 나폴레옹이 와서 아버지의 존재 따위는 길가에 나뒹구는 나무토막처럼 한쪽으로 걷어차 버렸다. 그래서 리스이예 고르이도 아버지의 생활도 하루아침에 무너지고 말았다. 동생 마리아는 이것이 하나님께서 내리신 시험이라고 말한다. 그러나 아버지는 돌아가셔서 다시는 돌아오실 수 없는데 그런 시험이 무슨 의미가 있는가. 아버지는 이제 살아 돌아오실 수 없다. 아버지는 계시지 않는 것이다. 그렇다면 그게 누구를 위한 시험이란 말인가? 조국, 모스크바의 멸망! 그리고 내일이면 나도 죽을 것이다. 어처구니없게 어제 한 병사가 내 귀 아래에서 발포했던 것처럼 아군에게 죽게 될지도 모른다. 그리고 프랑스 군대가 와서 내 다리와 머리를 들어 구덩이 속에 처넣을 것이다. 내 몸의 고약한 냄새를 맡기 싫어서……. 새로운 환경이 마련되고 사람들은 지금까지와 마찬가지로 익숙해지겠지만 나는 알 수 없다. 이미 이 세상 사람이 아니니까……."

그는 햇빛을 받아 반짝이는 자작나무, 움직이지 않는 노란

색과 초록색 잎들과 하얀 껍질을 바라보았다.

'죽는다. 내일 내가 이 세상에서 사라져 버린다……. 이런 것들은 그대로 남고 나 하나만 이 세상에서 사라진다.'

그는 자신이 세상에서 사라지는 모습을 여러 가지로 상상해 보았다. 그러자 자작나무도, 빛과 그림자도, 구름과 모닥불의 연기도, 주위의 모든 것이 순식간에 무시무시한 위협처럼 느껴졌다.

그는 벌떡 일어나 헛간 안을 왔다 갔다 하기 시작했다.

헛간 뒤쪽에서 사람 소리가 들렸다.

"거기 누구야?" 안드레이 공작이 소리쳤다.

빨간 코의 치모힌 대위가 겁에 질린 모습으로 들어왔다. 그는 전에 돌로호프의 중대장이었다가 지금은 장교가 부족해서 대대장으로 승진했다. 뒤이어 부관과 연대 소속의 회계가 들어왔다.

안드레이 공작이 연대의 일에 대해 장교들의 보고를 들은 뒤 그들에게 명령을 내리고 내보내려 할 때 헛간 밖에서 낯익은 목소리가 들려왔다.

"제기랄!" 무언가에 부딪치는 소리와 함께 한 사나이가 소리쳤다.

안드레이 공작이 밖을 내다보았다. 이쪽으로 오고 있는 피에르가 보였다. 그는 나무토막에 발이 걸려 넘어질 뻔했던 것이다. 안드레이 공작은 자신과 같은 계층의 사람을 만나고 싶지 않았고, 특히 마지막으로 모스크바에 갔을 때 여러 가지 가슴 아픈 일을 당했던 것을 생각나게 하는 피에르와 만나는 것이 불쾌했다.

"오, 이게 무슨 일인가! 운명은 어쩔 수 없군." 그가 말했다.

그의 눈과 얼굴에는 냉담보다는 오히려 적의에 가까운 마음이 드러나 있었다.

피에르는 바로 눈치 챘다. 그는 아주 유쾌한 마음으로 왔으나 안드레이 공작의 얼굴을 보는 순간 가슴이 답답해졌다.

"내가 여기 온 것은…… 흥미가 있어서. 전쟁을 구경하고 싶어서입니다." 피에르가 말했다.

"그럴 거야. 그런데 메이슨의 동지들은 어떻게 하면 전쟁을 피할 수가 있다고 하는가?" 안드레이 공작은 비웃는 듯 말했다. "모스크바는 어때? 내 집 사람들은 어떻게 됐나? 지금쯤 모스크바에 도착했을까?" 그가 진지하게 물었다.

"도착했습니다. 줄리 드루베스카야가 말해 주더군요. 찾아봤습니다만 만나지는 못했습니다. 모스크바 근교 소유지로 떠났다고 해서요."

25

장교들은 인사하고 나가려 했으나 안드레이 공작은 친구와 단둘이 있기가 내키지 않는지 차라도 마시고 가라고 만류했다. 장교들은 피에르의 비대한 몸집을 놀란 듯 바라보며, 그가 모스크바와 아군의 배치 등에 대해 이야기하는 것을 조용히 듣고 있었다.

　안드레이 공작은 잠자코 있었다. 그러나 그는 기분이 언짢아 보였으므로 피에르도 안드레이 공작보다 사람 좋아 보이는 대대장 치모힌과 이야기를 나누게 되었다.

　"그럼 자네는 군의 배치를 확실히 안단 말이지?" 안드레이 공작이 피에르의 말에 끼어들어 물었다.

　"네. 그러니까 어떻게 말해야 할까. 난 군인이 아니니까 충분히 알았다고는 할 수 없겠죠. 하지만 대충은 알았습니다." 피에르가 말했다.

　"그렇다면 자네는 누구보다도 많이 알고 있는 거야." 안드레이 공작이 말했다.

　"그런가요?" 피에르는 안경 너머로 안드레이 공작을 떠 보면서 의심쩍은 듯 말했다.

　"그건 그렇고 당신은 쿠투조프가 임명된 데 대해 어떻게 생각하시죠?" 그가 물었다.

　"그 발령은 훌륭했어. 내가 알고 있는 것은 그뿐이야." 안드레이 공작이 대답했다.

　"또 한 가지 묻겠습니다. 바르클라이 드 톨리는 어떻게 생각하십니까? 모스크바에서는 평판이 아주 좋지 않습니다. 당신은 어떻게 생각하십니까?"

　"글쎄, 그건 저 사람들에게 물어보게." 안드레이 공작은 장교들을 가리키며 말했다.

　"공작 각하께서 취임하신 다음부터는 마치 태양을 보는 기분입니다." 치모힌이 연대장의 눈치를 살피면서 말했다.

"왜 그렇습니까?" 피에르가 물었다.

"그건 연료나 양식에 대해서도 말할 수 있죠. 스벤샤느이에서 퇴각할 때는 나뭇가지 하나, 건초 한 다발도 손대지 못했습니다. 우리가 퇴각하면 모두 적의 손에 들어갈 텐데 말입니다. 안 그렇습니까, 연대장님?"

그는 연대장을 바라보며 말했다. "그런데도 가져가지 못하게 했어요. 이 때문에 연대에서도 두 장교가 군법회의로 넘어갔죠. 그런데 공작 각하께서 취임하신 다음부터는 이 점이 간단하게 해결되었습니다. 햇빛을 보는 것처럼……."

"그분은 왜 못하게 했을까요?" 피에르가 물었다.

치모힌은 이 질문에 대해 어떻게 대답해야 할지 모르겠다는 듯 당황한 표정으로 주위를 둘러보았다. 피에르는 안드레이 공작에게 같은 질문을 던졌다.

"그건 우리가 적에게 두고 갈 마을을 황폐하게 만들지 말라는 거야." 안드레이 공작은 냉소를 지으며 말했다. "충분한 이유가 있어. 마을을 황폐하게 하면 안 되고 군인이 약탈하는 버릇을 가지면 안 된다는 거지. 그분은 스몰렌스크에서도 우리보다 우세한 프랑스군이 우회해서 공격할 것이라는 당연한 판단을 내렸었지. 그러나……."

안드레이 공작의 목소리가 순간 날카로워졌다. "그러나 그는 우리가 처음으로 러시아 국토를 위해 싸운 것이고 군대에는 사기가 충천해 있다는 것을 몰랐어. 우리는 프랑스군을 격퇴하기 위해 이틀 동안 죽을힘을 썼지. 그리고 이때 성공한 것이 아군의 사기를 드높였던 거야.

그는 이것도 모르고 퇴각 명령을 내렸어. 그래서 모든 노력과 희생은 수포로 돌아갔지. 그는 무엇이든 될 수 있는 대로 잘해 보려고 꼼꼼하게 처리했어. 그런데 오히려 그게 나빴던 거야. 즉, 그는 독일인답게 지나치게 철저히 따진 거야. 뭐랄까, 그래, 자네 선친께서 독일인 하인을 쓰고 있다고 해. 그는 훌륭한 하인으로 때로는 자네보다도 선친의 어려운 점을 해결하지. 그래서 그에게 맡겨 두면 모든 일이 잘 되는 거야. 그런데 만약 선친께서 사경을 헤매는 중병에 걸리면 자네는 그 하인을 쫓아내고 좀 서툴지만 직접 아버지를 돌보게 될 거야. 그렇게 하는 것이 선친의 마음을 가라앉힐 수 있으니까. 바르클라이도 그런 경우야. 러시아가 건재할 때는 남도 와서 일할 수 있고 훌륭한 대신도 될 수 있지만 일단 위험해지면 집안사람이 필요한 거야.

그러니까 자네 클럽에서는 그를 반역자로 규정했군! 지금은 반역인이라고 말하고 비난하지만 나중에는 잘못 비난했다는 것을 깨닫고 영웅이나 천재로 떠받들지나 않으면 다행이야. 하지만 그건 다 틀린 생각이야. 그 사나이는 정직하고 빈틈없는 독일인일 뿐이야."

"하지만 그는 노련한 지휘관 같던데요." 피에르가 말했다.

"나는 노련한 지휘관이 어떤 것인지 잘 몰라." 안드레이 공작이 비꼬듯 말했다.

"노련한 지휘관이란, 말하자면 모든 우연, 즉 적의 의도를 꿰뚫어볼 수 있는 사람이지요." 피에르가 말했다.

"그건 불가능한 일이야." 안드레이 공작이 오래전 결정된 것처럼 딱 잘라 말했다.

"그렇지만 전쟁은 장기 같은 것이라니까요." 놀란 피에르가 그를 쳐다보며 말했다.

"그렇지. 하지만 약간 차이가 있지. 장기에서는 말을 한 개 움직이는 데도 얼마든지 충분하게 생각할 수 있어. 그리고 마(馬)는 언제나 졸보다 강하고 졸 둘은 졸 하나보다 강해. 그러나 실전에서는 한 대대가 한 사단보다 강할 수도 있고 한 중대보다 약할 수 있어. 그러니까 군대의 상대적인 힘은 누구라도 알 수 없어." 안드레이 공작이 말했다.

그는 이어 말했다. "만약 사령부의 명령에 따라 전쟁의 승부가 결정된다면 나도 사령부에 앉아서 명령을 내리겠어. 내가 여기에서 사람들과 함께 근무하는 것을 영광으로 생각하는 것은 내일의 전투를 결정하는 요소는 우리의 힘이지 그들의 힘이 아니라고 생각하기 때문이야. 승리란 진지나 무기나 병력에 지배당한 일이 없고 앞으로도 안 될 거야. 특히 진지 따위는 문제가 아냐."

"그럼 무엇으로 결정됩니까?"

"여기 있는 사람들이나 병사들의 감정에 따라 좌우되는 거야." 그가 치모힌을 가리키며 말했다.

안드레이 공작이 치모힌을 흘깃 쳐다보았다. 놀란 치모힌은 어리둥절해져서 연대장을 바라보았다. 안드레이 공작은 매우 흥분한 듯 보였다. 그는 뜻하지 않게 떠오른 생각을 말하지 않고는 견딜 수 없는 듯했다.

"전쟁은 반드시 이겨야겠다고 결심한 사람에게 승리가 돌아가게 마련이야. 우리가 왜 아우스터리츠에서 졌을까? 아군과 프랑스군의 손해는 거의 비슷했지만 우리는 너무나 빨리 아군이 졌다고 생각했어. 그래서 정말 지고 만 거야. 그때 우리가 그렇게 생각한 것은 조금이라도 빨리 전장을 벗어나고 싶어했기 때문이야. '졌다, 그러니까 도망쳐야겠다!' 이렇게 생각하고 우리는 도망친 거야.

만약 저녁때까지 졌다고 생각하지 않고 버텼다면 그 전투는 어떻게 끝났을지 몰라. 그래서 내일은 그러지 않을 생각이야.

자네는 아군 진지의 좌익이 약하고 우익이 너무 앞으로 뻗어 있다고 말하지만 그런 이야기들은 그대로 받아들일 수 없어. 내일 우리 눈앞에 벌어질 일은 어떤 것일까? 그것은 셀 수도 없는 우연이야. 이런 우연은 적과 아군 어느 쪽이 달아나느냐, 이쪽이 죽느냐 저쪽이 죽느냐에 따라 순간적으로 결정되는 거지. 지금의 일들은 다 장난일 뿐이야. 자네와 함께 진지를 둘러본 사람들은 방해만 돼. 다만 자기들의 흥미에만 몰두하는 거니까."

"이러한 때 말입니까?" 피에르가 따지듯 물었다.

"이러한 때이기 때문이지." 안드레이 공작이 되풀이했다.

"그들에게는 경쟁자를 떨어뜨릴 함정을 파고 훈장을 하나 더 탈 수 있는 중요한 기회가 되지. 그러나 내게 내일은 이런 날이야. 10만 러시아군과 10만 프랑스군이 싸우려고 들에서 만나고 이 20만 가운데서 가장 난폭하게 싸우고 자기 목숨을 덜 아끼는 사람이 승리를 얻게 되는 날이지. 알겠나? 자네한테 이야기해 두지만 고위층에 혼란이 있든 말든 우리는 내일 전투에서 무슨 일이 있어도 이기겠어!"

"그렇습니다, 연대장님. 물론입니다. 전부 맞는 말씀입니다." 치모힌이 말했다. "이런 때 어떻게 자기 목숨을 아깝다고 하겠습니까! 믿지 않으시겠지만 우리 대대에서는 병사들이 보드카도 마시지 않고 있습니다. 지금은 그럴 때가 아니라는 거지요." 모두 입을 다물었다.

장교들이 자리에서 일어섰다. 안드레이 공작은 부관에게 마지막 명령을 내렸다. 피에르는 안드레이 공작에게 다가가 이야기하려 했다. 이때 거리에서 말굽 소리가 들려왔다. 안드레이 공작이 소리 나는 쪽을 보니 볼초겐과 클라우제비츠가 카자흐 병사 한 명을 거느리고 지나가고 있었다. 그들은 이야기를 계속하면서 안드레이의 옆을 지나쳤다. 그래서 피에르와 안드레이 공작은 본의 아니게 그들의 대화를 들었다.

"전쟁은 당연히 넓은 공간에서 해야 해. 나는 이 의견이 가장 만족스러워." 한 사람이 말했다.

"하긴 그래." 다른 목소리가 말했다. "적의 힘을 약화시키는 데 목적이 있으니까 개인의 손해 따위에 신경 쓸 수 없지."

"맞아." 첫 번째 목소리가 맞장구를 쳤다.

"흥, 넓은 공간이라고." 그들이 지나간 뒤 안드레이 공작은 아니꼬운 듯 말했다. "내 아버지와 아들과 누이는 그 '넓은 공간', 리스이예 고르이에 남아 있었어. 놈들에겐 아무 상관도 없겠지. 바로 이 점이 내가 말하려는 거야. 저 독일 녀석들은 전쟁을 승리로 이끌 수 없어. 그저 힘이 닿는 대로 쳐부술 따름이야. 왜냐하면 독일인은 달걀 껍질보다 못한 하찮은 이론만 있을 뿐이니까. 내일 필요한 오직 하나, 말하자면 치모힌의 열정 같은 것이 저들에겐 없기 때문이야." 그의 목소리가 다시 커졌다.

"그럼 당신은 내일 전투에서 이긴다고 생각하십니까?" 피에르가 물었다.

"그래. 다만 한 가지, 만약 나한테 권리가 있다면 해 보고 싶은 것은 포로를 잡지 말자는 거야. 포로란 게 뭐야? 옛날 기사도의 습관이지. 프랑스인은 우리 집으로도 양이 차지 않아 모스크바까지 황폐케 하려고 덤벼들고 있어. 그들은 우리를 끊임없이 모욕했고 지금도 모욕하고 있어. 놈들은 내 원수야. 놈들이 범죄자로밖에 보이지 않아. 치모힌이나 군대 모두가 그렇게 생각하고 있어. 그들은 당연히 벌을 받아야 해. 그들이 내 적인 이상 철리지트에서 어떤 회담이 있었든 친구가 될 까닭이 없지 않나." 안드레이 공작이 말했다.

"맞습니다." 피에르는 눈을 반짝거리며 안드레이 공작을 바라보고 말했다. "나도 당신의 의견과 같습니다."

모쥬아이스크 언덕에서 있었던 일 이후 이날 종일 피에르의 마음을 뒤숭숭하게 만들었던 의문이 그제야 깨끗이 해결된 것 같았다. 이번 전투와 내일 결전의 의미와 사명을 비로소 충분히 이해한 것이다. 이날 그가 목격한 모든 것, 여러 사람들의 얼굴에서 볼 수 있었던 예의 엄숙한 표정도 그에게는 새로운 빛으로 보인 것이다. 그는 마음속에서 애국심을 깨달은 것이다. 그것은 그가 지금까지 만난 사람들에게서 느꼈던 것이고, 또 이들이 가벼운 마음으로 죽음을 준비하는 까닭을 분명히 설명해 주는 것이다.

"포로를 잡지 말 것." 안드레이 공작은 말을 이었다. "전쟁의 성격을 바꾸게 하고 덜 잔인하게 되려면 이 방법밖에 없어. 실제로 우리는 전쟁을 가지고 놀았어. 이래선 안 돼. 우리는 관대하다고 과시하지. 하지만 우리의 관대함은 송아지 죽이는 것을 보고 마음 아파하고 불쾌해진 아주머니들이 소스를 치면 이 송아지를 맛있게 먹는 것과 같아. 우리도 전쟁 규약이니 기사도니 군사 교환 규약이니 하는 여러 교육을 받았어. 모두 쓸데없는 잠꼬대지. 남의 집을 약탈하고, 위조지폐를 발행하고, 우리 아이들과 아버지를 죽여 놓고도 전쟁 규약이니 적에 대한 너그러움이니 떠들고 있어. 포로를 잡지 말고 죽이되 아군도 죽음을 향해 돌진할 것! 나처럼 이런 결론을 내린 사람……."

스몰렌스크에서처럼 모스크바를 적에게 빼앗기든 말든 상관없다고 생각하던 안드레이 공작은 갑작스런 경련으로 목이 조이는 것 같아 문득 입을 다물었다. 그는 말없이 헛간 앞을 이리저리 거닐었다. 이윽고 열병에 걸린 것처럼 눈을 번쩍이고 입술을 떨며 다시 말하기 시작했다.

"만약 전쟁에 관대함이 없다면 우리는 이번처럼 목숨을 걸고 싸울 때가 아니면 싸움터에 나오지 않게 될 거야. 그러면 파벨 이바느이치가 미하일 이바느이치를 모욕해서 전쟁이 일어나는 경우도 없을 거야. 그러나 이번 같은 전쟁이라면 그야말로 본격적인 전쟁이라 할 수 있지. 군대의 긴장도 지금과는 사뭇 다르지. 그리고 지금 나폴레옹 군대가 인솔하고 있는 베스트팔리아인이나 헤센인이 프랑스인을 따라 러시아 땅에 침입해 들어오는 일도 없을 거고. 우리는 싸우는 목적도 제대로 알지 못하고 오스트리아나 프러시아까지 전쟁하러 가지 않을 거야.

전쟁은 장난이 아니라 인생에서 가장 더러운 사업이야. 그러니까 우리는 이 점을 잘 이해해서 전쟁이 일어나지 않도록 해야 돼. 우리는 엄밀하고 진지하게 이 무서운 사건을 다루어야 해. 중요한 것은 허위를 버리는 거야.

전쟁은 결코 어린아이 장난이 아니니까. 그렇지 않으면 전쟁이 할 일 없는 사람들의 심심풀이가 되고 말 거야. 군인은 존경받는 계급이지. 그러나 도대체 전쟁이란 무엇이고 군사상 성공에 필요한 것은 무엇이며 군인 사회의 성격이란 무엇일까? 전쟁의 목적은 사람을 죽이는 거야. 전쟁의 도구는 간첩, 반역 장려, 주민의 황폐, 군대를 유지하기 위한 강탈과 절도, 전략이라는 이름의 속임수와 거짓말이야. 또 군인 사회의 성격이란 것은 자유의 결핍, 즉 군기와 나태, 무식, 잔인, 방탕, 음주 등이야. 그런데도 군인은 최고의 계급으로 모든 사람들에게 존경받고 있지. 사실 중국 황제말고는 모든 황제들이 군복을 입고 있거든. 그리고 사람을 더 많이 죽인 자가 그만큼 상을 타지. 내일이면 사람들은 서로 죽이기 위해 몇 만 명을 죽이고 병신을 만들겠지. 그리고는 많은 사람을 죽였다면서 감사의 미사를 올리고 죽인 사람이 많을수록 공훈도 큰 것이라고 생각하고 자랑하는 거야. 하나님께서 과연 어떤 기분으로 그들의 기도를 들으실까!" 안드레이 공작이 날카로운 목소리로 말했다.

"나는 요즘 사는 것이 무척 괴롭네. 너무 많은 것을 알았나 봐. 역시 인간은 선악과를 먹는 게 아니었어. 그러나 조금만 참으면 돼! 그런데 자네는 좀 자야 하잖아? 나도 이제 잘 시간이야. 고리키로 가게." 안드레이 공작이 불쑥 말했다.

"아니, 자고 싶지 않아요!" 피에르는 겁먹은 듯한 눈으로 안드레이 공작을 쳐다보며 대답했다.

"가게. 전쟁 전에는 충분히 자 두어야 해." 안드레이 공작이 말했다. 그리고 재빨리 피에르에게 다가가더니 그를 안고 키스했다.

"안녕, 가 보게. 다시 만나게 될지……." 그는 이렇게 말하고 황급히 헛간으로 들어가 버렸다.

벌써 날이 어두워져서 안드레이 공작의 표정이 어땠는지 피에르는 보지 못했다.

피에르는 안드레이 공작을 따라 들어가야 할지, 숙소로 돌아가야 할지, 잠시 서서 생각하였다.

'아니, 저 사람에게는 그럴 필요가 없다! 우리가 만나는 것도 오늘로 끝이라는 사실을 잘 알고 있어.' 피에르는 이렇게 결정했다.

그는 땅이 꺼질 듯 한숨을 쉬고 고리키로 돌아갔다.

안드레이 공작은 융단 위에 누웠지만 잠이 오지 않았다.

그는 눈을 감았다. 여러 영상이 차례차례 나타났다가 사라졌다. 그는 오랫동안 하나의 영상을 음미하였다. 페테르부르크에서의 어느 날 저녁이 생생하게 떠오른 것이다. 그때 나타샤는 발그레한 얼굴로 지난여름 버섯을 따러 갔다가 숲 속에서 길을 잃었던 이야기를 했다. 그녀는 쓸쓸했던 숲과 그곳에서 꿀벌 치는 사람을 만나 대화한 것을 이야기했다. 그리고 이렇게 말했다. "안 되겠어요. 저는 지금 자꾸 엉뚱한 말만 하고 있어요. 아녜요, 무슨 말인지 알아듣지도 못하실 거예요."

안드레이 공작이 그녀가 하는 말을 모두 알아듣겠다고 말해도 좀처럼 믿어 주지 않았다.

나타샤는 자기 이야기에 만족하지 못했다. 그녀는 그날의 경험을 매우 시적으로 표현하려 했지만 아무래도 잘 되지 않는 듯했다.

"그분은 아주 좋은 노인이었고 숲 속은 참으로 어두웠어요. 그 노인은 어찌나 착한지……. 아니, 아무래도 이야기가 제대로 안 되는군요." 그녀는 얼굴을 붉힌 채 흥분하면서 말했다.

안드레이 공작은 그때 그녀의 눈을 보며 지었던 기분 좋은 미소를 다시 지어 보았다.

'그때 나는 그녀를 이해했었다. 이해했을 뿐만 아니라 그녀의 정신, 진지함, 꾸밈없는 영혼, 육체에 이어진 듯한 마음, 나는 그 마음을 사랑했던 것이다. 강렬하고 행복하게 사랑했다.' 안드레이 공작은 이렇게 생각했다.

이때 갑자기 그는 그 사랑의 결말을 떠올렸다. '그 남자는 그런 것들이 전혀 필요하지 않았던 것이다. 그 남자는 그런 것도 보지 않았고 이해하지도 못한 것이다. 그는 그녀를 그저 귀엽고 성숙한 숫처녀로만 보았던 것이다. 그리고 그녀와 운

명을 같이하는 영광을 가볍게 생각한 것이다. 그러나 나는? 그 후에도 그는 즐겁게 지내고 있다.'

안드레이 공작은 불에 데기라도 한 듯 자리에서 벌떡 일어나 다시 서성거리기 시작했다.

26

보로지노 전투가 벌어지기 전날인 8월 25일, 프랑스 황제의 시종 부세와 파비에 대령은 각각 파리와 마드리드에서 출발하여 발루예보에 있는 나폴레옹의 숙소에 도착했다.

부세는 제복으로 갈아입고 황제에게 바칠 선물을 가져오라고 지시한 뒤 대기실로 들어갔다. 그리고 주위에 몰려든 나폴레옹의 부관들과 이야기를 나누면서 상자의 뚜껑을 열려고 했다. 파비에는 대기실로 들어오지 않고 입구에 서서 두서너 장군들과 이야기를 하고 있었다.

황제 나폴레옹은 침실에서 몸치장을 하고 있었다. 그는 살찐 등과 털이 더부룩한 가슴을 번갈아가며 솔로 문지르는 시종에게 대 주고 있었다. 다른 한 시종은 황제의 몸에 향수를 얼마나 뿌려야 하는지 아는 사람은 혼자밖에 없다는 듯한 표정으로 향수를 뿌리고 있었다. 나폴레옹의 짧은 머리칼은 젖은 채 흩어져 있었다. 그의 얼굴은 부어 누르스름했으나 만족스러운 표정이었다.

"더 세게 문질러, 더 세게······." 그는 시종에게 말하면서 몸을 움츠리기도 하고 신음 소리를 내기도 했다.

어제의 전투 상황을 보고하려고 황제의 침실로 들어온 부관은 보고를 끝낸 뒤에도 가만히 서서 물러가도 좋다는 명령이 내려지기를 기다리고 있었다. 나폴레옹은 얼굴을 찌푸리면서 부관을 흘끗 바라보았다.

"포로가 없다고?" 그가 부관의 말을 되풀이했다. "전멸당하고 싶은 모양이군. 러시아군에게는 더욱 불리할 텐데." 그가 말했다.

"좋아! 부세를 불러. 그리고 파비에도." 그가 고개를 저으며 부관에게 말했다.

"알겠습니다, 폐하."

두 시종은 황제에게 재빨리 옷을 갈아입혔다. 나폴레옹은 푸른색 군복을 입고 위풍당당하게 접견실로 갔다.

그때 부세는 자기가 가지고 온 선물을 황제 정면에 놓인 두 의자 위에 놓으려 하고 있었는데 황제가 일찍 나타나는 바람에 당황했다.

나폴레옹은 그걸 보고 아직 준비되지 않았음을 알았다. 그리고 황제에게 뜻밖의 선물을 바치려는 그들의 즐거움을 빼앗고 싶지 않았으므로 부세는 못 본 체하고 파비에를 불렀다.

그는 유럽 정반대쪽인 살라망카에서 싸우고 있는 군대, 오직 황제의 이름을 욕되지 않게 하고 어떻게든 황제의 뜻을 거슬리지 않으려는 군대의 충성심에 대해 파비에가 전하는 이야기를 묵묵히 듣고 있었다.

전쟁의 결과는 비참했다. 나폴레옹은 파비에가 말하는 중간에 자기가 없었으니 당연한 결과라고 생각하는 듯 냉소적으로 쏘아붙였다.

"난 모스크바에서 보충할 거야. 그럼 다시 만나세." 나폴레옹은 이렇게 말한 뒤 선물 준비를 마친 부세를 불렀다. 그는 의자 위에 무언가를 올려놓고 그 위에 보자기를 씌웠다.

부세는 부르봉가의 노신만이 할 수 있는 프랑스 궁정식의 공손한 절을 하고 봉투를 바치며 황제에게 다가갔다.

나폴레옹은 기분 좋게 부세에게 다가가 총애한다는 의미로 그의 귀를 살짝 잡아당겼다.

"아주 서두른 모양이군. 고마워. 그래 파리에서는 뭐라고들 이야기하고 있나?" 그가 지금까지의 엄한 표정을 온화하게 바꾸면서 말했다.

"폐하, 파리 전체가 폐하의 부재를 슬퍼하고 있습니다." 부세는 틀에 박힌 대답을 했다. 부세로서는 이런 말밖에 할 수 없었다. 그것은 나폴레옹도 잘 알고 있었다. 또 지금처럼 정신이 밝을 때는 이런 이야기가 다 거짓이라는 것도 잘 알고 있었다. 그러나 나폴레옹은 부세로부터 이런 말을 듣는 것이 즐거웠다.

"이렇게 먼 여행을 시켜서 안됐어." 그가 말했다.

"폐하! 소신은 적어도 모스크바의 성문에서 폐하를 뵐 것이라고 생각하고 있었습니다." 부세가 말했다.

나폴레옹은 빙긋 웃으면서 천천히 머리를 들어 오른쪽을 보았다. 그러자 부관 한 사람이 금제 담뱃갑을 들고 얼른 다가와 황제에게 바쳤다.

"하지만 자네에겐 좋은 기회였어." 그는 담뱃갑을 열고 코로 가져가면서 말했다. "자넨 여행을 좋아하니까. 앞으로 사흘만 지나면 모스크바 구경도 할 수 있을 거야. 자네도 아시아의 수도를 구경할 거라고는 생각하지 않았겠지? 이제 아주 흥미로운 여행을 하게 될 거야."

부세는 이때까지 자신도 몰랐던 자기의 여행 취미에 대해 황제가 관심을 가져 준 것에 감사하다는 듯 고개를 숙였다.

"이것은 뭐야?" 시종들이 보자기가 덮여 있는 선물을 보고 있자 그 모습을 본 나폴레옹이 말했다.

부세는 시종 특유의 자세로 등이 보이지 않게 반쯤 몸을 돌리고 두 걸음 가량 물러서서 보자기를 들치고 말했다.

"황후 폐하께서 폐하께 보내신 선물입니다."

그것은 제라르가 그린 사내아이의 초상화였다. 이 아이는 나폴레옹과 오스트리아의 왕녀 사이에서 태어난 아이로 로마 왕이라고 불리고 있었다.

그림은 눈이 너무 아름다운 곱슬머리의 사내아이가 공놀이를 하고 있는 모습을 그린 것이었다. 공은 지구를 상징하고 있었다.

화가가 막대기로 지구를 굴리고 있는 로마 왕의 모습을 왜 그린 것인지 알 수 없었지만 이 그림을 본 사람들이나 나폴레옹은 그 숨은 뜻을 알 것 같아 흡족해했다.

"로마 왕. 훌륭해!" 그가 우아한 손짓으로 초상화를 가리키며 말했다.

그는 지금 자기의 언행이 바로 역사가 된다고 생각했다. 그래서 자식인 황태자가 지구를 가지고 공놀이를 할 수 있을 만큼 자신은 위대하지만, 가장 평범한 아버지로서의 사랑을 보여야 한다고 느꼈던 것이다. 그의 두 눈에 눈물이 어렸다. 그가 앞으로 가 의자를 돌아보자 시종이 의자를 그의 옆으로 옮겼다. 그는 초상화를 마주보고 자리에 앉았다. 그가 손짓하자 사람들은 그가 혼자 감상할 수 있게 하려고 조심스레 밖으로 나갔다.

잠시 뒤 그는 초상화의 꺼칠꺼칠한 부분을 손으로 살짝 만져 보았다. 그리고 조용히 일어나 부세와 당직 장군을 불렀다. 그는 초상화를 천막 앞에 내놓고 근처에 주둔하고 있는 군사들이 숭배하는 황태자인 로마 왕을 보는 영광을 누릴 수 있게 하라고 명령했다.

나폴레옹이 부세와 함께 아침을 들고 있을 때 아니나 다를까 초상화를 향해 달려온 장교와 병사들이 감격하여 외치는 소리가 들려왔다.

"황제 폐하 만세! 로마 왕 만세! 폐하 만세!"

아침식사를 마치자 나폴레옹은 부세가 있는 자리에서 군대에 명령을 내렸다.

"간단하고 힘차군!" 나폴레옹은 한 마디도 정정하지 않고 단숨에 쓴 포고를 읽고 말했다. 포고에는 다음과 같이 쓰여 있었다.

"전사들이여! 그대들이 기다리던 결전의 시기가 왔다. 승리는 오로지 그대들에게 달려 있다. 그리고 우리는 반드시 승리해야 한다. 승리는 우리에게 필요한 물자와 숙소를 제공해 줄 것이다. 아우스터리츠, 프리들란드, 비체프스크, 스몰렌스크에서처럼 잘 싸워서 후손들이 오늘의 공훈을 자랑스럽게 상기할 수 있도록 하라. 그대들의 이름을 입에 올릴 때마다 '그는 모스크바의 대전에 참가하였다'고 말하게 하라!"

"모스크바로 가자!" 그는 이 말을 되풀이하면서 부세에게 함께 산책하자고 하고 밖으로 나와 말을 향해 걸어갔다.

"폐하, 황공합니다." 부세는 황제로부터 산책을 권유받고 이렇게 말했다. 그는 졸리기도 했고 승마에 서툴러서 두렵기도 했던 것이다.

그러나 나폴레옹이 권했으므로 부세는 나서지 않을 수 없었다. 나폴레옹이 천막에서 나왔을 때 황태자의 초상 앞에 모여 있던 근위병들은 더한층 큰 소리로 만세를 외쳤다. 나폴레옹은 얼굴을 찌푸렸다.

"이제 내리도록." 그는 우아한 손짓으로 초상화를 가리키며 말했다. "저 애는 전쟁터를 보기엔 너무 어려."

부세는 눈을 감고 고개를 숙인 채 한숨을 쉬었다. 황제의 말을 이해하며 존중한다는 뜻이었다.

27

역사가들의 말에 따르면, 8월 25일 나폴레옹은 지형을 살피거나 장군들이 제출한 작전 계획을 검토하고 직접 명령을 내리기도 하면서 온종일 말을 타고 다녔다고 한다.

콜로챠 강을 따라 배치된 러시아군의 첫 전선은 격파되었다. 그리고 이 전선의 일부분인 러시아군의 좌익은 24일 셰바르지노의 진지가 점령되는 바람에 후방으로 옮겨졌다. 따라서 전선의 한쪽 방면은 이제 강으로 엄호하지도 못하고 비교적 평탄한 지역을 앞에 두고 있었다. 프랑스군이 이쪽을 공격할 것이라는 것은 누구나 알 수 있는 사실이었다. 그것을 판단하는 데는 생각할 필요도, 황제나 장군의 빈틈없는 고려도, 특히 나폴레옹을 두고 사람들이 말하는 천재성 따위도 필요 없었을 것이다. 그러나 후세에 이 사건을 기술한 역사가들이나 당시 나폴레옹을 보위한 사람들이나 나폴레옹 자신도 전혀 다른 생각을 하고 있었던 것이다.

나폴레옹은 전쟁터를 둘러보고 주의 깊게 지형을 살피면서 혼자 계속 생각에 골똘했고 주위의 장군들에게도 마지막으로 내린 결정만 명령으로 말했다. 에크뮬 공이라고 불리는 다부가 러시아군의 좌익을 우회하여 공격하면 어떻겠느냐고 건의했지만 나폴레옹은 그럴 필요가 없다고만 했고 그 이유는 설명하지 않았다. 보루를 공격하기로 한 콩팡 장군이 숲을 가로지르면 어떻겠느냐고 제의하자 네이는 위험하다면서 그러면 사단을 전멸시킬 우려가 있다고 반대했다. 나폴레옹은 콩팡의 의견에 동의했다.

나폴레옹은 셰바르지노 보루 앞쪽의 지형을 본 뒤 잠시 말 없이 생각에 잠겼다. 이윽고 몇몇 지점을 지정하고 러시아의 보루에 대항하기 위한 두 곳의 포병 진지를 이튿날까지 설치하라고 명령했다. 그리고 다른 몇 군데의 지점에는 포병 진지와 함께 야포 진지를 만들라고 명령했다. 그는 다른 몇 가지 명령을 지시하고 막사로 돌아갔다. 그리고 그가 말하는 대로 작전 명령이 작성되었다.

프랑스의 역사가들이 극찬하고 여러 다른 나라의 역사가들이 경의를 표하는 이 작전 명령은 다음과 같은 것이었다.

다부가 포진할 평원에 야간에 배치되는 두 곳의 포병 진지는 동틀 무렵에 마주보는 두 곳의 적의 포병 진지를 향해 포격을 개시한다.

이때 제1군단 포병 사령관 페르네티 장군은 콩팡 사단의 화포 30문, 데세 사단, 프리앙 사단의 유탄포를 가지고 전진하고 적의 포병 진지에 유탄을 퍼붓는다. 적의 포병 진지를 공격할 화포는 다음과 같다.

근위 포병대 소속	24문
콩팡 사단 소속	30문
프리앙, 데세 사단 소속	8문
총계	62문

제3군단 포병 사령관 푸세 장군의 제3 및 제8군단의 유탄포 총계 16문을 포병 진지 양쪽에 배치할 것. 이 진지는 40문의 포가 있는 적의 좌익 보루를 포격한다.

소르비에 장군은 명령이 내려지는 즉시 근위 포병대의 유탄포로 어느 쪽이든 적의 보루를 공격할 수 있도록 준비한다.

포냐토프스키 공작은 포격 중 적의 진지를 우회한다.

콩팡 장군은 숲을 통과하여 적의 제1보루를 점령한다.

전투가 개시된 뒤 적의 행동에 따라 그때그때 명령을 내릴 것이다.

좌익에서는 우익의 포격이 들리는 대로 포격을 개시한다. 모랑과 부왕의 사단은 우익이 돌격함과 동시에 맹렬한 포격을 개시한다.

부왕은 보로지노를 점령하고 모랑과 프리앙의 사단과 보조를 맞춰 각각 세 다리를 건넌다. 그 뒤 이 두 사단은 부왕의 지휘 아래 보루를 향해 다른 여러 군과 같은 선에 선다.

이상의 모든 행동은 가능한 한 예비군의 보전에 애쓰면서 질서 있게 행해져야 한다.

모쥬아이스크 부근의 총사령부에서
1812년 9월 6일

나폴레옹이 천재라는 관점을 버리고 확실하지도 않고 뒤죽박죽인 이 작전 명령을 잘 살펴보면 네 가지 명령으로 나눌 수 있다. 그러나 그중 한 가지도 실현할 수 없었으며 실제로 실현되지도 않았다.

첫째, '나폴레옹이 지정한 장소에 배치된 포격 진지에서 러시아의 보루에 유탄을 퍼부으라고' 쓰여 있으나 이것은 불가능했다. 왜냐하면 나폴레옹이 지정한 장소에서는 포탄이 러시아 진지까지 미치지 못했던 것이다. 가까이 있던 한 지휘관이 명령을 무시하고 포를 앞으로 옮길 때까지 포탄만 허비한 것이다.

둘째, 러시아군 진지를 우회하라는 포냐토프스키에 대한 명령이다. 이 명령도 실현되지 못했다. 포냐토프스키는 투츠코프에게 진로를 차단당해 러시아의 진지를 우회할 수 없었던 것이다.

셋째, 숲을 통과하여 제1보루를 점령하라는 명령이다. 그러나 콩팡 사단은 제1보루를 점령하지 못했고 오히려 격퇴당하고 말았다. 그가 숲을 나서자마자 나폴레옹이 예상하지 못한 적의 산탄 공격을 받아 대열을 가다듬어야 했기 때문이었다.

넷째, 부왕은 보로지노를 점령하고 모랑과 프리앙의 사단과 보조를 맞춰 행동하라는 명령이다. 이 명령은 불분명했지만 부왕이 그나마 명령을 실현하기 위해 노력했다면 그는 당연히 보로지노를 통과하여 보루로 향해야 했고, 모랑과 프리앙의 양 사단은 정면으로 동시에 진출해야 했다. 그러나 다른 여러 작전과 마찬가지로 실현되지 못했다. 부왕은 보로지노를 통과한 뒤 콜로챠 강에서 반격을 받아 더 전진하지 못했다. 모랑과 프리앙의 두 사단도 보루를 점령하지 못했고 오히려 적의 반격을 받아 격퇴당했다. 보루는 전투가 끝날 즈음 기병들이 점령하였다(이것은 나폴레옹이 예상하지 못한 사건이었을 것이다).

작전 명령은 하나도 실현되지 않았다. 작전 명령에는 '전투가 개시된 뒤 적의 행동에 따라 그때그때 명령을 내릴 것'이라고 되어 있지만 실제로는 그렇지 않았다. 나폴레옹은 전투가 벌어지는 동안 늘 전쟁터에서 멀리 떨어져 있었으므로 전투의 경과를 알 수 없었던 것이다. 이 때문에 그의 명령은 어느 하나도 실현되지 않았던 것이다.

28

수많은 역사가들은 이렇게 말한다. 보로지노의 전투에서 프랑스군이 패한 것은 나폴레옹이 콧물감기에 걸렸기 때문이라는 것이다. 만약 그가 콧물감기를 앓지 않았다면 그는 훨씬 더 훌륭한 명령을 내렸을 것이고, 그 결과 러시아는 오래전에 멸망하여 '세계지도가 바뀌었을 것이다'라고들 한다.

러시아의 건국은 오직 표트르 대제의 의지로 된 것이고 프랑스가 공화국에서 제국이 된 것과 프랑스 군대가 러시아에 침입한 것도 나폴레옹의 의사였다고 인정하는 역사가라면 러시아가 남게 된 것은 나폴레옹이 26일 심한 콧물감기에 걸렸기 때문이라는 단정도 할 수 있을 것이다.

보로지노 전투를 하느냐 안 하느냐 하는 것이 나폴레옹에게 달렸다고 하면 그가 걸린 콧물감기가 러시아를 구했다고 할 수 있을 것이고, 그러면 24일 나폴레옹에게 방수화를 신기는 것을 잊어버린 시종이 러시아의 구세주라고 할 수 있다.

그러나 러시아의 건국이 표트르 대제 한 사람의 의지로 된 것이라고 한다든가 프랑스 제국의 성립과 러시아의 전쟁이 나폴레옹 한 사람에게 달린 것이라고 인정하지 않는 사람들은 이러한 사고방식이 불합리하고 인생의 본질을 무시한 것이라고 생각한다.

역사적인 사건의 원인이 무엇이냐는 의문에 대해서는 이와 다른 해답이 있다. 그것은 다름 아닌 하늘에서 예정한 것이고 모든 사람들의 의지에 좌우된다는 것이다.

보로지노 평원에서 8만 명의 인간이 벌인 싸움은 나폴레옹의 의지로 일어난 것이 아니라 다만 그가 명령한 듯 보일 뿐이라는 가정은 어떤 사람이라도 나폴레옹과 비교해 결코 작지 않다는 사실을 가르쳐 주는 것이다. 역사적인 연구에서도 이러한 가정을 충분히 증명하고 있다.

나폴레옹은 보로지노 전투에서 누구에게도 총을 쏘지 않았고 누구도 죽이지 않았다. 그 일을 모두 군사들이 했다. 그는 사람을 죽이지 않은 셈이다.

프랑스 군사들이 보로지노 전투에서 러시아 군사들을 죽였던 것은 나폴레옹이 명령했기 때문이 아니라 군사 자신의 의지에 따른 것이었다. 해진 군복을 몸에 걸친 채 굶주리고 지친 군사들이 모스크바로 가려는 길을 막는 군대를 만나자 술병의 마개가 열린 이상 마시지 않을 수 없다고 느낀 것이다. 이때 나폴레옹이 싸우지 못하게 했더라면 그들은 나폴레옹을 죽이고서라도 러시아와 싸웠을 것이다. 이것은 그들에게 피할 수 없는 일이었다.

나폴레옹이 군사들에게 불구의 몸이 되고 죽기도 하지만 자손들의 입에서 모스크바 전투에 참전한 일이 오르내릴 것이라며 그것으로 위안 삼으라고 하자, 그들은 "황제 폐하 만세!"라고 외쳤다. 막대기로 지구를 치고 있는 사내아이의 초상화를 보고 "황제 폐하 만세!"라고 외쳤던 것처럼 다시 외치며 모스크바에서 음식과 쉴 곳을 구하기 위해 싸우러 갈 수밖에 없었던 것이다. 따라서 그들이 사람을 죽인 것은 나폴레옹의 명령 때문이라고 할 수 없다. 전쟁을 진행시킨 것도 나폴레옹이 아니었다. 왜냐하면 그의 작전 명령은 하나도 실행되지 않았고 전투가 한창 벌어지고 있을 때도 자기 앞에서 일어나고 있는 일을 몰랐기 때문이다.

따라서 이들이 사람을 죽인 것도 나폴레옹의 의지에 따른 것이 아니라, 전쟁에 참여한 몇 만 명의 의지로 된 것이다. 다만 나폴레옹 자신만 모든 것이 자기 의지로 된 것으로 생각했을 뿐이다.

나폴레옹이 콧물감기에 걸리는 바람에 전과 같지 않은 작전 명령이 내려졌다는 역사가의 말은 전혀 옳지 않다는 점에서 8월 26일의 감기는 더욱 의미가 없다.

앞의 작전 명령은 전에 그가 승리했던 작전 명령에 비해 조금도 뒤지지 않으며 오히려 뛰어날 정도다. 전투 중 내려졌다는 명령도 종전 명령 못지않게 대등했다. 그러나 이러한 작전 명령과 지령이 전보다 뒤처졌다고 생각된 것은 보로지노의 전투에서 패한 것이 나폴레옹에게는 첫 패전이었기 때문이다. 아무리 훌륭한 작전 명령도 패전하면 매우 엉망인 것처럼 여겨져 좀 배운 군인들은 신이 나서 비난한다. 또 말도 안 되는 작전이라도 전쟁에서 이기면 가장 훌륭한 것으로 여기고 책으로도 만들어 이 명령의 형편없음을 증명하는 것이다.

아우스터리츠 전투를 위해 바이로테르가 만든 작전 명령은 정말 완벽했으나 사람들은 비난했다. 그 완벽함과 정밀함을 비난한 것이다.

보로지노의 전투에서 나폴레옹은 여느 때와 다름없이 훌륭하게 처리했다. 오히려 이전의 전투에 비해 더 훌륭했다. 그는 전쟁의 진행에 방해되는 일은 조금도 하지 않았다. 그는 보다 합리적인 의견에는 귀를 기울였고, 당황하지 않았고, 자기모순에 빠지지 않았고, 놀라지도 않았고, 전쟁터에서 도망치지도 않았고, 자신의 능력과 전쟁 경험으로 지휘자 역할을 이상적으로 차분하게 수행했던 것이다.

29

나폴레옹은 두 번째로 전선을 시찰하고 돌아오자 이렇게 말했다.

"장기의 말을 늘어놓았다. 승부는 내일 시작되는 거야."

그는 부세를 불러 파리의 일이며 황후의 궁정에서 단행하려는 몇 가지 개혁에 대해 이야기를 나누고, 궁정 안의 사소한 일을 정확하게 기억해 내어 부세를 놀라게 했다.

나폴레옹은 사소한 일에 흥미를 보이기도 하고 부세의 여행 취미를 놀리기도 했다. 그것은 환자가 수술대에 묶여 있는 동안 이름난 외과의사가 소매를 걷어 올리거나 수술복을 입는 태도 같았다(모든 것은 내 손과 머리에 달렸다. 일단 일에 착수하면 아무도 흉내내지 못할 정도로 하겠지만 지금은 여유로울 수 있지. 그리고 내가 태연해할수록 너희는 나를 더 신뢰하게 되고 내 능력에 놀랄 것이다). 나폴레옹은 내일로 다가온 결전 전에 푹 쉬려고 침실로 들어갔다.

그는 눈앞에 닥친 일이 마음에 걸려 잠을 이루지 못했다. 결국 3시쯤 콧물감기가 심해져 큰소리로 코를 풀면서 천막 안의 홀로 나갔다. 그는 러시아군이 후퇴하지 않았냐고 물었고 시종은 러시아군의 모닥불이 여전히 그대로 보인다고 대답했다. 그는 알겠다는 듯 고개를 끄덕였다.

당직 부관이 천막 안으로 들어왔다.

"이봐, 라프. 너는 어떻게 생각해? 오늘 우리 일이 잘될 것 같나?" 나폴레옹이 부관에게 물었다.

"조금도 의심할 여지가 없습니다, 폐하." 라프가 대답했다.

나폴레옹은 그를 쳐다보았다.

"폐하, 스몰렌스크에서 제게 하신 말씀을 기억하실 것입니다. 술병의 마개가 열린 이상 마시지 않을 수 없습니다." 라프가 말했다.

나폴레옹은 얼굴을 찌푸리고 두 손을 머리에 얹은 채 한참 동안 말없이 의자에 앉아 있었다.

"이 군대도 가여워." 그가 불쑥 이렇게 말했다. "스몰렌스크 이래 행군하면서 숫자가 굉장히 줄었어. 운명은 바람둥이 여자 같은 거야, 라프. 나는 언제나 그렇게 말해 왔지만 지금 느끼고 있어. 근위는 별일 없겠지?"

"그렇습니다, 폐하." 라프가 대답했다.

나폴레옹은 알약 한 알을 입에 넣으면서 시계를 보았다. 계속 잠이 오지 않았다. 날이 샐 때까지 아직 시간이 많이 남아 있어 무엇을 하려고 해도 이제는 내릴 명령도 없었다. 명령은 다 내렸고 곧 실행될 때가 온 것이다.

"근위 연대에 비스킷과 쌀을 배급했나?" 나폴레옹이 엄격한 말투로 물었다.

"네, 폐하."

"쌀은?"

라프는 쌀도 황제의 명령에 따라 전달했다고 대답했다. 그러나 나폴레옹은 자기의 명령이 실행되었다는 게 의심스러운 듯 고개를 저었다.

시종이 펀치를 가지고 들어왔다. 나폴레옹은 라프에게 컵을 하나 더 가져오라고 하고는 몇 모금 마셨다.

"맛도 향기도 모르겠군." 술잔에 코를 대고 냄새를 맡으면서 그가 말했다. "이놈의 콧물감기 지긋지긋해. 모두들 의학의 힘이 대단하다고 하지만 콧물감기도 못 고치는 의학이 뭐가 대단하다는 건지! 코르비자르가 알약을 주었지만 조금도 듣지 않아. 그런 녀석들이 뭘 고친다는 거야? 우리 몸은 살기 위한 기계야. 이런 목적으로 만들어진 것이니까 몸 안에 있는 생명 스스로 지키게 하는 것이 좋아. 생명은 의사가 억지로 몸에 쑤셔 넣는 약보다 낫지. 우리 몸은 일정한 시간만 움직이도록 정해져 있어. 시계 같은 거야. 시계공도 이 시계는 열 수 없어. 그저 눈을 가린 채 손으로 더듬어서 다룰 수밖에. 우리 육체는 생명을 위한 기계야, 그뿐이야."

나폴레옹은 즐겨하는 정의 내리기가 생각난 듯 갑자기 새로운 개념을 생각했다. "라프, 전술이 뭔지 아나?" 그가 물었다. "바로 일정한 시간에 적보다 강해지는 기술이지."

라프는 아무 말도 하지 않았다.

"내일은 쿠투조프와 싸우는 거야! 어디 두고 보자! 그는 브라우나우에서 군대를 지휘할 때 3주일 동안 한 번도 말을 타고 시찰하지 않았어. 기억하고 있겠지. 어디 두고 보자!" 나폴레옹은 이렇게 말하고 시계를 보았다. 아직 4시였다.

그러나 잠이 오지 않았다. 펀치도 다 마셨고 아무것도 할 일이 없었다. 그는 자리에서 일어나 이리저리 거닐다가 따뜻한 웃옷을 입고 모자를 쓰고 천막 밖으로 나갔다.

어둡고 축축한 밤이었다. 하늘의 습한 기온이 살며시 땅으로 내려와 뒤덮고 있었다. 가까이 있는 프랑스 근위대에서는 모닥불이 활활 타고 있었고, 러시아 전선에서도 흐릿한 불빛이 보였다. 주위가 고요해서 진지를 점령하기 위해 이미 움직이기 시작한 프랑스군의 발소리가 분명히 들릴 정도였다.

나폴레옹은 천막 앞을 걸으면서 불꽃을 보기도 하고 발소리에 귀를 기울이기도 했다. 그는 천막 앞에서 보초를 서고 있는 복슬복슬한 털모자를 쓴 근위병 옆을 지나가다가 근위병이 황제를 보고 놀라 기둥처럼 꼿꼿해져 있자 발을 멈추었다.

"몇 년부터 복무하고 있나?" 그는 병사와 이야기할 때면 늘 그렇듯 거칠면서도 다정스럽게 물었다.

병사가 대답했다.

"아, 노병이군! 연대로 보낸 쌀은 받았나?"
"받았습니다, 폐하!"
나폴레옹은 고개를 끄덕이고 그 자리를 떠났다.

나폴레옹은 5시 반에 셰바르지노 마을을 향해 말을 몰았다. 동이 트기 시작했다. 하늘은 씻은 듯 개었고 동쪽 하늘에 먹구름 한 조각만이 떠 있었다. 타다 남은 모닥불이 여린 아침 햇살을 받고 소진해 가고 있었다.

그때 오른쪽에서 묵직한 포성이 한 발 울렸고 그 소리는 고요 속으로 사라졌다. 몇 분인가 지나서 두 번째, 세 번째 포성이 울렸다. 그러자 오른편 가까이에서 네 번째, 다섯 번째 포성이 장엄하게 울려 퍼졌다.

첫 번째 대포의 울림이 끝나기도 전에 다음 포성이 들려왔다. 이렇게 계속 울리면서 소리들이 섞이는 것이었다.

나폴레옹은 수행원을 거느리고 셰바르지노 보루까지 갔다. 승부가 시작된 것이었다.

30

안드레이 공작을 떠나 고리키로 돌아온 피에르는 말 준비를 지시하고 이튿날 아침 일찍 깨워 달라고 한 뒤 보리스가 양보한 칸막이 뒤의 좁은 구석에서 잠을 잤다.

이튿날 피에르가 눈을 떴을 때 헛간 안에는 아무도 없었다.

조그만 창문의 유리가 울렸다. 조마사가 그를 흔들어 깨우고 있었다.

"나리, 나리……." 조마사는 더 이상 깨우지 못하겠다는 듯 주인의 어깨를 기계적으로 흔들며 말했다.

"뭐야? 시작되었어?" 피에르가 눈을 뜨고 이렇게 말했다.

"대포 소리 좀 들어 보세요. 모두 떠나셨습니다. 총사령관 각하께서도 벌써 떠나셨어요." 조마사가 말했다.

피에르는 허겁지겁 옷을 갈아입고 입구 쪽으로 달려 나갔다. 날씨는 활짝 개어 상쾌했고 대지는 이슬을 머금어 촉촉했다. 막 구름에서 빠져나온 태양은 이슬이 내린 길에도, 집들의 벽과 창문에도, 헛간 옆에 서 있는 피에르의 말에도 빛을 뿌리고 있었다. 대포 소리가 뚜렷하게 들렸다.

부관 한 사람이 카자흐 병사를 데리고 큰길을 달렸다.

"이제 시간이 되었습니다. 백작님!" 부관이 소리쳤다.

피에르는 말을 타고 어제 싸움터를 내려다보았던 언덕으로 갔다. 이 언덕에는 한 무리의 군인들이 있었고 참모들의 목소리도 들렸다. 빨간 줄이 그어진 흰 모자를 쓴 쿠투조프도 보였다. 쿠투조프는 망원경으로 큰길을 바라보고 있었다.

피에르는 언덕을 올라가 앞을 내려다보았다. 그는 눈앞에 벌어진 아름다운 광경에 넋을 잃었다. 그러나 지금은 군대와 포연으로 가려진 데다, 피에르 뒤에서 비치는 찬란한 태양이 맑은 아침 공기를 뚫고 기다란 그림자를 던지고 있었다.

이 광경의 저편 가장자리에 있는 숲은 마치 연두색 보석을 깎은 것처럼 지평선에 모습을 드러내고 있었다. 발루예보 저편에는 군인들로 가득한 스몰렌스크 대가도가 보였다. 그리고 그 조금 앞에서 황금빛 들판과 어린 나무 숲이 빛나고 있었다. 어딜 보나 군대가 있었다. 이러한 광경은 모두가 생기가 넘쳤고 웅장해서 상상 이상이었다. 그러나 무엇보다도 피에르가 감동한 것은 바로 전쟁터인 보로지노와 콜로챠 강 두 기슭에 펼쳐진 저지대의 전망이었다.

콜로챠 강과 보로지노 마을과 그 양쪽, 특히 보이나 강이 콜로챠 강과 합류하는 소택지에는 안개가 가득했고, 휘황찬란한 태양 빛에 점점 엷어지고 있었다. 그리고 이 안개를 통해 모두 마술의 신비로운 색채와 형상처럼 보이는 것이었다. 게다가 이 안개에 포연이 섞여 아침 햇살이 번개처럼 반짝이고 있었다. 이 안개 속에서 하얀 성당과 보로지노 마을의 농가 지붕과 병사들과 녹색 탄약차와 대포가 여기저기서 눈에 띄었다. 그리고 이런 것들은 모두 움직이는 듯 보였지만 그것은 안개와 연기가 넓은 평야 전체에 감돌고 있었기 때문이다. 안개로 가려진 보로지노 부근 저지대의 더 위쪽, 특히 왼쪽에서 전선 전체에 걸친 숲과 들과 저지대와 고지 꼭대기에서도 저절로 포연 덩어리가 생기는 것이었다. 이 연기가 때로는 몰려 덩어리가 되기도 하고 때로는 천천히 사이를 두기도 하고 때로는 흩어지기도 하고 퍼지기도 하고 녹아들기도 하는 것이 전체에 걸쳐 보였다.

이러한 포연과 그 울림이 이 광경을 아름답게 보이게 하는 주된 이유였다.

퍽! 갑자기 둥글고 짙은 연기 덩어리가 나타나 자줏빛과 우윳빛으로 퍼지는가 싶더니 1초쯤 지나 "꽝!" 하는 소리가 들려왔다.

퍽! 퍽! 두 갈래 연기가 부딪치기도 하고 한데 녹아들기도 하면서 하늘하늘 위로 피어올랐고 "꽝, 꽝!" 하는 소리가 울려 연기가 난 사실을 증명했다.

피에르가 첫 번째 연기를 보았을 때는 벌써 큼직한 몇 개의 탄환이 한쪽으로 흐르고 있었다. 그리고 "퍽, 퍽, 퍽!" 하며 서너 번 연기 덩어리가 나타났다. 그러자 다시 사이를 두고 "쾅, 쾅, 쾅!" 하는 힘찬 소리가 뒤따랐다. 이 연기는 달리는 것 같기도 하고 가만히 있는 것 같기도 했다. 또 숲과 들에서 번쩍이는 총검이 연기를 뚫고 달리는 것처럼도 보였다. 왼쪽의 들과 덤불을 따라 커다란 연기가 나타나기도 하고, 조금 앞쪽의 저지나 숲가에서는 뭉칠 틈도 없을 정도로 작은 소총 연기가 몰려와 나름대로 반향을 일으켰다.

"따따 따따 따따……." 콩을 볶는 듯한 소총 소리가 빈번히 울렸으나 대포 소리에 비하면 불규칙적이고 약했다.

피에르는 연기와 총검이 반짝거리는 곳에 가 보고 싶어졌다. 그는 다른 사람들의 표정이 어떤가 궁금하여 쿠투조프와 막료들이 있는 곳을 보았다. 모두의 얼굴에는 피에르가 어제 안드레이 공작과 이야기하면서 이해하게 된 감정이 드러나 있었다.

"그럼, 갔다 오게. 무사히 돌아오게." 쿠투조프는 전쟁터에서 시선을 떼지 못하고 있는 장군에게 말했다.

명령을 받은 장군은 피에르의 옆을 지나 언덕을 내려가기 시작했다.

"나루터!" 어디로 가느냐고 묻는 한 참모에게 이 장군은 차갑고 엄하게 말했다.

'나도 간다.' 피에르는 이렇게 생각하고 장군을 따라갔다.

장군은 카자흐 병사가 끌고 온 말에 올라탔다. 피에르는 재갈을 잡고 있는 조마사 옆으로 다가갔다. 그는 어떤 말이 가장 순한지 묻고 말을 골라 탄 다음 두 손으로 그 갈기를 잡았다. 그는 발끝을 밖으로 돌리고 뒤꿈치를 말의 배에 댔다. 안경이 떨어질 것 같았지만 갈기와 고삐에서 손을 놓을 수 없어 그대로 장군의 뒤를 따라 달려갔다. 언덕 위에 있던 참모들은 그 모습을 보고 웃었다.

31

피에르가 따라간 장군은 언덕을 내려서자 갑자기 왼쪽으로 꺾어 들었다. 피에르는 그를 놓쳤고 자기 앞을 지나가는 보병의 대열에 합류하고 말았다. 그는 그 속에서 빠져나가려고 앞으로 가기도 하고 다른 방향으로 가기도 했으나 어느 쪽으로 가든 병사들뿐이었다. 그들은 모두 걱정스러운 표정이었고, 무엇인지 아주 중요한 일에 몰두하고 있는 듯했다. 그리고 한결같이 의심쩍은 눈빛으로, 이유는 알 수 없지만 자기들을 발로 밟으려는 흰 모자를 쓴 피에르를 쳐다보았다.

"왜 대대 속에서 돌아다니는 거야!" 한 사람이 그를 향해 외쳤다. 또 어떤 사람은 피에르의 말을 총의 개머리판으로 쿡 찔렀다. 피에르는 안장의 앞쪽을 잡고 뛰어오르는 말을 간신히 제어하면서 앞쪽의 널찍한 공터로 달려 나갔다.

앞에는 다리가 있었고, 다리 옆에서 병사들이 서서 총을 쏘고 있었다. 피에르는 그 옆으로 다가갔다. 피에르는 자신도 모르는 사이에 콜로챠 강에 놓인 다리로 온 것이다. 이 다리는 고리키와 보로지노 중간에 있었고, 전쟁이 시작되자 프랑스군이 곧 습격한 곳이었다. 피에르는 다리 양쪽과 어제 연기 때문에 볼 수 없었던 건초더미 사이에서 병사들이 무엇인가를 하고 있는 것을 보았다. 그러나 바로 계속 사격하고 있는데도 그는 여기가 전쟁터라고 생각하지 못했다. 그는 사방에서 울부짖는 총소리와 머리 위를 날아가는 포탄 소리도 듣지 못했고 강 건너편에 있는 적도 보지 못했다. 그리고 가까이에 많은 병사들이 쓰러져 있는데도 잠시 동안 깨닫지 못하고 있었다. 그는 줄곧 미소를 띤 채 주위를 둘러보았다.

"왜 전선 앞쪽에서 어슬렁거리는 거야?" 다시 누군가가 그를 보고 외쳤다.

"오른쪽, 왼쪽으로 비켜!" 여러 사람이 외쳤다.

피에르는 오른쪽으로 비켜났다. 그때 뜻밖에 그와 안면이 있는 라예프스키 장군의 부관을 만났다. 이 부관은 못마땅한 듯 피에르를 흘끗 쳐다보고 고함을 지르려 하다가 그가 피에르임을 알아보고 고개를 끄덕여 인사를 했다.

"무엇하러 이런 델 오셨습니까?" 그가 앞으로 가면서 말했다. 피에르는 할 일도 없으면서 이런 데서 얼쩡거리는 것이 거북하게 느껴져 방해해선 안 되겠다고 생각하고 부관을 따라 말을 몰았다.

"그래, 여기서는 도대체 무슨 일이 있었습니까? 당신과 같이 가도 괜찮겠습니까?" 그가 물었다.

"잠깐만." 부관은 이렇게 말하고 초원에 서 있는 뚱뚱한 대령에게 달려가 무엇인가 전하더니 비로소 피에르를 돌아보고 물었다.

"백작, 왜 이런 데 오셨습니까? 호기심에선가요?"

"그렇습니다." 피에르가 말했다. 부관은 말을 돌려 다시 앞으로 나아갔다.

"여기는 아직 양호합니다. 바그라치온 군영의 좌익은 격전이 벌어지고 있습니다." 부관이 말했다.

"네? 거긴 어딥니까?" 피에르가 물었다.

"그럼 같이 언덕으로 가시죠. 거기서 보입니다. 우리 포대는 아직 괜찮은 편입니다. 가시겠어요?" 부관이 말했다.

"네, 같이 가겠습니다." 피에르는 자기의 조마사를 찾으면서 말했다. 피에르는 처음으로 부상병을 보았다. 비틀비틀 걷고 있는 자도 있었고 들것에 실려 가는 자도 있었다. 그가 어제 말을 타고 지나가던 향기로운 건초를 늘어놓은 초원에는 한 병사가 모자를 옆으로 쓴 채 거북하게 머리를 굽히고 꼼짝하지 않고 누워 있었다.

"이 병사를 왜 데리고 가지 않습니까?" 피에르가 물었다. 그쪽을 돌아본 부관이 엄격한 표정을 짓자 피에르는 입을 다물고 말았다.

피에르는 조마사가 보이지 않아서 그대로 부관과 함께 라 예프스키의 언덕을 향해 말을 몰았다. 피에르는 부관보다 뒤처졌다.

"승마에 익숙하지 않으신 모양이군요." 부관이 물었다.

"아니, 괜찮습니다. 이놈이 자꾸 뛰는군요." 피에르가 이상하다는 듯 말했다.

"저런! 말이 다쳤군요. 오른쪽 앞다리의 무릎 위입니다. 총알을 맞았을 겁니다." 부관이 말했다.

그들은 전진하면서 제6군단의 연기 속을 통과하여 별로 크지 않은 숲에 이르렀다. 숲 속은 서늘하고 조용했고 어딘지 가을의 향기가 감돌고 있었다. 피에르와 부관은 말에서 내려 비탈길을 걸어 올라갔다.

"장군은 어디에 계신가?" 부관이 언덕으로 가면서 사람들에게 물었다.

"지금까지 여기 계시다가 저쪽으로 가셨습니다." 사람들이 오른쪽을 가리키면서 대답했다.

부관은 피에르를 어떻게 해야 할지 난처해하는 눈치였다.

"걱정하지 마세요. 언덕으로 가도 괜찮겠죠?" 피에르가 말했다.

"네, 그리로 가세요. 거기에선 잘 보입니다. 그리고 별 위험도 없을 겁니다. 곧 모시러 오겠습니다."

그들은 다시 만나지 못했다. 나중에 피에르는 이 부관이 그날 한 팔을 잃은 것을 알게 되었다.

피에르가 간 언덕은 유명한 곳으로 그 부근에서 몇 만 명의 군사가 쓰러졌었다. 프랑스군은 그곳을 가장 중요한 지점으로 간주하고 있었다.

이 보루는 세 방향으로 참호를 판 언덕이었다. 참호를 판 곳에서는 10문의 포가 한창 쏘아대고 있었다.

언덕과 나란히 있는 양쪽 참호에서도 몇 문의 화포가 끊임없이 불을 뿜고 있었고 뒤에 보병대가 서 있었다. 피에르는 언덕으로 올라가면서 조그만 참호에 몇 문의 대포뿐인 이곳이 가장 중요한 전투 지점이라고는 꿈에도 생각지 못했다. 오히려 이 장소가 매우 쓸데없는 곳처럼 느껴졌다.

언덕으로 올라간 피에르는 참호의 가장자리에 앉아 이유 없는 기쁜 듯한 미소를 지으면서 상황을 보고 있었다. 이따금 피에르는 일어서서 대포를 장전하거나 자루와 탄약을 가지고 줄곧 뛰어다니고 있는 병사들에게 방해되지 않도록 조심하면서 포대 안을 여기저기 거닐었다. 이 포대의 대포는 번갈아가며 끊임없이 발사되었고 그 굉음은 귀를 멍멍하게 했으며 연기는 일대를 뒤덮고 있었다.

엄호하는 보병들에게서 느꼈던 숨막히는 듯한 긴장감과는 달리 소수의 병사들이 각자 정해진 일을 하는 이 포대에서는 가정에서와 같은 활기가 느껴졌다.

군인이 아닌 피에르가 흰 모자를 쓰고 나타나자 병사들은 불쾌해졌다. 병사들은 피에르의 옆을 지나가면서 어처구니없다는 듯 곁눈질로 그를 흘끔 쳐다보았다. 키가 크고 얼굴이 곰보인 포병 장교는 맨 끝에 있는 대포를 살피는 척하면서 피에르에게 다가와 신기한 듯 쳐다보았다.

견습 사관학교를 갓 나온 듯한 젊은 장교는 자기가 맡은 두 문의 대포를 열심히 지휘하면서 엄한 어투로 피에르에게 말했다.

"여보세요, 그 통로에서 좀 비켜 주세요. 거기는 안 됩니다."

병사들은 피에르를 보면서 못마땅한 듯 고개를 젓고 있었다. 그러나 흰 모자를 쓴 이 사나이가 나쁜 짓도 하지 않고 한쪽에 얌전히 앉아 있거나 멋쩍게 웃으며 병사들에게 공손히 자리를 비켜 주기도 하고, 포탄이 비 오듯 쏟아지는 포대를 마치 산책하듯 거닐고 있음을 알자 병사들은 점차 그를 동정하기 시작했다. 그것은 병사들이 군대에서 기르는 산양이나 개나 닭 같은 동물에게 갖는 감정과 비슷했다. 이 병사들은 마음속으로 피에르를 가족으로 받아들이고 별명까지 붙였다. 그들은 피에르를 '우리 집 나리'라고 부르며 자기들끼리 떠들고 웃는 것이었다. 포탄 한 발이 피에르에게서 두 걸음 떨어진 땅에 떨어졌다. 그는 포탄 때문에 뒤집어쓴 흙을 툭툭 털면서 싱긋 웃고 주위를 둘러보았다.

"나리, 무섭지도 않으세요?" 어깨가 넓고 얼굴이 불그레한 병사가 하얀 이를 드러내며 피에르에게 물었다.

"자넨 무섭나?" 피에르가 물었다.

"무섭죠! 포탄은 사정없이 달려드니까요. 그 녀석이 떨어지면 창자도 날아가는 판인데, 어떻게 안 무섭겠어요?" 병사가 웃으며 말했다.

몇 명의 병사가 쾌활한 표정으로 피에르 옆으로 다가왔다.

그들은 피에르가 다른 사람과 똑같이 말할 것이라고 생각했기 때문에 뜻밖의 발견이 너무도 즐거운 듯한 표정이었다.
 "우리야 병사이니까. 하지만 저 나리에게는 정말 놀랐는데! 대단한 분이야!"
 "각자 제자리로!" 한 젊은 장교가 피에르의 주위에 모여 있는 병사들에게 외쳤다.
 이 젊은 장교는 자신의 임무를 집행하는 것이 몇 번 안 되는지 병사나 상관을 대할 때 유독 딱딱하게 말했다.
 대포와 소총의 폭음은 전쟁터 전역에 퍼졌고 특히 왼쪽 바그라치온 진지 근처에서 점점 더 요란해졌다. 그러나 피에르가 있는 곳에서는 포연 때문에 아무것도 보이지 않았다. 피에르는 다른 부대에서 완전히 격리된 포대 병사들을 넋 놓고 바라보고 있었다. 전쟁터의 광경과 포성을 경험하고서 처음 느낀 흥분은 초원에 혼자 쓸쓸히 누워 있었던 병사를 본 후 전혀 다른 감정으로 바뀌었다. 그는 참호의 사면에 앉아 주위 사람들을 관찰하고 있었다.
 10시까지 스무 명 정도의 병사들이 포대에서 실려 나갔고 포대 두 문이 파괴되었다. 포탄이 점점 자주 포대에 떨어졌고 탄환도 핑핑 소리를 내며 날아왔다. 그러나 포대 병사들은 그런 데 무관심한 듯했다. 즐겁게 떠드는 소리가 들려왔다.
 "만두가 날아왔군." 날아드는 유탄을 보고 한 병사가 소리쳤다.
 "아냐! 보병 쪽으로 갔어!" 유탄이 포대를 지나 엄호대 쪽에 떨어진 것을 보고 다른 병사가 크게 웃으면서 덧붙였다.

"왜, 아는 사이야?" 날아오는 포탄 때문에 고개를 숙인 농부를 보고 한 병사가 놀렸다.

병사 몇 명은 보루 옆에 모여 전방의 광경을 지켜보았다.

"전선을 철회했다. 저기, 후퇴하기 시작했어." 그들이 보루 저편을 가리키면서 말했다.

"자기 할 일들이나 해! 저자들이 뒤로 물러난 것은 뒤쪽에서 할 일이 있기 때문이야." 늙은 상사는 병사들에게 이렇게 외치고 주위에 있는 한 병사의 어깨를 붙잡고 무릎으로 엉덩이를 쳤다. 다들 웃었다.

"제5호 포, 앞으로!" 한쪽에서 고함 소리가 들렸다.

"자, 다같이 하자. 배를 끄는 것처럼 말이야." 대포를 바꾸는 병사들이 활기에 넘쳐 소리쳤다.

"앗, 하마터면 우리 집 나리의 모자가 날아갈 뻔했군." 불그레한 얼굴의 병사가 피에르를 보며 히죽 웃었다.

"어이, 거기 여우 새끼들아!" 부상병을 데리러 허리를 굽히고 포대로 올라오는 민병들을 보고 다른 병사 한 사람이 웃었다.

"그래, 죽는 맛이 어때? 어이, 까마귀들, 뭘 어물대는 거야!" 한쪽 다리가 잘린 병사 앞에서 머뭇거리는 민병들을 보고 병사들이 외쳤다.

"에그, 가엾어라. 어지간히 싫은 모양이군." 병사들이 농부들을 흉내냈다.

포탄이 떨어질 때마다, 사상자가 생길 때마다 병사들은 더욱 활기에 넘쳤다. 피에르는 그 사실을 깨달았다.

차차 먹구름 속에서 나오기라도 하듯 이들의 얼굴에서는 열정의 빛이 더 밝게 빛났다.

피에르는 전면의 전쟁터를 보지 않았다. 거기에서 무슨 일이 일어나고 있는지 알고 싶은 흥미도 사라졌다. 그는 더 치열해지는 이 흥분을 관조하기 시작했다. 이 흥분은 그의 마음속에서도 일기 시작했던 것이다.

10시에는 포대 앞에 우거진 덤불 속과 카멘카 강의 기슭에 있던 보병이 퇴각했다. 총 위에 부상병을 싣고 뒤로 나르는 모습이 포대에서 자세히 보였다.

막료를 거느린 한 장군이 언덕 위로 올라왔다. 그리고 연대장과 몇 마디 말을 주고받고 피에르를 곁눈질로 쩨려보고는 포대 뒤쪽의 엄호대에게 될 수 있는 대로 포화를 받지 않도록 엎드려서 자세를 취하라고 명령하고 다시 아래로 내려갔다. 그리고 포대 오른쪽에 있는 포병대의 대열 가운데서 북소리와 호령소리가 들렸다. 이윽고 전진하는 보병 대열이 보였다.

피에르는 진지 너머를 바라보았다. 그때 한 얼굴이 눈에 띄었다. 그것은 새파랗게 질린 채 칼을 축 늘어뜨리고 불안한 듯 주위를 둘러보면서 뒷걸음질치고 있는 젊은 장교였다.

보병의 대열은 연기 속에 사라졌고 고함 소리와 총소리가 빈번하게 들리기 시작했다. 몇 분쯤 지나자 부상병과 들것을 든 병사들의 무리가 지나갔다. 포대에도 포탄이 점점 많이 떨어지기 시작했다. 몇 사람의 사상자는 그냥 굴러다녔다. 대포 주위에서는 병사들이 더 분주하고 활기차게 움직이고 있었다. 이제는 아무도 피에르에게 신경 쓰지 않았다. 다만 방해

된다고 두 번쯤 잔소리를 들었을 뿐이었다. 고참 장교는 인상을 쓰면서 이쪽 대포에서 저쪽 대포로 바삐 돌아다니고 있었다. 젊은 장교는 더 빨개진 얼굴로 열을 올리며 병사들을 지휘하였다. 병사들은 탄약을 건네기도 하고 몸을 홱 돌려 장전하기도 하면서 의젓한 태도로 임무를 수행하였다. 그들은 용수철을 단 듯 껑충껑충 뛰어다녔다.

먹구름이 차차 다가왔다. 그리고 피에르가 계속 보고 있는 모든 사람의 얼굴에 불꽃이 타고 있었다. 그는 고참 옆에 서 있었다. 젊은 장교가 경례를 하면서 상관에게 뛰어왔다.

"대령님, 포탄이 여덟 개밖에 남지 않았는데 그래도 계속 사격할까요?" 그가 물었다.

"유탄이다!" 진지 너머 저쪽을 바라보던 고참 장교가 젊은 장교의 말에 대꾸도 하지 않고 이렇게 소리쳤다.

그러자 갑자기 무슨 일이 벌어졌다. 젊은 장교가 억 소리를 지르고, 날아가다 총에 맞은 새처럼 몸을 비틀며 땅바닥에 털썩 주저앉았다. 순간 피에르는 눈앞이 아른해지면서 아무것도 보이지 않는 듯 느껴졌다.

포탄은 꼬리를 물고 날아와 병사와 화포 등을 맞혔다. 이전에는 듣지 못했던 소리만 들렸다. 포대 오른쪽에서 병사들이 "만세"를 외치며 달려가고 있었는데 피에르는 그것도 전진이 아니라 퇴각인 듯 착각하였다.

포탄 하나가 피에르 앞에 있는 진지 맨 가장자리에 맞아 흙먼지를 일으켰다. 그리고 그의 눈에 검은 공 같은 것이 번쩍 비치더니 순간 무엇인가에 부딪혔다. 포대로 들어오던 민병들이 다시 뒤로 뛰어갔다.

"모두 산탄을 사용해!" 장교가 외쳤다.

한 상사가 고참 장교에게 달려가서는 마치 주방장이 식사하는 주인에게 술이 이제 떨어졌다고 이야기하듯 포탄이 없어졌다고 놀란 듯 소곤거렸다.

"이 도둑놈들, 뭣들 하고 있는 거야!" 장교가 피에르 쪽을 돌아보면서 소리쳤다. 고참 장교의 상기된 얼굴에서는 땀이 흐르고 있었고 찌푸린 눈은 번뜩거렸다.

"예비대로 달려가서 탄약함을 가지고 와!" 그는 피에르의 시선을 피하면서 병사에게 외쳤다.

"내가 가겠습니다." 피에르가 말했다. 장교는 그의 말에 대답도 하지 않고 왼쪽으로 성큼성큼 걸어갔다.

"사격 중지! 기다려!" 그가 외쳤다.

탄약을 가져오라는 명령을 받은 병사가 뛰어가다가 피에르와 부딪혔다.

"나리. 여기는 당신 같은 분이 있을 데가 아녜요." 그는 이렇게 내뱉듯 말하고 아래로 달려 내려갔다.

피에르는 젊은 장교가 앉아 있는 곳을 피해 돌아가 병사의 뒤를 쫓아갔다.

하나, 또 하나, 또 하나. 그의 머리 위로 포탄이 날아와 사방으로 떨어졌다. 피에르는 밑으로 내려갔다.

'나는 어디로 가고 있나?' 녹색 탄약함이 있는 데까지 뛰어갔을 때 그는 문득 이런 생각이 들었다. 그는 다시 돌아갈까 계속 뛰어갈까 결정하지 못하고 어물거리고 있었다. 그때 갑자기 무엇인가 무서운 힘이 그를 뒤쪽의 땅바닥으로 내동댕이쳤다. 순간 거대한 불빛이 그를 비췄고 동시에 귀가 멍해질 정도의 굉음과 작열하는 소리와 으르렁대는 소리가 들렸다. 피에르가 정신을 차려 보니 두 손을 땅바닥에 짚고 털썩 주저앉아 있었다.

옆에 있던 탄약함은 감쪽같이 사라졌다. 다만 불탄 풀 위에 그을린 녹색 널빤지와 헝겊 조각들이 널려 있을 뿐이었다. 말 한 필이 부러진 멍에를 질질 끌면서 그의 옆을 지나갔고 다른 말은 땅바닥에 쓰러진 채 찢어지는 듯한 애절한 소리로 울부짖고 있었다.

32

피에르는 무서워져서 자신도 모르게 벌떡 일어났다. 그리고 자기를 둘러싼 공포로부터 벗어나려고 포대를 향해 마구 달려갔다.

피에르가 참호 속으로 들어가려고 했을 때 사격 소리는 들리지 않았으나 몇 사람이 무엇인가 하고 있음을 알아챘다. 피에르는 그가 누군지 분간할 여유가 없었다. 그는 아래쪽을 내려다보는 듯한 자세로 진지 위에 누워 있는 고참 대령을 보았다. 그리고 안면이 있는 한 병사가 자기 팔을 붙잡는 사람들을 뿌리치고 앞으로 나가려고 버둥대면서 "형제들!" 하고 외치는 것도 보았다. 또 무엇인가 이상한 모습을 보았다.

그러나 대령이 전사한 것과, "형제들!" 하고 외쳤던 그 병사가 포로가 되었다는 사실을 생각해 보기도 전에 눈앞에서 다른 한 병사가 총검으로 등을 찔렀다. 피에르가 참호 속으로 도망쳐 들어가기 전에 푸른 군복을 입은 야위고 누르스름한 땀투성이의 프랑스 장교가 칼을 손에 들고 피에르에게 달려들었다. 피에르는 본능적으로 막으면서 한 손으로 그의 어깨를 잡고 다른 손으로는 멱살을 움켜쥐었다. 장교도 칼을 놓고 피에르의 멱살을 잡았다.

몇 초 동안 그들은 둘 다 놀란 눈빛으로 상대방의 얼굴을 쳐다보고 있었다. 그리고 둘은 자기들이 무엇을 했고 어떻게 해야 할지 몰라 우뚝 서 있었다.

'내가 포로가 된 것일까, 아니면 이놈이 포로가 된 것일까?' 두 사람 다 이렇게 생각했다. 그런데 프랑스 장교는 자기가 포로가 되었다고 생각하는 눈치였다. 그것은 피에르의 힘센 손이 공포에 쫓겨 더욱 강하게 프랑스인의 목을 졸랐기 때문이다. 프랑스인은 무슨 말을 하려고 했으나 순간 포탄이 무서운 소리를 내면서 두 사람의 머리 위를 스쳐 날아갔다. 피에르가 프랑스인의 머리는 날아갔다고 생각했을 만큼 프랑스인은 날쌔게 고개를 움츠렸다.

피에르도 역시 고개를 숙이고 두 손을 놓았다. 그러자 이제 누가 누구를 포로로 잡았는가 따위는 생각하지도 않고 프랑스 장교는 대포 쪽으로 달려갔고 피에르는 사상자에 채여 언덕 아래로 내려갔다. 그는 사상자가 발을 붙잡는 듯한 기분이 들었다. 그가 아직 밑으로 내려가기 전 러시아의 밀집 부대가 건너편에서 우르르 몰려왔다. 그들은 넘어지고 엎어지고 고함을 치면서 포대 쪽으로 물밀 듯 달려갔다.

포대를 점령했던 프랑스 군사들은 도망쳤다. 아군은 만세를 부르면서 포대 저쪽까지 프랑스군을 쫓아갔고 그들을 말리기가 힘들었을 정도였다.

그들은 포대에서 포로를 데리고 내려왔다. 그 가운데 부상당한 프랑스 장군 한 사람이 있었고 장교들이 그 주위를 둘러싸고 있었다. 피에르가 아는 사람, 모르는 사람, 러시아인, 프랑스인이 섞여 있는 부상자 무리는 고통으로 얼굴이 일그러져 있었다. 어떤 자는 걷고 어떤 자는 기고 어떤 자는 들것에 실려 포대에서 내려갔다. 피에르는 언덕 위에서 한 시간 넘게 머물러 있었는데 그를 가족처럼 받아들였던 병사들은 아무도 만나지 못했다.

거기에는 피에르가 모르는 전사자가 많았는데 그중 몇 사람은 낯익은 사람도 있었다. 젊은 장교는 몸을 동그랗게 구부리고서 피가 흥건히 고인 보루의 가장자리에 앉아 있었다. 얼굴이 붉은 병사는 아직 꿈틀거리고 있었지만 아무도 그를 도와주는 사람이 없었다.

피에르는 아래로 뛰어 내려갔다.

'이제는 그들도 이런 짓은 그만둘 것이다! 이제는 자신들이 한 짓에 몸서리가 쳐질 것이다!' 피에르는 끊임없는 들것의 행렬을 따라 걸으며 이렇게 생각했다.

연기로 가려진 태양은 아직 중천에 떠 있었다. 앞쪽, 특히 왼쪽에 있는 세묘노프스코예 마을 부근에서는 무엇인가가 연기를 뿜으며 타고 있었다. 소총과 대포의 요란한 소리는 점점 더 심해질 뿐이었다. 마치 자포자기한 사람이 마지막으로 발악하여 고함치는 소리 같았다.

33

보로지노 전투의 주된 싸움은 보로지노 마을과 바그라치온 진지 사이에 있는 숲 근처의 평야, 즉 양쪽에서 훤히 보이는 장소에서 너무도 단순하게 아무 전략도 없이 벌어졌다.

전투는 양군이 몇 백 문의 대포를 발사하면서 시작되었다.

이윽고 포연이 전쟁터를 뒤덮었을 때 프랑스 쪽에서는 데세와 콩팡의 두 사단이 진지를 향해 오른쪽에서 나아갔고, 부왕의 여러 연대가 왼쪽에서 보로지노를 향해 나아갔다.

진지는 나폴레옹이 서 있던 셰바르지노 보루에서 1베르스타 정도 떨어진 곳에 있었지만 보로지노까지는 직선 거리가 2베르스타 이상이라서 나폴레옹은 이쪽의 상황을 분별할 수가 없었다. 특히 한데 섞인 연기와 안개가 전쟁터를 덮는 바람에 더했다. 진지로 향했던 사단 병사들도 골짜기로 내려서자 그 모습을 볼 수 없었다.

그들이 골짜기로 내려서자마자 진지에서 쏘아대는 대포 소리와 소총 연기가 짙어지면서 골짜기 건너편으로 이어진 언덕 전체를 덮어 버렸다. 거기서는 연기를 통해서 사람인 듯한 검은 물체가, 때로는 총검이 반짝이는 빛이 보였다. 그러나 셰바르지노 보루에서는 움직이고 있는지 멈추었는지, 프랑스 사람인지 러시아 사람인지를 분간할 수 없었다.

태양은 밝게 떠올라 진지를 바라보는 나폴레옹의 얼굴을 비스듬히 비추었다. 진지 앞에 번진 연기는 때로는 움직이는 것처럼 보였고, 군대가 움직이는 것처럼도 보였다. 가끔 포성 사이로 고함 소리가 들렸지만 거기서 무엇을 하고 있는지는 전혀 알 수 없었다.

나폴레옹은 언덕 위에 서서 망원경으로 살펴보았다. 그리고 망원경의 조그만 렌즈 속에서 포연과 인간, 아군과 적군의 모습을 보았다. 그러나 육안으로 보면 망원경에서 본 것들이 어디에 있는지 전혀 알 수 없었다.

그는 언덕에서 내려와 이리저리 거닐기 시작했다. 이따금 그는 발을 멈춘 채 포성에 귀를 기울이기도 하고 전쟁터를 둘러보기도 했다.

지금 그가 서 있는 낮은 지대는 물론 막료 장군들이 서 있는 언덕도, 또 러시아병과 프랑스병 전사자, 부상자, 놀란 자, 미치광이처럼 된 자들이 한데 뒤섞여 쫓고 쫓기는 진지도 서로 무슨 일이 벌어지고 있는지 알 길이 없었다. 몇 시간 동안 계속된 소총과 대포의 사격 가운데 때로는 러시아병만, 때로는 프랑스병만, 때로는 보병만, 때로는 기병만 나타나곤 했다.

그리고 나타나면 총을 쏘고 쓰러지고, 서로 어떻게 해야 할지 모르는 채 부딪치고 소리쳤다.

나폴레옹이 파견한 부관이며 장교들은 끊임없이 달려와 황제에게 경과를 보고했다. 그러나 이러한 보고는 모두 사실이 아니었다. 그것은 격전이 벌어지는 도중에, 지금 이 순간 이런 일이 벌어지고 있다고 말하는 것이 거의 불가능하기 때문이기도 했고, 또 대부분이 전투의 현장에는 가지도 않고 다른 사람에게서 들은 이야기를 그대로 보고했기 때문이기도 했고, 부관이 나폴레옹이 있는 곳까지 몇 베르스타나 되는 거리를 말을 타고 달려오는 동안에 전세가 달라져 이미 정확성을 잃었기 때문이기도 했다. 이를테면 부왕이 보낸 부관이 달려와 보로지노는 점령되었고 콜로챠 강의 다리는 프랑스군이 장악하였다고 보고하면서 다리를 건너도 좋으냐고 물었을 때 나폴레옹은 강가에서 진열을 가다듬고 기다리라고 명령했다. 그러나 나폴레옹이 이 명령을 내리기도 전, 즉 부관이 보로지노로 출발한 직후 이미 러시아군에게 빼앗겨 다리가 타 버리고 말았던 것이다.

놀란 듯 창백한 얼굴로 진지에서 달려온 부관은 아군의 돌격이 격퇴되어 콩팡은 부상당하고 다부는 전사했다고 나폴레옹에게 보고했다. 그러나 프랑스군이 격퇴된 소식을 부관이 들었을 때는 프랑스군의 별동대가 이미 진지를 점령한 상태였다. 그리고 다부는 그저 가벼운 찰과상을 입었을 뿐 생명에는 아무 지장이 없었다. 나폴레옹은 이와 같은 보고를 종합해서 지령을 내렸고 그의 지령은 내리기도 전에 실행하지 못하게 되는 경우도 있었다.

원수와 장군들은 전쟁터에 비교적 가까이 있었으나 나폴레옹과 마찬가지로 직접 참여하지 않고 가끔씩 포화 뒤로 말을 타고 달릴 뿐이었다. 그리고 나폴레옹에게 물어보지도 않고 독자적으로 어디를 향해 총을 쏘라느니, 기병은 어디로 돌진하라느니, 보병은 어디로 달려가라느니 하는 명령을 내렸다.

그러나 그들의 명령도 나폴레옹의 명령처럼 거의 실행되지 못했다. 대개의 명령은 정반대로 실시되었다. 진격 명령을 받은 군대가 유탄 세례를 받고 퇴각해 오기도 하고, 한 지점에 가만히 있으라는 명령을 받은 병사들은 눈앞에 러시아병이 나타나자 멋대로 돌진하기도 하고, 명령도 받지 않은 기병이 도망치는 러시아병을 뒤쫓기도 했다. 그렇게 기병 2개 연대는 세묘노프스코예 골짜기를 넘어 돌진한 뒤 산 위에 이르러서야 비로소 발길을 돌려 전속력으로 되돌아왔다. 보병도 마찬가지여서 명령을 내리지도 않은 방향으로 달려가기도 했다. 언제 어디로 대포를 움직여야 하는지, 언제 보병을 진격시켜 사격을 개시해야 하는지, 언제 기병을 움직여 러시아 보병을 짓밟아 버려야 하는지, 이런 명령을 내린 것은 각 부대의 지휘관들로, 나폴레옹은 물론 네이와 다부와 뮈라에게도 상의하지 않았던 것이다.

그들은 명령을 실천에 옮기지 않거나 제멋대로 행동했기 때문에 당할지도 모를 문책을 두려워하지 않았다. 왜냐하면 전쟁이 한창일 때는 인간에게 가장 귀중한 자신의 목숨이 달려 있기 때문이다. 이 생명은 때로는 후퇴에 의존하기도 하고 때로는 전진에 의존하기도 하는 것이다. 따라서 격렬한 전투 중에 있는 인간들은 순간의 기분에 따라 행동하는 것이다. 실제로 전진이라든가 후퇴라든가 하는 행동은 군의 형세를 호전시키는 것도 아니고 변경시키는 것도 아니다. 그들이 시도했던 습격이나 돌진은 적에게 아무 피해도 주지 않았다.

피해와 죽음과 부상을 입힌 것은 포탄과 총탄뿐이었다. 인간들이 포탄과 총탄이 날아다니는 지역을 벗어나자마자 후방에 있는 상관들은 그들을 정렬시켜 군대 규율을 따르게 하면서 그 힘으로 그들을 다시 포화의 소용돌이로 내모는 것이었다.

그리고 그들은 그 속에 들어가면 다시 군대 규율을 잃어버리고 군중 심리에 몸을 맡긴 채 이리저리 날뛰는 것이다.

34

나폴레옹의 장군들인 다부와 네이와 뮈라는 포화의 소용돌이 속에 이따금 들어가 군대를 지휘했으나 이전의 온갖 전투에서와는 달리 이번에는 적군의 퇴각 보고를 듣지 못하였을 뿐 아니라 질서정연했던 군대는 흩어진 군중이 되어 돌아왔다. 그들은 다시 군을 정비하였지만 병력의 수는 점점 줄어들었다. 그날 정오 무렵 뮈라는 부관을 나폴레옹에게 보내 원병을 청했다.

나폴레옹이 언덕 아래 앉아 펀치를 마시고 있을 때 뮈라의 부관이 나폴레옹에게 달려와, 황제께서 지금 1개 사단을 더 출동시켜 주시면 틀림없이 적군을 격파하겠다고 말했다.

"원병?" 나폴레옹은 그의 말을 이해할 수 없다는 듯 검은 머리가 물결치는 아름다운 소년 부관을 바라보면서 놀란 표정으로 물었다.

'원병! 그들은 군의 절반을 거느리고 방비도 없는 러시아군의 허약한 쪽을 공격하고 있는데 원병을 보내라니 어쩐 일이냐!' 나폴레옹은 생각했다.

"나폴리 왕에게 이렇게 말해. 지금은 아직 정오 전이고 나는 아직 나의 장기판이 똑똑히 보이지 않는다고 말이야. 자, 가!" 나폴레옹이 엄중하게 말했다.

아름다운 긴 머리의 소년 부관은 모자에서 손을 떼지도 않고 무겁게 한숨을 내쉬더니 다시 전쟁터로 달려갔다.

나폴레옹은 자리에서 일어나 콜랭쿠르와 베르치예를 부르더니 두 사람에게 전쟁과 상관없는 이야기를 하기 시작했다.

나폴레옹이 이야기에 흥미를 보이고 있을 때 베르치예는 한 장군이 땀에 흠뻑 젖은 말을 타고 달려오는 것을 보았다. 벨리야르였다.

그는 말에서 내려 황급히 황제에게 다가오더니 두려워하는 기색도 없이 원병이 필요하다며 큰 목소리로 설명하기 시작했다. 그는 황제가 1개 사단을 더 보내 준다면 러시아군은 틀림없이 멸망할 거라고 자기의 명예를 걸고 맹세하는 것이었다.

나폴레옹은 어깨를 움츠렸을 뿐 아무 대답도 하지 않고 여기저기 거닐기만 했다. 벨리야르는 막류 장군들과 활기 넘치는 큰소리로 이야기하기 시작했다.

"벨리야르, 자네는 너무 흥분하고 있네." 나폴레옹이 장군에게 다가오면서 말했다. "포화가 한창일 때는 자칫 판단을 그르치기 쉬워. 다시 한 번 가 보게." 벨리야르의 모습이 시야에서 사라지기도 전에 다른 싸움터의 전령이 달려왔다.

"그래, 너는 또 무엇이 필요하냐?" 나폴레옹은 몇 번이나 방해받아 짜증난 듯 말했다.

"폐하, 공작이……" 부관이 말하기 시작했다.

"원병을 보내라는 거냐?" 나폴레옹은 화가 나서 말했다. 부관은 고개를 끄덕이면서 보고하기 시작했다. 그러나 황제는 홱 돌아서 두어 발짝쯤 걷다가 돌아와 베르치예를 불렀다.

"예비대를 내야겠어." 그는 두 손을 좌우로 약간 벌리며 말했다. "누구를 보내야 하지, 어떻게 생각하나?" 그가 베르치예에게 물었다.

"클라파레드의 사단을 보내시면 어떻겠습니까? 폐하." 각 사단, 각 연대, 각 대대를 다 기억하는 베르치예가 말했다.

나폴레옹은 그럴 듯하다는 듯 고개를 끄덕였다.

부관은 클라파레드의 사단으로 말을 몰았다. 이윽고 몇 분 뒤 언덕 뒤에서 대기하고 있던 젊은 근위대가 움직이기 시작했다. 나폴레옹은 말없이 그쪽을 바라았다.

"아니. 클라파레드는 보낼 수 없어. 프리앙 사단을 보내." 그가 갑자기 베르치예를 돌아보고 말했다.

클라파레드 사단 대신 프리앙 사단을 보낸다고 해서 그리 큰 이득은 없었다. 오히려 클라파레드 사단을 붙잡고 프리앙 사단을 보내면 시간만 지체되어 불리해질 것이 명백했으나 이 명령대로 실행되었다. 나폴레옹은 자기 처방 때문에 병이 더 악화되는 의사 같았다. 평소와는 달리 자신의 잘못을 지적해 왔던 그도 이번에는 그렇지 못했다.

프리앙 사단도 다른 군대와 마찬가지로 전쟁터의 연기 속으로 사라지고 말았다. 계속 여기저기서 부관들이 달려왔다. 그리고 모두가 한결같이 원병을 요청했다. 그들은 러시아군은 자리를 지키며 '지옥 같은 포화'를 퍼붓고 있어 프랑스의 군세가 점차 줄어들고 있다고 말했다. 나폴레옹은 깊은 생각에 잠긴 듯한 얼굴로 간이의자에 앉아 있었다.

아침부터 아무것도 먹지 못한 부세는 황제에게 다가가 공손히 조반을 권했다.

"이제는 전승을 축하해도 좋을 거라고 알고 있습니다만." 그가 말했다.

나폴레옹은 아무 말없이 고개를 가로저었다. 황제는 승리를 부정하는 것이지 아침을 안 먹겠다는 것이 아니라고 생각한 부세는 정중한 태도로 그의 주의를 환기시켰다.

"저리 가……." 나폴레옹은 음울한 표정으로 이렇게 말하더니 얼굴을 돌렸다. 부세는 동정과 후회와 환희가 뒤섞인 미소를 살짝 지으며 다른 장군들 쪽으로 물러났다.

나폴레옹이 지금 느끼는 암울하고 답답한 감정은 마치 언제나 돈을 걸면 항상 따기만 했던 운 좋은 노름꾼이, 이날따라 완벽하게 계산하고 모든 것을 쏟아 부었는데도 계산할수록 다 잃고 마는 괴로움과 똑같은 것이었다.

군대도 전과 같은 군대였고 장군들도 같았다. 전투와 작전 준비도 같았으며 선전포고도 간결하고 힘이 있었다.

그 자신도 이전과 다를 바 없었다. 그는 이 점을 알고 있었다. 뿐만 아니라 그는 이전보다 한층 경험도 늘었고 수완도 능숙해졌음을 느끼고 있었다. 게다가 상대방도 아우스터리츠와 프리들란드 전투 때와 같은 상대였다. 그런데도 힘있게 쳐든 손이 마치 마술에 걸린 것처럼 맥없이 처지는 것이다.

늘 영예의 관을 썼던 지금까지의 전략, 포병대를 한 지점에 집중시키는 것도, 전선을 절단시킬 목적으로 예비 부대를 돌격시키는 것도, '무쇠 인간'으로 이루어진 기병대가 공격하는 것도, 이러한 전략들을 모두 사용했는데도 승리는커녕 장군들이 전사했다느니, 부상을 당했다느니, 원병이 필요하다느니, 러시아병을 격파하는 것은 불가능하다느니, 혼란에 빠졌다느니 하는 보고만 들려오는 것이었다.

이전에는 몇 마디 주의를 곁들인 명령만 내리면 원수와 부관들이 금세 유쾌한 얼굴로 달려와 서로 축하했다. 그리고 몇 개 군단의 포로, 적의 독수리 깃발, 많은 대포, 군수품 등의 전리품을 정리하는 데 기병이 필요하다며 보내 달라는 요청도 했다. 로지, 마렝고, 아르콜라, 이예나, 아우스터리츠, 바그람, 그 밖의 여러 전투가 그랬었다. 그런데 이번에는 일이 희한하게 된 것이다.

진지를 점령했다는 보고 외에는 이전의 전쟁과 사태가 전혀 달랐다. 나폴레옹이 느끼는 감정을 경험 많은 주위 사람들도 확실히 느끼고 있었다. 다들 슬픈 표정으로 서로의 시선을 피하고 있었다. 부세만 현재 사태를 이해하지 못했다. 나폴레옹은 오랜 경험을 통해 여덟 시간 동안 온갖 노력을 다해도 승리하지 못하면 그 전쟁은 어떻게 되는지 너무도 잘 알고 있었다. 지금처럼 전투가 위기에 처해 있을 때는 아주 사소한 일로도 자신과 부하의 군대가 전멸된다는 것을 잘 알고 있었던 것이다. 그리고 이 전쟁은 패전에 가깝다는 것도 본능적으로 깨닫고 있었다.

그는 주위 사람들이 걱정하지 않는 척하는 것을 보면서, 지금까지 한 번도 승리를 거두지 못했고 두 달 동안 군기나 대포나 군단 하나 노획하지 못한 이 기묘한 러시아 원정을 돌이켜 보면서, 악몽을 꾸는 것 같은 기분이 들었다.

그리고 자신이 파멸될 수 있다는 불안한 생각이 들었다. 러시아군이 아군의 좌익을 습격하여 중앙까지 돌파할 수도 있다. 멋대로 날아다니는 유탄에 목숨을 잃을 수도 있다. 얼마든지 일어날 수 있는 일이다. 지금까지의 전쟁에서는 성공에 대한 생각만 했으나 이번에는 헤아릴 수 없는 우연한 불행들이 그의 마음에 떠올랐다. 마치 악당에게 습격당하는 꿈이라도 꾸는 것처럼. 사람들은 손을 쳐들고 그 악당을 죽일 수 있다는 확신으로 달려든다. 그런데 손에 힘이 없어 저절로 맥이 빠진다. 그러면 피할 수 없는 공포에 사로잡히는 것이다.

러시아군이 프랑스의 좌익을 공격했다는 보고는 나폴레옹의 마음속에 그런 공포를 불러일으켰다. 그는 언덕 밑에서 한동안 말없이 두 팔꿈치를 무릎에 괴고 앉아 있었다. 베르치예가 다가와 전선을 시찰하면서 일반적인 상황을 확인하시라고 권했다. 생각에 빠져 있던 나폴레옹이 물었다.

"무엇이라고? 음, 그래. 말을 끌고 오라고 해."

그는 말을 타고 세묘노프스코예로 떠났다.

나폴레옹이 말을 타고 가는 평원에서는 화약 연기가 피어올랐다. 연기 사이로 말과 사람들이 핏물 속에 각각 혹은 한데 섞여 나뒹굴고 있었다. 나폴레옹 일행은 끔찍한 광경을 처음 보게 된 것이다. 이렇게 좁은 지역에서 이처럼 많은 전사자를 낸 것은 처음이었다. 열 시간이나 계속해서 울려대는 대포 소리는 이 광경에 의미를 더하고 있었다. 나폴레옹은 세묘노프스코예 고지로 올라가 연기 속에서 러시아 군대의 대열을 바라보았다.

러시아군은 세묘노프스코예와 언덕 뒤에 밀집해 있었다. 그들의 포탄은 잠시도 쉬지 않고 요란한 소리를 내며 전선에 자욱한 포연을 피워 올렸다. 그것은 이미 전쟁이 아니었다. 러시아군과 프랑스군 양쪽에게 아무 의미도 없는 살인만 계속 저지를 뿐이었다. 나폴레옹은 말을 세우고 상념에 다시 빠져 들었다. 그는 지금까지 자신의 생각대로 되는 것 같았던 눈앞의 전투를 이제는 막을 수도 없었다. 그는 이 실패를 통하여 비로소 이 전쟁이 아무 쓸모도 없다는 것을 깨달았다.

그때 나폴레옹에게 한 장군이 말을 타고 달려와 옛 근위대를 출동시켜 달라고 제의했다. 나폴레옹 옆에 있던 네이와 베르치예가 눈짓을 하며 그의 말을 비웃듯 빙긋 웃었다.

나폴레옹은 고개를 푹 떨어뜨리고 한참 동안 아무 말도 하지 않았다. 이윽고 그가 입을 열었다.

"나는 프랑스에서 멀리 떨어진 이곳까지 와서 나의 근위대를 파멸시키고 싶지 않다."

그리고 말을 돌려 셰바르지노로 향했다.

35

쿠투조프는 백발의 머리를 숙인 채 오늘 아침 피에르가 보았던 융단 씌운 의자에 앉아 있었다. 그는 명령 따위는 내릴 생각이 없었다.

"그래. 그렇게 해 주게." 그는 갖가지 제의에 대해 찬성하기도 하고, "그래. 자네가 좀 가 보게"라면서 주위의 막료들에게 말하기도 했다. 그런가 하면 "아냐, 그럴 필요 없어. 조금 더 기다리는 게 좋아"라고 반대하기도 했다. 그리고 부하가 요청할 때만 마지못해 짧게 명령할 뿐이었다. 그는 보고를 듣고 있는 중에도 보고의 내용보다 보고하는 사람의 표정이나 말투에 더 흥미를 느끼는 듯했다. 그는 오랜 경험과 노인만의 지혜로는 죽음과 싸우고 있는 몇 십만의 군사를 지휘할 수 없다는 것을 알고 있었다. 그는 싸움의 운명은 총사령관의 명령이나, 점령한 장소와 대포와 전사자의 숫자가 결정하는 것이 아니고, 병사들의 사기라는 알 수 없는 힘이 결정한다는 사실을 알고 있었다. 그래서 그는 이 힘을 계속 주시하였고 자신의 권력으로 그것을 지도했던 것이다.

쿠투조프는 노쇠한 몸에서 느끼는 피로를 견디며 긴장한 얼굴로 온화한 표정을 애써 지으며 듣고 있었다.

오전 11시에 프랑스군이 점령했던 진지를 러시아군이 다시 탈환하였으나 바그라치온 공작이 부상당했다는 보고였다. 쿠투조프는 깜짝 놀라 고개를 설레설레 저었다.

"표트르 이바노비치 공작에게 가서 어떻게 된 일인지 자세히 알아보고 오게."

그는 부관에게 지시하고 바로 뒤에 서 있던 밀텐베르크 대공(파벨 1세의 황후 마리아 페오도로브나의 오빠-옮긴이)에게 물었다.

"전하, 제2군을 지휘해 주시지 않겠습니까?"

대공이 출발하여 미처 세묘노프스코예까지 도착하지도 않았을 때였다. 대공의 부관이 돌아와 대공께서 원병을 요청하신다고 쿠투조프에게 보고했다.

쿠투조프는 인상을 찌푸리며 도흐투로프에게 제2군을 지휘하라고 명령을 내렸다. 그리고 대공에게 사람을 보내 전하가 도와주시지 않으면 이 중대한 순간을 헤쳐 나갈 수 없으니 다시 돌아와 달라고 전하게 했다. 뮈라를 포로로 잡았다는 보고가 들려와 참모들이 쿠투조프에게 축하의 말을 했을 때 그는 빙긋 웃으며 말했다.

"제군들, 조금만 더 기다려 보게. 승리는 우리 것이네. 그러니 뮈라를 포로로 잡았다고 해서 그다지 놀랄 건 없어. 그러니 기뻐하는 건 조금만 더 기다리도록."

그러면서도 그는 부관을 보내 이 소식을 각 부대에 전했다.

그러나 뒤이어 슈체르비닌이 달려와 프랑스군이 진지와 세묘노프스코예 마을을 점령했다고 보고했다. 쿠투조프는 전쟁터에서 들려오는 포성 소리와 슈체르비닌의 표정으로 상황이

별로 좋지 않음을 느꼈다. 그는 슈체르비닌의 손을 잡고 한쪽으로 데리고 갔다. 그리고 예르몰로프에게 말했다.

"여보게, 자네가 좀 가 주겠나? 물리칠 방법이 없나 좀 보고 오게."

쿠투조프는 러시아군 진지에서 중앙부인 고리키에 있었다. 아군의 좌익으로 프랑스군이 몇 번이나 공격해 왔지만 모두 격퇴하였다. 중앙부의 프랑스군은 보로지노에서 한 발짝도 더 진격하지 못했다. 또 우바로프의 기병대는 프랑스군을 좌익에서 물리쳤다.

2시가 지나자 프랑스군의 공격이 멈췄다. 쿠투조프는 전쟁터에서 돌아오는 사람들의 얼굴과 주위 사람들의 얼굴에서 극도로 긴장한 표정을 보았다. 쿠투조프는 예상 밖으로 거둔 오늘의 성공에 만족했다. 그러나 나이에서 오는 체력 저하는 어쩔 수 없어서 그의 머리가 몇 번이나 떨어질 듯 꺾이더니 이윽고 꾸벅꾸벅 졸기 시작했다. 이때 점심 식사가 들어왔다.

식사를 하고 있을 때 볼초겐이 쿠투조프를 찾아왔다. 그는 어젯밤 안드레이 공작의 숙소 옆을 지나면서 전쟁은 넓은 지역으로 옮겨야 한다고 말한 사람으로, 바그라치온으로부터 미움을 받고 있었다. 바르클라이가 좌익의 전황을 보고하기 위해 볼초겐을 보낸 것이었다. 총명한 바르클라이는 부상병이 떼거지로 도망친 것과 후방 부대가 혼란에 빠진 것을 보고 모든 상황을 종합 판단한 결과 패전했다고 결정했다. 그는 믿을 만한 부관을 보내 이러한 상황을 총사령관에게 보고했던 것이다.

쿠투조프는 구운 닭고기를 힘겹게 씹어 먹으면서 유쾌한 표정으로 볼초겐을 쳐다보았다.

볼초겐은 냉소를 머금고 모자를 살짝 잡은 채 쿠투조프 앞으로 성큼성큼 다가왔다.

볼초겐은 일부러 쿠투조프에게 서슴없이 말을 건네기 시작했다. 자신은 고등 교육을 받은 군인이므로 늙어서 아무 쓸모도 없는 늙은이를 러시아인들이 아무리 우상처럼 숭배해도 그 정체를 훤히 알고 있다는 생각을 노골적으로 나타냈다.

쿠투조프의 동료인 독일인들은 쿠투조프를 노신사라고 불렀다.

'천하태평이군.'

이렇게 생각하던 볼초겐은 쿠투조프 앞에 널린 접시들을 훑어본 뒤 바르클라이의 명령을 따라 좌익의 전황을 이 노신사에게 보고하기 시작했다.

"우리 진지의 주요 지점은 모두 적의 수중에 들어갔고 격퇴할 방법이 없습니다. 다시 말씀드리면 군대가 없습니다. 병사들은 패주하고 있으며 그들을 막을 방법이 없습니다."

쿠투조프는 우물거리던 것을 멈추고 이해되지 않는다는 듯 깜짝 놀란 눈빛으로 볼초겐을 쳐다보았다. 볼초겐은 그의 반응을 보고 가볍게 웃으며 말했다.

"저는 제가 본 것을 각하에게 숨기면 안 된다는 생각에 있는 그대로를 말씀드린 것입니다. 군대는 완전히 혼란 상태에 빠져……."

"자네가 보았다고?"

쿠투조프는 벌떡 일어나 볼초겐에게 바싹 다가가더니 인상을 쓰며 이렇게 소리쳤다.

"자네가 어떻게, 불손하기 짝이 없군!"

그는 두 손을 부르르 떨며 달려들 듯하면서 숨이 차 띄엄띄엄 외쳤다.

"자네가 어떻게 감히 그런 말을 할 수 있나? 자넨 아무것도 몰라. 바르클라이 장군에게 이렇게 전하게. 보고는 잘못되었고, 전황은 총사령관인 내가 더 잘 알고 있다고 말이야."

순간 볼초겐이 무엇이라고 대답하려 했으나 쿠투조프가 가로막았다.

"적은 좌익에서 격퇴되었고 우익에서 패주했어. 잘 모르면 함부로 지껄이지 말아야지. 바르클라이 장군에게 내일 반드시 적을 공격할 생각이라고 전하게." 쿠투조프가 엄한 표정으로 말했다.

사람들은 침묵했다. 흥분으로 헐떡이는 쿠투조프의 가쁜 숨소리만 들릴 뿐이었다.

"적은 격파됐어. 그래, 나는 하나님과 용감한 병사들에게 감사하고 있어. 적은 패해서 퇴각했단 말이야. 그들은 이제 내일이면 이 성스러운 러시아 땅에서 쫓겨날 거야."

쿠투조프는 성호를 그으며 이렇게 소리쳤다. 볼초겐은 이 늙은 장군의 너무도 어리석은 소리에 어이가 없는 듯 어깨를 움츠리고 입술을 일그러뜨리며 말없이 물러섰다.

"아, 저기 내가 가장 사랑하는 영웅이 왔군."

이때 머리가 검고 풍채 좋은 장군이 언덕 위로 올라오는 것을 보고 쿠투조프가 말했다. 그는 보로지노 전투의 주요 지점에서 하루를 보낸 라예프스키 장군이었다.

라예프스키는 아군이 자기들의 진지를 굳게 지키고 있고 프랑스군은 더 이상 공격할 힘이 없다고 보고했다.

쿠투조프는 이 보고를 듣고 프랑스어로 이렇게 말했다.

"자네도 아군이 퇴각해야 한다고 생각하는가?"

"천만의 말씀입니다, 각하. 승부를 판가름하기 어려운 경우에는 언제나 더 끈질긴 쪽이 승리자입니다."

라예프스키가 이어 말했다. "그리고 제 생각엔……."

그때 쿠투조프가 갑자기 부관을 불렀다.

"카이사로프!"

"자네는 여기 앉아서 내일의 명령을 써 주게. 그리고 자네는……." 그는 부관에게 얼굴을 돌리고 말했다. "지금부터 전선을 돌며 내일은 이쪽에서 공격한다고 전하고 오게."

쿠투조프가 라예프스키에게 명령을 내리는 동안 볼초겐은 바르클라이에게 갔다가 다시 돌아와 총사령관의 명령을 서면으로 받고 싶다는 바르클라이의 뜻을 전했다.

쿠투조프는 볼초겐을 쳐다보지도 않고 명령을 서면에 옮기라고 일렀다. 바르클라이는 자기의 책임을 회피하기 위해서라도 명령서를 받아 두어야겠다고 계산했던 것이다.

군대의 사기는 전쟁의 중추신경 역할을 하면서 군대 전체에 영향을 미치곤 했는데, 쿠투조프의 말과 다음 날의 전투 명령은 군대 구석구석까지 전해졌다.

그런데 그렇게 전달된 쿠투조프의 말과 명령은 처음 그의 입에서 나왔을 때와 같지 않았다. 그러나 말의 뜻은 곳곳에 전해졌다. 쿠투조프의 명령이 교활한 계략에서 나온 것이 아니라 모든 러시아인들의 마음속에 잠재되어 있는 감정에서 우러나온 것이기 때문이었다.

지쳐서 동요하던 장병들은 군의 최고층에서 내일 아군이 적을 공격한다는 명령을 듣고 모두 활기를 띠게 되었다.

36

예비군으로 돌려진 안드레이 공작의 연대는 세묘노프스코예의 후방에서 맹렬한 포화를 받으며 하릴없이 대기하고 있었다. 이 연대는 200명 이상의 병력을 잃었는데 1시가 지나 세묘노프스코예와 언덕 포대 사이에 있는 귀리 밭으로 진출하라는 명령을 받았다. 그곳에서는 오늘 몇 천 명의 전사자가 났고 오후 1시가 지나서는 적이 집중 포격을 했다.

연대는 그 자리에서 움직여 보지도 못하고, 총 한 방도 쏘지 못한 채 병력의 3분의 1 이상을 잃었다. 병력 앞쪽, 특히 오른쪽으로는 아직 흩어지지도 않은 연기 속에서 포탄이 계속 날아왔다. 그리고 앞쪽 전체에 덮인 신비로운 연기 속으로 빠르고 거친 소리를 내며 포탄이 날아들었고 느린 휘파람 소리를 내는 유탄도 끊임없이 날아오고 있었다.

한 15분 정도 포탄과 유탄이 머리 위로 지나갈 때도 있었지만, 또 1분 동안 금세 몇 명의 병사가 차출되어 끊임없이 전사자와 부상자를 나르기도 했다.

포탄이 날아올 때마다 아직 죽지 않은 사람들이 살아남을 가능성은 희박해져 갔다. 연대는 대대별로 종대를 이루어 300발짝이나 되는 길이에 걸쳐 모두 우울한 표정으로 말없이 늘어서 있었다. 이따금 말소리가 들렸지만 포탄이 떨어지고 나서 들것을 가져오라는 고함 소리가 날 때마다 말소리는 딱 끊어져 버리고 말았다.

연대의 병사들은 상관의 명령에 따라 대부분 땅바닥에 주저앉아 있었다. 어떤 병사는 모자를 벗어 잘 매만져 주름을 폈다가 다시 주름을 잡았고, 어떤 병사는 바싹 마른 진흙덩이를 손바닥으로 비벼 부수고 그것으로 총검을 문질렀다. 또 가죽 멜빵을 비벼서 쇠고리를 잡아당기기도 했고, 열심히 각반을 풀었다가 다시 고쳐 차기도 했고, 구두를 고쳐 신기도 했고, 덤불로 집을 세우기도 했고, 수확이 끝난 밭에서 보리 짚을 가지고 바구니를 엮기도 했다.

모두 이런 일에 열중하는 것 같았다. 사람이 다치고 전사하든, 들것이 줄지어 가든, 아군이 후방으로 물러가든, 연기 사이로 적군이 보이든, 누구도 주변 상황에 신경 쓰지 않았다. 그러면서도 아군의 포병이나 기병이나 보병이 전진하는 것을 보며 흡족한 듯 여기저기서 응원하기도 했다.

그러나 무엇보다도 가장 주의를 끈 것은 이 전쟁과 아무 상관없는 것들이었다. 정신적으로 피로한 이들은 이런 일들로 휴식을 취하는 듯했다. 어떤 보병 중대가 연대 앞으로 지나갔다. 그때 탄약차를 끌고 있는 말의 발이 고삐에 감겼다.

"어이, 말을 좀 보게! 발을 빼 줘! 넘어지니까……. 허어, 저게 보이지 않나!"

연대 전체에서 똑같이 외쳐댔다.

이외에 모든 사람의 주의를 끈 것은 갈색 강아지였다. 어디에서 왔는지 알 수 없었지만 꼬리를 꼿꼿이 세워 경계하는 듯한 발걸음으로 연대 앞으로 뛰어나왔는데 느닷없이 포탄이 떨어지자 질겁하고 깽깽 비명을 지르며 달아났다.

연대 전체에 웃음소리와 고함 소리가 왁자하게 퍼졌다. 그러나 이런 재미는 잠시에 불과했다. 사람들은 벌써 여덟 시간 넘게 먹지도 마시지도 못한 채 끊임없이 죽음의 공포에 시달리며 앉아만 있었던 것이다. 시간이 갈수록 파랗게 질리고 쪼그라든 그들의 얼굴은 더 파래지고 주름이 패여 갔다.

연대의 모든 병사들처럼 얼굴이 파랗게 질린 안드레이 공작은 뒷짐을 지고 고개를 떨어뜨린 채 귀리 밭을 서성였다. 이제 아무 할 일도, 내릴 명령도 없었다. 모든 것이 자동적으로 진행되고 있었다. 전사자는 전선 밖으로 끌려갔고 부상자도 운반되어 갔으며 부대는 축소되었다. 병사들은 도망가다가도 다시 되돌아왔다. 처음에는 안드레이 공작도 병사들의 사기를 북돋아 주고 그들에게 모범을 보이는 것이 자신의 의무라고 생각하여 대열 사이를 왔다 갔다 했으나 결국 무의미하다는 것을 깨달았다.

그도 무의식적으로 모든 병사들처럼 이 두려운 상황을 피하려고 애쓰고 있었다. 풀을 와삭와삭 소리나게 밟기도 하고 구두에 뽀얗게 앉은 먼지를 내려다보기도 하면서 걷고 있었다. 일꾼이 밭에 남긴 발자국을 밟으려고 성큼 걷기도 하고, 이쪽 밭이랑에서 저쪽 밭이랑까지 몇 걸음인지 세어 보기도 하고, 밭이랑에 난 쑥을 뜯어 손바닥에 문질러서 쌉쌀하고도 향기로운 냄새를 맡기도 했다.

어제 머릿속을 맴돌던 생각은 조금도 남아 있지 않았다. 그는 아무것도 생각하지 않았다. 다만 그칠 줄 모르고 들려오는 소리에 귀를 기울이며 대포인지 포탄인지 분간하기도 하고, 제1대대의 낯익은 병사들을 바라보기도 하면서 대기하고 있었다.

'옳지, 오는군. 또 이쪽으로 오는데!'

자욱한 연기로 가려진 저쪽에서 뭔가 윙윙 소리를 내며 다가오자 그는 생각했다.

'하나, 또 하나! 또 왔군! 떨어졌군.'

그는 발을 멈추고 대열을 둘러보았다.

'아니, 날아가 버렸군. 이번에는 떨어졌는데.'

그는 열여섯 걸음으로 저쪽 이랑까지 가려고 발걸음을 크게 떼면서 생각했다.

으르렁거리는 소리와 폭발음! 그에게서 다섯 발걸음쯤 떨어진 곳에 구멍이 뚫리고 포탄이 그 속으로 들어갔다. 그는 오싹해지면서 소름이 돋았다. 그는 다시 대열을 둘러보았다. 또 병사 몇 명이 날아갔으리라. 제2대대 옆에는 병사들이 잔뜩 모여 있었다. 그는 부관에게 명령을 내렸다.

"부관! 한 군데 모여 있지 말라고 명령하게."

부관은 명령대로 일을 처리하고 안드레이 공작에게 돌아왔다. 반대쪽에서 대대장이 말을 타고 달려오고 있었다.

"위험해!"

겁에 질린 한 병사가 외치는가 싶더니, 날카롭게 공기를 가르며 마치 땅에 내려앉는 작은 새처럼 유탄 한 발이 안드레이 공작 바로 두어 발짝 앞의 대대장 말발굽 아래에 둔탁한 소리를 내며 떨어졌다. 말은 거센 콧김을 뿜으며 소령을 떨어뜨릴 듯이 뛰어오르며 옆으로 물러났다. 말의 공포는 사람에게도 전해졌다.

"엎드려!"

땅바닥에 엎드린 부관이 이렇게 외쳤다. 안드레이 공작은 어떻게 해야 할지 몰라 멍하니 서 있었다. 유탄은 연기를 뿜으며 밭과 풀밭 가장자리의 쑥더미에 엎드린 부관과 안드레이 공작 사이를 팽이처럼 뱅뱅 돌았다.

'이게 정말 죽음이라는 건가?'

안드레이 공작은 완전히 새로운 시선으로 풀밭과 쑥과 뱅뱅 도는 검은 공에서 피어오르는 연기를 보며 생각했다.

'나는 죽으면 안 돼. 죽고 싶지 않아. 나는 삶을 사랑하고 있어. 이 풀과 흙과 공기를 사랑하는데……' 그는 이렇게 생각하다가 문득 모두 자기를 보고 있음을 깨달았다.

"부끄럽지 않은가, 이것 봐!"

그는 부관에게 하던 말을 미처 마치지 못했다. 순간 굉장한 폭발음과 칭문이 산산조가 나서 흩어지는 듯한 소리가 동시에 들렸고 화약 냄새가 물씬 나더니 안드레이 공작은 옆으로 튕겨져나가 한쪽 손을 위로 하고 가슴을 아래로 한 채 쓰러졌기 때문이었다.

 장교 몇 사람이 달려왔다. 오른쪽 옆구리에서 피가 펑펑 쏟아져 풀밭을 붉게 물들였다. 명령을 받고 들것을 가지고 온 민병들이 장교들 뒤쪽에 멈춰 섰다. 안드레이 공작은 얼굴을 풀밭에 박고 쓰러진 채 목이 잠긴 소리를 내며 괴롭게 숨을 토하고 있었다.

 "자, 뭘 멍하니 서 있어. 빨리 이리 와!"

 민병들이 다가와 그의 어깨와 발을 잡았다. 그러나 그가 너무 괴로워하며 신음했기 때문에 그들은 서로 얼굴을 쳐다보며 그를 다시 내려놓았다.

 "자, 얹어. 어차피 마찬가지야!"

 누군가 이렇게 외쳤다. 민병들은 다시 그의 어깨를 들어 들것에 얹었다.

 "아, 어떡하나! 이걸 어떡하나! 배에 맞다니! 이렇게 되면 틀렸어! 아, 이게 무슨 일이람!"

 장교들이 이렇게 말하는 소리가 들렸다.

 "내 귀를 스치고 지나갔다고. 정말 종이 한 장 사이였어."

 부관이 말했다.

 민병들은 들것을 어깨에 메고 서둘러 달려갔다.

 "발을 맞춰서 걸어! 이 농부놈들아!"

 발을 맞추지 않아 들것이 마구 흔들리자 한 장교가 민병들의 어깨를 붙들어 세우며 소리쳤다.

 "내 발에 맞춰, 흐베도르. 어이, 흐베도르."

 앞에 선 사람이 말했다.

"그래, 알았어."

뒤쪽 사람이 발이 맞자 기쁜 듯 말했다.

"연대장이! 공작님이?"

치모힌이 달려와 들여다보며 떨리는 소리로 외쳤다.

안드레이 공작은 눈을 뜨고 들것에 머리를 깊이 파묻은 채 말을 건네는 사람을 보고는 그대로 눈을 감았다.

민병들은 안드레이 공작을 군수품 차와 의무실이 있는 숲 속으로 운반해 갔다. 의무실은 자작나무 숲 가장자리에 쳐 놓은 세 개의 천막으로 되어 있었다. 천막 자락은 위로 걷어 올려져 있었다. 숲 속에는 군수품 차와 말들이 있었다. 말들은 여물 주머니 속에 든 귀리를 먹고 있었고 그 옆에 참새들이 몰려와 흩어진 낟알을 주워 먹고 있었다. 까마귀들은 피 냄새를 맡고 깍깍대고 울면서 날아다녔다.

천막 주위에는 광대한 지역에 걸쳐 사람들이 피투성이가 되어 누워 있기도 하고 앉아 있기도 하고 서 있기도 했다. 부상병 주위에서는 우울한 표정의 위생병들이 여기저기에 흩어져 있었다. 장교들은 그들을 쫓아내려고 애쓰고 있었지만 헛수고였다. 이들은 장교의 명령도 듣지 않고 들것에 몸을 기댄 채 꼼짝 않고 서 있었다. 그리고 이 광경의 의미를 알아내려는 듯 눈앞에서 벌어지는 일들을 열심히 지켜보고 있었다. 천막에서는 악을 쓰는 듯한 울부짖음과 애처로운 신음 소리가 계속 들려왔다. 때때로 위생병들이 물을 가지러 뛰어나왔다가 다음에 들어올 사람을 지정하고 갔다.

부상병들은 천막 옆에서 차례가 돌아오길 기다리며 울부짖거나 신음 소리를 내기도 하고 울기도 하고 고함을 치기도 하고 욕하기도 하고 보드카를 달라고 애원하기도 했다.

그 중에는 헛소리를 하는 사람도 있었다. 연대장인 안드레이 공작은 아직 붕대도 두르지 못한 다른 부상병들을 제치고 천막 옆으로 운반되었다. 사람들은 그곳에서 명령을 기다렸다. 안드레이 공작은 눈을 떴으나 주위 상황을 깨닫기까지는 한참이 걸렸다. 풀밭과 쑥과 밭과 뱅뱅 도는 검은 공이 떠올랐고 삶에 대한 애착만 더할 뿐이었다.

두어 발짝 가량 떨어진 곳에서 머리에 붕대를 두른, 키가 훤칠하고 검고 아름다운 머리카락을 가진 한 상사가 지팡이에 기대어 무엇이라고 큰소리로 지껄이고 있는 모습이 여러 사람의 주의를 끌었다. 그는 머리와 다리에 총상을 입은 상태였다. 그의 주위에 부상자와 위생병들이 모여 이야기를 듣고 있었다.

"우린 실컷 두들겨 패 주었지. 그랬더니 놈들이 거품을 물고 도망치지 않겠어? 우린 놈들의 황제까지 사로잡았었어."

상사는 흥분한 눈을 반짝이며 주위를 둘러보며 큰소리로 말했다.

"바로 그때 예비대만 와 주었으면 몽땅 해치워 버렸을 텐데 말이야. 그러니까 정말 내가 말한 대로……."

안드레이 공작도 반짝이는 눈으로 그의 얼굴을 쳐다보며 마음이 편안해지는 것을 느꼈다.

'그러나 이제는 어떻게 되든 마찬가지다. 저승에는 무엇이 있을까? 그리고 이승에는 무엇이 있었나! 왜 나는 이 세상을

떠나는 것을 안타까워했던가? 이 세상에 지금도 모르는 무엇이 분명히 있는 걸까.'

37

피투성이 가운을 입은 한 군의가 피범벅이 된 손가락 사이에 담배를 끼고 천막에서 나왔다. 이 군의는 잠시나마 쉬고 싶은 듯 하늘을 바라보며 한숨을 쉬다가 고개를 떨궜다.
"음, 곧 할게."
그는 위생병이 안드레이 공작을 가리키며 하는 말에 이렇게 대답하고 그를 천막 안으로 나르라고 일렀다.
기다리고 있던 부상병들이 불평했다.
"제기랄. 저승에도 지체 있는 사람만 사는가."
안드레이 공작은 천막 안으로 운반되었다. 그리고 위생병이 막 물을 끼얹어 깨끗이 씻어 놓은 수술대 위에 눕혀졌다. 안드레이 공작은 천막 안에 있는 것들을 다 알아볼 수 없었다. 주위에서 들리는 비참한 신음 소리와 옆구리와 배와 등의 심한 통증에 정신을 차릴 수가 없었다. 온통 피투성이가 되어 드러난 인간의 살덩어리만 보일 뿐이었다. 얼마 전 스몰렌스크에서 더러운 연못에 처박혀 죽어 있던 그 몸뚱이들과 똑같은 '대포의 밥'이었다. 그때와 같은 공포감이 느껴졌다.
천막 안에는 세 대의 수술대가 놓여 있었다. 그 가운데 두 대는 차 있었고 안드레이 공작은 세 번째 수술대에 뉘어졌다.

잠시 혼자 남겨진 사이 그는 다른 두 수술대 쪽을 무심코 돌아보았다. 바로 옆 수술대에는 타타르인이 앉아 있었다. 그 옆에 있는 군복으로 보아 카자흐 병사인 듯했다.

네 명의 병사가 그를 붙들고 있었다. 안경을 쓴 군의가 근육이 울퉁불퉁하게 튀어나온 등의 어딘가를 도려내었다.

"으, 으, 으!" 타타르인은 돼지 같은 신음 소리를 내고 갑자기 광대뼈가 불거지고 코가 납작한 검은 얼굴을 앞으로 내밀더니 하얀 이를 드러내고 버르적거리며 몸을 뒤틀다가 날카로운 소리를 길게 냈다.

사람들이 많이 둘러싼 또 한 대의 수술대 위에는 덩치가 크고 살집이 좋은 사나이가 머리를 뒤로 젖힌 채 반듯이 누워 있었다(곱슬곱슬한 머리카락과 생김새는 어디선가 많이 본 듯했다). 몇 명의 위생병이 사나이의 가슴 위에 올라타 내리누르고 있었다. 사나이는 희고 살찐 한쪽 발을 열병에 걸린 사람처럼 쉴 새 없이 부들부들 떨고 있었다. 사나이는 실룩거리며 웃기도 하고 흐느끼기도 했다. 두 군의는 묵묵히(그 중 한 사람은 얼굴이 새파랗게 질려 달달 떨고 있었다) 빨개진 사나이의 한쪽 발을 만졌다. 타타르인을 처리하고 난 안경을 쓴 군의는 외투를 걸치고 손을 닦으며 안드레이 공작에게 다가왔다.

그는 안드레이 공작의 얼굴을 흘끗 보고 고개를 돌렸다.

"옷을 벗겨! 멍하니 서서 뭐하는 거야?"

그는 화난 목소리로 위생병에게 소리쳤다.

위생병이 소매를 걷어붙인 손으로 부랴부랴 단추를 풀고 웃옷을 벗겼을 때 안드레이 공작은 옛날 어린 시절을 떠올렸다. 군의는 상처 위로 몸을 구부리고 가만히 손을 대 보더니 한숨을 무겁게 내쉬었다. 그는 누구에겐가 눈짓을 했다. 하복부의 통증이 너무 심해 안드레이 공작은 그만 의식을 잃었다. 그가 겨우 의식을 회복했을 때는 부러진 넓적다리뼈는 도려내졌고, 살점이 패여 엉망이 된 상처에는 붕대가 감겨 있었다. 얼굴에 물을 끼얹자 안드레이 공작은 눈을 떴고, 군의는 허리를 구부려 말없이 그의 입술에 키스하고는 급히 그 자리를 떠나 버렸다.

 심한 고통을 겪은 뒤 안드레이 공작은 오랫동안 맛보지 못했던 행복을 느꼈다. 지금까지의 생애 중에서 가장 아름답고 가장 행복했던 까마득한 옛날, 어린 시절이 그대로 현실처럼 떠올랐다. 그때 그는 옷을 벗은 채 조그만 침대 위에 누워 있었고 유모는 그를 재우면서 머리맡에서 노래를 불렀다.

 그는 베개 속에 머리를 파묻고 다만 살아 있다는 것만으로도 행복감을 느꼈다. 아까 안드레이 공작이 아는 사람일지도 모른다고 생각했던 그 부상병 옆에서는 군의들이 분주하게 움직이고 있었다. 사람들이 그를 부축해 일으켜 주고 위로했다.

 "보여 주세요……. 오오오오! 오오오!"

 안드레이 공작은 겁에 질리고 괴로워 견딜 수 없는 듯한 신음 소리와 흐느끼는 소리를 듣자 참담한 심정이 되었다. 그 참담함은 그가 아무 영광도 없는 죽음을 선고받았기 때문인지, 삶과 헤어지는 것이 서운해서인지, 이미 돌이킬 수 없는 어린 시절의 추억 때문인지, 자기도 괴로워하고 있기 때문인지, 자기 앞에서 이 사나이가 처량하게 신음하고 있기 때문인지, 아무튼 그는 어린아이처럼 순수한 눈물을 흘리며 실컷 울고 싶었다.

위생병은 피투성이가 된 채 잘려진 한쪽 다리를 부상병에게 보여 주었다.

"오! 오오오오오!" 그는 여자처럼 흐느껴 울기 시작했다. 안드레이 앞에 서 있던 군의가 옆으로 비켜서자 부상병의 얼굴이 보였다.

"아니, 어떻게 된 거야? 저 사람이 왜 여기 있지?" 안드레이 공작은 자기도 모르게 중얼거렸다.

금방 한쪽 발을 잘리고 흐느끼고 있는 불쌍한 사내가 아나톨리 쿠라긴임을 비로소 알아보았던 것이다. 사람들은 아나톨리를 부축하면서 그에게 물을 주었다. 그는 입술이 달달 떨리고 부르터서 물을 마실 수도 없었다. 아나톨리는 괴로운 듯 흐느껴 울었다.

'그래, 저 남자야. 나와 저 사나이는 왜 그런지 괴로운 인연으로 단단히 맺어져 있는 것 같군.'

안드레이 공작은 눈앞에서 벌어지는 상황을 아직 충분히 이해하지 못한 채 이렇게 생각했다.

'그런데 내 유년 시절과 내 생활과 저 사나이는 어떤 관계가 있는 거지?'

그는 스스로에게 물었으나 답을 얻을 수 없었다. 문득 안드레이 공작은 깨끗한 사랑으로 넘쳐 있었던 세계에서 또 하나 새로운 추억을 생각해 냈다.

바로 나타샤를 생각했던 것이다. 1810년 무도회에서 처음으로 본 나타샤였다. 목과 손이 가늘었고 생기발랄했던 행복한 얼굴의 나타샤였다. 그러자 그의 마음속에는 나타샤에 대한 사랑과 그리움이 일찍이 느껴 보지 못했던 열정으로 피어 올랐다. 그는 부어 있는 눈으로 눈물을 흘리며 멍하니 자기를 바라보고 있는 이 사나이와 자신과의 관계를 생각했다. 그러자 이런저런 일들이 모두 떠오르면서 인간에 대한 연민과 사랑으로 감격과 행복이 가슴 가득 차오르는 것이 느껴졌다.

안드레이 공작은 자신을 비롯한 모든 사람이 느끼는 혼돈이 안타까워 눈물을 흘렸다.

'연민, 사랑하는 사람과 형제, 우리를 미워하는 사람에 대한 사랑, 적에 대한 사랑. 그래, 그것이 신이 가르친 사랑이다. 마리아가 그렇게 말했지만 이해하지 못했던 그 사랑. 그것을 미처 몰랐던 나는 삶에 미련이 남을 수밖에. 살아남을 수만 있다면 이것이야말로 나에게 유일한 것인데. 아아! 그러나 이미 늦었어!'

38

나폴레옹은 시체와 부상자로 뒤덮인 참혹한 광경을 본 뒤 계속 이 광경이 머릿속을 맴돌아 너무 고통스러웠다. 그리고 스무 명이나 되는 장군들이 전사하고 부상을 당했다는 보고를 받자 자신의 강했던 팔이 지금은 힘을 잃었다는 생각이 들어 심각해졌다. 그는 언제나 전사자와 부상자를 살피고 자기의 정신력을 시험하곤 했었는데 이날 싸움에서 본 무서운 광경은 그의 정신력을 압도해 버린 것이다.

그는 서둘러 전쟁터에서 떠나 셰바르지노의 언덕으로 돌아갔다. 그리고 얼굴은 누렇게 들뜬 괴로운 표정이었고 무의식적으로 대포 소리에 귀를 기울이며 눈을 감은 채 간이의자에 앉아 있었다. 눈은 잔뜩 흐려 있었고 코끝은 빨개졌으며 목소리는 잠겨 있었다. 그는 심하게 괴로워하며 싸움이 끝나기를 기다렸다. 그는 어쩔 수 없이 이 처참함이 자신 때문이라는 것을 인정하였다. 한 개인으로서 느끼는 인간적인 감정이 오랫동안 그가 누려 온 생활의 환영을 짧은 순간이나마 누른 것이다. 싸움터에서 보았던 죽음과 고통이 자신에게 그대로 전해졌다. 머리와 가슴이 묵직해지면서 자신에게도 고통과 죽음이 충분히 다가올 수 있다는 생각이 들었다. 이 순간 모스크바도 승리도 명예도 필요 없었다. 오직 하나 그가 바라는 것이 있다면 휴식과 평안과 자유였다. 그러나 세묘노프스코예 고지에 갔을 때 포병 사령관은 이 고지 몇 군데에 포병 진지를 펴서 크냐지코보 앞에 모여 있는 러시아군에게 포화를 퍼붓자고 제의했다. 그는 승인하였고 공격의 성과를 보고하라고 명령했다.

얼마 뒤 한 부관이 달려와 황제의 명령대로 200문의 대포를 러시아군에게 돌렸으나 러시아군은 여전히 그 자리에 버티고 있다고 보고했다.

"우리 포화에 한 무리씩 쓰러지고는 있습니다만 역시 물러나지 않고 있습니다."

"아, 그래, 그러면 좀 더 혼을 내줄까……." 나폴레옹이 쉰 목소리로 말했다.

"네? 폐하." 미처 말을 듣지 못한 부관이 되물었다.

"좀 더 혼을 내줄까. 잔뜩 혼을 내줘."

나폴레옹이 인상을 쓰며 다시 말했다. 그의 명령이 아니었어도 일이 진행되고 있었다. 그래서 그는 다시 위대하다는 착각의 세계로 돌아갔고, 공장의 수레바퀴를 돌리는 말이 자기를 위해 무엇인가를 하고 있다고 생각하는 것처럼 잔혹하고 고통스러운 비인간적인 역할을 다시 수행하게 되었다.

사건의 관계자 중 가장 큰 책임을 지고 있는 나폴레옹의 이성과 양심이 흐려졌던 것은 이 일뿐이 아니었다. 그는 죽는 날까지 한평생 선함이나 아름다움, 진실 같은 인간다움과 동떨어진 삶을 살았다. 그는 세상 사람의 절반이 찬양한 자신의 행동을 부정할 수 없었다. 따라서 정의라든지 선이라든지 그 밖의 모든 인간다운 것을 부정할 수밖에 없었다.

그는 전사자와 부상자가 곳곳에 널브러진 전쟁터를 돌아보면서 프랑스군 한 명에 비해 러시아군은 다섯 명이나 된다고 자신을 속여 가면서 위안을 삼았다. 이것은 결코 이날만 그랬던 것이 아니었다. 또 5만의 시체가 겹겹이 쌓여 있는 상황을 보고도, '싸움터는 참으로 장엄했다'고 파리에 편지를 써 보냈던 것도 이날만이 아니었다. 세인트헬레나 섬에서 적막하고 괴롭게 생활했을 때조차도 자기가 이룬 위대한 업적을 글로 남겨야겠다고 생각하며 다음과 같이 썼던 것이다.

러시아 전쟁은 근대에서 가장 유명한 전쟁이 되었어야 했다. 그 전쟁은 타당했고 모든 이에게 평안을 주는 전쟁이었다.

그 전쟁은 재난을 끝내고 평화의 기초를 닦는다는 위대한 목적 아래 일어났던 것이다.

또 새로운 미래와 사업을 전개하고 인류에게 완전한 행복을 안겨 주려는 전쟁이었다. 이미 유럽 동맹의 기초가 마련되어 있었으므로 그저 어떻게 조직할 것인가의 문제만 남아 있었다.

이러한 문제들을 해결하고 모든 것이 안정된다면 나도 독자적인 국제회의와 신성동맹을 가질 수 있었을 것이다.

여러 대국 원수들의 회합에서 가족처럼 서로의 이해를 검토하고, 주인을 섬기는 하인처럼 국민의 이해관계를 논의할 수 있었을 것이다.

그렇게 되면 유럽은 머지않아 차별 없는 나라를 이룰 것이고, 유럽인은 어딜 여행하든 언제나 고향에 있는 듯한 안정감을 느끼게 되었을 것이다. 나는 모든 강과 바다는 만인을 위한 항로가 되고 대규모의 상비군은 황제의 친위대로 축소될 것이라고 선언했을 것이다.

만약 강대하고 평화로우며 아름다운 조국 프랑스로 돌아갈 수 있었다면 나는 영구불변의 국경을 확정하고 모든 전쟁을 언제나 방어전에 국한시키며 새로운 영토 확장은 반민족적인 행위로 간주한다고 선언할 생각이었다. 그런 다음 나의 아들을 제국에 결합시키고 나의 독재 정치를 마감하며 아들로 하여금 입헌 정치를 창시하게 하려고 했던 것이다.

그때 파리는 세계의 수도가 되고 프랑스인은 온 민족이 부러워하는 민족이 되었을 것이다.

그러면 아들이 제왕학을 수학하는 동안 나는 말년의 여가를 모두 여행에 바칠 생각이었다. 황후와 함께 시골 내외처럼 자가용 마차를 타고 방방곡곡을 찾아다니며 국민의 불평을 들어주고 곳곳에 기념 건물을 지어 은혜를 베풀려고 했다.

나폴레옹은 인생의 최종 목표가 국민의 복지였다. 그러나 신의 섭리로 많은 국민을 사형시키고, 자기 생각대로 할 수 없는 슬픈 역할을 해야만 했다. 수백만 명의 운명이 자신의 손에 달려 있었으므로 권력으로 선행을 쌓을 수 있다고 스스로 믿었던 것이다!

그는 러시아 전쟁에 관해서 이렇게 쓰기를 계속했다.

비슬라 강을 건넌 40만 병사의 절반은 오스트리아인, 프러시아인, 색슨인, 폴란드인, 바바리아인, 부르메르크인, 메클렌부르크인, 에스파냐인, 이탈리아인, 나폴리인들이었다. 정확히 말하면 우리 제국의 3분의 1은 폴란드인, 벨기에인, 라인 강변의 주민, 피에몬트인, 스위스인, 주네브인, 토스카니인, 로마인, 제32사단 관하의 인민, 브레멘, 함부르크인 등 여러 주민으로 이루어져 있고, 그 중 프랑스어로 말하는 사람은 14만뿐이었다. 러시아 원정으로 프랑스가 치른 희생은 5만 명 미만에 불과하다.

 그러나 러시아군은 빌리나에서 모스크바로 퇴각하면서 여러 전투에서 프랑스군의 세 배가 되는 병력을 잃었다. 모스크바에서 난 화재로 10만 러시아인이 숲 속에서 추위와 굶주림으로 죽었다. 모스크바에서 오제르로 마지막으로 퇴각할 때는 혹독한 날씨에 많은 러시아군이 희생되었고, 빌리나에 도착했을 때는 겨우 5만 명, 칼리슈에서는 1만 8,000명 미만으로 줄어들었다.

 그는 자신만의 생각으로 러시아와 전쟁을 벌인 것처럼 상상하였으므로 일을 다르게 꾸밀 의도도 없었다. 그는 대담하게 모든 책임을 떠맡았지만 몇 십만이라는 전사자 중 프랑스인이 헤센인이나 바바라아인보다 적었다는 데서 변명을 찾을 만큼 이성적이지 못했던 것이다.

39

 수만 명의 군인들이 시체가 되어 다비도프네와 국유 농장 들판에 누워 있었다. 그곳은 보로지노와 고리키와 셰바르지노와 세묘노프스코예 마을의 농부들이 수백 년 동안 농사를 짓고 가축을 기른 곳이었다. 의무실 주변에는 흙에도 풀에도 피가 배어 있었다. 살아남은 병사들은 놀란 표정으로 모쥬아이스크나 발루예보로 계속 퇴각하고 있었다.

아침 햇살을 받은 총검이 번뜩였고 전쟁터에는 습기와 연기가 자욱이 끼었으며 시큼한 질산칼륨과 피 냄새가 감돌았다. 조금 뒤 먹구름이 몰려와 산 사람과 죽은 사람 위에 부슬부슬 가랑비를 뿌리기 시작했다. 그것은 마치 '이제 다 됐다, 인간들아. 그만두어라. 이젠 정신을 차려야지. 도대체 뭘 하고 있는 거지?'라고 말하는 것 같았다.

식량도 휴식도 없어 지칠 대로 지친 양군의 병사들은 '아직도 서로 죽여야 하는가'라는 의문을 갖기 시작했다. 그들의 얼굴은 동요하는 표정이 역력했다.

'무엇 때문에 누구를 위해 나는 남을 죽이고 또 내가 죽어야만 하는 것일까? 죽이고 싶은 자는 죽이러 가든 말든 맘대로 해라. 나는 이제 더 이상은 싫다!'

저녁이 가까워지자 모든 사람들이 이렇게 생각하는 분위기가 되었다. 자신들이 저지른 일에 두려워하면서 지금 당장 모든 것을 내동댕이치고 어디로든 도망갈 것 같았다.

그러나 전투가 막바지에 이르렀을 때 사람들은 무시무시한 자신들의 행동을 깨닫고 멈추고 싶어하면서도 이상한 힘에 이끌려 지친 몸으로 탄약을 나르고 장전하고 조준하고 점화했다. 포탄은 계속 맹렬하고 잔혹하게 날아갔고 인간의 육체를 부수었다. 이렇게 국민의 의지가 아니라 국민과 세계를 지배하는 자의 의지 때문에 참혹한 싸움은 계속되었다.

혼란스러워하는 러시아군을 본 사람은 프랑스군이 조금만 더 분발하면 러시아군은 흔적도 없이 전멸될 것이라고 말했을 것이다. 또 프랑스군의 후방 부대를 본 사람은 러시아군이 조금만 더 노력하면 프랑스군을 분쇄할 수 있다고 말했을 것이다. 그러나 러시아군도 프랑스군도 상대보다 더 끌어낼 힘이 남아 있지 않았다. 그리하여 싸움의 불꽃은 사그라질 때까지 그냥 타고만 있었던 것이다.

러시아군은 먼저 프랑스군을 공격한 것이 아니었기 때문에 더 노력하지 않았다. 싸움이 시작되었을 때도 적의 진로를 막고 있었으며 싸움이 끝날 무렵에도 처음과 똑같은 곳에 있었다. 또 러시아군의 목적이 프랑스군을 격퇴하는 데 있었다고 하더라도 그들은 이를 위해 노력할 수 없었을 것이다. 왜냐하면 러시아군의 모든 부대가 손실을 입어 병력의 태반을 잃었기 때문이었다.

반면 지금까지 15년 동안 늘 승리해 왔던 프랑스군은 나폴레옹의 전략을 믿는 데다 병력의 4분의 1만을 잃었을 뿐이고 아직 2만 명의 근위병이 남아 있다는 생각에 고무되어 있었다. 그래서 전쟁에서 이기기 위해 더 노력할 수 있었을 것이다. 게다가 프랑스군은 처음부터 러시아군을 진지에서 격퇴할 목적으로 공격을 개시했기에 러시아군보다 분발했어야 했다. 왜냐하면 러시아군이 계속 모스크바 거리를 막고 있는 한 프랑스군의 목적은 이루어지지 못할 뿐만 아니라 모든 노력이 수포로 돌아가고 말 것이기 때문이다. 그런데도 프랑스군은 좀 더 노력하지 않았다.

어떤 역사가는 나폴레옹이 승리를 거두기 위해서는 근위대를 끌어냈어야 했다고 말한다. 그러나 그런 얘기는 봄이 가을이 되면 어떨 것이라고 말하는 것과 같다. 나폴레옹은 근위대를 끌어내지 않은 게 아니라 끌어낼 수 없었던 것이다.

　프랑스군의 장군들도 병사들도 그것이 불가능하다는 것을 알고 있었다. 사기가 가라앉아 받아들이지 않았던 것이다.

　무서운 힘을 주고 쳐들었던 손이 맥없이 떨어져 버리는 악몽 같은 경험을 한 것은 나폴레옹만이 아니었다. 러시아 전쟁 이전의 프랑스군은 언제나 이번 전쟁의 10분의 1 정도의 노력으로도 적을 격퇴했었다. 그런데 이번 전쟁은 군대의 반을 잃었는데도 적군이 처음처럼 버티고 있자 모두 공포를 느꼈던 것이다.

　프랑스군은 지쳐 있었다. 러시아군은 군기에 매단 헝겊 조각의 노획수와 군대가 점령한 토지 면적 따위의 승리가 아니라 정신적인 승리를 보로지노에서 거두었던 것이다. 세차게 질주하는 동안 프랑스군은 치명상을 받아 눈이 뒤집힌 야수처럼 멸망을 직감했던 것이다.

　그러나 반수의 병력밖에 안 되는 러시아군이 퇴각해야만 했던 것처럼 프랑스군은 머무를 수 없었다. 프랑스군은 그 기세대로 모스크바까지 굴러들어갈 수 있었다. 그러나 러시아군이 재정비해 막지 않더라도 프랑스군은 보로지노에서 받은 치명상 때문에 패망할 수밖에 없었다. 보로지노 전투는 나폴레옹이 아무 이유도 없이 모스크바에서 도망쳐 스몰렌스크로 퇴각하게 했고 50만 프랑스군을 멸망시켰다. 러시아는 보로지노의 들판에서 정신적으로 우수했고 나폴레옹 치하의 프랑스를 멸망시키고 말았다.

김상영
- 고려대학교 사회학과, 한신대학교 경제학과 대학원 졸업
- 역서 : 《에코파시즘》,《슈퍼네트워크-최강의 인맥 구축 솔루션》,《버즈마케팅》 등

판권본사소유

(밀레니엄북스 89)

전쟁과 평화 2

초판 1쇄 발행 | 2006년 12월 20일
초판 3쇄 발행 | 2011년 7월 5일

지은이 | 톨스토이
옮긴이 | 김상영
펴낸이 | 신원영
펴낸곳 | (주)신원문화사

주   소 | 서울시 영등포구 당산동 121-245 신원빌딩 3층
전   화 | 3664-2131~4
팩   스 | 3664-2130

출판등록 | 1976년 9월 16일 제5-68호

＊잘못된 책은 바꾸어 드립니다.

ISBN 89-359-1391-X
ISBN 89-359-1389-8(세트)

ISBN 978-89-359-1391-6
ISBN 978-89-359-1389-3(세트)